U0458902

捕梦网

〔美〕斯蒂芬·金　著　刘国枝等　译

DREAMCATCHER

斯蒂芬·金作品系列

STEPHEN KING

人民文学出版社
PEOPLE'S LITERATURE PUBLISHING HOUSE

著作权合同登记号：图字 01-2018-7071

图书在版编目(CIP)数据

捕梦网/(美)斯蒂芬·金著;刘国枝等译.—北京:人民文学出版社,2018(2023.1 重印)
(斯蒂芬·金作品系列)
ISBN 978-7-02-013683-4

Ⅰ. ①捕… Ⅱ. ①斯… ②刘… Ⅲ. ①长篇小说-美国-现代 Ⅳ. ①I712.45

中国版本图书馆 CIP 数据核字(2018)第 012769 号

出 品 人 **黄育海**
责任编辑 **朱卫净 张玉贞**
封面设计 **陈 晔**

出版发行 **人民文学出版社**
社 址 **北京市朝内大街 166 号**
邮政编码 **100705**

印 制 **上海盛通时代印刷有限公司**
经 销 **全国新华书店等**

字 数 **546 千字**
开 本 **890 毫米×1240 毫米 1/32**
印 张 **19**
版 次 **2016 年 10 月北京第 1 版**
印 次 **2023 年 1 月第 3 次印刷**

书 号 **978-7-02-013683-4**
定 价 **99.00 元**

如有印装质量问题,请与本社图书销售中心调换。电话:010-65233595

目　录

相关新闻

消防官员发现“飞碟”

肯尼斯·阿诺德称，看到9个碟形物体，“银光闪闪，飞行速度极快”。

——《东俄勒冈人报》，1947年6月25日

空军在罗斯韦尔地区的牧场截获“飞碟”

特工官员回收坠毁飞碟。

——新墨西哥罗斯韦尔《每日记事报》，1947年7月8日

空军称“飞碟”为观测气象用气球

——新墨西哥罗斯韦尔《每日记事报》，1947年7月9日

美国空军宣称“无法解释”阿诺德所见

自第一次报告后，又有850人次目击。

——《芝加哥论坛报》，1947年8月1日

愤怒的农民宣称，所谓宇宙小麦实为一场骗局

安德鲁·霍格森否认“与飞碟相关”，

坚持认为红色小麦“只是一场恶作剧”。

——新墨西哥罗斯韦尔《每日记事报》，1947年10月19日

空军上尉追踪UFO途中丧生

曼特尔最后发回的信息："是金属物体，体积巨大。"

空军保持沉默

——肯塔基《信使日报》，1948 年 1 月 8 日

怪异的环形飞行器在马托格罗索坠毁！

两位妇女在庞托波朗附近受到威胁！

她们称："我们听到里面传来吱吱的尖叫声。"

——巴西《国家报》，1957 年 3 月 8 日

马托格罗索陷入恐怖之中

有报料称发现长着黑色大眼睛的灰人

科学家嗤之以鼻！报料者坚持己见！

各村陷入恐怖之中

——巴西《国家报》，1957 年 3 月 12 日

州警察朝 UFO 开枪

宣称飞碟出现在 9 号公路上空 40 英尺处，

廷克空军基地雷达证实所见。

——《俄克拉荷马人报》，1965 年 5 月 12 日

"外星植物"是一场虚惊

农业局发言人称"红草"为青少年用喷枪所造。

——《俄克拉荷马人报》，1965 年 6 月 2 日

新罕布什尔发现 UFO 次数急增

多数出现于埃克斯特地区，

部分居民对于外星人入侵表示忧虑。

——缅因州波特兰《先锋报》，1965 年 9 月 14 日

发现于埃克斯特的庞然大物实为视觉幻象

空军调查人员驳斥州警所言，

克利兰警官坚称："我知道自己看到了什么。"

——新罕布什尔州曼彻斯特《工会领袖报》，1965 年 9 月 19 日

发生于普拉斯托的多起食物中毒事件仍然原因不明

中毒者逾 300 人，多数已经康复，

食品药物管理局官员称可能是井水污染所致。

——新罕布什尔州曼彻斯特《工会领袖报》，1965 年 9 月 30 日

杰拉德·福特呼吁展开 UFO 调查

共和党领导人称"出现于密歇根州的亮光"可能来自外星球。

——密歇根《日报》，1965 年 10 月 9 日

加州理工学院科学家称在莫哈韦发现巨大碟形物体

迪克曼说："周围环绕着若干明亮的小发光体。"

莫拉尔斯说："看到天使头发般的红色生长物。"

——《洛杉矶时报》，1978 年 11 月 19 日

州警与美国空军调查人员在莫哈韦地区未发现"天使头发"

迪克曼和莫拉尔斯接受并通过谎言测试，

不实之词的可能性降低。

——《洛杉矶时报》，1978 年 11 月 24 日

"遭外星人绑架者"言之凿凿

心理学家质疑有关所谓"灰人"的画像。

——《纽约时报》，1980 年 8 月 16 日

卡尔·萨根："不，我们不是唯一的生命。"

著名科学家重申相信外星人存在，

称"存在智能生命的可能性十分巨大"。

——《华尔街日报》，1985 年 2 月 9 日

普雷斯科特附近发现大型，UFO 十多位目击者描述为

“钩形飞镖状物体”

卢克空军基地总机接到大量报料。

——菲尼克斯《太阳报》，1997 年 3 月 14 日

“菲尼克斯亮光”仍然悬而未解

专家称照片并非伪造，

空军调查人员保持沉默。

——菲尼克斯《太阳报》，1997 年 3 月 20 日

大规模食物中毒原因不明

有关“红草”的报道被斥为炒作

——亚利桑那州波尔登《周报》，1997 年 4 月 9 日

传杰弗逊林区再现神秘亮光

基尼奥镇镇长说：“我不知道那是什么，可它们不断地回来。”

——缅因州德里《每日新闻报》，2000 年 5 月 15 日

SSDD

这成了他们的招牌话，可琼西怎么也想不起它最先出自他们哪一个之口。“恶有恶报”是他自己的口头禅。“× 他祖宗”以及其他许多不同花样的粗话则是比弗的发明。教他们说“有得必有失”的是亨利，亨利很喜欢这类带有哲理的狗屁话，从他们小时候他就喜欢。不过，SSDD……SSDD 呢？这是谁的创意？

管它呢。重要的是，当他们是四人组合时，他们相信它的前半部分；当他们是五人组合时，他们相信它的全部；而当他们重新成为四人组合时，他们相信的则是后半部分。

当他们重新成为四人组合时，生活变得更郁闷了，那种“× 他祖宗”的时光更多了。这一点他们明白，却不明白何以会这样。他们知道自己出了问题，起码跟以前不一样了，却不清楚有什么不一样。他们知道自己被套住了，但到底是怎么被套住的，他们也不知道。他们这样已经很久了，远在天空出现亮光之前就如此。在麦卡锡和贝姬·休出现之前就如此。

SSDD：有时候你只是随口说说而已。而有时候，除了黑暗，你什么也不相信。如果真是这样，日子还怎么过下去呢？

1988 年：就连比弗也闷闷不乐

说比弗婚姻不幸的话，就跟说“挑战者号”航天飞机的发射出了点儿故障没什么两样。乔·比弗·克拉伦顿与劳里·苏·吉诺本斯基一起过了八个月，然后，拜拜，再见了宝贝，谁他妈的能帮我收拾收拾残局。

比弗本质上是个乐天派，关于这一点，与他交往密切的任何一位朋友都能作证。可他这会儿却闷闷不乐。每年除了十一月份在一起待上一周之外，他与老朋友——他视为知己的那几个——难得见面，而去年十一月，他与劳里·苏还没有分手。当然，两人的关系已经很紧张，但还没有分手。如今，他把很多时间——是太多的时间，他心里明白——都打发在波特兰老港区的酒吧里，不是在"舷窗"，就是在"水手俱乐部"，要不就是"自由街酒馆"。他酒喝得太多，大麻烟也抽得太多，无数个早晨起床后，对着卫生间的镜子，他都不愿意打量自己，那双充血的眼睛看向一旁，心里想，那种地方我再也不能去了，我很快会出问题的，就像彼得那样。他娘的老天！

再也不去那种地方，再也不跟人瞎胡闹，是个他妈的好主意。可一转眼他又去了，管他娘的，尽情放松。这个星期四是在"自由街"，他当然是手里端着啤酒，口袋里装着大麻烟，而电唱机里正放着一首经典乐曲，有点儿像是"冒险乐队"[①]的作品。他想不起这首乐曲的名字了，它在上一代人中曾经风靡一时。不过，他知道这首曲子，离婚后，他经常收听波特兰电台播放的经典乐曲。它们能抚慰人心。新玩意儿太多了……劳里·苏对新玩意儿很内行，而且很喜欢，可比弗却接受不了。

酒馆里几乎空荡荡的，有几个人围在吧台边，还有几个人在后面打8字球[②]。比弗与三位经常碰面的酒伴坐在一个隔间里，一边喝着米勒牌桶装啤酒，一边玩一副油乎乎的扑克牌，以切牌来决定每一轮啤酒由谁买单。那首吉他演奏的曲子到底叫什么名字呢？《超越限制》？还是《通信卫星》？不对，《通信卫星》里有合成器，而这首曲子里没有。不过谁在乎呢。其他人正在谈论昨晚在市中心演出的杰克逊·布朗[③]，乔治·佩尔森去看了演出，用他的话说，简直他妈的爽极了。

"我再告诉你们一件很爽的事儿。"乔治说，一边得意地看了看他

① 二十世纪六十年代著名的吉他乐队，乐风轻快质朴。

② 一种撞球游戏，以8字球落入袋中为输。

③ 二十世纪七八十年代著名的创作歌手。

们。他抬起自己的尖下巴，向他们逐个展示他脖子一侧的一块红印。“知道是什么吗？”

“让人啃的，对吧？”肯特·阿斯特尔带着几分腼腆问。

“太对了，”乔治说，“演出结束后，我等在舞台后门那儿，当时还有另外几个人，我们想得到杰克逊的签名。不过出来的也可能会是大卫·林德里，我不知道。他也很棒。”

肯特和希恩·罗比多也认为林德里很棒，虽然他压根儿算不上什么吉他王子（“险峻海峡乐队”① 的马克·诺普夫勒才是吉他王子，“AC/DC 乐队”② 的安古斯·扬也是，当然还有克莱普顿③），但还是很棒。林德里的头发很迷人，非常漂亮的鬈发，一直垂到肩膀上。

比弗没有参加谈论。他突然很想离开这儿，离开这个无聊的、臭烘烘的酒吧，出去呼吸点儿新鲜空气。他知道乔治接下来要说些什么，全是胡编的老一套。

她不叫香泰，你不知道她的名字，她从你身边飘然而过，对你根本就视而不见。话说回来，在她那种姑娘的眼中你算得了什么？无非是新英格兰又一座平凡小镇上的又一个平凡的音乐迷。她登上乐队的汽车，走出了你的生活。走出了你无聊乏味的生活。“香泰”是一支乐队的名称，我们这会儿听的正是他们演奏的曲子，是“香泰”而不是“马基”或“巴凯”，我们听的是香泰乐队演奏的《管道》④，你脖子上那玩意儿不是别人给啃的，而是剃刀给刮的。

他这样想着，突然就听到哭声。不是酒馆里的声音，而是他脑海中的声音。是很久以前的哭声。那哭声猛地钻进你的大脑，就像碎玻璃屑一样钻进去，哎呀我 ×，× 他祖宗，谁能让他别哭了。

我就是让他别哭了的那个人，比弗想。是我。是我让他止住了哭声。我把他搂进怀里，还给他唱歌。

---

① 1977 年成立于英国伦敦的乐队，是一支以马克·诺普夫勒为主导的软式蓝调摇滚团体。

② 1973 年成立于澳大利亚悉尼，被认为是把硬摇滚和重金属音乐结合起来的先锋。

③ 埃里克·克莱普顿，英国吉他演奏家。

④ 二十世纪六十年代美国摇滚乐队，以其海浪摇滚闻名，成名曲为《管道》。

乔治·佩尔森这时正在对他们说，舞台的后门终于打开了，但出来的并不是杰克逊·布朗，也不是大卫·林德里，而是“小鸡合唱团”的三人组，一个叫兰蒂，一个叫苏茜，还有一个叫香泰。几位漂亮的姑娘，哦，全都身材高挑，迷人极了。

“伙计。”希恩翻了翻眼睛说。他长得又矮又胖，全部的性经验不外乎是偶尔去波士顿来点儿实地考察，也就是在“美娇娘”夜总会看看脱衣舞女和在猫头鹰餐厅[①]看看女服务生。“哦，伙计，香泰真让人来劲儿。”他抬手做了个猥亵的手势。比弗想，这好歹让他看起来像个老手。

“于是我跟她们聊了起来……主要是跟她，香泰，我问她想不想去体验一下波特兰的夜生活。于是我们……”

比弗没有理睬他们，而是从口袋里摸出一根牙签塞进嘴里。突然间，他发现他唯一想要的正是这根牙签。不是面前的啤酒，不是口袋里的大麻烟，当然更不是乔治·佩尔森吹破天的牛皮——说自己如何跟那位神秘的香泰在他的皮卡后面销魂。感谢上帝，当乔治的公羊一下一下晃荡时，车篷没有掉下来。

全是吹牛，比弗想。他的情绪猛地一落千丈，自从劳里·苏收拾东西回娘家之后，他还从来没有这样沮丧过。这压根儿不像他的性格。突然间，他只想离开这个烂地方，去尽情呼吸海边那清凉的、咸滋滋的空气，再找一部电话。他只想这样，然后给琼西或亨利打个电话，给谁打没关系，哪一个都行。他只想说嗨伙计，过得怎么样？然后听他们回答哦，你知道，比弗，SSDD。不得打球，不得玩耍。

他站起身来。

“嗨，伙计。”乔治说。比弗上威斯布鲁克专科学校时与乔治是同学，乔治当时似乎还很讨人喜欢，不过那已经是好多年前的事了。“你去哪儿？”

“上个厕所，”比弗口里说道，把牙签从一边嘴角顶到另一边嘴角。

---

① 世界知名的餐饮品牌，在美国国内连锁店已超过400家。

“噢，你最好动作快点儿，我马上就要讲到精彩之处了，”乔治说，而比弗则默默地想*性感小内裤*。哦天啊，那种奇怪的感觉今天可真强烈，也许是要发生什么事儿了吧。

乔治压低嗓门，说：“我掀起她的裙子……”

“我知道，她穿的是性感小内裤。”比弗说。他瞥见乔治那意外——甚至是惊愕——的眼神，却故意视而不见。“我当然想听这一段。”

他抬腿朝散发着尿臊味和消毒液气味的男厕所走去，经过男厕所，又经过女厕所，再经过挂有“办公室”标牌的那扇门，逃进外面的巷子里。头顶的天空一片灰白，透着雨意，但空气挺好。非常好。他深吸一口气，再一次想道，*不得打球，不得玩耍*。他微微笑了。

他走了十分钟，口里嚼着牙签，一边清理思路。这样走着时，他扔掉口袋里的大麻烟，他也不清楚具体是什么时候扔掉的。然后他来到纪念碑广场旁的乔氏烟草店，用这里的付费电话给亨利打电话。他以为会听到电话留言——亨利应该还在学校，却没想到亨利居然在家，铃响两声后，亨利拿起电话。

“过得怎么样，伙计？”比弗问道。

“哦，你知道，”亨利说，“得过且过，过了作数[①]。你呢，比弗？”

比弗闭上眼睛。一时间，一切又好了起来；在这个倒霉透顶的世界上，起码已经是够好了。

“也一样，哥们儿，”他回答道，“也一样。”

1993年：彼得向一位遇到困难的女士伸出援手

在位于布里奇顿的麦克唐纳汽车公司的展厅旁，彼得坐在自己的办公桌后，手里转动着钥匙圈。钥匙圈上刻有四个蓝色的字母：NASA。

梦想比做梦的人要老得快，这是彼得随着岁月流逝，在生活中发

---

① 原文为same shit，different day，简称为SSDD。

现的真相。不过，最后的梦想往往很难消失，简直是难得出奇，它们一直用低沉、痛苦的声音，在你的脑海深处尖叫。很久很久以前，彼得的卧室里贴着各种各样的图片：阿波罗、土星运载火箭、宇航员、太空行走（用专业人士的话说，就是出舱行走）、太空舱及其在重返大气层时被巨大的高温烧得黑乎乎的整流罩、月球探测飞船、航海家太空船，还有一张关于出现在 80 号州际公路上空的圆形发光体的照片，下面的紧急停车道上站着许多人，一个个都手搭凉棚仰望着，照片下的文字是：**此物体于 1971 年被摄于科罗拉多州阿瓦达附近，始终悬而未解。一个真正的不明飞行物。**

那是很久以前的事了。

不过，他还是将今年为期两周的假期中的一周花在华盛顿特区，每天都去斯密森国家航空航天博物馆，几乎所有时间都泡在那儿，脸上挂着惊羡的微笑，流连于各种展品中间。他最感兴趣的还是月岩，总是边看边想，*这些岩石所来自的地方始终天空漆黑，永远寂静无声。尼尔·阿姆斯特朗和巴兹·阿尔特林从那个世界带回了二十公斤东西，这东西就在眼前。*

可此刻他却在这里，坐在办公桌后，手里转动着刻有 NASA 字样的钥匙圈，不时地抬眼看钟，一整天没有卖出一辆车（人们下雨天往往不愿买车，而彼得所在的地区从一大早就飘起毛毛雨）。每到下午，时间就过得很慢，而快到五点时似乎过得更慢。五点是他喝第一瓶啤酒的时间，五点之前他可不喝，绝对不喝。大白天里喝酒，也许你得留心自己喝了多少，因为酒鬼都这样。不过如果能等一等……一边玩着钥匙圈一边等……

彼得所等的不仅是今天的第一瓶啤酒，他还在等十一月的到来。四月份的华盛顿之行挺不错，那些月岩真是令人震撼（直到现在，只要一想起它们，他*仍然*感到震撼），可他当时是独自一人。独自一人可不太好受。到了十一月，休第二周假时，他就可以与亨利、琼西和比弗相聚了。*到那个时候*，他就可以让自己大白天也喝个痛快。置身于森林，与朋友们一起打猎时，大白天喝酒就不算什么。实际上这还是一种传统。只要——

门开了，一位皮肤浅黑的漂亮女人走进来。她身高大约五英尺十英寸[①]（彼得喜欢高个子女人），年龄在三十岁左右。她看了看展厅里的样品（那辆暗红色的新“雷鸟”是其中的佼佼者，不过“探索者”也不赖），可似乎并没有买车的打算。这时她看见彼得，便朝他走来。

彼得顺手将刻有 NASA 字样的钥匙圈放在桌上的记录本上，站起身，迎到办公室门口。他这时已经摆出灿烂照人——说有两百瓦可是毫不夸张，伙计——的职业性笑容，并伸出手来。两人握手时，彼得感觉她的手凉丝丝的，但是很有力，不过她心不在焉，好像有什么烦心事。

“这很可能行不通。”她说。

“哦，跟汽车推销员打交道时，千万不要来这样的开场白，”彼得说，“我们喜欢挑战。我叫彼得·穆尔。”

“你好。”她说，但是并没有自报姓名，她叫特里西。“我在弗赖堡有个约会，只剩下——”她瞥了一眼挂钟，在午后漫长的时间里，彼得总是密切关注那只挂钟——“只剩下四十五分钟了。是与一位客户，他想买房，我想我有合适的房源，如果能谈成的话会有一大笔佣金，可是……”她的眼泪涌了出来，她咽了一口唾沫，强压住不由自主的哭音。“……我却把该死的钥匙弄丢了！那该死的车钥匙！”

她打开提包，在里面乱翻一气。

“不过我带有行车证，还有一些文件……以及各种证件，所以我想，也许，只是也许，你能帮我配一套新钥匙，我就可以赶过去。这笔生意对我太重要了，先生贵姓——”她已经忘了。他没有生气。穆尔这个姓几乎与史密斯或琼斯一样平常。再说，她正难过着呢。丢了钥匙的人都会这样。他已经见过几百次了。

“我姓穆尔，不过叫我彼得也行。”

“你能帮帮我吗，穆尔先生？要不，你们服务部有谁能帮我吗？”

约翰·戴曼那家伙就在后面，他会乐意帮忙的，不过那样的话，她弗赖堡的约会就泡汤了，这一点毫无疑问。

---

① 近 1.78 米。

“我们可以帮你配新钥匙，但恐怕起码得花二十四小时，甚至可能是四十八小时。”他说。

她浅褐色的眼睛里满是泪水，望着他，绝望地哭出声来。“真见鬼！真见鬼！”

彼得产生了一个奇特的念头：她看起来就像他多年前认识的一个姑娘。也不是很熟，他们跟她交往不多，但有过交往，起码是救了她一命的交往。乔西·林肯霍尔，她叫这个名字。

“我就知道会这样！”特里西说，她再也不想掩饰自己略带沙哑的哭音。“哦，天啊，我就知道会这样！”她背过身去，十分伤心地哭了起来。

彼得走上前，轻轻扶住她的肩膀。“等等，特里西，请稍等一下。”

露馅了，她没有自报家门，他却脱口叫出了她的名字。不过她正在伤心呢，没有意识到还不曾自我介绍，所以也不打紧。

“你是从哪儿来的？”他问，“我是说，你不是布里奇顿本地人，对吧？”

“不是，”她回答，“我在威斯布鲁克上班，丹尼森房地产公司，有灯塔的那幢建筑。”

彼得点点头，一副听懂了的模样。

“我是从那儿来的。不过我在布里奇顿药店停了一会儿，好买点儿阿司匹林，因为每次谈大生意之前我都会头痛……是因为紧张，哦天啊，这会儿已经像有锤子在锤了……”

彼得同情地点点头。他知道头痛的滋味。当然，他的头痛大多是啤酒所致，而不是因为紧张，不过他知道那种滋味。

“我当时还有时间，所以就到药店隔壁的小店喝杯咖啡……咖啡因，你知道，头痛的时候，咖啡因有缓解作用……”

彼得又点了点头。亨利才是精神科医生。不过，彼得不止一次告诉过亨利，要想在推销中取得成功，你就得对人脑的作用机制有相当的了解。他看到面前的新朋友这时稍微平静了些，不由得暗暗庆幸。很好。他知道自己能帮她，只要她允许的话。他能感觉到那轻微的

“咔嗒”声迫不及待地要响起。他喜欢那声轻响。也没什么了不起的，不会让他发财，但是他喜欢。

“我还去了街对面的雷尼商店，买了一条围巾……因为下雨，你知道……”她摸了摸头发。“然后我回到车旁……可是那狗娘养的该死的钥匙却不见了！我又沿路返回去……从雷尼商店到咖啡店再到药店，可哪儿都找不到！现在我的约会要泡汤了！”

她的声音又渐渐有了痛苦之意，她的视线再一次落在挂钟上。他觉得是“渐渐”，而她可能觉得是“突然”。这就是人与人之间的不同，彼得想，起码是不同之一。

“别着急，”他说，“稍稍镇静一会儿，听我说。我们这就回药店去，我和你一起去，去找你的车钥匙。”

“它们不在那儿！所有的过道我都找过了，取阿司匹林的那个货架也看过了，我还问了柜台边那位姑娘——”

“再找一遍也没有坏处，”他说，一边推着她朝门口走去，他的手轻轻地贴着她的背心，使她不由自主地跟着他走。他喜欢她身上的香水味，更喜欢她的头发，非常喜欢。既然下雨天都这么漂亮，太阳出来后一定会更动人吧？

“我的约会——”

“你还有四十分钟时间，”他说，“暑期的旅游高峰过去了，开车只要二十分钟就可以到弗赖堡。我们可以花上十分钟，看能不能帮你找到钥匙，如果找不到的话，我自己开车送你去。”

她将信将疑地望着他。

他将视线从她身上移开，对着旁边的一间办公室喊道：“迪克！喂，迪克·麦！”

迪克·麦克唐纳从一堆发票中抬起头来。

“告诉这位女士，我开车送她去弗赖堡很安全，免得她不放心。”

“噢，他很安全的，女士，”迪克说，“既不是性虐待狂，也不会乱飙车。如果说他有什么企图的话，也就是向你推销新车而已。”

她微微一笑，说：“我可不容易动心，不过我看你是个好人。”

“迪克，帮我留心一下电话，好吗？”彼得又说。

“哦，这太难办了。在这种天气里，顾客多得要拿棍子赶才行。”

彼得与这位浅黑肤色的女士——特里西——出了门，穿过小路，走了约四十步，来到大街上。他们左边的第二栋建筑就是布里奇顿药店。刚才的毛毛雨变得密集起来，差不多是真正的雨了。那女人用新围巾包住头发，然后瞥了光着头的彼得一眼。“你会湿透的。”她说。

“我是在北部长大的，”他说，“对这种天气我们是久经考验了。”

“你认为你能找到钥匙，对吗？”她问。

彼得耸了耸肩：“也许吧。我是找东西的高手，一直以来都是。”

“你知道了什么我不知道的情况吗？”她问。

不得打球，不得玩耍，他心里想，我知道这个，女士。

“没有，”他说，“这会儿还没有。”

他们走进药店，门铃响了两声。柜台后的姑娘从杂志上抬起头来。这是九月底一个阴雨绵绵的下午，已经是三点二十分，所以药店里非常冷清，只有他们这三个人以及处方柜台后的狄勒先生。

“嗨，彼得。”柜台后的姑娘打招呼道。

“你好，凯西，一切都好吗？”

“哦，你知道——时间过得真慢。”她转向浅黑肤色的女人，说，“很抱歉，女士，我又到处找了一遍，可还是没有。”

“没关系，”特里西说道，勉强笑了笑，“这位好心的先生答应送我去赴约。”

“哦，”凯西说，“彼得呀，马马虎虎吧，不过换了我的话，才不会说他好心呢。”

“你说话最好小心点儿，宝贝。”彼得笑眯眯地对她说。接着他看了看钟。他觉得，时间的步伐好像加快了。很好，这是一种不错的变化。

彼得回头望着特里西：“你最先来的是这儿，要买阿司匹林。”

“对，我买了一瓶阿司匹林。后来，我发现时间还很充裕，就——”

“我知道，你就去隔壁的克里斯蒂咖啡店喝了杯咖啡，然后又去了街对面的雷尼商店。”

“是的。”

“你不是随热咖啡服的阿司匹林吧？”

“不是，我的车里有一瓶矿泉水。”她指着窗外的一辆绿色福特汽车。“我是随矿泉水服的药。但车座里我也找过了，嗯——彼得。我还检查了点火装置。”她不耐烦地看了彼得一眼，似乎在说，*我知道你在想什么：这女人真笨。*

“还有最后一个问题，”他说，“如果我找到车钥匙，你愿意与我共进晚餐吗？我可以在‘西码头’等你，那地方不远，从这儿过去，顺路——”

“我知道‘西码头’。”她说，尽管很苦恼，还是显出几分愉悦。柜台后面的凯西甚至懒得假装看杂志了，这场面可比杂志里的内容要精彩，精彩多了。“请问，你是怎么知道我没有结婚的？”

“你没戴结婚戒指，”他脱口答道，尽管他还没有看过她的手，起码是没有仔细观察，“再说，我只不过是在说煎扇贝、凉拌卷心菜和草莓脆饼，而不是终生承诺。”

她看了看钟：“彼得……穆尔先生……在这种时候，恐怕我丝毫没有调情的兴致。如果你愿意送我一程，我会很乐意与你共进晚餐。可——”

“对我来说这就行了，”他说，“不过我想，你会自己开车去的，所以我会等你。五点半行吗？”

“可以，好的，但是——”

“说定了。”彼得感到很开心。很好，开心真好。最近这几年，很多时候他都开心不起来，他也不知道为什么。是因为无数个夜晚，在302号公路从这儿至北康韦之间的酒馆里待得太晚，喝得太多吗？就算如此，也不是全部原因吧？也许还有其他原因，但现在不是考虑这个问题的时候。这位女士要去赴一个约会。如果她去成了，卖掉了房子，说不定彼得·穆尔会走大运呢。而且即使不走大运，他也一定能帮助她，他感觉到了这一点。

“我现在要干一件事儿，可能会有点古怪，”他说，“不过你别为这个担心，好吗？只是一个小把戏，就像把手指放在鼻子底下来止住喷嚏，或者在回忆某个名字时轻捶额头一样。好吗？”

“当然，好的。”她满脸疑惑地说。

彼得闭上眼睛，将一只手微握成拳头举到面前，然后竖起食指，在脸前来回摆动。

特里西看了看柜台后的凯西，凯西耸耸肩膀，似乎在说，谁知道呢？

“穆尔先生？”特里西的声音有些不安了，“穆尔先生，也许我该——”

彼得睁开眼睛，深吸一口气，把手放下来。他的视线越过她，看向门外。

“好吧，”他说，“当时你进来了……”他的视线缓缓移动，仿佛看见她正在进来，“你走到柜台边……”他的视线转向柜台，接着说：“你可能问了一句，‘阿司匹林在哪一排货架？’反正是类似的问题。”

“是的，我——”

“不过你还买了别的东西，”他能看见糖果架上那抹耀眼的黄色，犹如一个黄色的手印，“是巧克力糖吧？”①

“是的，”她褐色的眼睛睁得很大，“你是怎么知道的？”

“你拿了糖，然后才去拿阿司匹林……”这时，他抬起头，看着第二排货架，“然后你付了钱，走了出去……我们到外面去一会儿吧。再见，凯西。”

凯西只是睁大眼睛看着他，点了点头。

彼得出了门，没有理睬门铃的叮当声，也没有理睬那已经变得密集的雨点。那抹黄色位于人行道上，但是有些黯淡，雨水将它掩住了。可他仍然看得见，并因为看得见而感到高兴。那种“咔嗒”的感觉。真美。这就是路线。他已经好久没有这么清晰地看到路线了。

“回到车上，”他现在是自言自语了，“回去用矿泉水服阿司匹林……”

他穿过人行道，缓缓来到福特车旁。那女人跟在后面，眼中的焦

---

① 这种药店类似于杂货店，也兼售化妆品、零食等。

虑有增无减，似乎还多了几分惊恐。

“你打开车门。你手上拿着提包……钥匙……阿司匹林……巧克力糖……一大堆东西……从一只手换到另一只手……就在这个时候……”

他弯下腰，把手探进街沟的流水中，水一直淹及他的手腕。他掏出一样东西，魔术师般一挥。钥匙在阴暗的天色中闪闪发光。

“……你把钥匙弄掉了。”

她一时没有去接钥匙，只是目瞪口呆地看着他，仿佛他就在她的眼皮底下施展了什么巫术——他自己也觉得，也许这真的是一种魔术。

“拿着呀，”他说，笑容收敛了些，“拿着吧。你知道，这没什么好奇怪的，主要是靠推理。我很擅长这一套。喂，你以后迷路时最好有我在车上，我可会找方向了。”

她这才接过钥匙，动作很快，也很小心，避免碰着他的手指，他马上明白她后面不会来见他了。不需要什么特别的本事，也能看出来。只要看看她的眼睛就行了，那眼神与其说是感激，不如说是恐惧。

“谢……谢你。”她说。这一转眼间，她就在谨慎地把握两人之间的距离，不想让他靠得太近。

“举手之劳。好了，别忘了，五点半在‘西码头’。那儿的煎扇贝是本州这一带最棒的。”把幻想维持下去吧，有时候你不得不维持下去，不管内心感受如何。虽然这一下午的欢乐消失了一部分，但还有几分留了下来。他看到路线了，这总是让他觉得很好。只是一个小把戏而已，但是知道自己如此这样真是太好了。

“五点半。”她附和道，可当她拉开车门时，那回头一瞥就像是对着一条只要一松开皮带就会咬你一口的狗。她很庆幸自己不用与他一起开车去弗赖堡了。不需要很懂心理学，彼得也能看出这一点。

他站在雨中，看着她从略有坡度的停车位上倒车，当她开走时，他像个快乐的汽车推销员一样朝她挥了挥手。她心不在焉地摆了摆手指作为回应。他虽然不抱什么希望，还是于五点半钟准时来到“西码头”，而她则不见踪影。一个小时过去了，她仍然没有露面。不过他还是待了一阵子，一边坐在吧台旁喝酒，一边留意302号公路上的往来车辆。大约五点四十分，他觉得自己看到她没有减速就过去了：一辆绿色的福特车在雨中疾驰而去，这时雨已经下得很大；一辆绿色的福特车，后面可能拖着也可能没拖着一束淡淡的黄光，那黄光刹那间便淹没在昏暗的天色中。

得过且过，过了作数，他想，可现在快乐已经消失，伤感再度回来，这种伤感有些自作自受的意味，是为某种没有完全忘怀的背叛所付出的代价。他点燃一支烟——过去，还是个孩子时，他常常假装抽烟，而如今他再也不用假装了——又叫了一扎啤酒。

米尔特把酒递给他，并对他说：“你得吃点东西垫垫胃，彼得。”

于是彼得又点了一盘煎扇贝，在接着喝另外两扎啤酒时，还蘸着调味酱吃了几个扇贝。后来他晃悠到另一家以前不常去的酒吧，但在去那儿之前，他给住在马萨诸塞州的琼西打了个电话。可琼西和卡拉这天晚上正好难得外出，接电话的是保姆，问他要不要留个口信。

彼得正想说不要，话到嘴边又改变了主意：“就说彼得打过电话了。告诉他彼得说SSDD。”

“S……S……D……D……”她一边记一边说，“他会明白——”

“哦，是的，”彼得回答，“他会明白的。”

半夜时，他醉醺醺地待在新罕布什尔一家不知道是叫马蒂拉德还是拉蒂马德的酒馆里，对一位跟他一样醉醺醺的小妞说，他曾经真的相信自己会成为第一个登上火星的人。那小妞虽然一边点头一边说是呀是呀，可他心里清楚，她满心想的是在酒馆关门之前能让他再为她买一份咖啡白兰地。这也没什么。没关系。他明天早晨起床后会头痛，可还是会去上班，也许能卖掉一辆车，也许不能，但不管怎样，生活还是会继续。也许他会卖掉那辆暗红色的雷鸟，再见吧，宝贝。生活曾经很不一样，但现在总是老一套。他想他可以接受。对他这样的人来说，最重要的就是SSDD，所以其他一切都去他妈的吧。你长大了，成了一个男人，对一些不那么称心如意的事情你得适应；你发现梦想机器上已经贴有一个“出了故障”的大牌子。

等到十一月，他就会与朋友们一起去打猎，这是很值得期待的事情……不仅如此，也许待会儿回到车上时，还能与这位醉醺醺的小妞痛痛快快地乐一乐呢。不断地期待是医治头痛的良药。

梦想只属于孩子。

1998年：亨利接诊一位大胖子病人

房间里光线昏暗。亨利每次接待病人时，都把房间布置成这样。他饶有兴致地发现，似乎很少有人注意到这一点。他觉得这主要是因为他们的心理本身就很阴暗。他接待的主要是神经病患者（森林里到处都是这种人，他有一次对琼西这么说，当时他们正在——哈哈——森林里），根据他毫无科学依据的猜想，他们的问题是一道屏障，将他们与这个世界隔离开来。病情加重，他们的内心也愈来愈暗。多数时候，他对病人既怀有同情，又保持着距离。有时也可怜他们。还有极少数病人则让他失去了耐心。巴利·纽曼就是这种人。

所有的病人第一次踏进亨利的诊室时，都面临着一种选择，不过他们往往没有意识到这一点。进来后，他们看到的是一个光线虽然昏暗却很舒适的房间。房间的左边是一座壁炉，里面有一段永远烧不完的木头（其实是仿桦木的钢材），下面有四个安装得很巧妙的煤气喷嘴。壁炉旁边有一张高背椅，亨利总是坐在这里，头顶上方是一幅非常漂亮的画，那是梵高《金盏花》的复制品。（亨利有时对同行说，每位精神病医生的诊疗室里，都应该起码有一幅梵高的作品。）房间的另一端有一把摇椅和一张沙发。亨利总是满怀兴趣地留心新来的病人会如何选择。当然，他从事这一行已经很久了，所以知道，病人的第一次选择常常也是他（她）的每一次选择。曾经有人就此写过一篇论文。亨利知道有这样一篇论文，但想不起论文具体的观点了。不过话说回来，他发现自己近来对论文、杂志、学术研讨会等不那么关注了。那些东西曾经很重要，但现在情况变了。他睡得少了，吃得少了，也笑得少了。那种暗影——那种屏障——也进入了他自己的生活，而他发现自己并不排斥。它不会对他怒目而视。

巴利·纽曼从一开始就选择了沙发，亨利从来就不相信这种选择与巴利的心理状态有关，他绝对不会犯这种错误。对巴利而言，沙发只不过是更舒服而已，尽管五十分钟的谈话结束后，巴利起身时，亨利有时不得不拉他一把。巴利·纽曼身高五点七英尺，体重四百二十磅[①]。所以他对沙发情有独钟。

巴利·纽曼一开口总是啰里啰唆，没完没了，不外乎是详细叙述他一周来在食物方面的探索。这并不是说巴利吃东西很挑剔，哦不，恰恰相反。巴利对任何能抓到手的食物来者不拒。巴利是一台吃饭机器。而且他的记忆力很好，起码对这一方面都记得清清楚楚。他对食物有一种本能，就像亨利的老朋友彼得对地理方向有一种本能一样。

亨利一直试图让巴利看到森林，而不要只看树木，可现在他几乎要放弃了。一方面，这是因为巴利以一种温和却固执的方式，总是不厌其烦地讨论食物。另一方面，还因为亨利不喜欢巴利，从来就没有喜欢过他。巴利父母双亡，父亲去世时他才十六岁，到他二十二岁时，母亲也离开人世。他们留下了一大笔遗产，但是由委托人代管，直到巴利三十岁。到那个时候，他就可以得到那笔财产了……如果他坚持治疗的话。否则，就会仍然由委托人代管，直到巴利五十岁。

亨利怀疑巴利·纽曼能否活到五十岁。

巴利的血压（他曾经不无自豪地告诉亨利）是 190/140。

巴利的总胆固醇值是 290，他是一座脂库。

我随时都可能中风，我随时都可能心脏病发作，他曾经对亨利说，那语气严肃中带有几分开心，好像在表明，他之所以能说出这么冷硬的事实，就因为他心里知道，这样的厄运不会落在他的头上，不，不会的，他才不会摊上这种厄运。

“我中午吃了两个巨无霸，”他这会儿正在说，“我喜欢吃这个，因为里面的奶酪热乎乎的。”他的厚嘴唇——他这么大的块头，嘴唇却小得出奇，就像鲈鱼的嘴唇——合拢了，并微微发颤，仿佛正在品尝热奶酪的美味。“我还喝了一杯奶昔，回家的路上又吃了两个曲奇。中午我睡了一会儿，起来后，又在微波炉里热了满满一包冷藏过的蛋

① 约合 1.74 米；190.68 公斤。

奶饼。‘美味之饼！’”他大声模仿这句广告词，然后笑起来。这是处于温馨回忆——比如观看夕阳，或隔着一层薄薄的丝绸衬衫感觉到一个女人坚挺的乳房（亨利猜想巴利从来没有这种经历），或感受着海沙的亲密暖意——中的人发出的笑声。

“许多人都用烤面包炉来热蛋奶饼，”巴利接着说道，“但是我发现，这会使蛋奶饼变得太脆。而微波炉加热后则会又烫又软。又烫……又软。”他吧嗒着鲈鱼般的小嘴。“吃了那一整包蛋奶饼，我又有些愧疚。”他突然话锋一转，似乎这才想起亨利此刻所干的是一份正事儿。每次谈话时，他都会这样来上四五次……然后又回到食物上。

巴利这时已经讲到星期二晚上。由于今天是星期五，所以后面还有一长串的正餐和小吃要一一道来。亨利让自己的思绪游移开去。巴利是今天的最后一位病人。等巴利报完食物流水账后，亨利就会回家收拾行李。明天早晨六点钟他就会起床，在七到八点之间的某个时候，琼西的车会开进他家的车道。他们会把东西塞进亨利那辆旧旅行车里，亨利之所以把那辆车保留至今，完全是为了他们秋天的打猎之行。到八点半，他们两人就已经踏上北上之旅了。沿途他们会先在布里奇顿接上彼得，然后去接仍然住在德里附近的比弗。夜幕降临时，他们就会待在位于杰弗逊林区的“墙洞”[①]里，一边在起居室里打牌，一边听风儿在屋檐下呼啸。他们的猎枪会靠在厨房的角落里，打猎执照挂在后门的挂钩上。

他会与朋友们在一起，那种感觉总是像回家一样。在为期一周的时间里，那道屏障会微微掀开。他们会重叙旧日时光，听到比弗不堪入耳的粗话会捧腹大笑，而如果有谁真的能射中一头鹿，则会增加一层意外的欢乐。在一起时，他们仍然感觉很好。在一起时，他们仍然能战胜时间。

在遥远的背景里，巴利·纽曼还在喋喋不休。猪排土豆泥，抹有一层厚黄油的玉米棒，佩珀里奇农场牌巧克力蛋糕，一杯百事可乐上

---

① 木屋的名称。

面加了四勺冰淇淋，然后是鸡蛋，煎鸡蛋、煮鸡蛋、荷包蛋。

亨利一直似听非听，在所有该点头的时候都点头。这是精神病医生的惯用技巧。

天知道，亨利与他的老朋友们也有各自的问题。比弗很不善于跟女人交往，彼得酒喝得太多（所谓太多是根据亨利的标准），琼西与卡拉差点儿分道扬镳，而亨利目前则在与抑郁症作斗争，他觉得这抑郁症既令人难受，又很有诱惑力。所以说，他们各自也有问题。但是在一起时，他们仍然感觉很好，仍然能开心起来，而到明天晚上，他们就会在一起了。在一年里，有八天时间。很好。

“我知道我不该这样，可是一大早我就觉得非吃不可。也许是低血糖的缘故，我想有可能是这样。于是，我把冰箱里剩下的面包全吃了，接着又开车去了邓肯甜甜圈店①，买了一打荷兰苹果和四个——”

亨利还在想着将于明天开始的一年一度的打猎之行，这时不假思索地说道：“这种非吃不可的感觉，巴利，也许与你认为自己害死了你妈妈有关。你认为有这种可能吗？”

巴利的话音戛然而止。亨利抬起头，发现巴利·纽曼正瞪着他，那双眼睛睁得圆圆的，所以终于露了出来。②亨利知道自己应该住口——他根本就不该这么做，这与治疗毫不相干——可是他不想住口。在一定程度上，这也许是因为想起了老朋友，但更主要是因为看到巴利目瞪口呆的脸孔，还有那毫无血色的面颊。亨利想，自己受不了巴利的真正原因还是巴利的自命不凡。巴利内心里坚信，他不需要改变自己的自毁行为，更不需要查找其根源。

“你的确认为自己害死了她，对吧？”亨利问道，语气很随意，甚至很轻松。

“我——我从没——我讨厌——”

“她一遍又一遍地喊呀叫呀，说她胸口痛，不过当然了，她总在这么说，对吧？每隔一周就这样，有时候似乎是只隔一天。她不停地

---

① 一家食品连锁店。

② 指巴利胖得眼睛眯成了一条缝。

对着楼下喊你。‘巴利，快打电话叫韦瑟斯医生。巴利，快叫救护车。巴利，快打911。’”

他们从来没有谈论过巴利的父母。巴利身躯肥胖，性格温和而固执，他总是避开这个话题。有时他刚刚要说到他们——或者好像是要说到他们，可一眨眼，他又谈起了烤羊排，或者烤鸡，或者蘸橘子酱的烤鸭，再度报起流水账。所以，亨利对巴利的父母一无所知，当然也不知道巴利的母亲去世那天的情景：她从床上滚了下来，尿湿了地毯，嘴里还在一遍又一遍地叫着，那三百磅的身子胖得令人恶心，嘴里不停地叫着。他压根儿不可能知道这些，因为没有人告诉他，可他确实知道。巴利当时没有这么胖，只有一百九十磅[①]，相对还算苗条。

这是亨利所看到的路线。看到路线。亨利大概有五年没有这样了（除了偶尔在梦中看到过之外），他以为那一切已经成为过去，可此刻又回来了。

“你只是坐在电视机前，任她在那儿叫唤，”他说，“你坐在那儿，一边看里奇·雷克[②]的脱口秀节目，一边吃——吃的什么？是奶酪饼吗？还是冰淇淋？我不知道。可你只是任她叫唤，没有理睬。”

“住口！”

“你没有理睬，再说了，干吗要理睬呢？她这辈子一直都在叫狼来了。你不是傻瓜，你也知道自己不是。这种事情有时的确会发生。我想这一点你也明白。你让自己扮演这种对母亲充耳不闻的角色，仅仅是因为你喜欢吃而已。可是你知道吗，巴利？这真的会要了你的命的。在你的内心深处，你不相信你会因为食物死掉，可这是真的。你的心脏已经跳得那么费力，就像一个被装进棺材的大活人用拳头猛擂棺材盖一样。如果从现在起再增加八十到一百磅，后果会怎么样呢？”

“别说——”

---

① 300磅约为136公斤，190磅约为86公斤。

② 里奇·雷克，美国知名脱口秀节目主持人。

“如果你摔上一跤，巴利，那就会跟沙漠上的巴别塔倒塌了没有两样。看见你倒下的人会把这事儿谈上许多年。伙计，你会把橱架上的盘子震落得满地都是——”

“住口！”巴利这时已经坐直身子，这一次他不需要亨利拉他一把，双颊上两块野玫瑰般的红晕，更是衬出脸色煞白。

“——你会把杯子里的咖啡震得四处乱溅，你还会尿湿裤子，就像她一样——”

“**住口！**”巴利·纽曼声嘶力竭地喊道，“**住口，你这个魔鬼！**”

但是亨利无法住口，他做不到，他看到了路线，而一旦看到了，就不可能当作什么事也没发生。

“——除非你从现在的梦中醒过来，这是一个有毒的梦。巴利，你瞧——”

但是巴利不想瞧，完全不愿意去瞧。他晃荡着肥硕的屁股，冲出门口，走了。

巴利·纽曼一个人的脚步声不亚于一群水牛发出的声响。亨利听着那渐渐远去的脚步，一时坐在原地没动。外面的房间空无一人，他没有雇用接待员。巴利离开，一周的工作宣告结束。这样也好。真是一团糟。他走到沙发边，躺了下来。

“医生，”他说，“我把事情弄成了一团糟。”

“怎么会这样呢，亨利？”

“我对一位病人说出了真相。”

“如果我们知道了真相，亨利，我们不是会更轻松吗？”

“不，”他眼睛望着天花板，自问自答，“根本就不可能。”

“闭上眼睛吧，亨利。”

“好的，医生。”

他闭上眼睛。房间里顿时一片黑暗，这样很好。黑暗已经成了他的朋友。明天他会见到另外的朋友（有三个），光明会再一次显得美好。但是现在……现在……

“医生？”

“怎么了，亨利？”

“这真是典型的‘得过且过，过了作数’。你知道吗？”

“这话是什么意思，亨利？这对你是什么意思？”

“很多意思，”他闭着眼睛答道，接着又说，“没什么意思。”可这是假话。每每这种时候，他几乎不会讲真话。

他躺在沙发上，闭着眼睛，双手叠放在胸前，过了一会儿便睡着了。

第二天，他们四个人开车去了“墙洞”，度过了美好的八天时间。美好的打猎之行快要结束了，后面只剩下几次了，不过他们对此当然无从知晓。真正的黑暗还有几年才会降临，但是已经快了。

黑暗快要降临了。

2001年：琼西约见一位学生

有些日子会改变我们的一生，可我们并不知道。这样也许更好。在要改变他一生的那一天，琼西待在约翰·杰伊学院三楼的办公室里，看着注目所及的波士顿，心里想，就因为据说有位拿撒勒的巡回木匠[①]由于鼓动叛乱而将自己送上了十字架，T.S.艾略特[②]就认为四月是最残酷的月份，这真是大错特错了。住在波士顿的所有人都知道，三月才是最残酷的月份，给你几天虚幻的希望，然后再得意洋洋地浇你一盆冷水。今天就是这样一个不可靠的日子，春天似乎真的就要来临，他心里正打算着，在处理完即将要处理的那点烦心事之后，要出去散散步。当然，此时此刻，琼西并不知道这一天会有多么倒霉，不知道自己到头来会躺进医院，遍体鳞伤，在死亡线上挣扎。

得过且过，过了作数，他想，但是今天的过法会非常不一样。

正在这时，电话响了，他连忙拿起听筒，很希望是那个姓迪弗尼亚克的学生，可能是想取消十一点钟的约会。他预感到了是怎么回事，琼西想，这很有可能。通常情况下，都是学生主动约见老师。如

---

① 指耶稣。

② 著名的现代派诗人，其长诗《荒原》的第一句为“四月是最残酷的月份”。

果哪个学生被告知某某老师要见他……噢，正如俗话常说的那样，你自己心里有数。

“你好，我是琼西。”他说。

“嗨，琼西，过得还好吧？”

这声音他在哪儿都能听出来。“亨利！哎呀！很好，过得很好！”

其实，他过得似乎并非那么好，比如一刻钟之后，他得与迪弗尼亚克谈话，但一切都是相对而言，对吧？与他十二小时后的境况相比——到那时，他全身会插满管子，连接着各种“嘟嘟”作响的机器，刚刚做完一次手术，还得接受三次手术——就像人们常说的，琼西已经是够不错了。

“这就好。”

琼西可能听出了亨利语气中的沉重意味，不过更可能只是一种感觉。

“亨利，出什么事了？”

没有回答。琼西正要开口再问时，亨利说话了。

“我的一位病人昨天死了。我刚好看到报纸上的讣告。他叫巴利·纽曼。”亨利停了停，“他总是坐沙发。”

琼西不知道这话是什么意思，但是他的老朋友很痛苦，这一点他知道。

“是自杀吗？”

“是心脏病。才二十九岁。把自己吃进了坟墓。”

“我很难过。”

“他差不多有三年没来我这儿看病了。我把他吓跑了。我当时……出现了那种情形。你明白我的意思吗？”

琼西认为自己明白。“是路线吗？”

亨利叹了口气。琼西觉得那不像是懊悔，更像如释重负。

“是的。我几乎是狠狠教训了他一顿。他就像屁股着了火似的拔腿就跑。”

“即使这样，也不能表明你该为他的心脏动脉负责呀。”

“话也许是这么说，可感觉却不是这样。”他顿了顿，然后带着一丝好笑的口吻说，“这不是吉姆·克劳斯[①]演唱的一首歌中的词儿吗？你呢，你没事儿吧，琼西？”

“我？噢，是的。怎么这么问？”

“不知道，”亨利说，“只是……从我打开报纸，在讣告栏上看到巴利的照片后，就总是想到你。我希望你小心点儿。”

琼西浑身的骨头——其中许多根很快就会折断——掠过一丝凉意。“你到底在说些什么？”

“我不知道，”亨利回答，“也许什么都没有。但是……”

“你现在又看到路线了吗？”琼西一阵惊恐。他在椅子里猛地一转身，望着窗外难得一见的春光。他的脑海中突然闪过一个念头，也许是那位姓迪弗尼亚克的学生急了，也许他正带着一支枪（用悬疑小说中的话说，就是*千钧一发之际*，琼西闲暇时很喜欢看这类小说），而亨利则不知怎么感应到了这一幕。

“我不知道。很可能是我看了讣告栏上的巴利的照片后，在胡思乱想。不过你这段时间小心点儿，好吗？”

“哦，好吧……我会的。”

“那就好。”

“你没事儿吧？”

“我很好。”

但是琼西根本就不觉得亨利很好。琼西正要接着说什么时，背后有人清了清嗓子，他意识到迪弗尼亚克可能已经来了。

“哦，那就好，”他说，然后坐在椅子里转回身来。没错，他约定在十一点钟面谈的学生正在门口，看上去毫无威胁性：那只是个孩子，套着一件在这种天气显得太厚的大大的旧粗呢外套，显得瘦弱和营养不良，他一边耳朵上戴着耳环，留着朋克发型，几绺长发搭在忧心忡忡的眼睛上。“亨利，我现在约了人。我再给你打过去——”

“不，不必了，真的。”

“你确定吗？”

---

① 美国著名的吉他歌手。

“是的。不过还有一件事儿。能占用你半分钟时间吗？”

“当然。”他朝迪弗尼亚克竖起一根手指，迪弗尼亚克点了点头。可他还站在那儿，然后琼西指了指隔壁那间小办公室里的椅子，那儿没有满堆着书。迪弗尼亚克不大情愿地走过去。琼西对着电话道：“说吧。”

“我觉得我们该回德里一趟，就你和我，不用待多长时间。去看看老朋友。”

“你是说——”可他不想说出那个名字，那个听起来很孩子气的名字，因为房间里还有外人。

他用不着说了，亨利帮他说了出来。他们曾经是四人组合，后来有段时间是五人组合，再后来又恢复为四人组合。但是那第五个人从来没有真正离开过他们。亨利说出了那个名字，那个奇迹般长不大的孩子的名字。谈起他，亨利的焦虑就变得清晰起来，但他表达得更流畅了。他告诉琼西，并不是说他知道了什么，而只是一种感觉，觉得他们的老朋友可能需要他们去看看。

“你跟他妈妈谈过吗？”琼西问。

“我想，”亨利说，“最好是……你知道，我们就直接去那儿。你这个周末有安排吗？或者下个周末？”

琼西用不着去查看。这个周末从后天开始。星期六下午系里有个活动，但他可以轻而易举地找个借口不去。

“这个周末的两天都没问题，”他说，“我星期六过来好吗？十点钟？”

“那太好了！”亨利好像嘘了一口气，声音也平静下来。琼西的心踏实了一些。“你确定吗？”

“如果你认为我们该去看看……”琼西犹豫了片刻，又接着说，“去看看道格拉斯，那也许我们就应该去。已经太久了。”

“你约的人来了，对吧？”

“没错。”

“那好。我星期六上午十点钟等你。喂，也许我们可以开旅行车去，让它跑一跑热热身。你觉得怎么样？”

“棒极了！”

亨利笑了起来。“你的午餐还是卡拉做的吧，琼西？”

“是的。”琼西看了看自己的提包。

“今天吃什么？是不是金枪鱼？”

“是鸡蛋沙拉。”

“噢。好了，我得挂了。SSDD，对吗？”

“SSDD。”琼西说。在学生面前他不能说出他的老朋友的名字，但是说 SSDD 没关系。“以后再聊——”

“你要留点儿神。我是认真的。”亨利那郑重其事的口气听起来明确无误，而且也有点儿吓人。他还没来得及回答（再说他也不知道自己能说什么，迪弗尼亚克就坐在那儿看着和听着呢），亨利已经挂了电话。

琼西若有所思地盯着电话看了一会儿，然后也挂了。他翻了翻桌上的台历，将星期六的雅各布森主任家的酒会划掉，再写上请假——与亨利去德里看 D。但是他赴不了这个约会了。到星期六那天，德里和他的老朋友们都将远离他的脑海。

琼西深吸一口气，再吐出来，然后将注意力转移到眼前这次棘手的面谈上。那孩子不安地坐在椅子里。琼西猜想，他十分清楚自己被叫到这儿来的原因。

“嗯，迪弗尼亚克先生，”他说，“从你的档案上看，你是缅因州人。”

“哦，是的，是皮茨菲尔德。我——”

“你的档案还表明，你获得了这儿的奖学金，而且你的成绩挺不错。”

他发现，那孩子已经不只忧心忡忡，他的眼泪都要出来了。天啊，这真是难办。琼西以前还从来不曾抓到学生作弊，但是他想，今天不会是最后一次。他只希望这种事情不要经常发生。因为处理起来很难办，用比弗的话说，这是很栽的事儿。

“迪弗尼亚克先生——大卫，你知不知道，享有奖学金的学生一旦被发现作弊，后果会怎么样？比如说，期中考试作弊？”

那孩子全身一震，仿佛椅子下面有人恶作剧，用低压电流在他的瘦屁股上击了一下。接着，他的嘴唇发颤，眼泪开始从那张还没有刮过胡子的脸上淌下来，哦上帝，这还是一张孩子的脸啊。

“我可以告诉你，”琼西说，“奖学金会突然蒸发，这就是后果。‘噗’的一下，就无影无踪了。”

“我——我——”

琼西的桌上有一个文件夹。他把它打开，取出一张“欧洲历史”的期中试卷，上面是一大堆单项选择题，因为系里坚持要用这种极端愚蠢的考核方式。在这张试卷的上方，是用一支 IBM 铅笔写下的又粗又重的（“字迹务必清楚连贯，若需更改，请擦干净后再写”）**大卫·迪弗尼亚克**这个名字。

“我检查了一下你的作业，大卫，也重新读了你那篇关于法国中世纪封建主义的论文，甚至还看了你的成绩单。你的表现并不优秀，但是还过得去。我也知道你只是达到了这里的要求而已，你真正的兴趣不在我这个领域，对吧？”

迪弗尼亚克默默地摇了摇头，在三月中旬那不可靠的阳光照耀下，他脸上的泪水闪闪发亮。

琼西的桌子角上有一盒纸巾，他把它扔了过去，那孩子虽然非常难过，却毫不费力地接住了。反应不错。当你十九岁时，你全身的发条都还很紧，身体的各部分都很灵敏协调。

过几年再瞧吧，迪弗尼亚克先生，他想，我才不过三十七岁，有些发条就已经松了。

“也许我应该再给你一次机会。”琼西说。

他慢慢地、刻意地将迪弗尼亚克的答卷揉成一团，那张答卷正确得令人怀疑，完全是 A+ 的成绩。

“也许当时的情况是，你那天病了，根本就没有参加考试。”

“我的确是病了，”大卫·迪弗尼亚克连忙说道，“我想我是得了流感。”

“那么，也许我该让你回家去写一篇论文，而不是你的同学们所做的单项选择的考试。如果你愿意的话。是一次补考。你愿意这样吗？”

“是的。”那孩子回答，并用一大团纸巾使劲地擦眼睛。起码他没有来那一套愚蠢的小把戏，说琼西无法证明他作弊，什么也证明不了，他要向学生事务委员会申诉，他要抗议，等等。相反，他哭了，看起来虽然令人难受，但可能是一个好的征兆——十九岁还很年轻，但很多人到十九岁时，就已经把良知丢得差不多了。迪弗尼亚克很爽快地承认了，这表明他的内心还很单纯，还有希望成为一个正直的人。“是的，这太好了。”

“你知道，如果再发生这种事情——”

“不会了，”那孩子急切地说，“再也不会了，琼斯教授[①]。”

尽管琼西只是一位副教授，可他懒得更正孩子的称呼。说到底，总有一天他会成为琼斯教授。他最好能当上教授。他和妻子养了一群孩子，如果将来工资不能涨几级，生活可能会很艰难。他们已经有过艰难的感受了。

“我希望不会，”他说，“给我交一篇三千字的论文，论述诺曼征服的短期影响，行吗，大卫？可以引用别人的观点，但不需要脚注。用不着太正式，但必须是一篇有说服力的文章。我要你下星期一交。明白了吗？”

“是的，是的，先生。”

“那么，你现在就可以去动手了。”他又指着迪弗尼亚克脚上的破鞋子说，“下次你想买酒时，先去买双新鞋子。我可不想你再得流感。”

迪弗尼亚克走到门口，又转过身来。他恨不得马上离开这儿，以免琼斯先生改变主意，可他还是个十九岁的年轻人，好奇心很重。“您是怎么知道的？您那天根本就不在场，监考的是个研究生呀。”

“反正我知道，这就够了，”琼西有些粗暴地说，“快走吧，孩子。写一篇好论文，保住你的奖学金。我自己也是缅因州人，来自德里，我也知道皮茨菲尔德。离开那地方可比回到那儿去要好。”

---

① 琼西是朋友们对他的昵称，他的全名为格里·琼斯。

“这话您真是说对了，”迪弗尼亚克急切地说，“谢谢您。谢谢您给我第二次机会。”

“出去时把门带上。”

迪弗尼亚克出去了，很听话地随手关上了门（他买鞋子的钱后来没有花在啤酒上，而是用来给琼西买了一束花，祝愿他尽早康复）。琼西转过身子，再一次望着窗外。阳光虽然不可靠，却很有诱惑力。由于迪弗尼亚克的问题处理得比他预想的要顺利，所以他想，在三月的云罩住天空、也许还有雪下起来之前，他得去享受一下阳光。他原本打算在办公室吃饭，但是突然有了一个新计划。这绝对是他一生中最糟糕的计划，可琼西现在还不知道。他的计划是：拎起提包，带上一份波士顿《凤凰报》，过河去坎布里奇。他可以坐在长椅上，一边吃鸡蛋沙拉三明治，一边晒太阳。

他站起身，把迪弗尼亚克的文件夹放进标有 D-F 的柜子里。那孩子问，*您是怎么知道的？*琼西觉得这是个很好的问题。甚至是个绝妙的问题。答案是：他之所以知道，是因为……有时候他*的确*知道。这是事实，不存在其他答案。如果有人拿枪指着他的脑袋，他就会说，他是考试后的第一节课发现的，那个词就在大卫·迪弗尼亚克的脑海里，又大又亮，像红色的霓虹灯一般在心虚地闪烁：**作弊者　作弊者　作弊者**。

可是伙计，这都是鬼话——他可不懂心理学。从来都不懂。从来从来从来都不懂。有时候，一些东西突然闪进他的脑海，没错——正是因为这样，他才知道妻子服药的问题的，而且他觉得同样是因为这样，他才知道亨利打电话时情绪低落（*不对，是他的声音，只是因为他的声音*），但是这种情况几乎再也没有发生了。自从乔西·林肯霍尔那件事后，再也没有出现过*真正*奇怪的现象。也许曾经有过奇怪的现象，并且可能陪伴他们度过了少年和青年时代，但是很显然，它现在已经消失了。或者几乎是消失了。

几乎。

他把台历上*去德里*几个字圈了起来，然后拿起提包。正在这时，他脑海中闪进一个新的念头，这念头突如其来，毫无意义，却非常强烈：提防格雷先生。

他停住脚步，一只手还扶在门把手上。那显然是他自己的声音。

“什么？”他对着空空的房间问道。

什么也没有。

琼西出了办公室，关上门，试了试门锁。门上的告示牌一角钉着一张白色的空卡片。琼西把它取下来，翻了个面。卡片背面写有**一点钟回来——在此之前我是历史**的字样。他非常自信地把这一面朝外钉在告示牌上，但是等到琼西再次踏进自己的办公室，看到他的台历仍然翻在圣帕特里克节[①]那一天时，差不多已经是两个月之后的事情了。

你要留神点儿，亨利刚才说，但琼西此刻并没有想到要留神。他想的是三月的阳光。他想的是要吃自己带的三明治。他想的是在坎布里奇河边，他可能会看到几个姑娘——她们的裙子很短，而三月的风儿则会雀跃。他这时正想着各种各样的事情，唯独没有想到要提防格雷先生，也没有想到要留神。

这是一个错误。生活就这样被永远改变了。

---

① 为纪念爱尔兰守护神圣帕特里克而设立的节日，时间为每年的三月十七日，起源于五世纪末期的爱尔兰。

第一部分　毒　瘤

这震动让我平静。我应该洞明。
流逝的永远流逝。但未曾远离。
我醒来仍是睡梦，故慢慢苏醒。
我奔向必去之地，以了解真谛。

——西奥多·罗特克

第一章 麦卡锡

1

那家伙从树林里出来时，琼西差点儿朝他开枪。差多少呢？给他的伽兰德猎枪的扳机增加一磅[①]的力量就行了，也许只要半磅。人们在惊恐万状之际，头脑有时会出奇地清晰。后来处于这种境况时，琼西真但愿自己没等看到那橘红色帽子和橘红色背心就开了枪。杀掉理查德·麦卡锡不会造成伤害，反而可能有好处。杀掉麦卡锡可能会挽救他们所有人。

2

彼得和亨利去了戈斯林商店，那是最近的商店，他们要去多弄些面包和罐头食品，还有啤酒——这才是最重要的东西。他们带来的食物还足够对付两天，但收音机里说可能要下雪。亨利已经射中一头鹿，一头不小的母鹿；至于彼得嘛，琼西觉得他更在乎的是确保啤酒的供应，而并非自己能否捕获猎物——对彼得·穆尔来说，打猎是业余爱好，喝酒则是宗教。比弗也到外面的什么地方去了，但琼西在五英里之内没有听到枪声，所以他猜想，比弗与他一样，也正在等待。

离营地七十码左右的一棵老枫树上有个瞭望棚，琼西正待在这儿，一边喝咖啡，一边读着罗伯特·帕克[②]的一本悬疑小说。正在这

---

① 约 0.45 公斤。

② 罗伯特·布朗·帕克（Robert Brown Parker，1932—2010），美国冷硬派推理作家，他的推理小说受钱德勒影响甚深，让二十世纪三十年代的冷硬派小说类型在当代重振声威。他的小说布局结构单纯，场景的描述不多铺陈，对于故事情节则刻画详尽，富于道德批判；书中人物话锋锐利、妙语如珠，更是作者的拿手绝活。小说多以波士顿私家侦探斯宾塞为主角。

时，他听到有什么东西在渐渐靠近，于是把手上的书和保温杯放了下来。如果是在以往那些年里，他可能会兴奋得把咖啡掀翻，但是这一次不会了，这一次他甚至还花了几秒钟时间，把保温杯的鲜红色盖子拧紧。

每年十一月份的第一周，他们四个人都会来这儿打猎，这个习惯已经持续差不多有二十五个年头了——如果把比弗的父亲带他们来的那几次也计算在内的话。琼西此前从来没有在意过树上的瞭望棚，其他几个人也一样，上面的空间太小了。可是今年，琼西却让它派上了用场。其他人都自以为知道其中的原因，可他们了解的只是一部分。

2001 年 3 月中旬，在离他执教的约翰·杰伊学院不远的坎布里奇，琼西在横穿马路时被一辆汽车撞倒，造成颅骨骨裂，两根肋骨断了，还有一侧的髋骨粉碎性骨折，后来不得不用一种由特弗伦和金属合成的新玩意儿来替代。肇事者是波士顿大学一位已经退休的历史教授，患有早期老年痴呆症（起码他的律师是这么说的），因此，与其说他应该受罚，不如说更令人同情。琼西想，事情往往都是这样，灾祸发生之后，没有人可以怪罪。而且就算有人可以怪罪，又于事何补？你还是得接受现实，自我安慰，就像人们每天——也就是说，在他们还没有将整件事情忘到脑后之前——跟你所说的那样，这已经是不幸中的万幸了。

的确是不幸中的万幸。他的脑袋很硬，骨裂已经愈合了。对在哈佛广场附近发生车祸前那一小时左右的经历，他失去了记忆，但其他的脑部功能都很正常。他的肋骨不出一个月就痊愈了。最严重的是髋骨，不过到十月份的时候，他就已经不用拐杖了。现在，只是在忙乎一天之后，他的腿才看得出有一点跛。

彼得、亨利和比弗全都以为，他之所以选择树上的瞭望棚，而不肯去潮湿、阴冷的树林，是因为他的髋骨，认为这是唯一的原因。髋骨当然是一个因素，但不是唯一的因素。他没有告诉他们的是，现在他对猎鹿已经没什么兴趣了。他们一定会感到惊讶。实际上，连琼西自己也感到惊讶呢。可事情就是这样，这是他生活中的新变化，而在他们于十一月十一日真正上这儿来以及他拿出猎枪之前，他自己对此也浑然不觉。对打猎这件事他并不厌恶，一点也不，他只是没有猎杀的欲望了。在三月份那个阳光明媚的日子里，死神已经与他擦肩而过，琼西可不想再请它回来，就算他是处于主动而不是被动的地位也如此。

3

出乎他意料的是，他仍然喜欢到营地来，从某些方面而言，甚至比以前更喜欢了。彻夜的长谈——谈书籍，谈政治，谈他们小时候干的那些糗事儿，谈未来的打算。他们都是三十来岁，都还年轻，可以有打算，有各种各样的打算，旧时的联系仍然很紧密。

白天的时光——他独自待在瞭望棚上的时光——同样很好。他带了一本书，一台随身听，还有一个睡袋，觉得冷的时候就把下半身套进去。但是第二天，他就不用随身听了，他发现自己更喜欢森林的音乐：风儿在杉树中的沙沙声，乌鸦发出的嘎嘎声。他读一会儿书，喝几口咖啡，再读一会儿书，有时候将身子从睡袋里挪出来（睡袋的红色与十字路口的红灯一般显眼），在瞭望棚边方便一下。他有一个大家庭，还有一大群同事。他生性喜欢热闹，对家人和同事（当然还有学生，一届又一届的学生）的所有朋友都乐于结交，并且与他们相处融洽。只是在到了这里之后，在这上面，他才意识到，寂静的魅力仍然具体可感，仍然难以抗拒。就像与老朋友久别重逢。

“伙计，你确定你想待在那上面吗？”亨利昨天早上问他，“我是说，你完全可以跟我一起去。我们不会让你那条腿太受累的，我保证。”

“别管他，”彼得说，“他喜欢那儿。对吧，琼西小子？”

“算是吧，”他回答道，不愿再多费口舌——比如，说他其实真的很喜欢这儿。有些事情即使是告诉最亲密的朋友，你也会觉得不安全。而有些时候，你不说他们也知道。

“告诉你吧，”比弗说着，拿起一支铅笔，轻轻地咬起来——这是他最为喜爱、最根深蒂固的习惯，早在小学一年级就开始了，“我喜欢回来时看到你待在上面，就像那些狗屁胡侃的书中所讲的桅杆瞭望台。警醒点儿，伙计。”

“看，有船！[1]”琼西脱口而出，他们不由得哈哈大笑，不过琼西听懂了比弗的意思，他感觉到了。警醒点儿。一边想着心事，一边留意是否有船只、鲨鱼或别的什么东西出现。下来时他的髋部很疼，装着大便的袋子在背上沉甸甸的，沿着钉在树干上的木梯级往下爬时，他感觉动作很慢，很笨拙，不过这没关系。实际上还很好。事情总会变化，只有傻瓜才相信变化总是会更糟。

当时他就是这么想的。

4

听到有东西穿过灌木时的沙沙声和树枝轻微的断裂声——他丝毫没有怀疑这是一头鹿渐渐走近的声音——琼西想起父亲说过的一句话：*你不主动找运气，运气自会来找你*。林赛·琼斯这辈子一事无成，也没说过什么值得一记的话。但这句话却是例外，眼下的情形就是又一项证据：他几天前刚刚决定不再猎鹿，这会儿却有一头鹿送上门来，而且从声音判断，还是一头体型很大的鹿——几乎可以肯定是一头公鹿，可能跟人一样大。

琼西怎么也不会想到会真的是一个人。这里是位于兰奇利以北五十英里处的一个非自治市，离这儿最近的猎手都在步行两小时的路程之外，最近的公路——也就是去戈斯林商店时最后要走的那条路——离这儿起码也有十六英里。

嗯，他想，我好像并没有发过誓似的。

是的，他并没有发誓。明年十一月来这儿时，他可能会带尼康相机而不是伽兰德猎枪，可现在还不是明年，而猎枪就在手边。他可不想把一头送上门来的鹿白白放走。

琼西拧紧咖啡杯的红色杯盖，把杯子放到一边。接着，就像脱掉一只大棉袜似的，他把睡袋从下半身褪下来（因为髋部行动不便不免

---

① 航海用语，这里是针对上文的“桅杆瞭望台”之说。

蹙着眉头），然后拿起猎枪。没有必要加装子弹，以免弄出的响声太大，把鹿吓跑；老习惯真是根深蒂固，他刚刚拉开枪栓，猎枪就已经蓄势待发了。在这个过程中，他一直稳稳地站在那儿。过去的狂喜不见了，但留下了一点残迹——他的脉搏加快了，他喜欢这种感觉。发生那次事故之后，类似这样的反应他都喜欢，仿佛如今有了两个他，一个是在街上被撞倒之前的他，另一个是在马萨总医院苏醒过来——如果可以把那种迟缓和药物作用下的迷糊意识称为苏醒的话——后更为谨慎、更为老成的他。有时候，他仍然听到有个声音——不知道是谁的，但不是他自己的——在那儿喊着*请停下来，我受不了啦，快给我打一针，马西在哪儿，我要马西*。他觉得那是死神的声音，死神在街上没能抓住他，于是又回到医院来完成使命；死神摇身变成一个痛苦的男人（也可能是一个女人，很难分得清楚），口里叫的是马西，但真正想要的是琼西。

那个念头过去了——他在医院里时产生过的各种怪念头后来都过去了——但是它留下了残迹。这种残迹就是谨慎。他丝毫不记得亨利曾经打电话来要他在随后的那段时间里留神点儿（亨利也没有再提起这件事），但从那以后，琼西就处处留神。他很小心。因为死神也许还在什么地方，也许什么时候就会喊你的名字。

但是过去的毕竟过去了。他与死神擦肩而过并幸存下来，而今天早晨，在这里即将死去的不过是一头走错方向的鹿（他希望是一头公鹿）。

传到他耳中的灌木的沙沙声和树枝的折断声来自西南方向，这就是说，他不需要隔着枫树的树干射击——很好，而且他还处于上风位置——这更好。枫树的树叶已经落得差不多了，透过纵横交错的树枝，前面的一切不说是一览无余，起码也是比较清楚。琼西抬起枪，把枪托底板顶在肩胛骨上，准备收获一头可资夸口的猎物。

正是由于琼西对打猎不再着迷，麦卡锡才免于一死——至少是暂时如此。又由于一种被琼西父亲的朋友乔治·基尔罗伊称为“视觉兴奋”的现象，麦卡锡也几乎命归黄泉。基尔罗伊说，“视觉兴奋”是猎手在猎物靠近时情绪兴奋的表现形式之一，它可能是在打猎中造成意外事故的第二大原因。“第一大原因是酗酒，”乔治·基尔罗伊说，与琼西的父亲一样，基尔罗伊对这个话题也颇有了解，“第一大原因总是酗酒。”

基尔罗伊说，一旦发现自己射中的是围栏柱子、路过的汽车、马厩的侧墙或一起来打猎的同伴（这位同伴常常是自己的配偶、兄弟或孩子）时，视觉兴奋症患者无一例外地会觉得难以置信。“可我的确看见了！”他们会不服气，根据基尔罗伊的观点，许多人还能通过测谎仪针对这个问题的测试。他们看见了那头鹿或者熊或者狼，或者只是一只扑扇着翅膀从秋天的深草中飞过的松鸡。他们真的看见了。

根据基尔罗伊的观点，真实的情形是，这些猎手有一种焦虑之感，只想快点开枪，把猎物弄到手，不管是以什么方式。由于这种焦虑过于强烈，为了结束紧张情绪，大脑便让眼睛相信，它看见了实际上并不存在的东西。这就是“视觉兴奋”。尽管琼西并没有感受到任何的焦虑——刚才在把咖啡杯的红色杯盖拧回到杯口中时，他的手指非常平稳——后来他还是暗暗承认，没错，他可能也患上了这种病。

有那么一瞬间，他清清楚楚地看见了那头鹿，它就在纵横交错的树枝所形成的甬道的尽头。他看得很清楚，就像以前看见在“墙洞”一带打中的所有那些鹿一样，这些年来他一共打中了十六头（六头公鹿，十头母鹿）。他看见了鹿的褐色脑袋，它的一只眼睛黑得就像珠宝商用来放珠宝的黑金丝绒，他甚至还看见了一部分鹿角。

快开枪！他身体里有个声音在喊，这是遭遇车祸之前的琼西的声音，是那个完整的琼西的声音。在刚刚过去的这一个月左右的时间里，随着他渐渐进入一种神奇状态（那些没有遭遇过车祸的人轻松地称之为“彻底康复”），那个声音对他说话的次数越来越多，但是从来没有像现在这么大声，这是一道命令，几乎是一声呼喊。

他的手指真的扣紧了扳机。手指终究没有增加那最后一磅（也许只需要半磅，只需要小小的八盎司）力量，但是的确扣紧了扳机。拦住他的是第二个琼西，那个在马萨总医院苏醒过来的琼西——当时他昏昏沉沉，迷迷糊糊，苦不堪言，对一切都不是很清楚，只知道有人要什么东西停下来，有人受不了，得再打一针才行，有人要找马西。

不，别慌——等一等，再看看，后面这位谨慎的琼西说，他听从了这个声音。他一动不动，身子稍稍前倾，将大部分重量集中在那条没有受伤的左腿上，举着猎枪，枪管呈漂亮的三十五度，指向那个树枝交织而成的有亮光的甬道。

这时，雪花开始从白色的天空中飘洒下来。透过飞舞的雪花，琼西突然发现，那头鹿的脑袋下面有一道醒目的橘红色竖线，仿佛是雪花引发的幻象。一时间，他失去了感知能力，顺着枪管所看到的只是一堆毫无意义的杂碎，犹如各种颜料在画家的调色板上被搅成一团。没有鹿，没有人，甚至树林也不见了，只有一堆令人不解的乱糟糟的黑色、褐色和橘红色。

接着，橘红色更多了，一个成形的东西出现了：那是一顶帽子，一顶侧檐可以放下来遮住耳朵的帽子。外州人常常花四十四美元在比恩公司[①]买这种帽子，里面有一个印着**工会自豪地制造于美国**的小标牌。你也可以花上七美元，在戈斯林商店买一顶，那儿的帽子的标牌上，只写着**孟加拉国制造**。

这顶帽子的出现让琼西大吃一惊，他的意识也变得清晰起来：哦上帝！太可怕了！他以为那片褐色是鹿头，实际上却是一个人的羊毛外套的前胸，那只黑金丝绒般的鹿眼其实是一颗纽扣，而鹿角则不过是树枝而已——是他自己所待的这棵树上的树枝。这个人实在是不明智（琼西很不愿意使用疯狂这个词），居然在森林里穿着褐色外套，不过琼西还是想不明白，他自己怎么会犯这种可能会导致可怕后果的错误。因为那个人还戴着一顶橘红色帽子，对吧？而且，在那件显然不明智的褐色外套上，他还套着一件醒目的橘红色背心。这家伙——

——差点儿跟死神握手了，只要琼西的手指再增加一磅（也许还不到一磅）的压力，一切就不可挽回了。

这一事实至为真切地闯进他的意识，使他一下子魂飞魄散。在这个他永远也不会忘怀的可怕而鲜明的瞬间，他既不是车祸发生前那个

---

① 位于美国缅因州的比恩公司是世界生产和销售服装及户外运动装备的著名企业，现在是美国第三大直销品牌。

自信满满的琼西第一，也不是那个捡回一条命后处处小心的琼西第二——事故之后，他常常处于一种身体不适和思绪不清的难受状态之中。在这一瞬间，他是另外一个琼西，是一位隐身人，正打量着站在一棵树的瞭望棚上的猎手。猎手头上的短发已渐渐花白，两边嘴角刻上了皱纹，脸上有些胡茬，显得很憔悴。猎手正准备使用自己的武器。雪花开始在他的脑袋周围飞舞，并降落在他的褐色法兰绒衬衣上，给这件下摆没有塞进裤腰的衬衣增添了亮色。他正要朝一个戴着橘红色帽子、穿着橘红色背心的人开枪，而如果他没有待在这棵树上，而是与比弗一起进了森林，他也会穿戴那套一模一样的橘红色行头的。

他的魂魄"砰"的一声返回躯体，就像开着快车的人在一次剧烈的颠簸后，又猛地靠回椅背一样。他惊恐地发现，他的猎枪仍然在跟踪下面那个人，犹如鳄鱼咬住猎物不放似的，他的脑海深处似乎有个固执的想法，坚信那个穿褐色外套的人就是一头猎物。更可怕的是，他扣在猎枪扳机上的手指好像无法松开。在令人恐怖的一两秒钟里，他甚至觉得那根手指还在继续用力，不屈不挠地要使上那最后的几盎司力量，让他犯下一生中最大的错误。后来，他渐渐认为那只是一种错觉，正如你坐在一辆停止不动的汽车里，眼角的余光瞥见有辆车从旁边缓缓开过，便以为自己的车在后退，两者是同样的道理。

不，他只是完全呆了，但这已经够糟糕了，真是糟糕透顶。有时候，彼得发现琼西在他们聊天时走神，只是直愣愣地盯着不远处的某个地方，就对他说，*你想得太多了，琼西*，而他的真正意思可能是*你想象得太多了，琼西*，而且这很可能是事实。很显然，此时此刻，当他顶着这个季节的第一场雪，头发乱糟糟的，高高地站在这棵大树的中央时，他就想象得太多了——他的手指扣在猎枪扳机上，没有像刚才害怕的那样继续用劲，但是也没有松开，那人现在到了他的正下方，他的猎枪的瞄准器对着那橘红色帽子的顶部，那人的生命悬在枪口与帽子之间的一根无形的线上，心里可能在打算卖掉自己的车，或者欺瞒自己的妻子，或者给大女儿买一匹小马（琼西后来有理由相信，麦卡锡根本就没有考虑这些事情，但是他当时显然不得而知，当时他正站在树上，发僵的食指扣着猎枪的扳机），而不知道即将要发生什么事情，就像当初琼西一手拎着皮包，一边胳膊下夹着波士顿《凤凰报》，站在坎布里奇的马路边等车时，不知道随后会发生什么事情一样，也就是说，不知道死神已经靠近，不知道死神甚至还可能是一个行色匆匆的身影，就像从英格丽·褒曼的一部早期电影中逃出来的东西，或者是一个在宽大的风衣里藏着工具的家伙。也许是剪刀。还可能是手术刀。

而最糟糕的是这个人不会死，或者起码不会马上就死。他会摔上一跤，然后躺在那儿大呼小叫，就像琼西当初躺在街上大呼小叫一样。琼西不记得喊叫这回事儿了，但是他当然喊叫过，他听别人说了，并且没有理由不相信。很可能是不顾一切地乱号一气。如果那个身着褐色外套、橘红色背心和帽子的人喊叫着要找马西怎么办？当然他不会这样——不会*真的*这样，但是琼西的大脑会认为那是要找马西的叫声。如果存在“视觉兴奋”这回事，如果他在看到那人的褐色外套时认为那是鹿的脑袋，那么在听觉方面可能也存在类似的情况。听到别人在那儿喊叫，心里认为你自己就是让他喊叫的原因——哦上帝，不要。可是他的手指仍然不肯松开。

一件简单而出乎意料的事情终于让他从这种无法动弹的状态中清醒过来：在距离琼西的树底下大约十步的地方，那个穿褐色外套的人摔倒了。琼西听见了那痛苦而吃惊的声音——听起来就像是“嗵”的一下——他的手指不知不觉就松开了扳机。

那人四肢着地，手上戴着褐色手套（褐色手套，这又是一个错误，琼西想，这家伙干脆在背上贴一个*朝我开枪*的牌子好了），双手趴在已经渐渐变白的地上。接着，那人一边慢慢爬起来，一边烦躁而不解地大声说着什么。琼西起初没有意识到那人在哭。

“哎呀天啊，哎呀天啊。”那人咕哝着，艰难地站起身来。他两腿有些打颤，像是喝醉了。琼西知道，到森林里来的人，那些在一周或周末的时间里离家在外的男人，常常会犯下各种各样的小错误，而早上十点钟喝酒则是最常见的错误之一。不过琼西认为这家伙并没有醉，他说不出原因，只是一种感觉。

“哎呀天啊，哎呀天啊，哎呀天啊。”然后，当他抬腿走动时，嘴里说的又是：“下雪了。这会儿又下雪了。求求你上帝，哎呀上帝，这会儿又下雪了，哎呀天啊。”

他开始的那几步走得歪歪倒倒。琼西正在想自己的感觉错了，那家伙的确是喝多了，没想到那人又不那么踉跄了，步子渐渐平稳。他用手在右边脸上挠了几下。

他走到瞭望棚的正下方，一时间，他不再是一个人，而是一顶橘红色帽子所形成的圆圈，圆圈的两侧是褐色的肩膀。他的声音传了上来，带着抽抽搭搭的哭声，说得最多的是*哎呀天啊*，偶尔夹杂着几声*哎呀上帝*或*这会儿又下雪了*。

琼西站在那儿，目送着这家伙先是消失在瞭望棚的正下方，然后又在另一边出现。他不知不觉地转动身子，眼睛紧盯着这个步履艰难的人——他也没有意识到自己已经把猎枪垂到一边，甚至还不慌不忙地把枪栓推回原位。

琼西没有喊他，而且明白自己为什么不喊：纯粹的负罪感。他害怕下面那人朝他看上一眼，就会从他的眼神中看清目前的情形——即使是透过满眼的泪水和越来越大的雪花，那人也能看出琼西一直在上面拿枪对着他，看出琼西差点儿朝他开了枪。

从树底下走出二十来步之后，那人停了下来，只是站在那儿，戴着手套的右手搭在眉头上，为眼睛挡雪。琼西意识到那人已经看到了“墙洞”。可能明白自己真的找到了一条路。那*哎呀天啊*和*哎呀上帝*的声音止住了，那家伙就像是在一艘大船的甲板上似的，拔腿摇摇晃晃地朝有发电机响声的地方跑去。在那幢宽敞的木屋之上，一缕缕轻烟正从烟囱上升起，顷刻便消失在大雪中。琼西可以听见那人朝木屋吃力地跑去时的短促呼吸。

琼西把枪挎在肩膀上（他并没有想到那人可能会造成什么威胁，当时还没有想到；他只是不想把猎枪留在外面任风雪吹打，因为这是一杆好枪），然后开始顺着钉在树干上的木阶梯爬下来。他的髋骨有些发僵，等他爬到树底下时，那个险些让他开枪击中的家伙已经差不多一路跑到了木屋门口……当然，木屋的门没有锁。在这样的地方，谁也不会锁门。

5

“墙洞”的门口有一块花岗岩石板，权充门前的露台，在离那儿只剩下十步左右时，那个穿褐色外套和戴橘红色帽子的家伙又一次摔倒。他的帽子飞了出去，露出头上那汗津津的、稀稀拉拉的褐色头发。有一会儿时间，他单腿跪在地上，低着头。琼西可以听见他艰难而急促的呼吸。

那人捡起帽子，刚刚把它戴在头上时，琼西喊了一声。

那人晃晃悠悠地站起来，踉跄着转过身子。琼西乍一看去，只见那人长着一张很长的脸，差不多就是人们常说的“马脸”。琼西走近前去，步履稍稍有点蹒跚，但并不跛（这就好，因为脚下的地面已经变得很滑了），这时他又发现，那家伙的脸根本就算不上特别长——他只是惊魂未定，而且看上去脸色非常非常苍白。他脸上挠过的那块红印十分显眼。看到琼西急匆匆地朝他走来，他一下子如释重负。想到自己刚才站在树上的瞭望棚上，担心这家伙会看透自己的眼神，琼西几乎要忍俊不禁。这家伙可不会看脸色，而且，对琼西从哪儿来以及刚才在干些什么显然也毫不关心。看他那副神态，似乎恨不得要张开双臂抱住琼西的脖子，再在琼西的脸上狠狠亲上几口。

“感谢上帝！”那人叫道。他朝琼西伸出一只手，踩着新铺上的一层薄雪，轻一脚重一脚地朝琼西走来。“哎呀呀，感谢上帝，我迷路了，我从昨天起就在森林里迷路了，我以为我会死在这儿。我……我……”

他脚下一滑，琼西连忙扶住他的双臂。他的身材很魁梧，比身高六点二英尺[①]的琼西还要高，而且比琼西也要宽。但是乍看之下，琼西却觉得这人完全是轻飘飘的，仿佛恐惧已经耗尽了他的内在，使他轻得像一根灯芯草。

“别激动，伙计，”琼西说，“别激动，你现在没事儿了，放心好

---

① 约 1.89 米。

了。我们把你弄进去暖和暖和，你觉得怎么样？”

听到暖和这个词，这人好像一下子被提醒，牙齿也开始打起磕来。“很——很好。”他想笑一笑，但没怎么笑出来。琼西再一次注意到他脸色煞白，不禁暗暗惊讶。今天上午外面的确很冷，最多只有二十度[①]，但是这家伙完全是面如死灰。除了那块红印之外，他脸上唯一的颜色就是眼睛下面的两圈褐色。

琼西突然对这位陌生人涌起一股不可思议的、非常伤感的柔情，这种感情十分强烈，就像上初中时对他第一次喜欢上的姑娘的感觉一样（她叫玛丽·乔·马丁诺，上身穿一件无袖白衬衣，下身是一条齐膝长的直筒牛仔裙），于是，他伸出胳膊搂住那人的肩膀。这时，他可以完全肯定那人没有喝酒——他之所以走路不稳，不是因为喝酒，而是因为惊吓（也有可能是因为疲惫）。不过他的气息中的确有一股味道——有点儿像香蕉。它还使琼西想起乙醚，在使用自己的第一辆车（那是一辆越战时期的福特）时，在寒冷的早上，为了让车发动，他常常把乙醚喷进化油器里。

“带你进去，好吗？”

“好。很——很冷。感谢上帝你来了。这是——”

“我的地方吗？不，是一位朋友的。”琼西推开上过漆的橡木门，把这人扶过门槛。一阵热浪几乎让陌生人喘不过气来，他的脸上渐渐有了红色。看到这人体内总算还有一点血，琼西暗暗松了口气。

6

以森林深处的标准来看，“墙洞”算得上是一幢大房子。一进门，就是楼下的唯一一个大房间——厨房、餐厅和起居室三位一体——不过后面还有两间卧室，楼上也有一间，都在同一屋檐下。大房间里弥漫着松树的芳香，上过漆的家具散发出柔和的光彩。地上铺着一张纳瓦霍地毯，一面墙上挂着密克马克人[②]的挂毯，挂毯呈现出一群以

① 这里指华氏二十度，相当于摄氏零下六点六度。

② 纳瓦霍是一个印第安部族，多生活在美国新墨西哥、亚利桑那和犹他等州。密克马克人是生活在纽芬兰和加拿大各省的一支印第安人。

棍棒为武器的勇敢的小猎手围着一头巨熊的情景。一张原橡木餐桌标志出了餐厅区的范围，餐桌很长，可以坐八个人。厨房区有一个烧柴火的炉子，起居室区有一座壁炉。当两个炉子同时生火的时候，哪怕外面是零下二十度，室内也会暖烘烘的，令人昏昏沉沉。朝西的墙是一扇大落地窗，往外看去，西边那一长溜陡峭的山坡尽收眼底。七十年代那儿曾经发生过一场大火，在这越下越大的雪天里，那些横七竖八的死树黑黢黢的，非常显眼。琼西、彼得、亨利和比弗把那片山坡称为“峡谷”，因为比弗的父亲以及他父亲的朋友们就是这么叫的。

“哎呀上帝，感谢上帝，也感谢你。”戴橘红色帽子的人对琼西说。琼西不由得笑了——他已经说了太多感谢——那人也不自然地笑出声来，似乎在说没错，他知道，这样说了一遍又一遍很蠢，可是他情不自禁。他大口吸着气，一时间俨然有线电视上看到的气功大师。每呼出一口气时，他还不停地说话。

“上帝，昨晚我真的以为自己完蛋了……当时那么冷……而且空气湿度那么大，我记得……记得我心里想，哎呀老天，哎呀天啊，如果真的下雪了该怎么办……我咳嗽起来，怎么也止不住……有什么东西过来了，我想我不能再咳了，如果是一头熊什么的……我就会被发现什么的……可我就是止不住，过了一会儿……你知道，又自动好了——”

“你晚上看到熊了？”琼西既震惊又好奇。他听说过这儿有熊——戈斯林老头和他商店里的那帮老家伙就喜欢讲熊的故事，尤其喜欢跟外州人讲这些——但是想想看，这家伙独自一人，还迷了路，晚上居然还碰到了熊，这太可怕了。仿佛在听水手讲海怪的故事。

“我不知道那是什么。”那人说着，突然从眼角瞥了琼西一眼，带着一股狡黠的意味，琼西不喜欢也不明白这种眼神，“我不能确定，当时闪电已经停了。”

“还有闪电？伙计！”这家伙的痛苦显然不是装出来的，否则琼西就要怀疑是在耍他了。事实上，他还真有些怀疑。

“我猜想，是干闪电[①]吧。”这人说。琼西几乎可以看出他是在有意轻描淡写。他挠了挠脸上的红印，那很可能是轻微冻伤。“冬天看到它，就意味着一场暴风雪即将来临。”

“而你看到了？昨天晚上？”

“我想是的。”这人又飞快地瞥了琼西一眼，但这一次琼西没有看到狡黠，并且认为自己刚才看到的也不是狡黠，而只是疲惫。“我脑子里全乱套了……自迷路之后，我就一直肚子痛……我每次怕怕的时候总是肚子痛，从当小孩子的时候就这样……”

他的确像个小孩子，琼西想，到处东张西望而自己完全没意识到。琼西领着这家伙朝壁炉前的沙发走去，而这家伙也任他领着。怕怕。他居然说怕怕而不是说害怕，真像个孩子。像个小孩子。

“把外套脱了给我。”琼西说。这家伙先解开纽扣，然后伸手去拉里层的拉链，此时琼西又一次想到自己居然以为看到的是一头鹿，一头公鹿，老天——他居然把一颗纽扣看成鹿眼而且险些就用子弹将它射穿。

这家伙把拉链拉了一半，就拉不动了，因为一边的黄色小链齿被布卡住了。他低头看着，呆愣愣地，仿佛从来没见过这种事情。当琼西伸手帮忙时，他便把双手垂在身子两侧，任琼西代劳，就像一个把鞋子穿错或把外套穿反了的小学一年级学生，只是站在那儿，任由老师帮他弄好。

琼西解开黄色小链齿，把拉链全部拉开。从那面全是落地窗的墙看出去，峡谷消失了，尽管那些横七竖八的黑色死树仍然清晰可见。他们一起到这儿打猎已经差不多有二十五年了，二十五年来几乎从不间断，在这么长的时间里，除了偶尔来一场雨夹雪之外，还从来没有下过大雪。放眼望去，好像这一切都要变了，不过谁又说得准呢？如今，广播电台或电视里的那些人把四英寸的薄雪都可以说成是下一个冰河时代。

有一会儿时间，这家伙只是站在这儿，敞着外套，皮靴上的雪渐

---

① 只见到闪电但听不到雷声的自然现象。

渐融化，水流到光滑的木地板上，他仰着头，张着嘴，看着屋梁，没错，他就像一个六岁的大孩子——或者说就像杜迪茨。你几乎以为会看到有双棉手套就别在他的袖口晃来晃去。他让外套滑落下来，那动作与小孩子完全没有两样：拉链拉开后，只管缩缩肩膀，任衣服掉下来就行。幸亏琼西在一旁伸手接住，要不然，那件外套就会掉在地上，把地上那一摊雪水吸干。

“那是什么？”他问。

琼西一时不明白这家伙指的是什么，但紧接着，他顺着这位陌生人的视线，看到挂在屋顶中梁上的一小片织网。那织网色彩艳丽，有红有绿，还间杂着几道嫩黄，形状就像一张蜘蛛网。

“是捕梦网，”琼西回答道，“那是印第安人的一种魔法，据说能赶走噩梦。我猜是这样。”

“是你的吗？”

琼西不知道这人指的是这整个地方（也许自己刚才说的话他没有听），还是仅仅指捕梦网，不过两者答案相同。“是我朋友的。我们每年来这儿打猎。”

“你们有几个人？”这人哆嗦着，双臂叠抱在胸前，手掌托着肘部，一边看着琼西将他的外套挂在门边的木头上。

“四个。比弗——这是他的营地——这会儿他到外边打猎去了。我不知道这场雪会不会让他马上回来。很可能会。彼得和亨利去商店了。”

“是戈斯林商店吗？”

“没错。过来吧，坐到沙发这儿。”

琼西把他带到沙发旁。这是一排很长的组合式沙发，看上去有些怪异。这类东西几十年前就过时了，不过它既没有怪味，也不曾被虫鼠咬过。在“墙洞”这儿，风格与品位不太重要。

“现在待着别动，”他说，并让这人坐下，这人正全身发抖，两手紧紧地夹在双膝之间。他的牛仔裤鼓鼓囊囊的，里面似乎穿着长内裤，可他还是在不停地哆嗦。不过，室内的暖气已经使他陡然增色：这位陌生人现在不再面如死灰，更像一位白喉病患者。

彼得和亨利共用楼下两间卧室中的大间。琼西几步走进去，打开位于房门左侧的松木柜。柜子里叠放着两床羽绒被，他拉出其中一床，然后重新穿过起居室区，回到陌生人正瑟瑟发抖地坐着的沙发旁。这时，他意识到自己还没有问过那个最基本的问题，那个连不会拉拉链的六岁孩子都会问的问题。

他站在这张超级野营沙发边，把羽绒被盖在陌生人身上，问道："你叫什么？"话刚出口，他就发现自己几乎已经知道了。麦克伊？麦卡恩？

差点儿被琼西击中的这个人抬起头来望着他，一边把羽绒被拉上去围住脖子。他眼睛下面的两圈褐色已经泛紫。

"麦卡锡，"他回答，"理查德·麦卡锡。"他已经脱下手套，一只手像胆小的动物似的从被子里探出来，显得异乎寻常的又白又胖。"你呢？"

"格里·琼斯，"他说，同时用那只几乎扣动扳机的手握住对方的手，"大家一般都叫我琼西。"

"谢谢你，琼西，"麦卡锡真诚地看着他，"我想你救了我一命。"

"哦，这我可不知道，"琼西说。他又看了看麦卡锡脸上的红印。冻伤，一点小小的冻伤而已。只可能是冻伤。

第二章　比　弗

1

“你知道我没法打电话，对吧？”琼西说，“电话线没有牵到这一带。用电靠的是发电机，别的就没什么了。”

麦卡锡盖着羽绒被，只有脑袋露在外面，他点了点头。“我倒是听见了发电机响，但是你知道迷了路是怎么回事——会听到各种奇怪的声音。有时，那声音好像是从你左边或右边传来，可马上你又敢肯定是在你身后，你最好转过头去。”

琼西点着头，尽管他其实并不明白是怎么回事。他从来没有迷过路，除非你把他出事后那一周左右的时间算进去，当时，由于药物作用和身体疼痛，他一直处于迷迷糊糊之中。

“我来看看有什么好办法，”琼西说，“我想，等彼得和亨利回来后，我们最好把你送出去。你们有多少人？”

麦卡锡似乎得想一想才能回答，由此联想到他刚才走路不稳的样子，琼西进一步肯定这人是惊吓过度。他很纳闷，在森林里迷路了一个晚上怎么就会变成这样，不知道他自己会不会也如此。

“四个，”麦卡锡想了片刻之后回答，“跟你们一样。我们打猎的时候是两个人一组。我跟一个朋友一道，他叫斯蒂夫·欧迪斯。他跟我一样，是律师，在斯考希根工作。我们都是斯考希根人。你知道，对我们来说，能有这一周时间……很不容易。”

琼西微笑着点点头，说：“是呀，我们也是。”

“我想，当时我可能是走散了，”他摇摇头，“我不知道，我听到斯蒂夫在我右边，有时候还透过树林看见他的背心，然后，我……我也不知道。我想，我可能是在思考什么问题——森林的最大好处，就是能让人思考——后来我就是一个人了。我想我可能是打算原路返回去，可当时天黑了……”他又摇摇头，“我的脑子全乱了，不过，对——我们有四个人，我想这个我能肯定。我、斯蒂夫、耐特·洛普，还有耐特的妹妹贝姬。”

“他们肯定急坏了。”

麦卡锡似乎吃了一惊，接着又很担心。他显然没有想到这个问题。“是呀，肯定是的。当然，他们会的。哎呀天啊，哎呀呀。”

琼西听了，几乎又要不禁笑出来。每次一开口，麦卡锡就有点像电影《冰血暴》里的一个人物。

“所以我们最好把你送出去。如果——”

“我不想给你们添麻——”

“我们会把你送出去的。只要可能的话。我是说，这天气变得太快了。”

“的确是的，”麦卡锡忿忿地说，“他们现在有了那些该死的卫星呀，多普勒雷达呀，还有别的一些玩意儿，你还以为他们的水平会有所提高呢。这天气可真是晴朗、微冷，对吧？”

这人捂着羽绒被，只有通红的脸庞和正在变得稀少的褐色头发露在外面。琼西有些不解地看着他。两天来，他所听到的——他、彼得、亨利和比弗听到的——预报始终都在说可能有雪。有些预报员给自己留了点余地，说可能会雪转雨，但今天早上，罗克堡广播电台（这种无线宽频电台是这儿能收听到的唯一电台，但信号也很弱，而且有很多干扰）的预报员就说，一场名为“艾伯塔剪刀”的暴风雪正在快速移动，降雪量为六到八英寸，如果持续气温而且低气压不转移到海上，随后还可能刮起东北风。琼西不知道麦卡锡是从哪儿听到的天气预报，但显然不是无线宽频电台。这家伙只是糊涂了，很有可能是这样，而且他完全有理由糊涂。

“你瞧，我可以热点儿汤。你想不想来一点儿，麦卡锡先生？”

麦卡锡感激地笑了。“我想这太好了，”他说，“昨天晚上我肚子痛，今天上午还加剧了，不过现在感觉好了些。”

“是因为紧张，”琼西说，“换了我的话，一准会吐得昏天黑地。还可能会拉在裤子上。”

“我没有吐，”麦卡锡说，“我很肯定我没有吐。但是……”他像神经痉挛似的又摇了一下头。“我不知道。一切都乱套了，就像是做了一场噩梦。”

“噩梦已经过去了。”琼西说。他觉得自己这么说有点儿傻——有点像老太太的口吻，但是这家伙显然需要安慰。

“好的，”麦卡锡说，“谢谢你。我很愿意来点儿汤。”

“有西红柿汤、鸡汤，我想可能还有一罐牛肉汤。你想要哪一种？”

“鸡汤吧，”麦卡锡回答，“我妈妈总是说，不舒服的时候喝鸡汤最好。”

说到这里，他咧嘴一笑，琼西尽力掩饰着惊讶之情。麦卡锡的牙齿洁白而整齐，甚至是太整齐了，从他的年龄（应该是四十五岁左右吧）来看，唯一的可能是修补过。但是至少有四颗牙齿不见了——上排的两颗犬牙（琼西的父亲称之为“吸血鬼牙齿”），还有下排正中间的两颗牙齿（琼西不知道它们叫什么名字）。不过有一点他明白：麦卡锡不知道自己掉牙了。任何人只要知道自己的牙齿有这么大的豁口，都不会如此坦然地将它们露出来，即使在目前的情况下也不会。起码琼西这么认为。他觉得身上掠过一丝古怪的凉意，同时仿佛接到一个不知从哪儿打来的电话。他转向厨房，以免麦卡锡注意到他脸色的变化，从而担心有什么不对劲。也许还会问他有什么不对劲。

“鸡汤马上就好。要不要再来一份烤奶酪三明治？”

“如果不麻烦的话。叫我理查德好吗？或者里克，这样更好。你救了我一命，我希望尽快改变那种客客气气的关系，而能彼此直呼其名。”

“里克是吧，好的。”*当你下一次出现在陪审团面前之前，最好把牙齿给补上，里克。*

他非常强烈地感到这儿有什么不对劲。就像那“咔嗒”一声，正如刚才几乎猜出麦卡锡的名字一样。只是过了很久以后，他才后悔没有及时开枪打死这个人，而此时此刻，他但愿麦卡锡没有靠近他的树并闯进他的生活，但愿他离自己越远越好。

2

他把汤放在炉子上，正在做三明治时，刮起了第一阵风——那呼啸的大风吹得木屋嘎吱作响，搅得雪花漫天飞舞。一时间，就连峡谷里那些横七竖八的黑色死树也不见了，大窗户的外面只有白茫茫一片，仿佛有人在那儿架起一幅大银幕。琼西第一次有了一丝忐忑，不仅仅是为彼得和亨利担心（他们可能正开着亨利的旅行车从戈斯林商店往回赶），他还为比弗感到不安。要说有人了解这片森林的话，应该非比弗莫属，但是置身于这完全雪白的世界里，那就谁也说不准了——一切都难以预料，这句话也是琼西那位一事无成的父亲说的，也许没有你不主动找运气，运气自会来找你那么深刻，但是不无道理。发电机的响声也许有助于比弗判别方向，不过正如麦卡锡所言，声音有时候会让你上当。特别是风势即将加大的话，而眼下的风势显然就有这种打算。

他母亲曾经教过他一些基本的烹饪技巧，其中之一就是如何制作烤奶酪三明治。先抹上一点芥嘛，她说——詹妮特·琼斯所说的芥嘛就是芥末——再在这该死的面包上（而不是锅上）涂好黄油。如果把黄油涂在锅上，最后做成的就是煎奶酪面包。他一直都不明白，涂黄油的地方不一样（面包上或者锅里），怎么就会造成最终产品不一样，不过他始终都按照母亲的方法，尽管当他一边让三明治的底层加热、一边在顶层涂黄油时，他的臀部隐隐作痛。只要一进入室内，他就会脱下胶鞋……因为他母亲总是说："你的脚会觉得拖泥带水的。"他不明白这是什么意思，但即使到了现在，已经是快四十的人了，他还是一进门就脱鞋，这样就不会觉得拖泥带水了。

"我看不如我自己也来一份吧。"琼西说，然后把三明治涂了黄油的一面朝下放进锅里。汤已经开了，闻起来很香——很舒服。

"好主意。我很希望你的朋友们都没事儿。"

“是呀，”琼西说，他在汤里搅了搅，“你们的营地在那儿？”

“噢，我们以前总是去马什希尔打猎，耐特和贝姬的叔叔在那儿有个地方，可两年前，有个昏了头的白痴把那儿给烧了。喝多了酒，然后抽烟时一不小心就失火了。马什希尔消防队的人是这么说的。”

琼西点点头，说：“这种事儿并不少见。”

“保险公司已经照价赔偿，可我们却没地方可以打猎了。我还以为也许就这样完了，可是后来，斯蒂夫发现了一个好地方，在基尼奥那边。我想大概是一个非自治市，也属于杰弗逊林区，但是被叫做基尼奥，住在那儿的人不多，都这么叫它。你知道我说的是哪儿吗？”

“知道。”他回答，说话时嘴唇有一种奇怪的麻木之感。仿佛又有一个电话不知从哪儿打过来。“墙洞”位于戈斯林商店以东约二十英里处，基尼奥在以西三十英里左右的地方。两者之间的距离共有五十英里。难道要他相信，眼前这个坐在沙发上、只有脑袋露在羽绒被外面的人，自头天下午迷路后，已经走了五十英里？未免太荒唐了。这不可能。

“真香。”麦卡锡说。

的确很香，但琼西已经毫无胃口。

3

他正在把吃的东西端到沙发旁，门外的石板上突然响起脚步声。接着门开了，比弗走进来。雪花在他腿边飞舞，看上去一片迷蒙。

“他娘的老天！”比弗说。彼得曾经把比弗的口头禅列了一个清单，其中，“他娘的老天”、“× 他奶奶的”和“亲我的大腿”一起名列前茅，这些话既具有神圣意味，又有点亵渎神灵。“我还以为晚上得待在外面了，可后来我看到了灯光。”比弗高举双手，手指张开。“看到了光，天父，赞美——”他眼镜上的雾气开始消失，于是看到了沙发上的陌生人。他的手缓缓地放下来，然后露出笑容。虽然比弗这个人有时很无聊，而且压根儿算不上出类拔萃，可遇到出乎计划和预料的情形，他的第一反应总是微笑，而不是皱眉，这也是琼西从上小学起就喜欢他的原因之一。

“你好，”他说，“我是乔·克拉伦顿。你是谁？”

“里克·麦卡锡，”麦卡锡说着，站起身，羽绒被掉下来。琼西发现他挺着个很不寻常的大肚子，毛衣的前面给撑得老高。嗯，他想，这没什么好奇怪的，只不过是中年男人的通病，在今后二十年左右的时间里，这毛病会将我们无数人置于死地。

麦卡锡伸出手，正要走上前去，却差点儿给掉在地上的羽绒被绊倒。如果不是琼西伸手抓住他的肩膀稳住他，他大概就会一头栽下去，还很可能会掀翻此时正放着食物的咖啡桌。这人真是笨手笨脚得出奇，琼西再一次感到震惊，不由得回想起今年春天，想起自己重新学走路的情景。他更仔细地打量了一下这家伙脸上的红印，看过后又有些后悔。那根本就不是冻伤。看上去像某种皮肤肿瘤，也可能是一颗长了毛的红痣。

“握一握手，别摔跟头。”比弗一边抢步上前一边说。他抓住麦卡锡的手，使劲地握着，琼西不禁担心麦卡锡到头来还是会一头钻进咖啡桌里。令他庆幸的是，身高五英尺六的比弗终于退开一步。他头上的雪融化了，流进那嬉皮士般的黑色长发里。他仍然脸带笑容，甚至比刚才笑得更欢了。那披肩的长发和厚厚的眼镜，使他看上去就像一位数学天才或连环杀手。其实他是一位木匠。

“里克遭了不小的罪，”琼西说，“他昨天迷路了，昨晚是在森林里度过的。”

比弗的笑容仍然浮在脸上，但多了一层关切。琼西知道要发生什么了，心里但愿比弗不要这样——他已经感觉到麦卡锡是一位很虔诚的教徒，可能不喜欢听人说粗话——但是显然，让比弗的嘴巴放干净点儿，就跟让风儿别再刮了没有两样。

“×他娘的！”他已经叫了起来，“真他妈太可怕了！快坐下！快吃点儿东西！你也是，琼西。”

“不用，”琼西说，“你把这个吃了。刚从雪地里回来的是你。”

“你确定吗？”

“是的。我去给自己炒几个鸡蛋好了。里克可以跟你讲讲他的事儿。”也许你能比我更明白是怎么回事，他想。

“好吧。”比弗脱下外套（红色）和背心（当然是橘红色）。他正要把衣服扔到柴堆上，又突然改变主意。“等等，等等，有样东西你可能想要。”他把手探进羽绒衣上一个很深的口袋，摸索一阵，然后拿出一本平装书。书虽然卷翘得厉害，但似乎并不破旧，封面上是一群小魔鬼拿着叉子在跳舞——这是罗伯特·帕克的《小毛病》。琼西在瞭望棚里看的就是这本书。

比弗笑眯眯地把书递给他。“我没管你的睡袋。不过我想，如果不弄清楚是哪个杂种干的，你今晚可能会睡不着觉。”

“你不该上那儿去的。”琼西说，可他还是很感动，只有比弗才能这样感动他。比弗顶着风雪回来后，无从知道琼西是否还在树上的瞭望棚里。他本来可以喊的，但是对比弗而言，喊叫显然不够，眼见才能为实。

“没关系，”比弗说，然后挨着麦卡锡坐下来，而麦卡锡这会儿正打量着他，就像打量某种新奇甚至有些怪异的小动物一般。

“哦，谢谢，”琼西说，“你把三明治吃了，我去做点鸡蛋。”他转身要走，又停住了。“不知道彼得和亨利怎么样了。你觉得他们能顺利回来吗？”

比弗张开嘴，可还没来得及回答，木屋周围又刮起一阵风，吹得墙壁嘎吱作响，屋檐下也发出呜呜的叫声。

风声停息后，比弗说：“哦，这只是一场小雪而已，他们会回来的。如果刮大北风的时候出去，可能就不一样了。”他开始大口吃起三明治来。琼西来到厨房，准备炒几个鸡蛋，再热一罐汤。现在比弗回来了，他对麦卡锡的感觉好了一些。实际上，只要有比弗在，他就总是觉得踏实。这有点儿疯狂，却是事实。

4

等他把鸡蛋炒好、汤热好之后，麦卡锡正在喋喋不休地对比弗说话，就像对一个交往了十来年的老朋友一样。也许麦卡锡不喜欢比弗那一串串具有较强喜剧效果的粗话，但是，比弗身上又自有一股魅力，可以说是瑕不掩瑜。亨利曾经对琼西说：“这无法解释。他特别有人缘，就是这样——你情不自禁地喜欢他。所以，他从不会独守空床。让女人们动心的显然不是他的长相。”

琼西把鸡蛋和汤端到起居室，同时尽量让自己走路不跛——天气不好的时候，你简直想象不出他的髋部有多痛；他以前总是以为人们这么说很荒唐，如今看来显然不是。他在位于沙发一端的一把椅子上坐下。麦卡锡好像一直说得多，吃得少。他的汤几乎没有动过，三明治也只吃了一半。

“你们聊得怎么样了？”琼西问。他在鸡蛋上撒了点儿胡椒，强迫自己吃起来。转眼间，他的食欲好像又彻底恢复了。

“我们是两个快乐的多嘴婆，”比弗回答，不过，他的语气虽然和以前一样轻快，琼西却觉得他的神色很不安，甚至有几分惊恐，“里克在给我讲他的冒险经历。情节非常精彩，完全不亚于我小时候在理发店的男性杂志上看到的那些故事。”他转向麦卡锡，依然面带笑容——这就是比弗，总是面带笑容——并用一只手拂了拂自己瀑布似的浓密黑发。“我小的时候，卡斯通圭老头是德里我们那一带的理发师，他用那些大剪刀吓得我屁滚尿流，从那以后我就一直离他远远的。”

麦卡锡无力地笑了笑，没有接话。他拿起剩下的半个三明治，看了一眼，又放了回去。他脸上的红印犹如烙上去一般闪闪发亮。而比弗则抢着说了下去，似乎对麦卡锡只要一有机会就可能说出的事情感到恐惧。外面的雪下得更大了，风也刮得更猛了。琼西心里惦记着亨利和彼得，他们这会儿可能正开着亨利的旧旅行车，行进在“深辙路”上。

“里克不仅仅是在三更半夜里差点儿被什么玩意儿——他认为是一头熊——给吃掉，还把猎枪弄丢了。是一支崭新的雷明顿 30-30，可他妈高级了。你再也不会找到它了，万分之一的机会都没有。”

“我知道。”麦卡锡说。他脸上的血色又在渐渐消褪，重新变为那种死灰色。“我甚至都不记得是什么时候放下来的，或者——”

这时，突然响起一种低沉、刺耳的声音，犹如蝗虫的嗡嗡声。琼西以为是什么东西掉进了壁炉的烟囱里，不禁有些毛骨悚然。接着，他意识到是麦卡锡发出的。琼西以前也听到过一些响屁，还有长屁，但是跟这一次绝无可比。这个屁仿佛无休无止，尽管其实也不过几秒钟。随之而来的气味则几乎要把人熏倒。

麦卡锡原本拿起了汤匙，这时又放回那几乎未动的汤碗中，举起右手，难堪地捂着有红印的脸颊。这动作几乎有些女孩子气。“哦天啊，真对不起。”他说。

“没关系，外面的空间比里面大。”比弗说，但这句话只是顺乎本能地脱口而出，是出于有生以来的本能和习惯——琼西不难看出，比弗也与他一样，对这气味感到愕然。这不是硫磺或臭鸡蛋般的气味，闻到那种气味你会哈哈大笑翻翻眼睛在鼻子前挥挥手一边叫着哦天啊，谁切奶酪了？也不是甲烷沼气般的臭屁。琼西刚才在麦卡锡呼出的气息中闻到过这种味道，只是现在更为浓烈——像是乙醚和熟过头的香蕉的混合气味，也像严寒的早晨你喷进汽车化油器里的启动液的气味。

“哎呀天啊，太难闻了，”麦卡锡说，“我实在是对不起。”

“没关系，真的。”琼西说，但是他的胃已经缩成一团，仿佛要抵御某种攻击。这顿开饭时间比较早的午餐他是吃不完了，要他的命也吃不完。对放屁这类事情他通常也不是太介意，但这个屁真的是臭气熏天。

比弗从沙发上站起身，打开一扇窗户，一阵沁人心脾的新鲜空气卷着雪花涌进来。“别担心这个，哥们儿……不过闷的时间可真够久了。你都吃了些什么破玩意儿？土拨鼠的臭屎不成？”

“野草呀，苔藓呀，还有其他一些东西，我也不是很清楚，”麦卡锡回答道，“我当时饿极了，你知道，非得吃点儿什么才行。可我对那些东西不太懂，也从没读过犹埃尔·吉本斯[①]的那些书……再说天也黑了。”最后这句话几乎像是灵机一动才想到的。琼西抬头看看比弗，想从比弗的眼神判断他是否跟自己想的一样——麦卡锡在撒谎。麦卡锡不知道自己在森林里吃过什么，或者到底是否吃过。他只是想

① 美国野生可食用植物专家。

对这个惊天响屁以及随后的奇臭做出解释。

风又刮了起来，随着一阵猛烈的呼啸，又有不少雪从敞开的窗户里飘进来，但是起码净化了空气，真是谢天谢地。

突然，像是被弹簧弹了一下似的，麦卡锡的身子猛地向前一倾，并把脑袋垂在两膝之间，琼西顿时明白接着会发生什么了；再见了纳瓦霍地毯，很高兴认识你。比弗显然也有同感；他的双腿原本在身前自然伸展着，这时也连忙挪开，以免跟着遭殃。

但是麦卡锡并没有吐，而是发出一种低沉的、长时间的怪声——犹如工厂里的机器在不堪重负时发出的声音。麦卡锡的眼睛鼓了起来，恰似长在脸上的两颗玻璃球，他的面孔绷得紧紧的，眼角下面的两团褐色阴影清晰可见。这刺耳的咕咕声一直响着，响着，咕咕声终于消失时，屋后传来的发电机的声音显得特别响亮。

“我听到过一些大嗝，但这一个算得上首屈一指，绝无仅有。”比弗说，他的语气中流露出严肃而真诚的敬意。

麦卡锡靠回沙发，他双眼紧闭，嘴巴耷拉着，琼西觉得他的神情显得难堪，或者痛苦，或者两者兼而有之。接着，他再次闻到香蕉和乙醚的混合气味，那是一种正在发酵的活性气味，好像有什么东西正在蔓延开来。

“噢上帝，我真是非常抱歉，”麦卡锡闭着眼睛说，“我这一整天都是这样，从天亮起就这样。而且我的肚子又痛起来了。”

琼西和比弗无言地交换了一个忧虑的眼神。

“你知道我是怎么想的吗？”比弗问，“我想，你需要躺下来睡上一会儿。你晚上听到那可恶的熊以及天知道是些什么玩意儿，可能一夜都没有合眼。你累坏了，也紧张坏了，还有 × 他娘的什么都坏了。你只是需要合上眼睛，睡它几个小时，然后就会跟该死的露水一样精神了。”

麦卡锡既痛苦又感激地望着比弗，琼西不禁为自己看到这一幕而有些难为情。麦卡锡依然脸色苍白，却开始流起汗来——豆大的汗珠从额头和太阳穴上渗出来，然后像清油一般顺着面颊往下淌，而此时此刻，房间里还有寒冷的空气在流动。

“你瞧，”他说，“我想你是对的。我累了，就是这样。我的肚子很痛，但这只是因为紧张。再说，我吃了些乱七八糟的东西，野草呀，还有……哦，天啊，我不知道……各种各样的东西。”他在脸上挠了挠。“我脸上这该死的东西严重吗？有没有流血？”

“没有，”琼西回答，“只是发红。”

“是过敏反应，”麦卡锡可怜兮兮地说，“我吃花生也会这样。我去躺一会儿。是的，我需要这样。”

他站起来，身子晃了晃。比弗和琼西同时伸出手去，但是没等他们扶住他，他就自己站稳了。琼西发现，他此前认为是中年男人罗汉肚的东西几乎消失了。这可能吗？这人能排出那么多气体吗？他不知道。他唯一可以肯定的是，这人刚才放的是一个超级屁，打的更是一个超级嗝，这种事情你简直可以讲上二十年，开场白是*以往每年打猎季节的第一个星期，我们总是去比弗·克拉伦顿的营地。有一年十一月——是2001年，也就是发生那场秋季暴风雪的那年——有个人来到了营地*……没错，一准是个精彩的故事，大家听到有关响屁和响嗝的情节后，一定会捧腹大笑，听到放屁呀、打嗝呀之类的故事时，人们总是捧腹大笑。不过，关于他自己差点儿在猎枪的扳机上增加八盎司的力量，从而可能要了麦卡锡的性命那一段，他可不会讲出来。不，对那一段他会守口如瓶。他会的。

由于彼得和亨利共用一间卧室，所以，比弗扶着麦卡锡朝楼下的另一间卧室走去。那是琼西的卧室。比弗歉疚地望了琼西一眼，琼西耸了耸肩。毕竟那是唯一合理的去处。今天晚上，琼西可以与比弗睡一张床——上帝知道他们小时候常常这样；另外，说心里话，他也不敢确定麦卡锡能否爬上楼梯。他越来越不喜欢这人汗津津、脸色煞白的样子。

琼西这个人总是在铺好床后，又把杂七杂八的东西堆在上面——书呀，报纸呀，衣服呀，包呀，梳洗用品呀，什么都有。他飞快地把这些东西一股脑儿堆到一旁，然后掀开盖被。

“要不要先方便一下，哥们儿？”比弗问。

麦卡锡摇了摇头。看到琼西掀开盖被露出的蓝色干净床单，他几乎像是被施了催眠术一般。琼西再一次惊讶地发现，这人的眼睛真像玻璃球。像被捕获后经过填充处理的脑袋上的眼睛。突然间，他不由自主地想起自己位于布鲁克莱恩——那座仅次于波士顿的城市——的起居室。手工织毯、早年的美式家具……麦卡锡的脑袋被放置在壁炉之上。是在缅因州北部捕获的，他会对出席鸡尾酒会的客人说，是个大家伙，毛重一百七十磅。

他闭上眼睛，等他重新睁开时，发现比弗正有些惊恐地望着他。

“髋部一阵刺痛，”他说，“很抱歉。麦卡锡先生——里克——你可能想把毛衣和裤子脱掉。当然还有靴子。”

麦卡锡就像在梦中被人叫醒一样，朝他转过头来。“是的，”他说，“当然。”

“要帮忙吗？”比弗问。

“不，噢，不用。”麦卡锡显得很惶恐，也可能是好笑，还可能二者皆有，“我还没有到那种地步。”

“那么，我就让琼西在这儿守着。”

比弗动作敏捷地出去了，麦卡锡动手脱起衣服来。他先把毛衣从头顶脱下来。毛衣里面是一件猎手们常穿的红黑相间的衬衣，再里面是一件保暖内衣。没错，那件衬衣前面没那么大腹便便了，这一点琼西可以肯定。

嗯——几乎可以肯定吧。他提醒自己，就在一小时之前，他还肯定地以为麦卡锡的外套是一头鹿的脑袋呢。

麦卡锡在窗边的椅子上坐下来脱靴子，正这么脱着，他又放了一个屁——时间没有第一个那么长，但声音同样响亮刺耳。两人对此以及随后的气味都没有再说什么——在这个小小的房间里，那强烈的气味让琼西的眼泪快要流出来了。

麦卡锡踢掉靴子时，在木地板上发出“嗵嗵”的响声，然后他站起身，开始解皮带。蓝色的牛仔裤脱下来后，露出他下身穿的保暖内裤。这时，比弗从楼上拿来一个便盆，放在他床头的地上。“你瞧，说不准你想尿一泡，或者肚子等不及要闹腾什么的。”

麦卡锡呆呆地望着他，琼西看了心里一阵恐惧：一个陌生人穿着宽大的内衣，待在他的卧室里，有点儿人不像人，鬼不像鬼。一位生了病的陌生人。问题是病得有多重。

“我是说万一你找不到卫生间的话，”比弗解释道，“顺便说一下，卫生间离这儿很近，出了卧室后，往左拐，不过要记住，是顺道走过去的第二个门，好吗？如果你忘了，进了第一个门，就会拉在放床上用品的贮物间里了。”

琼西吃惊之下笑出声来，丝毫也顾不得要压低嗓门——他的笑声很响，有些歇斯底里。

“我觉得好些了。”麦卡锡说，可琼西觉得他的话完全是言不由衷。这家伙就那样穿着内衣站着，犹如一个存储器被毁掉四分之三的机器人。此前，他还显示出一点生命的迹象——即使算不上真正的生气，而现在，那点迹象消失了，就像他脸上的血色一样。

“来吧，里克，”比弗轻轻地说，“躺下来，把眼睛闭会儿。让自己恢复一点儿体力。”

“嗯，好吧。”他在刚刚掀开的床上坐下来，望着窗外。他的双眼大而空洞。琼西觉得房间里的气味散了些，不过也许只是他渐渐适应，就像你在动物园里待久了，会渐渐适应猴舍的气味一样。

“天啊，你看那雪。”

“是呀，”琼西说，“你的肚子现在怎么样了？”

“好些了。”麦卡锡的视线转移到琼西脸上。那是一双惊魂未定的孩子般的眼睛。“我很抱歉像刚才那样排气——以前我从来没有这样，就算当兵的时候都没有，那时我们好像每天都吃豆子。不过我现在好些了。”

“你确定上床前不想撒个尿吗？”琼西有四个孩子，所以这个问题几乎是很自然地问了出来。

“是的。在你发现我之前，我已经在树林里方便过了。谢谢你让我进来。谢谢你们两位。”

“噢，得了，”比弗说，一边不安地挪了挪脚，“换了谁都会这样。”

“也许会，”麦卡锡说，“也许不会。《圣经》上说：‘看哪，我站在这儿敲门。’”外面的风刮得更猛了，整个“墙洞”都在晃动。琼西等着麦卡锡把话说完——他似乎言犹未尽，却忽然把脚放到床上，把盖被拉了上来。

从琼西床上的什么地方，又响起一个刺耳而持续时间长久的屁。琼西觉得自己再也忍无可忍。在暴风雪即将来临之际，让一位来到你门口的陌生旅人进屋是一回事，而站在一旁听他施放一连串气弹则是另一回事。

比弗也跟着走了出来，并随手轻轻关上房门。

5

琼西正要开口说话，比弗却摇摇头，将手指压在唇上示意，然后拉着琼西穿过宽敞的房间，来到厨房区，这里是除了后面的工具间之外，离麦卡锡最远的地方。

“伙计，那家伙要出大事了。”比弗说。在厨房里日光灯的明亮光线下，琼西发现，他的老朋友正忧心忡忡。比弗把手伸进工装裤前面的大口袋里，摸出一根牙签，开始咬起来。用不了三分钟——也就是一位资深烟民抽完一根烟的工夫——他就会把牙签变成一撮非常细小的木屑。琼西不明白比弗的牙齿（或者他的胃）怎么受得了，可他几十年来一直都是这样。

“我希望你是错的，但是……”琼西摇了摇头，“你这辈子闻过那样的臭屁吗？”

“没有，”比弗说，“可那家伙远不只是胃有毛病，他还有一大堆其他的问题。”

“你这是什么意思？”

“噢，比如说，他以为今天是十一月十一号。”

琼西不明白比弗在说些什么。十一月十一号是他们挤在亨利的旅行车里抵达这儿的那一天，这是他们这个打猎团体的惯例。

“比弗，今天是星期三，是十四号。”

比弗点点头，不由自主地一笑。那根已经变得像一条细线似的牙签从一边嘴角转移到另一边嘴角。“这个我知道。你同样也知道，但是里克呢，却不知道。里克以为今天是主日[①]。”

“比弗，他到底跟你说了些什么？”不管他说了些什么，他不可能说得太多——炒几个鸡蛋和热一罐汤用不了多长时间。于是比弗开始讲了起来，而琼西则一边听，一边放水准备洗那几个盘子。他不介意出来野营，可他绝对不会像许多男人那样，一旦离开家来到森林，似乎就可以邋里邋遢而满不在乎。

“他说，他们是星期六来的，想当天打打猎，然后星期天再把屋顶修一修，因为上面有了几处漏缝。他说：‘至少我不用违背安息日不得工作的训诫了。如果在森林里迷了路的话，你唯一必须做的事情就是不让自己发疯。’”

“没错。”琼西说。

“我想我不能在法庭上宣誓，说他认为今天是十一号，但是要么今天就是十一号，要么我们可以往后退一个星期，退回到四号，因为他的确认为今天是星期天。而我无法相信他已经在外面晃了十天。”

琼西也无法相信。不过三天呢？是的，这个他可以相信。“这就解释了他跟我说过的一句话，”琼西说，“他——”

地板“嘎吱”响了一下，两个人都微微一震，并抬眼朝大房尽头那扇紧闭的卧室门看去，但是那儿什么也没有。这里的地板和墙壁常常嘎吱作响，即时风不大的时候也会如此。他们有些难为情地对视了一眼。

“是呀，我有点神经质了，”比弗说，他可能是看懂了琼西的神色，也可能是看透了琼西脑海中的想法，“伙计，你得承认，他就那样从森林里钻了出来，还真有点儿令人不寒而栗。”

“是呀，的确是的。”

“那个屁听起来就像是他屁眼里堵着什么东西，快要被烟给熏死了。”

比弗说完这话，自己似乎也吃了一惊，他每次说了怪话都是这种表情。两个人不约而同地笑成一团，一边在嘴里模仿着，发出一串叹

---

① 即星期日。

息般的低沉声音，同时尽力压低嗓门，以免让那可怜的家伙听见，说不准他还没有睡着，会听见并知道他们在笑话他。琼西笑得一发而不可收拾，因为这种宣泄太有必要了——这笑声有些歇斯底里，他弯着腰，笑着，咳着，喘着，眼泪都流了出来。

最后，比弗拽住他，将他拖出门去。于是，两个人连外套也没有穿，站在越来越厚的雪地上，终于可以放声大笑起来，呼啸的寒风淹没了他们的声音。

6

回到室内时，琼西的手都麻木了，把手伸进热水中洗盘子时几乎感觉不到水的热度。但是笑过之后，他觉得一阵轻松。这时他又担心起彼得和亨利来——不知道他们现在怎么样，是否能够顺利回来。

“你刚才说解释了一句话，”比弗说，他开始咬第二根牙签了，“是什么话？”

“他不知道要下雪了，”琼西回答，他一字一顿，说得很慢，尽量回想着麦卡锡使用的具体字眼，“‘这天气可真是晴朗、微冷。’我想他就是这么说的。不过，如果他听到的预报是十一或十二号的，也就说得过去。因为直到昨天的晚些时候，天气的确晴朗，对吧？”

“对呀，而且他妈的微冷。”比弗说。他从水槽旁的抽屉里拿出一条印有瓢虫图案的旧毛巾，开始擦盘子。他一边擦，一边看了看对面那扇紧闭的卧室门。“他还说了什么？”

“他说，他们的营地在基尼奥。”

“基尼奥？那地方离这儿可是四五十英里。他——”比弗把牙签从嘴里拿出来，看了看上面的牙印，又将牙签另一头塞进嘴里，“哦，我明白了。”

“是呀。他不可能在一个晚上走那么远，不过，如果他已经出来了三天——”

“还有四夜，如果他是星期六下午迷路的话，就是四夜——”

“没错，还有四夜。所以，假设在这段时间里，他一直朝正东方向走的话……”琼西算出的结果是每天十五英里，“我得说，这就有可能了。”

“但是他怎么会没有冻僵呢？”比弗的声音压得很低，几乎是耳语了，可能他自己都没有意识到，“他穿了厚外套，还有保暖内衣，但是自从万圣节之后，县界以北的所有地方都是零下二十来度。你倒说说看，他怎么会在户外待了四个晚上而没有冻僵。除了脸上那一块之外，甚至都看不出他有被冻伤的痕迹。”

“我不知道。还有一点，”琼西说，“他的胡子怎么没长出来？”

“什么？”比弗张大了嘴，那根牙签沾在他的下唇上。接着，他缓缓地点了点头。“是呀，他只有一点点胡茬。”

“我敢说，长了不到一天。”

“我猜想，他一直在刮脸吧？”

“没错，”琼西说，同时想象着麦卡锡在森林里迷了路，又怕又冷又饿（他看起来倒不像是饿了很多顿的样子，这也是一个疑点），但是每天早晨，他仍然跪在小溪边，用靴跟敲破冰层露出下面的水，再拿出他忠实的吉列剃须刀……不过从哪儿拿呢？外套口袋里吗？

“然后他今天早上把剃刀弄丢了，所以才只有一点儿胡茬。”比弗说。他又微微一笑，但神色似乎并不轻松。

“是呀，就像把枪弄丢了一样。你注意到他的牙齿了吗？”

比弗做了一个怪相，一副*又怎么了*的表情。

“有四颗掉了。上排两颗，下排两颗。他看上去就像在《疯狂》[①]杂志封面上经常出现的顽皮小子。”

“这算不了什么，兄弟。我自己也有几颗擅离职守了。”他扯起一边嘴角，露出左边的牙床，那模样就像是半边脸在笑一般。琼西不想看这个。“瞧见了？里面也没了。”

琼西摇摇头。这不是一回事。“这家伙是律师，比弗，他总是得出头露面，所以外表是他生活的一部分。而他掉的正好都是前面的牙齿。他不知道那些牙齿掉了，这一点我敢发誓。”

“你不会以为他是遭到辐射什么的吧？”比弗不安地问，“谁要是

① 美国讽刺性幽默杂志。

他妈的辐射中毒的话，牙齿就会掉的。我在电影上看到过。就是你总是在看的那些怪物电影。你不会以为是这样吧？没准他脸上的红印也是因为这个。”

“没错，他是在马斯希尔核电站爆炸时遭到了辐射，”琼西说，可一看到比弗不解的表情，他就后悔开了这个玩笑，“比弗，如果是辐射中毒的话，我想头发也会掉的。”

比弗脸色一亮。“对，正是这样。电影里的家伙后来就成了秃头，就像经常在电视上演警察的那个什么狗屁特里一样。”他顿了顿，“后来他就死了，我是说电影上那人，不是特里，不过既然说到这个——”

“可这家伙的头发却不少。”琼西打断了他的话。由着比弗信口开河，他们可能就永远回不到正题了。他注意到，当陌生人不在场时，他们两人都没有叫他“里克”，甚至也没有叫“麦卡锡”，而只是“这家伙”，仿佛在潜意识里，他们不愿意把他视为一个具体的人，而想把他变成一个抽象的类别，似乎这样就可以淡化他的影响，如果……嗯，只是如果。

“对呀，”比弗说，“的确是的，他有不少头发。”

“他一准是得了健忘症。”

“也许吧，可是他记得自己是谁，以及与谁在一起等狗屁事情。伙计，他吹的那声喇叭可真够响的，是吧？还有那臭味！跟乙醚没有两样！”

“没错，”琼西说，“我总是联想到启动液。糖尿病人快死的时候也有气味。我想我在哪本悬疑小说上读到过。”

“也像启动液吗？”

“我想不起来了。”

他们站在那儿面面相觑，耳边传来阵阵风声。琼西脑中突然闪过一个念头，想把那家伙自称看到闪电的事情告诉比弗，不过，多一事不如少一事，本来事情就够多了。

“当他把身子弯成那样时，我还以为他会狂吐呢，”比弗说，“你也这么想吧？”

琼西点点头。

“而且他脸色很难看，非常难看。”

“没错。”

比弗叹了口气，把牙签扔进垃圾桶里，转头看着窗外。外面的雪从来没有下得这么猛，这么大。他伸手拂了拂头发。“伙计，我真希望亨利和彼得在这儿，特别是亨利。”

“比弗，亨利是精神病医生。”

“我知道，可他是我们能找到的最懂医学的人，我觉得那家伙需要医生给看看。”

亨利其实就是一名医生，他必须是医生才能获得精神病科的行医资格证，但是就琼西所知，亨利一直所从事的都只是精神病治疗。不过，他明白比弗的意思。

“你仍然觉得他们能回来吗，比弗？”

比弗叹了口气。“如果是半小时以前，我可以很肯定地回答你。可这雪下得太大了。我想他们能回来。”他忐忑不安地看着琼西，以往那个无忧无虑的比弗·克拉伦顿几乎不见了。“我希望他们能回来。”他说。

第三章　亨利的旅行车

1

此时此刻，在旅行车的前灯照射下，亨利正顶着越来越大的风雪，犹如穿行在隧道中一样，艰难地驾车沿着“深辙路”朝“墙洞”开去。与此同时，他还在思考那些解决方案。

当然，可以采用“海明威方案”——当年在哈佛读大学时，他就写过一篇文章，里面就是这么叫的。由此看来，他可能一直都在考虑这个问题——从私人的角度，而不只是为了应付差事般地完成某门功课的要求，也就是说，甚至那个时候他就在考虑了。所谓海明威方案就是用猎枪，而亨利现在就有一支……不过他不会在这儿、在与其他人一起时动手。他们四个人在“墙洞”有过许多美好的时光，如果选择这儿会不公平。会污染这个地方，对彼得和琼西——还有比弗，也许尤其是比弗——来说都是这样，所以他不能这么干。但是他不会等太久了，他可以感觉到那一刻正在渐渐临近，有点像打喷嚏。真是滑稽，居然把结束生命比成打喷嚏，不过到头来可能就是如此。只是“阿嚏”一声，然后，你好黑暗，我的老朋友。

采用海明威方案的时候，得脱掉鞋袜。枪托顶在地上，枪口含在嘴里。大脚趾扣住扳机。我得提醒自己别忘了，他想，这时车尾在刚下的一层雪上有点打滑，他连忙稳住车身——那两道沟辙很管用，这条路原本也就是两道沟辙，是伐木工为了夏天滑送木材而挖出来的。如果采用此方案的话，先服一剂泻药，等肚子完全排空再动手，没必要为那些发现你的人制造额外的麻烦。

“也许你最好开慢点儿。”彼得说。他的两腿上有一瓶啤酒，已经被他喝了一半，但一瓶啤酒不会让彼得产生醉意。不过，如果再来上三四瓶的话，就算亨利以六十英里的时速在这条路上狂飙，彼得也只会坐在副驾驶座上，跟着那震耳欲聋的狗屁平克·弗罗伊德[①]歌碟唱个不停。他也许可以开到六十，而不让前保险杠碰上任何东西。顺着深辙路的这两道沟辙开车，即使沟里满是积雪，也像是在车轨上行驶。如果这雪下个不停的话，可能就不一样了，不过就现在来看，没有任何问题。

“别担心，彼得，一切平安无事。”

“你要不要来瓶啤酒？”

“开车的时候不行。”

“就连在这鬼影子都看不见的地方也不行？”

“以后再说吧。”

彼得没有坚持，任由亨利顺着车灯的灯柱，在两排树木之间的白色通道上穿行。还任由亨利返回自己的思绪之中，而这正是他想去的地方。感觉就像返回口腔里一处流血的伤口，用舌尖一遍遍舔触，可这就是他想去的地方。

也可以服安眠药。还可以用那种老套的把脑袋埋进浴缸里的办法。投水自溺也行。还可以从高处跳下。拿手枪对准耳朵太不保险了——极有可能醒来时全身瘫痪。割腕也是一样，仅适合那些只想试一试的人。但是日本人有一种方法让亨利很感兴趣。拿根绳子套住脖子。把绳子的另一端拴在一块大石头上。把石头放在椅子的座位上，然后坐下来，腰部绑在椅背上，这样就不会仰面摔倒，而是会保持坐姿。把椅子侧翻，石头就会掉出来。在三到五分钟的时间里，自尽者会处于一种梦幻般由浅至深的窒息状态。灰色渐渐变为黑色；你好黑暗，我的老朋友。这方法是他从一本书上看到的，居然是琼西最喜欢的一本金西·米尔霍恩[②]侦探小说。侦探小说和恐怖电影，这些是琼

---

① 组建于1966年的著名迷幻摇滚乐队之一，由于该乐队成员巴雷特喜欢布鲁斯歌手平克·安德森和弗罗伊德·库内尔，故将该乐队命名为“平克·弗罗伊德之声”。

② 美国作家苏·格拉夫顿笔下的私家女侦探。

西生活中不可缺少的内容。

总体而言，亨利倾向于海明威方案。

彼得已经喝完第一瓶啤酒，接着打开第二瓶，看上去一副心满意足的样子。“你怎么看？”他问。

亨利觉得彼得的声音来自另一个宇宙，在那里，活着的人很希望继续活下去。这使他有些烦躁，最近一段时间总是这样。但是，他绝不能让他们任何人生疑，而且他觉得琼西已经有点儿疑心了。比弗可能也是。他们两个人有时能看透你的内心。彼得还一无所知，但他可能会对他们说些不该说的话，说老亨利一直心不在焉，好像是有心事，有很重的心事，而亨利不希望这样。他们曾经是“堪萨斯街的四人帮”，是三、四年级的“红海盗”[①]，这将是他们的最后一次“墙洞”之行，他希望是一次美好的旅行。他希望他们得知消息时感到愕然，就连最理解他、最能看透他心思的琼西也一样。他希望他们说压根儿都没有想到。这样最好，而不是三个人坐成一团，垂着头，彼此之间除了躲躲闪闪的一瞥之外甚至都不敢对视，心里想着自己早该知道，想着自己看到了征兆，早该采取行动。于是，他回到这另一个宇宙，迅速装出一副真诚的关注神情。作为一位精神病医生，这是他的拿手好戏。

“怎么看什么？”

彼得翻了翻眼睛。“在戈斯林商店的时候，蠢瓜！戈斯林老头说的那些事儿。”

“彼得，戈斯林老头这个称呼可不是白叫的。他至少有八十岁了，如果说这些老头老太太有一样东西不欠缺的话，那就是歇斯底里。”这时，他的车——本身也不是什么小年轻，已经开了十四个年头，而里程表上早就走起了第二圈——从沟辙里弹了出来，尽管是四轮驱动，还是迅速开始打滑。亨利就势任其滑行，彼得的啤酒掉到了地板上，口里大叫一声：“哇——我×！小心！”看到他这副模样，亨利

① 取名于二十世纪五十年代著名的海盗片《红海盗》，影片讲述十八世纪时，出没于地中海的一名海盗与一名古怪的发明家联手，协助海岛上的居民反抗暴君的统治。

几乎要笑出声来。

亨利松开气门，等感觉到车身渐渐平稳时，又故意猛力急踩脚刹。汽车再一次开始打滑，这一次是朝与刚才相反的方向，彼得也再一次大叫起来。亨利重新拉上气门，汽车一头冲进沟辙，然后又像是在车轨上一样，再度行驶。一旦打算自尽之后，似乎有一个好处，那就是能对一切处之泰然。灯光照进白茫茫不断变幻的前方，百万片雪花漫天飞舞，没有哪两片完全相同，如果你相信人们的普遍看法的话。

彼得把啤酒捡起来（泼出的不多），然后拍拍胸口。“你是不是稍稍开快了点儿？”

“离快可差远了。”亨利回答，然后，就像汽车从来没有打滑（其实打滑了）、也没有打断过他的思路（的确也没有）一样，他接着说道：“群体歇斯底里在老人和孩子中最为常见。这一现象有清楚的记载，不管是在我自己的领域，还是在与我们比邻而居的野蛮人的社会历史中。”

亨利往下瞥了一眼，发现自己开到了每小时三十五英里，在目前的状况下，这的确是快了点儿。他放慢速度。“这样行吗？”

彼得点点头。“别误会我的意思。你的车技很棒，可是伙计，这会儿正下雪呢。再说，我们还载着粮食。”他的拇指向肩膀后面指了指，在后座上有两个袋子和两个盒子，“除了热狗之外，我们还弄到了最后三盒卡夫奶酪通心面。你知道，少了这玩意儿，比弗简直是活不下去。”

“我知道，”亨利说，“我也喜欢这个。还记得发生在华盛顿州的关于魔鬼崇拜的故事吗？九十年代中期有过报道。那些故事追根究底源于几位老人，他们跟子女（有的是跟孙子一辈）一起生活在西雅图以南的两个小镇上。媒体对发生在日托中心的性虐待事件的报道，最早显然起于在那儿做兼职的年仅十几岁的姑娘，那都是些狼来了的故事，它们同时发生于德拉华和加利福尼亚两州。可能是巧合，也可能是那些故事取信于人的时机成熟了，而那些姑娘则从空气中接收到了某种信号。”

这些话十分流畅地从他口里说了出来，仿佛它们真的有什么关系似的。当亨利滔滔不绝时，他身旁的彼得一声不响地洗耳恭听，任何人（当然也包括彼得）都不会猜到，亨利心里想的是手枪、绳子、排气管和安眠药。他的脑海里全是磁带，仅此而已。而他的舌头则是磁带播放器。

“在塞勒姆，”亨利接着说，“老年人和小姑娘的歇斯底里合而为一，于是，就有了塞勒姆驱巫案。[①]”

“我跟琼西一起看过那部电影，”彼得说，“里面有文森特·普赖斯[②]。吓得我屁滚尿流。”

“这我相信。”亨利说着，笑了起来。刚才有一瞬间，他还以为彼得说的是《严峻考验》[③]。“歇斯底里的念头什么时候最有市场呢？当然是收成结束和坏天气告一段落之后——这个时候，就有时间讲故事和捉弄人了。在华盛顿州的韦纳奇，是森林里的魔鬼崇拜和儿童牺牲。而在杰弗逊林区，在唯一的戈斯林商店的所在地，则是天空中的奇怪亮光、失踪的猎人和军方的部署。更不用说树上长的红色怪玩意儿。”

“对直升机和部队什么的我不了解，可有许多人都看见了那些亮光，所以他们准备召开一次全市特别会议。这是戈斯林老头告诉我的，当时你正在选罐头。另外，上基尼奥去的那些人确实失踪了。这事儿可不是歇斯底里。”

“有四点站不住脚，”亨利说，“第一，在杰弗逊林区不可能召开全市会议，因为不存在所谓的市——即使基尼奥也只是一个徒有虚名、没有法人地位的市。第二，会议将在戈斯林老头的富兰克林炉[④]旁召开，参加的人有一半都会被薄荷酒和咖啡白兰地灌得醉醺醺的。”

---

① 1692 年，在马萨诸塞州的一个清教徒社群里，一群女孩被指控对男子施以巫术，在宗教团体和当局的严刑威逼下，女孩们不得不撒谎陷害无辜。最终有 19 人被以“施巫术”的罪名送上绞架。

② 著名演员，主演过许多恐怖电影，在《苍蝇》《蝙蝠》等影片中均有过杰出表现。

③ 又译《激情年代》，根据著名剧作家阿瑟·米勒（Arthur Miller，1915—2005）的同名剧作改编。

④ 一种壁炉装铸铁火炉。

彼得吃吃地笑了起来。

“第三，他们还有什么事情可干呢？第四——这一点涉及那些猎人——他们可能要么感到乏味，直接回了家，要么就是全都喝高了，决定去卡拉巴西特的地下赌场发一笔横财。”

“你这么想吗？”彼得显得大失所望，亨利不禁涌起一阵强烈的怜惜之情。他伸出手去，拍了拍彼得的膝盖。

“别害怕，”他说，“这世上的怪事儿无处不在。”如果这世上的怪事儿真的无处不在，亨利怀疑自己是否还会这么急于离开它。不过，如果说精神病医生在哪方面（除开在处方单上开百忧解、帕罗西汀和安必恩[①]）很擅长的话，那就是编造谎言。

“好吧，可四位猎人在同一时间一起消失，我还是觉得很奇怪。”

“丝毫都不奇怪，”亨利说着，笑了起来，“一个不寻常，两个很奇怪，四个呢？那就是一起走了，相信我好了。”

“我们离‘墙洞’还有多远，亨利？”这句话的言外之意是，*我还有时间再喝一瓶吗？*

在离开戈斯林商店之前，亨利就将车上的里程表拨到零，这是他的一个老习惯，早在就职于马萨诸塞州的时候就开始了，当时的行情是每英里十二美分，给人治疗各种精神性老年疾病。从商店到“墙洞”之间的距离很容易记：22.2 英里。里程表此刻显示的是 12.7 英里，这就是说——

“小心！”彼得大叫一声，亨利连忙抬头朝挡风玻璃外看去。

汽车刚刚经过一段陡坡，爬上一道长满树木的山梁。这里的雪更厚，但是亨利在行进时打开了远光灯，他一眼就看见前方约一百英尺[②]的路上坐着一个人——那人穿着一件粗呢风雪大衣，套在上面的橘红色背心被吹得鼓鼓的，就像超人的披风在大风中飘动；那人还戴着一顶俄罗斯人常戴的裘皮帽，帽子上系有橘红色飘带，也在风中飘扬，亨利不由得想起有时看到的挂在二手车停车场上的彩带。那人

① 均为精神科针对忧郁症、躁郁症、强迫症常用的药物。

② 约 30.48 米。

坐在路中间，就像一位要吸和睦烟[①]的印第安人，当车灯照到他身上时，他仍然没有动弹。有一瞬间，亨利看见了那人的眼睛，睁得很大，但是直直的，不仅发直，而且又亮又空洞，亨利想：我的眼睛也会那样，如果我不把它们看护好的话。

由于积雪很厚，停车已经来不及了。亨利向右猛打方向盘，感觉到车轮再一次离开了沟辙。他又瞥见那张苍白、静止的面孔，脑海中飞快地一闪念：哦，该死！是个女人！

车轮刚出沟辙就开始打滑。亨利这一次没有任其打滑，而是尽力让车轮犁进雪中，凿深车辙。他甚至不用想（也没有时间去想）也知道，这是路上那个人的唯一机会。不过，他自己也觉得胜算不大。

彼得大叫起来，透过眼角的余光，亨利看到他把手举到面前，掌心向外，做出推挡的手势。当汽车正要从那人身边擦过时，亨利把方向盘往回一打，尽力控制住滑行的势头，以免车尾将那人的脑袋撞成一块平板。方向盘在他戴着手套的手中急速而熟练地转动。在大约三秒钟的时间里，汽车呈四十五度角冲进铺满积雪的“深辙路”，这一部分归功于亨利·德夫林，另一部分还归功于暴风雪。细密的雪花在车身周围纷纷扬起，车灯照在道路左侧被大雪压弯的松树上，形成两个不断移动的光圈。三秒钟，不长，但是足够了。他看见那个人影从窗边掠过，好像移动的是她而不是他们，不过她始终没有动弹，即使在汽车掀动着挟有雪花的寒气从她身旁飞驰而过，生了锈的保险杠一端与她的面孔只有一英寸之隔时，她仍然一动不动。

饶了你了！亨利心中一阵狂喜，饶了你了，臭婆娘！接着，最后一丝控制力消失了，汽车侧滑起来。车轮重新接触到沟辙，发出“吱吱”的摩擦声，不过这一次是交叉接触。它仍然在试图调转头来，试图首尾换位——前后换位！过去上小学时，坐在后排的同学常常这样叫着——这时，随着“嗵”的一声巨响，汽车撞在一块看不见的石头或是一棵倒在地上的小树上，一下子翻了，副驾驶座一侧首先遭殃，

---

① 不同部落的首领们以同用一个烟斗吸烟来表示和睦相处。在美国，人们以在一起抽烟、吸闻鼻烟象征友谊、尊重和和睦相处。

窗玻璃稀里哗啦地变成了亮晶晶的碎片，接着车顶着地。亨利的安全带从一边断了，将他左肩朝下摔在车顶上。他的睾丸撞在方向盘上，顿时感到一阵锥心的疼痛。转向柱也断了，戳在他的大腿上，他觉得鲜血顿时流了出来，浸湿了牛仔裤。*鲜血*，正如以前的拳击解说员大声解说的那样，*大家注意，鲜血开始流出来了*。彼得正在大呼小叫。

在翻车后的几秒钟里，汽车的引擎还在运转，接着，地心引力发挥作用，发动机终于停了。现在，汽车只是停在路上的一个四轮朝天的车体，车轮仍在转动，车灯照着道路左侧那些盖有积雪的树木。过了片刻，一只车灯熄了，但另一只还亮着。

2

琼西发生车祸之后，亨利曾经多次与他谈起此事（他其实是倾听，他的疗法就是创造性倾听），他知道琼西对被撞的那一瞬间没有记忆。就亨利自己所知，在旅行车翻了筋斗之后，他一刻也没有失去意识，而且他的记忆链完好无损。他记得自己伸手去摸索安全带扣，只想彻底摆脱掉那该死的玩意儿，而彼得则大声喊叫，说他的腿断了，说他那条 × 他娘的腿断了。他记得刮雨器在挡风玻璃上发出的不紧不慢的刮擦声，还记得仪表板灯的亮光，不过亮光是在上面而不是下面。他找到安全带扣，转瞬又找不到了，然后又找到了，并用手指一推。安全带松开了，他“砰”的一声重重掉在车顶上，把顶灯的塑料盖也撞碎了。

他伸出手去，找到了车门把手，却拉不动。

“我的腿！哦天啊，我 × 他妈的腿！”

“别号了，”亨利说，“你的腿没事儿。”他好像知道似的。他再度找到门把手，用力一拉，还是纹丝不动。接着他恍然大悟——他整个身子已经倒了过来，所以拉错了方向。于是他反其道而行，顶灯裸露的灯泡十分刺眼。门锁“咔嗒”一声开了。他用手背去推车门，确信一定会推不动：门框可能变形了，能推开六英寸就算他运气了。

可是车门却“吱呀”地响着，突然之间，他就感觉到那冰冷的雪花正绕着他的面孔和脖子飞舞。他用肩膀顶住车门，更加用力地推着，直到他的双腿从方向盘里抽出来后，才意识到两条腿刚才被倒挂在里面。他翻了半个筋斗，猛然发现他得以近观自己套着牛仔裤的裆部，仿佛打算亲吻那仍在痉挛的睾丸，以便让它们好起来。他的横隔膜叠了起来，令他难以呼吸。

“亨利，帮帮我！我卡住了！我他妈的卡住了！”

“稍等一下。”他的声音听起来又细又尖，完全不像他的声音。他看到自己牛仔裤的左腿上部被血染红了。

他抓住门柱，暗暗庆幸自己开车时戴着手套，然后猛地一拉——他一定得出去，一定得让自己的横隔膜舒展开来，以便能够呼吸。

车门毫无动静，过了片刻，亨利突然像酒瓶里的木塞一样直冲出来。他躺在地上，一时没有移动，只是气喘吁吁地仰望着那密密麻麻、漫天飘洒的雪花。此时此刻，天空中没有任何奇怪的东西；他愿意在法庭上手按一摞《圣经》起誓。只有一团团低沉的乌云和如梦似幻般落下的雪花。

彼得一遍又一遍地喊着他的名字，声音越来越惊恐不安。

亨利翻了个身，跪在地上，觉得没问题后，才颤悠悠地站起身。他只站了一会儿，在大风中有些摇晃，同时也想看看流血的左腿会不会站立不住，让他再一次摔倒在雪地上。还好，没有那样，于是他一瘸一拐地从四轮朝天的旅行车的车尾绕过去，看看能怎么帮助彼得。他瞥了一眼那个把他们害惨了的女人。她仍然像先前那样，叉着双腿坐在路中间，腿上和风雪大衣上已经积了一层雪。她的背心被吹得呼呼响，帽子上的飘带也一样。她没有转眼来看他们，而是像他们刚刚爬上山顶发现她时那样，回头望着戈斯林商店的方向。在离她曲起的左腿不到一英尺的雪地上，有一道骤然而至的弧形轮胎印。自己居然没有撞上她，他觉得不可思议，完全是不可思议。

“亨利！亨利！帮帮我！”

他加快步伐，在新积的雪上一走一滑地来到副驾驶座一侧。彼得这边的车门卡住了，亨利跪在地上，双手猛力去拉，终于拉开一半。他伸手抓住彼得的肩膀往外拖，却怎么也拖不动。

“解开安全带，皮特。”

彼得到处乱摸，却似乎找不到近在眼前的安全带。亨利只好小心翼翼地代劳，心中没有丝毫的不耐烦（他觉得自己可能是惊魂未定）。安全带解开了，彼得猛地掉在车顶上，头弯向一边。他又惊又痛地大叫起来，随后便胡乱挣扎着挤向半开的车门。亨利从背后拽住他的腋窝往外拖，两人一同翻倒在雪地上。亨利突然产生一种强烈的似曾相识之感，犹如置身梦境。他们小时候不就是这样玩过吗？当然是的。比如他们教杜迪茨堆雪人的那一次就是如此。有人笑了起来，他不禁大吃一惊，接着发现是他自己在笑。

彼得坐起身，圆瞪双眼，忿忿地看着亨利，他的背上沾满了雪。“你这是他妈的笑什么？那臭婆娘差点儿害死了我们！我要去掐死那狗娘养的臭崽子！”

“那不是狗娘养的崽子，而是狗娘自己。”亨利说。他笑得更厉害了，同时猜想彼得很可能没听懂他的话——尤其是风还这么大——可是他顾不得了。他很少这么痛快过。

彼得就像亨利刚才那样颤悠悠地站起来，亨利正想逗逗彼得，说他虽然断了一条腿，行动倒还挺正常，可就在这时，彼得痛苦地叫了一声，又猛地坐了下去，双腿伸在身前。亨利靠近去摸了摸彼得的腿。感觉似乎还好，可隔着两层衣服，谁能说得准呢？

“根本就没有断，”彼得说，但是他痛得直吸气，“只不过是僵住了，就像以前踢足球时一样。她在哪儿？你确定是个女人吗？”

“是的。”

彼得站起身，捂着膝盖，踉踉跄跄地从车头绕过去。那只亮着的车灯仍然无所畏惧地照在雪地上。“我只能说，她最好是个瘸子或瞎子，”他对亨利说，“要不然，我会一脚把她她娘的踢回戈斯林商店去。”

亨利又笑了起来。想到彼得一瘸一拐地走过去……然后用脚去踢的模样，他就忍不住要笑。像极了那些跳康康舞[①]的演员。“彼得，

---

① 纽约特色的康康舞，舞者称为Rockette，由“火箭”一词演变而来，形象地描述了这种舞蹈的特色，整齐划一的康康舞腿，正如直冲云霄的火箭。

你可别真的伤着她！”他大声喊道，尽管他口气故作严肃，但由于说话时发疯般地笑个不停，他怀疑这话能否顶用。

“好吧，如果她能说服我的话。”彼得回答。这句话随风传进亨利的耳朵，颇有生气的老太太的意味，亨利不禁笑得更响了。他把牛仔裤和长内裤褪了下来，只穿着三角裤站在那儿，观察转向柱给自己造成的伤势。

大腿内侧被划开了一道较浅的伤口，约有三英寸长。流了很多血——现在还在往外渗——但是亨利觉得伤口不深。

“你以为你他妈的到底在干什么？”彼得隔着汽车对亨利叫道，这辆车虽然已经四轮朝天，可刮雨器还在来回刮擦。尽管彼得一开口就骂骂咧咧（显然主要是得自比弗真传），亨利仍然觉得他的朋友像一位老太太，像一位上了年纪的女教师。想到这里，他又哈哈大笑，一边把裤子提上去。

“你干吗要在这×他娘的暴风雪中坐在这×他娘的路中间？是喝醉了，还是吸毒了？你是个什么样的蠢婆娘？喂，回答我！你差点儿害死了我和我兄弟，你起码可以……哎呀，**×他祖宗！**”

亨利从车那边走过来，正好看见彼得倒在女佛陀的身边。他的腿一准又僵住了。她没有看过他一眼。她帽子上的橘红色飘带被风吹向身后。她仰脸迎着风雪，瞪着眼睛一眨不眨，即使当雪花飘进眼睛、在那温暖的活晶体上融化时，仍然没有眨动。亨利觉得自己的职业好奇心不由自主被激活了。他们到底是遇到了什么事？

3

“哎呀！×他奶奶的，真是该死，真他妈**疼**死了！”

“你没事儿吧？”亨利话刚出口，就忍不住又笑了起来。这真是个愚蠢的问题。

“我听起来没事儿吗，大专家？”彼得生气地问，但是亨利刚要弯腰看看，他却抬手挥了挥让他走开，“不用，我没问题，马上就好。你去看看傻呆公主。她一直在那儿坐着不动。”

亨利在那女人面前跪了下来，一边痛得直皱眉——双腿很痛，没错，被车顶撞过的肩膀也痛，脖子也在快速变僵——但他仍然笑个不停。

这根本不是什么落难的小姑娘。她起码有四十岁了，而且又矮又胖。尽管她的防风雪大衣很厚，而且天知道她底下还穿了多少层衣服，可是她的腹部却明显凸起，似乎是做过缩胸手术后形成的大肚腩。帽檐下被风吹起的头发没型没款。与他们一样，她也穿着牛仔裤，但是她的一条腿有亨利的两条粗。亨利脑海中想到的第一个词是乡下婆娘——你常常会看到这种女人在扔满玩具的院子里晾衣服，旁边就是她的加宽房车，一扇敞开的窗户上放着一台收音机，里面传来加斯或莎妮亚叽叽喳喳的声音……还可以看到她们去戈斯林商店这种地方买几样食品。橘红色的行头表明她可能在打猎，但果真如此的话，她的枪在哪儿？已经被雪埋掉了吗？她的大眼睛呈深蓝色，直愣愣的。亨利找了找她的脚印，但是一个也没有。显然是被风刮没了。可这仍然很古怪，她只怕是从天上掉下来的。

亨利取下手套，在她瞪得发直的眼睛前弹了弹手指。那双眼睛眨了眨。这算不了什么，但比他预想的要好，想想看，刚才有辆几吨重的车差几英寸就撞着她了，可她居然纹丝未动。

“喂！”他对着她的脸喊道，“喂，醒一醒！醒一醒！”

他又弹了弹手指，自己都没什么感觉——什么时候变得这么冷了？我们现在遇到大麻烦了，他想。

这女人打了个嗝，尽管大风在林间呼啸，她打嗝的声音却响得吓人，在流动的空气将打嗝声刮走之前，他闻到了一股刺鼻的怪味——很像医用酒精。这女人动了动身子，皱了皱眉，接着放了一个屁，一个很长的响屁，听上去就像撕布的声音。亨利想，也许本地人就是这样打招呼的。想到这里，他又笑起来。

“老天！”彼得几乎是贴着他的耳朵说，“听那声音，她的裤子似乎都给挣破了。你喝了什么，女士？普雷斯通[①]防冻液吗？”接着，他又对亨利说：“天啊，她一定是喝了什么，如果不是防冻液的话，

① 美国著名汽车保养品牌，生产软蜡、防冻液、冷却液等各种汽车护理产品。

我就不是人。”

亨利也闻出了这种味道。

这女人的眼睛突然动了动，迎上亨利的视线。看到那眼睛里的痛苦，他暗暗感到震惊。“里克在哪儿？”她问，“我得找到里克——只剩下他一个人了。”她皱着眉头，嘴唇翘了翘，亨利看到她的牙齿掉了一半，余下的犹如一道破栅栏上的残桩。她又打了一个嗝，那气味熏得亨利的眼泪都流了出来。

“哎呀，老天！”彼得几乎是在叫喊，“她这是怎么了？”

“不知道。”亨利回答。他唯一可以肯定的是，这女人的眼睛又发直了，他们现在遇到了大麻烦。如果是一个人的话，他可能会考虑挨着这女人坐下来，再伸出一条胳膊搂着她——这个解决最终问题的方案可比海明威方案要有趣得多，也有创意得多。但是他得为彼得着想——彼得的第一轮啤酒甚至还没有喝到位，尽管他能不能再喝到啤酒显然要听天由命了。

话说回来，他还非常好奇。

4

彼得坐在雪地上，又在用手揉膝盖，一边望着亨利，等着他采取行动——这不奇怪，因为在他们四个人中，经常是亨利拿主意。他们没有明确的头儿，但亨利差不多就是那个领头人。早在上初中时就是如此。而这女人现在谁也不理，只是直盯着前方的雪。

冷静，亨利对自己说，深呼吸，冷静下来。

他深吸一口气，屏住片刻，然后吐了出来。好些了。稍稍好些了。好吧，这女人怎么了？别管她从哪儿来或在这儿干什么，也别管她打嗝时怎么会有稀释后的防冻液的气味。她这会儿是怎么了？

很显然，是受了惊吓。彻底吓坏了，像是一种紧张症——他亲眼看到汽车擦着她的身子疾驰而过时她都丝毫未动。可她也没有完全失去意识，对刺激仍然有感觉；她对他的响指有反应，而且还说了话。询问一个叫里克的人。

“亨利——”

“安静点儿。”

他又取下手套，把双手伸在她面前猛拍几下。他觉得与在林中不断呼啸的大风相比，这声音很小，可是她又眨眼了。

“站起来！”

亨利抓住她戴着手套的手，感觉到她本能地回握住他，不禁有些鼓舞。他弯下腰，凑近她的脸，闻到那乙醚般的气味。发出这种气味的人不可能健康无事。

“站起来，用脚站起来！跟我一起！我数三下！一，二，三！”

他站稳身子，抓住她的手。她慢慢站起来，膝盖颤抖着，又打了一个嗝，接着又放了一个屁。她的帽子歪了，遮住一只眼睛，可她并没有要扶正的意思。亨利说：“把她的帽子扶正。”

“什么？”彼得也站了起来，看上去明显有些摇摇晃晃。

“我不能松手。把她的帽子扶正，别挡着她的眼睛。”

彼得伸出手，小心翼翼地帮她把帽子戴正。这女人微微弯下腰，蹙着眉，又放了一个屁。

“非常感谢，”彼得悻悻地说，“你真是一位好听众，晚安。”

亨利感觉到这女人的身子在往下沉，连忙抓紧她。

“走几步！”他又凑近她的脸喊道，“跟我一起走！我数三下！一，二，三！”

他开始朝车头方向走回来。这时她正看着他，他也盯着她，不让她的视线移开。他头也不回地对彼得——他不想冒险让她转移视线——说：“拉住我的皮带，牵着我。”

“去哪儿？”

“绕到车那边。”

“我不知道行不行——”

“你一定得行，彼得，快点儿。”

没有反应。但片刻之后，亨利就感觉到彼得将手伸进他的外套，抓住了他的皮带。他们排着跳康枷舞般的队形，步履艰难地穿过狭窄的小路，穿过剩下的那只车前灯发出的耀眼黄光。到了另一边，四轮朝天的汽车起码可以帮他们挡挡风，这也算好事一桩。

突然间，这女人挣脱亨利的手，弯下腰，张着嘴。亨利退开一步，以免她的呕吐物喷到他身上……但是她没有吐，而是打了一个嗝，一个最响的嗝。接着，没等她直起腰来，就又放了一个屁。这是亨利此前从来不曾听过的声音，而他可以发誓，当年在西马萨诸塞州医院时，病房里的各种声音他都听过。不过她仍然站着，大口喘着粗气，就像马喷鼻息一样。

“亨利，”彼得叫道，他的声音因为恐惧、敬畏而显得嘶哑，“我的上帝，快看！”

他凝望着天空，一副瞠目结舌的样子。亨利顺着他的视线看去，简直无法相信自己的眼睛。十来个炫目的光环正在低沉的云层中穿行，亨利的双眼几乎无法睁开。一时间，他想起好莱坞首映式上那划破夜空的聚光灯，但在这森林深处，显然没有那种灯，否则他就会看到从大雪中透过来的光芒。不管那些发光的东西是什么，它们应该在云层之上或云层之中，而不是云层下面。它们似乎很随意地飞来飞去，突然，亨利感觉到有一种反祖性恐惧朝他袭来……不过这种恐惧实际上更像是源于他自身，源于他的内心深处。他的脊柱猛地感到一片冰凉。

“那是什么？”彼得问，几乎是在呻吟，“天啊，亨利，那是什么？”

“我不——”

那女人抬起头，一看到那飞舞的亮光便尖叫起来。那是声嘶力竭、充满恐惧的叫声，听得亨利也恨不得放声尖叫。

“它们又来了！”她大叫道，“它们又来了！又来了！”

接着她蒙住双眼，把头抵在四轮朝天的汽车的前胎上。她停止喊叫，只是不停地呻吟着，犹如一头掉入陷阱、无可逃脱的猎物。

5

在随后不知有多长的时间里（可能不到五分钟，虽然感觉很长），他们注视着那炫目的亮光从空中飞过——它们或绕飞，或外滑，一会儿左，一会儿右，似乎在你追我赶。有一个时刻，亨利意识到那光环只有五个而不是十来个，接着又认为只有三个。在他的身旁，那个把脸顶在轮胎上的女人又放了一个屁，亨利突然明白他们正站在一个渺无人烟之处，傻看着某种与暴风雪有关的天体现象，这现象虽然有趣，对他们却毫无助益，不能把他们带到任何干爽温暖的地方。他还十分清楚地记得里程表上最后显示的数字：12.7。他们距离“墙洞”差不多还有十英里，在最好的情况下，走起来也是一大段路程，可他们此刻却赶上一场不小的暴风雪。另外，他心里想，能走路的就只有我一个人。

“彼得。”

“真是奇观，对吧？”彼得叹道，“那是他妈的UFO，就像《X档案》里的一样。你看——”

“彼得。”彼得仍然望着天空，亨利握住他的下巴，让他转向自己。在他们的头顶上空，最后两团亮光正在渐渐消退。“那只是某种电的现象。”

“你这么想？”彼得似乎大失所望。

“没错，是暴风雪引起的。可如果我们在这儿变成冰棍，就算那是来自于珍珠星球的第一批蝴蝶人，对我们也毫无意义。现在我需要你的帮助。我需要你发挥一下你那项本事。行吗？”

“我不知道。”彼得说着，又扭头朝天上看了最后一眼。这时只有一团亮光了，而且很暗淡，如果不仔细看的话可能难以看到。“女士？女士，它们已经飞走了。已经消失了，听见了吗？”

她没有回答，只是脸贴着轮胎站在那儿。她帽子上的飘带被吹得呼啦啦响。彼得叹了口气，朝亨利转过身来。

“你想干什么？”

“还记得这条路上的贮木棚吗？”一共有八九个，亨利想，也就是四根柱子，上面再搭几块波纹铁皮当棚顶而已。伐木工们在里面存放砍伐的木材或一些设备，留到春天使用。

“当然。”彼得回答。

“最近的一个在哪儿？你能告诉我吗？”

彼得闭上眼睛，竖起一根手指左右摆动起来，同时用舌尖顶住上颚，在嘴里发出轻微的“嗒嗒”声。彼得从中学时代就能这样，虽然不像比弗咬铅笔和嚼牙签，或不像琼西痴迷恐怖电影和谋杀小说那么历史悠久，但也有不少年头了。而且往往都很可靠。亨利等待着，希望这一次也能可靠。

那女人抬头张望起来，她的耳朵可能从呼啸的大风中辨出了这轻微而有节奏的“嗒嗒”声。她的额头被轮胎印上了一块很大的黑印。

最后，彼得终于睁开眼睛。“就在那边，”他指着“墙洞”的方向说，“那道湾后面有一座小山，从那山上下去，有一段直路。直路的尽头就有一个棚子。棚顶左边塌了一半。有个叫斯蒂文森的人在那儿流过鼻血。”

“是吗？”

“哦，我不知道。”彼得难为情似的移开了视线。

亨利依稀记得那个棚子……实际上，棚顶塌了一半是件好事，或者说可能是件好事；如果塌下来的方向正好，就会把没有墙壁的贮木棚变成一间披屋。

“有多远？”

“半英里。也可能是四分之三英里。”

“你很有把握。”

“是的。”

“你的膝盖怎么样，能走到那儿去吗？”

“我想没问题——可是她行吗？”

“最好能行。”亨利回答。他把双手放在那女人的肩膀上，把她圆睁着双眼的面孔转过来对着自己，然后凑近她，直到两人几乎鼻子挨着鼻子。她的气息非常难闻——不仅有防冻液的气味，还夹杂着某种油腻腻的气息，以及有机物的味道——但是他仍然那样站着，丝毫没有退开。

“我们得走路！”他对她说，虽然说不上是大喊，可是声音不小，而且带着命令的口气，“现在跟我一起走，我数三下！一，二，三！”

他拉着她的手，带着她再度绕过车头，走到路上。她一开始不愿意，可很快就非常顺从地跟着他，似乎对朝他们迎面扑来的寒风浑然不觉。亨利把这女人戴着手套的右手握在自己的左手中，走了大约五分钟，彼得突然一个踉跄。

“等等，”他说，“这混账王八蛋膝盖又要给我找茬了。”

他弯下腰来揉着膝盖，亨利抬头望了望天空。上面现在没有亮光了。“你没事儿吧？能走到那儿吗？”

“我能走到，”彼得说，“好了，我们走吧。”

6

他们顺利地走完弯道，又顺利地爬到半山腰，可就在这时，彼得一下子歪倒在地，抱着膝盖又哼又骂。他看到亨利望着他的眼神，便发出一声笑不像笑、吼不像吼的奇怪声音。“别为我担心，”他说，“彼得小子一定能行。”

“你确定吗？”

“是的。”可让亨利大惊失色的是（当然也感到几分好笑，那种阴郁的感到好笑的心情似乎一直不曾离开过他），彼得突然把戴着手套的双手握成拳头，在膝盖上猛捶起来。

“快松开，你这蠢货，快松开！”彼得自顾自地喊道，对亨利毫不理睬。与此同时，那女人缩着肩膀站在一旁，风从背后吹来，将她帽子上的橘红色飘带吹到脸前，可她仍然一声不响，犹如一台被关掉发动机的机器。

“彼得？”

“我马上就好，”彼得说，他抬头望着亨利，眼神显得很疲惫……但也带着几分愉悦，“这真是栽透了，是吧？”

“是的。”

“我想我可能没法一直走回德里，但到棚子那儿没问题。”他伸出一只手，“拉我一把，头儿。”

亨利握住老朋友的手，把他拉起来。彼得的腿很僵硬，仿佛行完鞠躬礼后刚刚起身。他静静地站了一会儿，然后说：“我们走吧。我希望尽快避开这寒风。”他顿了顿，接着又说，“我们该带点儿啤酒来的。”

他们爬上山顶，下山时风势小了许多。到达山脚下的直道时，亨利开始暗暗自我安慰，想着起码这段路不会有问题。可直道刚走一半，前方那个形如贮木棚的地方已经胜利在望时，那女人却倒下了——先是跪了下去，然后扑倒在地。她就那样躺了片刻，侧着头，只有张开的嘴里吐出的气息表明她还活着（要不是这样，事情可就简单多了，亨利想）。接着，她翻了个身，侧躺着，又打了一个长长的响嗝。

“哎呀，你这添乱的臭婊子，”彼得说，不过他的语气里没有愠怒，而只有疲惫。他望着亨利，“现在怎么办？”

亨利在她旁边跪下，以最大的嗓门喊她起来，又是弹手指又是拍巴掌，还数了好几次一二三，可是都无济于事。

“你留在这里陪着她。我也许能去那儿找样东西来拖她。”

“祝你好运。”

“你有更好的办法吗？”

彼得苦着脸坐在雪地上，那条伤腿直伸在面前。“没有，先生，”他说，“我没有。我已经智穷才尽了。”

7

亨利走到贮木棚花了五分钟时间。他自己腿上被转向柱划破的地方也有些发僵，但是他觉得自己没事儿。他想，如果能把彼得和那女人弄到贮木棚，如果“墙洞”里那台北极猫[①]还能启动，也许事情到最后能顺利解决。再说，去他的，这一切还真是有趣。天空中的那些亮光……

贮木棚的波纹棚顶全塌了：面向道路的前半部大敞着，而后半部则几乎被完全遮盖。飘进来的雪在地上积得不深，有块脏乎乎的灰色防水布从雪中露了出来，防水布上沾着锯屑和陈年碎木片。

“太好了。”亨利说着，用手去拉防水布。起初防水布仍然沾在地上，但他更用力，终于把防水布拉起来，防水布发出一声嘶哑的

---

① 一种雪地摩托车。

"哧"声，使他不由得想起那女人放屁的声音。

他把防水布拖在身后，步履艰难地回到彼得所等之处，彼得坐在雪地上，那条腿仍然僵直地伸在面前，那个女人躺在旁边。

8

亨利根本不敢想象会这么轻而易举。实际上，等他们把她弄上防水布后，事情就是小菜一碟了。她是个重量级女人，但在雪地上滑行却很轻松。亨利很庆幸气温没有再高五度，如果雪变得黏乎乎，情况就会大不一样。当然，这直道也帮了不少忙。

雪现在已经齐膝深，而且正越下越猛，而雪花也越来越大。快要停了，小时候，每当看到这样的雪花，他们就会用失望的口气彼此相告。

"喂，亨利！"彼得听起来气喘吁吁，但是没关系，贮木棚已经不远了。彼得走路时一直僵直着腿，以免膝关节又给他捣乱。

"怎么了？"

"我最近常想起杜迪茨——你说是不是很奇怪？"

"不得打球。"亨利不假思索地脱口而出。

"没错。"彼得有些神经质似的笑了一声，"不得打球，不得玩耍。你也认为这很奇怪，是吧？"

"要说奇怪的话，"亨利回答，"那我们两个都是怪人。"

"什么意思？"

"我自己也经常想起杜迪茨，而且有好一阵子了。起码是从三月份以来。我和琼西本来打算去看他——"

"是吗？"

"是的。可紧接着琼西就出了车祸——"

"那个撞他的老混账王八蛋疯子压根儿就不该开车，"彼得阴沉着脸说，"琼西能活下来真是命大。"

"这一点你真说对了，"亨利说，"在救护车里的时候他就没有心跳了。急救医生只能采取电击。"

彼得停下脚步，睁大眼睛。"什么？有那么严重？都到那一步了？"

亨利突然意识到自己太大意了。“是的，但这事儿你不能跟任何人提起。是卡拉告诉我的，不过我觉得琼西并不知道。我从没……”他含含糊糊地挥了挥手，彼得心有灵犀地点点头。亨利的意思是*我从没感觉到他知道*。

“我会守口如瓶的。”彼得说。

“我想最好这样。”

“你们也一直没有去看杜迪茨。”

亨利点了点头。“当时为了琼西忙得团团转，就忘了。后来就到了夏天，你知道，事情总是……”

彼得点点头。

“可是你知道吗？我刚才还想到他了，在戈斯林商店的时候。”

“是因为那个穿着瘪四与大头蛋[①]图案衬衣的孩子吧？”彼得问，他说话时呼出的气息变成一团团白雾。

亨利点点头。“孩子”这个词既可以指十二岁，也可以指二十五岁，一旦涉及唐恩氏综合征[②]患者，你就无从分辨。那孩子长着一头红头发，当时正顺着那间光线昏暗的小商店的中间过道走着，旁边还有一个男人，显然是他父亲——同样穿着绿黑相间的格子猎装，更重要的是，这个男人也长着一头胡萝卜色的红头发，只不过那男人的头发已经很稀少，所以头皮清晰可见，他望了他们一眼，那意思是说*可别议论我的孩子，除非你们想找麻烦*。而他们俩当然什么也没说，他们从“墙洞”跑了二十多英里去那儿，是为了买啤酒、鸡蛋和热狗，而不是为了找麻烦，再说，他们曾经与杜迪茨有过交往，而且在一定程度上仍然有交往——给他寄圣诞礼物和生日贺卡，说到底，杜迪茨曾经以自己独特的方式成为他们中的一员。不过，亨利无法对彼得坦言相告的是，自从大约十六个月之前意识到自己有了自杀之念以来，他的所作所为要么是与那件事相抗争，要么是为它做铺垫，而从那时起，他总是在一些不寻常的时刻想起杜迪茨。有时甚至梦见杜迪茨，

---

① 瘪四与大头蛋是同名喜剧片中的两位主人公。

② 一种先天性白痴，患儿生来两眼倾斜，头颅宽短，手掌较阔，手指较短。

还梦见比弗说我来帮你吧，伙计，而杜迪茨则问帮——什么？

“想起杜迪茨没什么不对的，彼得，”亨利一边说，一边把载着那女人的临时雪橇拉进贮木棚，他自己也已经气喘吁吁，“是杜迪茨让我们成为了我们。那是我们最美好的时光。”

“你这么认为？”

“是的。”亨利一屁股坐在地上，准备歇口气，然后再做下一件事情。他看了看手表。快到中午了。此刻，琼西和比弗不会再认为是大雪让他们耽搁了，他们几乎会肯定是出了问题。说不准有谁还会开起雪地摩托车（如果还能开的话，他再一次提醒自己，如果那该死的玩意儿还能开的话），出来找他们。这样一来，事情就会简单点儿了。

他望了望躺在防水布上的女人。她的头发耷拉下来，挡住一只眼睛，另一只眼睛冰冷漠然地看着亨利——似乎要看穿他。

亨利相信，所有的孩子在少年时代都会面临自我定位的时刻，而处于群体中的孩子比作为个体的孩子更容易做出断然反应。他们常常用冷酷来回应痛苦，因而留下种种劣迹。亨利和他的朋友们则表现良好，不管是出于什么原因。归根到底这算不了什么，但是，想想往事，特别是当你的内心陷入黑暗时，想想自己曾经不惧危险，行为磊落，这毕竟不会有坏处。

他告诉彼得自己要干什么以及彼得该干什么，然后准备起身忙乎起来——在天黑之前，他要他们大家都安安全全地待在“墙洞”的四壁之内。那个干净、明亮的地方。

“好吧，”彼得说，似乎有些紧张，“但愿她不要死在我手上。也但愿那些亮光不要再出现。”他抬头看了看天上，那儿现在只有低沉的乌云。“你认为那些是什么？是某种闪电吗？”

“喂，你才是宇宙专家呀！”亨利站了起来，“动手吧，捡些小木棍儿——你不用起身就可以捡到。”

“要烧火，是吧？”

“没错。”亨利回答，然后从躺在防水布上的那个女人身上迈过去，走到树林边，那儿的雪地上有许多大块木柴。九英里左右，这是他即将要走的路程。但首先，他们得燃起一堆火。一堆温暖的大火。

第四章　麦卡锡上厕所

1

琼西和比弗坐在厨房里玩克里比奇纸牌[①]，用他们的说法就是“玩牌”。比弗的父亲拉马尔一直就是这么说的，仿佛这是唯一的纸牌玩法。拉马尔·克拉伦顿的生活就是围着中缅建筑公司转，对他而言，这也许就是唯一的玩法，它最适合于伐木营地、铁路工棚，当然还有建筑工程车这样的地方。一块有一百二十个孔的木板，四根木钉，外加一副油乎乎的旧扑克牌，有了这些东西，就可以玩起来了。玩这种牌的时候，多半是在等着干别的事儿——等大雨停止，等货物运到，或者等去购物的朋友归来。然后你们就可以想出办法，看看拿那位陌生人怎么办——他现在正躺在紧闭的卧室门后呢。

不过，琼西想，我们等的其实是亨利。彼得只是跟他一起罢了。只有亨利才知道怎么办，比弗说得对。只有亨利知道。

可亨利和彼得这么晚还没有回来。说他们出事了还为时太早，可能只是大雪把他们耽搁了。不过，琼西开始担心是否仅此而已，而且猜想比弗也有同感。到现在为止，他们对这件事都只字未提——尚未到中午，也许一切都会平安无事——但两个人的心都悬着，却彼此心照不宣。

琼西每打一会儿牌并记分之后，就要看看那扇紧闭的卧室门，麦

---

① 一种由两人或三四个人一起玩的纸牌游戏，用小木棒和有孔的木板记分，每人发六张牌，先凑足 121 分或 61 分者为胜。

卡锡就躺在里面，可能睡着了，不过天啊，他刚才的气色可真难看。有好几次，他看到比弗的视线也向那边投去。

琼西把这副旧牌洗好，发牌，给了自己几张，拿出两张保留牌，然后比弗也抽出两张保留牌。比弗切牌后，预备工作便已完成，可以得分了。即使得了分，也还是有可能输牌，拉马尔跟他们说过——他的嘴角总是叼着一支烟，那顶克拉伦顿建筑公司的帽子总是遮住左眼，仿佛他知道什么秘密，只有在出价合适的情况下才会透露。拉马尔·克拉伦顿，一位很少玩耍的工作狂，四十八岁时死于心脏病，不过如果得了分，就不至于剃光头。

不得玩耍，琼西此刻正想着，不得打球，不得玩耍。就在这时，突然响起了那天他在医院里听到的那若有若无的该死的声音：请停下来，我受不了啦，快给我打一针，马西在哪儿？哦天啊，世界为什么这么残酷？为什么有那么多的辐条恨不得要绞断你的手指，有那么多的齿轮恨不得要掏出你的内脏？[①]

“琼西？”

“什么？”

“你没事儿吧？”

“没事儿，怎么了？”

“你刚才在发抖。”

“是吗？”当然是的，他自己也知道。

“是的。”

“可能是风太大了。你闻到什么了吗？”

“你是说……他？”

“我没有说梅格·瑞恩[②]的腋窝。没错，是说他。”

“没有，”比弗说，“有几次我以为……但那只是想象。因为他那些屁，你知道——”

“——太难闻了。”

---

① 琼西这里是想起自己经历的车祸有感而发。

② 美国著名电影女演员。

“没错，非常难闻。他打的嗝也是。我以为他会吐，伙计，真的。”

琼西点点头。我很害怕，他想，在这种暴风雪天气，坐在这儿吓得魂飞魄散。真该死，我要亨利。这样行吗？

“琼西？”

“干什么？我们这盘牌还玩不玩了？”

“当然玩，不过……你觉得亨利和彼得没事儿吧？”

“我怎么知道？”

“你有没有……一种感觉？也许看——”

“我只看得到你的脸。”

比弗叹了口气。“可你认为他们没事儿吧？”

“坦白说，是的。”但是他的眼睛先偷瞥了挂钟一眼——已经十一点半了——然后又瞥了一眼将麦卡锡关在里面的那扇卧室门。在大房的中央，捕梦网在空气中轻轻飘荡。“只是车开得慢而已。他们马上就会回来的。好了，我们接着玩吧。”

“好吧。八点。”

“十五点记两分。”

“我×。”比弗往嘴里塞了一根牙签，“二十五点。”

“三十点。”

“不跟。”

“三十一点记两分。”

“×他奶奶的！”当琼西转过拐角进入第三街时，比弗有点气急败坏地低声笑了，“你每次发牌都让我输成光屁股。”

“你每次发牌我也让你输成光屁股，”琼西说，“真言逆耳。行了，出牌。”

“九点。”

“十六点。”

“最后一张牌，记一分，”比弗说，仿佛在道义上大获全胜。接着他站起身：“我得出去一下，撒泡尿。”

“干吗？这儿不是有很好的厕所吗？你不至于连这也忘了吧？”

“我没有忘。我只是想看看能不能在雪地上写我的名字。”

琼西笑了起来。“你什么时候才能长大？”

“能不长大就不长大。而且还要长小。别把那家伙弄醒了。”

比弗朝后门走去，而琼西则把牌收拢，洗了起来。他不由自主地想起他们小时候玩这种牌时的一种玩法。他们称之为杜迪茨牌，通常都是在卡弗尔家的娱乐室里玩。玩法与一般的克里比奇牌没有差别，只不过他们让杜迪茨记分。我得了十分，亨利经常说，给我记十分，杜迪茨。于是杜迪茨就会咧着嘴，笑嘻嘻地——他那种笑容总是让亨利很开心——记上四分或六分或十分或甚至他妈的二十几分。玩杜迪茨牌的时候，规则就是从不抱怨，从不说杜迪茨，太多了或杜迪茨，还不够。哦，他们总是笑翻了天。如果卡弗尔夫妇刚好也在房间的话，他们也会跟着大笑。琼西记得有一次，他们应该是十五六岁吧，而杜迪茨当然还是那样，杜迪茨·卡弗尔的年龄永远不会变化，这正是他最动人也最令人担惊受怕的地方，那一次，艾尔斐·卡弗尔哭了起来，说孩子们，我真想让你们知道这对我和我太太意味着什么，真想让你们知道这对道格拉斯[①]意味着什么——

“琼西。”比弗叫道，他的声音干巴巴的，很奇怪。冷空气从敞开的厨房门里灌进来，使琼西的手臂长起鸡皮疙瘩。

“把门关上，比弗，难道你是在马厩里出生的吗？”

“快过来，你得看看这个。”

琼西起身来到门口，正要张口说什么，又连忙闭上了。后院满满当当的全是动物，足可以办一家动物园了。大多数是鹿，有二三十头各种各样的母鹿和公鹿。不过，与它们同行的还有浣熊、摇摇晃晃的土拨鼠和一队在雪地上行动非常自如的松鼠。从存放“北极猫”、各种工具以及发动机零件的工具房的侧墙边，过来三条大狗。琼西一开始以为是狼，接着，他发现其中一只的脖子上套着一段褪色的晾衣绳，才意识到它们是狗，可能已经野性复萌。它们全是从峡谷那边上来，正在朝东而去。琼西还看到，有两只体型不小的山猫混杂在两小

---

① 道格拉斯是杜迪茨的正式名字。

群鹿中间，他不由得擦了擦眼睛，好像想抹去某种幻影。山猫还在那儿。同样，那些鹿、土拨鼠、浣熊和松鼠也都在那儿。它们不紧不慢地前进，对门口这两个人看都不看一眼，但是又不像逃离大火的动物那样仓皇。而且根本闻不到烟火的味道。这些动物只是在撤离这个地区，往东行进。

“我的天啊，比弗。”琼西充满敬畏地低声叫道。

比弗一直在仰脸望天。这时他飞快地看了动物一眼，又抬头往上看去。“是的。你再看那儿。”

琼西抬起头，看到十来个炫目的光体——有的是红色，有的是蓝白色——在那儿上下翻飞。它们照亮了云彩，他突然意识到，这正是麦卡锡迷路时看到的东西。它们一会儿前，一会儿后，你追我躲，有时又合而为一，发出逼人的光芒，使琼西不得不眯起眼睛。“那是什么？”他问。

“不知道，”比弗头也不回地答道，他脸色苍白，刚长出来的胡茬显得十分清晰，清晰得几近怪异，“但是动物不喜欢它们。那正是动物们敬而远之的东西。”

2

他们看了十分钟，也可能是十五分钟，这时琼西听到一阵低沉的轰鸣，就像是变压器的声音。琼西问比弗是否听见了，比弗只是点了点头，仍然目不转睛地望着在空中盘旋的亮光。琼西觉得那亮光有窨井盖那么大。他认为动物们要敬而远之的是那声音，而不是亮光，不过他什么也没有说。突然之间，说话似乎变得很艰难，他觉得有种恐惧向他袭来，就像是持续的热病或轻度流感，使他全身软弱无力。

那些亮光终于渐渐暗淡下来，琼西并没有看到它们熄灭，但是亮光的数量似乎越来越少。动物也越来越少了，那“嗡嗡”的响声也越来越低。

比弗猛地一惊，就像从沉睡中惊醒一样。“照相机，”他说，“我得赶在它们消失之前拍下来。”

“我看你来不及——”

“我总得试试！”比弗几乎吼了起来。接着，他又放低嗓门，说：“我总得试试，起码拍拍鹿呀什么的，以免……”他转身穿过厨房往回走去，也许还在回忆自己把那部装电池的旧照相机扔在哪堆脏衣服下面。突然，他止住脚步，说：“哦，琼西，我们有麻烦了。”那声音干巴巴的，丝毫不像是比弗的声音。

琼西朝那些剩下的亮光看了最后一眼——它们越来越暗（也越来越小），然后转过身来。比弗正站在水槽边，视线越过案台，望着大房对面。

“怎么了？又怎么了？”这泼妇耍赖般的、略带颤抖的声音……真的是他的吗？

比弗用手指了指。他们安顿麦卡锡的那间卧室——也即琼西的卧室——房门大敞，而卫生间的门——他们早先特意打开了，以免麦卡锡内急时找错地方——这时却关着。

比弗转向琼西，他神情忧虑，脸上满是胡茬。“你闻到了吗？”

琼西闻到了，尽管从后门灌进来的空气寒冷而清新。没错，仍然有乙醚或乙醚酒精的味道，但现在还夹杂其他东西。粪便自不用说。也可能有血。还有别的，就像是埋了上百万年的天然气终于得到释放。换句话说，这不是孩子们在野营途中被逗得咯咯笑的那种臭屁味，而是要丰富得多，也难闻得多。你只能拿它跟屁相比，因为实在没有别的东西可以与它相提并论。琼西心里想，从根本上说，这是某种被严重感染而且死期将至的东西发出的气味。

“再看那儿。”

比弗指了指实木地板。地板上有血，从敞开的门到关着的门之间，沿路都是鲜亮的血迹。似乎麦卡锡跑过去的时候在流鼻血。

不过琼西觉得，流血的并不是他的鼻子。

3

琼西一生中最不愿做的事情——比如：给他弟弟麦克打电话，告诉他妈妈因心脏病发作已经去世；对卡拉说她不能再这样酗酒和依赖药物了，否则他就要离开她；在阿格瓦姆野营时，告诉辅导员老劳伍说自己尿床了——莫过于穿过“墙洞”的大房，走到紧闭的卫生间门前。这段路就像是在噩梦之中，虽然你走在路面上，但不管你的双腿移动得多快，都是那种做梦般的、置身水底之下的感觉。

在噩梦中，你永远无法到达目的地，但他们终于来到房间的另一边，所以琼西想，这毕竟还不是梦。他们站在这儿，看着地上的血迹。每一处血迹都不大，最大的与十美分的硬币相差无几。

“他一准又掉了颗牙齿，”琼西说，他的声音仍然压得很低，“很可能是这么回事。”

比弗抬起一边眉头看着他。接着，他来到卧室门口，往里看去。片刻之后，他转头朝琼西勾了勾手指示意。琼西侧身走到比弗身旁，他要继续留意那扇关着的卫生间门。

卧室里的盖被给一股脑儿掀到地上，似乎麦卡锡起身时很突然，很迫不及待。枕头中间还有他的脑袋印，床单上也留有他睡过的痕迹。床单上，大约在床中间的地方，还留有一大摊血。蓝色的床单都湿透了，变成了紫色。

“这牙齿掉的地方可真怪，”比弗小声说道。他用力一咬嘴里的牙签，外面的一半掉到了门槛上。“也许他还指望牙齿仙女[①]给他两角五分钱呢。”

琼西没有回答，而是指了指门内的左侧。那里胡乱堆着麦卡锡的长内裤和他穿在里面的三角裤。两条裤子上都有血，而三角裤更是被血浸透，如果不是裤腰上那一道松紧带和前面的双层棉布，你还会以为它本来就是那种鲜红色。

“去看看便盆。”比弗小声说。

“我们干吗不直接去敲卫生间的门，问问他到底怎么样？”

“因为我他妈的想有点儿思想准备，”比弗回答，他的声音虽然很低，语气却有些激动。他拍了拍胸口，然后把咬烂的牙签吐了出来，“天啊，我的心都要跳出来了。”

---

① 根据西方童话，孩子们将掉下的乳牙置于枕头底下，牙齿仙女夜间就会来取走牙齿，并留下一点钱。

琼西的心也在怦怦直跳，他感觉汗水从脸上淌了下来。不过他还是走进卧室。由于新鲜的冷空气不断从后门涌入，大房里的空气已经很干净了，但这里却臭气熏天——粪便、天然气、乙醚等各种气味都有。琼西觉得自己吃进胃里的那点东西开始待不住了，他强压住自己不要翻胃。他靠近便盆，一开始不敢睁眼去看。在他的脑海中，同时出现了好几种可能会看到的类似于恐怖电影中的画面。浸泡在血水中的器官。牙齿。割下来的脑袋。

“快看呀！”比弗小声催促。

琼西闭紧双眼，低下头，屏住呼吸，然后猛地睁开眼睛。他看到的只是干净的瓷器在头顶灯光的照耀下闪闪发亮。便盆里空空的。他从咬紧的牙齿缝里吁了一口气，然后避开地板上的血迹，回到比弗身边。

“什么也没有，”他说，“行了，我们别浪费时间了。”

他们从一扇关着的门旁走过（这是存放床上用品的壁橱的门），来到另一扇关着的门前（这是通往卫生间的松木门）。比弗望着琼西，琼西摇摇头。“该你了，”他悄声说，“我看过便盆了。”

“他可是你发现的，”比弗回答，看上去一副倔强的样子，“所以该你来。”

这时琼西听到了别的什么声音——准确地说，他是听而不闻，不仅因为那声音十分熟悉，更因为他正全神贯注于麦卡锡，那个他差点儿开枪击中的人。那是一种“嗡嗡”的声音，很模糊，但是越来越大了。正朝这边靠近。

“真是活见鬼，”琼西说，虽然他的语气不失正常，但声音很响，两个人都不禁微微一震。他用一根手指敲了敲门。“麦卡锡先生！里克！你在里面没事儿吧？”

他不会回答的，琼西心里想，他不会回答的，因为他已经死了。坐在马桶上咽气了，就像艾尔维斯[①]一样。

但是麦卡锡没有死。他呻吟了一声，并回答道：“我有点儿不舒

① 指著名歌手猫王。

服，伙计们。我得清一清肠胃。如果能清清肠胃，我就会——”接着又是一声呻吟，随后是一声屁响。这个屁声音不大，几乎有些清脆。听到这声音，琼西不由得露出苦脸。“——我就会没事儿了。”麦卡锡的话终于说完。在琼西看来，这人离“没事儿”远隔十万八千里。他听上去气喘吁吁，痛苦不堪。仿佛为了证明这一点，麦卡锡又呻吟起来，声音更大了。随后又是一声清脆的屁响，紧接着他就大叫起来。

“麦卡锡！”比弗试了试门把手，可是扭不动。麦卡锡——这位他们从森林里迎来的不速之客——从里面把门反锁了。“里克！”比弗把门把手扭得“咔嗒”直响。“开门，伙计！”比弗尽量装出轻松的语气，仿佛这一切只是个大玩笑，是野营时的一个恶作剧，但越是这样，他的声音反而越显得惊恐。

“我没事儿，”麦卡锡说。他大口喘息着，“我只是……伙计们，我只是有些气胀，需要排解一下。”随后又是肠胃胀气所引起的声音。把他们听到的声音视为“通气”或“放屁”未免很荒唐——这是两个华丽的、如糖霜一般轻飘的词语。从紧闭的门背后传来的声音很有肉感，就像皮肉撕裂的声音。

“麦卡锡！”琼西叫道，他又敲了敲门，“让我们进去！”不过他真的想进去吗？不想。他但愿麦卡锡仍然迷路在外或者被别人发现。更可怕的是，在他的脑海深处，潜藏着一个不肯退却的念头，他但愿自己一开始就杀掉了麦卡锡。“省点事儿，笨蛋！”卡拉常看的《匿名瘾君子》里面那些人就是这么说的。“麦卡锡！”

“走开！”麦卡锡叫道，声音虽然微弱却很坚定，“你们就不能走开，让别人——让别人安心大便一次吗？老天！”

嗡——那声音现在越来越大，越来越近了。

“里克！”比弗也喊了起来，尽管仍然是轻松的口吻，但已经有了一丝绝望，犹如一名登山者的绳子快要脱手了，“你什么地方流血了，哥们儿？”

“流血？”麦卡锡语气中的惊讶似乎不是装出来的，“我没有流血。”

琼西与比弗交换一个骇然的眼神。

嗡——

这声音终于吸引了琼西的全部注意力，他感到自己如释重负。“有直升机，”他说，“他们肯定是在找他。”

“你这么想吗？”比弗的表情仿佛在说：哪有这等好事！

“是的。”琼西猜想，直升机上的人可能是在追踪天上的那些神秘亮光，或者是想弄清那些动物到底要干什么，可是他不想考虑那些东西，也不想关心那些东西。他所关心的是把麦卡锡弄走，弄上直升机，送进麦奇亚斯或德里的一家医院。“快出去，打手势叫他们下来。”

“可是——”

嗡——门背后又传来那种艰难却清脆的声音，紧接着是麦卡锡的又一声喊叫。

“快出去！”琼西吼了起来，“让那些狗娘养的玩意儿降下来！我不管你是脱裤子还是跳肚皮舞，快去让它们降下来。”

“好吧——”比弗刚刚转身，猛地全身一震，发出一声惊叫。

琼西很成功地置之度外的一些东西突然从壁柜里跃出来，跑到亮光下，在蹦蹦跳跳的间隙还不忘斜睨他们几眼。但是，等他转过身来，看到的却只是一头母鹿，正站在厨房里，脑袋伸在案台上，用温顺的褐色眼睛打量着他们。琼西深深地吸了口气，无力地靠在墙上。

“真该死，”比弗也吸了一口气。然后，他一边拍着巴掌，一边靠近母鹿，“快出去，梅布尔！难道你不知道现在是什么季节吗？快走吧，快回家去！”

母鹿一时站在原地未动，只是睁大了眼睛，带着惊恐的、几乎像人一般的神情，接着它转身，脑袋从挂在炉子上方的那一串锅、勺、钳子上擦过，引起一阵叮叮当当的响声，有些厨具还从挂钩上掉下来，陡添了几分声响。一转眼，它又摇着白色的小尾巴，跑到门外。

比弗在厨房里顿住片刻，疑虑重重地看了看那些掉在防水布上的厨具，然后也走了出去。

4

动物们的混杂性迁徙已接近尾声，只剩下一些落伍者。比弗从厨房里赶出来的那头母鹿从一只瘸腿狐狸——显然是在某个陷阱里丢了一条腿——身上一跃而过，然后消失在树林里。接着，就在存放雪地摩托车的工具间上方，从那低悬的云层上，出现了一架城市公交车般大小的轰然作响的直升机。那是一架褐色的直升机，机身一侧有三个白色的字母：ANG。

ANG？比弗想，ANG是他妈的什么意思？很快他就明白了：空中国民警卫队，大概是从班戈过来的。

它正在向下俯冲。比弗大步跨到院子里，把双臂举过头顶。“喂！”他大声喊道，“喂，这里需要帮忙！帮个小忙，伙计！”

直升机不断下降，直到距离地面不到七十五英尺，产生的气旋把刚下的一层雪都卷了起来。然后，直升机朝他飞来，气旋雪也随之而至。

“喂！我们这儿有人受伤了！有人受伤了！”他像TNN电视网里的小丑一样跳来跳去，感觉自己像个白痴，可还是又喊又跳。直升机在低空中朝他飞来，但没有继续下降，丝毫没有要降落之意。他突然产生了一个可怕的念头。不知道是直升机里的人给了他这种感觉，还是他自己在胡思乱想。他唯一能肯定的是，他突然觉得自己仿佛置身于打靶场上，被钉在靶心：打中比弗者，将赢得一台定时收音机。

直升机一侧的门开了，有个人朝他探出身子，那人拿着一个扩音器，穿着比弗有生以来所见过的最笨重的风雪大衣。扩音器和风雪大衣没有让比弗觉得不安。让他觉得不安的是那家伙的嘴巴和鼻子上戴着一个氧气面罩。他从没听说飞行员在七十五英尺的高度需要戴氧气面罩。也就是说，如果他们呼吸的空气没问题，就没有这种必要。

穿着风雪大衣的人对着扩音器讲话了，那声音透过直升机旋翼的“嗡嗡”声传来，响亮而清晰，但听上去还是有些异样，这一部分是因为扩音器的作用，但比弗认为，更主要是因为面罩。感觉就像是一位陌生的机器人上帝在对他说话。

“**你们有多少人？**”那上帝般的声音朝下面喊道，“**用你的手指告诉我。**”

比弗既迷惑又恐惧，一开始只想到了自己和琼西；亨利和彼得毕竟去了商店还没回来。他竖起两根指头，就像在做出胜利的手势。

“**待在那儿别动！**”从直升机里探出身来的那个人用机器人上帝的声音说，“**本地区已被暂时隔离！重复一遍，本地区已被暂时隔离！你们不得离开。**”

雪越下越小了，但是风正在越刮越大，直升机的旋翼吸起来的雪又被大风吹落，洒得比弗满脸都是。他不得不眯起眼睛，同时挥舞着双臂。他吸进一口冰冷的雪，连忙吐掉牙签，以免把牙签也吸进喉咙（他妈妈曾无数次地预言过，他会把牙签吞进喉咙，窒息而死），然后大声叫道：“你说隔离是什么意思？我们这儿有位病人，你们得下来接他。”

他知道，由于旋翼叶片的巨大轰鸣，他们听不见他的话，他没有那狗日的扩音器来放大自己的声音，可他还是不停地喊。当病人这个词从他口里说出之后，他才意识到自己给直升机里的那个家伙报错了数字——他们是三个人，而不是两个人。他正要竖起三根手指，又想起亨利和彼得。他们现在不在这儿，可他们只要没有出事，很快就会在这儿——那么他们有几个人呢？“两个”是错误的答案，但“三个”就正确吗？还是“五个”？像往常遇到这种情形一样，比弗的脑子已成一团乱麻。过去上学的时候，总是有亨利坐在旁边或琼西坐在后面，他们可以告诉他答案。但是现在却没有人帮他，只有那巨大的轰鸣声塞满他的耳朵，还有那盘旋的雪花落进他的喉咙，融进他的肺，让他咳个不停。

“**待在那儿别动！这一情况将在二十四到四十八小时之内得到解决。如果你们需要食物的话，就把双手交叉放在头顶上。**”

“我们不只有两个人！”比弗朝探出直升机的那个人叫道，他拼尽全力地叫着，叫得自己眼冒金星。“我们这儿有人受伤了！我们……有人……**受伤了！**”

直升机上的那个白痴把扩音器扔回背后的机舱，然后拇指和食指做成环状朝下面的比弗做了一个手势，似乎在说，好的！明白了！比弗绝望得恨不得要跳起来。但他只是张开手指举过头顶——那四根手指代表他和他的朋友们，还有大拇指则代表麦卡锡。直升机上那人看见这个手势，咧嘴笑了。一时间，比弗心里美滋滋的，以为那个戴面罩的王八蛋明白了他的意思。接着，那个王八蛋向比弗挥了挥手——他以为比弗是在向他挥手告别呢——然后朝身后的飞行员说了句什么，于是，空中国民警卫队的直升机开始上升。比弗·克拉伦顿仍然站在那儿，身上满是飘落的雪花，口里还在叫着："我们有五个人，我们需要帮助！我们有五个人，我们需要×他娘的**帮助**！"

直升机重新进入云层，消失了。

5

琼西多少听到了一些——他当然听见了从"霹雳"直升机上传来的那个放大了的声音——但是没怎么往心里去。他一心惦记着麦卡锡，那家伙在发出一串上气不接下气的低声叫唤之后，就再也没有了动静。从门底下传出来的臭味越来越重。

"麦卡锡！"他大声叫道，正在这时，比弗进来了，"快开门，要不然我们就撞开了！"

"别管我！"麦卡锡用细弱的、心烦意乱的声音答道，"我只是要拉屎而已。**我一定得拉出来！**只要拉出来了，我就没事儿了！"

这种直截了当的话语，居然出自一个似乎把哎呀老天和哎呀天啊都当作重话的人之口，这比那带血的床单和内衣更让琼西惊惶不安。他转向比弗，压根儿就没注意到比弗身上洒了一层雪，看上去就像霜人。"来吧，帮我把门撞开。我们一定得帮帮他。"

比弗显得又怕又急。他脸上的雪融化了。"我不知道。直升机上那家伙说到隔离什么的——如果他被感染了可怎么办？如果他脸上那红色的东西——"

尽管对麦卡锡也快失去耐心，琼西却恨不得揍他的老朋友一顿。就在今年三月，他自己曾躺在坎布里奇的街上流血不止。想想看，如果人们担心他有艾滋病而不愿碰他，后果将会怎样？如果他们拒绝帮助他呢？如果他们任他在那儿流血，因为手头没有橡皮手套，后果将会怎样？

"比弗，我们已经跟他面对面地接触过了——如果他真的有什么传染病的话，我们可能已经感染上了。所以，你还有什么可说的？”

比弗一时无话可说。接着，琼西感到自己脑袋里“咔嗒”一响。顷刻间，他看到那个与他一起长大的比弗，那个孩子穿着一件旧摩托衫、口里说着喂，你们几个，快住手！快他妈的给我住手！于是知道不会有问题了。

比弗上前一步。“喂，里克，开门好吗？我们只是想帮帮你。”

门背后没有动静。没有叫唤，没有呼吸，甚至没有衣服的窸窣声。他们所能听到的只是发电机那有节奏的轰鸣和直升机越来越弱的“嗡嗡”声。

“好吧，”比弗说着，在胸口画了个十字，“我们来把这狗日的东西撞开。”

他们同时后退几步，侧身让肩膀对着门，有意无意地模仿上百部电影中警察的动作。

“数三下。”琼西说。

“你的腿受得了吗，伙计？”

事实上，琼西的腿和髋关节疼得很厉害，不过，直到比弗提起来，他才真正意识到这一点。“没问题。”他回答道。

“好吧，我的屁股也是世界一流的。”

“数三下。准备好了？”

比弗点了点头。

“一……二……三。”

他们同时向前冲去，一起撞在门上，两个下垂的肩膀上几乎承载着四百磅的力量。门开了，容易得出乎意料，两个人你抓我我拽你地踉跄着一头冲进卫生间。他们的脚有点滑，脚下的瓷砖上有血。

“哎呀，我×！”比弗叫道。他不知不觉地抬起右手，捂在嘴上——他的口里这一次总算没有牙签。在那只手之上，他的眼睛睁得很大，同时泛起湿气。“哎呀，我×！天啊——我×！”

琼西则哑口无言。

第五章　杜迪茨（一）

1

“女士。”彼得叫道。穿粗呢外套的女人一声不吭。只是躺在沾满锯屑的防水布上，一声不吭。彼得注意到她的一只眼睛看着他，或者说看穿了他，或者说直看进这狗屁宇宙的果冻卷饼般的中心，谁知道呢。令人毛骨悚然。他们之间的那堆火在“哔啵”响着，火势渐渐大了些，开始有了些热量。亨利已经走了大约一刻钟，彼得估计他得三小时之后才能回来，最起码得三个小时，而在这女人令人毛骨悚然的怪物眼睛注视下，三个小时将是一段漫长的时间。“女士，”彼得再一次叫道，“你听见我的话了吗？”

还是一声不吭。不过她曾经打过一个呵欠，他发现她那该死的牙齿掉了一半。那又是他妈的怎么回事？可他真的想知道吗？彼得发现，他既想又不想。他感到好奇——他认为一个人难免会有好奇心——但与此同时他也不想知道。不想知道她是谁，不想知道里克是谁或他怎么了，也不想知道“它们”是什么。*它们又来了！*那女人看到天空中的亮光时曾这么尖叫，*它们又来了！*

“女士。”他第三次叫道。

还是一声不吭。

她曾说只剩下里克一个人了，后来还说过*它们又来了*，可能是指天空中那些亮光，而从那以后，除了那些恶心的嗝呀屁的，她就再也没出声了……那个呵欠，露出那些缺了牙的豁口……还有那只眼睛。那令人毛骨悚然的怪物眼。亨利才走了一刻钟——他是十二点过五分离开的，而彼得的手表现在是十二点二十分——可感觉却像一个半小时。这将是一个 × 他娘的漫长日子，如果他想熬过去而不崩溃的话（他总是想起上八年级的时候，老师要他们读过一个故事，不记得是谁写的了，只记得故事里的那个人因为受不了一个老头儿的眼睛，而把老头儿给杀了[①]，当时彼得觉得不可理解，但是现在可以了，是的先生），他就需要一样东西。

“女士，你听见我的话了吗？”

仍然一声不吭。只有那只令人毛骨悚然的怪物眼对着他。

“我得回汽车那儿去，因为我好像忘了一样东西。不过你会没事的，对吧？”

没有回答——但这时她又放了一个拉锯般的长屁，而且在这个过程中，她的脸蹙成一团，好像非常痛苦……也可能他的确痛苦，发出那样的响声不痛苦才怪呢。尽管彼得有意待在上风的位置，还是有一股气味朝他袭来——热乎乎、臭烘烘的，但似乎不像人的气味。闻起来也不像牛屁。小时候，他帮莱昂纳尔·西尔维斯特干过活，给母牛挤奶的事儿他干得不少，有时候，当你正坐在板凳上忙乎时，它们可能对着你就放个屁，当然——那是一种带有青草般的浓重气味，一种潮湿的气味。而这就不一样，完全不是一回事。这很像……嗯，很像你小时候第一次得到一套化学实验玩具，过不了一会儿，你渐渐厌倦了说明书上那些烦人的小实验，便使起性子，把那些乱七八糟的玩意儿全部搅和在一起，想看看会不会爆炸。他突然意识到，这正是让他忧心忡忡的原因之一，正是让他紧张不安的原因之一。只不过这很愚蠢。人是不会爆炸的，对吧？可是在这里，他还是需要有样东西帮忙。因为她让他脑海中的弦绷得太紧了。

他把亨利捡回来的两块大木柴添到火堆上，想了想，又加了第三块。火星扬了起来，打着旋，一接触到倾塌下来的波纹铁皮就熄灭了。“我会在木柴烧完之前回来的。不过，如果你想再添点儿的话，请别客气。好吗？”

---

① 指美国作家爱伦·坡（Edgar Allan Poe，1809—1949）的短篇小说《泄密的心》。

还是一声不吭。他突然恨不得给她一顿猛摇，但是，走到旅行车那儿再返回来还有一英里半的路程，所以他得节省力气。再说，她很可能又放一个屁，或者对着他的脸打上一个嗝。

“好吧，”他说，“不说话就是默认，我上四年级的时候，怀特夫人总是这么说。”

他慢慢起身，一边扶着膝盖，苦着脸，不想脚下一滑，他差点儿摔倒。但是他终于站了起来，因为他需要啤酒，真该死，他需要它，可这儿除了他自己没有人可以指望。他也许是个酒鬼。事实上，这并不是也许的问题，他猜想自己以后将不得不采取什么措施，但现在他是独自一人，对吧？没错，因为这婆娘已经不省人事，只剩下令人恶心的臭气和那只让人毛骨悚然的怪物眼。如果她需要给火堆添柴的话，她就得自己动手，不过她不会需要的，到那个时候，他早就回来了。只不过是一英里半而已。这点儿路程他的腿一定能对付。

“我很快就回来。”他说。他弯下腰，揉了揉膝盖。有些僵硬，但不是太糟。真的不是太糟。他可以把酒放在袋子里——到了那儿也许还能给这婆娘带一盒饼干——然后很快就回来了。“你确定自己没事儿吧？”

一声不吭。只有那只眼睛对着他。

“不说话就是默认。”他再一次说道，然后顺着防水布留下的宽阔拖印和他们自己的几乎被雪覆盖的脚印，回头朝“深辙路”走去。他的脚步有些蹒跚，每走十来步就歇息一会儿……并揉一揉膝盖。有一次，他回过头来望了望火堆。在午后灰色的天光下，火势已经显得小而弱。他说了一句“这真是他妈的疯了”，然后继续向前。

2

他顺顺利利地走完了直道，也顺顺利利地爬到半山腰。他对自己的膝关节有了几分信心，正想稍稍加快步伐，可是——哈哈，蠢蛋，上当了吧——他的腿又僵住了，变得像生铁一样硬邦邦的。他瘫坐在地上，咬牙切齿地大声怒骂。

他正坐在雪地上骂骂咧咧时，突然意识到周围发生了一桩大怪事。一头大公鹿从他左边走了过去，仅仅是飞快地瞥了他一眼，而不是像其他时候那样，一看到人就撒腿狂奔逃之夭夭。有只红松鼠几乎就在大公鹿的脚底下跟它一起跑着。

雪渐渐下小了——大片的雪花飘然而降，看上去就像白色的花边。彼得坐在那儿，一条腿直伸在面前，一时目瞪口呆。路上过来了更多的鹿和其他一些动物，它们走的走，跳的跳，犹如从某种灾祸中逃离的难民。树林里的动物更是成群结队，形成了一股东移大潮。

“你们这是去哪儿？”他问一只美洲兔，这只兔子的耳朵贴在背上，正从他身旁一蹦一跳地经过，“参加游乐场的大型联欢会吗？还是去拍摄迪士尼新的动画片？要不就是——”

他的声音戛然而止，只觉得嘴巴发干发麻。有头黑熊正慢悠悠地穿过他左侧那片稀疏的次生树丛，那是一头在冬眠之前养得膘肥肉满的熊，走路时低着头，臀部一晃一晃的。尽管它连瞥都没有瞥彼得一眼，但是，彼得关于自己在这片广阔的北部森林中的地位的幻想却有生以来第一次烟消云散。他只不过是一堆碰巧还在呼吸的美味白肉。由于没有带猎枪，他比刚才看到的那只在公鹿脚下奔跑的松鼠还缺乏防卫能力——如果被熊发现，松鼠起码还可以爬上最近的树，一直爬到最高最细的、任何熊都追不上去的树枝上。虽然这头熊根本就没有看过他一眼，但是彼得并没有因此放下心来。有了一头，就会有更多，而下一头可能就不会这么心不在焉了。

确信熊已经离开之后，彼得挣扎着重新站起来，他的心脏怦怦直跳。他把那个爱放屁的蠢女人独自撇在那边，不过话说回来，一旦熊要发起攻击，他又能提供多少保护呢？关键问题是，他得把自己的猎枪拿回来，还有亨利的，只要他能背得动。在随后的五分钟时间里——直到爬上山顶之前——在彼得的思想中，武器是第一位，啤酒是第二位。不过，等到他开始小心翼翼地下山时，啤酒又回到了第一位。把它放进袋子里，把袋子挎在肩上。返程中不能停下来喝酒。等重新坐到篝火前，他会喝上一瓶。是一种犒劳，而用于犒劳的啤酒简直是玉液琼浆。

你是个酒鬼。你自己心里有数，对吧？一个混账酒鬼。

没错，可这是什么意思呢？意思是说你不能太混账。比如说，不能让人发现你把一个不省人事的女人独自扔在森林里，而自己走得远远的去找酒喝。所以等他回到贮木棚后，别忘了把空酒瓶扔进树林深处。当然，亨利可能最终还是会知道。在一起的时候，他们似乎总是心有灵犀。不管是有默契还是没默契，要想瞒住亨利·德夫林，你就得早早地预备在先。

不过彼得觉得，关于喝酒的事儿，亨利可能不会干预，除非彼得自己认为该谈谈这个问题了。也许可以寻求亨利的帮助。最终彼得可能会这样做。他显然不喜欢此时的自我感觉：把那个女人独自撇在那儿，让她说彼得·穆尔的坏话。不过亨利……亨利今年十一月也有些不对劲。彼得不知道比弗是否感觉到了，但他很肯定琼西有感觉。亨利好像很不开心。甚至有可能——

在他身后，有什么东西闷闷地“哼”了一声。彼得叫了起来，猛地一个转身。他的膝盖又僵住了，僵得很厉害，但是惊恐之下，他几乎毫无察觉。肯定是那头熊，那头熊转了一圈又跟上他了，不是它就是另外一头——

不是熊。是一头驼鹿，它瞥了彼得一眼就走了，而彼得这时又倒在路上，低声咒骂着，抱着腿，仰望着越下越小的雪，骂自己是个蠢货。*是个酒鬼蠢货。*

有短短的几分钟时间，他感到惊慌失措，他的关节这一次似乎无法松开——他可能是把什么东西撕裂了，所以在这动物大迁徙的过程中，他只能躺在这儿，直到亨利终于开着雪地摩托车回来，到时候亨利会说*你他妈的在这儿干什么？怎么撇下她不管呢？还以为我不知道。*

但是他终于站了起来。他尽了最大努力，也只能是侧着身子一瘸一拐地往前走，可这总比躺在雪地上要强，更何况几码远之外，还有驼鹿刚刚拉的一堆冒着热气的粪便。现在他可以看到那辆底朝天的旅行车了，四个轮子和底盘上覆盖着一层刚下的雪。他对自己说，如果刚才摔的那一跤是在山的另一边，他就会回到那个女人和篝火那儿去，可是现在，既然汽车已经胜利在望，所以最好继续前进。他的主要目标是猎枪，啤酒只是一种附带的美好收获。他对此几乎信以为真。至于回去嘛……嗯，车到山前必有路的。他已经走了这么远了，对不对？

在距离汽车还有五十码左右的地方，他听到一阵“嗡嗡”声正向这边迅速靠近——显然是直升机的声音。他迫不及待地朝天上看去，准备尽量多站一会儿，向上面挥手——上帝，如果有谁需要一点从天而降的帮助，这个人非他莫属——但是直升机根本就没有从低层云里钻下来。有片刻时间，他看见一个黑色的形体及其炫目的灯光几乎就从他头顶正上方的云层上掠过，随后，直升机的轰鸣声就朝着东方——朝着动物们所奔赴的方向——渐渐远去。他吃惊地发现，在自己失望的心情之下，居然潜藏着一种不可告人的庆幸之感：如果直升机降落了的话，他的啤酒就绝对没指望了，而他已经走了这么远，这么远的一段该死的路程。

3

五分钟之后，他双膝着地，小心翼翼地爬进四轮朝天的汽车里。他很快就发现，那只受伤的膝关节不可能支撑自己太久（它现在已经又肿又痛，隔着牛仔裤看上去都像一条大面包），所以他几乎是游泳般地游了进去。里面铺了一层雪。他不喜欢这里，各种气味似乎太浓了，而且空间也太小，简直像是爬进了一座坟墓，一座弥漫着亨利的古龙香水味的坟墓。

食物在后座上撒得到处都是，但是对那些面包罐头芥末以及成包的红热狗（戈斯林老头的商店里唯一有肉的东西就是红热狗），彼得看都没看一眼。他所关心的是啤酒，汽车翻了个底朝天时，好像只摔破了一瓶啤酒。酒鬼的好运。气味很浓——当然，他喝过的那一瓶也泼了些出来——可啤酒是他喜欢的味道。而亨利的香水味……呸，老天！在某种程度上，它与那位疯女人的嗝和屁一样难闻。他不明白香水味怎么会让他想起棺材、坟墓以及葬礼上的鲜花，可事实就是如此。

“哥们儿，你在森林里干吗要用香水？”他问，说话时嘴边形成一团团白雾。答案当然是亨利没有用——其实这里根本就没有香水味，而只有啤酒味。很长一段时间以来，彼得发现自己第一次想起房地产公司那位漂亮的女售楼员，她当时在布里奇顿药店门外丢了车钥匙，他想起自己如何知道她不愿与他共进晚餐，知道她不愿待在距离他十英里以内的任何地方。闻到子虚乌有的香水味是不是一回事呢？他不知道，他唯一知道的是，他不喜欢这味道在他的脑海中与死亡的念头搅和在一起。

忘了它吧，蠢货。你这是在自己吓唬自己。真正看到路线与自己吓唬自己是完全不同的两码事。忘了它吧，把你需要的东西拿上。

"是个他妈的好主意。"彼得说。

商店里的袋子都是塑料袋，而不是纸袋，可以拎在手里。戈斯林老头起码在这一点上很有前瞻性。彼得抓起一个袋子，突然感到右手掌心一阵剧痛。仅仅只有一个该死的破瓶子，可他却这么自然而然地让它割伤了自己，而且他感觉伤口还很深。也许这是对他的惩罚，谁让他把那个女人独自撇在那里呢。果真如此的话，他会坦然接受，并且觉得自己被从轻处罚了。

他装好八瓶啤酒，正打算从车里慢慢退出来。可转念一想，他从大老远踉踉跄跄地回到这里，难道就是为了这可恶的八瓶酒吗？"我想不是。"他喃喃道。于是，尽管车里的气氛让他觉得头皮发麻，他还是不急不忙地把啤酒全都找了出来，一共还有七瓶。他终于退出来，同时在心里抗拒着一个令他惊恐的念头：有个身形很小、但很大的东西会很快朝他扑来，一大口咬掉他的睾丸。那将是彼得遭受的第二次惩罚。

彼得并没有吓得屁滚尿流，但他退出来的动作比爬进去的时候要快，刚刚全身从车里出来后，他的膝关节又僵住了。他一个翻身仰躺在地上，口里呻吟着，眼睛望着大雪——这场雪已经临近尾声了，飘下来的鹅毛大雪就像女人漂亮内衣上的花边。他摩挲着膝盖，默默地对它说好了，宝贝，听话，心肝，快松开，你这骚婆娘。正当他以为这一次再也不会好转的时候，却又好了。他从牙缝里吸了一口气，坐起身，看着袋子，上面印着红色的**感谢惠顾**字样。

“我还能惠顾哪儿呢，你这老混蛋？”他说。他决定在动身回到那个女人那儿去之前，还是先喝一瓶。管它的呢，好歹背起来要轻一些。

彼得拿出一瓶，打开瓶盖，只用四大口就把半瓶酒倒进了喉咙。酒很冰冷，而屁股底下的雪更是冰冷，可他还是觉得好了些。这就是啤酒的魅力。威士忌、伏特加和杜松子酒都各有魅力，不过说到酒的时候，他就与汤姆·T. 霍尔[①]一样：更青睐啤酒。

他望着袋子，不禁再一次想起在商店里见到的那个红头发孩子——那神秘的笑容，蒙古人般的眼睛，最初就是因为这种眼睛，他们这种病才被称为先天愚型病[②]，他们这类人也被称为先天性痴愚。这使他又想起了杜迪茨，如果你想更正式的话，可以称呼他道格拉斯·卡弗尔。彼得最近常常想起杜杜[③]，他也说不清为什么，可就是常常想起他。他在心里暗暗决定：这次聚会结束之后，他要在德里停一停，看望一下老杜迪茨。他要让其他人跟他一起去，他还相信自己不用多费口舌就能说动他们。也许正是因为杜迪茨，他们几个才在这么多年之后仍然是朋友。唉，大多数孩子长大后，都把自己的大学或高中同学抛到了九霄云外，更不用说初中时一起玩过的伙伴了……现在把初中改称为中学，不过彼得毫不怀疑中学还是跟以前一样可悲，不外乎是不安全的事件呀，混乱的局面呀，发出怪味的腋窝呀，疯狂的时尚呀，或浅薄的念头，等等。当然，他们不是在学校里认识杜迪茨的，因为杜迪茨没有上德里初中。他上的是玛丽·斯诺特殊学校，附近的孩子都称那所学校为“智障学院”，有时候还干脆叫它“傻瓜学校”。按事情的一般发展过程，他们的成长轨迹原本绝不会相交，但是在堪萨斯街那边有块空地，旁边还有一栋被废置的砖砌建筑。在街对面，你仍然可以看到旧红砖上有白漆刷的已经褪色的**特莱克兄弟储运公司**字样。而在另一边，在卡车一度排队等候卸载的那片空地旁……墙上还刷有别的东西。

---

① 美国乡村音乐界最擅长叙事歌曲的歌手。

② 原文 mongoloid 有两种意思，一为“蒙古人”，二为“先天性愚型病”，也即唐恩氏综合征。

③ 杜迪茨和杜杜都是道格拉斯的昵称。

此时此刻，坐在雪地上但不再感觉到屁股底下冰冷的融雪，喝着自己都不知道何时打开的第二瓶啤酒（第一个空瓶已经被他扔进了树林，他可以看到树林里还有动物在继续东移），彼得想起他们遇见杜杜的那一天。他想起了比弗那件他本人十分喜爱的傻乎乎的夹克衫，还有比弗的声音，虽然单薄却似乎很有力量，宣告着一样东西的结束和另一样东西的开始，它以某种不可理解却完全真实并可知的方式，宣告他们生命的历程已于一个星期二的下午被改变，而他们本来的计划只是去琼西家的车道打一场二对二篮球赛，然后也许会在电视机前玩一盘掷骰子游戏。此时此刻，坐在这森林里，挨着四轮朝天的旅行车，仍然闻着亨利并没有使用的香水味，一手戴着沾有血迹的手套，喝着自己生命的快乐毒药，这位汽车推销员想起那个还没有完全放弃自己宇航员之梦的孩子，尽管他的数学成绩每况愈下（琼西曾经帮过他，后来亨利也帮过，然后到了十年级，谁帮也没用了），他也想起了另外几个孩子，尤其是比弗，正是比弗用他那刚刚开始变声的嗓门大吼一声：喂，你们几个，快住手！快他妈的给我**住手**！从而让世界翻了个个儿。

彼得坐在这儿，背靠着四轮朝天的汽车的引擎盖，朝阴沉沉的下午举了举酒瓶，口里说："比弗，你真棒，伙计。"不过，他们当时不是都很棒吗？

他们当时不是都很棒吗？

4

彼得上八年级，今天最后一节课是音乐，在一楼上课，所以他总是比三位好朋友先出来，他们的最后一节课总是在二楼，琼西和亨利上的是"美国小说"（这是为优秀生开设的一门阅读课），而比弗则在隔壁上"生活中的数学"（其实就是"笨学生的数学"）。彼得正在加倍努力，希望明年可以不上那门课，但是觉得这是一场他最终要失败的战斗。他会做加、减、乘、除法，也会做分数运算，虽然花的时间太长。可现在又有了新东西，又有了那个 x。彼得弄不懂 x，也很害怕 x。

他站在校门外的栅栏旁边，看着八年级的其他同学以及七年级那些小蠢瓜们鱼贯而出，他就站在那儿，用靴子踢着地面，同时装出抽烟的模样：一只手捂着嘴巴，另一只手掩在捂着的手下面，而掩着的那只手中藏着一个假想的烟屁股。

现在，九年级的同学从二楼下来了，他的朋友琼西、比弗和亨利就走在他们中间——犹如皇室成员，几乎就像无冕之王，不过彼得绝对不会说出这种肉麻的话。而如果说有王中之王的话，那就是亨利，即使亨利戴着眼镜，所有的女生仍喜欢他。有这些朋友是彼得的运气，这一点彼得自己也知道——他可能是德里最幸运的八年级学生，管它 x 不 x 呢。从最起码的意义上说，有九年级的朋友可以使他免受八年级那些坏蛋的欺负。

“嗨，彼得！”他们三个人不紧不慢地刚出校门，亨利就叫了一声。与往常一样，看到他在这里，亨利似乎有些意外，但无疑也很高兴。“过得怎么样，伙计？”

“一般般吧，”彼得一如既往地回答，“你们怎么样？”

“SSDD，”亨利说着，取下眼镜擦了擦。如果他们成立一个团体的话，SSDD 很可能会成为他们的口号；后来他们甚至教杜迪茨这么说——用杜迪茨的话说，就成了得过——作数，这是出自杜迪茨之口、而他父母却听不懂的少数话语之一。这当然使彼得和朋友们非常开心。

但是，此时此刻（杜迪茨在半小时之后才会进入他们的生活），彼得只是跟着亨利说：“没错，伙计，SSDD。”

得过且过，过了作数。不过在他们心里，他们只相信前半部分，因为在内心深处，他们相信每天都是老一套，过来过去还是同一天。他们是在德里，时间是 1978 年，而且会永远是 1978 年。他们说会有将来，说他们会活到二十一世纪——亨利会当律师，琼西会当作家，比弗要做长途货车司机，彼得要成为佩戴着 NASA 肩章的宇航员——但这只是*说说而已*，就像他们在教堂里念诵经文，而自己却根本不知所云一样；他们真正感兴趣的是墨琳·切斯曼的裙子，那裙子本来就短，每当她旋转身子时，裙子总是会飘起来，露出她的大腿。

他们暗自相信，总有一天，墨琳的裙子会高高飘起，让他们看出她内裤的颜色。同样，他们也相信德里会永远不变，他们自己也永远不变。永远是初中的时光，永远是三点一刻。他们将永远走在堪萨斯街上，一起去琼西家的车道上打篮球（彼得家的车道上也有篮球架，但他们更喜欢去琼西家，因为琼西的爸爸把篮筐架得很低，可以让他们扣篮），并谈论着老一套的话题：上课呀，老师呀，哪个孩子跟哪个孩子大干一仗呀，或者哪个孩子打算跟哪个孩子大干一仗，而如果他们大干一仗，不知道某某某能否拿下某某某呀（只不过他们绝不会大干一仗，因为某某某跟某某某关系很铁），谁最近出了大洋相呀（今年到目前为止，他们谈得最多的是一个名叫诺姆·帕米洛的七年级学生，不过那孩子现在已经叫“通心粉·帕米洛”了，这个绰号会跟随他很多年，甚至一直跟进他们这些人经常挂在口上可内心其实并不相信的新世纪；有一天，为了在一次赌金为五十美分的打赌中取胜，诺姆·帕米洛在小餐馆里毫不迟疑地把奶酪通心粉塞进两个鼻孔，然后像吸鼻涕似的往里一吸，再吞进肚里；像许多的初中生一样，“通心粉·帕米洛”把出丑当作出名），谁跟谁在幽会呀（如果有人看见一个女生跟一个男生放学后一起回家，就认为他们可能是在幽会；而一旦看见他们手牵手或接吻的话，可能就成了肯定），谁会赢“超级碗”呀（当然是他妈的爱国者队，是他妈的波士顿爱国者队，只不过他们从来就没有赢过，支持爱国者队真是倒他妈的霉）。他们谈着这些一成不变却让他们永远兴趣不减的话题，出了一成不变的学校（我相信上帝万能的父），走在一成不变的街上（天堂和人间的创造者），顶着一成不变的十月里永远清亮的天空（永恒的世界），跟着一成不变的朋友（阿门）。得过且过，过了不作数，这才是他们内心真正的信念，它源自“袋鼠和阳光乐队”[①]的歌词，尽管他们全都会对你说滚石已上台，迪斯科快滚蛋；他们喜欢的正是这样。正如对这个年龄段的所有孩子一样，发生在他们身上的变化将是突如其来，不告而至，如果变化需要初中生许可，也就不会有变化了。

---

① 创立于1973年的一个美国音乐团体。

他们今天的话题还有打猎，因为下个月，克拉伦顿先生将第一次带他们去“墙洞”。他们将去三天，其中有两天是上学时间（为这趟旅行向学校请假将不成问题，也不必就旅行的目的而编造借口；缅因州南部也许已经城市化了，但是在北部，在这片上帝的天地里，打猎仍然被视为年轻人教育的一部分，尤其是如果这位年轻人是男孩子的话）。一想到可以端着上了子弹的猎枪在森林里潜行，而他们的同学还得待在亲爱的德里初中的教室里，无精打采地熬时间，他们就难以置信，欣喜若狂，觉得简直是妙不可言。他们从街上走过，对位于街道另一侧的“智障学院”视而不见。那些智障学生与德里初中的学生同时放学，但他们多数是在母亲的陪同下乘坐智障生专车回家，那是一辆蓝色而不是黄色的客车，由于保险杠上贴有支持精神健康否则我会杀了你的标语而变得尽人皆知。当亨利、比弗、琼西和彼得从玛丽·斯诺学校对面走过时，几个自理能力较强、因而可以自己回家的智障生还在一边走，一边带着那种古怪的、总是显得惊奇的表情东张西望。彼得和他的朋友们像往常一样，对他们视而不见。他们只是这个世界的一部分墙纸。

亨利、琼西和彼得正在专心听比弗对他们说，去了“墙洞”之后，他们一定得下到峡谷去，因为有些大家伙总是藏在那儿，那儿有它们喜欢的灌木丛。“我和我爸爸在那儿看到过几百万只鹿。”他说。他的旧摩托衫上的拉链发出悦耳的“叮呤”声。

他们争论着谁会打中最大的鹿，打什么部位才会一枪击中要害，不让猎物痛苦。（“不过我爸说，动物受伤之后不会像我们人一样痛苦，”琼西告诉他们道，“他说上帝使它们在这方面不一样，所以我们可以猎捕它们。”）他们笑着，吵着，争论着等他们将打中的猎物开膛破肚时，谁最有可能吐出来。身后的“智障学院”离他们越来越远了。在他们这一边的街道前方，矗立着特莱克兄弟以前做生意的那栋方形红砖建筑。

“如果有人呕吐的话，肯定不会是我，”比弗夸口道，“鹿的内脏我已经见过上千次了，所以根本就吓不着我。我记得有一次——”

“嗨伙计们，”琼西突然兴奋地打断了他，“你们想不想看迪娜·吉茵·希罗辛格的豆瓣[①]？”

“谁是迪娜·吉茵·斯罗频格？”彼得问道，不过他的好奇心已被挑起。不管是看谁的豆瓣，他都觉得是绝妙的事情。他经常翻看爸爸的《阁楼》和《花花公子》杂志，他爸爸把那些杂志放在自己的工作间里，藏在那个大工具箱背后。豆瓣可是有趣的玩意儿。它不会像奶子那样让他发硬和想入非非，但他猜想这可能是因为他还是个孩子。

豆瓣*的确*是有趣的玩意儿。

“是*希罗辛格*，”琼西哈哈大笑，说，“是*希罗辛格*，彼得小子。希罗辛格家与我们家隔两个街区，而且——”他突然想起一个刻不容缓地需要回答的重要问题，便停住话头，转身问亨利：“希罗辛格家是犹太人还是共和党人？”

现在轮到亨利来笑话琼西了，不过他并无恶意。“从技术上说，我想有可能两者都是……抑或两者都不是。”亨利说的是“抑或”而不是“或者”，这让彼得非常羡慕。这个词听起来显得特他妈的有才，所以他提醒自己以后也要这么说——*抑或，抑或，抑或*，他告诉自己……但是他心里明白自己还是会忘记的，他是个注定要一辈子说或者的人。

“别管宗教与政治，”亨利仍然笑呵呵地说，“如果你有迪娜·吉茵·希罗辛格露豆瓣的照片，我很想看一看。”

比弗这时已经明显地兴奋起来，他满脸通红，眼睛发亮，嘴里的牙签还没咬到一半，就又塞进去一根。他夹克衫上的拉链响得更欢了——那件夹克衫是他哥哥在参加方兹[②]研习班的四五年里穿过的。

“她是金发吗？”比弗问，“金发，上中学？超级漂亮？而且这里——”他把双手举在胸前，看到琼西笑眯眯地点头，便转向彼得，

---

① 指女性生殖器。

② 方兹是美国情境喜剧《快乐时光》中一个总是穿着皮夹克、很讨人喜欢的角色，该剧拍摄于二十世纪七十年代，于1974年首播，至七十年代后期享有极高的收视率，风行十年。

脱口叫道："是今年的返校节女王[①]！那狗日的报纸上有她的照片！与里奇·格林纳多一起在彩车上！"

"没错，可狗日的老虎队却输掉了返校节比赛，格林纳多还把鼻子撞破了，"亨利说，"这是德里中学有史以来第一次与缅因州南部的一支A级球队比赛，可那些蠢货——"

"去他妈的老虎队。"彼得接话道。与那令人头痛的x相比，他对中学的橄榄球兴趣更大，但也不是太大。不过他现在知道那姑娘是谁了，他想起报纸上的那张照片，她与老虎队的四分卫一起站在彩车上，两人都戴着锡纸做的王冠，面带微笑，朝人群挥手。那姑娘留着法拉·福斯特[②]一样的发型，大波浪似的鬈发拥住她的脸蛋，在那条无带露肩的裙子下，一对高耸的乳房轮廓鲜明。

彼得有生以来第一次感觉到了欲望——那是一种滚烫、沉重的肉感，使他下体发硬，口干舌燥，一时难以思考。豆瓣真是有趣的玩意儿；想到可以一睹本地人的豆瓣，*返校节女王*的豆瓣……这可太刺激了，用一位影评人的话说，就是"不可错过"——德里《新闻报》的影评人谈到自己特别喜欢的电影时，有时候就用这个词。

"在哪儿？"他屏住气息问琼西。他想象自己真正见到那姑娘时的情景：那位迪娜·吉茵·希罗辛格正站在街角，与一帮女伴有说有笑地在等校车，浑然不知从旁边走过的男生已经目睹了她的裙子或牛仔裤里面的风光，不知道他已经了解到她下身的体毛与她的头发是否颜色相同。彼得像浑身着了火一般。"在哪儿可以看到？"

"那边，"琼西说，一边指着曾经是特莱克兄弟储运公司仓库所在地的那栋红砖建筑。那栋房屋的墙上爬满藤蔓，但由于今年秋天气温很低，藤蔓上的叶子大多已经枯萎变黑。有些窗户已经破了，没破的那些也都脏乎乎的。乍一看到那个地方，彼得身上掠过一股凉意。这

---

① 返校节是许多高中和大学在每年秋天举行的庆祝活动，在一些小镇上尤为盛行，通常会持续一周，为了庆祝老校友返校和新生及其朋友、父母的加入，往往会举办各种活动。其中最引人注目的项目之一是给由该校学生所选出的返校节女王加冕，并以返校节女王乘彩车游行而拉开体育比赛的序幕。

② 美国著名女演员，因主演电视连续剧《霹雳娇娃》一举成名。

一方面是因为那些大孩子——那些高年级学生以及一些已经毕业的孩子——常常在那栋房屋后面的空地上打棒球，而大孩子常常欺负小孩子，天知道这是为什么，也许是生活太乏味吧。不过这倒不算什么，因为现在已经过了打棒球的季节，那些大孩子可能已经转往斯特罗福德公园，在那儿打橄榄球，一直到下雪天为止。（到了下雪天，他们就会玩冰球，一个个拿着包有摩擦带的旧球棒，恨不得把对方的脑浆砸出来。）这还算不了什么，关键问题是，在德里，小孩子有时会失踪，这是德里的奇怪之处，而一旦发生这种情形，失踪的孩子最后去过的地方往往就是特莱克兄弟的废置仓库这样的偏僻之处。谁也没有提及这一令人不快的事实，但大家对此心照不宣。

不过豆瓣……不是《阁楼》上那种虚幻的豆瓣，而是镇上一位实实在在的姑娘实实在在的玩意儿……这毕竟很值得一看。这可是千载难逢的好事儿。

"特莱克兄弟公司？"亨利问道，语气中流露出明显的怀疑。这时他们已经停下脚步，一同站在离那栋房子不远的地方，而街对面，掉在最后的几位智障生正喃喃自语、东张西望地朝家里走去。"我很相信你，琼西，别误会我的意思——我非常相信你——但是，那儿怎么会有迪娜·吉茵·希罗辛格的照片呢？"

"不知道，"琼西回答，"可戴维·特拉斯科看过，他说是她。"

"我拿不准是不是要上那儿去，伙计，"比弗插话道，"我的意思是说，我很乐意去看迪娜·吉茵·希罗芬格的豆瓣——"

"是*希罗辛格*——"

"——可起码从我们上五年级起，那地方就一直空着——"

"比弗——"

"——我肯定那儿到处都是老鼠。"

"*比弗*——"

可比弗决定要一吐为快。"老鼠身上有狂犬病毒，"他说，"连屁眼里都是。"

"我们用不着进去。"琼西说，其余三人又兴致大涨，看着他。就像人们看到一位黑头发的瑞典人时所说的那样，这可是个出乎意料的新情况。

琼西看到大家的注意力全都集中在自己身上，便点了点头，接着说下去："戴维说，只需要从车道那边绕过去，从第三或第四个窗口就可以看到。那儿以前是费尔和托尼·特莱克兄弟的办公室，墙上至今还有一块公告板。戴维说，公告板上只有两样东西，一个是新英格兰的运输路线图，另一个就是迪娜·吉茵·希罗辛格的照片，把她的豆瓣全都露了出来。"

他们屏住气息，聚精会神地看着他，接着，彼得问出了大家不约而同想到的一个问题："她光着身子吗？"

"不是，"琼西回答，"戴维说，你甚至都看不到她的奶子，可她把裙子掀了起来，里面又没穿内裤，所以那玩意儿让人一览无余。"

今年的老虎队返校节女王并没有光着屁股，这让彼得有点失望，但一想到她掀起了自己的裙子，他们便兴致勃勃，并增长了一些基本的、一知半解的关于性的见识。一个姑娘居然会掀起自己的裙子；居然有这种事情。

就连亨利也不再继续发问，只有比弗问琼西是否肯定他们不用进去就能看到。接着，他们撒腿朝车道方向奔去——那条车道从房子的另一边通往空地。他们一个个脚下生风，就像一股春潮，自然而有力。

5

彼得喝完第二瓶啤酒，把酒瓶扔向树丛深处。他现在感觉好些了，便小心翼翼地站起身，拍了拍屁股上的雪。他的膝关节是不是可以稍稍活动了？他觉得有可能。当然，看上去很糟糕——里面就像有个明尼苏达州圆顶地铁站的小模型——但是感觉好了一些。不过他走路时仍然很小心，塑料袋里的啤酒在身边轻轻地晃来晃去。刚才有个细小却难以抗拒的声音叫他一定喝一瓶，非得他妈的喝一瓶不可，现在那声音消失了，于是他又担心起那个女人来，但愿她没有注意到他离开了。他会走得很慢，每隔五分钟左右就要停下来揉一揉膝盖（也许还要跟它说说话，要鼓励它，这样做很蠢，可现在周围没有别人，也就无所谓），不过他会回到那个女人那儿去。然后他会再喝一瓶。他没有回头去看四轮朝天的旅行车，不知道自己刚才坐在那儿回想起1978年的那个日子时，在雪地上把杜迪茨的名字反反复复地写了很多遍。

只有亨利问过那位姓希罗辛格的姑娘的照片怎么会出现在一座空荡荡仓库里的一间空荡荡的办公室里，现在想来，彼得觉得，亨利之所以那么问，也不过是为了扮演自己作为这个群体中的怀疑论者的角色。当然，他也只问过一次，而其他人则马上*信以为真*，可这并不奇怪。就拿彼得来说吧，即使到了十三岁，他仍然对圣诞老人的存在半疑半信。再说——

快到山顶时，彼得停下来，不是因为上气不接下气或腿部抽筋，而是因为他突然感觉到脑子里有一种低沉的轰鸣，有点像变压器的声音，不过还有一种节奏感，是一种很低的“嗡——嗡——嗡”声。不，不是像“突然启动”那样“突然”感觉到；他认为那声音已经出现一会儿了，只不过他现在才意识到。他刚才又想到了一些奇怪的事情。比如亨利的古龙香水……还有马西。一个叫马西的人。他觉得自己并不认识任何叫马西的人，可是这个名字突然就出现在他脑海中，就像*马西我需要你*或者*马西我要你来*还可能是*去你的，马西，快把煤气发生器拿来*。

他一时站着没动，咂了咂干燥的嘴唇，手上拎的一塑料袋啤酒直直地垂下来，不再前后摆动。突然之间，他知道那些亮光一准又出现了，便抬头往天上看去……它们*果然*在那儿，这一次只有两个，而且光线暗淡。

“告诉马西让他们给我打一针。”在一片静寂之中，彼得一字一顿地说，并知道自己完全说对了。他也不明白*为什么*对了或*怎么*对了，但是没错，这正是他脑海中的话。是“咔嗒”一响后的感应，还是那些亮光所引起的念头？彼得难以说清。

“抑或两者都不是。”他说。

彼得发现雪已经彻底停了。他周围的世界只有三种色彩：天空的深灰色，松树的墨绿色，以及刚下的雪那洁净无瑕的纯白色。周围万籁俱寂。

彼得把头侧向左边，然后又侧向右边，凝神倾听。没错，万籁俱寂。什么也没有。这个世界已经寂静无声，那阵“嗡嗡”声也与大雪一起完全停息。他抬起头，发现那两团萤火虫般的迷蒙亮光也消失了。

“马西？”彼得口里说着，仿佛在喊什么人。他突然想到，马西很可能是那个害得他们翻车的女人的名字，但他立刻又推翻了这个念头。那女人叫贝姬，这一点他确信无疑，就像当初对那位女售楼员的名字确信无疑一样。“马西”现在只是一个词而已，他想不起有关它的任何东西。可能刚才脑子抽筋了。不会是第一次。

他终于爬上山顶，开始朝山下走去，并让自己的思绪转回到1978年秋的那一天，转回到他们遇见杜迪茨的那一天。

快要走到平地上时，他的膝关节猛然一松，这一次不是僵住，而是像松果在熊熊大火中突然爆裂一样。

彼得一头栽倒在雪地上。他没有听见塑料袋里的酒瓶撞碎的声音——只有两瓶得以幸免。他自己的叫喊声太大了。

第六章　杜迪茨（二）

1

亨利朝营地方向大步流星地走着，但是渐渐地，大雪变成零星的雪花，风势也越来越弱，于是他改走为跑，开始匀速地小跑。他多年来都有跑步的习惯，所以觉得步履轻松自然。也许不能一直跑下去，后面可能需要走一会儿，甚至歇息一阵，不过也很难说。他以前参加过公路赛跑，全程还不只九英里，虽然那是好些年前的事情了，而且脚下也从没有四英尺深的积雪。这么说来，还有什么好担心的呢？怕摔上一跤，髋关节脱臼吗？还是怕突发心脏病？在三十七岁的年龄，发心脏病的可能性不大，而且就算真的有很高的发病几率，为此担心也不免滑稽吧？想想看，他都做好了什么打算？所以说，还有什么好担心的呢？

是琼西和比弗。从表面上看，为他们担心就像担心自己在这渺无人烟的地方突发心脏病一样荒唐——麻烦在他后面，在彼得和那个不省人事的陌生女人身上，而不是在前面，不是在他即将返回的“墙洞”……可“墙洞”那儿的确有麻烦了，有了大麻烦。他说不清自己是怎么知道的，可他的确知道，并且毫不怀疑这种感觉。在遇到那些最多也只是飞快地瞥他一眼就匆匆而过的动物之前，他就知道有了麻烦。

他抬头朝天上望了一两次，看是否还有亮光，但是再也没有看到，于是他目不斜视，一直往前，偶尔也绕开几步，为动物们让路。那些动物说不上是惊慌逃窜，但它们那惶恐而怪异的眼神亨利还从来不曾见过。有一次，如果不是敏捷地跳到一旁，他可能已被两只飞奔的狐狸撞倒。

还有八英里，他对自己说。渐渐地，这变成了他的跑步歌，与以往跑步时在脑海中出现的那些不一样（当时出现得最多的是童谣），但也相差不远——道理其实相同。还有八英里，还有八英里，就到班伯里[①]。不过现在去的不是班伯里，而是克拉伦顿先生的老营地——如今是比弗的营地——也没有可以乘坐的木马。到底什么是木马？谁知道呢？而这里发生的一切——那些亮光，动物们不是太仓惶地迁徙（亲爱的上帝，他左边树林里的那东西是什么，是操他妈的一头熊吗？），还有路上那个女人，牙齿掉了一大半，脑筋也缺了一大半，就那样坐在地上——看在老天的分上，这一切都是怎么回事？还有那些臭屁，亲爱的上帝。他所闻过的勉强算得上有点类似的唯一气味是一位病人的气息，那是他接诊过的一位患有肠癌的精神分裂症患者。总是那种气味，亨利的一位当内科医生的朋友曾经说，当时亨利想向他描述那种气味。他们可以每天刷十几次牙，每隔一小时就用一次洁丽宝漱口水，可还是会发出那种味道。那是肌体自我啃噬而散发的气味，因为如果你揭开诊断学的面具，那么，癌症就是这么回事，是自我啃噬。

还有七英里，还有七英里，动物在大迁徙，全都奔往迪士尼。等它们到了迪斯尼，就会一字儿排整齐，高唱“这世界真是小，真是奇”。

他的靴子踩在地上，发出有节奏的、轻微的“沙沙”声，架在鼻梁上的眼镜在上下晃动，口里呼出的气息形成了一团团冰凉的雾气。可他现在感觉暖和了，心情也好了些，那些内啡肽发生了作用。不管有什么不对劲，他并不缺少内啡肽；虽然有自尽的打算，但他绝没有抑郁症。

他的问题——那种身体和情感上的空洞就像在暴风雪中迷失了方向——至少在一定程度上的确是源于生理因素，与内分泌有关，对此

① 典出英国著名儿歌《骑着木马去班伯里》。

他毫不怀疑。通过服用自己所开的大把的药物，就算不能完全治好，起码可以调理调理……这一点他也毫不怀疑。但是，正如彼得明明知道自己将来得接受康复治疗，得接受年复一年的心理疏导，却依然不管不顾一样，亨利不想被治好，他似乎坚信，所谓治好只是骗人的把戏，会让自己变得不再是自己。

他寻思彼得是否回去拿啤酒了，但心里知道答案可能是肯定的。如果早先想到这一点，他可能会提议他们把酒带上，而他就不用冒险再跑这一趟（对彼得自己和那女人都是一种冒险），可他当时简直是惊慌失措——压根儿就没有想到啤酒这码事。

不过，他可以肯定彼得当时想到了。瘸着那条伤腿，彼得能再跑上一个来回吗？也许吧，但是亨利不敢确定。

*它们又来了！*那女人望着天上大声喊叫，*它们又来了！又来了！*

亨利埋下头，稍稍加快了步伐。

2

还有六英里，还有六英里，就到班伯里。是只有六英里了吗，还是他过于乐观了？是不是有些放任那些内啡呔了？哦，就算如此又怎么样？在这种时候，乐观并不是坏事。雪已经差不多停了，动物的迁徙大潮正接近尾声，这也是一件好事。不好的是他脑子里的思想，有些念头似乎越来越不属于他。比如说，贝姬，谁是贝姬呢？这个名字开始在他的脑海里回响，并融进他的跑步歌中。他想，可能是那个他差点儿撞死的女人吧。*你是谁家的小小妞？我的名字叫贝姬，我是可爱的贝姬·休。*

不过她并不可爱，丝毫也谈不上可爱。她只是一个体形粗笨、浑身发臭的老大妈，此刻正在彼得·穆尔不大可靠的看护之下。

六英里。六英里。还有六英里，就到班伯里。

他匀速地跑着——在雪地上尽可能匀速地跑着——并凝神倾听脑海中的奇怪声音。不过实际上，只有一个奇怪的声音，而且根本就不是声音，而是一种有节奏的“嗡嗡”声，同时夹杂着：

（*谁家的小小妞，谁家的小小妞，可爱的贝姬·休*）。

其余的声音他都知道，或者他的朋友们知道。其中就有琼西跟他谈起过的那个声音，那是琼西出车祸后经常听到并且与他的痛苦相联系的声音：请停下来，我受不了啦，快给我打一针，马西在哪儿。

他还听见比弗的声音：去看看便盆。

琼西回答：我们干吗不直接去敲卫生间的门，问问他到底怎么样？

一个陌生人的声音说，如果能清清肠胃，他就会没事儿了……

不过那根本就不是陌生人，而是里克，是可爱的贝姬的朋友里克。里克什么？麦卡锡？麦金利？还是麦克伊？亨利无法肯定，不过他倾向于麦卡锡，就像那部旧恐怖片中的凯文·麦卡锡——在那部片子中，来自太空的豆荚让自己变成了人形。那是琼西最喜欢的影片之一。只要让琼西喝上几杯，再提起这部电影，琼西就会脱口说出那句招牌台词："它们在这儿！它们在这儿！"

那女人望着天上，大声喊叫它们又来了！它们又来了！

老天啊，从他们小时候起，还从来没有过这样的事情，而现在情况更糟，就像捡起一根电线，可电线里带的不是电，而是各种声音。

这么多年来，他的那些病人一直抱怨脑海中有声音，而亨利这位了不起的精神病医生（早年在州医院时，还有一位病人称他为"年轻的上帝先生"）则点着头，似乎很了解他们在说些什么。他甚至相信自己真的了解他们在说些什么。可也许直到现在，他才真正有所了解。

那些声音。他一直凝神细听那些声音，乃至于忽略了从头顶飞过的直升机的"嗡嗡"声，低悬的云层几乎难掩那快速掠过的鲨鱼般的黑色机身。接着，那些声音就像远处传来的无线电信号一样渐渐消失，日光出来了，空气也不再那么稀薄。最后，只剩下他自己的思想发出的声音，它坚持认为，在"墙洞"那儿，已经发生了或即将要发生可怕的事情；而在旅行车或贮木棚那儿，也即将发生或已经发生了同样可怕的事情。

还有五英里。还有五英里。

为了把注意力从身后或前面的朋友身上移开，或者为了不去考虑周围正在发生的一切，他努力将思绪转向 1978 年、特莱克兄弟公司以及杜迪茨——他知道那正是彼得的思绪已经到达的所在。至于杜迪茨·卡弗尔怎么会与眼下这些倒霉事扯上关联，亨利也不明白，可他们大家一直都在想着杜迪茨，亨利甚至不需要昔日的灵犀也能知道这一点。刚才，就在他们用防水布将那女人拖往贮木棚的路上，彼得还提到了杜杜。几天前——也就是亨利打中那头鹿的那一天——当亨利与比弗一起在林中时，比弗也谈起了杜迪茨。比弗回忆起有一年，他们四个人带着杜迪茨在班戈进行圣诞大采购。（那正是琼西刚刚拿到驾照不久；那年冬天，琼西愿意开车送任何人去任何地方。）当时，杜迪茨担心圣诞老人并不存在，于是他们四个人——四个自以为能掌握命运的毛头中学生——挖空心思地让杜迪茨相信，圣诞老人是真有其人，如假包换，比弗想起那情景还哈哈大笑。当然，他们最后让杜迪茨信以为真了。就在上个月，琼西还带着几分醉意，从布鲁克莱恩给亨利打来电话（与彼得相比，琼西很少喝醉，特别是出过车祸之后；那是琼西打给亨利的唯一一次有些伤感的电话），对他说，他们在 1978 年为可怜的老杜迪茨·卡弗尔所做的一切是他一生中最快乐、最平常、也是最他妈美好的经历。*那是我们最美好的时光*，琼西在电话里说，亨利突然一个愣怔，发现自己对彼得说出了同样的话。天啊，杜迪茨。狗日的杜杜。

还有五英里……也许是四英里。还有五英里……也许是四英里。

他们当时正要去看一个姑娘露豆瓣的照片，那张照片据说被钉在一间废置办公室里的公告板上。事情过了这么多年，亨利已经想不起那姑娘的名字了，只记得她是那个混蛋格林纳多的女朋友，是德里中学 1978 年的返校节女王。基于这种背景，一想到可以观看她的豆瓣，便似乎特别刺激。可他们刚跑到车道上时，却看见地上扔着一件红白两色的德里老虎队的球衫，而在车道前方的不远处，还有一样东西。

我讨厌这样狗屁作秀，他们从来都不换衣服，彼得说，亨利正要接话，可没等他开口……

“那孩子叫了起来。”亨利说。他的脚在雪地上一滑，稍一趔趄，又接着跑了下去，一边想着那明亮天空下的那个十月里的日子。他一边跑，一边想着杜迪茨。正是杜迪茨的那声喊叫，改变了他们所有人的生活。他们一直以为是变得更好了，不过现在，亨利有了怀疑。

此时此刻，亨利非常怀疑。

3

他们到达车道上时——不完全算是车道，因为就连铺着碎石的车辙上也已经长满杂草——比弗冲在最前面。事实上，比弗的嘴角似乎都已出现白沫。亨利猜想彼得也差不多同样兴奋，不过彼得更有自制力，尽管他还要小一岁。比弗简直是……该怎么形容呢？急不可耐。这个词真是恰如其分，亨利几乎要忍俊不禁。可紧接着，比弗突然停下脚步，彼得差点儿撞在他身上。

“哎呀！”比弗说，“× 他祖宗！是哪个孩子的球衫！”

的确没错。是红白两色，既不旧，也不脏，不像是在那儿扔了很久的样子。实际上，这几乎是一件新球衫。

“球衫，球衫，是谁的有什么要紧？”琼西说，“我们干脆——”

“你住口吧，”比弗说，“这是一件好球衫。”

不过他把球衫捡起来之后，他们却发现并非如此。是新的没错——一件崭新的德里老虎队球衫，背上印着 19 号。彼得对橄榄球没什么兴趣，可其他人都认出这是里奇·格林纳多的号码。但并不是好球衫——已经不是了。后领被撕开了一条大口子，似乎穿球衫的人想跑开时，却被人从后面抓住并拖了回去。

“看来我弄错了，”比弗悻悻地说着，随手扔掉球衫，“走吧。”

可还没走多远，他们就看到了另一样东西——这一次是黄色而不是红色，是只有小孩子才喜欢的鲜黄色塑料玩意儿。亨利几步上前捡了起来。是一个饭盒，上面印有史酷比和它的朋友们的图案，它们似乎正一溜烟地逃离一幢鬼屋。与球衫一样，饭盒也很新，不像是在这儿被扔了很长时间。突然之间，亨利产生了一种不祥的预感，心里但愿他们根本就没有晃荡到这栋废置房屋旁的废置的车道上……或者最起码把这事儿留到改天。不过，即使在十四岁的时候，他也明白这么想很愚蠢。他想，只要涉及到看豆瓣，你就只有两个选择，要么去，要么不去，而绝不存在留到改天这回事。

“我讨厌这样狗屁作秀，”彼得越过亨利的肩膀看着饭盒，说，“他们从来都不换衣服，你注意到了吗？总是穿着同样的狗屁玩意儿，到处丢人现眼。”

琼西把史酷比饭盒从亨利手中接过来，让它一端朝上，因为他发现上面贴着什么东西。他眼睛里的狂热神色消失了，正微蹙着眉头，亨利感觉到琼西也但愿他们刚才去打一场二对二球赛就好了。

饭盒一端的标签上写着：**我属于缅因州德里镇枫树巷19号的道格拉斯·卡弗尔。如果我的主人走丢了，请拨打电话**929–1864。**谢谢！**

亨利正想说，饭盒与球衫肯定是在智障学院上学的哪个孩子的——只要看看这标签就可以肯定，它几乎就像他们那该死的狗所戴的颈牌——可他还没来得及开口，从房子的另一面（也就是大孩子们夏天打棒球的地方）就传来一声喊叫。那叫声充满了痛苦，但是，让亨利想都没想就拔腿狂奔的还是那叫声中的震惊，是什么人有生以来第一次受到伤害或恐吓（或两者兼而有之）时所感到的巨大的震惊。

其他人都跟了上来。他们排成一行，依次是亨利、琼西、比弗和彼得，沿着车道右侧（也即靠近房子一侧）的长满杂草的车辙一路飞跑。

他们听到有男孩子在开怀大笑。“快把它吃了，”有人在说，“你吃了就可以走了。说不准邓肯还会把你的裤子还给你呢。”

“没错，如果你——”另一个孩子（可能是邓肯）刚说了半句，就猛然住口，眼睛瞪着亨利和他的朋友们。

“喂，你们几个，快住手！”比弗喊道，“快他妈的给我住手！”

邓肯的朋友们——是两个人，都穿着德里中学的校服——明白他们下午的消遣已经被人发现，于是都转过身来。在他们中间的碎石地面上，跪着一个孩子，身上只剩下一条短内裤和一只鞋子，脸上一塌糊涂，有血迹、灰尘、鼻涕和眼泪，亨利一时看不出他的年龄。这不是个小孩子，因为他长了不少胸毛，可他的神情却与小孩子无异。那双有些侧斜的眼睛绿得发亮，里面盛满泪水。

在这一小群人背后的红砖墙上，刷着几个白色的大字：**不得打球，不得玩耍**，字迹虽然有些褪色，但依然清晰可辨。那意思可能是说，不要在房子附近打球，可以去远处的空地，在那儿仍然可以看到跑垒道的深印和不大平整的投球区土墩，可是谁能说得准呢？**不得打球，不得玩耍**。在后来的日子里，这两句话常常被他们挂在嘴上，成了年轻时代他们私底下的招牌话之一，但是并没有确切的含义。最接近的意思可能是*谁知道呢*？或者是*你能怎么办*？通常情况下，说这话的同时，最好还要双手指着天上，耸耸肩，笑一笑。

“*你们*都是他妈的什么人？”一个大孩子问比弗。他右手上戴的好像是一只棒球手套，也可能是高尔夫球手套……反正是打球时戴的东西，上面有一团干狗屎，他正在逼迫那个衣服几乎被扒光的孩子吃下去。

“你们这是在*干什么*？”琼西问道，语气中透出极度的厌恶，“要他吃*那玩意儿*？你们不是有毛病吧？”

拿着狗屎的孩子鼻梁上贴着一大块创可贴，亨利认出了他，不由得半是惊讶半是好笑地“哼”了一声。这可真是太妙了，对吧？他们来这儿原本是想看返校节女王的豆瓣，可现在呢，上帝！却与返校节王子不期而遇，他在赛季结束时，除了落得一只破鼻子之外，显然没有更重的伤情，所以当其他队员此刻正在为本周的比赛训练时，他却以这种方式自娱自乐。

里奇·格林纳多没有注意到亨利认出了他，他的眼睛正瞪着琼西。不仅因为吃了一惊，还因为琼西语气中毫不掩饰的厌恶之情，里奇一开始甚至后退了一步。可接着他就发现，胆敢用这种责备的口吻跟他说话的是个起码比他小三岁的孩子，体重比他要轻一百磅，于是，那只渐渐垂下的手又重新伸直了。

“我要让他吃掉这团屎，”他说，“吃完他就可以走了。你赶快走开，鼻涕虫，除非你也想吃一半。”

“是呀，快滚吧，”第三个孩子说，里奇·格林纳多已经是人高马大了，可这孩子比他还要高大，六英尺五的身材，脸上长满了粉刺，“别等到——”

“我知道你是谁。”亨利说。

里奇的视线转向亨利。他突然显出戒备的神情……不过还有几分心虚。“快滚开，小子，我可是当真的。”

“你是里奇·格林纳多，报纸上有你的照片。如果我们把碰到你们所干的事儿说出去，你认为别人会怎么看？”

“你们不会把任何事情说出去，除非你们他妈的不想活了，”那个叫邓肯的孩子说，他浑浊的金色头发从面孔两边垂下来，一直披到肩上，“快滚开，马上就滚。”

亨利没有理睬他，眼睛只是盯着里奇·格林纳多。他没有感到恐惧，虽然那三个孩子完全有可能把他们揍扁；他的心中燃烧着一股前所未有的怒火。跪在地上的显然是个智障孩子，但尽管智障，却明白这三个大孩子要伤害他，他们扒掉他的球衫，还要——

自有生以来，亨利还从来没有这么近距离地面临一顿狠揍，可是他毫不在乎。他握紧拳头，上前一步。地上那孩子在低头哭泣，那声音不断地钻进亨利的大脑，使他的怒火越烧越旺。

“我会的。”他说，尽管这声威胁是出自一个孩子之口，他却觉得自己听起来不像孩子。里奇显然也有同感；他后退了一步，拿着粪便的那只戴了手套的手又垂了下去。他第一次露出惶恐之色。“三个欺负一个，还是个智障孩子，你们太混账了。我会说出去的，我会的，而且我知道你是谁。”

邓肯和那个大块头孩子——只有他没穿校服——走过来站在里奇两边。穿着内裤的孩子被他们拦在身后，但是亨利仍能听到那抽抽嗒嗒的哭声，那声音在他的大脑里响着，撞击着他的神经，令他快要发疯。

“好吧，既然这样，那好，”大块头孩子说，他咧嘴一笑，露出几个掉了牙齿的豁口，“你们现在就不想活了。”

“彼得，他们一过来你就跑，”亨利头也不回地说，眼睛仍然死盯着里奇·格林纳多，“跑回去告诉你妈妈。”接着他又对里奇说：“你们可永远追不上他，他长着两条飞毛腿呢。”

彼得的声音有些尖细，但是毫不恐惧：“你放心吧，亨利。”

“如果我们挨了揍，你们只会更加吃不了兜着走。”琼西说。亨利早就看清了这一点，但是对琼西来说，这却是灵感突现；他几乎要笑出声来：“再说，就算你们真的干掉我们，对你们又有什么好处？因为彼得的确跑得快，他会说出去的。”

“我也跑得快，”里奇冷冷地说，“我会追上他的。”

亨利看了看琼西，又看了看比弗。他们都坚定地站在原地。事实上，比弗还不仅如此；他敏捷地弯下腰，捡起几块石头——它们都有鸡蛋般大小，但是不如鸡蛋光滑——并敲得“哐当”作响；他眯缝着眼睛，来回打量着里奇·格林纳多和那蠢大个，嘴角的牙签挑战般地上下抖动。

“一旦他们动手，就先对付格林纳多，”亨利说，“另外两个人根本就靠近不了彼得。”他转眼看了看彼得，只见他虽然脸色苍白，却毫不害怕，反而眼睛发亮，跃跃欲试地准备随时拔腿狂奔。“告诉你妈妈，告诉她我们在哪儿，让她叫警察。还有，千万别忘了这个混账王八蛋的名字。”他用手指着格林纳多，颇有一副地方检察官的气势，而格林纳多则再一次显出犹豫的神情。不，不只是犹豫。他好像害怕了。

“里奇·格林纳多，”彼得口里说着，脚下已经跳动起来，“我不会忘的。”

“来吧，你这个孬种，”比弗说，他的一个过人之处就是能准确地把握时机，“我会把你的鼻子再揍扁一次。鼻子破了就离开球队，这也太没种了吧？”

格林纳多没有回答——也许是不知道回答谁才好——而与此同时，一件非常奇妙的事情发生了：另外那个穿校服的孩子邓肯也显出犹疑之色。他的面颊和额头渐渐泛红。他舔了舔嘴唇，心神不定地望着里奇。只有蠢大个还是那种要动手的架势。亨利几乎恨不得他们真正动起手来。一旦动手，亨利、琼西和比弗就可以狠狠地揍他们一顿，狠狠地，因为那哭声，那该死的哭声，那要命的哼哼唧唧的哭声一直钻进了他的大脑。

“喂，里奇，也许我们该——”邓肯开口道。

“干掉他们，”蠢大个闷声闷气地说，“叫他们都他妈的完蛋。”

他一边说，一边抬起一只脚向前，眼看就要落地了。亨利知道，只要让这家伙往前迈出一步，他就会像条挣断缰绳、扑向对手的斗狗一样，摆脱里奇·格林纳多的控制。

但是里奇没有让他迈出那一步，那一步一旦迈出，就会引发一场大混战。他抓住蠢大个的前臂，那前臂比亨利的二头肌还要壮，长满了金红色的粗毛。“不，斯科蒂，”他说，“等一等。”

“是呀，等一等。”邓肯说话的语气几乎有些惊恐。他瞪了亨利一眼，亨利虽然只有十四岁，却觉得这一眼十分滑稽。那是一种谴责的眼神，仿佛做错事的是亨利和他的朋友们。

“你们要干什么？”里奇问亨利，“要我们离开这儿，对吗？”

亨利点点头。

“如果我们走了，你们会怎么样？还会说出去吗？”

亨利发现了一件不可思议的事情：他几乎与蠢大个斯科蒂一样按捺不住自己。一方面，他恨不得真的挑起这一仗，恨不得高喊着大家快上！都他妈的快上！他知道朋友们会全力响应，知道他们即使被打翻在地送进医院也不会说半个不字。

可还有那个孩子。那个哭哭啼啼的、可怜的智障孩子。等这帮大孩子把亨利、比弗、琼西（还有彼得，如果他们抓住他的话）收拾完后，他们还会收拾那个智障孩子，结果可能远远不只是逼他吃掉那团干狗屎而已。

“不会，”他回答，“我们不会跟任何人说。”

“该死的骗子，”斯科蒂说，“他是个该死的骗子，里奇，别听他的。”

斯科蒂又想往前冲，但是里奇更加用劲地抓牢蠢大个的前臂。

“如果没有谁受伤的话，”琼西用一副很通情达理的口吻说，“也就没什么可说了。”

格林纳多瞥了他一眼，又重新看着亨利。“对天发誓？”

“对天发誓。”亨利答应道。

“你们全都对天发誓？”格林纳多问。

琼西、比弗和彼得都一一对天发誓。

格林纳多沉吟片刻，但感觉像是很长时间，然后点了点头。“好吧，去他妈的。我们走。”

“如果他们过来的话，你就从另一条路绕过那栋房子。”亨利告诉彼得，他说得很快，因为那帮大孩子已经开始移动了。但是格林纳多的手仍然紧紧地抓着斯科蒂的前臂，亨利觉得这是一个好征兆。

“我才不想浪费时间。”里奇·格林纳多说，那傲慢的语气让亨利恨不得要捧腹大笑……但是他竭力保持着严肃的表情。在这个节骨眼上可不能发笑。离大功告成只有一步了。他一方面不愿意接受这种结果，另一方面又欣慰得几乎要发抖。

“你凭什么多管闲事？”里奇·格林纳多问他，“有什么了不起的？”

亨利想把自己心中的疑问提出来——想问问里奇·格林纳多怎么能干出这种事情，而且这不是一个不需要回答的反问。那种哭声！我的上帝！但是他一言未发，他知道自己说出的任何话都可能惹恼那个混蛋，从而让这一切前功尽弃。

眼下的情景就像在上演一支舞蹈，与你小学一、二年级时所学的几乎没有两样。当里奇、邓肯和斯科蒂朝车道走去时（他们不慌不忙地走着，竭力装出是自愿离去而不是被一帮毛头初中生吓走的样子），亨利与他的朋友们先是转过身子面对着他们，然后又一字儿排开地退回来，靠近那个只穿着内裤跪在地上的孩子，并挡住那帮人的视线。

在那栋房子的拐角处，里奇停下脚步，看了他们最后一眼。“我们会再见面的，”他说，“要么一个个地见，要么一块儿见。”

“没错。”邓肯跟着说。

“你们以后要睡在氧气帐里过日子，”斯科蒂又加了一句。亨利几乎要放声大笑了。他祈愿他的朋友们不要开口——过去的就让它过去——他们也的确没有开口。这简直是个奇迹。

里奇威胁性地最后看了他们一眼后，那伙人便转过拐角消失了。现在只有亨利、琼西、比弗和彼得跟这孩子在一起了，这孩子的身体前后摇晃着，脏乎乎的膝盖跪在地上，脏乎乎的面孔不解地对着白色的天空，上面又是血又是泪，就像一架破钟的钟面。他们一时不知如何是好。跟他说话？告诉他没事儿了，那些坏蛋已经走了，危险过去了？他根本就不会理解。哦，那哭声，真叫人难受。那帮残忍又愚蠢的孩子，对着这种哭声，他们怎么下得了手？亨利后来会明白——多少有所明白——但此时此刻，他却百思不得其解。

“我有个方法想试一试。”比弗突然说道。

“好呀，试吧，怎么都行。”琼西说，他的声音微微发颤。

比弗正要上前，又转头望着朋友们，他的眼神很古怪，有几分难堪，又有几分自得，还有——没错，亨利可以确定——几分希望。

“如果谁把这事儿说出去，”他说，“我就再也不理你们了。”

“少废话，”彼得说，他的声音也在发颤，“如果你能让他住口，就别磨蹭了。”

比弗站了片刻——他的脚下正是刚才里奇要那孩子吃狗屎时所站之处——然后跪了下去。亨利发现那孩子穿的居然是有着安德度斯图案的内裤，它们不仅是《夏基的神秘机器》中的角色，还是《史酷比》中的主要人物，和这孩子的饭盒一样。

接着，比弗把这个抽抽嗒嗒、衣服几乎被扒光的孩子拥进怀里，对着他唱了起来。

4

还有四英里，就到班伯里……也许只有三英里。还有四英里，就到班伯里……也许只有三英里——

亨利的脚下又是一滑，可这一次他没有机会让自己重新站稳。他完全沉浸在回忆之中，没等他回过神来，整个身子就飞离了地面。

他背朝下重重地落在地上，巨大的疼痛使他不由得大叫一声：“啊！”粉末状的雪梦幻般地溅了起来，他的后脑勺狠狠地磕了一下，一时间眼冒金星。

他在地上躺了一会儿没有动，留出足够的时间，让所有可能受伤的部位发出信号。他直到没感觉到任何信号时，才翻过身，按了按自己的背心。很痛，但并非剧痛难忍。十一二岁的时候，他们似乎整个冬天都在斯特罗福德公园乘雪橇玩，常常摔得比现在惨多了，可他总是哈哈大笑地爬起来。有一次，彼得·穆尔那个白痴驾驶着他的“弹力飞车”，亨利坐在后面，他们一头撞在山脚那棵松树上——所有的孩子都称之为“死亡之树”——可到头来，除了各有几处皮外伤和几颗松动的牙齿之外，两人都没有大碍。不过问题是，十一二岁已经是很多年前的事了。

“起来吧，伙计，你没事儿。”他一边说，一边小心地坐起来。背上有些痛，但并不严重。只是吓着了。就像人们常说的，受伤的不过是你那该死的自尊而已。不过，也许还是多坐一两分钟为好。他已经争取了不少时间，也该休息一会儿了。再说，那些往事也让他心绪不宁。里奇·格林纳多，那该死的里奇·格林纳多后来离开了橄榄球队——可根本就不是因为鼻子破了。他曾经说过，我们会再见面的，亨利猜想他是当真的，但这种威胁一直没有兑现，是的，他们一直没有再见面。因为发生了另外一件事。

那都是很久以前的事了。现在，班伯里在等着他——起码“墙洞”在等着他——而他却没有木马可骑，只有自己这可怜的双脚马。亨利站起身，拍拍屁股上的雪，就在这时，他脑海里有个声音叫了起来。

“哎哟！哎哟！哎哟！”那声音叫道。就像是从一部音量可以调得很高的随身听里放出来的，又像是就在他脑后突然传来的枪响。他往后一个趔趄，踉跄几步，如果不是歪到从道路左侧伸出来的硬邦邦的松树枝上，他肯定又会摔倒在地。

他从树枝中挣脱出来，耳朵里还在嗡嗡作响——不，他的整个脑袋都在嗡嗡作响。他抬腿向前迈去，很难相信自己还活着。他将一只手举到面前，发现手掌血淋淋的。嘴里也有什么东西松动了。他把手放在口边，吐出一颗牙齿。他愕然地看了一会儿，一开始想把它放进口袋，但还是压抑住这种冲动，抬手扔了出去。就他所知，还没有谁做过植牙手术，他也非常怀疑牙齿仙女会大老远来到这荒山野地。

他说不清那是谁的叫声，但是他觉得彼得·穆尔可能刚刚陷入一摊大麻烦之中。

亨利又凝神听了听，看是否有别的声音或念头，但是什么都没有。太好了。不过他得承认，即使没有那些声音，这显然已经成为他一生中最为奇特的狩猎之旅。

“走吧，老兄，你能行的。”他一边说，一边继续朝“墙洞”跑去。那种出了事的不祥预感越来越强烈，而他所能做的就是让自己尽力快跑。

去看看便盆。

我们干吗不直接去敲卫生间的门，问问他到底怎么样？

他真的听到这些话了吗？是的，现在没有了，但是他刚才听到了，就像听到那声痛苦的大叫一样。是彼得吗？还是那个女人？可爱的贝姬·休？

“是彼得，”这话随着一团雾气从他嘴里吐了出来，“是彼得。”现在即使不是百分之百肯定，也是相当肯定了。

一开始他还担心找不到跑步的节奏，可没过一会儿，就在他仍忧心忡忡时，那节奏又回来了——他急促的呼吸与有力的脚步取得一致，感觉简单而惬意。

还有三英里，就到班伯里，他想，就可以到家里。就像那天我们送杜迪茨回家一样。

（如果谁把这事儿说出去，我就再也不理你们了）

亨利又返回十月份的那个下午，就像返回沉沉的梦乡一样。往事犹如一口井，他快速坠入其深处，所以起初没有感觉到有一团云正在朝他急速飘来，那既不是话语又不是思想也不是喊叫，而只是一团云，一团乌云，要去什么地方做什么事的一个东西。

5

比弗走上前去，犹豫片刻，然后跪了下来。智障孩子没有看到他；他紧闭着双眼，窄小的胸部一起一伏，他还在哭泣。孩子身上有着安德度斯图案的内裤和比弗那件缀满拉链的旧摩托衫都显出几分滑稽，但其他人都没有发笑。亨利只希望那孩子别哭了。他的哭声让亨利难受至极。

比弗双膝往前挪了挪，然后把那哭泣的孩子拥进怀里。

“宝贝的船儿是银色的梦，扬帆行天涯……”

亨利以前从来没有听比弗唱过歌——大概除了跟着收音机哼哼之外，因为克拉伦顿一家显然不怎么去教堂。现在听到他朋友那清晰甜美的歌声，亨利不由得大为惊讶。再过一两年，比弗的声音会彻底变样，会变得平淡无奇，但是现在，在空房子背后这杂草丛生的空地上，他的声音却让他们一个个都感到震撼，感到讶然。那智障孩子也有了反应；他止住哭泣，惊奇地望着比弗。

“它驶向最近的星辰，远离了宝贝的家。

来吧宝贝，来吧宝贝，快回家找妈妈。

穿过海洋越过星辰，快回家找妈妈……”

最后一个音符飘到空中，一时间，这美丽的歌声让整个世界都停止了呼吸。亨利有一种想哭的冲动。比弗拥着那孩子，伴着歌声的节奏轻轻摇动。那孩子望着比弗，泪痕斑斑的脸上现出又惊又喜的神情。他忘了自己破裂的嘴唇、受伤的面颊、被扒掉的衣服，以及丢失的饭盒。他对比弗说着还要，还要，这模糊的字眼几乎具有无数种含义，但亨利却完全听懂了，并且知道比弗也一样。

“我只会这个。”比弗说。他发现自己的手臂仍然搂着孩子光溜溜的肩膀，便连忙拿开。

可是他刚拿开，孩子的脸就阴沉下来，但这一次不是因为恐惧，也不是因为要求未被满足而使性子，而完全是出于伤心。泪水从那双绿得出奇的眼睛里涌了出来，在他脏乎乎的脸上留下两道干净的印痕。他抓起比弗的手，把比弗的胳膊重新放回自己的肩膀上，说：“还要！还要！”

比弗六神无主地看着他们。“我老妈只给我唱过这些，”他说，“我总是一转眼就睡着了。”

亨利与琼西交换了一个眼神，然后捧腹大笑起来。他们本不该这样，很可能会吓着那孩子，弄不好他又会让人头痛地放声大哭。可他们无法控制自己。不过那孩子居然没有哭，反而朝亨利和琼西粲然一笑，露出一口洁白细密的牙齿，然后又转头望着比弗。他仍然紧紧地拽着比弗的手臂，让他搂住自己的肩膀。

“还要！还要！”他说。

“哎呀，该死，再唱一遍吧，”彼得说，“你会多少就唱多少。”

比弗最后不得不又唱了三遍，那孩子才答应让他停下，才答应让其他人帮他穿上裤子和那件印有里奇·格林纳多号码的破球衫。亨利永远忘不了这动人的一幕，有时会回想起这一情景，而且往往在一些极不寻常的时刻，比如：当他在新罕布什尔大学的一次联谊会上失去童贞时——当时楼下的大喇叭里正放着《水中烟》的曲子；当他翻开报纸，在讣告栏上看到巴利·纽曼那多重下巴之上的开心笑容时；当他给父亲喂牛奶麦片，而牛奶顺着父亲的下巴流出来时——老天太不公平了，父亲才五十八岁，就患上早老性痴呆症，坚持认为亨利是一个叫山姆的什么人，总是说：“好汉做事好汉当，山姆。”每逢这种时刻，他称之为“比弗催眠曲”的这支歌就会出现在他的脑海中，使他得到短暂的慰藉。不得打球，不得玩耍。

他们终于帮这孩子穿戴整齐，只剩下一只红色的运动鞋了。他想自己穿上，却放倒了方向。这是一位不幸的美国孩子，亨利想不明白，那三个大孩子怎么忍心来欺负他。且不说他的哭声——亨利还从来不曾听过这样的哭声——他们干吗要那么心狠呢？

“我来帮你吧，伙计。”比弗说。

“帮——什么？”孩子问，他那大惑不解的样子十分有趣，亨利、琼西和彼得不由得又大笑起来。亨利知道自己不该笑话智障孩子，可是他情不自禁。这孩子天生一张滑稽的面孔，就像一个卡通人物。

比弗只是微微一笑：“你的鞋子，伙计。”

“帮——鞋鞋？”

“是呀，你这样可穿不上去，不是他妈的这样穿，先生。”比弗从孩子手中接过鞋子，帮他套在脚上，拉出鞋舌盖，束紧鞋带，再打上一个活结。孩子一直全神贯注地看着，鞋子穿好后，他仍然盯着活结看了一会儿，然后抬起头望着比弗。突然，他伸出双臂，搂住比弗的脖子，在比弗脸上十分响亮地亲了一下。

“如果谁把这事儿说出去——”比弗口里说着，却难掩脸上的笑意，显然很受用。

“是呀，是呀，你就再也不理我们了，少来这一套吧，”琼西笑眯眯地说，他一直拿着饭盒，这时便蹲在孩子面前，把饭盒递给他，“这是你的吧，哥们儿？”

孩子就像见到老朋友一样，高兴得满脸堆笑，一把接了过去。“酷比——酷比呀，你去——哪儿了？”他唱道，“我们——开工了！”

“没错，”琼西说，“我们要开工了。我们的工作就是把你送回家。道格拉斯·卡弗尔，你叫这个名字，对吧？”

孩子用一双脏手把饭盒抱在胸前，并给了它一个响吻，就像刚才在比弗的脸上那样。“我叫——杜迪茨。”他大声说。

“好吧。”亨利说。他牵起孩子的一只手，琼西牵住另一只，两人一同把孩子拉了起来。枫树巷离这儿只有三个街区，他们在十分钟之内就可以走到——只要里奇那帮人没有埋伏在附近伺机袭击他们。“我们送你回家吧，杜迪茨，你妈妈一准在为你担心呢。”

不过，亨利先吩咐彼得去房子的拐角处侦察了一下车道。等彼得回来报告说没有敌情之后，他才让大家朝那儿走去。只要上了人行道，在大庭广众之下，他们就安全了，而在此之前，他可不愿意冒险。他打发彼得跑了第二趟，要他把通往街道路侦察一番，如果平安无事的话，就吹一声口哨。

“他们——走了？”杜迪茨问。

“可能吧，”亨利回答，“不过让彼得去看看更保险。”

杜迪茨平静地站在他们中间，端详着饭盒上的图案，而彼得则前去侦察了。亨利对派彼得去很放心。他没有夸大彼得的速度；如果里奇那帮人想偷袭他的话，他会一转眼就跑得无影无踪。

“你喜欢这节目吗，伙计？”比弗从孩子手中拿过饭盒，轻言细语地问道。亨利饶有兴致地望着他们，想看看这孩子是否会哭着要饭盒。他没有。

“这是——酷比！”智障孩子说。他长着一头金色的鬈发。亨利仍然判断不出他的年龄。

“我知道是史酷比，”比弗很有耐心地说，“可他们从来都不换衣服，彼得说的没错。我是说，操他祖宗，对吧？”

“对！”他伸手去要饭盒，比弗还给他。孩子抱着饭盒，接着又朝他们一笑。这是十分动人的笑容，亨利这样想着，自己也笑了。他觉得这就像在大海里游泳，你游了一会儿之后会感到全身发冷，可是当你从水中出来，将浴巾裹在光溜溜的肩膀和起了鸡皮疙瘩的背上时，又觉得温暖起来。

琼西同样面带笑容。“杜迪茨，”他问，“哪一个是狗呀？”

孩子看着他，脸上仍然笑盈盈的，但也显得迷惑不解。

“那条狗，”亨利解释道，“哪一个是那条狗？”

孩子又转向亨利，显得更不解了。

“哪一个是史酷比，杜迪茨？”比弗问，孩子的脸色一下子亮了。他用手指点着。

“酷比！酷比——酷比！这——是狗！”

他们全都开怀大笑，杜迪茨也笑了起来，这时传来彼得的口哨声。于是他们迈开脚步，可是刚刚走完大约四分之一的车道时，琼西突然叫了起来：“等一等！等一等！”

他朝那间办公室跑去，扒在一扇脏乎乎的窗户外，双手搭在脸旁挡住两边的光线，亨利这才猛然想起他们来这儿的目的。那个叫迪娜·吉茵什么的豆瓣。那一切仿佛是一千年前的事儿了。

大约十秒钟之后，琼西喊道：“亨利！比弗！快过来！让那孩子待在那儿！”

比弗朝琼西身边跑去。亨利转向那孩子，说：“待在这儿别动，杜迪茨，跟你的饭盒一起待在这儿，好吗？”

杜迪茨把饭盒抱在胸前，抬头望着他，绿色的眼睛闪闪发亮。过了一会儿，他点点头，亨利便朝窗户旁的朋友们那儿跑去。他们只能挤成一团，比弗抱怨有谁踩了他该死的脚，但他们勉强站稳了。彼得在人行道上等了一两分钟，很纳闷他们怎么还没有露面，因此也跑过来，把脸伸进亨利和琼西的肩膀之间。于是，在一扇脏乎乎的窗户外面，扒着四个孩子，其中三人都将手搭在脸边挡住光线；在他们身后那长满杂草的车道上，还站着第五个孩子，他把饭盒抱在窄小的胸前，仰望着天空，在那白色的天空上，太阳正要破云而出。脏乎乎的窗玻璃上，在他们的额头接触过的地方，将留下几个干净的月牙形印记。透过玻璃看进去，只见一个空荡荡的房间，满是灰尘的地板上躺着几只瘪了肚子的白色蝌蚪，亨利认出是安全套。在正对窗户的那面墙上，有一块公告板，上面钉着一张新英格兰北部的地图和一张照片，照片上有个女人把裙子掀了起来。不过看不见她的豆瓣，而只能看到白色的内裤。况且也根本不是什么女高中生。她很老了。肯定不下三十岁了。

“天啊！”彼得恶心地斜了琼西一眼，终于开口道，“我们大老远地跑过来，难道就是为了那玩意儿？”

有片刻时间，琼西似乎想为自己辩解，可随后却咧嘴一笑，拇指冲肩膀后面一指，说：“不，我们是为了他。”

6

亨利突然产生一种奇怪的、完全是始料不及的感觉：他很恐惧，并且已经恐惧了一阵子，这使他从往事中回过神来。就在他意识的门槛下，有个新东西一直在晃荡，只是由于他对邂逅杜迪茨的清楚回忆才被按压在那儿。随着一声惊恐的呼喊，它现在冲了出来，坚持要引起他的注意。

他在路中间滑行着停下脚步，一边挥动双臂保持平衡，以免再次摔倒在雪地上。然后，他就站在那儿喘息着，眼睛瞪得溜圆。现在又怎么了？他离“墙洞”只有两英里半了，马上就要到了，所以，现在又是怎么了？

有一团云，他想，有一种像云一样的东西，问题就在这里。我说不清那是什么，但是我能感觉得到——有生以来，起码是成年以来，我还从未有过这么清晰的感觉。我得离开道路。我得从这儿躲开。躲开那场电影。那团云里有一场电影。是琼西喜欢的那种电影。很可怕的电影。

“这太蠢了。”他咕哝着，但是心里知道不是这样。

他可以听见有一台引擎的“嗡嗡”声正越来越近。是从“墙洞”

方向传来的，而且速度很快，是雪地摩托车的引擎，几乎可以肯定是放在营地里的那台“北极猫”……但同时也是那团里面正在上演电影的乌黑的云，是某种可怕的黑色能量正朝他飞驰而来。

亨利一时无法动弹，脑中闪现出上百个幼稚的恐怖画面：床底下的东西，棺材里的东西，翻开的石头下不断扭动的虫子，一只死了很久的老鼠留下的毛茸茸的果冻状残骸——那是一只被烤死的老鼠，是爸爸那次为了检查插座而将炉子从墙边挪开时发现的。还有一些丝毫也不幼稚的恐怖画面：他父亲在自己的卧室里神志不清，吓得号啕大哭；巴利·纽曼从亨利的办公室落荒而逃时惊恐万状的神情，他之所以惊恐，是因为亨利要他正视他不愿（也许是不能）正视的现实；凌晨四点钟的时候，毫无睡意地端着威士忌一人独坐，整个世界都是一个死寂的空洞，他自己的脑海也是一个死寂的空洞，哦天啊，仿佛要过一千年才会天亮，所有的催眠曲都已被取消。这一切都在那团乌黑的云里，正像《圣经》中的灰色马[①]一样朝他疾驰而来，这一切以及其他一些东西。他所想到过的每一种可怕的东西此刻都在向他逼近，不是骑在灰色马上，而是驾驶一辆外壳生了锈的旧雪地摩托车。不是死神，但是比死神更可怕。是格雷先生。

*离开道路！*他脑海中有个声音在喊叫，*马上离开！*快藏起来！

一时间，亨利无法移动——他的脚像灌了铅一样。大腿上被转向柱撞破的伤口火烙一般的疼。他终于明白，当一只鹿被车前灯罩住时，或者当一只金花鼠在不断推进的割草机前愚蠢地蹦来跳去时，该是什么感觉了。那团云剥夺了他的自我保护能力，使他陷在它行进的路上无法动弹。

不可思议的是，让他终于动弹起来的是那各种各样的自尽念头。他花了五百个痛苦的不眠之夜，才做出这个决定，难道就为了让某种兴奋症来剥夺他的选择吗？不，上帝，不行，绝对不行。痛苦本身就已经够受了；当恶魔要毁灭他时，就这样站在这里束手待毙，从而任自己恐惧的身体来嘲笑那种痛苦……不，他不能让这种事情发生。

---

① 见《圣经·新约·启示录》6: 8:“见有一匹灰色马，骑在马上的，名字叫作死。”

于是他动弹起来，但是感觉犹如在噩梦之中，他仿佛是在已变得与太妃糖一般黏稠的空气中艰难前行。他腿脚的起落非常缓慢，就像在跳水下芭蕾。他是在路上跑吗？真的在跑吗？此时此刻，他似乎难以想象，不管他有多强的记忆力。

不过他仍在移动，而引擎的声音也越来越近，已是响亮的轰鸣。最后，他终于进入道路南侧的树丛中。他好不容易挪动了大约十五英尺，这里没有形成积雪，散发着清香的褐黄色松针上只有一层淡淡的白色。亨利双膝发软，跪在地上，吓得哭出声来，用戴着手套的双手捂在嘴上止住声音，如果它听到了怎么办？是格雷先生，那团云就是格雷先生，如果它听到了怎么办？

他爬到一棵云杉后面，抱着长满苔藓的树干向远处张望，他的头发汗津津的，蓬乱地耷拉在眼前。他看见一点亮光，亮光在阴暗的午后跳跃、闪烁和晃动，渐渐变成一盏前灯。

那团乌云越来越近，亨利无助地呻吟起来。那团云仿佛日食一般飘浮在他的脑海中，抹去他的思想，取而代之的是各种可怕的画面：他父亲下巴上的牛奶，巴利·纽曼惶恐的眼神，瘦骨嶙峋的身体和呆滞无神的眼睛，皮开肉绽的女人和被绞死的男人。一时间，他对世界的理解犹如口袋一样被翻了个底朝天，他发现所有的一切都被感染了……或可能被感染了。所有的一切。与这即将到来的东西相比，他想自杀的理由实在是微不足道。

为了不让自己惊叫出声，他把嘴巴紧贴在树上，感觉到自己的嘴唇紧压着柔软的苔藓，直至感受到了树皮的潮气和味道。就在这个时刻，“北极猫”一闪而过，亨利看清了坐在上面的身影，也就是制造乌云的那个人，而那团云现在正像热病一般充斥在亨利的大脑中。

他把嘴埋进苔藓之中，对着树干尖叫出声，苔藓被吸进口里也浑然不觉，接着又是一声尖叫。当“北极猫”的声音朝着西边远去时，他只是跪在那儿，双手抱着树干，全身簌簌发抖。当那声音渐渐减弱，变成一种恼人的低鸣时，他仍然跪在那儿；当那声音彻底消失后，他继续跪在那儿。

彼得还在那边，他想，它会到彼得还有那个女人那儿去。

亨利跌跌撞撞地重新回到路上，不知道自己的鼻子在流血，也不知道自己在呜咽。他再一次朝“墙洞”出发，虽然现在竭尽全力也只能踉踉跄跄，一瘸一拐。不过也许这没关系，因为营地里的交锋已经全部结束了。

他此前感受到的可怕事情已经发生。他的一个朋友已经魂归西天，另一个死期将近，还有一个，上天保佑，成了电影明星。

第七章　琼西与比弗

1

比弗又说了一遍。此时所说的并非他的招牌语言，而是当你被逼到墙角，无法形容自己所看到的恐怖场面时，你本能地脱口而出的那个简单词语：“啊，我×！哎呀——我×！”

不管麦卡锡刚才有多么痛苦，他还是腾出时间，按了卫生间门边的两个开关，打开了吸顶灯和梳妆镜两旁的日光灯。几盏灯大放光华，使卫生间看起来就像犯罪现场的一张照片……不过，这儿隐约还有一种超现实色彩，因为灯光不是很稳定；它们忽明忽暗地闪烁着，让你知道所用的电是来自一台发电机，而不是德里和班戈水电公司提供的电力。

地上的瓷砖是浅蓝色。在进门的地方，只有星星点点的血迹。但是当他们靠近浴缸旁边的抽水马桶时，只见一摊摊的血汇合起来，形成一条血蛇，周围散着线状的血迹。琼西和比弗都穿着皮靴，地板上留下了他们的靴印。蓝色塑料浴帘上有四个模糊的手指印，琼西想：*他坐下来的时候，肯定是伸手拽住了浴帘，以免摔倒。*

没错，但这并不可怕。可怕的是琼西脑海中出现的情景：麦卡锡急匆匆地从浅蓝色地砖上走过，一只手使劲地按在身后，想把什么东西按进去。

“哎呀，我×！”比弗又说了一遍，几乎是带着哭腔，“我不想看这个，琼西——伙计，我受不了这个。”

“我们非看不可，”他听见自己的声音仿佛从远处传来，“我们受得了，比弗。我们当年就能面对里奇·格林纳多那帮人，所以现在也能面对。”

“我不知道，伙计，不知道……”

琼西也不知道——心底里没有把握——但是他伸出手去，握住了比弗的手。比弗六神无主地用力反握住他，他们一同朝卫生间里面迈进。琼西尽量避开血迹，但是很不容易，地上到处都是血。还有些不是血。

“琼西，”比弗干巴巴地、几乎是耳语般地问，“你看到浴帘上的脏东西了吗？”

“看到了。”在那模糊的指印上，有几小团像霉一样的金红色东西。地板上还有更多，不是在那条很粗的血蛇上，而是在线状的血迹上。

“那是什么？”

“不知道，”琼西回答，“我想跟他脸上的玩意儿是一回事。安静会儿。”接着，他喊道：“麦卡锡先生？……里克？”

麦卡锡坐在马桶上，没有回答。奇怪的是，他的橘红色帽子又戴回头上，帽檐歪斜着朝下，让他显出几分醉态。除此之外，他全身上下一丝不挂。他的下巴抵在胸骨上，仿佛作沉思状（也许不只是作沉思状吧，谁知道呢？）。他眼睛微闭，双手交叠着严严捂住自己的私处。血从马桶的一侧流了下来，就像是用大刷子随意刷出来的一样，但是麦卡锡身上没有血迹，起码琼西没有看到。

不过有一样东西他看到了：麦卡锡的肚皮软软地耷拉着，变成了两半。这使他依稀想起了什么，过了一会儿，他才明白：卡拉的肚皮曾经就是那样——他们养了四个孩子，卡拉每一次生孩子时就是那样。在麦卡锡的下腹之上，他的肚脐所在的地方——肚脐有些陷进肉里了——皮肤仅仅呈红色。但往上的肚子上，却有一道细长的裂口。如果麦卡锡怀过孕的话，他所怀的应该是某种寄生虫，比如绦虫或钩虫之类。只不过他流出的血上都长出了东西，当他躺在琼西的床上，把毯子拉到下巴底下时，他说过什么来着？*看哪，我站在这儿敲门。*这一声敲门琼西但愿自己压根儿就没有回应。事实上，他但愿自己开枪杀了他。没错，他现在看得更清楚了。人们在惊恐万状之际，头脑有时会出奇地清晰，他现在就是这样，并但愿自己在看到那橘红色帽子和背心之前，就把子弹射进了麦卡锡的体内。这样不会造成伤害，反而可能会带来好处。

"站在这儿敲我的屁股。"琼西喃喃自语。

"琼西？他还活着吗？"

"不知道。"

琼西又往前走一步，并感觉到比弗将自己的手抽了回去。比弗显然再也不肯靠近麦卡锡半步了。

"里克？"琼西轻声喊道，是那种别吵醒宝宝的语气。也是那种查看尸体的语气。"里克，你是不是——"

坐在马桶上的人放了一个很响的臭屁，卫生间里顿时臭气弥漫，熏得人眼泪都流了出来，那是粪便和飞机胶水的混合气味。琼西心里想，浴帘居然没有溶化，也算是奇迹了。

马桶里传来"扑通"一声水响。不是大便掉下去的声音——起码琼西这么认为。听起来更像是一条鱼在池塘里跳跃。

"老天啊，太臭了！"比弗叫道，他用手捂住口鼻，所以声音有点闷塞，"不过既然他能放屁，肯定就还活着。对吧，琼西？他肯定还——"

"别说话，"琼西悄声说，他的声音很镇定，这让比弗大为惊讶，"别说话了，好吗？"于是比弗住了口。

琼西凑近前去，将一切都看了个清楚：麦卡锡右边眉头上的小血点，他脸上的红霉，蓝色塑料浴帘上的血印，还有那个开玩笑的牌子——**拉马尔冥想之地**——早在卫生间里的各种化学气味还没有消散、淋浴需要增压才能使用的时候，那个牌子就挂在这里了。他看到麦卡锡的眼皮和嘴巴之间泛着淡淡的冷光，在这种光的映衬下，麦卡锡嘴唇发青，显出一种猪肝色。他可以闻到刚才那个屁的臭味，几乎还可以看见那肮脏昏黄的气体就像芥子气一样升起。

"麦卡锡？里克？你能听见我的话吗？"

他在那双微闭的眼睛前弹了一个响指。没有反应。他又在自己手腕的背上舔了舔，再伸到麦卡锡的鼻子底下，然后又伸到麦卡锡的嘴边。没有感觉。

“他死了，比弗。”他口里说着，后退一步。

“真他妈的混蛋，”比弗回答。他的语气愤愤然，好像受到天大的冒犯，似乎麦卡锡违背了所有的做客之道，“他刚刚还拉了屎，我听到的。”

“我看那不是——”

比弗大步上前，琼西被挤到一旁，伤腿在水槽上碰得生痛。“够了，伙计！”比弗喊道，他抓住麦卡锡那满是斑点的圆肩膀一顿猛摇，“醒一醒！醒——”

麦卡锡朝浴缸方向缓缓歪去，有片刻时间，琼西还以为比弗说对了，以为那家伙还活着，不仅活着，而且打算站起来。可紧接着，麦卡锡的身子脱离了马桶，倒进浴缸，并将蓝色的浴帘推得悠悠荡开。那顶橘红色帽子也掉了。只听得“咚”的一声脆响，他的脑袋磕在浴缸上。琼西和比弗吓得抱在一起大叫起来，这惊恐的叫声在镶满瓷砖的狭小空间里震耳欲聋。麦卡锡的屁股犹如一轮倾斜的圆月，中间有个巨大的血口，似乎由某种可怕的力量冲击而成。琼西只是在刹那间瞥见了一眼，然后麦卡锡就脸朝下栽进浴缸，浴帘也荡回原地，将他遮挡起来。但在刚才那一刹那的工夫，琼西觉得那个洞口的直径似乎有一英尺。这可能吗？一英尺？显然不可能。

马桶里有什么东西又“扑通”一响，这一次力量更大，无数滴血水被溅了起来，落在同样是蓝色的座圈上。比弗正要探头去看个究竟，琼西想都没想就“砰”地盖上马桶。“别看。”他说。

“别看？”

“别看。”

比弗想从工装裤的胸前口袋里掏根牙签，却一把掏出了五六根，随后又让它们掉在地上。牙签像木针一样在满处是血的蓝色地砖上滚动。比弗望着它们，然后又抬头望着琼西。他眼里含着泪水。“真像杜迪茨，伙计。”他说。

“你在胡说些什么？”

“你忘了吗？他也差不多是光着身子。那些混蛋扒掉了他的球衫和裤子，他身上只剩下一条短裤了。可我们救了他。”比弗用力地点点头，仿佛琼西——或者是他内心深处某个怀疑的声音——在嘲笑这一说法。

琼西没有嘲笑任何东西，尽管麦卡锡丝毫也没有让他联想起杜迪茨。他的眼前还在重放刚才那一幕：麦卡锡侧身倒进浴缸，头上的橘红色帽子掉了，胸前的两团赘肉（也就是安逸馒头，每当看到谁的短袖衫下有两团赘肉时，亨利都会这么称呼）晃晃悠悠；紧接着，他的屁股正对着灯光——那明亮的灯光不会保留任何秘密，而是将一切展露一览无余。那是一个完美的白种人的屁股，没有毛，只是肌肉开始松弛，垂向大腿后侧。在他曾经换过衣服、冲过淋浴的各种更衣室里，他看到过上千个这样的屁股，他自己的也在朝这种状态发展（或者说是一度朝这种状态发展，因为自从那家伙开车撞了他之后，可能永远改变了他臀部的外形），但是从来没有哪一个像麦卡锡现在的屁股这样，看上去就像是有什么东西从里面开了一枪，好让自己——干什么呢？

马桶里面又传来一声空洞的水响，马桶盖也往上一弹。这是一个绝佳的回答。好让自己出来，当然是这样。

好让自己出来。

“坐上去。”琼西对比弗说。

“什么？”

“坐上去！”琼西几乎是吼了起来，比弗慌忙坐到马桶盖上，一脸愕然。在将一切展露无余、毫无秘密可言的日光灯下，比弗脸色煞白，像刚刚出炉的陶器，每一根黑色的胡茬都像一颗黑痣。他的嘴唇也变得青紫。在他头顶上，是那个开玩笑的旧牌子：**拉马尔冥想之处**。他的蓝眼睛大睁着，满是惶恐。

“我坐在这儿了，琼西——你瞧。”

“好的。我很抱歉，比弗。不过你就坐在那儿，好吗？不管那里面是什么，它都出不来了，除了化粪池之外，它已经无路可走。我马上就回来——”

“你要去哪儿？我可不想独自守着个死人坐在这茅屎坑里，琼西。如果我们一起跑的话——”

“我们不跑，”琼西坚定地说，“这地方是我们的，所以我们不跑。”这话听起来很凛然，但就眼下的情形而言，起码有一点他没有说出口：他最担心的是，现在关在马桶里的东西可能会比他们跑得更快。或者滑得更快什么的。他脑海里飞速闪过上百个画面，都是来自恐怖电影——《寄生魔种》《异形》《从内里中来》等等。每次上映这类电影，卡拉都不肯陪他去看，而当他把录像带借回家后，她还要他下楼用自己书房里的电视机。不过，他看过的某部电影中的某部分内容，可能会救他们一命。琼西瞥了一眼从麦卡锡的血手印上长出来的金红色霉状物。起码能救他们摆脱马桶里面的玩意儿。至于那霉状物……天啊，谁知道呢？

马桶里的东西又往上一跃，撞在马桶盖上，但比弗压住盖子不成问题。很好。不管那是什么，也许最终会淹死在里面，不过琼西也觉得这种指望靠不住：它在麦卡锡体内存活了下来，对吧？在那位“看哪，我站在这儿敲门”的老麦卡锡先生的体内存活了不少时间，也许是他在林中迷路的那整整四天。看来就是因为它，麦卡锡的胡子才停止了生长，牙齿也掉了几颗；也是因为它，麦卡锡才放出那样的屁——用不客气的话说，简直像是毒气——即使是最注重礼节的人闻了，也不可能装得若无其事。可那东西自身显然平安无事……还很有活力……而且不断长大……

琼西的脑海中突然清楚地浮现出一个画面：一条白色的绦虫从一堆生肉中蠕动着爬了出来。他喉咙里“咕噜”一声，险些吐了出来。

“琼西。”比弗想站起身，他看上去惊恐万状。

“比弗，快坐下去！”

比弗连忙重新坐下，正在这时，马桶里的东西再次跃起，重重地撞在马桶盖上。*看哪，我站在这儿敲门。*

“还记得《致命武器》那部电影吗？梅尔·吉普森的搭档坐在马桶上不敢起来？”比弗说，他笑了笑，可他的声音干巴巴的，眼神也充满恐惧，“我们现在也一样，对吧？”

“不，”琼西回答，“因为没什么东西会爆炸。再说，我不是梅尔·吉普森，而你也太白了，不是丹尼·格洛弗。听着，比弗，我要去工具间那边——”

“哦，绝对不行，别让我一个人待在这儿——”

“住口，听我说完。那儿有摩擦胶带，对吧？”

“对，挂在钉子上，至少我认为——”

“挂在钉子上，没错。我想是在油漆罐旁边。有一大卷。我要去把它拿到这儿来，封住马桶，然后——”

里面的东西又是奋力一跃，仿佛能听懂他们的话一般。哦，我们又怎么能知道它听不懂呢？琼西想。随着马桶盖内侧一声沉重的闷响，比弗全身一震。

“然后我们就离开这儿。”琼西接着说道。

“开着‘北极猫’吗？”

琼西点点头，尽管他其实将雪地摩托车完全忘到了脑后。“是的，开着‘北极猫’。我们还要接上亨利和皮特——”

比弗摇起头来。“这儿被隔离了，直升机上那家伙不是说过了吗，肯定是因为这样，他们才没有回来，你看呢？他们肯定被拦住了，因为——”

嗵！

比弗又是一震，琼西也一样。

“——这儿已经被隔离了。”

“有这种可能，”琼西说，“但是听着，比弗，我宁愿与彼得和亨利一起被隔离，而不愿与……与这玩意儿。你说呢？”

“我们干脆把它冲下去，”比弗说，“你看怎么样？”

琼西摇摇头。

“为什么？”

“因为我看到它出来的洞口了，”琼西答道，“你也看到了。我不知道那玩意儿是什么，但是我们不可能仅仅是按一下冲水阀就把它处理掉，它太大了。”

“我×！”比弗一巴掌拍在自己的额头上。

琼西点点头。

“好吧，琼西，你去拿胶带。”

琼西走到门口，又转过身来。“比弗……”

比弗抬起眉头。

“坐着别动，哥们儿。”

比弗“呵呵”笑了起来，琼西也跟着笑了。两个人你望着我，我望着你，琼西站在门口，比弗坐在盖着的马桶上，一同放声大笑。接着，琼西匆匆穿过大房（边走边笑——坐着别动，他越想越觉得滑稽），朝厨房那边的门走去。他浑身燥热，感到既恐惧又好笑。坐着别动。我的老天！

2

比弗听见琼西一路笑着穿过房间，并继续笑着出了门。不管怎么说，听到那笑声他很欣慰。琼西这一年已经够倒霉了，被车撞成那样——起初有段时间，他们全都以为他那条命回不来了，那可就太让人痛心了，可怜的老琼西还不到三十八岁。彼得这一年也过得很郁闷，他的酒喝得太多了；亨利这一年同样不开心，有时会莫名其妙地心不在焉，比弗既不明白也不喜欢他那样……而现在，他寻思也可以说，比弗·克拉伦顿这一年也过得不顺当。当然，这只是三百六十五天中的一天，但是你通常不会早上起来就想到，等到下午的时候，浴缸里会躺着个一丝不挂的死人，而你则坐在盖着的马桶上，要把一个你看都没看到的东西——

“不，”比弗对自己说，“别想这些了，好吗？快别多想了。”

他也不用多想。再过一两分钟，或者最多三分钟，琼西就会拿着摩擦胶带回来。问题是，在琼西回来之前，他能想些什么呢？他能想些什么让自己感觉好些呢？

杜迪茨，可以想杜迪茨。只要一想起杜迪茨，他就觉得开心。还有罗伯塔，想她也是一件开心事儿，这毫无疑问。

比弗脸上泛起一丝笑意，他想起了那一天，那个身穿黄色连衣裙、站在枫树巷自家车道尽头的小女人。想起她见到他们的情景时，他的笑意更深了。她也那样叫她儿子。

3

“杜迪茨！”那个穿着印花裙子、头发开始花白的小个子女人叫了一声，便从人行道上朝他们跑来。

杜迪茨正跟新朋友们一道兴冲冲地走来，一边结结巴巴地说个不停，他左手抱着史酷比饭盒，右手牵着琼西的手快活地一走一甩。他说的话似乎主要是些发音模糊、缺乏连贯的词语，但比弗惊奇地发现，自己差不多都能听懂。

一看到那个头发开始花白的小个子女人，杜迪茨就松开琼西的手奔上前去，母子俩都在跑着，这使比弗想起一部有关冯·克里普斯或冯·克来普斯或类似名字的歌手组合的音乐剧。“妈咪！妈咪！”杜迪茨欣喜万分地叫着。

“你去哪儿了？你去哪儿了，你这个小淘气，淘气的杜迪茨！”

两人搂在一起，杜迪茨的身形要大得多——而且还要高两三英寸——比弗不由得做了个苦脸，以为那小个子女人会被压扁在地，就像必必鸟动画片中的大野狼[①]总是被压扁在地一样。可是，她却抱着他转起圈来，而他则翘起穿着运动鞋的双脚，欢天喜地地笑得合不拢嘴。

“我正要进屋去报警呢，你这个迟迟不回家的淘气包，你这个淘气的杜——”

这时，她看到了比弗和他的朋友们，于是放开儿子。那欣慰的笑容不见了，她表情严肃地朝他们走来，脚下是哪个小姑娘画的跳房子的方格——比弗想，这游戏虽然简单，杜迪茨却永远也不会玩。太阳终于出来了，在阳光的照耀下，她的脸上有泪光闪烁。

“糟了，”彼得说，“我们有麻烦了。”

“保持冷静，”亨利飞快地低声说道，“让她骂好了，骂完了我再解释。”

---

① 华纳卡通片《必必鸟和大野狼》中，大野狼一直想吃必必鸟而不得。

但是他们低估了罗伯塔·卡弗尔——他们拿许多成年人作标准来度量她，那些人总是认为他们这种年龄的孩子似乎都不学好，除非事实证明他们清白无辜。罗伯塔·卡弗尔不一样，她丈夫艾尔斐也不一样。卡弗尔夫妇与众不同。杜迪茨使得他们与众不同。

“孩子们，”她重新开口道，“他是不是乱跑了？是不是迷路了？我特别不放心让他自己走，可他太想这样了，他想当个真正的男子汉……”

她伸出一只手用力握了握比弗的手指，另一只手握了握彼得。然后，她松开他们，又一视同仁地握了握琼西和亨利的手。

“太太……”亨利开口道。

卡弗尔太太凝神望着亨利，仿佛想读懂他的思想。“不只是迷路，”她说，“不只是乱跑。”

“太太……”亨利再一次欲言又止，可很快他就不想作任何掩饰了。她望着他，那双绿眼睛与杜迪茨的一模一样，只是更智性，更敏锐，显出理解和探究的神情。“是的，太太，”亨利叹了口气，“不只是乱跑。”

“因为他通常都会直接回家。他说他能看到路线，所以不会迷路。他们有多少人？”

“噢，有几个。”琼西回答，并迅速瞥了亨利一眼。一旁的杜迪茨在邻居家的草地上发现了最后几棵已经结籽的蒲公英，这时正趴在地上，一边吹，一边看着那软软的绒毛轻轻飘散。“有几个孩子在捉弄他，太太。”

“是大孩子。”彼得补充道。

她的眼睛再一次逐个打量着他们，从琼西到彼得，再从彼得到比弗，然后又回到亨利身上。“跟我们一起进屋吧，”她说，“我想听听是怎么回事。杜迪茨每天下午要喝一大杯‘大力士’——那是他的专门饮料——但我肯定你们更愿意来点儿冰茶。好吗？”

三个人一同望向亨利，亨利沉吟片刻，点了点头。“好的，太太，有冰茶就太好了。”

于是她把他们带回了家——枫树巷19号的那栋房子，在随后的许多年里，他们将在那里度过无数的时光——不过真正带路的是杜迪茨，他蹦着，跳着，时而把黄色史酷比饭盒举过头顶，但是比弗注意到，他在人行道上所走的路线总是非常精确，也就是说，与人行道和街道之间的绿草带几乎总是保持一英尺的距离。许多年后，在发生那个姓林肯霍尔的女孩的事件之后，他会回想起卡弗尔太太的话。他们都会回想起来。他能看到路线。

4

“琼西？”比弗喊道。

没有回答。天啊，琼西好像已经去很久了。也可能并没有很久，但比弗无从知道；他今天早上忘了给手表上发条。真笨，不过话说回来，他一向都是很笨，到现在也该习以为常了。与琼西和亨利相比，他和彼得两个人都很笨。当然，琼西和亨利并没有瞧不起他们——这正是他们的一个了不起之处。

“琼西？”

还是没有回答。也许他只是一时找不到胶带而已。

在比弗的脑海深处，有个邪恶的小声音在对他说，这与胶带无关，琼西已经去波德河了，而让他坐在这马桶上，就像那部电影中的丹尼·葛洛弗一样。但是他不愿去听那个声音，因为琼西绝对不会那么干。他们到死都是朋友，始终都是。

没错，那邪恶的声音说，*你们是朋友，而现在就到死的时候了。*

“琼西？你在那儿吗，伙计？”

仍然没有回答。也许胶带从挂着的钉子上掉了下来。

他身子底下也毫无动静。哎呀，麦卡锡不可能真的把什么怪物拉进马桶里了吧？难道他生出了一个——马桶怪物？他倒抽一口冷气。这听起来就像是“星期六晚间直播”中的恐怖电影恶作剧。而且，就算真的发生了这种事情，马桶怪物到现在也该淹死了，要么淹死了，要么下去了。他突然想起有个故事中的一段话，那是他们以前念给杜迪茨听的一个故事——他们轮流念，好在他们有四个人，因为杜迪茨一旦喜欢上什么东西，就会百听不厌。

“念——泳池！”他总是一边叫着，一边把那本书举过头顶——就像那天回家时举着饭盒一样——向他们中的一个人跑来。“念——泳池！念——泳池！”他的意思是说，给他念那本名为《麦吉里戈的游泳池》的书，那是塞尔斯博士[①]的作品，开头的一节很容易记：

“年轻人啊，”农民说，
“你真是一个小傻帽，
麦吉里戈的游泳池里，
怎么会有鱼儿让你钓。”

可事实上却有鱼，起码在故事里的小男孩的想象中是这样。有很多鱼。而且是大鱼。

不过他身子底下没有“扑通”的水声了。也没有撞击马桶盖的声音。已经安静了一会儿了。也许他可以壮着胆子飞快地瞟一眼，只需要把盖子打开一条小缝，即使有什么不对劲，也可以立即盖上——

但是，*坐着别动，哥们儿*，这是琼西跟他说的最后一句话，因此他也就最好别动。

琼西现在很可能走出一英里了，那个邪恶的声音在说，*走出一英里了，而且还越走越快*。

“不，不会的，”比弗说，“琼西可不是那种人。”

他在盖着的马桶上动了动，等着那东西再次跳起，但是没有声响。现在离这儿可能有六十码远了，也许正在化粪池里与粪便一道游泳呢。琼西说那东西太大，冲不下去，可既然他们都没有亲眼见到，也就难以确定，对吧？但无论如何，比弗·克拉伦顿先生都会坚定地坐在这儿。因为他答应过。因为你越是担心或害怕，时间似乎就总是走得越慢。还因为他相信琼西。琼西和亨利从来没有伤害或取笑过他，也从没有取笑过彼得。同样，他们大家也从来没有伤害或取笑过杜迪茨。

比弗忍不住又笑出声来。他想起杜迪茨拿着史酷比饭盒的模样，想起他趴在地上吹蒲公英的情景，还想起他在后院里跑来跑去，像树

① 美国当代著名儿童文学作家。

上的小鸟一般快乐。人们常说杜迪茨这样的孩子很特殊，其实他们并不了解这话的含义。没错，他很特殊，他是这个吝啬而倒霉的世界送给他们的特殊礼物。杜迪茨是他们大伙儿的特殊礼物，他们一直都爱他。

5

他们坐在厨房的一角——乌云已经奇迹般地消散，阳光照了进来。他们一边喝冰茶，一边看着杜迪茨三四口就把一杯“大力士”（一种颜色很难看的橘子饮料）倒进喉咙，然后又跑到后院玩耍去了。

讲话的主要是亨利，他告诉卡弗尔太太，那些孩子只是“把他推来推去”。他说他们动手重了些，把他的球衫撕破了，杜迪茨就吓得哭了起来。他没有说出里奇·格林纳多那帮人扒他裤子的事情，对他们逼杜迪茨吃的那恶心的放学后茶点也矢口不提。当卡弗尔太太问他们是否认识那帮大孩子时，亨利犹豫片刻后，回答说不认识，他们都是高中生，他一个也不认识，根本不知道他们的名字。她转头看了看比弗、琼西和彼得，他们全都摇摇头。这样做也许不对——而且到头来还可能危及杜迪茨——但他们不能突破自己奉行的生活准则。就比弗而言，他自己都想不明白，刚才打抱不平时是哪儿来的胆量，其他几个人后来也有同感。他们为自己的勇气感到惊奇，另外还有一点让他们惊奇的是，他们居然没有躺进该死的医院。

她难过地打量了他们一会儿，比弗意识到，许多东西他们虽然没有明说，她其实已经知道，甚至可能会为此而度过一个不眠之夜。可紧接着，她笑了。她朝比弗粲然一笑，比弗顿时觉得犹如一股电流直通到脚趾尖。“你外套上的拉链可真多。”她说。

比弗也笑了：“是的，太太，这是我的方兹外套。以前是我哥哥的。这帮家伙总是拿它取笑，可我还是喜欢。”

“《快乐时光》，”她说，“我们也喜欢。杜迪茨很喜欢。也许你们愿意哪个晚上过来跟我们一起看。跟他一起。”她的笑容里带有几分神往，似乎自己也明白不会有这种可能。

“噢，那好哇。”比弗说。

“没错，真的是很好。”彼得附和道。

随后他们坐在那儿，一时没有说话，只是看着杜迪茨在后院里玩耍。院子里的秋千架上有两副秋千，杜迪茨在秋千后来回跑动，推得秋千不停地晃荡。有时他也停下来，把双臂抱在胸前，仰起那张平平的面孔，望着天空独自发笑。

“现在好像没事儿了，”琼西说，“我猜他已经全忘了。”

卡弗尔太太正要起身，这时又坐了下来，几乎是愕然地看了他一眼。“哦，没有，根本就没有，”她说，“他记着呢。也许不像你我这样，可是他有记忆。他今晚很可能会做噩梦，而当我们——我和他爸爸——去他房间时，他又无法解释。这是他最痛苦的事情；他无法诉说自己看到、想到或感觉到的东西。他没有那种语言。”

她叹了口气。

“不管怎么说，那些孩子是不会忘了他的。如果他们伺机报复他怎么办？如果他们伺机报复你们怎么办？”

“我们会保护好自己的。”琼西回答，不过，尽管他语气很坚定，眼神却有些忐忑。

“也许吧，”她说，“可杜迪茨怎么办呢？我可以送他去上学——我以前就是这样，我想现在又得恢复原样，起码得坚持一阵子——可放学回家时他太喜欢自己走了。”

“这让他感觉像个男子汉。”彼得说。

她的手从桌子上伸过来，碰了碰彼得的手，彼得顿时一阵脸红。“没错，这让他感觉像个男子汉。”

“您瞧，”亨利说，“我们可以送他。我们几个上同一所初中，从堪萨斯街到这儿很方便。”

罗伯塔·卡弗尔只是坐在那儿一言不发，这个穿着印花裙子的娇小女人凝神端详着亨利，似乎正等着他抖出玩笑中的包袱。

“这样行吗，卡弗尔太太？”比弗问道，“我们可以的，这是小菜一碟。不过，也许您不愿意我们送。”

卡弗尔太太显出复杂的神情——她脸上的肌肉在微微抽搐，但主要是在皮肤底下抽搐。她的一只眼睛几乎眨了眨，接着另一只真的眨了眨。她从口袋里掏出一条手绢，擤了擤鼻子。比弗心里想，她是在控制自己不要笑话我们。后来在回家的路上，与琼西和彼得分手后，他把这种感觉告诉了亨利，而亨利则难以置信地望着他，说，她是在控制自己不要哭出来……过了片刻，他又友好地加了一句：你这笨蛋。

“你们愿意这么做吗？”她问。等亨利代表大家点点头后，她又稍稍换了一种问法：“你们干吗要这么做？”

亨利看了看大家，似乎在说你们谁来回答这个问题，好吗？

彼得答道：“我们喜欢他，太太。”

琼西点点头。“我喜欢他把饭盒举过头顶的样子——”

“对，太他妈的对了。”彼得说。亨利在桌子底下踢了他一脚。彼得把自己的话回想了一遍——看他的神情就知道——然后满脸涨得通红。

卡弗尔太太似乎没有注意到这些。她凝神望着亨利，说：“他八点差一刻就得出发。”

“这个时间我们差不多总在附近，”亨利回答，“你们说对吧？”

尽管七点四十五对他们来说其实早了些，但他们全都点点头，说是的，没错，当然。

“你们愿意这样吗？”她再一次问道，比弗这一次很容易就听出了她的语气；是那种“超难置信”的语气，也就是说，简直他妈的无法相信。

“当然，”亨利回答，“除非您认为杜迪茨不愿意……您知道……”

“不愿意我们送他。”琼西把话接过来。

“怎么会呢？”她说。比弗觉得她是在自言自语，想让自己相信这些孩子的确就在她家的厨房里，眼下这一切不是做梦。“跟大孩子一起上学？跟杜迪茨所说的上‘真正的学校’的孩子一起上学？他会以为自己到了天堂。”

“那好吧，”亨利说，“我们八点差一刻过来送他上学，放学后再送他回家。”

“他的放学时间是——”

“哦，我们知道智障学校的放学时间。”比弗开心地说，话音刚落，没等看到其他人目瞪口呆的神情，他就意识到自己又说错了话，比刚才那句他妈的还要严重得多。他猛地捂住嘴巴，露在双手之上的眼睛睁得溜圆。琼西在桌子底下一脚踢来，重重地落在他的小腿上，险些让他摔了个四仰八叉。

“您别介意，太太，”亨利说，他的语速很快，只有在难为情时他才这样，“他只是——”

“我不介意，”她说，“我知道大家怎么称呼它。我和艾尔斐有时也这么叫。”她对这个话题似乎毫无兴趣，这真出乎他们意料。“为什么？”她又一次问道。

虽然她的眼睛望着亨利，答话的却是比弗，尽管他仍然满脸通红。“因为他很酷。”他说，其他人都点了点头。

在接下来的五年左右的时间里，除开杜迪茨生病或他们去“墙洞”的日子，他们每天都负责杜迪茨上学的接送。然后，杜迪茨不再上玛丽·斯诺学校（也就是智障学校），而是去了德里职业学校，在那里学习制作糕点（用杜迪茨的话说，就是*做——点*）、更换汽车电瓶、找零钱、自己打领带（领结总是打得很漂亮，但有时差不多打到了衬衣的中间）。到那时，乔西·林肯霍尔事件已经发生和完结，那是一个延续了九天的小奇迹，大家后来都忘到了九霄云外，只有乔西的父母将永生难忘。在他们接送杜迪茨的那几年里，杜迪茨身材猛长，最后比他们大家都要高，变成了一个挺拔的小伙子，却长着一张清秀得出奇的娃娃脸。到那时，他们已经教会杜迪茨掷骰子以及垄断游戏的简单玩法。到那时，他们还发明了杜迪茨牌，而且不厌其烦地玩了一遍又一遍，有时大家笑得震天响，于是艾尔斐·卡弗尔（他比他太太略高，但看上去也显得文弱）便出现在从厨房通往娱乐室的楼梯顶上，朝他们大声喊着，问是怎么回事，有什么那么好笑，他们可能会解释说，亨利只得了两分，杜迪茨却给他记了十四分，或者杜迪茨给彼得*减*了十五分，但艾尔斐似乎从来都没听明白；他只是站在楼梯顶上，手里拿着一张报纸，不解地笑着，最后总是说着同一句话，*嗓门放小点儿，孩子们*，然后就关上门，让他们自编花样自娱自乐……在所有那些花样中，杜迪茨牌最为可乐，用彼得的话说，就是他妈的乐到家了。有许多次，比弗觉得自己简直要笑破肚皮，而杜迪茨总是坐在地毯上，旁边就是那块用了多年的大记分板，他盘着双腿，笑得像尊弥勒佛。他们多么爽啊！那一切都是后来才发生，而现在只有这间厨房，只有令人惊奇的太阳，而杜迪茨在外面推着秋千。杜迪茨闯进了他们的生活，给他们带来了巨大的快乐。杜迪茨——他们从一开始就明白——跟他们认识的所有人都不一样。

“我不明白他们怎么下得了手，”彼得突然说道，“他都哭成那样了。我不明白他们怎么还能忍心捉弄他。”

罗伯塔·卡弗尔难过地望着他。“大孩子不把他的哭当回事儿，”她说，“我但愿你永远不要明白。”

6

“*琼西！*”比弗喊道，“*喂，琼西！*”

这一次有了回答，虽然模糊却肯定没错。存放雪地摩托车的工具间是间小平房，里面有各种东西，包括一个老式的球形喇叭，早在二三十年代，那些骑自行车的投递员就常常在车扶手上装这种喇叭。比弗听到了“呜——呜——”的声音，杜迪茨如果听到这声音一定会笑得流泪——老杜迪茨就是那样，特别喜欢清脆响亮的声音。

蓝幽幽的浴帘动了动，比弗的双臂顿时长出一层鸡皮疙瘩。有片刻时间，他还以为是麦卡锡，因此整个身子几乎跳了起来，但很快就意识到是自己的胳膊碰到了浴帘——这地方太狭小了，显然是太狭小了——于是又重新坐好。不过，他的身下仍然没有动静；不管那是什么玩意儿，一准要么死掉了，要么流走了。他可以肯定。

嗯……*差不多*可以肯定。

比弗把手伸到背后，手指在冲水阀上停留片刻，然后又垂了下来。琼西说过，*坐着别动*，比弗一定会做到，可该死的琼西怎么还不回来呢？如果找不到胶带的话，就不要好了，可干吗还不回来？到现在肯定至少有十分钟了，对吧？可感觉就像他妈的一个小时。而他就坐在这马桶上，身旁的浴缸里躺着个死人，天啊，那家伙的屁股就像是用炸药给炸开了花，说到非拉屎不可的话——

“起码再按一下喇叭吧，”比弗喃喃道，“按一下那呜呜叫的玩意儿，让我知道你还在那儿。”但是琼西没有。

7

琼西找不到胶带。

他四处都找遍了，可怎么也找不到。他知道一定会在这儿，可它没有挂在任何一颗钉子上，也不在扔满工具的工作台上。不在油漆罐后面，也不在那几个用发黄的塑料带挂在钩子上的旧油漆面罩后面。他在桌子底下找过，在堆在墙边的那些盒子里翻过，还在“北极猫”的乘客座底下找过。那儿有一个没用过的车前灯，仍然装在纸盒里，还有半包很久以前剩下的“幸运”牌火柴，却没有那该死的胶带。他可以感觉到时间正一分一秒地过去。有一次，他确定自己听见比弗在喊他，可他不想两手空空地回去，就按了按被扔在地板上的喇叭来回应，那是个布满裂纹的黑色橡皮喇叭，他按了按，便响起“呜呜”两声，杜迪茨一准会喜欢这声音。

他哪儿都没找到胶带，可越是这样，似乎就越要找到不可。他发现了一卷细绳，可是老天，用绳子怎么绑得住马桶盖呢？厨房的抽屉里倒是有透明胶带，对此他几乎可以肯定，可马桶里那玩意儿听起来力量不小，很像一条大鱼之类。透明胶带显然力度不够。

琼西站在“北极猫”旁边，睁大眼睛四处寻找，一边把双手插进头发（他没有重新戴上手套，而他在这儿的时间已经不短，手指已经麻木了），他大口喘出的粗气在嘴边形成了白雾。

“到底他妈的在哪儿？”他大声问道，并一拳砸在工作台上。随着这猛然一下，一堆装着钉子螺丝的小盒子被震落在地，露出了后面的摩擦胶带，有厚厚的一大卷。他在这儿找了无数遍，一准是看漏了。

他一把抓起摩擦胶带，塞进外套口袋——他好歹记得穿上了外套，尽管没来得及拉上拉链——然后转身就走。就在这时，比弗大叫起来。琼西在这里原本不容易听见，可他却听得清清楚楚。那是声嘶力竭、痛彻心扉的叫声。

琼西朝门口冲去。

8

比弗的妈妈总是说，牙签会要了他的命的，但她从未想到过这种情景。

比弗坐在盖着的马桶盖上，把手伸进工装裤的胸前口袋，想掏根牙签嚼一嚼，但是口袋已经空了——牙签都撒在地上。有两三根并没有掉在血中，可是要捡起来的话，他就得起身，稍稍离开马桶盖——就得起来，探身向前。

比弗犹豫着。琼西说过，*坐着别动*，但马桶里的东西肯定已经不在了；*往下，往下，再往下*，就像海底战争电影里的人常说的那样。就算不是这样，他也只需要把屁股抬起来一两秒钟。如果那东西往上跳的话，比弗可以马上一屁股坐回去，也许还会撞断它那长着鳞的细脖子（他一直想象那玩意儿*有脖子*）。

他恋恋不舍地望着牙签。脚边就有三四根，伸伸手就能捡到，可是，他才不会把带血的牙签放进口里呢，尤其是想到那血来自何处。而且还不仅如此。血上长出了那毛茸茸的怪东西，瓷砖之间的缝隙里也有——他现在比之前看得更清楚了。有些牙签上也长了……但是未沾血的牙签就没有长，那些牙签还清清白白干干净净，有生以来，他还从来不曾像现在这样，嘴里需要一样东西——需要一根小木棍儿——来安慰安慰。

“去他妈的，”比弗喃喃道，然后微微探起上身，伸手向前。他伸长的手指还差一点儿就能够着那根最近的干净牙签了。他绷紧双腿的肌肉，屁股从马桶盖上抬了起来。他的手指捻住牙签——噢，捡到了——就在这时，有什么东西猛地撞在盖着的马桶盖上，力量大得惊人，马桶盖被掀了起来，撞在他毫无防护的睾丸上，并让他一头往前栽去。比弗不顾一切地抓住浴帘，不让自己摔倒，可随着一阵金属环“叮叮咣咣”的碰撞声，浴帘被他从帘架上拽了下来。他的靴子在血地上一滑，整个身子便像从弹射座椅上弹起来似的冲了出去，摔趴在地板上。他听见身后的马桶盖飞了起来，重重地撞在陶瓷水箱上。

一个湿淋淋、沉甸甸的东西落在比弗的背上。紧接着，有个像尾巴或蠕虫或肌肉触手般的东西盘在他的两腿之间，如蟒蛇一般紧紧缠住他已经被撞痛的睾丸。比弗不由得大叫一声，他的双眼凸鼓，下巴从血糊糊的地砖上抬了起来（已经印上了一个模糊的红十字）。那东西沉沉地压在他的后颈到背心之间，感觉又湿又冷，犹如一块卷起来的透气垫，这时它开始吱吱乱叫，那声音又尖又细，就像一只发疯的猴子在狂叫。

比弗又大叫一声，并匍匐着朝门口爬去，然后又撑起四肢，想将那东西掀下来。盘在他两腿之间的那条肉绳再一次用力，在一阵钻心的痛楚中，他只听到“砰”的一声闷响，声音似乎来自于他的胯下。

哦，老天，比弗在心里说，老天在上，看来我的一只蛋儿报销了。

比弗狂呼乱叫，大汗淋漓，舌头在嘴里伸进伸出，就像孩子们的小玩物一般，他拼尽全力地翻过身来，想将那不知道是什么的东西碾碎在自己的脊背和地砖之间——这是他唯一所能想到的事情。那东西对着他吱吱尖叫，并开始疯狂地扭动起来，几乎让他震耳欲聋。比弗一把抓住盘在他腿间的那条尾巴，感觉表皮上光滑无毛，但是皮下刺扎扎的——仿佛装了一层由硬邦邦的毛发所做成的钩子。而且还湿乎乎的。是水？是血？还是两者都有？

“啊！啊！哎呀上帝！快放开！快他妈的放开！老天！我这×他娘的命根子！天啊！”

没等他把手伸进尾巴底下，一把钢针似的东西就扎进了他的颈侧，他大叫着全身往上一弹，那东西终于掉了。比弗想站起身，但是两条腿已经毫无力气，所以只好用双手撑起自己，但是手在地上却不停地打滑。除了麦卡锡的血之外，卫生间的地上现在还满处是水，那是从被撞破的马桶水箱里流出来的，铺着地砖的卫生间变成了溜冰场。

他终于站起身后，看到有个东西靠在门边，有门框一半高，样子像某种变异的鼬鼠——没有腿，只有一条黄中泛红的粗尾巴；也没有真正的脑袋，而只有一个光溜溜的瘤子般的东西，两只黑眼睛正从那儿死盯着他。

瘤子的下半部张开了，露出里面的一堆牙齿。那东西将光溜溜的尾巴缠在一侧门框上，瘤子般的东西往前一伸，像蛇似的朝比弗扑来。比弗大叫一声，抬起一只手举到面前，只见一排四根手指中，除了小指以外，其余三根已经齐刷刷地消失了。他没有觉得疼痛，要么本来就不痛，要么是睾丸破裂所引起的剧痛反倒让手指没有了感觉。他想闪到旁边，可弯曲膝盖时却碰上被撞坏的马桶。他无路可逃。

*他肚子里就是这玩意儿？*比弗想；他居然还有时间想这个问题。*是这玩意儿在他的肚子里？*

就在这时，那东西的尾巴或触手什么的松开了，再一次朝他扑来，那颗未开化的脑袋的上半部只有两只愚蠢地大睁着的黑眼睛，下半部则是一包骨针。从某个遥远的地方，从可能还存在健全生命的另一个宇宙里，琼西在喊着他的名字，但是琼西迟了一步，琼西回来晚了。

从麦卡锡肚子里出来的东西“啪”地一下扑到比弗的胸口上。它的气味很像麦卡锡放的屁——那是一种天然气、乙醚和沼气的混合气味，刺鼻气味。它的下半身像条肉鞭子似的缠住比弗的腰。它的脑袋向前一扑，牙齿咬住比弗的鼻子。

比弗一屁股跌坐在马桶上，一边大叫着朝那东西挥拳猛击。刚才那东西出来时，将马桶盖和座圈掀了起来，撞在水箱上。马桶盖就靠在了那儿，座圈则弹回了原位，现在比弗猛地跌坐下来，撞破了座圈，于是一屁股陷进马桶，而那鼬鼠似的东西仍然缠着他的腰并啃着他的脸。

“比弗！比弗！怎么——”

比弗感觉到那贴在他身上的东西突然一僵——真的变得僵硬，就像阴茎勃起一样。缠在他腰间的触手也同时一紧，然后又松开了，那张长着黑眼睛的蠢脸循着琼西的声音扭去。透过迷蒙的双眼和一层血雾，比弗看见了他的老朋友：琼西正目瞪口呆地站在门口，垂下来的一只手里拿着摩擦胶带（比弗想，现在用不着了，用不着了）。琼西完全吓傻了，就那样站在那儿，毫无防卫能力。他将是这东西的下一顿美味。

“琼西，快离开这儿！”比弗喊了起来。他满嘴是血，声音听起来潮湿而紧张。他感觉到那东西转身欲跳，便用双臂抱紧那扭动的身体，犹如拥抱情人一般。“快离开这儿！把门关上！烧——”烧死它，他想说，把它关起来，把我们俩都关起来，烧死它，活活烧死它，我会把屁股扎在这该死的马桶里坐在这儿双臂抱住它不放，如果能闻着它被烤焦的味道死去，我死了也开心。可那东西却在拼命挣扎，而该死的琼西却手里拿着摩擦胶带，只是站在那儿呆若木鸡，简直像极了杜迪茨，是个不可救药的蠢蛋，永远不会有长进。这时，那东西又重新转向比弗，那颗既没有耳朵也没有鼻子的瘤子脑袋扭了回来，那些牙签，真该死，妈妈总是说——比弗这最后的念头只闪出一半，那颗脑袋就向前一扑，世界最后一次爆炸了。

紧接着是一阵血雨，一层黑幕降了下来，从某个遥远的地方，传来了他自己的叫喊，那是最后的叫喊。

9

琼西看到比弗坐在马桶里，一个巨大的蠕虫般的金红色东西贴在他身上。他叫了一声后，那东西朝他转过脑袋，但那不是真正的脑袋，只有一双鲨鱼般的黑眼睛和一大口牙齿。那牙齿里面有一样东西，不可能是比弗·克拉伦顿被咬掉的鼻子，但也许就是。

快跑！他在心里对自己大喊，可接着又说，快去救他！救救比弗！

这两个念头同样有力，两者相持的结果使他站在门口无法动弹，双腿仿佛被灌了铅一般。比弗怀里的东西正在吱吱怪叫，那发疯似的叫声钻进他的脑海，让他依稀想起了什么，想起了很久以前发生的什么事情，但是他一时难以理清。

接着，跌坐在马桶里的比弗对他大喊，要他赶快离开，要他把门关上，而那东西听到比弗的声音又转回头去，仿佛想起了一件刚刚忘却的事情，这一次它的目标是比弗的眼睛，他那该死的眼睛。比弗扭着身子，惨叫着，同时尽力抱住那东西不放，而那东西则一边吱吱怪叫，一边又啃又咬，那尾巴似的东西蠕动着，将比弗的腰勒得更紧，把比弗的衬衣从工装裤里扯出来，然后滑进去贴紧他的皮肉。比弗的脚在地砖上胡蹬乱踢，靴跟溅起一阵阵血水，他的影子在墙上急剧摇晃，那苔藓般的东西现在已经到处都是，长得真他妈的太快了——

琼西看到比弗最后一次挣扎后往后仰去，看到那东西放开比弗，跳了下来，而与此同时，比弗的身子在马桶里歪倒，上半身侧向浴缸，压在麦卡锡身上，压在那位“看哪，我站在外面敲门”的老麦卡锡身上。那东西重重地落在地板上，开始朝他滑来——天啊，它的速度可真快！琼西连忙后退一步，一把带上门，紧接着就听到那东西撞在门上，那“嗵”的一声几乎与之前它撞击马桶盖的声音没有两样，力量之大，震得整扇门都在晃动。它在地砖上烦躁地滑动，从底下门缝里漏出来的光线也随之时明时暗，随后它又撞起门来。琼西的第一个念头就是跑去搬把椅子来顶在门把手下，但是这太蠢了，就像他的孩子们常说的，太没脑子了，因为门是从里面开的，而不是从外面。真正的问题是，不知道那东西是否明白门把手的作用，不知道它能否够得着门把手。

那东西仿佛读懂了他的思想一般——谁能说没有这种可能呢？——门内响起滑行的声音，随后他就感觉到有什么东西想扭动门把手。不管那是什么东西，它的力量都大得惊人。琼西原本是用右手握着门把手，现在把左手也加了上去。一时间，情势非常危急，门把手上的力量有增无减，他甚至觉得尽管自己双手都用上了，里面那东西一准还是会扭动门把手，琼西几乎丧魂落魄，几乎要转身狂奔了。

他之所以没有转身狂奔，是因为想起了它的速度。*不等我跑过这房间的一半，它就会把我扑倒在地*，他这样想着，一边在心底里寻思这该死的房间当初干吗要建得这么大。*它会把我扑倒在地，爬上我的腿，然后直接——*

琼西更加用力握住门把手，他咬紧牙关，前臂和脖子两侧的青筋都鼓了出来。他的臀部也在发痛。这该死的臀部，*就算他真的要跑的*

话，他的臀部也会拖他的后腿，多亏了那位退休教授，那狗日的老东西压根儿就不该开车，多谢了，教授，我对你真是他妈的感恩戴德。万一他关不住这扇门，而又跑不动，结果将会怎样？

当然是跟比弗一个样。比弗的鼻子不是像羊肉串一样，出现在它的牙齿里吗？

琼西呻吟着，仍然握紧门把手。有片刻时间，门把手上的力量还在增加，然后又消失了。那东西在薄薄的门板后愤怒地叫着。琼西闻到了类似于启动液的乙醚味。

它在里面是怎么站起来的呢？它并没有四肢，起码琼西没有看到，而只有那条泛着红色的尾巴似的玩意儿，所以，它是怎么——

正在这时，从门内传来木头碎裂的“嘎嚓”声，听起来就在与他自己迎面相对之处，一听到这声音，他恍然大悟。它靠的是牙齿。这个念头使琼西毛骨悚然。就是那东西在麦卡锡的肚子里，他对此确信无疑。它在麦卡锡的肚子里，像恐怖电影里的大绦虫一样不断长大。像一个毒瘤，一个长有牙齿的毒瘤。等它长大到一定程度，或者说，等它长到需要去更大更好的地方时，它就用牙齿给自己开了一条道。

“不！天啊，不！”琼西的声音颤抖着，几乎带有哭腔。

卫生间的门把手好像要朝另一个方向扭动。琼西可以看到门内的情景，看到那东西靠牙齿像蚂蝗一样吸附在门上，尾巴或唯一的触手环绕着门把手，犹如刽子手绞索上的夺命环结，正在用力拉着——

“不，不，不！”琼西气喘吁吁，拼尽全力握紧门把手。他满脸是汗，还感觉到掌心也汗津津的，眼看就要把握不住了。

就在他那双瞪得溜圆、惊恐万状的眼睛面前，门板上赫然凸起无数小鼓包。那是它的牙齿所扎下的地方，它的牙齿正在不断掘进。用不了片刻工夫，这些鼓包就会洞穿（也就是说，如果他没有先松开门把手的话），而他将不得不正眼面对那些咬掉他朋友鼻子的毒牙。

想到这里，他突然明白：比弗死了，他的老朋友死了。

“你杀了他！”琼西对着门内那东西大吼，在悲痛和恐惧之下，他的声音在发抖，“你杀了比弗！”

他脸孔发烫，满眶热泪顺着面颊淌了下来。昔日的情景在他眼前飞快地闪过：比弗穿着黑色的皮茄克（这么多的拉链！杜迪茨的妈妈与他们初次见面那天说道）；在高中生舞会上，比弗几乎是苦着脸，双臂交叠在胸前，踢着脚，跳舞的样子就像哥萨克人；在琼西和卡拉的婚礼招待会上，比弗拥抱着琼西，对着他的耳朵热切地说："你一定得快乐，伙计。为了我们大家，你一定得快乐！"就是在那个时刻，他才第一次明白比弗并不快乐——当然，亨利和彼得也不快乐，这一点他早就知道，可是比弗呢？而现在比弗死了，他的身子一半倒在浴缸里，一半露在浴缸外，鼻子也没有了，身子下面是那位麦卡锡先生，是那位操他妈的"我站在这里敲门"的麦卡锡。

"你杀了他，你这王八蛋！"他对着门上的小鼓包大吼——刚才只有六个小鼓包，现在有九个了，哦，该死，又变成十二个了。

仿佛对他的怒火始料不及，门把手上的逆时针力量减弱了。琼西慌乱地环顾周围，想找样东西帮自己一把，却一无所获，接着他低下头去。那卷摩擦胶带就在脚边。也许他可以弯腰把它捡起来，但是然后呢？他得用两只手才能撕开胶带，得用两只手再加上牙齿才能把胶带弄断，而且，就算那东西给他时间，又有什么用呢？在它的力量之下，他这会儿连门把手都握不稳！

这时门把手又动了起来。琼西握紧自己这一边，可他渐渐觉得体力不支，肌肉中的肾上腺素已经开始腐坏，变成了铅，手掌心也更滑了，还有那种气味——那种乙醚味现在更清晰了，纯度似乎也更高了，没有混杂从麦卡锡体内排出的污物和臭气的味道，隔着门怎么会这么浓烈？怎么会呢？难道——

在不到一秒钟的时间里，在连接卫生间的门把手内外两侧的连杆"啪嗒"一响之前，琼西觉得光线变暗了。只是稍稍变暗了，仿佛有人悄无声息地来到他身后，站在他与亮光之间，在他与后门之间——

随着"啪嗒"一声，琼西手中的门把手脱落了，卫生间的门顿时朝里开了一条缝，是吸附在门把手上的蚂蝗似的东西拉开的。琼西大叫一声，扔掉门把手。门把手落在那卷摩擦胶带上，弹到一旁。

他转身想跑，可面前却站着一个灰色的人。

这是个陌生人，但是在某种意义上又并不陌生。琼西无数次地见过他——它——的形象，在上百部有关“异人怪事”的电视剧里见过，在上千份小报的头版上见过（当你在超市里排队等候付款时，这类小报总是以半严肃半诙谐的恐怖画面大肆吸引你的眼球），在诸如《异形》《亲密接触》《空中之火》等电影中也见过；格雷先生就像《X档案》中的形象。

所有那些形象起码在眼睛的刻画上都很准确：格雷先生也有一双黑色的大眼睛，与那个用牙齿开道、从麦卡锡的屁股里闯出来的东西没有两样；两者的嘴巴也大同小异——都是发育不全，看上去就像一道切口。不过它的灰皮肤却皱巴巴的，无力地耷拉着，犹如一头寿终正寝的大象的皮肤。从它皮肤的褶皱里，正缓缓流出脓一般的黄白色液体；它的眼睛毫无表情，但眼角却渗出了同样的东西，似乎是它的眼泪。房间的地板上，从捕梦网下面的纳瓦霍地毯到它所进来的厨房门，一路都湿迹斑斑。格雷先生进来多久了？当琼西手拿一卷毫无用处的摩擦胶带，从存放雪地摩托车的工具间奔进后门时，难道他就在外面冷眼旁观？

琼西不得而知，他只知道格雷先生快要死了，而自己必须从他身旁经过，因为卫生间里的东西刚刚“嗵”的一声落在地上，马上就要来追他了。

马西，格雷先生说。

他说得非常清晰，尽管那张切口似的嘴巴一动未动。琼西在脑海中央听见了这个词，正如他总是在脑海中央听见杜迪茨的哭声一样。

“你想干什么？”

卫生间里的东西从他脚上滑了过去，但琼西几乎毫无察觉。他几乎也没有察觉它蜷缩在灰人那两只没有脚趾的光脚之间。

请停下来，格雷先生在琼西的脑海中说。这就是那“咔嗒”的声音。还不止如此；这就是路线。有时候你能看到路线，有时候则是听到路线，正如那一次他听到迪弗尼亚克的心虚念头一样。我受不了啦，快给我打一针，马西在哪儿？

死神那一天就在找我，琼西想，在街上与我擦肩而过，然后又在医院里与我错过——可能只隔一两个房间——从那以后就一直在找我。终于找到了。

正在这时，那东西的脑袋突然爆炸了，裂开一道大口，释放出无数乙醚味的粉末，形成一团橘红色的雾。

琼西把粉末都吸了进去。

第八章　罗伯塔

1

杜迪茨的妈妈如今成了寡妇，五十八岁的她已经头发灰白，但身材依然娇小，依然喜欢印花裙子，这两点始终没变。现在，她与儿子一起住在德里西区的一套一楼的公寓里，此刻她坐在电视机前。艾尔斐去世后，她卖掉了位于枫树巷的房子。她原本可以继续住在那里，经济上不是问题——艾尔斐留下了一大笔钱，保险公司又支付了一笔数目更大的人寿保险金，另外，他创办于 1975 年的进口汽车零部件公司也有她的一份。但是那栋房子太大了，而且她和杜迪茨在客厅的楼上楼下度过了大半辈子的时间，留下了太多记忆。楼上是她和艾尔斐的卧室，他们曾经在那儿睡觉，交谈，做爱，制定各种各样的计划。楼下是娱乐室，杜迪茨与他的朋友们在里面度过了无数个下午和傍晚。在罗伯塔眼中，他们是上天派来的朋友，虽然满口脏话，却都是心地善良的天使，当杜迪茨开始学着说我 × 时，他们居然想让她相信他说的是“喔糙”，并且一本正经地解释说，喔糙是彼得家新出生的小狗的名字——全名叫爱尔玛·喔糙，简称为“喔糙”。当然，她也假装相信了。

太多的记忆，太多挥之不去的快乐时光。当然，还有另外一个原因，就是杜迪茨病了。他已经病了两年，而他的老朋友们却全然不知，因为他们都没有再来过，而她也没有心情拨个电话告诉比弗，只要比弗知道了，一准会告诉其他人。

此刻她坐在电视机前，电视上的本地新闻终于不只是一次次地打断她下午常看的电视剧，而是让电视剧彻底让道了。罗伯塔听着新闻，对可能发生在北部的一切既担心，又关注。这个新闻的最可怕之处在于，似乎没有任何人清楚到底在发生什么事情，或传言是怎么回事，以及涉及面有多广。在缅因州德里以北一百五十英里处的一个偏远地区，有猎人失踪了，可能有十来人，这一点清楚无疑。罗伯塔觉得（虽然不是太肯定）记者们谈论的是杰弗逊林区，那里正是孩子们以前常去打猎的地方，他们每次都会带回一些捕杀猎物的故事，听得杜迪茨既好奇，又害怕。

刚刚过去的暴风雪“艾伯塔剪刀”在那一地区降下了六到八英寸的积雪，正是积雪切断了猎人们与外界的联系吗？也许吧。谁也说不准，不过，结伴在基尼奥一带打猎的四个人似乎的确失踪了。他们的照片在屏幕上一一闪过，播音员正沉重地念着他们的名字：欧蒂斯、洛普尔、麦卡锡、休。最后那位是个女人。

猎人失踪算不上是重大事件，通常不会因此而中断下午的电视连续剧，可眼下还有别的情况。有人看见半空中出现五颜六色的奇怪亮光。米利诺基特的两位猎人两天前就在基尼奥一带，他们说，当时曾亲眼看到一个雪茄状的东西从林中的一根电线上空盘旋而过。他们说，飞行物上没有旋翼，也看不到任何动力装置，它只是悬在离电线约二十英尺的半空，发出深沉的轰鸣，那声音简直是在你的骨头里作响，似乎还在你的牙齿里作响。两位猎人都说自己掉了几颗牙齿，不过，当他们张开嘴巴显示自己的牙洞时，罗伯塔却觉得，他们剩余的牙齿也似乎随时都可能脱落。当时他们驾驶一辆旧雪佛兰皮卡，正想开近前去看个究竟，引擎却突然熄火。随后，其中一人手上戴的电池手表往回走了三个小时，然后就永远停住了（另外那个人戴的是老式发条手表，却完好无损）。据报道，在刚刚过去的一周左右时间里，还有其他一些猎人和当地居民也看见了不明飞行物——有些是雪茄形状，还有些是更传统的碟形。记者说，突然出现这样一些东西，用军方的话说，就是“空袭”。

猎人失踪，不明飞行物。很刺激，显然也很精彩，足以成为《六点直播》的头条（“本地新闻！最新消息！发生在本州，就在你们的镇上！”），不过事态还在继续发展，又出现了更为可怕的情况。当然，仍然只是些传言，罗伯塔但愿它们到最后都是空穴来风，可这些传言骇人听闻，使她在这儿坐了将近两个小时，喝了太多的咖啡，神经也越来越紧张。

最可怕的传言是，有东西坠毁在一片树林里，两位猎人看到悬在电线上空的雪茄状飞行物就离那儿不远。同样令人不安的是，有消息说，阿鲁斯图克县，主要为造纸公司和政府拥有的约两百平方英里的大片地区已经被隔离。

一位脸色苍白、眼睛凹陷的高个子男人正在班戈的空中国民警卫队基地对一群记者发表简短讲话（他站在一块牌子面前，牌子上赫然写着“疯人院”三个大字），他说，那些传言都是无中生有，不过他们正在查实“一些互为矛盾的报道”。下面的字幕上只有“亚伯拉罕·克兹”这个名字。罗伯塔无从判断他的军衔，甚至难以确定他是不是军人。他只穿着一件绿色的防护服，防护服上面除了一条拉链之外什么也没有。就算他觉得冷的话——你会理所当然地这么想，因为他只穿了一件防护服——他也没有表现出来。他的眼睛很大，眼睫毛已经全白，罗伯塔不大喜欢他的眼神，她觉得那像一双骗子的眼睛。

“您能否至少证实一下，降落的飞行物既不是来自国外，也不是……也不是来自外星球？”一位记者问道。听声音他很年轻。

“外星人打电话回家。”克兹说着，哈哈一笑，记者群中很多人也跟着笑了起来，但在德里西区家里看节目的罗伯塔除外，似乎没有人意识到这句话答非所问。

“您能证实在杰弗逊林区那一带没有实行隔离吗？”另一位记者问。

“此时此刻，我既不能证实，也不能否认，”克兹说，“我们在非常审慎地对待这一事件。女士们先生们，政府不会将你们的钱乱花一分一厘的。”说完，他转身朝一旁的直升机走去，直升机的旋翼正在缓缓转动，机身一侧印有 ANG 三个巨大的白色字母。

播音员说，刚才的节目录制于上午九点四十五分。随后一个晃动不停的片断，是《九频道新闻》节目组用手提摄像机拍摄的，他们租用一架“赛斯纳”直升机，飞到杰弗逊林区的上空。气流显然变幻不定，而且到处都是积雪，不过仍然不难看到又有两架直升机出现了，像两只褐色的大蜻蜓一般将“赛斯纳”包夹起来。随后是一阵无线电通话，但声音非常模糊，罗伯塔不得不观看屏幕底部的黄色字幕：“本地区已被封锁。现在命令你们马上返航，回到你们的起飞地点。再说一遍，本地区已被封锁。马上返航。”

封锁与隔离是不是一回事呢？罗伯塔·卡弗尔觉得很有可能，不过她还觉得，像克兹那种人可能会玩文字游戏。那两架直升机的机身上，ANG 三个字母十分醒目。其中可能就有载着亚伯拉罕·克兹往北飞去的那一架。

“赛斯纳”上的飞行员问：“是谁命令采取这一行动的？”

无线电里的声音：“马上返航，赛斯纳，否则你们会被强行返航。”

于是赛斯纳返航了。播音员说，它的燃料本来也不多了，似乎这种说辞就能解释一切。自此之后，他们就将同样的内容改头换面反复播放，还声称是最新消息。据说各大媒体都派出了记者前往报道。

她正想起身关掉电视——看了这么久，她已经觉得很紧张了——却听见杜迪茨发出一声大叫。罗伯塔的心脏在胸腔里骤停片刻，接着就加倍地狂跳起来。她猛地一个转身，冷不防碰在摇椅（这摇椅以前是艾尔斐的，现在是他的了）旁的茶几上，掀翻了咖啡杯。《电视报》顿时被淋得透湿，《黑道家族》的演员表也泡在一摊褐色的液体里。

那声大叫之后，传来了歇斯底里的号啕大哭，孩子般的号啕大哭。不过杜迪茨就是个孩子——现在已经三十多了，可到死都会是个孩子，而且不到四十岁就会死去。

她一时茫然无措，只是愣怔在那里。然后她终于动了起来，心里真希望艾尔斐就在身边……如果那几个孩子中有谁在这儿就更好了。当然，他们如今都不是孩子了；只有杜迪茨还是孩子；唐氏综合征把他变成了彼得·潘，过不了多久，他就会在梦幻岛走向生命的尽头。

“我来了，杜杜！”她口里喊着，脚下也毫不迟疑，可当她穿过走道匆匆奔往后面的卧室时，却有一种苍老之感，她的心脏在胸腔里吃力地跳动，双腿也因为关节炎而行动不便。她是去不了世外桃源了。

“来了，妈咪来了！”

他正在撕心裂肺地号啕大哭。第一次发现自己刷牙后牙龈出血时，他也曾大哭一场，但是从来没有尖声大叫，而且有许多年没有像这样号啕大哭了，他的哭声钻进你的脑门，搅动你的脑髓，震得里面嗡嗡作响，嗡嗡作响，嗡嗡作响。

“杜杜，怎么了？”

她冲进他的房间，睁大眼睛看着他，满以为他肯定是大出血了，乃至一时间还以为自己真的看见了血。可眼前只有杜迪茨，他满脸泪水，正在支起的病床上一前一后地摇晃着身子。他的眼睛一如过去那样绿得发亮，可除此之外，他脸上毫无颜色。他的头发也掉光了，那头可爱的金发，以前总是让她想起年轻的亚特·加芬克尔[①]。冬日暗淡的光线从窗户里透进来，照在他的光头上，照在床头柜上摆放的瓶瓶罐罐上（有消炎药，有止痛药，却没有能治好甚至减缓他病情的药），照在立于床头柜前的静脉注射架上。

但是她看不出到底出了什么问题，不明白他的脸上为什么会有几乎是痛不欲生的神情。

她在他身边坐下，捧住他摇个不停的脑袋，拥进自己怀里。即使在此时此刻，尽管他情绪激动，他的皮肤却凉津津的；那疲惫的、快走到生命尽头的血液无法将热量送达他的脸庞。她记得很久以前，在上高中的时候，她读过《德古拉》，读的时候在恐怖中能体会到某种快意，可一旦上了床，熄了灯，房间里黑影重重之后，那种快意就大打折扣。她记得自己当时很庆幸，现实生活中并没有吸血鬼，可现在她不这么想了。起码有一个吸血鬼，而且比任何特兰西瓦尼亚伯爵可怕得多；它的名字不叫德古拉，而叫白血病，你也无法将木桩插进它的心脏。

“杜迪茨，杜杜，宝贝儿，怎么了？”

---

① 美国著名流行歌手。

他扑在她的胸前，大哭道：“比弗——死！比弗——死！哦，妈妈，比弗——死！”她不由得头皮发麻，毛骨悚然，关于杰弗逊林区可能发生的一切顿时被她抛到九霄云外。没有必要让他再说一遍或说清楚些；她这一辈子都在听他讲话，所以听得清清楚楚：

比弗死了！比弗死了！哦，妈妈，比弗死了！

第九章　彼得与贝姬

1

彼得在满是积雪的浅沟里摔倒后，躺在那儿大呼小叫，再也无力叫喊之后，才静静地躺着，寻思该怎么对付疼痛，想找到减缓疼痛的办法。但是他无计可施。这是无从减缓的痛楚，是突如其来的剧痛。他从未想到世上有这样的痛苦——早知如此，他一定会跟那女人待在一起。与马西待在一起，不过她不叫马西。他怎么也想不起她的名字了，可这有什么关系呢？此刻陷入困境的是他，他的膝盖正火烧火燎，疼痛难忍。

他躺在路上哆嗦着，那个塑料袋就在旁边，上面印有**感谢惠顾**的字样。彼得伸出手去，想看看里面是否还有一两瓶没有摔破，可他的腿刚刚一动，一阵钻心之痛就从膝盖上袭来。与这阵剧痛相比，其他的疼痛几乎不足挂齿。彼得又大叫一声，昏了过去。

2

他醒过来，不知道自己昏了多久——从天色上看，时间应该不长，可他的双脚已经麻木，手上虽然戴有手套，却也在渐渐失去知觉。

彼得半侧着身子躺在那儿，一旁是装啤酒的塑料袋，袋子底下是一摊正在结冰的琥珀色雪泥。膝盖上的疼痛已经有所减轻——也可能是在失去知觉吧——他发现自己又能思考了。这样很好，因为他陷进了一种倒霉透顶的境地。他得回到贮木棚和火堆那儿去，而且得自己回去。如果只是眼睁睁地躺在这儿，等待亨利和雪地摩托车，恐怕等亨利赶到时，他可能已经冻成了冰棍，旁边还有一袋破酒瓶，感谢惠顾，你这该死的酒鬼，非常感谢。另外，他还得考虑那个女人，她可能也会丢了性命，而这一切全是因为他彼得·穆尔离不开啤酒。

他厌恶地望着塑料袋。不能把它扔进树丛；不能再冒险招惹自己的膝盖。于是，他用雪把它埋起来，就像狗埋掉自己的粪便一样，然后慢慢往前爬去。

他的膝盖似乎并不是那么麻木。他咬紧牙关，头发耷拉在眼前，双肘拄地往前爬着，那条好腿也同时用力。现在已经没有动物了；大逃亡已经结束，这里只有他独自一人——只有他粗重的呼吸以及膝盖碰地时不由自主地发出的痛苦呻吟。他感觉到两臂和背上已经出汗，可双脚依然没有知觉，双手也是一样。

如果不是在直道的半途一眼望见他和亨利燃起的火堆，他可能已经放弃了。火势已经弱了不少，但火苗仍在闪烁。他一步一步地朝火堆爬去，每当伤腿碰地、剧痛袭来，他就尽力让伤腿对着橘红色的火苗。他很希望能到达那儿。每动一下都剧痛难忍，可是他多么希望能到达那儿啊。他不想在这雪地上活活冻死。

"我能行的，贝姬，"他喃喃自语，"我能行的，贝姬。"这样说了好几遍之后，他才意识到自己叫出了她的名字。

快要靠近火堆时，他停下来看看手表，不由得皱起眉头。手表上的时间差不多是十一点四十分，而这显然很荒谬——他记得在动身去旅行车那儿之前看过手表，当时就已经是十二点二十分。他再定睛一看，才明白时间怎么会倒流。他的手表在往回走，秒针正毫无规律地、有一搭没一搭地逆时针转动。他望着手表，并没有觉得太意外。他已经失去了欣赏任何奇观怪事的心情。就连那条伤腿也不再是他的最大忧虑。还剩下最后五十码，那堆火快要熄灭了，他觉得寒冷彻骨，当他拄着双肘、蹬着那条越来越乏力的好腿往前爬时，全身都在簌簌发抖。

那女人此刻已经不在防水布上，而是躺在离火堆较远的地方，似乎想爬到剩下的柴火那儿去，却终于昏倒在地。

"嗨，宝贝儿，我回家了，"他气喘吁吁地说，"膝盖出了点小毛病，可我还是回来了。说到底，这该死的膝盖也是你害的，所以别抱怨，贝姬，行吗？贝姬，你是叫贝姬吗？”

也许吧，不过她没有回答。她只是躺在那儿瞪着眼睛。他仍然只能看到她的一只眼睛，至于是否还是先前那一只，他却不得而知。现在她的眼睛似乎不那么可怕了，但这也许是因为他有别的事情要操心。比如说这堆火。火苗已经很弱了，不过底下有一大堆炭，所以他认为自己回来得正是时候。给这心肝儿添上柴火，让她熊熊地燃烧起来，再陪着他的女朋友贝姬躺在这儿（但一定得在上风的位置，求求你了上帝——那些超级屁可太难闻了）。等待亨利回来。这不会是亨利第一次摊上这种倒霉事儿。

彼得朝那女人以及她身旁那堆柴火爬去，当他渐渐靠近，又能闻到那股乙醚味时，他才明白她的目光为什么不再让他害怕了。那令人毛骨悚然的直瞪瞪的眼神消失了，一切都消失了。她绕过火堆爬了一半就死了。她腰部以及臀部周围的一层薄雪已经变成了暗红色。

彼得停了片刻，撑着发痛的双臂看了看她，但是他对她的关注——不管是死还是活——就像刚才对逆时针走动的手表一样转瞬即逝。他的当务之急是给火堆添上木柴，让自己暖和起来。他会改日再考虑这女人的问题。也许是下个月，当他坐在客厅里，膝盖上打着石膏，手里端着一杯热咖啡的时候。

他终于爬到柴堆旁。只剩下四块木柴了，不过是*四大块*。不等它们烧完，亨利可能就赶回来了，亨利会再去捡些柴火，然后去寻求救援。可靠的老亨利。在这个风行隐形眼镜和激光手术的时代，他仍然戴着那副老套的角质架眼镜，不过他永远值得信赖。

彼得的思绪想返回旅行车，想爬进车里，重新感受亨利其实不曾使用的香水味，可是他控制住了自己。就像孩子们常说的那样，*我们别去了*。仿佛记忆就是一个目的地。别去想并不存在的香水，别去想杜迪茨。也别去想不得打球，别去想不得玩耍。他眼下要考虑的事情已经够多了。

他侧着身子，艰难地把木柴一块一块地架在火上，虽然膝盖痛得他龇牙咧嘴，但是他欣喜地看到火星纷纷扬起，犹如亮光消失前的萤火虫一样，在倾斜的铁皮屋顶下飞舞。

亨利很快就会回来了。他可以守住这个念头。只需要看着火势变旺，守住这个念头就行。

不，他不会回来了。因为“墙洞”那边出事了。事情起于——

“里克。”他眼睛望着舔舐着木柴的火苗，口里说出这个名字。过不了一会儿，就会燃起熊熊火焰。

他用牙齿取下手套，把双手伸到火边取暖。右手掌上被破酒瓶划过的地方有一道又深又长的伤口。一准会留下疤痕，不过这算得了什么？对朋友来说，一两道疤痕又算得了什么？他们的确是朋友，对吧？没错。“堪萨斯街的四人帮”，用塑料刀剑和装电池的仿星球大战激光枪武装起来的“红海盗”。他们曾经有过一项英勇壮举——或者说是两项，如果把姓林肯霍尔的姑娘那一次也计算在内的话。那一次他们的照片甚至都登了报，所以说，有几道疤痕又算得了什么？同样，就算他们曾经可能——只是可能——杀过一个人，又算得了什么？因为那家伙本来就该千刀万剐——

但是他也不愿想这些。不，不能想这些。

不过他看到了路线。不管愿意与否，他看到了路线，比以往任何一次都更为清晰。最开始是看到了比弗……还听见了他说的话，就在自己的脑海中央。

琼西？你在那儿吗，伙计？

“别起来，比弗。”彼得说，一边望着“哔剥”作响、越烧越旺的火焰。火焰现在已经很暖人了，阵阵热气扑向他的面庞，使他昏昏欲睡。“坐在那儿别动。就那样……你知道，坐着别动。”

这一切到底是怎么回事？他们小时候，比弗自己常说，这婆婆妈妈的是怎么回事？这句话并没有具体的含义，但仍会让他们开怀大笑。彼得觉得只要自己愿意，就能找到答案，路线已经非常清晰。他瞥见了蓝色的瓷砖，蓝幽幽的浴帘，还有一顶显眼的橘红色帽子——里克的帽子，麦卡锡的帽子，那位“我站在这儿敲门”的老先生的帽子。他觉得只要自己愿意，其他的一切都能看到。他不知道这到底是将来，还是过去，还是此时此刻正在发生的事情，不过他能找到答案，只要他愿意，只要他——

“我不愿意。”他说，并将那一幕彻底推开。

地上还剩下一些小枝条，彼得把它们添进火中，然后望着那个女人。她那只睁着的眼睛已经不再有威胁之色，已经变得混浊，就像一只被击中不久的鹿的眼睛一样。她身旁到处是血……他猜想，她肯定是大出血了。她体内有什么东西爆裂了。是一次艰难的突围。他想，也许她知道会是这样，所以才坐在路中间，因为她希望经过的人能看到她。的确有人看到了，不过瞧瞧这后果吧。可怜的臭婆娘。可怜又倒霉的臭婆娘。

彼得缓缓地挪到左边，拉住防水布，然后又向前爬去。这块防水布此前是她的雪橇，现在不妨当她的寿衣吧。“我很抱歉，”他说，“贝姬，或者不管你叫什么名字，我真的很抱歉。不过你知道，就算我刚才待在这儿也帮不了你；我不是医生，只是一位该死的汽车推销员。而你——”

——*早就死定了*，他本来想这么说，可是一眼看到她的背后，便将后半句话咽了回去。直到靠近，他才看清她的背后，因为她死的时候面朝火堆。她牛仔裤的臀部炸开了，仿佛她放屁的过程就是导火索在燃烧，而一旦屁放完后，炸药便引爆了。牛仔裤的破布边在随风飘动，里面内裤的破布边也在飘动——她至少穿了两条长内裤，一条是白色的全棉厚内裤，另一条为粉红色真丝内裤。牛仔裤的双腿和风雪大衣的后背上长出了一样东西，看上去像霉或某种真菌，透出一种金红色，不过也许只是火焰的反光。

有什么东西从她体内出来了。那东西——

没错。有个东西。而且这会儿它正盯着我。

彼得朝树丛看去。那儿什么也没有。动物大逃亡已经结束。这里只有他独自一人。

可我并不是独自一人。

没错，他不是独自一人。有什么东西就在附近，它受不了天寒地冻，而更喜欢温暖潮湿的地方。只不过——

只不过它太大了。而且没有吃的了。

“你在那儿吗？”

彼得原以为这样喊话会让自己觉得很愚蠢，可结果他感觉到的不是愚蠢，而是前所未有的恐惧。

他的目光停留在那一溜稀稀落落的霉状物上。它从贝姬——没错，她的名字就叫贝姬，是的，千真万确——身边延伸出去，绕过贮木棚的一角。过了片刻，彼得听到铁皮屋顶上有什么东西在爬动的声响。他仰起头，视线追寻着声音。

“走开，”他轻轻地说，“快走开，别来惹我。我……我已经够倒霉了。”

那东西往屋顶上方继续爬了一会儿。没错，他已经够倒霉了。不幸的是，他还是一顿美味。屋顶上的东西又在爬动了。彼得想，它不会等太久的，也许是不能等太久，不能在上面等太久。就像冰箱里的壁虎一样。它的下一步就是跳到他身上。直到这时，他才想起一件可怕的事情：由于一心惦记着啤酒，他把那该死的枪完全抛到了九霄云外。

他的第一个冲动就是爬进棚子里侧去，但这很可能是一个错误，无异于冲进一条死胡同。于是他放弃这个念头，转而抓住一根刚刚添进火中、一端还未燃着的树枝。他没有把树枝拿起来，现在还不到时候，他只是不太用力地握着。树枝的另一端在欢快地燃烧。“来吧，”他对着屋顶说，“你不是喜欢吃热的吗？我为你准备了热乎乎的东西，快来拿吧。可他妈的好吃极了。”

没有动静。至少屋顶上没有动静。他身后的松树上，“噗”的一声轻响，一团积雪落在地上，那是底层的树枝在为自己解除负担。彼得握紧自己的临时火把，将它从火堆上半拎起来，然后又放了回去，溅起几点飞舞的火星。“来吧，你这王八蛋。我就是热乎乎的，而且很好吃，我正等着呢。”

没有动静。可它就在上面。它不会等太久的，他能肯定。它很快就要来了。

3

时间一分一秒地过去。彼得不知道过了多久。他的手表彻底停了。有时他的思想似乎特别清晰，他们以前跟杜迪茨在一起时常会出现这种情况（不过随着他们渐渐长大，而杜迪茨保持不变，这种情况也就越来越少——仿佛在大脑和身体不断成长的同时，他们失去了接收杜迪茨发出的奇特信号的诀窍）。现在就是那样，但是又有所不同。也许是有了新情况。甚至可能与空中的亮光有关。他知道比弗已经死了，琼西可能出了大事，可他不知道是什么样的大事。

不管是出了什么事情，彼得认为亨利也有所了解，但了解得不太清楚；亨利正沉浸在自己的思绪之中，他心里正想着班伯里，班伯里，骑着木马去班伯里。

木棍正越烧越短，快接近他的手了，彼得寻思着，如果它快要烧到头而根本用不上的话，如果屋顶上的东西最终能等到那个时刻的话，他该怎么办。就在这时，一个十分清晰、充满恐慌的新念头钻进他的脑海。他满脑子都是这个念头，并将它大声喊了出来，以至于他未能听见屋顶那东西快速下滑的声音。

“请别伤害我们！Ne nous blessez pas！[①]”

但是他们会的，他们会的，因为……什么呢？[②]

因为他们不是无依无靠的小外星人，等在那儿指望有人给他们一张新英格兰电话卡，以便能打电话回家。他们是恶疾，他们是毒瘤，而我们，赞美上帝，伙计们，是化疗过程中的一剂足量的、滚烫的放射性药物。你们听到了吗，伙计们？

彼得不知道他们听见没有，不知道这个声音的言说对象——那些“伙计们”——听见了没有，但是他听见了。他们就要来了，伙计们就要来了，“红海盗”就要来了，就算你千乞万求也拦不住他们。[③]可他们仍在求饶，彼得也跟他们一道求饶。

“请别伤害我们！求求你们！S’il vous plait！Ne nous blessez pas！Ne nous faites pas mal，nous sommes sans defense！”接着带有哭腔了：“求求你们！看在上帝的分上，我们无依无靠！”

---

① 含义即为前一句中文，下同。

② 这里的“他们”指军人，下句的“他们”指外星人。

③ 此句的“他们”是军人，下句中的“他们”指外星人。

彼得的脑海中浮现出了那只手、手中的狗屎以及那个哭哭啼啼、衣服几乎被扒光的男孩。而在这段时间里，屋顶上那东西一直在滑动，虽然奄奄一息却并非无依无靠，虽然没有脑袋却并非愚蠢无知，当彼得又喊又叫时，当他侧躺在那个死去的女人身边，倾听一场天启般的杀戮逐渐展开时，它从后面向彼得悄悄靠近。

毒瘤，那个长着白睫毛的男人说。

“求求你们！”他大声喊道，“求求你们，我们无依无靠！”

但是，不管这话是真是假，都为时已晚。

4

雪地摩托车从亨利的藏身之处经过时，没有放慢速度，它的声音这时已经往西边渐渐远去。现在安全了，可以出来了，但是亨利没有出来。他无法出来。将琼西取而代之的智能生物对他没有感觉，要么是因为它另有心事，要么是因为琼西可能——可能仍然——

但是不会的。以为琼西还多多少少存在于那团可怕的阴云里，简直就是梦想。

那东西已经消失——起码已经远去，于是那些声音又出现了。它们挤满了他的脑海，在那儿喋喋不休，让他恨不得要发疯，以前杜迪茨的哭声总是让他恨不得要发疯——进入青春期之后，他才很少出现那种情形。其中有个人的声音提到了一种真菌：

（很快就会死去，除非进入某种活的宿主之中）

然后是什么新英格兰的电话卡，接着……好像是化疗？没错，一剂足量的、滚烫的放射性药物。亨利觉得这是一个疯子的声音。老天知道，这种人他治疗过很多，所以不难判断。

其余的那些声音使他怀疑自己是不是也疯了。有些声音他无法辨认，但另外一些他听得出来：有华尔特·克朗黛克、兔八哥、杰克·韦伯、吉米·卡特，还有一个女人，他觉得是玛格丽特·撒切尔。那些声音有时说英语，有时又说法语。

“这里没有传染。”亨利说着，突然哭了起来。看到自己还能流泪，他不禁又惊又喜，他原以为自己的心田已经枯竭，再也没有泪水和欢笑——没有真正的欢笑。这是恐惧的泪水，是悲悯的泪水，这泪水冲开了他自闭的心扉，解开了他的心结。“这里没有传染，求求你们，哦，上帝帮帮忙吧，别这样，别这样，我们无依无靠，**我们无依——**”

就在这时，西边响起人间的雷声，亨利用双手抱住脑袋，他觉得里面的尖叫和痛苦让他的脑袋快要炸了。那些王八蛋在——

5

那些王八蛋在对他们大开杀戒。

彼得坐在火边，没有理会膝盖脱臼所引起的剧痛，也没有意识到自己把树枝从火中拿了起来，举在太阳穴旁。他脑海里的尖叫压不住从西边传来的机关枪声，那是0.50英寸口径的大机关枪。现在，那些求饶的声音——请别伤害我们，我们无依无靠，这里没有传染——消失了，剩下的是极度的恐慌；求饶毫无作用，一切都无济于事，他们已经动手了。

彼得瞥见什么东西一闪，就在他转身的同时，屋顶上那东西朝他猛扑过来。他瞥见一个模糊的、鼬鼠般的瘦长身影，那东西行动时靠的似乎不是双腿，而是一条强健的尾巴，顷刻间，它的牙齿就扎进了他的踝骨。他大叫一声，抽回那条好腿，由于用力过猛，膝盖险些撞上下巴。那东西也跟了过来，像蚂蟥一样吸附在他的脚上。求饶的就是这些东西吗？如果是的话，让它们去死吧。让它们去死！

他想都没想，就伸出右手——那只被酒瓶割破的手——去抓；那只没有受伤的左手仍然将火把高举在脑袋旁。他抓住了那东西，感觉就像抓着一团长有茸毛的凉悠悠的肉冻。那东西立刻松开他的踝骨，刹那间，彼得瞥见一双毫无表情的黑眼睛——像鲨鱼的眼睛，也像老鹰的眼睛——可紧接着，它那口钢针般的牙齿就反咬住他的手，将已有的伤口一下子撕得更大。

彼得感到一阵锥心蚀骨般的疼痛。那东西的脑袋——如果它有脑袋的话——埋在他的手心里，撕着，咬着，越扎越深。他发狂似地甩着手，想将那东西摔掉，无数血滴飞溅在雪地里以及沾有锯屑的防水布上和那死去的女人的风雪大衣上。还有些血滴落进火中，像热锅里的肥肉一样发出“嘶嘶”声。这时，那东西开始“吱吱”乱叫起来，那条如海鳗一般粗的尾巴缠住彼得拼命甩动的手臂，想不让它动弹。

彼得没有想到要用火把，因为他压根儿就忘了有火把；他唯一的念头是要用左手把咬住他右手不放的可怕东西拽下来。一开始，当它被火点着并像一卷报纸似的熊熊燃烧起来时，他还没明白是怎么回事。随后他就狂叫起来，一方面是因为新的疼痛，另一方面是因为得意。他猛然站起——至少在此时此刻，他鼓凸的膝盖毫无痛感——挥动右臂，划出一个大大的弧形，让被咬住的手重重地砸在贮木棚的支柱上。随着“嘭”的一声闷响，“吱吱”的怪叫变成了低沉的哀鸣。在一个仿佛没有尽头的瞬间，扎进他手心的牙齿还在进一步深入。然后，那些牙齿松开了，燃烧着的生物掉下去，落在冰冻的地面上。彼得的脚在它身上跺着，感觉到它在扭动，他心中一时充满纯粹而发狂般的快意，可紧接着，他的膝盖终于不堪其累，腿部朝里弯曲，筋腱拉断了。

他重重地侧倒在地，迎面相对的正是曾寄生于贝姬体内并置她于死地的生物，他没有意识到自己手臂砸过的支柱在缓缓朝外倾斜，整个贮木棚正摇摇欲坠。一时间，那鼬鼠般的怪物的小脸离彼得的面孔只有三英寸之距，那燃烧的身体还在他的外套旁扭动，一双黑眼睛已经烧焦。它的嘴巴还没有开化成形，但是，当它身子顶端鼓包似的部分断开后，牙齿露了出来，彼得一边惊叫着“不！不！不！”，一边把它踢向火中，任它在那儿扭动，并发出猴子般的“吱吱”怪叫。

他的右腿急速蹬着，将那东西踢向火堆中央。正在倾斜的支柱原本可以将贮木棚多支撑一阵，这时却被他的靴尖踢中，于是再也无法承受，只听得“咔嚓”一声，柱子断了，半边铁皮屋顶垮塌下来。一两秒钟之后，另一根柱子也断了，其余的屋顶也掉下来砸在火上，搅得火星四溅。

片刻之间，不见任何动静。接着，坠落的锈铁皮犹如呼吸一般上下晃动起来。然后，彼得从里面爬了出来。他双眼发亮，因为惊魂未定而脸色煞白，外套的左袖口也着火了。他怔怔地瞪着袖口，双腿膝盖以下还埋在垮下来的屋顶里，过了一会儿，他将胳膊举到面前，深吸一口气，像吹灭一支巨大的生日蜡烛一样，将衣服上的火吹灭了。

东边渐渐传来了雪地摩托车的引擎声。是琼西……或者说是被什么东西附体的琼西。是那团云。彼得觉得那东西不会放过自己。在杰弗逊林区，今天不是发善心的日子。他应该藏起来。但是，劝他藏起来的那个声音非常遥远，作用不大。不过有一个好消息：他知道自己终于戒酒了。

他将血肉模糊的右手举到面前。一根手指不见了，可能是被那东西吞进了肚里，另外两根手指的筋也断了，但是他毫无知觉。他发现，那些最深的伤口——有些是那怪物咬伤的，还有一道是他钻进车里拿啤酒时自己划伤的——上已经长出了金红色的霉状物。他几乎能感觉到那不知道是什么的东西在享用他的血肉时发出的“嘶嘶”声。

彼得突然恨不得自己能马上死去。

西边的机关枪声已经停止，但那儿的一切还远远没有完结。仿佛是为了印证这个念头一般，一声巨大的爆炸骤然响起，淹没了正在驶近的雪地摩托车的轰鸣以及所有其他声音。当然，他手心里那不曾停歇的“嘶嘶”声除外。在他的手心里，那脏乎乎的东西正在享用他的血肉，正如那夺去他父亲性命的毒瘤曾经啃噬着老人的胃和肺一样。

彼得伸出舌头舔了舔牙齿，感觉到了牙齿脱落后留下的几个豁口。

他闭上眼睛，等待着。

第二部分　灰　人

一个出自我无意识的幽魂，
为了再生，在我的门外哀告，
立在我背后的身影不是我的友人，
置于我肩上的手变成了尖角。

——西奥多·罗特克

第十章　克兹与安德希尔

1

行动区唯一可以派上用场的是一家名为“戈斯林乡村商店”的小食品店。雪花刚开始飘落不久，克兹的先头力量就陆续抵达。当克兹本人于十点半钟露面时，支援部队也开始到达。他们渐渐控制了局势。

商店被确定为“蓝色行动基地”，牲口棚、旁边的马厩（早已废置但并未垮塌）以及畜栏都成了羁押区。第一批被扣留的人员已经集中于此。

不到两星期之前，克兹的上一任助手卡尔弗特刚刚死于心脏病——真他妈的不是时候。他的新助手阿奇·珀尔马特此行带有笔记本电脑和掌上电脑各一部，却发现电器在杰弗逊林区目前已成摆设，根本就无法使用。现在他拿来了一个记事板，上面写有十来个名字，最开头的两个都姓戈斯林：开商店的老头和他妻子。

“还有些正在途中。”珀尔马特说。

克兹扫了一眼记事板上的名字，然后把它还给珀利。几台大型娱乐车正停在他们身后；一些半挂车被千斤顶支撑起来，摆放整齐；灯柱在一根根竖起。等夜幕降临时，这地方就会像世界职业棒球大赛时的扬基体育馆一样大放光华。

“有两个家伙逃脱了，我们只差了这么一丁点儿，”珀尔马特一边说，一边举起右手，拇指与食指相隔四分之一英寸的距离比划着，“他们是来买食品的，主要是啤酒和热狗。”珀尔马特脸色苍白，但两边面颊上各有一大团红晕。由于周围的噪音越来越大，他不得不提高嗓门。直升机一对对地开了过来，降落在柏油路面上——那条路最后通往 95 号州际公路，从那里往北可以到达一座萧条的小镇（普雷斯克艾尔），朝南可以到达无数萧条的小镇（开始是班戈和德里）。只要驾驶员不用依赖那些同样成了摆设的复杂的导航仪器，直升机还算正常。

“那两个家伙是进去还是出来？”克兹问。

“是进去。”珀尔马特回答。他不大敢抬眼与克兹对视；他的眼神一直躲躲闪闪。“有一条伐木小路，戈斯林说它叫‘深辙路’。普通地图上没有，不过我有一张钻石国际纸业公司的勘测图，上面——”

“行了。他们要么会再出来，要么就待在里面。怎么样都行。”

更多的直升机相继降落，由于现在安全地避开了外界的视线，一批五十毫米口径的机关枪正从部分直升机上卸下来。这次行动的架势可能不亚于“沙漠风暴”。也许更为巨大。

“你明白自己在这儿的职责吧，珀利？”

珀尔马特显然十分明白。他初来乍到，希望留下一个好印象，所以几乎是在一刻不停地跑来跑去。就像一条嗅到食物的狗，克兹想。可他自始至终都不敢抬眼看人。“长官，我的工作具有三位一体的性质。”

三位一体，克兹想，三位一体，你听听！

“我的工作是，第一，拦截进出人员；第二，将被拦截人员移交医务部；第三，控制和隔离情况不明人员，等待进一步指令。”

“说得对。这是——”

“可是长官，请您原谅长官，可我们这儿根本就没有医生，只有几位救护兵，而且——”

“闭嘴。”克兹说。他的声音不大，但是从一旁经过的五六个人脚步顿时犹疑起来，他们都穿着没有任何标志的绿色防护服（这儿所有的人，包括克兹自己，都穿着没有任何标志的绿色防护服），正以平时双倍的速度奔忙着。他们朝克兹和珀尔马特站立之处瞥了一眼，然后又以三倍的速度忙开了。而珀尔马特脸上的红晕则骤然消失。他后退一步，让自己与克兹的距离又拉开一英尺。

“如果你再打断我，珀利，我会把你揍趴下。如果发生第三次，我就会让你进医院。听清楚了？”

珀尔马特显然是鼓足了勇气，才敢抬起视线，看着克兹的脸。是看着克兹的眼睛。他“唰”地敬了一个礼，速度之快，差点儿擦出静电。“是的，长官！”

“这一套也给我打住，你该知道不能这么称呼。”珀尔马特正要垂下视线，克兹又说，“我跟你讲话的时候，你得看着我，小子。”

珀尔马特勉为其难地又抬起目光。他已经面如死灰。尽管沿路边一字儿排开的直升机正发出巨大的轰鸣，他们所在之处却似乎一片寂静，仿佛克兹正置身于自己奇怪的垂直气流中。珀尔马特相信所有的人都在看着他们，而且都能看出他害怕到了什么程度。这其中也包括他的新上司的目光——那双眼睛里完全空洞无物，似乎眼睛后面根本就没有大脑。珀尔马特以前听到过千里眼之说，但克兹的眼睛似乎能看到十万里之外，也许是许多光年之外。

不过珀尔马特还是尽力迎住克兹的目光。正视那空洞的眼睛。他今天有些开局不利。他不能一错再错，乃至无可挽回——这一点不仅重要而且十分*必要*。

“行了，很好。起码是好些了。”克兹的声音不高，但是尽管直升机的轰鸣此起彼伏，珀尔马特却听得清清楚楚，“下面的话我只会跟你说一遍，这仅仅因为你是我的新部下，而你显然是狗屁都不懂。我受命在这里实施一项‘幻影马行动’。你知道幻影马吗？”

“不知道。”珀尔马特回答，由于没能说“不知道，长官”，他觉得浑身似乎难受。

“这是爱尔兰的一个传说。今天的爱尔兰人仍然没有从他们的祖辈传下来的迷信传统中完全摆脱出来。根据这个传说，幻影马是一种来无影去无踪的马，专门绑架行人并将他们驮在背上带走。我用这个词来指称一项既秘密又公开的行动。这是一个悖论，珀尔马特！好消息是，自从空军于一九四七年首次获取如今被称为发光体的那种外星物体之后，我们就一直在为这类玩意儿制订应急预案。坏消息则是，现在已经是将来，而我得依靠你们这些人的支持来面对它。我的话你听明白了吗，小子？”

“是的，长……听明白了。”

“这样就好。珀尔马特，我们在这儿的计划是，速度要快，出手要狠，绝对不留痕迹。我们有大量的脏活要处理，而且要处理得干净利落……干净利落……没错，上帝，还要*面带微笑*……”

克兹露齿一笑，笑容中有种强烈而残忍的挖苦意味，珀尔马特见了差点儿尖叫出声。克兹身材很高，肩膀有些下垂，颇具长官派头。然而，他身上却带有莫名的恐怖之气。你可以从他的眼神里看出几分，还可以从他将双手整齐而安静地放在身前的姿势中感觉到几分……但是他之所以令人恐惧，之所以被称为“可怕的克兹老头”，原因还不在于此。珀尔马特说不清楚他到底有什么可怕之处，而且也不想弄清楚。此时此刻，他只希望——他*唯一*希望——谈话尽快结束，然后拍屁股走人。如果想跟外星人接触，还用得着去西边二三十英里的地方吗？珀尔马特的面前就站着一个。

克兹抿起嘴。“我们统一认识了吧？”

“是的。”

“在同一个战场上？同一条战壕里？”

“是的。”

“我们该怎么处理眼下的事情，珀利？”

“要干净利落？”

“太对了！还有呢？”

他一时回答不出，心里不由得万分惶恐。但很快他就想了起来。“要*面带微笑*，长官。”

“你再叫我长官的话，我就把你揍趴下。”

“对不起。”珀尔马特喃喃道，这是句心里话。

正在这时，有辆校车从路上缓缓开过来，为了从直升机旁经过，校车右边轮子歪进沟里，车体几乎侧翻。车身一边，黄色的背景上写着**米利诺基特校车**几个黑色的大字。这是辆被征用的校车，里面是欧文·安德希尔和他的部下。通天奇兵。珀尔马特看清楚后，稍稍松了口气。他和克兹分别在不同时期与安德希尔共过事。

“天黑之前你会有医生的，”克兹说，“要多少有多少。明白了吗？”

“明白。”

校车在戈斯林商店唯一的加油泵前停下，克兹一边朝校车走去，一边从口袋里掏出手表看了看。快十一点了。老天，人在开心的时候，时间真是飞快。珀尔马特在他旁边走着，可脚步不再像之前那么轻松、有活力了。

“眼下，阿奇，你要将他们盯紧，要时刻关注他们，留心他们的谈话，要把看到的里普利①全都记录下来。我想，你知道里普利吧？”

“是的。”

“很好。不要去接触它。”

“天啊，我才不会！”珀尔马特话音刚落，脸就一下子涨得通红。

克兹微微一笑。与刚才的露齿而笑一样，是皮笑肉不笑。“说得对，珀尔马特！你手头有呼吸面罩吗？”

“刚刚运到，共有十二箱，后面还——”

“很好。我们需要里普利的照片，要留下大量的资料。要搜集证据，要各种各样的证据。明白了吗？”

“是的。”

“另外，我们的……我们的客人一律不得离开，明白吗？”

“保证不会。”珀尔马特回答，说完他心里一震，愣住了片刻。

克兹的嘴唇咧了咧，那丝淡淡的笑容越来越深，再一次变成露齿的笑。那双空洞的眼睛穿透了珀尔马特——就珀尔马特所知，简直是穿透了一切，一直看进地心。他发现自己正在寻思，等这一切完结后，不知道是否还有人能离开蓝色行动基地。当然，克兹自己除外。

“执行任务吧，公民珀尔马特。我以政府的名义，命令你执行任务。”

---

① 科幻电影《异形》中主人公的名字，这里是军方对病菌的称呼。

阿奇·珀尔马特目送克兹继续朝校车走去，而身材矮胖的安德希尔正从校车上下来。有生以来，他还从来不曾像现在这样，因为看到一个人离开而这么高兴。

2

“你好，头儿。”安德希尔打招呼道。与其他人一样，他也穿着没有任何标志的绿色防护服，不过与克兹一样，他的腰间也别着一把手枪。车里还坐着二十多人，多数刚刚吃完一顿提早的午餐。

“他们吃的什么，小子？”克兹问。他身高六点六英尺，比安德希尔高出半截，不过，安德希尔的体重可能比他多七十磅。

“巨无霸。我们是直接开过来的。我原以为校车行不通，可尤德说没问题，还真让他说对了。要不要来一个？现在可能有点儿凉了，不过那儿应该有微波炉吧。”安德希尔朝商店方向点点头。

“免了吧。最近胆固醇不大正常。”

“下面还好吧？”六年前，克兹在打网球时下体严重拉伤，由此间接导致了他们之间的唯一分歧。欧文·安德希尔觉得这分歧不足挂齿，但克兹怎么想就很难说了。在克兹那张招牌般喜怒不形于色的脸孔后面，无数的念头瞬息万变，各种计划在不断更改，情绪总是变幻莫测。有人——实际上还为数不少——认为克兹是个疯子。欧文·安德希尔不知道克兹是不是疯子，不过他知道，在这个人身边一定要小心。要非常小心。

“用爱尔兰人的话说，”克兹回答道，“俺那宝贝儿挺不赖。”他将手伸向胯间，夸张地扯了扯自己的睾丸，然后朝欧文咧嘴一笑。

“那就好。”

“你呢？最近还好吗？”

“俺那宝贝儿也挺不赖。”欧文回答，克兹不由得哈哈大笑。

这时，路上出现一辆崭新的林肯车，开得缓慢而谨慎，不过没有校车那么艰难。车里有三位橘红色装束的猎人，个个膀阔腰圆，正呆呆地看着直升机和那些穿着绿色防护服、来去匆忙的军人。当然，主要是在看那些枪炮。赞美上帝，缅因州北部已经变成越南了。他们很快就会与其他人一样，被送进羁押区。

林肯车停在校车后面，可以看见校车上**本车在各村路口停靠**的牌子。五六个人围了上去。车里的三位律师或银行家各自都有胆固醇过高或脂肪储存过多的问题，他们摆出一副成功人士的派头，以为自己仍然置身于和平时期的美国（不过他们很快就会清醒过来）。他们很快就会被关进牲口棚（或者是畜栏，如果想呼吸新鲜空气的话），身上的信用卡将毫无用武之地。虽然可以留下手机，但是手机在这偏远的深山老林里却无法使用，不过，按按"重拨"键也许能让他们自我消遣一下。

"你都堵严实了？"克兹问。

"是的，我想是的。"

"要不要再查一查？"

欧文耸了耸肩。

"在蓝色区域[①]一共有多少人，欧文？"

"我们估计有八百人。在AB两个核心区不超过一百人。"

很好，只要没有漏网之鱼就行。就算溜出去几个人，也不一定会造成传染——因此，至少到目前为止，这还是个好消息。不过，从信息管理的角度来看，情况丝毫不容乐观。现在要骑幻影马可真不容易。有太多的人拥有摄像机。电视台的直升机也太多。还有无数双关注的眼睛。

克兹说："进商店去吧。他们在给我准备一辆房车，但是现在还没到。"

"稍等一下。"安德希尔说着，转身快步登上校车。等他再下来时，手里拿着一个巨无霸，纸袋上油乎乎的，他肩上还挎着一台拴有皮带的录音机。

克兹朝纸袋点点头，说："这玩意儿会要你的命的。"

"我们要上演星球大战了，你还在为胆固醇担心？"

在他们身后，刚刚到来的大块头猎人中，有人在说要给他的律师

---

① 指隔离区。

打电话，这说明他本人可能是银行家。克兹带安德希尔进了商店。在他们头顶的上空，那些发光体又回来了，将亮光投在最低的云层上，亮光不停地跳跃着，就像迪士尼动画片中那些活蹦乱跳的小动物。

3

戈斯林老头的办公室里充斥着各种气味，有腊肠味、雪茄味、啤酒味、芥子膏味，还有硫磺味——克兹猜想要么是臭屁，要么是煮鸡蛋的气味。也许两者都有。另外还有乙醇的气味，虽然微弱但不难辨别。是那些家伙的气味。现在这里已经到处都是。如果换成别人，可能会将这种气味归于神经过敏外加胡思乱想，但克兹从来没有这类毛病。无论如何，在他看来，戈斯林乡村商店周围这一百来平方英里的森林作为生态系统已经没有什么未来可言。有时候，你不得不将家具上的油漆彻底磨掉，以便重新上漆。

克兹在办公桌后坐下来，拉开一只抽屉。里面有一个印着**化 / 美国 / 十只装**字样的纸盒。珀尔马特还算不错。克兹拿出纸盒打开，里面装的全是透明的塑料面罩，面罩很小，刚好遮住口鼻。他扔了一个给安德希尔，然后自己也戴上一个，双手熟练地调试着松紧带。

“有这种必要吗？”安德希尔问。

“不知道。也别以为这是特权。不出一个小时，所有的人都会戴上这个。当然，羁押区里的平民除外。”

安德希尔不再说话，而是戴上面罩，调试着松紧带。克兹坐在桌子后，脑袋后仰，靠着贴在背后墙上的职业安全与卫生管理局的宣传海报——海报上面写着**为了您和他人的健康，请张贴**。

“这有用吗？”安德希尔的声音非常清晰，不像是戴了面罩。透明塑料面罩里没有因为他的气息而形成雾气。面罩看上去既没有气孔也没有过滤网，可他发现自己能呼吸自如。

“对埃博拉病毒有用，对炭疽病毒有用，对新型的超级霍乱病毒也有用。对里普利有用吗？也许吧。如果没有用的话，我们就完蛋了，大兵。事实上，我们可能已经完蛋了。但时钟还在走动，游戏已经开始。你肩上背的玩意儿里显然有磁带，我是不是该听听？”

“没必要全部都听，不过我觉得你该有所了解。”

克兹点点头，用食指在空中画了一个圈（欧文觉得，那动作就像棒球赛中的裁判员示意本垒打一样），然后又靠回戈斯林的椅子里。

安德希尔把录音机取下来，面朝克兹放在桌上，然后按下“播放”键。一个机械的声音刻板地说：“国家安全局无线电拦截。多波段。62914A44。本材料密级为一级。拦截时间为 2001 年 11 月 14 日 6 点 27 分。拦截录音将在‘嘟’声响后开始。如果您不是一级保密工作人员，请按‘停止’键。”

“还请呢，”克兹点着头说，“太好了。那些未被授权的人都会遵命停止收听，对吧？”

停顿之后，是两秒钟的“嘟”音，接着，只听见一个年轻的女声说道：“一，二，三，请别伤害我们。Ne nous blessez pas.”两秒钟的沉默，然后一个年轻的男声说：“五。七。十一。我们无依无靠。Nous sommes sans defense. 请别伤害我们，我们无依无靠。请别——”

“天啊，这就像是一堂来自天外的贝立兹语言课。”

“听出那些声音了吗？”安德希尔问。

克兹摇摇头，伸出一根手指贴在唇边。

随后是比尔·克林顿的声音：“十三。十七。十九。”最后一个词带有克林顿的阿肯色州口音。“这里没有传染。Il n’y a pas d’infection ici.”又是两秒钟的停顿，然后录音机里传来汤姆·布洛克的声音：“二十三。二十九。我们快要死了。On se meurt，on creve. 我们快要死了。”

安德希尔按下“停止”键。“你可能不知道，第一个声音是萨拉·杰西卡·帕克，是一位女演员。第二个是布拉特·彼得。”

“他是谁？”

“一位男演员。”

“哦。”

“每一次停顿后就换一个声音，所有的声音这一带的大部分人都能听出来。有阿尔弗雷德·希区柯克、保罗·哈维、加斯·布鲁克斯、蒂姆·山普尔——他是深受缅因州人青睐的一位幽默作家。还有上百个其他声音，有些我们还没有辨别出来。”

“还有上百个？这次拦截一共有多长时间？”

“严格地说，根本就不是拦截，这是我们从八点钟开始就一直在干扰的一台波段清晰的节目。这就是说，有不少内容传了出去，不过我们想，即使有人接收到了，也很难听懂多少。而且就算听懂了——”安德希尔耸了耸肩，一副又能怎么办的意味，“现在还在继续。那些声音听起来很逼真。几对声波纹比照结果显示，声音完全相同。不管这些家伙到底是什么，他们简直可以让里奇·利特尔[①]丢掉饭碗。”

直升机的“嗡嗡”声透过墙壁清楚地传了进来。克兹不仅能听见，还能感觉得到。那声音透过墙板，透过职业安全与卫生管理局的宣传海报，从那里传到主要由水构成的脑灰质之中，在对他说来吧来吧来吧，快点儿快点儿快点儿。他的血液在回应，可他只是静静地坐在那儿，看着欧文·安德希尔。琢磨欧文·安德希尔。三思而后行；这句老话很管用。特别是在对付欧文这种人时。下面还好吧？假惺惺的。

你耍过我一次，伙计，克兹在心里说，也许没有越过我定的界限，但是老天作证，你踩线了，对吧？对，我想是这样。而且我想，你最好小心点儿。

“四条信息重复了无数遍，”安德希尔一边说，一边勾着左手指头，“请别伤害我们。我们无依无靠。这里没有传染。最后一条——”

“没有传染，”克兹沉吟着，“嗯，他们真是厚颜无耻，对吧？”

在“蓝小子”[②]周围的树木上，长满了金红色的霉状物，他亲眼看到了照片。人的身上也有。主要是尸体的身上，起码到目前为止是这样。技术人员根据冷面壮汉西古尼·威弗尔所主演的那些宇航冒险电影而将其命名为里普利，他们多数都太年轻，不记得在报纸上主持过《信不信由你》专栏的另一位里普利。如今，《信不信由你》已经过时，对于追求政治正确的二十一世纪来说，它过于稀奇古怪，但在

---

① NBC广播主持人。

② 外星人乘坐的飞船。

克兹看来，这个标题却很适合眼下的情形。哦，没错，简直是恰如其分。相比之下，老里普利先生的连体双胞胎和双头奶牛倒显得十分正常了。

“最后一条是我们快要死了，”安德希尔说，“这句话很有意思，因为用英语说完之后，又用了两句不同的法语。第一句直接明了，但是第二句——on crève——带有俚语色彩。用我们的话说可能就是‘我们死定了’。”他直视着克兹，而克兹则希望珀尔马特也在这里，让他看看与克兹对视并非不可能。“他们真的死定了吗？我是说，如果我们不助他们一臂之力的话？”

“为什么说法语呢，欧文？”

安德希尔耸了耸肩。“法语仍然是这一带的另一种语言。”

“噢。他们念的那些质数又怎么解释？只是为了表明我们是在跟智能生物打交道吗？好像任何其他生物都可以从他们所来自的其他星系或太空或别的什么地方来此一游？”

“我想是吧。那些发光体怎么样了，头儿？”

“大部分都掉进树林里了。它们的燃料一旦耗完，很快就彻底解体。我们尽力回收的几个看起来就像撕掉标签的罐头盒。想想看，它们体积这么小，却闹出这么大的动静！搅得这儿人心惶惶。”

发光体解体后，会留下成片的真菌或麦角状东西。那些外星人本身似乎也一样。幸存下来的还在那边，站在自己的飞船周围——就像上下班的乘客围着抛了锚的汽车一样——口里还说没有传染，il n’y a pas d’infection ici，赞美上帝。而一旦那玩意儿上了你的身，你很可能就——欧文是怎么说的？死定了。当然，他们并不是很有把握，现在下结论还为时尚早，可他们对后果得有所估计。

“那边的外星人还有多少？”欧文问。

“一百左右。”

“我们不知道的事情有多少？有人知道吗？”

克兹挥了挥手，没有回答。他不是一位百事通，掌握情报是其他部门的事儿，而那帮家伙没有被邀请出席这场特殊的感恩节前聚会。

“剩下的那些，”安德希尔追问道，“都是机组成员吗？”

“不知道，但很可能不是。说是机组成员似乎人数太多；说是移民又人数太少；说是突然袭击吧，选择的又完全不是地方。”

“那儿还在发生什么，头儿？肯定是有什么。”

“你很确定，是吧？”

“是的。”

“为什么？”

安德希尔耸了耸肩：“直觉？”

“不是直觉，”克兹说，声音几乎很轻柔，“是心灵感应。”

“你说什么？”

“是轻度的，但肯定存在。大家感觉到了什么，可还不知道是怎么回事。再过几个小时，他们就会明白了。我们的灰人朋友擅长心灵感应，而且似乎在传播它，就像传播真菌一样。”

“真他妈的活见鬼。”欧文·安德希尔喃喃道。

克兹平静地坐在那儿，观察欧文思考。别人思考的时候，他总是喜欢在一旁观察，而现在还不仅仅是观察：他能听见欧文在思考，那是一种模糊的声音，就像贝壳里的海涛声。

“那种真菌在这种环境里很脆弱，”欧文说，“他们自己也很脆弱。那么，他们的超感知觉呢？”

“现在还很难说。不过，如果照这样下去，如果它传出我们现在所在的这片臭烘烘的树林，一切就会大变样了。你明白这个，对吧？”

安德希尔明白。他说：“我简直无法相信。”

“我在想一辆车，”克兹说，“我想的是什么车？”

欧文望着他，显然想弄清克兹是不是在开玩笑，却发现克兹满脸严肃，于是摇了摇头。“我怎么会……”他顿了顿，接着说，“是菲亚特。”

“其实是法拉利。我在想某种口味的冰淇淋，是什么口——”

“阿月浑子[①]。”欧文回答。

---

① 一种干果。

“回答正确。”

欧文坐在那儿，等了片刻，然后有些犹疑地问克兹能否说出他兄弟的名字。

“凯洛格，”克兹答道，“天啊，欧文，一个孩子怎么取这样的名字？”

“是我母亲婚前的名字。上帝！果然有心灵感应。”

“我敢说，它会搅乱《风险》和《谁想成为百万富翁》[①]的难易程度，”克兹说，接着又重申道，“如果传出去的话。”

商店外面传来一声枪响，随后又是一声尖叫。“你没必要动真的！”有人喊道，听声音似乎又气又怕，“你没必要动真的！”

他们等了等，但是再也没有下文。

“经确定的灰人总数为八十一人，”克兹说，“可能还不止这些。一旦降落在地，他们很快就会分解，只剩下一些黏糊糊的东西……当然还有真菌。”

“整个隔离区都是这样吗？”

克兹摇摇头：“设想这里是一个尖头朝东的楔子，那么，‘蓝小子’位于楔子较粗的一端，而我们差不多是在中间。灰人当中还有几位非法移民跑到了我们以东的地方。发光体大多出现在楔子的上空，是外星人的公路巡逻队。”

“全都在劫难逃了，对吧？”欧文说，“不仅仅是灰人和他们的飞船以及那些发光体——还有这倒霉地方的一切。”

“我现在还不准备对此置评。”克兹说。

那当然，欧文心里想，你当然是这样。可一转念他就想到，不知道克兹能否感应到他的思想。不过他无从判断，那双暗淡的眼睛完全不露痕迹。

“我们一定会把其他的灰人弄出来，这一点我可以告诉你。让你手下的人开武装直升机去，只能派你的人去。你乘坐的那架是‘蓝小子领队’。明白了吗？”

---

① 两个益智类电视节目。

“是的，长官。”

克兹没有纠正他的称呼。鉴于眼下的情形，同时考虑到安德希尔显然讨厌这项任务，叫他长官也许并非坏事。“我的是‘蓝一号’。”

欧文点点头。

克兹站起身，掏出手表。已经是中午了。

“这事儿会传出去的，”安德希尔说，“隔离区里有许多美国公民，根本不可能不走漏风声。那些……那些移植物现在有多少？”

克兹几乎忍俊不禁。是的，那些鼬鼠。已经有了不少，过些年还会更多。安德希尔还不知道，但克兹知道。都是些令人恶心的小东西。身为上司的一个好处就是：对于不想回答的问题，你可以置之不理。

“至于以后会发生什么事情，就交给算命先生好了，”他说，“既然有人——其中之一的声音就可能在你的磁带里——已经认为，这对美国人民显然是一场迫在眉睫的危险，那么，我们的任务就是采取相应的行动。明白了吗，小子？”

安德希尔直视着那暗淡的目光，但是终究移开了视线。

“还有一件事，”克兹说，“还记得幻影马吗？”

“爱尔兰传说中的鬼马。”

“差不多吧。说到马的话，那一匹是我的，一直都是。在波斯尼亚的时候，有人看见你骑着我的幻影马，对吧？”

欧文故意没有回答。但克兹似乎不肯就此罢休，显得很坚定。

“我不想再重复了，欧文。沉默是金。我们骑幻影马的时候，一定要神不知鬼不觉。你听清楚了吗？”

“是的。”

“完全清楚了？”

“是的，”欧文说。他又一次寻思自己的想法克兹到底能看清多少。不过，他显然能看见此刻出现在克兹思想表层的那个名字，并且估计克兹也希望如此。波桑斯卡·诺维[①]。

---

① 前南斯拉夫境内地名。

4

乘校车而来的欧文·安德希尔及其部下登上四架武装直升机，取代了将 CH-47 直升机开到这里的空中国民警卫队队员。直升机已经准备就绪，引擎已经开动，旋翼的轰鸣响彻空中，可就在这时，却传来克兹要他们原地待命的指示。

欧文传达了命令，然后向左边转过头去。他接通了克兹的专用频道。

“请原谅，可这是他妈的怎么回事？”欧文问道。这事儿既然要干的话，他希望马上动手，尽早完结。这次行动比波桑斯卡·诺维那一次还要糟糕，糟糕得多。以灰人不是人的名义来除掉他们，并不能真的将事情一笔勾销。反正他做不到。能够建造——或者起码是驾驶——“蓝小子”的生物比人类还要高出一筹。

“不是我的命令，伙计，”克兹说，“班戈的气象人员说，这场狗屁风暴移动速度很快，他们称之为‘艾伯塔剪刀’。再等三十分钟，最多四十五分钟，我们就能出发了。我们的导航仪全都成了摆设，除非万不得已，我们最好等一等……而我们还没到万不得已的时候。到头来你会感谢我的。”

伙计，我看可不一定。

“明白，遵命。”他扭头对右边喊道，“康克林！”在这次行动中，他们彼此不得以军衔称呼，尤其是在用无线电通话时。

“到，长……到！”

“告诉大家，我们要推迟三十到四十五分钟。再说一遍，三十到四十五分钟。”

“明白。三十到四十五分钟。”

“放点儿什么曲子吧。”

“好的。想听什么？”

“随你的便，只要不是队歌就行。”

“明白。队歌闪开。”康克林的声音一本正经。起码有一个人与欧文一样讨厌这项任务。当然，康克林也参加了 1995 年的波桑斯卡·诺维行动。欧文的耳机里传来了珍珠果酱乐队[①]的歌声。他取下耳机，把它像马轭一样套在脖子上。他不喜欢珍珠果酱乐队，不过在这群人中，他是少数派。

阿奇·珀尔马特和他的手下就像没头苍蝇似的跑来跑去。他们飞快地敬礼，手放下，有的人还朝克兹乘坐的那架小型绿色侦察机瞟上一眼，想看看克兹是否在留意自己。克兹的头上稳稳地戴着耳机，手里拿着一份《德里新闻报》，似乎正在聚精会神地看报纸，可欧文知道，对每一次漫不经心的敬礼，每一个忘记目前局势而恢复懒散老习惯的士兵，克兹都记在心里。弗雷迪·约翰逊坐在克兹左边。大约自从诺亚方舟停在阿勒山时起，约翰逊就跟在克兹身边了。他也参加了波桑斯卡行动，当时，克兹由于下体拉伤而无法骑上自己心爱的幻影马，所以不得不留在后方，显然是约翰逊给他打了详细的小报告。

1995年6月，空军一位侦察机飞行员在克罗地亚边境附近的北约禁飞区失踪。塞尔维亚人拿汤米·卡拉翰上校的飞机大做文章，如果他们抓到卡拉翰本人的话，一准会更加大肆渲染。想起北越曾经在国际媒体面前炫耀经他们洗脑后的飞行员的情景，军方高层寝食难安，于是将寻找汤米·卡拉翰确定为当务之急。

就在搜寻人员快要放弃时，卡拉翰通过低频无线电波段与他们取得了联系。他中学时代的女友给他们提供了一个有趣的代号。当他们询问地面上那个人时，得到了他的确认，他说，上初中的时候，有天晚上喝得酩酊大醉，终生难忘，从那以后，他的朋友们就一直称他为“呕吐大王”。

克兹的部下驾驶两架直升机去营救卡拉翰，当时的直升机比他们现在用的任何一种都要小得多。负责那次行动的是欧文·安德希尔，许多人都认为他是克兹的接班人（欧文自己可能也这么想）。卡拉翰的任务是在看见直升机后，升起一道烟幕，然后站到一旁。而安德希尔的任务——即所谓的骑幻影马——就是把卡拉翰拉起来而不让任何人看见。就欧文而言，这不是很有必要，但克兹却喜欢这样：他的人

① 欧美90年代超级摇滚乐队。

会骑爱尔兰幻影马，他的人会隐身术。

整个营救过程非常顺利。什么地方发射了几颗地对空导弹，但离他们还很远——米洛舍维奇基本上是个草包。在他们将卡拉翰拉上直升机时，欧文才第一次见到了波斯尼亚人：是五六个孩子，最大的不超过十岁，正满脸严肃地看着他们。克兹曾经指示过，务必不留下任何证人，但是欧文从来就不曾想到，这道命令也包括一群蓬头垢面的孩子。而克兹后来也一直矢口未提。

在今天之前，他一直矢口未提。

克兹是个可怕的家伙，这一点欧文毫不怀疑。不过在部队里，本来就有许多可怕的家伙，魔鬼显然多于圣人，而且许多人都热衷于遮遮掩掩的行为。欧文也不知道克兹有什么不同之处：克兹身材很高，神情忧郁，长着白色的睫毛和一双没有生气的眼睛。那双眼睛让人不愿正视，因为里面空无一物——没有爱，没有笑意，也完全没有好奇心。而缺乏好奇心似乎是最大的关键。

一辆破旧的斯巴鲁停在商店前，两位老人小心翼翼地下了车。有位老人用一只饱经沧桑的手握着一根黑色拐杖。两人都穿着红黑相间的格子猎装。两人都戴着褪了色的旧帽子，一顶的帽檐上印着CASE，另一顶上印着DEERE[①]。他们不解地看到一队军人朝他们走来。戈斯林商店里居然来了军人？到底出什么事了？他们看上去已经年过八旬，却仍然具有克兹所缺乏的好奇心。从他们的身姿，从那侧着头的样子，你一眼就能看出来。

*他们想干什么？他们真的对我们没有恶意吗？这么做会带来坏处吗？会不会害人反害己？此前看到过、遇到过的一切——那些真菌、发光体、从天而降的天使毛发和红色灰尘、从六十年代后期就开始发生的绑架——为什么有那么大的力量，会让人那么恐惧？有没有人真正尝试过与这些生物进行交流？*这一连串的问题克兹都没有问及。

还有最后一个问题，也是至为重要的问题：灰人是跟我们一样吗？他们在任何意义上算是人吗？这场谋杀，是纯粹而简单的行

---

① CASE是美国科学与工程学术委员会简称，DEERE是世界著名机械公司。

为吗?

克兹的眼神中没有任何疑问。

5

雪下小了，天变亮了，发出原地待命的指示后，整整过了三十三分钟，克兹才让他们出发。欧文向康克林传达命令，旋翼快速转动，一片雪雾猛然升起，“切努克”直升机变得影影绰绰。转眼间，他们飞到树林之上，跟在安德希尔的“蓝小子领队”后面排成一行，朝基尼奥的方向往西飞去。克兹的“基奥瓦 58”直升机在他们下面微微偏右的地方飞行。欧文忽然间想起约翰·韦恩演过的一部电影，里面有一队军人都在步行，而唯一的印第安侦察员则不用马鞍侧坐在马背上。他看不见克兹，但是猜想克兹还在看报纸。也许在查看自己的星座运势。“双鱼座，今天不宜出行。闭门休息。”

下面的杉树在白雾中时隐时现。雪花朝直升机的两扇前窗飘来，然后又飞舞着消失。飞机颠簸得十分厉害，犹如在洗衣机里转动一般，但是欧文不以为意。他把耳机重新戴在头上。现在是另一个演唱组，可能是“火柴盒乐队”。唱得很一般，但是比“珍珠果酱乐队”要强。欧文最怕的是队歌。他听一听“火柴盒乐队”倒无妨。真的，听一听也无妨。

他们在低矮的云层中进进出出，一直往西飞去，不时可以看见那似乎漫无边际的森林。

“‘蓝小子领队’，我是‘蓝小子二号’。”

“收到，二号。”

“我已经看到‘蓝小子’了。你看到了吗？”

欧文没有，过了片刻他才看到。乍看之下，他不禁倒抽一口冷气。一张照片，边境线内的某个场面，你可以拿在手上的某种东西，这是一回事。而现在映入眼帘的则完全是另一回事。

“看到了，二号。全体请注意，我是‘蓝小子领队’。大家留在原地。再说一遍，大家留在原地。”

各直升机相继传来回答，只有克兹除外，不过他也停住了。所有的直升机都悬在半空，与坠毁的飞船大约有四分之三英里距离。在通往飞船的地方，有一大片树木已经折断，犹如被巨大的修剪器剪过一般，留下了一条坡路。在这条路的一端，是一片沼泽地。枯死的树干指向白色的天空，似乎想拨开云团。地上的融雪呈现出弯弯曲曲的形状，在雪水渗入潮湿的泥土之处，融雪开始发黄。还有一些地方露出了黑色的水面，仿佛是大地的毛细血管。

飞船是灰色的，那巨大的船体直径几乎有四分之一英里。它从沼泽中间穿过，将那些死树撞得粉身碎骨，四散飘落。“蓝小子”（其实不是蓝色，压根儿都不是）最后停在沼泽的尽头，有道山崖在这里拔地而起，山崖的边缘起起伏伏，但整体上形成一道巨大的拱形，下端消失在湿漉漉的、软塌塌的泥土下。在飞船光滑的船体上，溅起的泥土和断枝碎屑落得到处都是。

幸存下来的灰人站在飞船周围，多数站在翘起一侧的船舷下那白雪皑皑的山崖上；如果有太阳照着的话，他们是正站在失事飞船所投下的阴影之处。嗯……显然有人认为，这与其说是一艘失事飞船，不如说是特洛伊木马，可那些幸存的灰人全都一丝不挂，手无寸铁，似乎不大会构成威胁。克兹说过有一百来个，但现在好像没有那么多了；欧文的估计是六十左右。他发现，在那白雪皑皑的山崖上，躺着十多具尸体，看上去有些泛红，正处于不同程度的腐烂之中。还有些脸朝下泡在黑色的浅水中。在白雪的映衬下，一摊摊金红色的所谓里普利菌显得分外鲜亮……不过，当欧文拿起望远镜细看时，却发现并非所有的里普利菌都很鲜亮。有几处已经发灰，这是寒冷或空气或两者同时所致。没错，他们在这里很难生存——不管是灰人，还是他们所带来的真菌。

那玩意儿居然能传染？他简直难以置信。

“‘蓝小子领队’？”康克林叫道，“听见了吗，伙计？”

“听见了，你住口，安静会儿。”

欧文探身向前，将手伸到驾驶员——托尼·爱德华兹，是个好人——的胳膊下面，打开无线电，调到公共频道。克兹虽然提到了波桑斯卡·诺维，可欧文根本就没有放在心上，他压根儿就没有想到自己是在犯一个可怕的错误，压根儿就没有想到自己可能严重低估了克兹的疯狂程度。实际上，他几乎是不假思索地采取了行动。他后来反复多次重新审视这一事件时才意识到这些。只不过是拨弄一下开关而已。看来，要改变一个人的生命历程，只需要动动手指头就够了。

于是，一个响亮清晰的声音传了出来，克兹的心腹们都不会听出这个声音。他们知道艾迪·维德，可沃尔特·克朗凯特却是另一个圈子的人。“——传染。Il n'y a pas d'infection ici.”停了两秒钟，接着传来的好像是巴巴拉·史翠珊的声音：“一百一十三。一百一十九。”

欧文发现，不知从什么时候开始，他们又从头数了起来。在乘校车前往戈斯林商店的路上，那各不相同的声音将质数一直数到了四位数。

“我们快要死了，”巴巴拉·史翠珊的声音在说，“On se meurt, on crève.”停顿之后，又是大卫·雷特曼的声音：“一百——”

“快关掉！”克兹大叫起来。自欧文认识克兹以来的这些年里，克兹似乎还从来不曾这么气急败坏。欧文大感愕然。“欧文，你干吗要让我的人听这些乌七八糟的东西？你回来告诉我，马上！”

“只是想看看有变化了没有，头儿。”欧文回答。这是假话，克兹当然也知道，而且肯定会在将来某一天找他算账。又回到了当初没有干掉那些孩子的情形，也许比那次还要严重。可是欧文无所谓。去他妈的幻影马吧。如果这事儿他们一定得干的话，他希望克兹的人（在波斯尼亚时是“空中吊车”，现在是“蓝色行动组”，下一次会叫另一个名字，但每次都是些同样年轻而坚毅的面孔）最后一次听听灰人的话。这些灰人是来自另一个星系，甚至可能是另一个宇宙或时间流的客人，知道地球的主人永远无从知晓的一些秘密（但克兹是不会在乎的）。让他们最后一次听听灰人，而不是“珍珠果酱乐队”或“苍蝇罐”或“愤怒机器乐团”；这些灰人愚蠢地以为人类具有更好的天性，所以向人类求饶。

“有变化了吗？”克兹的声音又一次问道。绿色的“基奥瓦”还在那儿，位于这一排悬在半空不动的武装直升机的下方，旋翼拍打着下面一棵高大的古松的树梢，震得树梢左摇右晃。“有吗，欧文？”

“没有，”他说，“丝毫都没有，头儿。”

“那就关掉那胡言乱语的玩意儿。天啊，这大好时间都给浪费掉了。”

欧文顿了片刻，然后小心而刻意地回答：“是，长官。”

6

克兹笔直地——用书本和电影里最为常见的话说，就是“直挺挺地”——坐在“基奥瓦”的右边座位上。尽管天色灰蒙蒙的，他却戴上了墨镜，可他的驾驶员弗雷迪仍然只敢用眼角看他。这是一副很时髦的包裹式墨镜，一旦戴上，你就无从知道头儿的视线正投向哪里。显然不能仅凭他脸孔的朝向来判断。

那份《德里新闻报》放在克兹的膝头上（上面的标题为：**神秘的空中亮光和失踪的猎人在杰弗逊林区引发恐慌**）。这时他拿起报纸，仔细折叠起来。他很擅长折纸，不消片刻，报纸就被折成一顶三角帽，而欧文·安德希尔的前途也随之宣告完结。安德希尔肯定以为自己将面临某种纪律处罚——克兹个人的处罚，因为这是一次不可告人的行动，起码到目前为止是这样——然后又会得到第二次机会。他好像没有意识到（这样也许更好；出其不意往往意味着攻其不备）这已经是他的第二次机会了。克兹已经多给了他一次所有其他人都不会有的机会，并已为此后悔了。他简直是*后悔莫及*。在商店的办公室谈过话后……在被特别警告过之后，欧文居然玩起了这种把戏。

“谁来下令？”克兹的专用频道里传来欧文的声音。

克兹心里一惊，没想到自己会有这么大的怒气。他愤怒主要是因为感到意外，这是一种最简单的情感，是人在出生后最早能够表达的情感。欧文居然在整个小组的公共频道里播放灰人的声音，这大大出乎他的意料；只是想看看有变化了没有，鬼才相信，完全是他妈的胡说八道。克兹的军旅生涯始于七十年代初期的柬埔寨，在这漫长而复杂的生涯中，欧文也许是他的最佳副手，但克兹照样要收拾他。因为在无线电里玩的把戏；因为欧文不肯吸取教训。这和波桑斯卡·诺维的那些孩子无关；和那些喋喋不休的声音也无关。和是否服从命令无关，和原则也无关。只和界线有关。他的界线。克兹的界线。

另外，还有那一声长官。

那声该死的带挖苦意味的长官。

“头儿？”欧文的声音有了一丝紧张，上帝保佑他，他居然还知道紧张。“谁来——”

“弗雷迪，”克兹说，“帮我接通公共频道。”

这时，突然刮起一阵大风，比武装直升机轻得多的“基奥瓦”顿时上下颠簸起来。但克兹和弗雷迪都不为所动。弗雷迪帮他接通了。

“大家听着，”克兹说，眼睛注视着那四架武装直升机，它们在树林之上云团之下一字儿排开，看上去犹如几只玻璃蜻蜓。在它们的前方，就是沼泽地和那艘已经倾斜的、光芒四射的碟形大飞船，其幸存的机组成员——或别的什么身份的人——正站在船舷底下。

“你们现在都听着，老家伙要训话了。你们在听吗？大声回答。”

是的，是的，收到，明白（偶尔还夹杂着一两声长官，不过这没关系；记性不好和存心无礼是两码事儿）。

“我不是个演说家，伙计们，我不会发表演说，但是我想要你们知道，眼下的情形不是——再说一遍，*不是*——可以用眼见为实来解释的。你们看到的是六十来个灰人，他们不男不女，只是看起来像人，就像仁慈的上帝刚刚创造出来时那样赤条条地站在那儿，于是你们会说，起码有些人会说，‘哎呀，这些可怜的家伙，全都一丝不挂，手无寸铁，连体会男欢女爱的工具都没有，一个个站在他们失事的星际列车旁求饶，在听到这些求饶声之后，如果还对他们下手，那岂不是成了一条狗，一个魔鬼吗？’而我不得不告诉你们，伙计们，我就是那条狗，我就是那个魔鬼，我就是那个后工业、后现代、秘密法西斯、政治上错误的男性战争狂人，赞美上帝，对所有在听我讲话的人来说，我是亚伯拉罕·彼得·克兹，即将退休的美国空军军官，编号241771699，我在领导这次行动，我是负责这一特殊的‘艾丽斯餐馆大屠杀’的古利中尉[①]。”

---

① 民谣歌手阿洛·古利著名歌曲《艾丽斯餐馆大屠杀》讲述的黑色幽默故事。

他深吸一口气，眼睛紧盯着半空中的直升机。

“不过伙计们，我还要告诉你们，从上世纪四十年代后期开始，灰人就一直不让我们安宁，而从七十年代后期以来，我也一直不让他们安宁。我可以告诉你们，如果有人举着双手朝你们走来，口里说着我投降时，赞美上帝，那并不意味着他的屁股里没有塞满炸药。如今的智囊团里有不少聪明绝顶的大人物，他们中的许多人说，我们引爆原子弹和氢弹，把灰人吸引了过来，正如灯光把飞蛾吸引过来一样。我不了解这个，我不大会用脑，我把用脑的事儿留给别人，留给那些榆木脑瓜，老话不是说过，榆木也有脑瓜吗？不过，我的眼睛可是好端端的，伙计们，我可以告诉你们，如果说那些狗娘养的灰人毫无害处的话，还不如说鸡舍里的狼揣着一副慈悲心肠呢！这些年来，我们抓到过不少灰人，但是一个都没有活下来。他们死后，尸体很快就会分解，完全变成你们所看到的下面的那个东西，也就是你们所说的里普利菌。有时他们还会爆炸。明白了吗？他们还会*爆炸*。他们身体里携带的真菌——不过也许是真菌在掌控着身体，智囊团里有些大人物就是这么认为的——很快就会死去，除非进入某种活的宿主之中，再说一遍，是*活的宿主*，而它最为喜欢的宿主，伙计们，赞美上帝，就是健康的活人。一旦哪怕是小指头的指甲里面沾上一丁点儿，你就在劫难逃，只能坐以待毙了。”

这不完全是事实——实际上，离事实简直相差十万八千里——不过，越是魂不附体的士兵越能殊死奋战。这是克兹得来的经验。

“伙计们，我们的灰人小朋友具有心灵感应能力，并且似乎可以通过空气把这种能力传给我们。就算我们没有染上真菌，也能染上心灵感应。你们可能会以为，来点儿测心术会很有趣，会让你无所不知，但是我可以让你们看得更长远一些，看到最终的后果，那就是：*精神分裂症，妄想症，脱离现实，然后是完全彻底地——再说一遍，***完全彻底地——发疯**。智囊团的人——老天保佑他们——认为，这种心灵感应的作用距离目前还相对较短，但是，用不着我来告诉你们，如果让灰人自由自在地安顿下来，事情可能会发展到什么地步。我要你们大家非常认真地听好我下面要说的话，我要你们把它当成性命攸关的大事来听，明白了吗？如果他们抓住我们，伙计们——再说一遍，如果他们抓住我们——而你们都知道以前发生过绑架，大多数声称被外星人绑架过的人都是在胡编乱造，但也有人不是——那些被放回来的人往往被移植进了什么东西。有些只是物体——也许是某种传导物或监控器——但还有些是活的东西，它们以宿主为食，越长越大，然后让宿主死无全尸。那些移植物就是你们所看到的下面那些生物放置的，他们在那儿赤条条地转来转去，一副纯洁无邪的样子，声称自己不会传染，可我们知道，他们全身上下从头到尾到屁眼到处都传染。在二十五年甚至更多的时间里，我看到那些家伙步步为营，我告诉你们，这个时刻终于来了，这是侵略，这是超级碗中的超级碗，而你们是在自卫。伙计们，他们不是无依无靠的小外星人，等在那儿指望有人给他们一张新英格兰的电话卡，以便能打电话回家。他们是恶疾，他们是毒瘤，而我们，赞美上帝，伙计们，是化疗过程中的一剂足量的、滚烫的放射性药物。你们听到了吗，伙计们？”

这一次没有“听到”，也没有“明白”，没有“收到”。只有毫不掩饰的惊叹，听起来紧张、急切而神经质。公共频道里传来的都是这类声音。

“是毒瘤，伙计们。他们是毒瘤。这是我所能想到的最合适的字眼，你们都知道，我不是演说家。欧文，明白了吗？”

“明白，头儿。”干巴巴的。干巴巴的，无动于衷，真该死。好吧，让他装酷好了。趁着还有机会，让他装酷吧。欧文·安德希尔彻底完蛋了。克兹拿起纸帽，欣赏地看着。欧文·安德希尔已经完蛋了。

“下面是什么东西，欧文？在飞船周围晃来晃去的是什么？今天早上出门前连裤子和鞋子都忘了穿的是什么？”

“是毒瘤，头儿。”

“说得对。好吧，你来下令，马上行动。下令时要有气势，欧文。”他知道武装直升机里的人都在看着他（他从来没有这样长篇大论过，从来都没有，也没有打过任何腹稿，除非是在梦里），于是十分刻意地将自己的帽子前后挪了个方向。

7

欧文看着托尼·爱德华兹把帽子前后挪了个方向，让帽檐朝后，戳在后颈上，听见布莱森和伯蒂纳利把枪弄得“咔哒”响，于是明白一切真的要发生了。士气非常高昂。他要么钻进车里驾车飞驰，要么站在路上让自己葬身轮下。克兹留给他的只有这两样选择。

接着他还想起了一件事，一件发生在很久以前、让他羞于启齿的事，当时他只有——多大？八岁？还是七岁？也许还要小。那时他们家还住在帕迪尤卡，他正在自家的草地上玩耍，他父亲在上班，母亲也出去了，可能去了浸信会恩惠堂，为她那没完没了的慈善糕点售卖会做准备（与克兹不一样的是，兰蒂·安德希尔说“赞美上帝”时可是真心诚意的），突然，一辆救护车开到隔壁雷普里奥夫妇家的门口。警报没响，只有警灯在不停地闪烁。两个穿着连身工作服（很像欧文现在所穿）的人一边跑步奔上雷普里奥家的便道，一边打开一副铮亮的担架。两人的脚步丝毫不乱。他们简直像在玩魔法。

不到十分钟之后，他们又出来了，雷普里奥太太躺在担架上。她双眼紧闭。雷普里奥先生跟在后面，没顾上关大门。雷普里奥先生原本与欧文的父亲年龄相仿，现在却突然显出老态。这也像是魔法。担架员把他太太抬上救护车时，雷普里奥先生朝右边看了一眼，发现欧文正穿着短裤跪在草地上玩球。*他们说是中风！*雷普里奥先生大声说道，*在圣玛丽纪念医院，告诉你妈妈，欧文！*然后，他爬进救护车后面，救护车开走了。在随后五分钟左右的时间里，欧文仍然在玩球，把它抛起来又接住，而在抛起和接住的间隙，他的眼睛总是瞥向雷普里奥先生没关上门，想着自己应该去关上。用他母亲的话说，帮忙关门就是一种体现教友之爱的行为。

他终于站起身，来到雷普里奥夫妇家的草地上。雷普里奥夫妇一直对他很好。其实也说不上有什么特别之处（用他母亲的话说，“不是那种让你半夜从床上爬起来、写封信向家人一诉为快的事情”），但是雷普里奥太太经常烤糕点，而且总是记着给他留一份；在性情开朗的胖老太太家的厨房里，他常常把一碗碗浇着糖霜的糕点吃得干干净净。而雷普里奥先生则教会他折叠能真正飞起来的纸飞机。是三种不同的飞机。所以，雷普里奥夫妇理当得到帮助，得到教友之爱。不过，他踏进雷普里奥夫妇家敞开的大门时，心里十分清楚，表达教友之爱并不是他进来的理由。表达教友之爱不会让你的小鸡鸡发硬。

有五分钟的时间——也可能是十五分钟甚至半个小时，就像在梦境中一样，时间变了——欧文只是在雷普里奥夫妇家里走来走去，什么也没有干，但是他的小鸡鸡却始终硬邦邦的，硬得发颤，仿佛是另一颗心脏在跳动。你也许会认为那样一定很痛，可他并不觉得痛，而是觉得*美妙*，只是在过了这么多年之后，他才意识到那无声的走动是怎么回事：那是前戏。由于他对雷普里奥夫妇没有反感，甚至还很*喜欢*他们，所以那种感觉就更好了。如果被人发现（事实上从来没有），被问到他为什么要那么干的话，他会说*不知道*，而且这是百分之百的真心话。

他干的事情并不多。在楼下的卫生间里，他找到一把牙刷，上面印有“迪克”两个字。迪克是雷普里奥先生的名字。欧文想在雷普里奥先生的牙刷上撒泡尿，他当时只是想干这个，可是他的小鸡鸡太硬，结果尿不出来，一滴都尿不出来。于是他朝牙刷上啐了一口，把唾沫戳进刷毛里，再把它放回牙刷架上。在厨房里，他往电炉上浇了一杯水，然后从餐具柜里拿起一个大瓷盘。“他们说是鹤鸟[①]，”欧文一边说，一边把盘子举过头顶，“一定是有小宝宝了，因为他说是鹤鸟。”接着，他把盘子扔向角落，一下子摔得粉碎，然后就撒腿逃了出来。不管那让他的身体憋得难受、让他的双眼觉得鼓胀的是什么，随着“哗啦啦”的一阵脆响，就像气泡被戳破一般，那种感觉顿时消失了。他的父母要不是过于担心雷普里奥太太的话，一准会发觉他不对劲。因此，他们大概以为他也只是在为老太太担心而已。在随后的一个星期里，他睡得很少，而且一旦睡着就噩梦不断。有一次，他梦见雷普里奥太太从医院回家了，带着鹤鸟送来的孩子，可那黑乎乎的孩子已经死了。欧文一直都深感愧疚和羞惭（但从来都没有去忏悔；

① 欧文将中文（stroke）听成了白鹤（stork）。

如果身为浸礼会教徒的母亲问他中了什么邪，他到底能怎么说呢？），不过，当他站在卫生间里，短裤褪到膝盖以下，想朝雷普里奥先生的牙刷撒尿时那种莫名的快意，以及盘子摔碎时掠过全身的颤栗之感，他却终生难忘。他估计当时如果不是年纪太小的话，自己会射了出来。那时的单纯就在于无知，快乐就在于那一阵脆响，后果则是自己长时间而又颇为快意地陷于悔恨和恐惧之中——为自己的所作所为而悔恨，担心被人发现而恐惧。雷普里奥先生说是鹤鸟，但是欧文的父亲晚上回来时，却告诉他是中风。雷普里奥太太脑部有根血管破裂，引发中风。

现在那种情形又出现了，那所有的一切。

也许这一次我会真的射出来，他想，肯定比试图朝雷普里奥先生的牙刷撒尿要他妈的痛快得多。接着，他把自己的帽子也前后挪了个方向。不过基本概念是一回事。

“欧文？”克兹的声音响了起来，“听见了吗，小子？如果你不马上回答，我就只能理解为你要么没能力，要么不愿意——”

“听见了，头儿。”他的声音很镇定。他眼前浮现出一个汗津津的小男孩把一个大瓷盘举过头顶的情景。“伙计们，你们想不想去踹外星人的小屁股？”

回应他的是异口同声的肯定答案，还夹杂着两声太他妈的想了和要把他们踹开花。

“你们想先听什么，伙计们？”

队歌，队歌，没错，还有的说他妈的滚石，快点儿。

“不想听这些的，说一声。”

无线电里一片沉寂。在另外一个欧文再也不会去听的频道里，灰人在用名人们的声音求饶。在他的右下方，是那架小巧的“基奥瓦OH-58”直升机。欧文不用望远镜也能看见克兹的帽子已经掉换了方向，而且克兹正在注视他。那张报纸还在他的膝头上，但现在不知怎么叠成了一个三角形。六年来，欧文·安德希尔从不需要第二次机会，这样也好，因为克兹从不给人第二次机会——欧文觉得自己对此一直心知肚明。不过，他会改日再考虑这个问题。如果非考虑不可的话。在他的脑海中，有个清晰的念头犹如电光一闪——你才是毒瘤，克兹，你才是——但闪光马上就消失了，取而代之的是一片黑暗。

“全体听着，我是‘蓝小子领队’。大家向我靠拢。在两百码的距离开火。尽量避免击中‘蓝小子’，但那些混蛋一个不留。康克林，放队歌。”

在“蓝小子二号”的地板上，放着一台随身听，吉尹·康克林按下一个按键，放进一张光盘。置身于“蓝小子领队”里的欧文不由自主地探身向前，调高了音量。

他的耳机里顿时响起“滚石乐队”的主打歌手米克·贾格尔的歌声。欧文抬起手，看到克兹朝他敬了一个礼——至于是嘲弄还是真心，欧文既不知道也不在乎——然后欧文也放下胳膊。每当群情振奋时，他们都会播放贾格尔所唱的队歌[①]，随着贾格尔的歌声，所有的直升机快速下降、靠拢，朝目标飞去。

8

飞船在降落时毁掉了大片树木，形成一条跑道，然后停在跑道的尽头。灰人——幸存下来的灰人——都站在飞船的影子里。一开始，他们没有想到要跑开或藏起来；事实上，其中一半甚至从飞船下走了出来，那没有脚趾的光脚踩在融雪、垃圾以及一摊摊金红色的苔藓一样的东西上。他们迎向一溜儿飞来的武装直升机，高举手指奇长的双手，以表明他们手无寸铁。那一双双巨大的黑眼睛在灰暗的天色中熠熠发亮。

直升机没有减速，尽管在短暂的时间里，他们所有人都在脑海中听见了那最后的呼求：*请不要伤害我们，我们无依无靠，我们快要死了*。与这声音像麻花辫般纠缠在一起的是贾格尔的声音：“*请允许我自我介绍，我是个既有金钱又有品位的人；多年来我四处游历，偷走了许多人的信仰和灵魂……*”

直升机突然转向，犹如玫瑰碗体育场里的步操乐团在跳方阵舞时

---

① 指下文滚石乐队名曲《同情魔鬼》，贾格尔是滚石主唱。

灵巧地转身一样，所有的机关枪同时开火。子弹下雨般地落在雪地上，射进已经受损的大树的枝条，在大船的船舷擦得火花四溅。还有无数子弹射入高举双手站成一团的灰人的体内，让他们的身体分了家。一条条胳膊离开了尚未发育完全的躯干，喷出一股股粉红色的液体。无数颗脑袋像葫芦似的炸开，将浅红色的东西撒在同伴以及飞船身上——不是血，而是那种苔藓般的东西，仿佛他们的脑袋里全是那玩意儿，根本就不是脑袋而是篮子，装的全是发霉变质的农产品。有几个灰人的身体从中间断成了两截，倒下时仍然举着双手维持投降姿势。灰人倒地后，身体变成灰白色，犹如煮熟了一般。

米克·贾格尔唱着："耶稣基督亲历怀疑和痛苦的时刻，我就在近旁……"

还有些灰人仍然站在船舷底下，这时似乎转身想逃，但已经无路可退。转眼间，大部分就中弹身亡。最后剩下的几个——共约四个——后撤到不太黑暗的阴影处。他们似乎在干着什么，在拨弄着什么，欧文突然有一种可怕的预感。

"我能干掉他们！"无线电里有人喊道。那是"蓝小子四号"里的迪弗里斯特，声音很急切，几乎在喘着粗气。他相信欧文会下令支持他，不容分说就将直升机几乎降到了地面，直升机的旋翼搅得积雪和泥水四下飞溅，灰蒙蒙一片，机身下的灌木丛也被气浪压得伏倒在地。

"不，不能去，快停下，马上回来，以五十码的间距返回基地！"欧文大声喊着，并在托尼的肩膀上捶了一拳。托尼的口鼻罩在透明面罩里，模样稍嫌怪异。他拉起操纵杆，"蓝小子领队"在不平稳的气流中上升。尽管音乐声很大——那疯狂的鼓点，"呜……呜……"的和声，《同情魔鬼》一遍还没有全部放完，起码现在还没有——欧文还是能听见部下在不满地抱怨。他发现"基奥瓦"已经飞得很远，显得很小了。不管克兹的心理有什么与众不同，他可不是个傻瓜。他还有着敏锐的本能。

"哎呀，头儿——"迪弗里斯特叫道，他似乎不仅感到失望，还很愤然。

“重复一遍，重复一遍，返回基地，蓝色行动组，返回——”

突然的爆炸震得他跌靠在座位上，直升机也像玩具般直冲向半空。在爆炸声中，他听见托尼·爱德华兹在骂骂咧咧，一边奋力推动操纵杆。后面也响起一片惊叫，许多人都受了伤，但他们只失去了平基·布莱森，他为了看得更清楚将上半身探出机舱，被冲击波震得掉了下去。

“稳住了，稳住了，稳住了，”托尼口里叫着，但欧文觉得起码是三十秒钟之后，托尼才真正稳住机身，而每一秒都像一个小时那么漫长。音响系统里的队歌停了，预示着康克林和“蓝小子二号”里的其他人情况不妙。

托尼让“蓝小子领队”转过头来，欧文发现挡风玻璃上有了两道裂痕。在他们身后，还有人在大叫——他后来才知道，迈克·卡瓦诺不知怎么少了两根手指。

“活见鬼！”托尼在自言自语，接着又说，“你救了我们一命，头儿，谢谢！”

欧文没怎么听见这句话。他正回头望着那片残骸：飞船已经断成至少三截。他看得不是很清楚，因为乱七八糟的东西正漫天飞舞，空中弥漫着一层红黄色的薄雾。相比之下，迪弗里斯特的直升机的残骸倒是更为醒目。它侧翻在泥水中，周围泡沫翻滚。在机身的左边，一大段折断的旋翼漂浮在水面上，仿佛一把巨桨。在大约五十码以外的地方，有个熊熊燃烧的淡黄色火球，更多的旋翼戳了出来，全都变了形，黑乎乎的。那是康克林和“蓝小子二号”。

无线电里又传来了声音，是“蓝小子三号”里的布雷基。“头儿，喂头儿，我看到——”

“‘三号’，我是‘领队’。我要你——”

“‘领队’，我是‘三号’，我看到了幸存者，再说一遍，我看到了‘蓝小子四号’的幸存者，至少有三个……不，是四个……我要下去——”

“不行，‘蓝小子三号’，不能下去。返回基地，以五十码的间距——不，以一百五十码，一百五十码的间距——返回基地，马上！”

“哎呀，可是长官……我是说，头儿……我能看见弗里德曼，他身上都他妈的着火了——”

“乔·布雷基，服从命令！”

别看克兹是个粗人，他却早早地从那些红色的玩意儿里安全脱身了。他几乎像是有先见之明，欧文想。

“你马上给我离开那儿，否则我让你下周去一个不许喝酒的热带地区铲骆驼粪！快离开！”

“蓝小子三号”不再说话。两架幸存的直升机以一百五十码的间距朝最初的集合地点返回。欧文坐在那儿，看见里普利菌在往上疯长，一边暗暗寻思着克兹是事先就已经知晓还是仅仅出于直觉，不知道自己和布雷基撤退得是否及时。因为很显然，它们的确具有传染性；不管灰人自己怎么说，它们的确具有传染性。欧文不知道这算不算为他们刚才的行动找到了理由，不过他猜想，雷·迪弗里斯特的“蓝小子四号”里的幸存者很可能已经成为行尸走肉。也许还要可怕：成了变异中的活人。天知道会变成什么。

“欧文。”无线电里传来了声音。

托尼抬起眉头，看了看他。

“欧文！”

欧文叹了口气，用下巴顶开开关：“收到，头儿。”

9

克兹坐在“基奥瓦”直升机里，报纸折成的三角帽依然放在膝上。他和弗雷迪都戴着面罩；参加这次行动的其他成员也一样。很可能就连这会儿躺在地面上的那些可怜家伙也仍然带着面罩。这些面罩也许没有必要，但克兹不想感染上里普利菌，所以要尽力防范，而更重要的是，他是老大，所以无论如何得做出表率。另外，他要显得深不可测。至于弗雷迪·约翰逊……嗯，他另有打算。

“收到，头儿。”他的耳机里传来安德希尔的声音。

“刚才打得好，飞得更好，而你的应变也非常高明。你救了好几条命。现在你和我马上返回，返回基地，明白了吗？”

“好的，头儿。明白了，非常感谢。”

如果你真的相信我说的这番话，克兹在心里说，那真是蠢到家了。

10

在欧文的后面，卡瓦诺还在又喊又叫，但声音已经变小。乔·布雷基那儿没有动静，他也许渐渐明白了那场漫天散开的红雾的意义，他们可能躲开了红雾，也可能没有。

“一切还好吧，伙计？”克兹问道。

“有人受伤了，”欧文回答，“但基本上还有一半人好好的。不过清洁工们可有得忙了，那儿已经一塌糊涂。”

欧文的耳机里传来克兹的哈哈大笑，笑声响亮而刺耳。

11

“弗雷迪。”

“到，头儿！”

“我们对欧文·安德希尔得盯着点儿。”

“是。”

“如果我们——‘帝国山谷’——需要突然撤离的话，安德希尔得留在这儿。”

弗雷迪·约翰逊没有说话，只是点点头，驾驶着直升机。小伙子还不错。知道自己应该站在哪一边，和某些人不一样。

克兹再一次转向他。

“弗雷迪，我们要以最快的速度返回那个冷清的小商店。我想要比欧文和乔·布雷基至少早到十五分钟。或者二十分钟，如果可能的话。

“是，头儿。”

“再帮我接通与夏延山的卫星上行链路。”

“没问题。五分钟左右就好。”

“三分钟吧，伙计。三分钟。”

克兹将身子靠在椅背上，看着从机身下掠过的松树林。那么广阔的树林，那么多的动物，还有不少人——在一年中的这个时节，他们大多是橘红色的穿戴。从现在起的一周之后——也许是七十二小时之后——它就会与月球上的山林一样死气沉沉。很可惜，不过，如果说缅因州有一样东西不缺的话，那就是树林。

克兹用手指尖转动着纸帽。如果可能的话，他希望看到欧文·安德希尔在停止呼吸后仍戴着它。

“他只是想听听它们是不是有什么变化。”克兹喃喃道。

弗雷迪·约翰逊知道自己得站在哪一边，所以没有吭声。

12

在返回戈斯林商店的途中，克兹乘坐的小型“基奥瓦”直升机很快就变成一个隐隐约约的黑点时，欧文的视线停留在托尼·爱德华兹的右手上：托尼的右手正握着直升机的 Y 形操纵杆，在这只手的拇指指甲根部，有一条金红色的弧线，看上去就像一线细沙。欧文低头打量着自己的双手，十分细致地察看着，就像还在与雷普里奥夫妇做邻居的那些年里，詹考乌斯基太太在个人卫生课上所做的那样。他现在还没有看到什么，他自己的手上什么也没有，但托尼的记号已经显露出来了，欧文猜想自己很快也会这样。

安德希尔家都是浸礼教徒，所以欧文对该隐与亚伯的故事烂熟于心。*你兄弟的血有声音从地里向我哀告*，耶和华说，于是**他**打发该隐去住在伊甸东部的挪得之地。用欧文母亲的话说，是打发他去与低等人住在一起。但是在该隐被打发去流离飘荡之前，耶和华为他立了一个记号，这样，即使是挪得的低等人也会知道他是什么人。此时此刻，看到托尼拇指指甲上的那一线金红，同时察看着自己的双手和手腕，欧文觉得自己终于知道该隐的记号是什么颜色了。

第十一章　蛋头博士之旅

1

亨利发现，自杀也有声音。它想自我辩解。问题是它不怎么说英语，往往说着说着就成了自己那支离破碎的洋泾浜。不过这没关系。只要能说似乎就够了。亨利允许自杀说话以来，生活有了巨大的改观。晚上甚至又能睡觉了（虽然次数不多，但是够了），白天也一直过得还不错。

直到今天。

驾驶“北极猫”的是琼西的身体，但是，此刻附身于他老朋友体内的那个东西却满是异类的形象和异类的目的。琼西可能也还在里面——亨利宁愿这么认为——不过果真如此的话，他现在也一定是被压得太深、太小、毫无力量，所以无济于事。过不了多久，琼西就会彻底消失，那或许倒是一种解脱。

亨利害怕现在控制着琼西的那东西能感觉到他，可它却疾驰而过，丝毫也没有减速。正朝彼得奔去。那么，接下来会发生什么？然后又去哪儿？亨利不愿意多想，也不愿意在乎。

他终于又朝营地走去，不是因为“墙洞”还有什么东西，而是因为没有其他地方可去。他来到写有**克拉伦顿**这个名字的院门前，朝戴着手套的手里又吐出一颗牙齿，看了一眼，就扔掉了。雪已经停了，但天空仍然阴沉沉的，他觉得风势似乎又加强了。收音机里是不是说过先后会有两轮暴风雪什么的？他记不清了，也不知道这是否要紧。

从他西边的某个地方，突然传来一声震天的爆炸。亨利呆呆地朝那边望去，可什么也没有看到。有什么东西坠毁或爆炸了，他头脑里那些喋喋不休的声音已经停止。他不知道两者之间是否有关联，也不知道自己是否应该在意。他踏着“北极猫”离去时在雪地留下的车辙，穿过敞开的院门，一步步靠近“墙洞”。

发电机发出平稳的轰鸣，在作为门前踏板的花岗岩石板上，房门大敞。亨利在门外停了片刻，打量着石板。他起初以为上面是血，但不管是新鲜的血还是凝固了的血，都不会有那种奇异的金红色光泽。不，他看到的是某种生长着的有机物。苔藓或真菌。或者其他的什么东西……

亨利微侧着头，吸了吸鼻子，轻轻地闻了闻——他十分清晰而又莫名其妙地想起了一个月前的一幕：在莫里斯酒店里，他一边闻着服务生刚刚倒好的酒，一边隔着桌子端详前妻朗达，心里想，*我们闻的是酒，而狗闻的是彼此的生殖器，最终的目的差不多是一回事*，突然间，他眼前浮现出牛奶从父亲的下巴流下来的情景；他朝朗达笑了笑，她也回了他一个笑容，他当时想，完事之后会多么轻松啊，如果要干的话，何不尽快开始，越早越好。

他现在闻到的不是酒味，而是一种潮湿的、带有硫磺的气味。他一时不明白这是什么气味，紧接着就想了起来：那个把他们害惨了的女人。这里也有她因肠胃问题散发出的那种气味。

亨利踏上石板，知道这是自己最后一次来这儿，不禁回忆起所有那些年月——其中的欢笑、聊天、喝酒、偶尔用用的便盆、1996年（也许是1997年）的食物争夺战、枪声、象征猎鹿季节的混有火药和血腥的苦丝丝的味道，以及死亡、友谊和童年荣耀的味道——的沉甸甸的分量。

他站在那儿，又闻了闻。气味更浓了，更像是某种化学物，而非有机物，也许是气味太浓的缘故。他朝里看去。地上有更多毛茸茸的霉状物，但实木地板仍然注目可见。不过，在纳瓦霍地毯上却长着密密麻麻的一片，以至于掩住了地毯的图案。很显然，不管那东西是什么，它在温暖的地方长势更好，但大体来说，它的长速令人恐怖。

亨利正要抬腿进去，转念一想，反而从门口退开两三步，愣愣地站在雪地里。他清楚地意识到了自己流血的鼻子和牙床中的豁口——早上醒来时，那些牙齿都还留在原地。如果那苔藓般的东西能产生某种通过空气传播的病毒，比如埃博拉病毒和汉滩病毒[①]，他很可能已经在劫难逃了，不管他再采取什么措施，也不过是亡羊补牢。但是话说回来，干吗要冒不必要的险呢？

他转身绕过墙洞，朝峡谷那边走去，脚下仍然循着离去的北极猫所压出的清晰车辙，以免在新下的雪中滑倒。

2

工具间的门也敞着。亨利可以看到琼西，是的，看得清清楚楚，他看到琼西取雪地摩托车之前在门口停留片刻，看到琼西一只手随意地扶着门框，看到琼西在侧耳倾听……听什么呢？

听那片寂静。没有乌鸦的聒噪，没有樫鸟的嬉闹，没有啄木鸟的忙碌，也没有松鼠的蹿跳。耳畔只有风声，偶尔有一团雪"噗"的一声从松树或云杉上滑落，打在下面新积的雪上。这儿的动物都已经消失，就像加里·拉森卡通片里那些憨态可掬的动物一样迁徙到了其他地方。

他在原地站了一会儿，回想着工具间内的模样。彼得更擅长此道——他会紧闭双眼站在这儿，食指来回晃动，然后说出每样东西的位置，就连最小的一盒螺丝钉都能说出来。不过亨利觉得在目前这种情况下不用彼得的拿手好戏，他自己也能对付。他昨天还来过这儿，想找样工具把厨房里变了形的橱柜门打开。他当时看到过他此刻需要的东西。

亨利迅速做了几次深呼吸，给肺里换进干净的空气，然后用戴着手套的手紧紧地捂住口鼻，才抬腿迈进工具间。他静静地站立片刻，让眼睛适应室内的昏暗。他要尽力为可能出现的意外做好准备。

视线清晰之后，他从此前存放雪地摩托车的地方走过，那里现在已经空空如也，地上只留下一层厚厚的油渍。不过，用来盖车的绿色

---

① 两种致死率很高的传染性病毒。

防水布被扔在一个角落里，上面也长了一片片金红色的玩意儿。

工作台上已经是一片狼藉——有一盒钉子和一盒螺钉被掀翻了，原本分类摆放得整整齐齐的东西都混成了一团。拉马尔·克拉伦顿用过的一只旧烟斗被扔在地上摔破了。厚厚的工作台里的所有抽屉都被拉了出来，而且就那样半敞着。比弗或琼西像龙卷风似的扫荡过这儿，想找什么东西。

是琼西。

没错。亨利可能永远无从知道琼西想找什么，但是来这儿的是琼西，这一点他知道，而且琼西要找的东西显然对他自己或他们两人至关重要。亨利心里想，不知道琼西找到了没有。不过他可能永远也不得而知。好在他自己要找的东西一眼就看到了，就在对面那个角落里，在一堆油漆罐和喷枪上面的钉子上挂着。

亨利依然用手捂着口鼻，屏住呼吸，朝工具间里侧走去。那儿至少有四个油漆工用的可以掩住口鼻的小面罩，用失去弹性的松紧带挂在上面。他把它们全都取下来，刚一转身，就看到有什么东西闪到了门背后。他差点儿倒抽一口冷气，但心跳顿时加速，胸腔里一直憋到现在的那两口气似乎猛地变得又烫又沉。但那儿什么都没有，只是他自己的想象而已。紧接着他又发现没错，那儿的确有东西。光线从敞开的门洞照进来，从工作台上方那脏乎乎的单扇窗户里也透进一些，而亨利其实是被自己的影子吓了一跳。

他四大步就出了工具间，右手拿着的油漆面罩前后晃荡。他强憋着胸腔里的那股浊气，沿着雪车压出的车辙又走了四步，才猛地一下大口呼出来。他弯着腰，双手拄在大腿膝盖之上的位置，一时双眼发黑，过了一会儿才恢复正常。

从东边传来了遥远的枪声。不是步枪的声音；那声音太响，太急速。是自动武器。亨利的脑海里出现一幅画面，它与牛奶从父亲下巴上流下来，和巴利·纽曼屁股着火般地逃离他办公室的画面一样清晰。他看到鹿、浣熊、土拨鼠、野狗、兔子在逃离这显而易见的瘟疫区时，成百上千地遭到扫射；他看到雪地被它们那无辜的（不过也可能已被感染）的血渐渐染红。这幅画面给了他始料不及的刺痛，它笔直切入他脑海中并未死去而只是在昏睡的地方，那里曾经对杜迪茨的哭泣产生强烈回应，形成巨大的共鸣，使他觉得自己的脑袋快要爆炸了一般。

亨利直起身来，发现左手手套的掌心处有新鲜的血迹，不由得又好气又好笑地仰天喊了一声：“*哎呀！真见鬼！*”他捂住了口鼻，拿到了面罩，打算在进“墙洞”时起码戴上两个，却完全忘了翻车在腿上造成的伤口。如果工具间里真有感染物，有那真菌传播的某种东西，那么，他现在多半已经感染上了。他固然采取了预防措施，实质上却徒劳无益。亨利的脑海中出现一块标牌，上面写着红色的大字：**生化危险区域！请屏住呼吸，并用手遮住你的每一处伤口！**

他呵呵笑了起来，抬腿朝木屋走去。好吧，仁慈的上帝，说到底，他并没有打算长生不死。

在西边，遥远的枪声仍然在响着。

3

亨利又一次站在“墙洞”敞开的门前，一边在后面口袋里摸索着，想找块手帕，虽然心里并没有指望……果然没有。在森林里度假时，有两大心照不宣的乐事，其一是可以随地小便，其二是想擤鼻涕时，只管头一低，鼻子一擤就是。让小便和鼻涕飞奔而出，能让人产生某种原始的快意……至少对男人是这样。想想看，女人居然会爱上那些最擅长此道的男人，对其他男人则看不上眼，这真是不可思议。

他脱下外套，再脱掉里面的衬衣，然后脱掉里面的保暖内衣。最里面一层是一件褪色的波士顿红袜队球衫，背后印有**加西亚帕拉**[①] 5几个字。亨利脱下球衫，绞成绷带状，缠在穿着牛仔裤的左腿那已经结了血痂的伤口上，心里再一次想到这是亡羊补牢为时已晚。不过，你还是会堵上缺口，对吧？没错，你会堵上缺口，并把它们修理得整整齐齐。这是生命延续的基本概念。似乎即使生命快要耗尽时，也仍然如此。

---

① 红袜队继泰德·威廉斯之后最有天赋击球手。

他上身已经起满鸡皮疙瘩，于是赶紧把其他衣服重新穿好，再戴上两个椭圆形的油漆工面罩。他打算把另外两个罩在耳朵上，同时想象着那窄窄的松紧带像皮枪套的肩带一样交叉地缠在后脑勺的情景，不由得笑出声来。然后呢？用最后一只面罩蒙住一只眼睛吗？

“如果要感染的话，就让它去好了。”他嘴上说着，心里却提醒自己还是小心为好；老拉马尔以前常说，小心一点对人绝无坏处。

就在亨利去工具间的这一小会儿工夫，“墙洞”里的真菌（或霉状物或别的什么东西）又长出了不少。纳瓦霍地毯已经被遮得严严实实，再也看不到哪怕是最小的图案。长沙发以及厨房和餐厅之间的案台上也一团团地长了些，在案台靠近起居室的一侧，放着三张圆凳，其中两张也未能幸免。那金红色的茸毛顺着餐桌的一条桌腿歪歪扭扭地往上爬，仿佛是沿着溅洒的食物一般形成一条细线，亨利不由得想起了蚂蚁，它们往往聚集在人们撒落的哪怕是最细的一线白糖上。也许最恼人的还是悬在纳瓦霍地毯上方的那蜘蛛网般的金红色茸毛。亨利目不转睛地看了好几秒钟，才明白是怎么回事：那是拉马尔·克拉伦顿的捕梦网。亨利觉得自己可能永远也无从知道这儿究竟发生了什么，但有一点他可以确定：捕梦网这次捕捉到一个真正的噩梦。

你不会真的还要进去吧？你已经看到它的生长速度有多快了。琼西从你旁边经过时看上去没有异样，但实际上却不对劲，这一点你知道。你感觉到了，所以说……你不会真的还要进去吧？

“我要进去，”亨利说，双层面罩在脸上涨鼓鼓的，“如果那玩意儿逮住了我……那么，我杀了我自己。”

亨利像《白鲸》里的斯塔布那样哈哈大笑着，朝木屋里面走去。

4

真菌稀稀落落地一团团、一片片地长着，只有一个地方例外。那个例外之处就是卫生间的门前，那儿的真菌几乎堆成了一座小山，它们挤成一团，在门口向上疯长，门框上的真菌至少已长到四英尺高。这小山似的生长物似乎长自某种海绵状的浅灰色媒介。在朝向起居室的那边，灰色的东西一分为二，呈现出一个V字形，使亨利不快地想到叉开的双腿。似乎有谁死在门口，然后尸体上长满了真菌。亨利想起念医学院时翻过的一本刊物，当时想查找什么东西而快速浏览一篇文章。里面有些照片，其中一张是法医拍的，很恐怖，亨利一直都无法忘记。照片上是一位谋杀受害者，被扔在树林里，赤条条的尸体在大约四天后才被发现。尸体的颈后、膝盖弯以及屁股缝里都长满了伞菌。

四天，当然了。可这地方今天早上还干干净净，只是……

亨利看了看表，发现它停在十一点四十分。现在是**东部标准无时间**。

他转头瞥了一眼门背后，突然很肯定有什么东西藏在那儿。

噢，只是琼西的伽兰德猎枪靠在墙上，别的什么也没有。

亨利扭转头来，然后又回过头去。猎枪上好像没有那黏糊糊的东西，于是亨利把它拿了起来。里面装有子弹，保险栓已经拉开，枪膛里有一颗子弹。很好。亨利把枪挎在肩上，再一次转身朝卫生间门口那堆令人不快的红色生长物走去。这儿充溢着浓烈的乙醚味，还混杂着硫磺或者其他更难闻的东西。他慢慢地穿过房间，朝卫生间靠近，强迫自己一步步地走上前去，唯恐（而且越来越确定）那堆如两条伸出的腿般的红色东西就是他朋友比弗留下的一切。不出片刻，他就会看到比弗那头黑色长发或“马丁大夫”牌皮靴所留下的残迹——比弗把那双皮靴称为自己的“同性恋团结声明”。比弗一直认为，“马丁大夫”牌皮靴是同性恋者相互辨认的秘密标志，不管别人怎么说，他都坚信不疑。同样，他还坚信，掌管世界的是那些姓罗斯柴尔德和格尔德法布的人，他们可能来自科罗拉多州某个位于地下深处的地堡。每次感到意外时，比弗最喜欢的口头禅就是 × 他祖宗。

但是，他完全无法判断门口那堆东西是否就是比弗，是不是人。眼前只有那个让人产生联想的形状。那堆海绵状的东西里有什么在熠熠发亮，亨利便探身向前细看，一边暗自想着，不知道自己这双潮湿的、未受保护的眼睛表面是否也已经长有一些微型的真菌。他看到的原来是卫生间的门把手。在它旁边还有一卷摩擦胶带，上面也长着那毛茸茸的玩意儿。他又想起后面工具间里的情景，想起工作台上的一片狼藉和拉得半开的抽屉。琼西去那儿就是为了找这个吗？一卷该死的胶带？他脑子里有什么东西——可能是那“咔嗒”一响，也可能不是——在说没错。可是为什么呢？看在上帝的分上，到底是为什么？

在过去的五个月左右的时间里，自杀的念头频频出现，而且停留的时间越来越长，总是用它的洋泾浜语言喋喋不休，所以，亨利的好奇心几乎消失殆尽。但此时此刻，好奇心又开始涌动了，犹如饥肠辘辘地醒来，而他却无法满足它的欲望，琼西是想用胶带把门封起来吗？是吗？想把什么关在里面呢？他和比弗显然也知道，这样对付不了真菌，因为它们会从门缝里钻出来。

亨利朝卫生间里面看去，喉咙里不由得“咕噜”一声。不管这栋房子里发生了什么令人恶心的疯狂事情，显然都是在这里开始，并在这里结束——他对此毫无疑问。整个房间变成了一座红色的洞穴，蓝色地砖几乎被那毛茸茸的玩意儿遮了个严严实实。面盆和马桶里面也长满了。马桶盖被掀了起来，靠在水箱上。他觉得座圈已经破了，掉进了马桶里，但不能十分肯定，因为那玩意儿长得太茂盛了。原本浅蓝色的浴帘现在变成了厚重的金红色，而且大部分已经从挂环上脱落，耷拉在浴缸里，连挂环上也长出了植物一样的胡须。

一只穿着靴子的脚从浴缸边沿伸了出来，上面也长满了真菌。那是一只“马丁大夫”牌皮靴，亨利可以确定。他似乎终于找到比弗了。他们为杜迪茨打抱不平那天的情景突然浮现在他眼前，那一幕非常鲜活清晰，恍如昨日。比弗穿着他那件傻模傻样的旧皮夹克，比弗接过杜迪次的饭盒，说你喜欢这节目吗？可他们从来都不换衣服！然后又说——

“× 他祖宗，”亨利对着长满真菌的木屋说，“他就是这么说的，他总是这么说。”他的眼泪夺眶而出，淌下面颊。如果真菌喜欢潮湿的话——从马桶里长出的丛林般的真菌来看，它显然喜欢潮湿——那么，它只管爬到他身上，饱餐一顿好了。

亨利懒得在意了。他手头有琼西的猎枪。真菌可以爬到他身上，但是在它开始享用甜点之前，他一定会早早地把自己解决了，如果有这种必要的话。

很可能有这种必要。

5

亨利记得在工具间里看到过几块破地毯，就堆在一个角落里。他寻思要不要去拿过来。他可以把它们垫在卫生间的地板上，然后走近浴缸去看个清楚。可是有什么用呢？他知道那是比弗，这位老朋友发明过不少亲我的大腿之类的俏皮话，而亨利丝毫也不想看到自己的朋友身上爬满红色的真菌，就像多年前在医学杂志上看到的那具长满伞菌的苍白尸体。如果多少能解答这里到底发生了什么事情，去看看也许无妨。可是亨利觉得看了也基本上无法明白这里发生过什么。

他现在最迫切的愿望就是离开这儿。那些真菌令人毛骨悚然，而且不仅如此，他还有一种更恐怖的感觉，觉得房子里似乎还有别的什么东西。

亨利从卫生间门口退开。餐桌上有一本平装书，封面上是一群背着干草叉跳舞的魔鬼。显然是琼西的书，同样也长了一丛真菌。

他渐渐意识到从西边传来了低沉的"嗡嗡"声，并迅速变成巨大的轰鸣。是直升机，而且这次不止一架。有很多，还是大型直升机。听起来似乎正朝着屋顶飞来，亨利下意识地猛然俯下身子。他眼前闪现出十来部越战电影中的画面，一时间，他十分肯定他们会端起机关枪对着这屋子一阵扫射。还可能用凝固汽油把它淋个透。

他们并没有采取任何行动就飞走了，但是的确飞得很低，震得厨房碗柜里的杯碟"乒乓"响。轰鸣声渐渐远去，先是变成"嗡嗡"声，然后若有若无。亨利站起身来。他们也许是去了杰弗逊林区的东端，去参加那儿的动物大屠杀。让他们去吧。他得离开这他妈的鬼地方，然后——

然后怎么样？到底怎么样呢？

他正在考虑这个问题时，从楼下两间卧室中的一间里传来某种声响。是一种窸窣的声音。紧接着是一片寂静，一时间，亨利还以为是自己想象过了头。可随后又响起一阵很低的"吱吱嘎嘎"声，就像电池快要耗尽时的机械玩具——比如铁皮猴子或鹦鹉——发出的声音。

亨利顿时全身起满鸡皮疙瘩，口里也干了，后颈窝的汗毛一束束地竖起来。

快离开这儿，快跑！

在听到这个声音并服从它的指令之前，他已经大步流星地朝卧室门走去，同时将肩上的猎枪取了下来。他血液里的肾上腺素顿时陡增，整个世界清晰地矗立在他面前。那种本能地倾向于安全、舒适的选择性感知消失了，他将一切尽收眼底：从卧室到卫生间的一溜血迹，一只被丢弃的拖鞋，还有长在墙上的手印状的怪异红霉。接着，他走进门去。

那东西就在床上，也说不清到底是什么；亨利觉得像是一只被截肢的鼬鼠或土拨鼠，后面拖着一条胞衣似的血红色长尾巴。不过，他还从未见过哪一种动物——在波士顿海洋馆里看到的海鳗可能除外——长着这么大的黑眼睛，简直是大得不成比例。另外，它张开那发育不全的线状嘴巴时，满嘴骇人的牙齿露了出来，像钢针般又细又长。

在它身后，有上百个棕黄色的蛋在被血浸透了的床单上蠕动。它们与大号玻璃球一般大小，外壳糊着一层鼻涕状的黏液。亨利发现，每个蛋里都有一个颤动的、毛茸茸的影子。

那个鼬鼠般的东西抬起头，犹如蛇从驯蛇师的篮子里探出身一样，对着他"吱吱"怪叫。它趴在床上——那是琼西的床——可似乎不怎么能动弹，那双发亮的黑眼睛瞪着他。它的尾巴（不过亨利觉得那更像是某种抓取用的触手）前后摆动着，然后将身体挪到那些蛋上，尽力掩住它们，好像要保护它们一般。

亨利发现自己像一位被注射了大量氯丙嗪的无助精神病患者一样，正在机械地重复念叨着同一个字眼：*不*。他扛起枪，对着那东西，尽力瞄准那颗左躲右闪的令人恶心的尖脑袋。*它知道我要干什么，它至少知道这一点*，亨利冷冷地想着，然后扣动扳机。

这是近距离射击，而那生物也似乎无法逃避；也许是下蛋耗尽了它的体力，还可能是它受不了寒冷的环境——"墙洞"的大门敞着，这里的确是寒气袭人。枪声在封闭的房间里非常响亮，那东西扬起来的头颅被打得脑浆迸溅，在后面的墙上留下一团团污渍。它的血与真菌一样呈金红色。那脑袋搬了家的身子滚到床下，落在一堆亨利没见过的衣服上：一件褐色外套，一件橘红色背心，一条卷边牛仔裤（他们几个从来不穿卷边牛仔裤；上初中的时候，穿这种裤子的人被称为“搅屎棍”）。有几个蛋也跟着滚了下来，大多都掉在衣服上或琼西那堆横七竖八的书上，因此完好无损，但还有两个落在地板上摔破了。像蛋白一般的灰白色物质流了出来，每个蛋里流出了大约一汤匙。蛋里有种毛茸茸的东西，它们蠕动着，似乎在用那针尖一般大的黑眼睛瞪着亨利。亨利看着这一切，差点儿放声尖叫。

他转身踉踉跄跄地走出房间，双腿已经跟桌子腿一样毫无知觉。他觉得自己就像一个木偶，被一个本意虽好却技艺生疏的人操纵着。他也不清楚自己要去哪儿，他来到厨房，弯腰拉开水槽底下的橱门。

“我是蛋头博士，我是蛋头博士，我是海象！咕——咕——咕！”①

他不是唱出了这段词儿，而是用激励的语气高声朗读出来，他没有想到自己还有这种技能。这是来自十九世纪的滑稽演员的声音。想到这里，他眼前出现了另一幅画面——天知道是怎么回事——只见埃德温·布斯②全身《豪情玫瑰》的装扮，头戴插有羽毛的帽子，口里念着约翰·勒隆的歌词，亨利不由得大笑出声——哈！哈！

我要疯了，他想……不过这没什么。像达达尼昂③一样背诵“我就是海象”总好过回想刚才那些情景：那东西的血溅到墙上，从浴缸里伸出来的长满霉状物的“马丁大夫”牌皮靴，特别是那些蛋摔破后流出来的一摊蠕动着的毛茸茸的东西，它们居然长着眼睛，那些眼睛全都瞪着他。

他拿开洗洁精和铲斗，接着就看到那罐黄瓶装的斯巴克斯牌液体燃料。那个控制着他的技艺生疏的木偶操纵者扯了扯亨利的手臂，然后让他的右手抓住那罐燃料。他拿着它返回起居室，在壁炉架旁停留片刻，将那儿的一盒火柴拿在手中。

---

① 典出甲壳虫乐队歌曲《我是海象》。

② 美国十九世纪最著名演员。

③《三个火枪手》中的角色。

“我就是他，你就是我，我们是三位一体！”他一边朗诵，一边快步回到琼西的卧室，以免他脑海中那个惊魂未定的人控制住他的思想，要他掉转身子飞速逃离。那个人一直都要他飞速逃离，除非他倒在地上不省人事，或已经死去。

床上的蛋也在逐个破裂。二十多个毛茸茸的东西在浸透了血的床单上或琼西的枕头上蠕动。其中一个抬起瘤子般的脑袋，对着他“吱吱”怪叫，那声音又尖又细，几乎难以听见。

亨利不让自己有任何犹豫，只要稍一犹豫，他恐怕就再也难以动弹（除非是向门口奔去）。因此，他两步跨到床脚旁。有个毛茸茸的东西就像显微镜下的精子一般，用尾巴推动着自己在地板上朝他滑来。

亨利一脚踏了上去，一边用拇指扒开罐口上的红色塑料盖。他把喷嘴对准床上用力猛按，同时手腕来回晃动，还喷了不少在地上。当液体燃料喷在那些毛茸茸的东西身上时，它们发出“喵喵”的尖叫，就像刚刚出生的小猫。

“蛋头博士……蛋头博士……海象！”

他脚下踩着另一只毛茸茸的东西，看到还有一只用小尾巴撑住自己，将身子贴在他的牛仔裤腿上，试图用那还很幼嫩的牙齿咬穿他的衣服。

“蛋头博士。”亨利喃喃自语着，一边用另一只脚上的靴子把它蹭了下去。没等它来得及爬走，亨利就一脚跺在它身上。他突然发现自己全身上下全汗湿透了，外面正天寒地冻，如果就这样走出去（而他又必须出去；他不可能待在这儿），他大概就死定了。

“不能待在这儿，不能不休息！”亨利再一次用激励的语气高声喊道。

他打开火柴盒，可双手却哆嗦得厉害，将一半火柴撒在了地上。更多的线状蠕虫在朝他爬来。它们也许懂得不多，却知道他是敌人，没错；它们知道这一点。

亨利捏着一根火柴，举起来，用大拇指顶住火柴头。这是彼得早年教会他的小把戏。只有朋友才总是教你各种有益的本事，对吧？比如怎么给你的好兄弟比弗举行一场北欧海盗式的葬礼，同时将这些小毒蛇一并铲除。

“蛋头博士！”

他划动火柴头，只听见“哧”的一声，火苗燃了起来。燃烧的硫磺味与他刚进屋时闻到的味道很相似，与那位大块头女人的臭屁味很相似。

“海象！”

他把火柴扔向床脚，那儿有一床皱巴巴的羽绒被，现在已经满是液体燃料。有片刻时间，蓝色的火焰沿着小火柴棒有气无力地闪烁着，亨利以为火焰会熄灭。可紧接着，随着“砰”的一声轻响，羽绒被上腾起一团不小的黄色火焰。

“咕——咕——咕！！”

火焰爬上床单，把一摊摊血迹变成了黑色。它朝那堆粘有一层胶冻状东西的蛋蔓延过去，尝了尝它们，发现味道不错。那堆蛋接二连三地爆裂，发出一串沉闷的“砰砰”声。蠕虫也被烧着了，更多小猫似的叫声响起。那些蛋爆裂后，液体流了出来，“嗞嗞”作响。

亨利一边从卧室里退出来，一边喷着液体燃料。当他走到纳瓦霍地毯的中央时，罐子已经空空如也。他把它抛到一边，又划了一根火柴扔下去。这一次，马上响起“嗖”的一声，顿时蹿起一股橘黄色的火焰。热浪炙烤着他汗涔涔的脸庞，他心里突然涌起一种强烈而快意的冲动，很想拉下油漆面罩，直接走进火中。你好热浪，你好夏天，你好黑暗，我的老朋友。

他之所以没有这样，是出于一个既简单又充分的理由。如果他现在半途而废，无异于白白承受了自己那些沉睡多时的感情苏醒过来时的痛苦。对于这里发生的一切，他可能永远也不会了解得清清楚楚，但是，他至少也许能从那些驾驶直升机射杀动物的人那儿得到部分答案。当然，前提是如果他们不朝他开枪的话。

亨利站在门口，突然想起一幕清晰得令他心如刀绞的往事：杜迪茨想把鞋子倒穿在脚上，比弗蹲在他面前，对他说：我来帮你吧，伙计，而杜迪茨则睁大眼睛不解地望着他——那模样总是让人不由自主地喜欢——问道：帮——鞋鞋？

亨利痛极而泣。“再见了，比弗，”他说，“我爱你，伙计——这是发自肺腑的真心话。”

接着，他走到寒冷的屋外。

6

他绕到“墙洞”的另一边，这里有一堆木柴。旁边还有一块防水布，很有年头了，黑色已经变成了灰色。防水布被冻在地上，亨利用双手使劲拉扯，才把它拉了起来。防水布下横七竖八地堆着些东西，有雪鞋、冰鞋和滑雪板，还有个古董般的冰钻。

看着这一堆不起眼的、多年未用的冬季装备，亨利突然觉得自己非常疲惫……不过，疲惫这个词实在是太温和了。他来到这儿已经步行了十英里，其中多半还是一溜小跑。他还经历了一场车祸，然后又发现一位童年好友的尸体。他相信另外两位童年好友也同样离开了他。

如果不是本来就想自杀，现在我肯定彻底疯了，他这么想着，不由得哈哈大笑。笑一笑感觉真好，不过丝毫没有减轻他的疲惫。他还是得离开这儿。得找到几位权威人士，把这一切都告诉他们。他们也许已经知道了——从他听到的那些声音判断，他们一准是知道了什么，可他们采取的措施让亨利感到不安——不过他们可能还不知道那些鼬鼠般的东西。还有那些蛋。他，亨利·德夫林，将告诉他们这一切——还有谁比他更合适呢？说到底，他是蛋头博士啊。

雪鞋的牛皮带被无数只老鼠咬过，所以鞋子本身差不多成了空架子。仔细翻找之后，他发现了一对粗笨的越野滑雪板，看样子可能是1954年前后的经典款式。夹子已经锈迹斑斑，但是他用两个大拇指用力推时，它们还能活动，勉强夹住了靴子。

这时，木屋里传来持续不断的“噼啪”声。亨利把一只手贴在木头上，感觉着它的热度。屋檐下靠着一排各式各样的滑雪杆，它们的手柄上布满脏兮兮的蜘蛛网。亨利不愿意去碰那些玩意儿——他刚才看到了那些蛋以及那鼬鼠般的东西产下的不断蠕动的小仔，那情景仍然历历在目——不过好在他戴着手套。他拂开蜘蛛网，动作敏捷地挑选着滑雪杆。透过身旁的窗户，室内飞扬的火花已经清晰可见。

他找到两根对他颀长的身材来说显得稍短的滑雪杆，然后不太熟练地朝屋子的拐角滑去。他脚下踩着旧式滑雪板，肩上扛着琼西的猎枪，觉得自己就像阿利斯泰尔·麦克莱恩电影中的纳粹雪上骑兵。他刚刚转过拐角，刚才所站之处旁边的窗户就“砰”的一声被震开了，那响声大得惊人，就好像有人从二楼窗户扔下了一个大玻璃碗。亨利缩起肩膀，感觉到有些碎玻璃飞到了他的外套上。还有些掉进他的头发里。他心里明白，如果自己多耽搁二三十秒钟在那些滑雪板、滑雪杆中挑挑拣拣，那爆炸的玻璃可能已经削掉了他的大半张脸。

他抬头仰望着天空，像阿萨·约尔森[①]那样摊开双手，掌心朝上挨着面颊，说：“上天眷顾我！太好了！”

火舌已经从窗户里伸了出来，舔舐着屋檐下面。室内温度上升，他耳边传来更多的爆裂声。这是拉马尔·克拉伦顿的父亲的营地，早在二战结束后就已建成，而现在却烧得不亦乐乎。这显然是一场梦。

亨利绕着屋子滑着，刻意与它保持一段距离，并目送那一串串火花从烟囱里飞出，盘旋着飘向低矮的云层。从遥远的东边，仍在传来持续的枪声。有人要突破极限，没错。而且不止是他们自己的极限。还有西边的那一声爆炸——上帝啊，那又是怎么回事？只有天知道。如果他能好好地回到其他人那儿去，也许他们会告诉他。

“如果他们不打算连我也一起干掉的话。”他说。他的声音听起来干涩沙哑，他这才意识到自己渴得要命。他小心翼翼地弯下腰去（他已经十多年没有碰过任何滑雪板了），捧起一把雪，往嘴里塞了一大口。他让雪慢慢融化，流进喉咙。简直是沁人心脾。亨利·德夫林，这位精神病医生，一度就“海明威方案”撰写过论文的作者，曾经的童男子，如今是一个身材瘦高的讨厌鬼，眼镜老是滑到鼻尖，头发开始花白，而他的朋友们则死的死，逃的逃，变的变，此时此刻，他站在一幢自己再也不会重返其中的木屋前，站在它敞开的院门口，脚下

① 阿萨·约尔森（1886—1950），美国歌手、演员。

踏着滑雪板，口里吃着雪，就像圣地马戏团[①]的孩子吃冰甜筒一样。他站在这里，眼睁睁地看着自己一生中最后一个真正的好地方被焚之一炬。火焰从木瓦上蹿出来。融化的积雪变成冒着热气的水流，顺着腐锈的天沟哗啦啦地往下淌。长长的火舌在敞开的门里伸进伸出，犹如热情的主人在邀请新来的客人快进来，快进来，真该死，趁着这地方没烧垮，快把你的屁股挪进来。长在花岗岩石板上的金红色绒毛烧焦了，失去了原来的色泽，变成了死灰。“很好。”亨利低声咕哝道。他双手握着滑雪杆，正下意识地一松一紧。“很好，太好了。”

他就这样一动不动地又站了十五分钟，直到再也无法忍受，才转过身子，背对着火焰，沿着来时的路滑去。

7

他不再觉得心急火燎。他有二十英里路要赶（准确地说是 22.2 英里，他告诉自己），如果不控制速度的话，恐怕永远也赶不到。他一直顺着雪地摩托车压出来的车辙前进，歇息的次数比来的时候要多。

唉，不过我来的时候更年轻呀，他带着一丝自我解嘲想道。

他看了两次手表，忘记了现在是杰弗逊林区的**东部标准无时间**。由于头顶阴云密布，他唯一能肯定的是，此刻仍然是白天。当然，是下午，可到底是两三点还是五六点，他就不得而知了。如果是别的哪一天的下午，他可以根据自己的胃口来判断，但今天不行。今天，他看到了趴在琼西床上的那东西，看到了那些蛋，看到了那些长着黑色大眼睛的毛发状玩意儿。今天，他看到了那只从浴缸里伸出来的脚。他觉得自己再也不会有胃口了……就算有胃口的话，他也绝对不吃任何带有一丝红色的东西。蘑菇呢？不用，谢谢。

他发现，滑雪——起码是踩在这种粗笨的越野滑雪板上——跟骑自行车有些类似，一旦学会你就永远也不会忘记。上第一个山头时他摔过一跤，滑雪板从脚底下飞了出去，但下山却晕晕乎乎地一溜儿滑了下来，中途只是踉跄了两步，而并没有摔倒。他猜想，这滑雪板可

---

① 美国著名马戏团，成立于 1906 年，每年在美加各巡演四五十次。

能自花生农[①]当总统以来就不曾打过蜡，但只要他顺着雪地摩托车压出的大体平坦的车辙滑行，应该不会有什么问题。看着“深辙路”上满处星星点点的动物足印，他不禁大为惊讶，因为他此前见过的动物还不及其十分之一。有几头牛是沿路而行，但大多数却自西向东穿了过去。这条路朝着西北方向缓缓延伸，而西边显然是本地的所有动物竭力逃离之处。

我踏上了旅途，他对自己说，也许有一天，有人会就此写一部史诗，题名为《亨利之旅》。

“没错，”他说，“时间放慢了脚步，现实已扭曲变形；蛋头博士一步一步往前行。”说到这里，他笑了起来，但笑声却在干涩的嗓子里变成了一阵干咳。他滑到车辙的一侧，又捧起一把雪吃了下去。

“真好吃……而且对你有好处！”他大声说，“雪啊！不仅仅是当早餐了！”

他抬头往天上看去，这是一个错误。他顿时头昏眼花，以为自己会马上仰面摔倒。但这阵晕眩很快就过去了。头顶上的乌云似乎更阴沉了。又要下雪了吗？还是夜幕快要降临？要不就是两者同时而至？他的膝盖和脚踝因为滑雪板不停的拖动而十分酸痛，手臂则因为挥动滑雪杆而更加疼痛。不过最难受的还是胸前的肌肉。他自认天黑前绝对是赶不到戈斯林商店了；此时此刻，他站在这里，大口嚼着雪，突然想到也许他这辈子都赶不到戈斯林商店了。

他松开缠在腿上的红袜队球衫，突然看到蓝色的牛仔裤上有一抹鲜亮的红色，不由得十分惊恐。他的心脏剧烈地跳动起来，眼睛也一阵发花。他颤抖着手指伸向那抹红色。

*你以为你这是要干什么？*他嘲弄着自己，*像摘掉一根线或一小片羽毛那样把它摘下来吗？*

他*的确*是这么做的，因为那*的确*是一根线，是从球衫的队标上掉下来的一根红线。他松开手指，目送它飘落在雪地上。然后，他用球衫重新缠住牛仔裤的破洞。就在不足四小时之前，他还一直在考虑各

① 指詹姆斯·卡特总统。

种各样的自尽方式——绳子和套索，浴缸和塑料袋，桥墩和始终流行的“海明威方案”（在有些地方也被称为“警察的道别”）——可在刚才那一两秒钟的时间里，他居然被吓得够呛。

因为我不想要那种下场，他对自己说，不想活活地被……

“被来自某个神秘星球的毒菌给吃掉。”他说。

蛋头博士再度出发。

8

世界缩小了，每当我们事情没有做完或甚至快要做完而自己又体力不支时世界总是会缩小。亨利的生活被简化成了四个简单的重复性动作：双臂在滑雪杆上用力，脚下的滑雪板在雪地里推进。他的疼痛感渐渐消失，至少暂时是这样，整个人也进入了一种异样的状态。他记得以前与此有些类似的状态只发生过一次，那还是中学时代，当时他是德里老虎篮球队的中锋。在后来不得不拖入加时的关键一场常规赛中，第三节刚刚开始不到三分钟，他们的四名优秀队员中就有三人因犯规被罚下场。教练让亨利留在场上打完全场——除了停表罚球，他没有投进一个球。他打完了全场，当最后的哨声响起，整场比赛结束时（老虎队很漂亮地输了），他有一种飘飘然的感觉，仿佛置身于一个幸福的梦境。在返回球员更衣室的半路上，他双腿发软，一下子倒在地上，脸上仍然挂着傻乎乎的笑容，而他的队友们则穿着红色运动装，又笑，又叫，又鼓掌，又吹口哨，闹成一团。

但是在这里却没有人鼓掌或吹口哨，只有从遥远的东边传来的持续不断的枪声。也许没有前一阵那么急了，可是仍然很响。

他听见自己哼着他最不喜欢的“滚石”歌曲《同情魔鬼》（确保比拉多[①]已经洗手不干，非常感谢，你真是了不起的听众，晚安），当他意识到这首歌与琼西在医院里的情景搅成一团时，便停了下来——今年三月份时的琼西看上去不仅憔悴，而且似乎缩小了，仿佛他的精神已经凝聚起来，在他受到惊吓和伤痕累累的身体外形成了一

---

① 下令钉死耶稣的罗马执政官。

层牢固的保护层。亨利觉得琼西很可能性命难保，不过后来却保住了命，而亨利现在才意识到，正是在那段时间，他自己才认真考虑起自杀的念头。长期以来，每天晚上夜深人静时，各种令人不快的画面在他脑海中一一闪现：白色泛蓝的牛奶从父亲的下巴流下来；巴利·纽曼从他的办公室逃走时，硕大的臀部晃晃悠悠；里奇·格林纳多拿着一团狗屎，要衣服几乎被扒光、在那儿嘤嘤哭泣的杜迪茨·卡弗尔吃下去，一定要他吃下去。而从那以后，各种画面中又增加了琼西的形象：琼西瘦得不成形的脸庞和空洞迷茫的眼睛，琼西简直是无缘无故地跑到了大街上，琼西似乎准备即刻穿上布吉鞋离开镇子。他们说他的情况已经稳定下来，可是，从他老朋友的眼神里，亨利却发现了“生死攸关”这个词。同情魔鬼吗？拜托。根本就没有上帝，没有魔鬼，也没有同情。而一旦明白了这一点，你就有麻烦了。在“文化美国”这所大型游乐场中，你作为合格游客的日子就不多了。

他听见自己还在唱着——可让你不解的是我的游戏的性质——于是又让自己停了下来。那么，再唱什么呢？要真正不用脑子的。要不用脑子，没有意义，而且很有趣，能很好体现“文化美国”的东西。“指针姐妹合唱团”[①]的那首怎么样？那首不错。

他低头看着不断移动的滑雪板和雪地摩托车压出的平行轮胎印，又唱了起来。过了不久，他的衬衣已经被汗水浸透，清鼻涕从鼻子里流了出来，在上嘴唇上结了冰，而他还在一遍又一遍没腔没调地小声哼道：“我知道我们能行，我知道我们能行，我们会有办法，是的我们能行——能行是的我们能行是的我们能行……”

感觉好些了。好多了。所有这些我们能行——我们能行是美国文化的绝佳体现，正如保龄球馆停车场上的福特皮卡、杰西潘尼的内衣大甩卖，以及淹死在浴缸里的摇滚明星一样。

9

就这样，他终于回到了之前安顿彼得和那女人的贮木棚。彼得不

① 美国女子组合，二十世纪七八十年代走红，影响深远。

见了。周围没有他的踪影。

贮木棚的锈铁皮屋顶已经垮塌，亨利把像金属床单般地掀起来看了看，以确定彼得是否在下面。彼得不在，可那女人在里面。亨利动身去“墙洞”时，那女人在另一边，显然是在爬到这儿或被挪到这儿的半途中一命呜呼了。她的衣服和面孔上爬满了锈红色霉状物，与木屋里四处蔓生的情形一个样，不过亨利还注意到一个有趣的现象：她身上长的那些虽然很茂盛（特别是在鼻孔和睁开的眼睛上，已经成了一片小丛林），但是在她身旁不规则地蔓延开来的那些却遇到了麻烦。位于她身后的、与火堆隔开的真菌已经变成灰色，且不再蔓延。她面前的长势稍稍要好——因为比较温暖，而地上的积雪也已经融化——不过，它们的须尖也变成了火山灰般的颜色。

亨利可以确定，它们的生命快要结束了。

白天也快要结束了——这一点已经毫无疑问。亨利松开手，让那块生了锈的波纹铁皮重新盖住贝姬·休的遗体和火堆的余烬。然后，他再一次望着雪地摩托车的车辙，像刚才在木屋时一样，真希望纳蒂·班波[①]就在身旁，给他解释一下他所看到的一切。或者有琼西的好朋友赫丘里·波洛[②]在这儿也行，那些灰色的小细胞什么都不告诉他。

车辙在朝西北方向的戈斯林商店继续延伸之前，突然转向塌陷的贮木棚。雪地上有一个差不多是人形的深印。人形的两边还有些圆形的印迹。

“你怎么看，赫丘里？”亨利问，“这说明了什么，我的朋友？”但赫丘里却一言不发。

亨利又低声唱了起来，一边弯下身去细看一个圆印，他没有意识到自己抛开了“指针姐妹合唱团”那首歌，重新唱起了“滚石”的歌曲。

光线还不是太暗，所以他不难看清人形左侧的三个圆印的图案，

---

① 库伯系列小说《皮袜子故事集》中的主人公，以聪明著称。

② 阿加莎·克里斯蒂笔下神探。

同时想起彼得的粗呢外套上右手肘关节部位的一块补丁。彼得曾经颇为自得地告诉亨利，那是他的女朋友缝的，她说彼得不该穿着破衣服去打猎。亨利记得自己当时觉得既伤感又滑稽，彼得居然凭着这个单纯的善意之举，就构筑起对于幸福未来的憧憬……说到底，这一举动很可能与该女士所受的教养有关，而不是出于她对自己这位成天泡在酒缸里的男朋友的感情。

不过这已经无关紧要了。重要的是，亨利觉得终于可以得出一个合理的推论。彼得从坍塌的屋顶下爬了出来。琼西——或者说那团云，也就是此刻控制着琼西的东西——过来了，转向倒塌的棚子，把彼得带走了。

为什么呢？

亨利不得而知。

他的朋友拄着双肘从铁皮底下艰难地爬出来后，倒在雪地上，压出了这个人形的雪印，但留在雪印上的斑斑点点不完全是霉状物。有些是干了的血迹。彼得受伤了。是屋顶垮塌时割伤的吗？仅仅是这样吗？

亨利发现，从彼得的身体所躺之处过去，有一道歪歪扭扭的痕迹。痕迹的尽头有一样东西，亨利起初以为是一截烧焦的木棍，走近一看却并非如此。原来又是一只鼬鼠般的东西，被火烧过，已经死了，没有烧焦的部位变成了灰色。亨利用靴尖把它踢到一旁。它的身下有一小堆被冻住的东西。是更多的蛋。一准是死的时候还在下蛋。

亨利不寒而栗，同时用脚踢着雪，把那堆蛋和那小怪物的尸体掩埋起来。他再一次解开临时绷带，看了看腿上的伤口，就在这时，他意识到自己嘴里哼的是什么歌了。他止住了歌声。又开始下雪了，但现在只是随风飘落的零星小雪。

“为什么我总是唱这个？”他问自己，“为什么这该死的歌总是一遍遍地回到我的脑海里？”

他没有指望得到答案；他之所以这么大声提问，主要是为了听到自己的声音，让自己好受一些（这是一个死亡之地，甚至可能是一个鬼魂出没之地），可到头来却传来了一个答案。

"因为这是我们的歌。是队歌，每当我们士气高涨时都要放这首歌，我们是克鲁斯的部下。"克鲁斯？对吗？汤姆·克鲁斯那个克鲁斯？也许不完全对。

东边的枪声已经大大减弱。动物大屠杀已接近尾声。但那边有许多人，穿着或绿或黑而非橘红色衣服的一长队猎人，他们正在忙碌，为一份令人难以置信的屠宰单不断地凑着数字，一边反复听着这首歌：*我开着大坦克，戴着将军军衔，当闪电战进行得如火如荼，尸横遍地发出腐臭……幸会，希望你能猜出我是谁。*

这儿到底是怎么了？他不是指这荒蛮、精彩、疯狂的**外在世界**，而是他头脑里的世界。他对自己的全部生活——起码是认识杜迪茨之后的生活——有过灵感乍现般的理解，但从来没有发生过现在这样的事情。这到底是怎么回事？他是不是该认真琢磨一下这种崭新而强烈的看到路线的方式？

不。不要，不要，不要。

可是，就像要嘲弄他一般，他脑海里的那首歌又响了起来：*将军的军衔，尸横遍地发出腐臭。*

"杜迪茨！"他在这将近黄昏的灰蒙蒙的天色中大声呼喊；雪花懒懒地飘落，犹如从破枕头里掉下的羽毛。有个念头挣扎着要出来，可是它太大，太大。

"*杜迪茨！*"他再一次用蛋头博士的激励语气喊道，并明白了一件事情：他已经无法享用自杀的奢侈了。而这正是最为恐怖的事情，因为这些怪异的念头——*我高声呐喊谁杀害了肯尼迪*——在撕扯着他。他独自一人在这森林里，感到迷惑和恐惧，不禁又一次哭了起来。除了琼西之外，他的朋友们都死了，而琼西却在医院里。与格雷先生一起在医院里当电影明星。

"这是*什么*意思呢？"亨利呻吟着。他双手按住太阳穴（他觉得自己的脑袋似乎在膨胀，膨胀），那对生锈的旧滑雪杆的腕环就像折断的螺旋桨叶一样漫无目的地摆动着。"*哦天啊，这到底是***什么***意思？*"

回答他的只有那首歌：*幸会，希望你能猜出我是谁！*

只有雪，雪已经被大屠杀后的动物的血染红，动物们尸横遍野，满处都是鹿、浣熊、兔子、鼬鼠、熊、土拨鼠以及——

亨利放声大叫起来，他抱着脑袋，叫得声嘶力竭，一时以为自己肯定要昏死过去。可紧接着，那种头昏眼花的状态消失了，他的思想渐渐清晰起来，至少暂时是这样。他脑海中十分鲜活地出现了杜迪茨的形象，那是他们初次相遇的情景，当时的杜迪茨不是站在如“滚石”歌曲中所唱的发动闪电战时的冬日里，而是站在十月里一个阴沉沉的午后的理性的天光下，抬起那双虽然歪斜却隐含聪慧的蒙古眼望着他们。与杜迪茨的相处是我们最美好的时光，他曾经对彼得说。

“帮——什么？”亨利口里说着，“帮——鞋鞋？”

没错，帮鞋鞋。掉转头来，这样才能穿上去，帮鞋鞋。

亨利的脸上漾出一丝笑容（虽然仍然挂着泪水，并且已经开始结冰），他沿着雪地摩托车留下的车辙继续向前滑行。

10

十分钟后，他来到了四轮朝天的旅行车旁边。他突然想起两件事：其一，他的肚子已经饿得咕咕叫；其二，车里有食物。他看到了雪地上来来去去的足迹，因此无需纳蒂·班波的帮助也能知道，彼得曾经撇下那个女人，转头来过旅行车这儿。同样，他无需赫丘里·波罗的帮助就能知道，他们在商店里买的食物——至少是大部分——仍然留在车里。他明白彼得回来的目的。

他顺着彼得的足迹滑到副驾驶座一侧，正准备解开滑雪板时，突然愣住。这是避风的一边，彼得坐在这儿喝那两瓶啤酒时写在雪地上的字迹仍然清晰可见：“杜迪茨”这三个字被写了一遍又一遍。看着雪地上的名字，亨利再一次不寒而栗。那种感觉就像来到一位亲人的墓前，听到地底下传来了说话的声音。

11

车里有碎玻璃。还有血。由于大部分的血迹都是在后座上，所以亨利断定不是由最初的翻车所致；彼得是在返回这儿的途中伤着了自己。亨利觉得有趣的是，这里居然没有那种金红色茸毛。那玩意儿长速很快，因此，合理的推论是，彼得来这儿取啤酒时还未被感染。也许后来感染了，但当时还没有。

他一股脑儿地拿起面包、花生酱、牛奶和橙汁，然后从车里退了出来，肩膀靠着旅行车翻了个个儿的尾部坐下。他一边狼吞虎咽地享用涂了花生酱的面包，一边看着新雪纷纷扬扬地落下。花生酱的味道很好，橙汁两大口就喝光了，看来还不够。他用食指权充餐刀，每次抹花生酱之后还把它舔得干干净净。

“你现在所想的，”他对着渐渐变暗的天色说，“很荒谬。姑且不提红色。红色的食物。”

管它红色与否，事实上他仍然在想，而且显然也不是那么荒谬；说到底，他曾经在无数个不眠之夜考虑着枪呀，绳子呀，以及塑料袋等。现在看来，当初那一切似乎有些幼稚，可他的确就是那样，是吧。所以——

“所以，美国精神病协会的女士们先生们，请允许我引用已故的约瑟夫·比弗·克拉伦顿的话来结束今天的发言：‘先说一句 × 他妈的蛋，再在救世军的募捐箱里投一毛钱。如果你实在不喜欢，就亲亲我的鸡巴快滚蛋。’谢谢大家。”

结束对美国精神病协会的发言后，亨利重新钻进车里，再次成功地避开那些碎玻璃，抓起那包装在肉食包装袋里的东西（上面有戈斯林老头用颤抖的手写的“2.79 美元”），塞进自己的口袋。从车里退出来后，他掏出那包东西，扯断系在上面的细绳。里面有九个大热狗。都是红色的。

一时间，他的脑海试图重现那个没有腿的爬行动物在琼西床上蠕动并用那空洞的黑眼睛盯着他的情景，但他很快就轻易地将它撇开，仿佛他的生存本能从来都不曾动摇过一般。

热狗是全熟的，可他还是加热了一遍，让丁烷打火机的火苗在热狗下面来回晃动，直到至少微温，然后裹着面包大口吃了下去。他一边忙乎，一边想到自己这副模样在旁人看来有多么滑稽，不禁哑然失笑。当然了，人们不是说过，精神病医生到头来就算不比他们的病人更疯狂，也会跟他们一样疯狂吗？

重要的是，他终于吃饱了。更为重要的是，所有那些乱七八糟、互不相干的念头都从他的脑海中消失了。包括那首歌。他但愿那些东西再也不要回来。永远不要，求你了，上帝。

他又喝了些牛奶，打了一个嗝，然后把头靠在车身上，闭上眼睛。不过千万不能睡着；这些树林真可爱，既黑又深，他还要赶 12.7 英里路才能安睡[①]。

他想起彼得提到过戈斯林商店的那些传闻——失踪的猎人和天上的亮光——而他这位伟大的美国精神病医生却不以为然地予以了反驳，口若悬河地胡诌什么华盛顿州的魔鬼崇拜歇斯底里症，还有特拉华州的施虐歇斯底里症。他一边用他的大嘴巴和前半脑扮演自作聪明的精神病医生，一边却像个在浴缸里玩弄自己脚趾的孩子一样，用后半脑继续玩弄自杀的念头。他的话听起来头头是道，就无意识与未知之间的领域大发宏论，简直可以在电视上来一场六十分钟的脱口秀。不过，情况发生了变化。他自己现在成了失踪的猎人之一。另外，他还看到了一些你不管用多大的浏览器都无法在互联网上找到的东西。

他坐在这儿，肚子已经填饱，脑袋靠在后面，静静地闭目养神。琼西的猎枪靠在旅行车的一个轮胎旁。雪花落在他的脸颊和前额上，就像小猫爪子轻柔的抚摸。"就是这个，所有的小丑等待的就是这个，"他说，"第三类亲密接触。见鬼，说不准是第四类或第五类呢。对不起，彼得，我取笑你了。你是对的，而我错了。见鬼，情况比传闻的还要糟糕。戈斯林老头是对的，而我错了。哈佛的教育也不过如此。"

一旦大声说出这一切之后，事情开始有了头绪。有什么东西着陆或者坠毁了。美国政府用武力做出回应。他们有没有告诉外界这儿发生了什么？可能没有，那不是他们的风格，不过亨利觉得，在他们不得不告诉外界之前还有相当长一段时间。你不可能把整个杰弗逊林区都藏到 57 号飞机库[②]吧。

---

① 模仿弗罗斯特名诗《雪夜林边小立》。

② 著名餐馆名。

他还能知道别的什么吗？也许吧，也许比那些驾驶直升机和持枪射击的人了解得略多些。他们显然相信自己是在与一种接触性传染病打交道，可亨利觉得那玩意儿并没有看起来那么危险。一旦染上，会迅速繁殖……但接下来就死了。即使是那女人体内的寄生物也不例外。如果说那些东西的出现是为了训练星际运动员的双腿的话，那么，它们来得既不是时候，也不是地方。这一切有力地表明，可能是有东西着陆时失事了……但是，天空中那些亮光又如何解释？还有那些移植物呢？多年来，那些声称遭外星人绑架的人都还说，他们被扒光了衣服……接受了检查……被强行施以移植手术……所有这些说法简直都是弗洛伊德式的幻想，几乎让人笑掉大牙……

亨利意识到自己正迷迷糊糊，便全身一震，猛地醒了过来，那包打开的热狗从膝头上滚了下去，掉在雪地上。不，不只是迷迷糊糊，而是打了一个盹。天色又黯淡了不少，世界变成了单调的蓝灰色。他的裤子上沾满新下的雪花。如果睡得再沉一点儿，他可能就会打鼾了。

他拍了拍衣服，站起身来，可全身的肌肉似乎在尖叫着抗议，痛得他龇牙咧嘴。他望着掉在雪地上的热狗，心里有几分厌恶，可还是弯腰捡了起来，将它们重新包好，塞进外套的口袋里。也许过一会儿，它们在他眼里会再度变得诱人。他真诚地希望不会，可谁能说得准呢。

"琼西在医院里，"他突然说道，自己也不明这是什么意思。"琼西与格雷先生一起在医院里。不得不待在那儿。在重症监护病房。"

真是疯了。一派胡言乱语。他把滑雪板重新绑在靴子上，祈祷在弯腰时后背不要僵硬得无法动弹，然后再一次沿着车辙向前滑去，周围的雪又开始下大了，天色也越来越暗。

他意识到自己拿了热狗却忘了琼西的枪（更别提自己的枪）时，已经走得太远，不可能再回头了。

12

大约四十五分钟之后，他停了下来，呆呆地望着"北极猫"的车辙。白天将尽，只剩下了蒙蒙亮，但仍然不难看到车辙——或其遗留的痕迹——突然右转，进入了树林。

进入了该死的树林。为什么琼西（还有彼得，如果彼得与他在一起的话）要跑进树林呢？“深辙路”一路清晰、笔直地向前伸展，在黑黝黝的树木之间形成一条白色通道，他们却跑进树林，这说明了什么？

“‘深辙路’通向西北方向，”他口里说着，一边站在那儿，让滑雪板两尖相抵，那包随手包裹的热狗从口袋里露了出来，“通往戈斯林商店的那条路——那条柏油路——离这儿不会超过三英里。琼西知道这个。彼得也知道。可是……雪地摩托车却……”他举起双臂，像时钟的指针一样比划着。“雪地摩托车几乎是往正北方向走了。这是为什么？”

也许他知道。戈斯林商店方向的天空更为亮堂，似乎架起了一排排明灯。他听得见直升机的“嗡嗡”声，虽然时强时弱，但始终朝着那同一个方向。等他离得更近时，大概还会听到其他重机械的声音：后勤车辆，也许还有发电机。东边仍然传来零零星星的枪声，但是，大行动显然在他要去的方向。

“他们在戈斯林商店建立了基地，”亨利说，“而琼西不想与它有任何瓜葛。”

亨利觉得这很有道理，只不过……琼西已经不在了，对吧？只有那团暗红色的云。

“不对，”他说，“琼西还在那儿。他与格雷先生一起在医院里。那团云就是格雷先生。”接着，他又莫名其妙地（起码他自己觉得莫名其妙）来了一句：“帮——什么？帮——鞋鞋？”

亨利抬起头，望着纷纷扬扬的雪花（至少现在看来，它远远没有早先那场雪那么急了，不过现在已经开始下大），仿佛相信上面的某个地方有一位上帝，正像科学家一样，带着虽然不愿介入却至为真诚的兴趣，像观察一只草履虫一般在观察着他。“我他妈的是在说什么？你知道吗？”

没有回答，但是一段奇特的回忆却悄然而至。去年三月，他、彼得、比弗和琼西的妻子四人之间保守着一个秘密。卡拉觉得琼西不必知道自己的心脏曾经两次停止跳动，一次是在急救医生把他抬到救护车里的时候，另一次是在他刚刚到达马萨总医院不久。琼西知道自己靠近了鬼门关，却不知道（至少亨利这么认为）到底有多近。就算他有过库伯勒–罗斯式的走进光明的经历，他显然将它们要么埋藏在心底，要么就因为那大量的麻醉剂和止痛药而抛到了九霄云外。

一阵轰隆隆的声音以骇人的速度从南边传来，听起来就像一个中队的喷气式战斗机正从头顶的云层穿过。亨利急忙俯下身子，双手掩住耳朵。他什么也没有看到，但是，当飞机的轰鸣与来时一样迅速消失，而他直起身子时，他的心脏却急速地狂跳。哎呀！天哪！他突然想到，在“沙漠风暴行动”之前的那些日子里，伊拉克周围的空军基地里的声音肯定也是这样震耳欲聋吧。

那种震天巨响。这是不是说明美国已经对来自另一个世界的生物开战了？他此刻是置身于 H.G. 威尔斯的小说里吗？亨利感到胸骨下面一阵猛烈的、几乎令人窒息的跳动。果真如此的话，这位敌人也许有成百上千颗生锈的苏联飞毛腿导弹投向山姆大叔吧。

随它去吧。你对这一切无能为力。你下一步会怎么样，这才是问题。你下一步会怎么样呢？

飞机的轰鸣渐渐远去，只留下低沉的“嗡嗡”声。不过，他觉得它们还会回来。也许还会把朋友也带来。

“雪林中有两条岔路，是这么说的吗？反正差不多吧。”

但是，继续跟踪雪地摩托车的车辙显然已经不可取。半小时之后，他就会在黑暗中找不到路，而且这新下的雪终究会将路淹没。到头来，他会四处乱撞，迷失方向……琼西此刻十有八九就是这样。

亨利叹了口气，离开雪地摩托车的车辙，沿着“深辙路”往前走去。

13

临近“深辙路”与被称为“天鹅池路”的双车道柏油路的交汇处时，亨利累得几乎无法站立，更不用说滑雪了。他大腿上的肌肉就像湿漉漉的陈茶袋。尽管西北方向的灯光现在亮了许多，发动机、直升机的声音也已经清晰可闻，可他并没有稍觉安慰。在他的前方，是最后一溜又长又陡的山坡。山的另一边就是“深辙路”的尽头和“天鹅池路”的起点。在那儿他很有可能会碰到车辆，因为军队可能已经进驻。

“加油，”他说，“加油，加油，加油。”可是，他仍然在原地多站了一会儿。他不想爬那座山。“山下总比山上好。”他说。这话似乎有点意思，但也可能又是一句狗屁胡说。话说回来，他已经别无选择了。

他弯下腰，又捧起一把雪——黑暗中，捧在手里的雪就像一个小枕套。他吃了一小口，不是因为想吃，而是因为实在不想再走了。相对于他和彼得看到的天空中的亮光而言（他们又来了！贝姬尖叫道，简直就像史蒂芬·斯皮尔伯格那部老电影中的坐在电视机前的小姑娘），戈斯林商店那边的灯光更容易理解，可亨利似乎更讨厌它们。所有那些电动机、发电机听起来似乎都……迫不及待。

“这就对了，兔子。”他说。然后，由于的确是别无选择，他开始朝这最后一座横亘在他自己与一条名副其实的路之间的小山爬去。

14

他在山顶停了下来，拄在滑雪杆上大口喘着粗气。这里的风刮得更猛，仿佛直接灌进了衣服里。他左腿上被转向柱戳破的地方一阵痉挛，他再一次想到，不知道他的临时绑带下面是否长出了一小簇金红色茸毛。天太黑了，无法查看，再说，当唯一可能的好消息就是没消息时，也许不看反而更好。

“时光放慢了脚步，现实已扭曲变形，蛋头博士一步一步往前行。”这句话已经没什么好笑了。他朝“深辙路”尽头的丁字路口进发。

山的这一面更为陡峭，过了不一会儿，他就变走为滑。他的速度越来越快，不知道自己现在感受到的是恐惧、兴奋，还是两者兼有的异常心理。他显然滑得过快了，现在能见度几乎为零，另一方面，他的滑雪技能生疏了，而滑雪板上固定皮靴的夹子又生了锈。两边的树木一闪而过，他突然想到，这样也许能让他的问题一了百了。终究不是“海明威方案”。这种方法可以称为“波诺方案”[①]。

头上的帽子被吹掉了。他本能地伸手去抓，一只滑雪杆随即往前飞去，在黑暗中半隐半现。转瞬间，他失去了平衡，眼看就要翻一个跟头。这也许是好事，只要不摔断那该死的腿就行。摔跤至少可以止住他下滑的势头。他会让自己站起来，然后——

突然间灯光大亮，是架在卡车上的大聚光灯。眼睛被照花之前，亨利瞥见“深辙路”尽头的路中央停着一辆车，好像是一辆平板载货车。那些灯光都有动作感应功能，灯光前站着一排人。

“**停下！**”一个被放大了的可怕声音命令道。很可能是上帝的声音。“**停下，否则我们开枪了！**”

亨利笨手笨脚地、重重地摔倒在地。滑雪板从脚底飞了出去。一只脚踝扭伤了，疼得他叫出声来。滑雪杆也丢了一只，另外一只已经从中间断成两半。他一时喘不过气来。叉着双腿继续滑了一会儿后，他才终于停住，四肢耷拉在地上，看上去就像纳粹的十字标记。

他的视线渐渐清楚了，同时听到脚踩在雪地上的“嘎吱”声。他使劲地挣扎着，好不容易坐了起来，也不知道自己身上是否有哪儿摔伤了。

六个男人站在他的下方，离他有十英尺左右，他们的影子贴在晶莹的新雪上，显得出奇的长且不真实。他们穿着清一色的风雪大衣，口鼻上戴着清一色的透明塑料面罩——这些面罩比亨利在工具间里找到的油漆面罩似乎更管用，不过亨利觉得，他们戴面罩是基于同一种目的。

那些人都还带着自动武器，并且全都对着他。现在看来，亨利觉得把琼西的伽兰德猎枪和他自己的温切斯特猎枪留在旅行车里，反而是一大幸事。如果他带着枪的话，恐怕身上现在已经有了一二十个窟窿了。

---

① 美国歌手索尼·波诺在滑雪事故中身亡。

“我觉得我没有，”他沙哑着嗓子说，“不管你们担心的是什么，我觉得我没有——”

“**站起来！**”上帝的声音又响了，从卡车里传了过来。站在他面前的人至少是挡住了部分刺目的亮光，所以亨利不难看到，在山脚下两条路的交汇处站着更多的人。他们同样都带着武器，那个拿着喇叭的人除外。

“我不知道我能——”

“**马上站起来！**”上帝命令道，而他面前有个人也立即夸张地晃了晃枪管。

亨利颤颤巍巍地站起身。他的双腿哆嗦着，扭伤的脚踝疼痛难忍，不过，好在身上还没有哪一处散架。*蛋头博士之旅就这样结束了*，他这样想着，不禁笑了起来。站在他前方的人有些不安地面面相觑，尽管他们再一次将枪口指向他，亨利看到那人类感情的微小流露，还是感到了几分欣慰。

在从平板载货车上照下来的炫目灯光下，亨利看见雪地上有一样东西——他自己摔倒的时候，这东西从他口袋里掉了出来。他知道他们不管怎样都可能朝他开枪，因此缓缓地弯下身去。

“**别动那个！**”上帝通过货车驾驶室顶上的喇叭喊道，而下面的人也都举起武器，每一个枪口似乎都在说，你好黑暗，我的老朋友。

“吃一口屎，快去死吧。”亨利说——这是比弗的精彩语言之一——然后捡起那包东西。他面带笑容，朝那些手持武器头戴面罩的人伸出手去。“我是为全人类的和平而来，”他说，“有谁想要热狗吗？”

第十二章　琼西在医院里

1

这是一场梦。

感觉不像是梦，但只可能是梦。首先，三月十五日那天他已经经历过一次，重新经历一次未免太不公平。其次，从三月中旬到十一月中旬这八个月之间的一切，他都记得清清楚楚——辅导孩子们做作业，卡拉在电话里与她的朋友们（很多都是“匿名瘾君子协会”的成员）聊天，在哈佛讲学……当然，还有接受理疗的那几个月。无休无止的弯曲活动，关节再度伸展时的痛苦叫喊，哦，那真是难受。他跟他的理疗师珍妮·莫林说他做不到。她说他能做到。他的脸上挂着泪水，脸上堆满笑容（不可信赖的中学女教师般的可恶笑容），而到头来她说对了。他做到了，他是无所不能的小火车头，可小火车头付出了怎样的代价啊。

他记得一切的一切：第一次下床，第一次擦屁股，五月初的一个晚上上床时还在想*我挺过来了*，五月底的一个晚上自车祸后第一次与卡拉做爱，然后跟她讲了一个古老的笑话：*知道豪猪是怎么干的吗？小心翼翼*。他还记得阵亡将士纪念日那天看焰火，他的髋部和大腿上半部疼得钻心；他记得七月四日那天吃西瓜，一边把瓜籽吐在草地上，一边看卡拉和她的姐妹们打羽毛球，他的髋部和大腿上半部仍然很疼，只是不那么剧烈了；他记得九月里亨利打来电话——“只是问候一下。”亨利说，但他谈到了很多事情，包括在即将到来的十一月去“墙洞”履行他们每年一度的打猎之行。“我当然要去。”琼西说，当时还不知道自己会很不喜欢手握猎枪的感觉。他们谈到了各自的工作（琼西整天拄着单拐生龙活虎地跳来跳去，已经完成了夏季学期最后三周的教学工作），谈到了家庭，谈到了他们读的书和看的电影；亨利再一次提到，彼得的酒喝得太多了，这话他早在一月份时就已经说过。琼西因为刚刚与妻子就滥用精神药物问题经历了一场战争，所以不愿意谈论这种话题，但是，当亨利提到，比弗建议他们打猎之旅结束后在德里停留一下，去看看杜迪茨·卡弗尔时，他欣然同意了。他们已经太久没见过杜迪茨，而见到杜迪茨是让人最最开心的事情。再说……

“亨利，”他当时问道，“我们曾经计划去看杜迪茨的，对吧？原本准备在圣帕特里克节去的。我不记得了，但我的台历上这么写着。”

“没错，”亨利回答说，“我们的确这么计划过。”

“那位爱尔兰人的运气也不过如此，对吧？”

由于这些记忆的存在，琼西坚信三月十五日已经成为过去。有很多证据可以表明这一点，他的台历就首当其冲。可是，三月十五日又回来了，那些恼人的十五日……哦，真该死，现在的十五日似乎比以往任何时候都要多，这岂止是不公平！

在过去的这段时间里，他对于那天约十点以后的事情都失去了记忆。只记得之前他去过办公室，一边喝咖啡，一边整理出一堆书，准备拿到历史系办公室，那里有一张摆着**凭学生证免费借阅**告示牌的桌子。他当时心情不好，但无论如何也想不起是怎么回事。他瞥见台历上记着三月十七日去看望杜迪茨的未赴之约，从那同一份台历上看，他三月十五日还约见了一位叫大卫·迪弗尼亚克的学生。琼西想不起约见的原因，不过后来发现他的研究生助理的一张字条，提到迪弗尼亚克补交的论文——关于诺曼底征服的短期影响——由此看来，这就是约见的原因了。可是，一份补交的论文何至于让格里·琼斯副教授心情不好呢？

不管心情如何，他当时还哼着什么曲子，一边哼，一边叽里咕噜地吐出几乎是毫无意义的词儿：*是的我们能行，是的我们能行——能行，全能的上帝，是的我们能行——能行*。另外还有些零星的片断——预祝系里的秘书科琳圣帕特里克节快乐，从大楼外面的报箱里取了一份《波斯顿凤凰报》，在桥上靠近坎布里奇那端，朝一位小平头萨克斯管乐手的盒子里扔了二十五美分，一边还为那小伙子感到难过，因为他只穿着一件薄毛衣，而查尔斯河上吹来的风却有几分刺骨——但是从整理出那堆要拿走的书后，他所记得的主要还是黑暗。他在医院恢复了意识，听见附近的房间里有人在有气无力地叫着：请停下来，我受不了啦，快给我打一针，马西在哪儿，我要马西。不过也可能是琼西在哪儿，我要琼西。那无时不在、悄然而至的死神。摇身变为病人的死神。死神已经失去了他的踪迹——这很有可能，因为这是一座满是痛苦的大医院，每一处缝隙都流溢出痛楚——而现在，那无时不在、悄然而至的死神又在努力寻找他。想让他上当受骗。想让他自动露面。

但是这一次，中间那一段仁慈的黑暗全都消失了。这一次，他不仅祝愿科琳圣帕特里克节快乐，还给她讲了一个笑话：我们怎么称呼一位牙买加直肠病专家？宠物小精灵。他未来的自己——十一月份的自己——控制着他三月份的头脑，像偷渡者一样出门了。当他动身前往坎布里奇赴命运之约时，他未来的自己听见三月的自己在心里说没想到天气会这么美。他想告诉三月的自己，以为在草地上走一走或者晒晒太阳就能抹去这几个月的痛苦，显然是个糟糕的想法，是个糟糕透顶的想法，可是他与三月的自己联系不上。也许年轻时读的那些关于时光旅行的科幻小说都不无道理：不管你怎么努力，都无法改变过去。

他穿过小桥，虽然风儿带有几分寒意，他仍然很喜欢阳光抚在脸上的感觉及其在查尔斯河面投下的万道光影。他唱了一段《太阳出来了》，然后又重新唱起“指针姐妹合唱团”那首歌：是的我们能行——能行，全能的上帝。他的提包有节奏地前后摆动，里面还装着三明治。是鸡蛋沙拉三明治。真是美味，亨利曾经说。SSDD，亨利还说。

接着，那位吹萨克斯管的乐手出现了，但出乎意料的是，他不是在马萨路的桥上，而是在更远一些的地方，在麻省理工学院校园旁边一间新潮的印第安小餐馆外面。乐手在冷风中瑟瑟发抖，头顶光光的，头皮上的刮痕表明他缺乏当理发师的天赋。他演奏《这些愚蠢的东西》的样子还表明，他也缺乏吹萨克斯管的天赋，琼西很想劝他去当个木匠或演员或恐怖分子，就是不要当乐手。不过，琼西非但没有这样做，反而鼓励那家伙，不是如他记忆中的那样朝那人的盒子（里面衬着磨旧了的紫色天鹅绒）里扔进二十五美分，而是扔了一大把零钱——钱的确是些愚蠢的东西。他将自己的行为归咎于漫长的寒冬之后的第一个艳阳天，还归咎于迪弗尼亚克的事情处理得过于顺利。

那位乐手对琼西转了转眼睛以示感谢，一边继续吹奏。琼西又想起一个笑话：我们怎么称呼一位持有信用卡的萨克斯管吹奏者？乐天派。

他继续走着，提包在前后摆动，没有注意到另一个琼西——那个仿佛在从事时光旅行、鲑鱼一样从十一月里游过来的琼西——在跟他说话。喂琼西，快停下。只要几秒钟就行。系系鞋带什么的。（不管用，他穿的是不系鞋带的平底鞋。过不了多久，他更不用系鞋带了，因为腿打上了石膏。）就是上面那个十字路口，就是在那儿发生的，那儿是拉起红色警戒线的地方，是马萨路和前景街的交汇处。有个老家伙要来了，是一位痴头呆脑的历史教授，开着一辆深蓝色林肯城市车，他会像推土机一样推倒你的。

可是这不管用。无论他怎样大喊，都无济于事。电话线出故障了。你不可能返回过去；不可能杀死你自己的祖父；当李·哈维·奥斯瓦德[①]跪在德克萨斯学校图书馆仓库的六楼窗户边，身旁的纸盘子里放着没有了热气的炸鸡，邮购的枪支正在瞄准时，你不可能将他开枪打死；你不可能阻止自己手里拎着提包，腋下夹着那份《波斯顿凤凰报》——你永远也不会去看了——穿过马萨路和前景街的十字路口。抱歉，先生，电话线在杰弗逊林区的某个地方出了故障，那儿全乱套了，您的电话无法接通。

可是紧接着，哦天哪，这是以前没有的——信息竟然传过来了！

---

① 刺杀肯尼迪的凶手。

当他走到拐角，站在路边，正准备踏上人行横道时，竟然传过来了！

“什么？”他问，而停在他身旁的那个人——也是在那段过去（如今可能被幸运地抹去了）中第一个俯身打量他的人——则不解地看着他，回答道：“我什么也没有说呀！”似乎除了他们之外还有第三者的存在。琼西对那人的话置若罔闻，因为的确有第三者，他身体里有个声音，听上去很奇怪，很像他自己的声音，正对着他大声喊叫，要他待在路边，不要到马路上去——

就在这时，他听到有人在哭。他抬眼朝前景街那边望去，哦，天啊，杜迪茨在那儿，杜迪茨·卡弗尔除了一条短裤之外什么也没穿，嘴边涂满黄褐色的东西。看起来像巧克力，可琼西知道不是。那是狗屎，那个混蛋里奇还是逼他吃下去了，而那边的人却来来往往，对他视而不见，似乎杜迪茨根本就不存在。

“杜迪茨！”琼西叫道，“杜迪茨，等一等，伙计，我马上过来！”

接着他就不管不顾地一头冲上马路，而车里的人除了继续开车之外根本就无能为力，而琼西终于明白车祸是如何发生以及因何发生——是个老头，没错，一个患了早期老年痴呆症的老头，根本就不应该开车。不过，这只是部分原因。另外的原因此前一直被包围着车祸的黑暗隐蔽了起来：他看见了杜迪茨，于是拔腿冲过去，忘记了应该左顾右看。

他还看到了别的东西：一个巨大的图案，很像自从他们 1978 年第一次遇见杜迪茨·卡弗尔以来将这些年罩在其中的捕梦网，他们的将来也被罩在里面。

他左眼的眼角瞥见阳光在一面挡风玻璃上闪烁。有辆车开了过来，车速太快。与他一起站在路边的那个人——那位“我什么也没有说”先生——大叫起来：“当心，伙计，当心！”可琼西却置若罔闻。因为在杜迪茨背后的人行道上有一只鹿，一只体型很大的公鹿，差不多跟人一样大。接着，就在那辆林肯城市车撞上他之前的一刹那，他才发现那只鹿其实是个人，一个戴着橘红色帽子和穿着橘红色背心的人。他的肩膀上趴着一个鼬鼠般的东西，看上去犹如丑陋的吉祥物。

那东西长着一双黑色的大眼睛，没有腿，尾巴——也可能是触须——缠在那人的脖子上。天啊，我怎么把他当成一只鹿了？琼西正这么想着时，林肯车撞了过来，把他掀倒在马路上。他听到一声锥心的闷响，他的髋骨骨折了。

2

这一次没有黑暗；不管好坏与否，记忆之道上安装了弧光钠灯。但是电影里的顺序打乱了，似乎剪辑员午饭时多喝了几杯，忘记了故事原本的发展脉络。其部分原因在于，时间已经被奇怪地扭曲变形：他仿佛同时生活在过去、现在和将来。

我们就是这样旅行的，有个声音在说，琼西发现，这正是他所听到的那个哭着要马西、要打一针的声音。一旦速度超过了某个临界点，所有的旅行就都变成了时光旅行。记忆是所有旅行的基础。

站在拐角的那个人——那位“我什么也没有说”先生——俯身问他怎么样，看到他情况不好，又抬头问道：“有谁带手机了吗？这人需要救护车。”此人抬起头时，琼西看到他的下巴底下有一道小伤痕，可能是“我什么也没有说”先生早上留下的，连他自己都不知道。真有趣，琼西想。接着画面变换，出现了一个老家伙，穿着脏乎乎的黑色夹克大衣，戴着一顶软呢帽——不妨称这个老笨蛋为“我都干什么了”先生，他在一旁转来转去，不停地这么问别人。他说他刚刚朝旁边看了一眼，就感觉到“嗵”的一声——我都干什么了？他说他一向都不喜欢大车——我都干什么了？他说他不记得保险公司的名称了，不过保险公司的人自称为“好帮手”——我都干什么了？他的裤裆里有一片湿迹，琼西躺在马路上，对那老头既怨恨，又不由自主地生出一丝恻隐之心——你想知道自己干什么了，瞧瞧你的裤子吧。你把尿撒在裤裆里了，他妈的解答完毕。

画面又换了。现在围在他旁边的人更多了。他们都显得很高大，琼西觉得这就像是从棺材缝里观看一场葬礼。他不由得想起雷·布拉德伯里的一部短篇小说，他记得标题是《人群》，在那个故事里，聚集在事故现场的人——总是同样的一群人——说出的话语将决定你的命运。如果他们围在你身旁，喃喃自语着不是太糟，算他幸运，汽车在最后一刻转向了，那么你就会没事。反过来，如果围在一起的那些人说什么他看起来很糟或者我看他快要不行了等等，那么你就死定了。总是同样那些人。总是同样空洞、热切的面庞。那些最喜欢看到鲜血和听到受伤者呻吟的凑热闹的人。

在围着他的人群中，就在“我什么也没有说”先生背后，琼西看到了杜迪茨·卡弗尔，他已经穿戴整齐，看起来平安无事——换句话说，嘴巴上没有狗屎。麦卡锡也在那儿。不妨称他为“我站在这儿敲门”先生，琼西心里想道。另外还有一个人。一个灰色的人。不过根本就不是一个人，不是个真正的人；而是那个外星人，当琼西站在卫生间门口时，就是他站在琼西背后。一双巨大的黑眼睛几乎占据了整张脸，除此之外，那张脸没有什么明显特征。松垮垮湿漉漉的大象皮现在绷紧了些；“打电话回家的外星人”先生还没有开始向环境妥协。不过他会的。这个世界最终会像酸溶液一样将他溶解。

你的脑袋爆炸了，琼西想告诉那个灰人，可他什么话也说不出来；他连嘴巴都张不开。然而，“打电话回家的外星人”先生似乎听见了他的话，因为那颗灰色的脑袋微微低了下来。

他要昏过去了，有人说，在画面再一次切换之前，他听见“我都干什么了”先生的声音，这位撞倒他并把他的髋骨像打靶场上的瓷盘子一样撞得粉碎的老家伙正在跟什么人说以前总是有人说我长得像劳伦斯·威尔克[①]。

3

在救护车里，他虽然不省人事，却在一旁观看自己，经历了一次灵魂出窍的真切体验。于是，他看到了一些以前从不知道的事情，一些后来没有任何人想要告诉他的事情：当他们剪开他的裤子，露出看起来就像有人将两个做工粗糙的大型门把手缝了进去的半边屁股时，他出现了室颤。他很清楚室颤是怎么回事，因为他和卡拉一集不落地

---

① 劳伦斯·威尔克（1903—1992），美国音乐家。

看过《急诊室》，他们甚至还看过特纳电视网的重播。有位急救医生的脖子上戴着金十字架，就在“急救医生”先生俯身观察这具实质上已经死去的尸体时，那个十字架碰到了琼西的鼻子，哎呀真他妈的见鬼，他死在救护车里了！为什么没人跟他说过他死在那狗日的救护车里了呢？难道他们以为他或许不感兴趣吗？以为他或许只是经历过，体验过，便翻过了那一页？

“快让开！”另外那位急救医生喊道，就在他们准备实施电击时，司机回头看了一眼，琼西发现司机是杜迪茨的妈妈。接着，他们开始电击，他的身体弹了起来，用彼得的话说，就是那些白花花的肉在骨头上晃荡。尽管在一旁观看的琼西根本没有身体，他还是感觉到了那股电流，随着重重的“啵”的一声，他的神经之树犹如流星焰火般被点亮了。赞美上帝，哈利路亚。

他躺在担架上的身体就像鱼儿跃出水面似的弹了一下，然后又一动不动。蹲在罗伯塔·卡弗尔身后的医生低头看了看显示屏，说，“哦，伙计，不行，没反应，再试一次。”于是另外那位又试了一次，但画面随即切换，琼西已经置身于手术室里。

不对，等一等，不完全是这样。是他的身体在手术室里，而他的灵魂正隔着玻璃朝里观看。里面还有另外两位医生，尽管手术台边的人正在努力让撞损的琼西还原，可他们却毫无兴趣，只是专心打牌。在他们的头顶上，“墙洞”里的那张捕梦网正在暖气出风口的气流中摇曳。

琼西压根儿就不想观看玻璃那边的情景——他不喜欢他屁股上的那个血洞，也不喜欢从里面戳出来的浅白色的碎骨头。虽然在这种灵肉分离的状态中，他无“胃”可“反”，但他仍然有反胃的感觉。

在玻璃那边，有位打牌的医生说，是杜迪茨让我们成为了我们。那是我们最美好的时光。另外那位说，你这么认为？于是，琼西明白那两位医生是亨利和彼得。

他转身面向他们，发现自己似乎并没有灵魂出窍，因为当他往手术室里观看时，不期然看见了自己照在窗户上的模糊面容。他已经不再是琼西。不再是人类。他的皮肤是灰色的，黑灯泡般的眼睛从没有鼻子的脸上向外瞪视。他变成了他们的一员，变成了一个——

一个灰人，他想，他们就是这么叫我们的，灰人。还有些人叫我们太空黑鬼。

他张了张嘴，想说点什么，也许是想叫老朋友们帮帮他——他们一直都是竭尽所能地互相帮助——可就在这时，画面又换了（该死的剪辑员，上班的时间居然喝酒），他躺在床上，躺在某间病房里的一张病床上，有人在喊着琼西在哪儿，我要琼西。

你瞧，他带着一丝痛苦的快意想道，我一直都知道是琼西，而不是马西。那是死神在呼唤，是死亡之神本人，要想躲开他的话，我就得一声不响，他在人群中与我擦肩而过，在救护车里逮住了我又被我逃脱，现在他又来到医院里，装成了一个病人。

请停下来，狡猾的死神先生呻吟着，用他那一贯的阴险声音诱哄着，我受不了啦，快给我打一针，琼西在哪儿，我要琼西。

我就躺在这儿，直到他不再叫喊，琼西想，反正我也无法起身，刚刚有两磅重的金属安进了我的髋部，得过好几天才能起身，说不定得一个星期。

但让他惊恐的是，他发现自己正在起身；他把被子掀到一边，下了床，虽然感觉到臀部和肚皮上的缝合处在绷紧、裂开，无疑是输进他体内的血正顺着大腿往下流，并流进他的胯部，浸湿他的阴毛，可他还是穿过房间，甚至都没有一瘸一拐，走进一片阳光中，在地上投下一个短暂而清晰的人影（此刻他不是灰人，至少这一点值得庆幸，因为灰人是魔鬼），来到门口。他无影无形地穿过走廊，经过一张放有一个便盆的担架床，再经过两位一边交换着看照片一边说笑的护士，直奔那哼个不停的声音而去。他身不由己，根本就无法止步，他知道自己在一团云里。不是彼得和亨利所感觉到的暗红色云团；这团云是灰色的，他飘浮在里面，成为云团没能改变的特殊分子，琼西想：我就是他们要找的对象。我不知道为什么会这样，可我正是他们要找的对象。因为……云团没能改变我吗？

是的，有这种可能。

他经过三扇敞开的门。第四扇关着，门上挂的牌子写着**请进，这**

里没有传染，IL N'Y A PAS D'INFECTION ICI。

骗人，琼西想，那位叫克鲁斯或克迪兹或别的什么名字的家伙也许是个疯子，可有一点他说对了：这里有传染。

鲜血顺着他的双腿往下流，病号服的下半截已经一片鲜红（用以前的拳击解说员的话说，鲜血真的开始流出来了），可他并不觉得疼痛。也不害怕传染。他与众不同，那团云只能移动他，而无法改变他。他推门走了进去。

4

看到那个长着黑色大眼睛的灰人躺在病床上，他吃了一惊吗？丝毫也没有。之前在"墙洞"时，当琼西转过身来，发现这家伙站在身后的一刹那，这王八蛋的脑袋爆炸了。总体来看，这是一个头痛欲裂的极端病例，换了不管是谁都会进医院。不过，这家伙的脑袋现在看起来正常了；现代药物可真是神奇。

房间里色彩绚烂，到处都长满了金红色的真菌。地板、窗台和百叶窗的叶片上都无一例外；吸顶灯的灯罩以及床边静脉注射架上的葡萄糖吊瓶（琼西猜想那是葡萄糖吊瓶）也未能幸免；卫生间的门把手和床脚的曲轴上也有金红色的小胡须在轻轻晃荡。

那灰色的东西用床单遮住自己光滑无毛的小胸脯，琼西走近前去，发现床头柜上摆着一张祝福卡。上面有一幅乌龟的卡通图案，这只乌龟满面愁容，龟壳上还贴着创可贴。图案上方印有**尽早康复**的字样，下面则写着：**寄自史蒂芬·斯皮尔伯格以及好莱坞的全体好友**。

这是一场梦，满是梦中的呓语和玩笑，琼西心里想着，可他知道这不是梦。他的脑子把各种事情混在一起，糅合起来，使它们更易于消化，这正是梦的套路；过去、现在、将来都被搅和在一起，这同样像是做梦。可是他明白，如果把这一切当成自己潜意识里支离破碎的童话故事，而对其不以为然，那将是一个错误。至少有些事情正在发生之中。

那双灯泡般的黑眼睛盯着他。就在这时，床单动了动，然后在那家伙身边隆起来。紧接着，从床单下钻出一个毛发泛红的鼬鼠般的东西，对比弗发动攻击的正是这玩意儿。它也用那样发亮的黑眼睛盯着琼西，一边靠着尾巴的推动朝枕头滑去，然后缩成一团偎在那颗灰色的小脑袋旁边。琼西想，难怪麦卡锡觉得身体有些不适。

鲜血仍在顺着琼西的双腿往下流，像蜂蜜一样黏糊，像发烧一样滚烫，“叭嗒叭嗒”地滴在地板上。你会以为它很快也会长出一片片红色的霉状物或真菌什么的，会长成一片不小的丛林，可琼西知道不会。他与众不同。那团云只能移动他，而无法改变他。

不得打球，不得玩耍，他这么想着，马上又连忙提醒自己，嘘，嘘，别把它说出来。

那灰色的家伙有气无力地抬起手，可能是在打招呼。那只手上有三根长长的手指，指尖上还有粉红色的指甲。黏乎乎的黄色脓液正从指甲里流出来。在这家伙皮肤的褶皱里，以及他的——也许是它的？——眼角，还有更多的脓液在隐隐闪亮。

你说对了，你的确需要打一针，琼西说，也许来点清洁剂或消毒液之类。帮你消除痛——

话音未落，他突然产生一个可怕的念头；这念头一时间十分强烈，使他无法抵抗那股将他推向床边的力量。于是，他的腿又挪动起来，身后留下一串红色的足迹。

你不会要喝我的血吧？像吸血鬼那样？

床上那家伙似笑非笑。用就我所知的你们的话说，我们是素食主义者。

噢，可那位鲍泽呢？琼西指着那只没有腿的鼬鼠问，那东西朝他怪异地咧嘴一笑，露出一口钢针般的牙齿。鲍泽也是素食主义者吗？

你知道他不是的，灰色的家伙回答，那切口似的嘴巴一动未动——这家伙是个出色的口技表演家，这一点你不得不承认；卡茨吉尔区[①]的人一准会喜欢他。不过你知道，对他你没什么好怕的。

为什么？我有什么不一样？

那奄奄一息的灰色家伙（它显然是奄奄一息，它的身体正在分

① 纽约州避暑胜地，夏日常有不同民族的节庆表演。

解，正在自内而外地腐烂）没有回答，琼西再一次想着不得打球，不得玩耍。他觉得这灰家伙肯定特别希望读懂他这个念头，可它不会有机会的；掩饰自己思想的能力是琼西的又一个与众不同之处，使他与常人不一样，他现在所能说的只是不一样万岁（不过他并没有真的说出来）。

我有什么不一样？

杜迪茨是谁？灰家伙问道，但琼西没有回答，于是，那家伙又露出似笑非笑的样子。你瞧，它说，我们都有对方不愿回答的问题。我们先把这些问题放到一边，好吧？正面朝下，算是……你们是怎么说的？你们玩牌时是怎么说的？

保留牌，琼西回答。他现在能闻到这家伙的腐烂气味。麦卡锡带到营地的也是这种气味，这种乙醚般的气味。他再一次想到，他早该开枪打死那个不停叫唤“哎呀天啊，哎呀上帝！”的狗杂种，不等他到达一个温暖地方之前就打死他。让他体内的寄居客随着他自己身体的冷却而在那棵老枫树的瞭望棚下死去。

保留牌，没错，灰家伙说。捕梦网现在已经到了这儿，悬挂在天花板上，在这家伙的头顶上轻轻晃动。这些我们不想让对方知道的事情，我们暂且把它们放到一边，以后再说。把它们作为保留牌。

你想从我这儿得到什么？

灰家伙眼睛一眨也不眨地盯着琼西。琼西发现，它的眼睛眨不了；它根本就没有眼睑或者睫毛。

没有眼睑**或者**睫毛，它说，不过琼西听到的是彼得的声音，总是说**或者**，从来不会说**抑或**。杜迪茨是谁？

琼西听到彼得的声音大吃一惊，差一点就脱口告诉了它……当然，这正是它的企图：让他大吃一惊，然后脱口而出。这家伙尽管奄奄一息，却诡计多端。他得提高警惕才行。他给这家伙发送了一张图片，上面是一头黄褐色的大母牛，脖子上挂着一个牌子，牌子上写着**母牛杜迪茨**。

灰家伙又似笑非笑，是在琼西的脑子里笑。母牛杜迪茨，它说，我看不对。

你是从哪儿来的？

× 星球。我们来自一个快要消亡的星球，想尝一尝多米诺[1]的皮萨，体验一下便捷的信用购物，再用贝立兹的轻松方法学一学意大利语。这一次是亨利的声音。接着，“打电话回家的外星人”先生又换成自己的声音……不过，琼西发现它的声音就是他自己的声音，是琼西的声音，只是他已经很疲惫，已经懒得吃惊了。他知道亨利会说，由于比弗之死，他正处于不可思议的幻视幻听状态。

他不会的，再也不会了，琼西想，再也不会了。他现在是蛋头博士，蛋头博士可不会这样。

亨利吗？他已经活不长了，灰家伙漠然地说。它的手从床单下不声不响地伸出来；三根灰色的长手指搭在琼西的手上。它的皮肤温暖而干燥。

你这是什么意思？琼西问道，他为亨利担心……可床上这个奄奄一息的家伙没有回答。这是另一张保留牌，于是琼西打出自己手里的另一张牌：你叫我到这儿来干什么？

虽然灰家伙的面孔仍然没有动，却表现出惊讶之情。谁也不想孤孤单单地死去，它说，我只想有个人陪着我。我知道，我们可以看电视。

我不想——

有一部我特别想看的电影。你也会喜欢的。片名是《同情灰人》。鲍泽！遥控器！

鲍泽瞥了琼西一眼，眼神似乎特别地不怀好意，然后从枕头上滑下来，那盘曲的尾巴发出干涩刺耳的声音，犹如蛇在岩石上爬行一般。床头柜上有一个电视遥控器，同样长满了真菌。鲍泽抓起遥控器，转过身，用牙齿咬着它重新滑回灰家伙身边。灰家伙松开琼西的手（它的触摸并不令人讨厌，可松开后琼西还是如释重负），接过遥控器，对着电视按下“开”的按钮。出现的图片——虽然因为屏幕上浅浅的茸毛而稍微有些模糊，但大致还是清楚——是木屋后面的工具间。屏幕中间有个被绿色防水布盖住的东西。即使在门打开和他看到自己进来之前，琼西也明白这是已经发生了的事情。《同情灰人》的

[1] 世界第二大皮萨制造公司。

主角是格里·琼斯。

哦，床上那奄奄一息的家伙说，可声音却出自他脑子中央某个非常舒服的位置，我们没看到演员名单，不过电影才刚刚开始。

这正是琼西的担心所在。

5

工具间的门开了，琼西走了进来。他全身上下色彩混杂，穿着自己的外衣，戴着比弗的手套，头上是拉马尔的一顶橘红色旧帽子。一时间，在病房里观看的琼西（他已经将给探视者坐的椅子拉过来，坐在格雷先生床边）还以为“墙洞”工具间里的琼西到底还是被感染了，那红色的茸毛长了他一身。可紧接着，他想起格雷先生——起码是他的脑袋——就在他眼前爆炸了，爆炸后的粉末都溅在琼西身上。

原来你并没有爆炸，他说，你……你是怎么了？开花结籽了吗？

嘘！格雷先生说，鲍泽也露出满口可怕的牙齿，似乎要警告琼西不要这么不客气。我喜欢这首歌，你呢？

电影的主题曲是“滚石乐队”的《同情魔鬼》，真是恰如其分，因为歌名与电影名十分接近（我的首次演出，琼西想，不知道卡拉和孩子们看了会有什么反应），但事实上，琼西不喜欢这首歌，它让他莫名的伤感。

你怎么会喜欢这首歌呢？他问，没有理睬鲍泽的龇牙咧嘴——鲍泽对他构不成威胁，他们彼此都明白。怎么可能呢？他们屠杀你们时放的就是这首歌呀。

他们一直都在屠杀我们，格雷先生说，好了别说话，看电影吧，这一段慢些，但效果好多了。

琼西叠着双手放在自己红色的腿上——好歹似乎不再流血了——观看由举世无双的格里·琼斯主演的这部《同情灰人》。

6

举世无双的格里·琼斯掀开盖在雪地摩托车上的防水布，发现电瓶放在工作台上的一个纸盒里，便把它安装进去，小心地将导线夹在正确的接线端上。他所掌握的机械知识也就仅止于此——他是一位历史教师，而不是机械师，他关于家庭教育的概念就是要孩子们偶尔看看“历史频道”，而不要总是看《西娜公主》。钥匙插在点火装置里，他转动钥匙，仪表盘的灯亮了——起码电瓶没有装错——可引擎却发动不起来。甚至连摇柄也启动不了。启动器“突突”地响了几声，就什么都没有了。

“哎呀天啊哎呀上帝这真是活见鬼。”他叽里咕噜自顾自地唠叨着。就算很想表达自己的情绪，他也不知道现在能否充分地表达出来。他是个恐怖电影迷，已经把《天外魔花》看了二十多遍（甚至还看了由唐纳德·萨瑟兰主演的那部粗制滥造的翻版），所以明白这儿发生的是怎么回事。他的身体被攫取了，被完完全全正正当当地攫取了。不过不会有大规模的还魂尸，连一小撮都不会。他有着与众不同之处。他感觉到彼得、亨利和比弗都与众不同（应该说比弗是生前与众不同），但他自己尤为突出。一个人不该这样说自己——“鹤立鸡群”“与众不同”——可现在的情况很特殊，这条规则并不适用。彼得和比弗都与众不同，亨利更与众不同，而他，琼西，则是最与众不同。你瞧，他甚至在主演自己的电影！用他大儿子的话说，这可是超级与众不同。

病床上的灰家伙看看电视里骑在“北极猫”上的“琼西一号”，又看看一旁椅子上坐着的病号服被血浸透的“琼西二号”。

你瞒着我什么了？格雷先生问。

没什么。

你干吗总是盯着一面砖墙？ 19 除了是个质数之外，还是什么？“×他妈的老虎队”这句话是谁说的？这句话是什么意思？那砖墙是什么？什么时候的砖墙？这面墙意味着什么，你干吗总是盯着它？

他感觉到格雷先生在查探他，不过他最核心的秘密现在还很安全。他可以被移动，但无法被改变。好像也无法被完全打开。至少现在还不能。

琼西把手指贴在嘴唇上，用灰家伙的话来回答灰家伙：别说话了，看电影吧。

它用黑灯泡般的眼睛打量着琼西（真像昆虫的眼睛，琼西想，像捕食的螳螂的眼睛），琼西感觉到它继续查探了一会儿。接着，那种感觉消失了。不用着急；虽然琼西还拥有最后那块纯粹的、未被侵扰的核心，但它迟早会溶解其硬壳，然后，它想知道什么就能知道什么了。

他们继续看着电影。当长着尖利牙齿和发出防冻液般的乙醚气味的鲍泽爬上琼西的膝头时，琼西甚至浑然不觉。

“琼西一号”，也就是工具间里的琼西（不过确切地说，现在是格雷先生了），让自己的思想游离出去。有很多头脑可以供他查询，它们像深夜的无线电信号一样互相干扰碰撞，他轻而易举地找到了一个具有他所需信息的头脑。这就犹如打开你私人电脑上的文件夹，找到一部内容齐全的立体电影而不是文字资料。

格雷先生的信息来源是人称“道格”的埃米尔·布洛德斯基，他是新泽西州蒙罗帕克人。布洛德斯基是一位陆军专业军士，是车辆调配场的小头目。只不过在这儿，作为克兹“战术应对小组”的成员，陆军专业军士并没有军衔。所有的其他人也都一样。对军衔比他高的，就称“头儿”，对比他低的（在这场特别的烧烤野餐会上，这样的人并不多）就喊一声“喂”。如果不知道对方的军衔，只管叫“伙计”或“哥们儿”就行。

这地方的上空有飞机在飞来飞去，不过不是太多（等云散了之后，他们会在低环地轨道拍到他们需要的所有照片），不过飞机也不归布洛德斯基负责。飞机从班戈的空中国民警卫队基地飞出来，而布洛德斯基是在杰弗逊林区。布洛德斯基只负责车辆调配场里的直升机和卡车，而这两种交通工具的数量越来越多（从中午开始，本州这一地区的所有道路都已关闭，只有将其特殊标记遮蔽起来的橄榄绿卡车可以通行）。他还负责安装不少于四台发电机，为戈斯林商店周围的控制区提供电源，具体而言，包括所有的移动传感器、路灯、边界灯和在一辆温斯塔尔房车上匆忙搭建起来的临时操作室。

克兹强调过，灯光很重要——他要这地方通宵亮如白昼。在牲口棚、以前的畜栏以及牲口棚后面的小牧场上，无数的路灯在纷纷竖起。在雷吉·戈斯林老头的四十头奶牛曾经吃过草的草场上，搭起了大小两座帐篷。大帐篷的绿色篷顶上有一个牌子，上面写着：**补给库**。另外那个白色的帐篷上没有标记。里面既没有大帐篷里的煤油取暖器，也不需要那些东西。琼西知道那是临时停尸房。里面现在只有三具尸体（其中包括一位企图逃跑的银行家，真是蠢蛋），不过要不了多久，可能就会有更多尸体。除非发生意外，使收尸变得困难或不可能。对头儿克兹来说，这种意外恰恰可以让所有的问题迎刃而解。

当然这都是题外话。“琼西一号”的目标是蒙罗帕克人埃米尔·布洛德斯基。

在直升机降落区和小牧场之间，是一溜融雪和泥土搅成一团的地带，布洛德斯基正大步流星地从这里穿过，而小牧场则是里普利菌检验呈阳性者被关押之处（里面已经有了不少人，与全世界所有刚被拘留的囚犯一样，他们一个个都带着不知所措的神情，高声叫唤着外面的看守，向他们讨要香烟、询问信息，或作些徒劳的威胁）。埃米尔·布洛德斯基是个矮胖子，留着小平头，那张牛头犬般的脸使他看起来只适合抽廉价香烟（其实琼西也知道，布洛德斯基是虔诚的天主教徒，从来都不抽烟）。他现在正像一位独臂裱糊匠一般忙碌。他戴着耳机，嘴边还伸出一个小麦克风。他一边用无线电与从95号州际公路赶来的燃料供应车队联络——那些家伙很关键，因为外出执行任务的直升机回来后需要增加燃料——一边还在跟走在旁边的坎布里交谈，讨论克兹要求在晚上九点钟——最迟不超过午夜——之前建立起来的监控中心。这次行动至多将在四十八小时之内完成，大家都在这么说，可谁他妈的能确定呢？根据传言，他们的首要目标“蓝小子”已经被消灭，可布洛德斯基不知道别人怎么能肯定这一点，因为那些大型歼击机都还没有返回。不过说到底，他们自己在这儿的任务很简单：把所有的工事搭建完毕，然后拍屁股走人。

天哪，突然之间同时有了三个琼西：一个在长满真菌的病房里看电视，一个在存放雪地摩托车的工具间里……而“琼西三号”蓦然出现在埃米尔·布洛德斯基那留着小平头、信仰天主教的脑袋里。布洛德斯基停下脚步，怔怔地仰望着白色的天空。

坎布里一个人往前走了三四步，才意识到道格已经一动不动，只是直挺挺地站在泥泞的草场中央。在所有这些喧哗与骚动——跑来跑去的人、盘旋的直升机、快速旋转的引擎——之间，他站在那儿，犹如一个电池用完了的机器人。

“头儿？”坎布里问道，“没什么事吧？”

布洛德斯基没有回答……至少没有回答坎布里。他对“琼西一号”——工具间里的琼西——说：打开引擎盖，让我看看火花塞。

琼西找不到打开引擎盖的拉手，但布洛德斯基指点了他。接着，琼西俯下身去，察看着小引擎，他不是为自己察看，而是把自己的眼睛变成两部高分辨率照相机，再把图片发送给布洛德斯基。

“头儿？”坎布里更为不安地问道，“头儿，怎么了？出什么事了？”

“没出什么事。”布洛德斯基缓慢而清楚地回答。他把耳机取下来套在脖子上；耳机里叽叽喳喳的声音让他的注意力无法集中。“让我想一会儿。”

然后他又对琼西说：有人把火花塞拔掉了。到周围找找看……对，在那儿。工作台那一头。

工作台的那一头有个蛋黄酱瓶子，里面装了半瓶汽油。瓶盖上有通气孔——用起子戳了两个洞——以免油气积聚太多。两个“冠军牌”火花塞泡在里面，犹如保存在福尔马林防腐剂里的标本。

布洛德斯基大声说：“把它们擦干。”坎布里问：“把什么擦干？”布洛德斯基心不在焉地叫他别讲话。

琼西掏出火花塞，擦干，然后按照布洛德斯基的指点把火花塞装好连接上。现在再试试，布洛德斯基说，这一次他的嘴唇没有动，雪地摩托车“轰”的一下发动了。检查一下汽油。

琼西照办了，并说了声谢谢。

“不客气，头儿。”布洛德斯基说，然后又大步往前走去。坎布里不得不一阵小跑才跟上他。他注意到，道格发现自己的耳机套在脖子上时脸上出现一丝迷惑。

“刚才到底是怎么回事？”坎布里问。

“没事儿，”布洛德斯基回答，可实际上却有事儿，是的；很显然是有什么事儿。谈话。一次交谈。一次……咨询？没错，正是这样。可他却记不清是什么话题了。他所能记得的是今天早晨天亮之前他得到了指示，当时组里正忙成一团。克兹直接下达了命令，包括遇到异常情况必须报告。这算异常吗？这算怎么回事？

“是一阵头痛，我想，”布洛德斯基说，“有太多的事情要做，而时间又总是不够。好了，孩子，快跟上。”

坎布里跟了上来。布洛德斯基又继续他同时进行的两个话题——一会儿是车队，一会儿是坎布里——但是又想起了别的什么事，是第三场谈话，现在已经结束了。算不算异常呢？布洛德斯基觉得也许不算。显然不值得告诉那个无能的杂种珀尔马特——对珀利来说，任何事情只要他那个随身携带的记事板上没有记载，就不算存在。克兹呢？绝对不行。他对那个老家伙很尊敬，但是更害怕。他们都怕他。克兹很机智，克兹很勇敢，不过克兹还是丛林中最疯狂的猴子。布洛德斯基甚至不愿意涉足克兹的影子投下过的任何地方。

安德希尔呢？他能不能找欧文·安德希尔谈谈？

也许能……也许不能。碰到这种事情，说不准你会莫名其妙地被关起来。在刚才那一两分钟的时间里，他听到了什么声音——至少是一个声音——可现在他觉得没事儿了。可是……

在“墙洞”，琼西驾驶雪地摩托车从工具间呼啸而出，朝“深辙路”奔去。他经过亨利旁边时感觉到了他——亨利藏在一棵树后面，为了不让自己叫出声，甚至把嘴埋进了苔藓之中——他知道亨利成功地躲了过去，没有被那团包围着他意识最后核心的云发现。他几乎可以肯定，这是他最后一次靠近老朋友，因为亨利绝对不可能活着走出这片森林。

琼西真希望刚才能跟他道别。

7

我不知道这部电影是谁制作的，琼西说，不过我觉得，他们用不着费劲熨礼服去出席奥斯卡颁奖典礼了。事实上——

他往两旁看了看，注目所及只有银装素裹的树木。他重新往前看去，前方只有“深辙路”在继续延伸，而雪地摩托车则在他腿间振动。根本就没有什么医院，根本就没有什么格雷先生。那一切只是一场梦。

可那不是梦。的确有一个房间。但不是病房。没有床，没有电视，没有吊瓶架。其实东西很少；只有一块公告板。上面钉着两样东西：一张新英格兰北部地图，有些线路被标示出来，那是特莱克兄弟公司常年要跑的路；一张年轻姑娘的照片，姑娘的裙子掀了起来，露出一撮金色的体毛。他正隔着窗户远眺“深辙路”。琼西很肯定这曾经是病房里的窗户。可是病房没什么好的。他必须出来，因为——

病房里不安全，琼西想……好像这里——或别的什么地方——很安全似的。不过……这里也许相对更为安全一些。这是他最后的庇护所，他把那张照片放在了这里，他猜，1978 年他们一溜烟地冲上那条车道时，都想看看这张照片。这姑娘叫迪娜·吉茵·斯罗平格或别的什么名字。

我看到的东西一部分是真实的……有效的恢复性记忆，亨利可能会说。我真的觉得那天看到杜迪茨了，所以才会不管不顾地一头冲上马路。至于格雷先生……他就是现在的我。对吧？除了置身于那个脏乎乎、空荡荡、地上铺着旧地板胶、公告板上钉着那姑娘照片的无聊房间里的我的这一部分之外，我其他的部分都是格雷先生。事实难道不是这样吗？

没有回答。这其实正是他所需要的全部答案。

可这都是怎么发生的呢？我是怎么到这儿来的？是为了什么？干什么来了？

仍然没有回答，他自己无法解答这些问题。他只是庆幸还有个地方能让他保存部分的自我，但他对自己生命的其他部分这样轻而易举地被攫取感到愕然。他再一次——十分痛苦而真心地——但愿自己开枪打死了麦卡锡。

8

一声巨大的爆炸划破长空，虽然事发地在数英里之外，但冲击依然强烈，震得树上的雪簌簌下落。雪地摩托车上的身影甚至没有扭头旁顾。那是飞船。那些当兵的把它炸毁了。拜拉姆也被消灭了。

几分钟后，坍塌的贮木棚从右边映入他的眼帘。彼得躺在棚子前的雪地里，一只靴子还卡在铁皮屋顶下。他看起来已经死了，其实还没有。装死可不是办法，至少在这场游戏中不能这样；他能听见彼得在想什么。他把雪地摩托车停下来，调到空档，而彼得则抬起头，挤出一丝苦笑，露出所剩不多的牙齿。他的风雪大衣的左袖黑乎乎的，已经不成形状，右手好像也只有一根手指还能活动，露在外面的皮肤上长满了拜拉斯。

“你不是琼西，”彼得说，“你把琼西怎么了？”

“上来，彼得。”格雷先生说。

“我不想跟你去任何地方。”彼得抬起右手——那吓人的手指，那一簇簇金红色的拜拉斯——用它擦了擦前额。“滚你妈的吧。快骑上你的驴子滚蛋。”

格雷先生低下那一度属于琼西的脑袋（琼西正在特莱克兄弟公司的旧仓库里，透过自己避难所的窗户看着这一切，既无法助一臂之力，也不能改变任何东西），眼睛盯着彼得。彼得开始尖声大叫，因为长在他全身的拜拉斯在绷紧，根部扎进了他的肌肉和神经。卡在坍塌的铁皮屋顶下的靴子被他拔了出来，彼得一边大叫，一边像胎儿似的缩成一团。他的嘴巴和鼻子流出了鲜血。当他再一次张口大叫时，又有两颗牙齿掉了。

“上来，彼得。”

彼得用残缺不全的右手按着胸口，一边哭一边想尽力站起身。第一次努力失败了，他重新摔倒在雪地里。格雷先生没有说话，只是骑在空转的“北极猫”上冷眼旁观。

琼西体会到了彼得的痛苦、绝望以及那莫可名状的恐惧。而最难以忍受的是恐惧，所以他决定冒一次险。

彼得。

声音很低，但彼得还是听到了。他抬起头，面容憔悴，脸上长满真菌——格雷先生称之为拜拉斯。彼得舔了舔嘴唇，琼西发现他的舌头上也长了真菌。外太空的鹅口疮。彼得·穆尔曾经希望成为一名宇航员。他曾经在一群大孩子面前为一位弱小者打抱不平。他应该受到善待。

不得打球，不得玩耍。

彼得几乎露出了笑容，那神情既动人又令人心碎。这一次他终于站了起来，迈着缓慢而沉重的脚步，朝雪地摩托车走去。

在这间自己被流放其中的废弃办公室里，琼西看到门把手在扭动。这句话是什么意思？格雷先生问，不得打球不得玩耍是怎么回事？你们在那儿干什么？干吗不回到医院来和我一起看电视？你到底是怎么进那儿去的？

现在轮到琼西不回答他了，他带着巨大的快意默然以对。

我会进去的，格雷先生说，等我准备好了，我就会进去。也许你以为可以把我锁在外面，可是你错了。

琼西仍然一声不响——现在没有必要激怒这个控制着他身体的生物——但是他觉得自己没有错。不过，他还是不敢离开办公室，一旦离开的话，他可能会被完全吞没。他只是一团云里面的一个硬核，是外星人肠胃里一口未被消化的食物。

还是低调一些为好。

9

彼得爬到格雷先生背后，用双臂搂住琼西的腰。十分钟之后，他们从四轮朝天的旅行车旁经过，琼西这才明白彼得和亨利去商店为什么迟迟不归。但他们两个人居然保住了性命，这简直是奇迹。他很想多看几眼，但格雷先生没有减速，"北极猫"的雪橇上下颠簸，他们在两道积满白雪的浅沟之间的路上疾驰。

把旅行车甩在身后约三英里之后，他们到达一座小山头，琼西发现有一团耀眼的黄白色亮光在等着他们，那亮光悬在距离路面不到一英尺的地方，看上去像焊枪里喷出来的火焰一样灼热，其实并不热；底下与亮光仅仅几英寸之隔的积雪都没有融化。几乎可以肯定这就是他和比弗看到过的亮光，当时那些亮光在云层中盘旋，而下面则是正从峡谷向外大逃亡的动物。

没错，格雷先生说，这就是你们所说的发光体。是仅存的几个之一。也许就是最后一个。

琼西一言不发，只是透过这个小办公室的窗户，凝神望着外面。他能感觉到彼得的双臂正搂着自己的腰，现在彼得主要是凭本能在搂着他，犹如一个快被打败的拳击手死死搂住对方以免撞上拳击台边的帆布。贴在他背上的脑袋沉甸甸的。彼得现在已经是拜拉斯的培养基，而拜拉斯也很喜欢他；世界很寒冷，彼得却很温暖。格雷先生带着他显然自有其目的——琼西对此却一无所知。

发光体领着他们沿路前进了半英里，然后一头转入树林。它钻到两棵大松树之间，在雪地之上盘旋着等待他们。琼西听到格雷先生叫彼得尽力抓紧。

“北极猫”纵身一跃，呼啸着冲上一道小坡，雪橇铲进雪中，一时间碎雪四溅。真正进入绿树成荫的林中之后，雪就少了很多，有些地方根本就没有雪。这时，雪地摩托车的底部在冰冻的地面上愤怒地“咔嚓”作响，因为一层稀薄的土壤和松针下面主要是岩石。他们正在往北而去。

十分钟后，他们重重地撞在一块突出的岩石上。彼得一声惊呼，从后面翻了下来。格雷先生松开油门。发光体也停了下来，在雪地上原地盘旋。琼西觉得它的亮度已经减弱了。

“起来。”格雷先生说，他骑在车上，转过身来望着彼得。

“我起不来，”彼得说，“我不行了，伙计。我——”

彼得话音未落，又开始大叫着倒在地上，双脚乱踢，双手——一只已经烫伤，另一只已经残疾——也一阵乱舞。

快停下！琼西喊着，你会杀了他的！

格雷先生不理睬琼西，只是仍然像刚才那样，上半身扭转过来，不急不忙、无动于衷地望着彼得，任凭拜拉斯用力抓扯彼得的肌肉。最后，琼西感觉到格雷先生停了下来。彼得歪歪倒倒地站起来。他的一边脸上又新添了一道伤口，上面已经长满拜拉斯。他双眼发花，眼神疲惫，而且满眶是泪。他回到雪地摩托车上，双手再一次环住琼西的腰。

抓住我的衣服，琼西低声说。格雷先生转身面向前方，重新启动雪地摩托车，琼西感到彼得抓住了他的衣服。不得打球，不得玩耍，对吧？

不得玩耍，彼得附和着，但是声音很微弱。

格雷先生这一次没问这句话是什么意思。发光体虽然变暗了，但速度仍然很快，正往北边飞去……至少琼西认为那个方向是北边。雪地摩托车在大树、丛生的灌木和疙疙瘩瘩的岩石间穿行，琼西渐渐失去方向感。从他们身后传来一阵持续的枪声。听上去好像有人在举行射火鸡比赛。

10

一个小时之后，琼西终于明白格雷先生为什么非要带上彼得了。这时，发光体已经越来越暗，变成一个惨白的暗影，最后熄灭。随着“砰”的一声轻响——仿佛有人戳破了一个纸袋——它消失了，一些碎石般的残留物掉在地上。

他们正置身于一道长满树木的山梁上，周围渺无人烟。前方是一个银装素裹、林木繁茂的山谷；山谷的尽头绵延着一座座风化的小山，上面只有些乱生的荆棘丛，远远望去没有一丝光亮。天暗了，白天已经逝去，黄昏正在来临。

你又一次害惨我们了，琼西想，可他感觉到格雷先生并没有惊慌。格雷先生松开油门，让雪地摩托车停住，然后就那样坐在那儿。

北边，格雷先生说，但不是对琼西说。

彼得用疲惫而缓慢的声音大声回答：“我怎么知道北边在哪儿？看在上帝的分上，我甚至看不到太阳正从哪儿下山。而且我的一只眼睛完全完蛋了。”

格雷先生将琼西的头转过来，于是琼西发现，彼得的左眼不见了，他的眼皮高高翻起，显出带着几分愚蠢的讶然神情，眼窝里长出了一小丛拜拉斯。最长的几根垂了下来，轻拂着彼得胡子拉碴的面颊。在他日渐稀疏的头发里，也纠结着一绺绺长势正旺的金红色拜拉斯。

你知道。

“也许我知道，”彼得说，“也许我不想带你去那儿。”

为什么？

“因为我怀疑你想要的东西对我们其他人没好处，蠢货。”彼得说，琼西听了，一种不可思议的自豪感油然而生。

琼西看到彼得眼窝里的生长物开始抽动。彼得大叫起来，并用手按住自己的脸。片刻之间——既短暂又特别漫长——琼西清楚地想象出一幅情景：那金红色的触角从彼得坏死的眼睛伸向他的大脑，然后像紧抓着一块灰色海绵的有力手指一样，在那里伸张开来。

快，彼得，快告诉他！琼西喊道，看在上帝的分上，快告诉他！

拜拉斯静止不动了。彼得的手从脸上垂下来，只见他脸上除了金红色之处外，已经变得煞白。“你在哪儿，琼西？”他问，“有我待的地方吗？”

回答很简短，当然是没有。琼西不明白自己是怎么了，却知道他之所以能活到现在——保守住自我的最后一块硬核——似乎正在于他待在原地不动。他只要把门打开，也可能会永远消失。

彼得点点头。“我想也是，”他说，接着又对另外那个人说，“伙计，你不要再折磨我了。”

格雷先生只是坐在那儿，用琼西的眼睛望着彼得，没有做出承诺。

彼得叹了口气，然后抬起严重烫伤的左手，伸出一根手指。他闭上眼睛，手指开始来回晃动，来回晃动。看到这里，琼西才差不多恍然大悟。那个小姑娘姓什么来着？是林肯霍尔吗？没错。他记不起她的名字了，但是这么别扭的姓可不容易忘。她后来也上了玛丽·斯诺学校，也就是“智障学院”，不过那时杜迪茨已经上了职业学校。而彼得呢？彼得总是有这种有趣的本事，能知道各种事情，但自从杜迪茨——

琼西蹲在这个脏乎乎的小房间里，望着外面那个被人抢走的自己的世界，又想起了那句话——不过那根本算不上真正的话，只是零零星星的词语，但出奇地动听：

彼得，你——看到——路线吗？

彼得的脸上充满梦幻般的惊异神采，他回答是的，他看到路线了。当时他也正是竖起手指来回晃动，就像现在一样。

手指停住，指尖还在微微颤动，犹如探测到水源的卜棒。接着，彼得指向一道山脊，那是车头此刻位置微微偏右的方向。

“那儿，”他说，然后把手垂下来，“正北边。盯住那块大岩石，中间长了棵松树的那块。看见了吗？”

是的，看见了。格雷先生转身向前，启动雪地摩托车。琼西突然闪过一个念头：不知道油箱里还剩多少油。

“现在我能下去了吗？”彼得的意思当然是说，现在他能否死去。

不行。

于是他们又出发了，彼得无力地拽着琼西的衣服。

11

他们绕过大岩石，往前爬上那座最高山的山顶，然后格雷先生又停下来，好让他的替补发光体继续指点方向。彼得给了他指点，他们又继续前进，他们现在所走的小路朝着正北略微偏西的方向。天色越来越暗了。有一次，他们听到有直升机——至少有两架，也可能有四架——朝他们飞来。格雷先生强行把雪地摩托车开进一片茂密的矮树丛，任凭树枝抽打着琼西的脸庞，面颊和眉头留下鲜血。彼得再一次从后面滚下来。格雷先生关掉引擎，把已经陷入半昏迷状态并不停呻吟的彼得拖进最浓密的灌木丛中。他们在那里等着，直到直升机飞走。琼西感觉到格雷先生接触上了飞机里的什么人，快速浏览着他的大脑，也许是在核对那人了解的情况与彼得告诉他的是否一致。直升机朝东南边飞去了，显然是返回基地。于是，格雷先生再次启动雪地摩托车，继续上路。雪又开始下了。

一个小时之后，他们停在另一座山头上，彼得又从车上掉下来，这一次滚到了雪地摩托车的一侧。他抬起面孔，但是大半张脸已经不见了，遮掩在胡须般的真菌之下。他想说话，却无法出声；他的嘴被堵住了，舌头上长了厚厚一层拜拉斯。

我不行了，伙计，我不行了，再也不行了，求求你，让我去吧。

“没错，”格雷先生说，“我想你的使命已经完成了。”

彼得！琼西大声叫道，接着又对格雷先生说，不，不要，别这样！

格雷先生当然没有理睬他。有那么一刻，琼西在彼得剩下的那只眼中看到了无声的理解。还有解脱。在这个时刻，他仍然能够接触彼得的大脑——这是他儿时的朋友，当年总是站在德里中学的大门外，一只手捂住嘴巴，隐藏那支其实并不存在的香烟；他曾经想当一名宇航员，希望从地球的旋转轨道上观看整个世界；他是从那帮大孩子手中救出杜迪茨的四人组中的一员。

一个短暂的时刻。接着，琼西感觉到有什么东西从格雷先生的脑海中跳了出来，只见长在彼得身上的东西不仅是在抽动，还在攥紧。随着一阵沉闷的“嘎嚓”声，彼得的头骨出现了十几道裂缝。他的面孔——剩下的部分——仿佛被人猛拉了一把似的凹陷下去，使他陡显老态。然后，他扑倒在地，雪花开始降落在他风雪大衣的后背上。

你这个杂种。

格雷先生没有答话，他对琼西的咒骂和怒火无动于衷。他重新面向前方。与此同时，渐渐加强的风势暂时变小了，雪帘中敞开了一个洞。琼西发现，在他们目前位置西北方向约五英里的地方，有灯光在移动——不是发光体，而是车前灯，数量还不少。是行驶在高速公路上的运输车队。他想，只可能是卡车。缅因州的这一带现在已在军方的控制之下。

他们都在找你呢，王八蛋，琼西啐了一口唾沫，雪地摩托车这时又开动了。大雪将他们重新罩了起来，卡车暂时不在他们的视野之内，不过琼西知道格雷先生会轻而易举地找到公路。彼得已经带他走了这么远，来到隔离区中的这一带，琼西猜想这里应该不会有麻烦。格雷先生指望后面的路将由琼西来带领，因为琼西与众不同。最起码，他没有感染拜拉斯。拜拉斯似乎不喜欢他。

你永远也不会逃出去的，琼西说。

我会的，格雷先生说，我们总是死去又总是活着，我们总是失败又总是能赢。不管你喜不喜欢，琼西，我们才是未来。

如果真是那样的话，这就是我所听到的生活在过去的最好原因，琼西回答，但是格雷先生没有再接话。作为一个实体、一种意识的格雷先生不见了，又重新融进了那团云。他只留下了一小部分来运用琼西的驾驶技术，使雪地摩托车一直朝公路方向行驶。而琼西被无助地载着前行，不知道此行的目的地何在。不过，有两件事情给了他一丝慰藉。其一，格雷先生不知道怎样才能攫取他那最后一块硬核，那存在于有关特莱克兄弟公司办公室的记忆之中的微小部分。其二，格雷先生对杜迪茨——对“不得打球，不得玩耍”——还一无所知。

琼西打算坚决不让格雷先生了解这一切。

至少目前还不能让他了解。

第十三章　戈斯林商店

1

对阿奇·珀尔马特这位高中毕业典礼上的演讲者（演讲题目是：《民主的快乐与责任》）、曾经的雄鹰童子军，虔诚的长老会教徒和西点军校的毕业生来说，戈斯林乡村商店不再具有真实性。在足够为一座小城市提供照明的光亮的强烈照耀下，它现在看上去就像电影中的拍摄场地。而且不是任意一部电影，而是詹姆斯·卡梅隆的华丽场地，其中仅演职人员伙食开销一项，就足以让全海地的人吃上两年。尽管雪正越下越大，对这炫目的灯光却没有多少影响，也没有改变这地方给人的幻觉：眼前所有的一切，从歪歪斜斜地戳出屋顶的两条烟道上那毫无用处的披叠板，到商店门口那锈迹斑斑的唯一一台加油泵，都只是布景而已。

珀利腋下夹着记事板，一边大步流星地往前走，一边在心里想（阿奇·珀尔马特一直都觉得自己具有相当的艺术气质……还有经商气质）：第一幕是这样的。一座孤零零的乡村商店渐渐显现。一群老人围坐在炉边——不是戈斯林办公室的那台小炉子，而是商店里面的大炉子——而外面正大雪纷飞。他们在谈论天空中的亮光……失踪的猎手……还有人们看到的在森林中躲躲藏藏的小灰人。商店主人——叫他洛斯特老头好了——很不以为然。“瞎说八道，你们简直是一群没见识的老太婆！”他话音刚落，周围突然大放光华（想一想《第三类亲密接触》），只见一个不明飞行物缓缓降落！嗜血的外星人蜂拥而出，并释放大量死亡射线！简直就像《独立日》，只不过，悬念就在于这一切发生在**森林里**！

在他旁边，梅尔罗斯这位三等厨师（在这次小小的冒险行动中，这差不多是最低的军衔）正吃力地跟上他的步伐。梅尔罗斯是被珀尔马特从“膳朵餐厅”[①]——也就是大家所说的伙房——里拽出来的，他脚上穿着一双橡皮底帆布鞋，而不是系带的鞋子或皮靴，所以总是一走一滑。沿路都有人（主要是男人，也有少数女人）从他们身旁经过，而且多半是以双倍的速度，许多人都在对着步话机或挂在脖子上的麦克风讲话。那些挂车、半挂车、空转的直升机（不断恶化的天气使它们全都返航了），以及发动机、发电机无休无止的你轰我鸣，使人们更加觉得这是电影的拍摄场地，而不是一个真实的地方。

“他为什么要见我呢？”梅尔罗斯再一次问道，他气喘吁吁，而且几乎带着哭腔了。他们此刻正经过戈斯林家牲口棚一侧的小牧场和畜栏，破败的旧围栏（十多年来，从来都没有一匹真正的马在畜栏里关过或在牧场上跑过）上，交错地增加了刺铁丝和普通铁丝，普通铁丝上通有电流，也许不至于致命，但足以让你躺倒在地，浑身抽搐……而且，一旦这里的人出现骚动，电流就会增强到致命的程度。有二三十个人正在铁丝网后面望着他们，其中包括戈斯林老头（在詹姆斯·卡梅隆的电影中，戈斯林将由一位饱经沧桑的老人扮演，比如布鲁斯·德恩）。如果换了是早些时候，铁丝网后面那些人一准会在大声喊叫，发出各种威胁，提出愤怒的要求，但自从看到马萨诸塞州那位银行家企图逃跑后的下场后，他们就老实了许多，这些可怜的家伙。亲眼目睹别人脑袋挨枪无疑会让他们吓破半个胆。另外，参与这次军事行动的所有人现在都戴着面罩，把嘴巴、鼻子都掩了起来，这不吓破他们另外的半个胆才怪。

“头儿？”几乎带着哭腔变成了*真正的*哭腔。看到那些美国公民站在铁丝网后，显然让梅尔罗斯越发不安了。“行了，头儿——老大为什么要见我呢？老大应该根本就不知道有三等厨师的存在呀！”

“我不知道。”珀利回答，这是真话。

---

① 原是著名餐厅的名字。

在他们前面那个一度被戏称为“打蛋器胡同”的巷口，站着欧文·安德希尔和车辆调配场的一个小伙子。由于空转的直升机发出巨大的轰鸣，那小伙子几乎是在对着安德希尔的耳朵大吼，好让他能听见。珀尔马特想，过不了多久，他们肯定会关掉直升机的；遇到这种狗屎天气，这种提前到来的暴风雪，根本就不可能飞行。克兹称这种天气为“天赐的礼物”。每当他说这种话的时候，你总是拿不准他说的到底是真话还是反话。他听起来总像在说真话……可他有时又笑上几声，那种笑让阿奇·珀尔马特很紧张。在电影中，克兹将由詹姆斯·伍兹扮演。或者克里斯托弗·沃肯也行。两个人长相都不像克兹，但是，难道乔治·C. 斯科特就像巴顿吗？就这么定了。

珀尔马特突然转身朝安德希尔走去。梅尔罗斯想跟上他，却脚下一滑，一屁股坐在地上，口里不由得骂出声来。珀尔马特拍了拍欧文的肩膀，但是当对方扭转身来时，他但愿自己的面罩多少掩饰了几分脸上的惊讶之情。欧文·安德希尔看上去比刚刚从米利诺基特校车上下来时苍老了十岁。

珀利探身上前，顶着风喊道：“克兹一刻钟后见你，别忘了！”

安德希尔朝他不耐烦地挥了挥手，以示他没有忘，然后又回过身去面对技术组的小伙子。珀尔马特现在认出了那个人，他叫布洛德斯基，大家都叫他道格。

前面就是克兹的指挥部，一辆硕大的温尼贝戈房车（如果这是电影的拍摄场地，房车就是明星的家外之家，也可能就是吉米·卡梅隆的家外之家）。珀利勇敢地迎着那纷飞的大雪，加快脚步。梅尔罗斯小跑着跟上去，一边拍掉防护服上的雪花。

“好了，头儿，”他恳求道，“你难道一点儿都不知道吗？”

“是的。”珀尔马特回答。他压根儿也不明白，在这既紧张又繁忙的情况下，克兹为什么要见一位三等厨师。不过他想，他和三等厨师都知道不会是什么好事。

2

欧文把埃米尔·布洛德斯基的头扭过来，让自己的面罩对着他的耳朵，说：“再给我讲一遍。不需要全部都讲，只讲讲你所说的‘意淫’那一段就行。”

布洛德斯基没有争辩，只是用十秒钟左右的时间整理了一下思路。欧文耐心地等待着。他与克兹有个约会，接着是情况汇报会——有好几个机组，还有大量的案头工作——然后是只有上帝才知道的那些讨厌的任务，不过他感觉到眼下的情况很重要。

至于他会不会告诉克兹，只有以后才能知道。

布洛德斯基终于将欧文的脑袋转过来，让自己的面罩对着欧文的耳朵，开始讲了起来。他这一次讲得更详细，但本质上是同样的内容。当时他正穿过商店旁边的草场，一边跟身旁的坎布里讲话，一边还同时与快要到来的燃料供应车队通话，可是突然之间，他觉得自己的思想仿佛被人劫持了。他置身于一个乱糟糟的旧工具间，旁边有一个他好像看不见的人。那人想启动一辆雪地摩托车，却启动不了。他需要道格告诉他摩托车出了什么故障。

“我告诉他打开引擎盖！”布洛德斯基对着欧文的耳朵大声喊道，“他就打开了，可紧接着，我仿佛是在用他的眼睛查看……同时却用我的思想，你明白吗？”

欧文点点头。

“我马上就发现是什么故障，有人把火花塞拔了出来。于是我告诉那人到周围找找，他照办了。是我们两个人照办了。很快就找到了，在工作台上的一个汽油瓶里。我爸爸以前也总是这样，天气转冷，他就把割草机和旋耕机的火花塞这样处理。”

布洛德斯基止住话头，他显然觉得很难为情，可能是因为自己说的这些话，也可能是觉得自己听起来很傻。欧文却正听得入神，示意他接着往下讲。

“后面就没什么了。我告诉他把火花塞掏出来，擦干，再插进去。感觉就和以前上万次教别人摆弄机器一样……只不过我不在那儿，而是在这儿。那一切都没有发生。”

欧文问：“然后呢？”由于引擎的声音太大，他不得不竭力喊着说，但两人仍然像教堂忏悔室里的神父与忏悔者一样神秘兮兮的。

“曲柄一转就启动了。我要他顺便检查一下汽油，发现油箱是满的。他说了谢谢。”布洛德斯基不解地摇了摇头，“我就说，不用谢，头儿。然后我好像就一下子回到了我自己的脑海中，只是在那儿走着。你觉得我疯了吗？”

“没有。不过，这件事情我要你暂时守口如瓶。”

布洛德斯基的嘴巴在面罩下一咧，露出了笑容。“哦，伙计，这个没问题。我只是……嗯，我们遇到任何异常情况都应该报告，这是命令，所以我想——”

欧文不给布洛德斯基任何思考的时间，突然问道：“那人叫什么？”

“琼西三号，”道格回答，话音刚落，他就惊讶地睁大了眼睛，“老天！我自己都不知道我知道。”

“你看这是不是某个印第安名字？就像‘索尼杀手六号’或‘圆月九号’？”

“有可能，不过……”布洛德斯基停下来，想了想，突然又说道，“这太可怕了！倒不是说事情发生时可怕，而是之后……回想起来……就像是……”他放低了声音，说，“就像是被强暴了，长官。”

“别管它了，”欧文说，“你肯定还有几件事情要干吧？”

布洛德斯基笑了：“只有几千件。”

“那就干去吧。”

“好的。”布洛德斯基刚迈出一步，又转回身来。欧文正望着畜栏那边，那儿本来用作关马，而现在关的却是人。大多数被关押的人都待在牲口棚里，外面的二十多个人则站成一团，似乎是为了寻求慰藉，只有一个人例外。那个独自站着的人是一位瘦高个，戴着一副大眼镜，看上去有点像猫头鹰。布洛德斯基看看那只倒霉的猫头鹰，又看看安德希尔。“你不会因为这个把我也关起来吧？或者送我去看心理医生？”当然，他们两个人并不知道，那位戴着老式角质架眼镜的瘦高个就是一位心理医生。

欧文答道：“绝对不——”他话没说完，从克兹的温尼贝戈房车里就传来一声枪响，接着有人放声大哭。

“头儿？”布洛德斯基小声说。由于发动机互不示弱地轰鸣，欧文听不见他的话，但通过嘴唇法懂了他的意思，回应道：“哦，我×！”

“去吧，道格，”欧文说，“不关你的事。”

布洛德斯基又端详了他一会儿，并润了润戴着面罩的嘴唇。欧文朝他点了点头，尽力表现出自信、命令以及“一切尽在掌握”的神情。可能有了些作用，因为布洛德斯基也朝他点点头，然后转身走了。

温尼贝戈房车的门上有个手写的牌子（上面写着**责任到此不能再推**），门里面的叫声仍在继续。欧文正要抬腿往那边走去，独自站在畜栏里的那个人就朝他喊了起来：“喂！喂！你！请等一下，我得跟你谈谈！”

那当然，欧文心里想着，脚步却没有放慢，你一准会跟我讲一个动人的故事，还会告诉我上千个理由，说明你一定得马上离开这儿。

“是欧弗希尔吗？不，是安德希尔。你叫这个名字，对吧？我得跟你谈谈——这对我们两个人都很重要。”

欧文停住脚步，尽管温尼贝戈房车那儿刚才有人大哭，现在还在抽泣。情况不妙，但至少好像还没有出人命。他仔细打量了戴眼镜的那个人几眼。瘦得像根竹竿，虽然穿着羽绒服，却仍在瑟瑟发抖。

“对丽塔也很重要，”瘦子在引擎的轰鸣声中竭力喊道，“还有卡特琳娜！”说出这两个名字似乎耗尽了那个讨厌鬼的力气，他仿佛是从一口深井里捞石头一样将这些名字捞了起来。但是欧文并没有注意到这一点，听到自己妻子、女儿的名字从一个陌生人口里说出来，他几乎惊呆了。他内心有一股强烈的冲动，很想去问问那个人怎么会知道这些名字，可他现在已经没有时间了……他有约会。现在还没有出人命并不意味着不会出人命。

欧文朝铁丝网后面那个人看了最后一眼，记住他的面孔，然后急匆匆地朝门上挂着牌子的温尼贝戈房车走去。

3

珀尔马特读过《黑暗的心脏》，看过《现代启示录》，在许多场合都想到克兹这个名字有点儿太平常了。他觉得这不是头儿的真名，他愿意出一百块钱打赌（对一个像他这样从不赌博、具有艺术气质的人来说，这不是一个小数目）——头儿的真名可能是亚瑟·霍尔塞珀尔或戴格伍德·厄尔加特，甚至还可能是派迪·马龙尼。叫克兹？不可能。几乎可以肯定是个假名，是个道具，就像乔治·巴顿那支珍珠镶柄的 0.45 英寸口径手枪一样。大伙儿（其中有些是自从“沙漠风暴行动”以来就一直跟随克兹，阿奇·珀尔马特却没有那么早）都认为克兹是个狗娘养的疯子，珀尔马特也有同感……像巴顿那样疯狂。换句话说，就是像狐狸一样疯狂。可能他早上刮胡子时，会模仿马龙·白兰度那种低沉的语气，对着镜子里的自己，一遍遍地练习说：“恐怖！恐怖！”

因此，珀利陪着三等厨师梅尔罗斯走进那辆过于暖和的指挥车时，虽然有些不安，却并非异常不安。而克兹看上去也毫无异样。头儿正坐在置于起居区的一把藤制摇椅里。他脱下了防护服——把它挂在珀尔马特和梅尔罗斯刚刚进来的那扇门上——穿着保暖内衣接见他们。他置于皮套里的手枪用皮带挂在摇椅的一边扶手上，不是珍珠镶柄的 0.45 英寸口径手枪，而是一把 9 毫米口径的自动手枪。

所有的电器都在“嗡嗡”作响。在克兹的书桌上，传真机正响个不停，纸张越堆越高。每隔十五秒钟左右，克兹的苹果电脑就会用愉快的机器声音叫着：“你有邮件了！”三台音量已经调低的收音机信号互相干扰，发出“嘎嘎吱吱”或不连贯的声音。书桌后面的假树上有两张镶在镜框里的照片。与门上的牌子一样，这两张照片克兹走到哪儿带到哪儿。左边那张题名为“投资”，上面是一个穿着童子军制服的天使般的年轻人，举起右手，用三个指头摆出童子军式的敬礼姿势。右边那张题名为“红利”，是 1945 年春天从柏林空中拍摄的照片，除了两三栋房屋尚未垮塌之外，照相机显出的多半是惨淡的残砖断瓦。

克兹朝书桌挥了挥手。“别管那些东西，小伙子们——那都是噪音。我已经安排弗雷迪·约翰逊来对付它们，但这会儿我让他到伙房填填肚子去了。跟他说了不用赶忙，要把那四样食物全都吃到，汤呀、坚果呀、鱼呀、果汁冰糕呀一样都别落下，因为这儿的情况……小伙子们，这儿的情况已经差不多……稳定下来了！”他朝他们露出一个罗斯福式的开怀笑容，然后又在椅子里摇动起来，那支套着皮套、用带子挂在旁边的手枪像钟摆一样荡来荡去。

梅尔罗斯胆怯地回了克兹一个笑容。珀尔马特更为放松一些。没错，他了解克兹的性情，头儿的的确确喜欢模仿名人……而你得相信这是一个好兆头，一个非常好的兆头。人文教育对军旅生涯益处不大，但还是有几点益处，其中之一就是可以让军人出口成章。

“我给约翰逊中尉——哎呀，此次行动不能使用军衔，我说的是给我的好兄弟弗雷迪·约翰逊——下达的唯一命令就是，饭前要做祷告。你们做祷告吗，小伙子们？”

两人都点了点头，梅尔罗斯像刚才微笑时那样胆怯，而珀尔马特则非常轻松。珀尔马特认为，克兹经常挂在嘴上的信仰就像他的名字一样，也是一种做秀。

克兹继续摇着，一边开心地望着这两个人，他们脚上的雪正在融化，雪水流到了地板上。“最好的祷告是孩子们的祷告，”克兹说，“就在于其单纯，你们知道。‘上帝很伟大，上帝很仁慈，让我们感谢他赐予我们食物。’真是单纯，真是动人，对吧？”

“是的，头——”珀利开口了。

“闭上你的臭嘴，小子。”克兹说，他的神情显得很愉快。他还在摇着，那支枪仍然在皮带下面荡来荡去。他把视线从珀利那儿转移到梅尔罗斯身上。“你怎么看，小伙子？这段祷告动人吧？你觉得它动人吗？”

“是的，长——”

“或者正如我们的阿拉伯朋友们所说，真主之外无真主；‘上帝之外无上帝’。还有比这更单纯的祷告吗？简直是一语中的，如果你们明白我的意思的话。”

他们没有答话。克兹在椅子里摇得更快了，手枪也越晃越快，珀尔马特开始有了如坐针毡之感，就像今天早些时候，在安德希尔到达并让克兹的情绪平缓下来之前那样。这也许还是做秀，不过——

“或者正如在燃烧的荆棘中的摩西那样！”克兹大声说着，那张瘦长的马脸上露出开心的笑容，“摩西问：‘我是在跟谁说话呢？’上帝则用那句古老的话来回答他：‘我是自有永有的，自有永有就是我，等等。’那位上帝可真会开玩笑，对吧。梅尔罗斯先生，你真的把来我们这儿的天外使者称为‘太空黑鬼’吗？”

梅尔罗斯张着嘴愣住了。

“回答我，小子。”

“长官,我——”

“梅尔罗斯先生，在这么紧张的局势下你如果再叫我长官，你下面的两个生日就得在畜栏里度过了，明白了吗？你听懂我的意思没有？”

“听懂了，头儿！”梅尔罗斯“啪”地一个立正，两边脸上除了被面罩的松紧带整齐地一分为二的冻红之处以外，已经变得一片煞白。

“那么，你有没有称我们的客人为‘太空黑鬼’？”

“长官，我有可能是讲话时无意——”

随着一个快得让珀尔马特几乎无法相信的动作（几乎就像詹姆斯·卡梅隆电影中的特技效果），克兹从晃动的皮套里掏出手枪，似乎不用瞄准就开了枪。梅尔罗斯左脚上的前半截鞋子开了花。碎帆布片飞了起来。鲜血和碎肉溅到了梅尔罗斯的裤腿上。

我没有看见，珀利心里想道，这事儿没有发生。

但梅尔罗斯却大哭起来，他痛苦而难以置信地低头望着那只被打烂的左脚，放声号啕。珀尔马特看见了里面的骨头，觉得胃里一阵翻涌。

克兹从摇椅里站起身，速度不像刚才从皮套里掏枪那么快——珀尔马特起码看清了这个动作——但还是相当快。快得像个*幽灵*。

他抓住梅尔罗斯的肩膀，紧紧逼视着三等厨师那张扭曲的面孔。“别号了，小子。”

梅尔罗斯继续号着。他脚上的血正*喷涌而出*，珀利觉得那只脚的前半截与后半截说不定得分家。珀利的世界一阵发灰，渐渐失去中心。他调动自己全部的意志力，强行赶走这种灰色。如果他现在昏倒的话，只有老天才知道克兹会怎么处置他。珀尔马特听到过许多故事，但百分之九十都被他当成了耳边风，他觉得那些故事要么言过其实，要么就是克兹自己的刻意宣传，以强化他半是疯狂半是诡诈的形象。

现在我知道它们是真的了，珀尔马特想，这不是制造神话，而是神话本身。

克兹把枪口顶在梅尔罗斯惨白的前额的正中央，他的动作很严谨，几乎就像外科医生一样精确。

“别像女人似的鬼哭狼号，你赶快打住，小子，否则我就帮你打住。这儿可是空心的，我想，这一点恐怕连你这样没脑子的人肯定也应该知道。”

梅尔罗斯艰难地将哭声吞了回去，转而变成憋在喉咙里的低泣。克兹似乎满意了。

“这样你就能听见我的话了，小子。你一定得听，因为你得把话传出去。赞美上帝，我相信，你的脚——起码是它剩下的部分——将会把基本的意思表达出来，但是，你自己那神圣的嘴巴还得参与具体细节的描述。所以，你在听吗，小子？你在听我将要说的细节吗？”

梅尔罗斯一边抽泣一边吃力地点点头，那双蓝玻璃珠似的眼睛躲闪着。

犹如一条突然发起进攻的蛇一样，克兹猛地转过头来，珀尔马特看清了他的面孔。那张脸上的疯狂之色就像勇士身上的文身一般清晰可见。刹那间，珀尔马特所相信的关于他的顶头上司的一切全都烟消云散。

“你呢，小子？你在听吗？因为你也是一位信使。我们大家全都是信使。”

珀利点点头。正在这时，门开了，欧文·安德希尔走进来，珀利的轻松之情难以言表。克兹朝欧文望去。

“欧文！我的好伙计！又多了一位信使！赞美上帝，又多了一位信使！你在听吗？你会把话从这个快乐之地传出去吗？”

欧文点点头，他的脸上毫无表情，就像一次高额赌注牌局中的玩家。

“很好！很好！”

克兹把注意力重新转移到梅尔罗斯身上。

“三等厨师梅尔罗斯，我下面引用的是《事务守则》，第十六部分第四节第三段——‘使用不当称呼，不管是涉及种族、民族还是性别性质，都不利于士气并有违于军队规定。情况一经查实，使用者将立即受到军事法庭或前线相关指挥官的处罚。’好了。相关指挥官是我，不当称呼使用者是你。明白了吗，梅尔罗斯？你听懂我的意思了吗？”

梅尔罗斯抽泣着，正要开口回答，却被克兹打断了。欧文·安德希尔仍然一动不动地站在门口，肩膀上的雪渐渐融化，透明面罩上也有水汽像汗珠似的往下流。他目不转睛地望着克兹。

“听着，三等厨师梅尔罗斯，我刚才在这几位面前——在上帝赞美的这几位证人面前——念给你听的是‘操行规定’，它意味着不许说西班牙佬，不许说犹太佬，不许说德国佬，不许说印第安佬。它也非常适用于目前的形势，所以还意味着不许说太空黑鬼。这一点你明白了吗？”

梅尔罗斯想点点头，却一阵晕眩，眼看就要昏倒。珀尔马特连忙抓住他的肩膀，让他重新站稳，一边暗暗祈祷他不要在训话结束之前倒下。如果梅尔罗斯胆敢在克兹念完暴动法案之前熄灯，只有老天知道克兹会怎样处置梅尔罗斯。

“我们会消灭这些发动侵略的王八蛋，我的朋友，如果他们以后再来到地球上，我们就要切开他们的集体灰脑袋，扭断他们的集体灰脖子；如果他们还不死心的话，我们就要运用他们的技术——我们已经快要掌握这种技术了——来对付他们，乘坐他们自己的飞船或者由通用电气公司或杜邦公司或（赞美上帝）微软公司制造的类似飞船，打回他们的老家，然后烧掉他们的城市或蜂窝或蚁冢或别的什么住处，我们要用凝固汽油炸掉他们的琥珀色粮食，用核武器摧毁他们紫色山峦上的伟大的（赞美上帝）真主，我们要把美国炽热的尿液倒进他们的湖泊和海洋……但是我们实施这些行动时，必须采取合适而恰当的方式，不能有种族或性别或民族或宗教的优越感。我们实施这些行动，是因为他们来到了不该来的地方，敲了不该敲的门。这不是 1939 年的德国，也不是 1963 年密西西比州的奥克斯福。好了，梅尔罗斯先生，你觉得自己能把话传出去吗？”

梅尔罗斯的眼睛翻了翻，露出湿润的眼白，他的膝关节支持不住了。珀尔马特再一次抓住他的肩膀，想不让他倒下去，但这一次是徒劳之举；梅尔罗斯瘫倒在地。

“珀利。”克兹小声叫道，当那双熠熠发亮的蓝眼睛转向他时，珀尔马特体验到了一生中前所未有的恐惧。他的膀胱在体内发烫、发胀，迫不及待地想在防护服内有所排解。他想，如果克兹发现自己助手的裤裆里有一块越来越大的湿迹，以克兹现在的心情，说不准会一枪毙了他……但想到这一点似乎于事无补。事实上，反而是雪上加霜。

“在，长——头儿？”

“他会把话传出去吗？他会是一位好信使吗？你觉得他听进去了多少，能不能当信使？还是他太在乎自己那只该死的脚了？”

“我……我……”珀利看到站在门口的安德希尔几乎是难以察觉地朝他点了点头，顿时有了勇气，“是的，头儿——我想他都听进去了。”

克兹对珀尔马特的热情似乎先是吃了一惊，随后又很满意。他转向欧文：“你呢，欧文？你觉得他能把话传出去吗？”

“嗯，”欧文回答，“如果能把他在你的地毯上流血而死之前就送去医务室的话。”

克兹翘了翘嘴角，喊道：“珀利，这事儿交给你，行吗？”

“我这就去，”珀尔马特一边说，一边朝门口走去。经过克兹身边后，他朝安德希尔投去十分感激的一瞥，但安德希尔似乎没有注意，也可能是有意不予回应。

“以双倍的速度，珀尔马特先生。欧文，我要跟你谈谈，用爱尔兰人 的话说，就是‘男人对男人式的’。”他朝地上的梅尔罗斯看都没看一眼，就迈过他的身体，快步走进小厨房。“来杯咖啡吗？是弗雷迪煮的，所以我不能保证喝得下去……不，我不能保证，不过……”

“有咖啡就行，”欧文·安德希尔说，“你倒咖啡吧，我来帮这家伙止止血。”

克兹站在案台上的咖啡机旁，很不以为然又将信将疑地望了安德希尔一眼。“你真的认为有这种必要吗？”

珀尔马特就是在这一刻走到了外面。他有生以来第一次这么强烈地觉得，走进风雪之中居然像是一种死里逃生。

4

亨利站在围栏边（没有接触铁丝；他已经看见了接触铁丝的人的下场），等待安德希尔——他就叫这名字，没错——从那个无疑是指挥部的地方出来，可是门开后，匆匆出来的却是他看着走进去的另外两个人之一，那家伙刚下台阶就撒腿狂奔。那小伙子身材很高，长着一张诚实的面孔，亨利总是把这种面孔与中层管理人员联系起来。那张面孔现在满是惊惶之色，在完全跑起来之前，他还差点儿摔倒。亨利为他喝了一声彩。

中层管理人员一个趔趄之后，极力保持着平衡，朝前方拼在一起的两辆半挂车奔去，但刚跑一半，他的双脚又飞离地面，整个人一屁股坐在地上。他随身携带的记事板犹如妖精的雪橇一样往前滑去。

亨利伸出双手，用力鼓起掌来。也许掌声还不够响亮，无法盖过发动机的轰鸣，于是，他双手拢成喇叭状贴在嘴边喊道：“猪赶泥了呀！大家快看哪！”

中层管理人员没有理睬他，只是站起身，捡回记事板，继续朝那两辆半挂车奔去。

在离亨利约二十码的围栏边，有八九个人站成一团。其中有个人这时朝亨利走来，那是一个胖子，穿着一件橘红色羽绒服，看上去犹如皮尔斯伯利面团宝宝。

“我觉得你不该这样，伙计，”他顿了顿，然后压低嗓门，又说，

“他们开枪打死了我姐夫。”

没错。亨利在这人的脑海中看见了那一幕。胖子的姐夫也是个胖子，不停地唠叨着律师呀、权利呀，以及他在波士顿一家投资公司的工作。士兵们点着头，告诉他这只是暂时的，形势正在恢复正常，到天亮就会解决了，他们一边这么说，一边把这两位体态臃肿的猎人往牲口棚赶去，那儿已经关了不少人。突然间，胖子的姐夫转身朝车辆调配场跑去，随着“砰砰”两声，灯灭了。

胖子在告诉亨利当时的部分情况，在刚刚架起来的路灯下，他苍白的脸孔显得很诚实，但是亨利打断了他。

“你认为他们会把我们剩下的这些人怎么样？”

胖子愕然地看着亨利，然后退开一步，似乎觉得亨利可能患有某种传染病。仔细想想的话，还真是有趣，因为他们所有的人都的确患有某种传染病，或者起码政府雇佣的这群清洁工认为他们如此，不管如何，结果并没有两样。

“你开玩笑吧？”胖子说，接着又几乎是带有几分宽容加了一句，“这可是美国，你知道。”

“是吗？你看到过不少正当程序，对吧？”

“他们只是……我肯定他们只是……”亨利饶有兴致地等着，胖子却没有了下文，至少他回答不出这个问题。“刚才那是枪响，对吗？”胖子又问，“我想我还听见有人在哭。”

从那拼在一起的挂车里匆匆地出来两个人，他们抬着一副担架。中层管理人员先生明显不情愿地跟在他们后面，胳膊下重新紧紧地夹着记事板。

“我得说，给你说对了。”亨利和胖子目送两位担架员快步登上温尼贝戈房车的台阶。等中层管理人员走到离围栏最近的地方时，亨利朝他喊道：“怎么样，笨猪？很开心吧？”

胖子蹙起眉头。夹着记事板的家伙只是狠狠地瞪了亨利一眼，继续朝温尼贝戈房车走去。

“这只是……只是某种紧急情况，”胖子说，“到明天早上就会解决的，我敢肯定。”

“但你姐夫却看不到了。”亨利说。

胖子绷紧嘴角，嘴唇微微颤抖地望着他，然后返回其他人那儿去了，他们的观点显然与他更有共鸣。亨利的视线重新投向房车，继续等待安德希尔出来。他觉得安德希尔是他唯一的希望……但是不管安德希尔对此次行动存有多大的疑虑，这种希望都很微小。而亨利手上只有一张牌可打。这张牌就是琼西，他们对琼西还一无所知。

问题是他不知道自己是否应该告诉安德希尔。亨利非常担心告诉他之后毫无益处。

5

在中层管理人员先生跟着两位担架员进入温尼贝戈房车约五分钟之后，三个人又重新出来了，不过担架上还有第四个人。在大路灯的耀眼亮光下，那位伤员的脸色十分苍白，看上去几近青紫。亨利看到伤员不是安德希尔不由得松了口气，因为安德希尔与其他这些疯子不一样。

十分钟过去了，安德希尔还没有从指挥部出来。亨利顶着越下越大的雪等着。有些士兵在看守这些囚犯（的确，他们就是囚犯，最好不要粉饰事实），最后终于有一位走了过来。先前在“深辙路”和“天鹅池路”交汇处的十字路口时，那些士兵用灯光刺得亨利几乎睁不开眼，所以他现在没有认出这个人的长相。亨利既高兴又深感忐忑地发现，人们的思想也各有特征，完全与一张漂亮的嘴巴或一只破鼻子、一只斜眼睛一样鲜明。这是驻扎在十字路口的那些人之一，正是他认为亨利朝卡车走去时动作太慢，而用枪托砸过亨利的屁股。亨利的脑海中出现了很多信息：他弄不清这家伙的名字，但是知道他哥哥叫弗兰基，而且上中学时，弗兰基就因为被控强奸而受审，可最终却宣告无罪。还有一些别的——都是些零星散乱的玩意儿，就像废纸篓里的东西。亨利意识到自己正端详着一条真正的意识之河，包括河水挟带的各种浮渣。令他泄气的是，其中的大部分内容都平庸至极。

“喂，”那位士兵喊道，他的语气很平和，“原来是自作聪明的蠢蛋。想要热狗吗，蠢蛋？”他哈哈大笑起来。

“已经有了。”亨利答道，自己也笑了。接着，他用比弗的惯常口气，脱口说出比弗的口头禅：“× 他祖宗。”

那士兵的笑声戛然而止。“让我们看看十二个小时之后，你这自作聪明的蠢蛋还有多聪明，”他说，在呈现于这人两耳之间的河流上，有一个形象漂浮而过，那是一辆装满尸体的卡车，白色的四肢横七竖八地堆在一起，“你长了里普利吗，蠢蛋？”

亨利想：是拜拉斯，他说的是拜拉斯。琼西知道那东西的真名是拜拉斯。

亨利没有答话，那士兵转身走开，脸上挂着胜利者的得意之色。亨利一时好奇心起，便凝聚起自己全部的注意力，想象出一支枪——其实是琼西的伽兰德猎枪。他想：我有一支枪，等你刚刚背过身去，我就要用这支枪打死你，王八蛋。

那士兵又突然回过身来，脸上的得意之色连同他的笑容和笑声一并消失了，取而代之的是不解和怀疑。“你说什么，蠢蛋？你说什么了吗？”

“只是在想，那姑娘的事儿你是不是也有一份——你知道，就是弗兰基干过的那姑娘。他有没有让你也过过瘾？”

那士兵大惊之下，一时呆若木鸡，接着就满脸怒不可遏。他举起枪。亨利觉得那枪口犹如一道笑容。他拉开外套的拉链，迎着越下越大的雪敞开胸口。“来呀，”他一边说一边笑，“来呀，兰博，动手吧。”

弗兰基的弟弟端着枪对准亨利，但是过了片刻，亨利感觉到他的怒火消失了。几乎是千钧一发——亨利看到那士兵尽力想说点什么，编一个合理的故事——可他花的时间太长，他的前脑控制住了那股怒火。这一幕是那么熟悉。瑞奇·格林纳多们没有死去，没有真的死去。他们是世界上的龙齿[①]。

“明天，”士兵说，“明天就是你的大限之日，蠢蛋！”

亨利这时决定放过他——不再刺激他的怒火，尽管上帝知道惹他

---

① 典出希腊神话，被种在地里的龙齿化为武士互相厮杀。

发火简直是易如反掌。他还了解到了某些事情……或者说是证实了他此前的怀疑。那士兵听见了他的思想，但听得不清楚。如果听清楚了的话，他转身时肯定要快得多。他也没有问亨利是怎么知道他哥哥弗兰基的事情的。因为在某种程度上，那家伙知道亨利知道：他们染上了心灵感应，他们所有这些人无一例外，就像染上某种恼人的轻度病毒一样。

"只不过我被传染得更严重。"他说，一边重新拉上外套的拉链。彼得、比弗和琼西也是如此。但是彼得和比弗现在都死了，而琼西……琼西……

"琼西的情况最严重。"亨利说。琼西现在在哪儿呢？

南边……琼西身不由己地重新南下了。这些家伙宝贵的隔离网已经被突破。亨利猜想他们已经预计到了这一点，可他们并不担心。他们觉得溜出去一两个人没有关系。

亨利觉得他们想错了。

6

欧文端着杯咖啡站在一旁，看着医务室的工作人员将伤员抬走。打上一针吗啡之后，梅尔罗斯的抽泣渐渐变成嘀咕和呻吟，总算让人嘘了口气。珀利也跟着走了，于是这里只剩下欧文和克兹两人。

克兹坐在摇椅里，侧着头，好奇而饶有趣味地打量着欧文·安德希尔。胡言乱语的狂人又不见了，他犹如取下了万圣节的面具。

"我在想一个数字，"克兹说，"是哪一个数字？"

"十七，"欧文回答，"你看到的是红色的，就像消防车车身上一样。"

克兹满意地点点头。"你试着给我发送一个。"

欧文想象出一个限速标志：每小时 60 英里。

"六，"克兹过了一会儿才说，"是白底黑字。"

"差不多，头儿。"

克兹喝了一口咖啡。他的咖啡杯上印有**我爱我的爷爷**字样。欧文非常惬意地品着咖啡。这是一个肮脏的夜晚，他干的是一份肮脏的活儿，而弗雷迪煮的咖啡还不错。

克兹不知道什么时候又穿上了防护服。他把手伸进里面的口袋，掏出一条大手帕。他看了看手帕，然后跪到地上，还蹙了一下眉头（这位老人的关节炎已经不是秘密）。接着，他动手擦起了梅尔罗斯溅在地上的血迹。欧文原以为自己时至今日绝对可以做到处事不惊，现在却还是大为愕然。

“长官……”哦，我 ×，“头儿……”

“别说了。”克兹头也不抬地打断了他，他一处一处地擦着，像洗衣妇似的一丝不苟，“我父亲总是说，你自己造成的烂摊子就得你自己去收拾。也许到下一次时，你就会三思而后行。我父亲叫什么，伙计？”

欧文找了找，只是瞥见了一眼，就像瞥见女人穿在里面的衬裙一样。“帕罗？”

“其实是帕特里克……不过很接近了。安德森认为这是一种波，而且它的力量现在已经减弱了。一种感应波。你不觉得这是个很可怕的概念吗，欧文？”

“是的。”

克兹头也不抬地点了点，继续在那儿擦着。“不过，概念比现实更可怕——这一点你发现了吗？”

欧文笑了起来。老人仍然能像以往那样出人意料。人们有时用打牌时“留一手”来形容那些城府很深的人。在欧文看来，克兹的问题就在于总是“留几手”。不仅多留几张“一点”，还多留几张“两点”，而大家都知道那些“两点”往往让人措手不及。

“坐下吧，欧文。像个正常人那样坐下来喝你的咖啡，让我把这个干完。我一定得这样。”

欧文想他可能的确如此。于是他坐了下来，喝着咖啡。这样过了五分钟之后，克兹艰难地重新站起身。他厌恶地捏着手帕的一角，将它拿到厨房，扔进垃圾桶，然后坐回摇椅里。他喝了一口咖啡，皱了皱眉，又放下杯子：“冷了。”

“我去帮你——”欧文作势欲起。

“不用了。坐下，我们得谈谈。”

欧文重新坐好。

“关于那艘飞船的事儿，我们俩有点儿小冲突，对吧？”

“我不认为——”

“是的，我知道你不这么想，可我知道当时是怎么回事，你也一样。当形势紧张时，人容易情绪激动。不过那一段已经过去了。我们不得不让它过去，因为我是负责的军官，而你是我的副手，我们还得完成这项任务。我们能携手合作吗？”

“是的，长官。”我 ×，又说错了，“我是说，头儿。”

克兹朝他淡淡地一笑。

“我刚才失控了。”亲和，坦率，理智，真诚。这种假象糊弄了欧文很多年，但他现在不会上当了，“我刚才在模仿，像往常那样——一份巴顿，两份拉斯普金[1]，然后加水，搅拌，上桌——接着我就……哎呀！我就忘形了。你觉得我疯了，对吧？”

谨慎，一定谨慎。这个房间里有心灵感应，有真真正正的心灵感应。欧文不知道克兹能够看透他到什么程度。

“是的，长官。有一点儿，长官。”

克兹平静地点点头。“是的。有一点儿。的确是这么回事。我像这样已经很久了——我这样的人是不可少，但是又很难找。你非得有点儿疯狂才能执行任务，不能总是保持理智。这是一根细线，是坐在扶手椅里的心理学家们喜欢谈论的那根著名的细线，而在整个世界历史上，还从未有过现在这样的大扫除活儿……当然，其前提是假设赫拉克勒斯清洗奥吉亚斯的厩房的故事只是一个神话[2]。我不是在请求你的同情，而是请求你的理解。如果我们彼此理解，就能一起挺过去，这显然是我们接受过的最艰难的任务。否则的话……”克兹耸耸肩，“否则的话，我就只好在没有你的情况下挺过去。你明白我的意思了吗？”

---

① 末代沙皇尼古拉二世时期的一位神秘主义者。

② 典出希腊神话。赫拉克勒斯受命在一日之内将厄里斯国王奥吉亚斯的全部厩房扫扫干净。

欧文不能肯定自己已经明白，但是他看出了克兹的大致意图，便点了点头。他在书上读到过一种有赖于鳄鱼的耐性而生活在鳄鱼口里的鸟。他觉得自己现在就是那种鸟。克兹想让他相信，他在公共频道上播放外星人广播的行为已经得到原谅——只是一时的失控，和克兹一时失控打飞了梅尔罗斯的半只脚一样。至于六年前发生在波斯尼亚的那一切呢？现在已经没事儿了。可能事实就是如此，还可能鳄鱼已经厌倦了鸟儿恼人的啄食，打算合拢嘴巴了。欧文无法从克兹的思想中感觉到真实情况，但无论如何，他得小心为上。提高警惕，随时准备飞走。

克兹又把手伸进防护服里，掏出一块失去光泽的怀表。“这是我祖父的，但仍然能用，”他说，“我想是因为它的动力是发条，而不是电池。而我的手表到现在还是摆设。”

“我的也是。”

克兹撇撇嘴唇笑了：“有机会时去找找珀尔马特，要觉得自己可以忍受他。除了各种杂务琐事之外，他今天下午居然挤出时间分发了三百只上发条的天美时手表，而且是在大雪拦住我们的空袭行动之前。珀利的效率的确很高。可他总以为自己生活在电影里，我只希望上帝能让他清醒过来。”

“他今天晚上可能有了些长进，头儿。”

“也许真是这样。”

克兹沉吟着。安德希尔等待着。

“小伙子，我们应该喝威士忌的。我们今晚所干的像是爱尔兰人的临终看护。”

“是吗？”

“是的。我心爱的幻影马很快就要一命呜呼了。”

欧文抬起了眉头。

“没错。到时候，它神秘的隐身衣就会被揭开，然后就会变成又一匹死马任人鞭打。首先是那些政客，这是他们的拿手好戏。”

“我不明白你的意思。”

克兹又看了一眼那只失去光泽的怀表，这只表可能是他在当铺里弄到的……也有可能是从哪具尸体上抢来的。不管哪一种是真实情况，安德希尔都不会怀疑。

“七点了。大约四个小时之后，总统将在联合国大会上发表讲话，这次讲话的听众和观众人数将超过整个人类历史上此前的任何一次讲话。它将成为整个人类历史上最大的故事的组成部分……将成为自从万能的圣父创造宇宙并用自己的手指尖让各个星球永不停息地转动以来最大的骗局。”

“怎么说是骗局呢？”

“它将是一个美丽的故事，欧文。像各种天衣无缝的谎言一样，这个谎言里面将揉进大量的事实。全世界的人正高度关注，他们屏息静气地听着总统的每一个字，赞美上帝，而总统会告诉他们，在今年的十一月六日或七日，一艘由另一个世界的生物驾驶的飞船在缅因州北部坠落。这是事实。他会说，我们并没有觉得特别意外，因为至少从十年前开始，我们以及组成联合国安理会的其他国家的首脑就已经知道外星人在打探我们了。这也是事实，只不过在美国，我们有些人早在二十世纪四十年代后期就开始知道我们在天外有朋友。我们还知道，1974 年，俄国的轰炸机在西伯利亚上空摧毁了一艘灰人的飞船……当然，俄国佬至今也不知道我们已经知道。那艘飞船可能无人驾驶，只是一次试射。这样的情形有不少。灰人早期接触地球时非常谨慎，这表明他们对我们很害怕。”

欧文入神地听着，内心却很反感，他希望这种情绪没有在脸上或思想的表层流露出来，克兹说不准仍能进入他思想的表层。

这时，克兹又从里面的口袋里掏出一盒万宝路香烟，盒子有些扁了，还剩四支烟。他朝欧文递去，欧文先是摇摇头，转而又要了一支。克兹也抽出一支，然后点燃两支烟。

克兹深深地吸了一口，又吐出来，说：“我把真真假假都搅在一起了，这样讲下去可能不是最有效的方式。我们还是只说假的这一部分吧，好吗？”

欧文没有回答。他近来极少抽烟，所以抽第一口时有些头晕，但味道很不错。

“总统会说，美国政府之所以将失事地点及周围地区隔离起来，是出于三个原因。首先是纯粹从后勤学方面考虑：因为杰弗逊林区位置偏僻，人口稀少，我们才有可能将其隔离起来。如果灰人是在布鲁克林甚至长岛着陆的话，事情就不会这样了。其次是因为我们尚不清楚灰人的意图。第三个原因，也是归根结底最具说服力的原因，就是灰人携带有一种传染物质，现场的人称之为‘里普利菌’。尽管外星来客竭力要我们相信他们本身不会传染，他们却随身带来了一种具有高度传染性的物质。总统还会告诉这个人心惶惶的世界，这种真菌有可能其实就是具有控制力的智能，而灰人只是一种生长媒。他会展示一盘录像带，上面是一个灰人爆炸后成为里普利菌的过程。胶片已经做过一点小修改，以增加其清晰度，但基本上是真实的。”

你在撒谎，欧文想，胶片从头到尾全是假的，就像所谓外星人解剖那种狗屁一样，都是胡编出来的。你干吗要撒谎呢？因为你能够，就是这么简单，对吧？因为对你来说，谎言与真相一样来得自然而然。

“好吧，我是在撒谎。”克兹说，简直是明察秋毫。他飞快地瞥了欧文一眼，又重新垂下目光，盯着自己的香烟。“但那些事实是真实而有据可查的。有些灰人的确爆炸了，变成了红色的茸毛。那茸毛就是里普利。你如果吸入一定的量，那么过一段时间——我们现在还无法预测，可能是一小时，也可能是两天——你的肺部和大脑就变成了里普利的沙拉。你看上去就像一棵有毒的漆树，只不过是会走而已。然后你就会死去。

“总统不会提及我们今天早些时候的那次小冒险。根据总统的说法，在坠落时显然严重受损的飞船要么是被船上的人炸毁，要么就是自动爆炸了。所有的灰人无一幸存。而经过最初的传播之后，里普利也在渐渐死去，显然是因为无法适应寒冷的环境。顺便说一句，俄国人也可以证明这一点。被感染的相当数量的动物也已经被杀死。”

“那么，杰弗逊林区的人呢？”

“美国总统会说，大约三百人——本地人七十左右，加上大概两百三十位猎人——目前正在接受有关里普利菌的监控。他会说，尽管有些人似乎受到感染，但在诸如新菌灵和力百汀这类广谱抗生素的作用下，他们的感染好像已经得到控制。”

“这是替我们的赞助者说话。”欧文说。克兹满意地笑了起来。

“过了一段时间后，就会宣布，里普利似乎不像我们最初想象的那样，抗生素对它作用不大，有许多病人已经死亡。我们公布的名单上，就是那些其实早已死亡的人的名字，他们要么是死于里普利菌，要么是死于那些可恶的移植物。你知道大家怎么叫那些移植物吗？”

“是的，臭鼬。总统会提到它们吗？”

“绝对不会。负责此事的那些人认为，对普通民众来说，那些臭鼬未免有点儿太令人不安了。当然，我们在戈斯林商店这个乡村景区处理这一问题的方式也同样如此。”

“不妨称之为*最终方式*。”欧文说。他的烟已经抽得只剩下过滤嘴，于是用咖啡杯将它碾灭。

克兹抬起眼睛，毫不妥协地与欧文四目相对。“没错，你可以这么说。我们要消灭大约三百五十个人——大多是男人，但是我不能说这次清洗不包括起码少数女人和孩子。当然，好的一面是，我们会确保全人类避免一场大规模的流行病，甚至有可能是一场征服。这可是一个不小的好处。”

欧文不可抑制地冒出一个念头——*我敢肯定希特勒会喜欢这种骗局*——但是他尽力掩饰着自己，也不知道克兹能否听见或感觉到这个念头。显然无从断定；克兹是个狡猾的家伙。

“我们现在关了有多少人？”克兹问。

“大概七十个。从基尼奥过来的路上还有两倍的人；他们九点左右就会到这儿，如果天气不进一步恶化的话。”据说天气会恶化，不过是在半夜之后。

克兹点点头。“嗯。我看，另外还得加上从北边来的五十人，以及从圣卡普斯和南边其他一些小地方来的七十来人……还有我们的人。别忘了他们。面罩似乎很管用，但是从医务人员汇报的情况来看，我们已经发现四例里普利菌感染者。当然，那些人自己并不知道。”

“是吗？”

“让我这么说吧，”克兹说，“就他们的行为举止而言，我没有理由相信他们知道。行了吗？”

欧文耸了耸肩。

“根据这个故事，”克兹继续说道，“关在这里的人将被用飞机运往一个绝密的医疗机构，某种51号地区，他们在那里将接受进一步的检查，如果必要得接受长期治疗。然后就再也不会有关于他们的官方声明——如果一切照计划进行的话——但在随后的两年里，会经常传出一些小道消息：尽管在治疗上做出了最大的努力，感染还是不断加剧……疯癫……可怕的形体变化，还是不要知道为好……最后，天可怜见，死亡降临。公众非但不会义愤填膺，反而会觉得是一种解脱。”

“而事实上……”

他想听克兹亲口说出来，不过他早该知道克兹不会。这里没有窃听器（也许藏在克兹两个耳朵之间的那些除外），可是头儿的谨慎已经根深蒂固。他举起一只手，拇指与食指做成手枪状，然后拇指连扣三下，与此同时，他的眼睛一直定定地望着欧文。*鳄鱼的眼睛*，欧文想。

“全部吗？”欧文问，“不只是那些里普利菌感染者，那些没感染的也一样吗？这会将我们置于何地？那些没感染的士兵呢？”

“那些现在没问题的小伙子后面也会没问题，”克兹回答，“感染了的都是粗心所致。有个……嗯，那儿有个四岁左右的小姑娘，非常可爱。你几乎可以相信她会在牲口棚的地上跳起踢踏舞，一边唱着《在糖果船上》。”

克兹显然觉得自己机智诙谐，欧文认为在某种意义上也的确如此，但欧文心中却掠过一阵巨大的恐惧。*那儿有个四岁的孩子，他想，才只有四岁，想想看*。

“她很可爱，很讨人喜欢，”克兹在说，“她一只手腕的内侧已经可以看到里普利，发际线和一边眼角上也长了。都是些典型的地方。嗯，有位士兵给了她一块糖，仿佛她是一位挨饿的科索沃难民，于是她就亲了他一下。非常甜美，一个真正美好的瞬间，只不过他脸上现在长出了一个与口红无关的口红印。”克兹做了个苦脸，说：“他自己刮脸的时候留下了一道伤口，小得几乎看不见，可你就这样完了。跟其他人身上长的一样。规则不会因人而异，欧文，粗心会让你搭上性命。你也许会平安无事一段时间，但到头来还是无法避免。粗心会让你搭上性命。我很高兴地说，我们的大部分人会安然脱身。在这一生剩下的时间里，我们会定期接受检查，更不用说偶尔的突击检查，但是从好的方面看吧——万一患有癌症什么的，还可以尽早发现。”

“那些没有感染的平民呢？他们会怎么样？”

克兹探身向前，显出他最可亲、最可信、最理智的神态。你应该为此而觉得荣幸，觉得自己是极少数能目睹克兹取下面具（两份巴顿，一份拉斯普金，然后加水，搅拌，就可以上桌了）的幸运者之一。欧文以前就上过这样的当，但现在不会了。拉斯普金不是面具；现在这样才是面具。

不过就算是现在——这是最糟糕的事情——他也不能完全断定。

“欧文，欧文，欧文！用用你的脑子，用用上帝赐给你的好脑子！我们可以监控自己的人而不至于引起疑心或造成世界范围的恐慌——等我们那位在竞争中险胜的总统杀死幻影马之后，本来都会引起不小的恐慌了。但对于三百位平民我们却不可能做到这一点。而假设我们真的将他们送到新墨西哥，花纳税人的钱让他们在某个模范村里住上五十到七十年呢？如果一个或更多的人逃出去了怎么办？或者，过了一定时间，里普利变异了怎么办？——我觉得这正是智囊团的家伙们真正恐惧的事情。缅因州现在的环境对里普利有致命影响，可一旦它们没有死去，反而变成传染性和环境适应性大为增强的某种东西，那该怎么办？里普利如果有智能，就会有危险。就算没有危险，如果它们成为灰人的某种灯标，成为将我们的世界标示出来的星际路灯——真真美味，快来尝尝，这些家伙很好吃……而且数量很多——那该怎么办？”

“你是在说，安全总比遗憾好。”

克兹靠回摇椅里，露出了笑容。“正是这样，简单而言正是这样。”

哦，欧文想，简单而言可能是这样，但复杂的事情我们却避而不谈。我们都会自我保护。必要的时候我们会很残忍，但是就连克兹也在保护他的部下。而平民呢，则只是平民而已。如果需要烧死他们的话，他们很快就会变成灰烬。

“如果你怀疑上帝的存在，怀疑他至少腾出了部分时间来眷顾我们这些现代人，那么你可以看看这件事的发展状况，”克兹说，“发光体很早就出现过，人们报告过几次——其中一次就是店主雷吉·戈斯林自己报告的。然后，灰人在这个时间来了，对这些偏远荒凉的森林来说，这是一年中唯一真正有人的时候，而且有两个人亲眼目睹了飞船的坠落。”

“这真是运气。”

“这是上帝的恩典。飞船坠落了，他们的存在暴露了，寒冷的天气摧毁了他们以及他们带来的大量的头皮屑。”他利索地逐项勾着长长的手指，白色的眼睫毛一闪一闪。“但是还不仅如此。他们移植了一些东西，可那该死的玩意儿不行——非但没有与它们的宿主建立和谐的关系，反而以他们的身体为食，终于要了他们的性命。

“动物的捕杀进展顺利——我们估计其总数有十来万，在卡斯尔县边界那一带已经开始了一场大型烧烤野餐会。换了是春天或夏天的话，我们还得担心各种小虫将里普利菌带出这一地区，但现在不用。十一月份就不用担心了。”

“有些动物肯定已经逃出去了。”

“不仅是动物，很可能还有人。但是里普利的传播速度很缓慢。在这一点上我们不会出问题，因为我们拦住了绝大部分的被感染者，因为飞船已经被摧毁，还因为他们带到这儿的东西不但没有再发光，反而熄灭了。我们已经向他们传递了一条简单的信息：和平地来也好，端着光束枪来也好，但是再也不要采取这一套了，因为这是徒劳。我们觉得他们再也不会来了，至少近期不会。他们偷偷摸摸地捣腾了半个世纪，才走到这一步。我们唯一的遗憾是，没有为科研人员保住那艘飞船……不过，说不准它已经被里普利菌感染得面目全非了。你知道我们最害怕的是什么吗？就怕灰人或里普利菌找到一位伤寒病带菌者，一位自己不被感染却能够携带并传播病菌的人。”

“你断定现在没有这样的人吗？”

“差不多可以断定。如果有的话……哦，设置警戒线不就是为了这个吗？”克兹微微一笑，“我们的运气不错，当兵的。存在伤寒病带菌者的可能性很小。灰人已经死了，所有的里普利菌都被控制在杰弗逊林区。运气也好，上帝也行，你怎么说都可以。”

克兹低下头，像鼻窦炎患者一样往上揪了揪自己的鼻梁。重新抬起头来时，他的眼中泪光闪烁。*鳄鱼的眼泪*，欧文想，但他心里其实也不能确定。而且他无法进入克兹的思想。要么感应波已经大为减弱，要么就是克兹找到了关门的途径。不过当克兹再次开口时，欧文几乎可以肯定说话的是真正的克兹，是一个人，而不是装模作样的鳄鱼。

“对我来说就是这样，欧文。这次任务完成后，我就要告老还乡了。我猜这儿的工作可能还需要四天时间——也可能是一周，如果这场暴风雪有他们说的那么厉害的话——而且会很令人不快，但真正的噩梦是明天上午。我想我能坚持下来，不过完事之后……嗯，我已经有彻底退休的资格了，我会给他们两个选择：要么给我钱，要么杀了我。我想他们会给我钱，因为我知道无数尸体的埋葬地点——这是我从J. 埃德加·胡佛[①]那儿学来的经验——不过我差不多已经觉得无所谓了。这不会是我所参与过的最糟糕的一次，在海地的时候，我们只用一小时的时间就干掉了八百人——那是1989年，我现在还常常梦见当时的情景——但是这一次更糟。要糟得多。因为关在牲口棚以及小牧场和畜栏里的那些可怜的笨蛋……他们是美国人。是开着雪弗兰、在凯玛特购物、一集不落地收看《急诊室》的美国人。一想到要向美国人开枪，要屠杀美国人……我就非常难受。我这么做的唯一原因就在于，为了结束这一事件而不得不这么做，再说，其中的大部分

① 埃德加·胡佛（1895—1972），美国联邦调查局第一任局长，任职长达四十八年。

人本来也难逃一死，而且会死得更惨。明白了吗？”

欧文·安德希尔没有回答。他觉得自己很好地做到了面无表情，可是不管说出什么话，都可能暴露他内心中沉重的恐惧。他早就知道事情会这样，但没有想到会亲耳听见。

他想象士兵们顶着大雪朝围栏走去，听见大喇叭通知被关押者到牲口棚集中。他从来不曾参与过这样的行动，海地那一次他没有去。但是他知道事态应该如何发展，也知道将会如何发展。

克兹目不转睛地望着他。

“我不会说我完全原谅了你今天下午那次愚蠢之举，那件事就过去了，但是你已经欠了我一次，伙计。我不需要超感知觉也能知道你对我说的这些话怎么想，我也不想白费力气来告诉你成熟起来面对现实。我所能告诉你的是，我需要你。这一次你一定得帮我。”

泪光闪烁的眼睛。嘴角几乎难以察觉的轻微抽动。你很容易忘记，就在不到十分钟之前，克兹还打飞了别人的半只脚。

欧文想：如果我帮他这么干了，那么，我有没有真正开枪都无所谓了，我会与那些将犹太人赶进贝尔根-贝尔森集中营的毒气室的家伙一样罪该万死。

“如果我们十一点钟开始的话，十一点半就可以结束，”克兹说，“最迟十二点。然后事情就过去了。”

“除了做梦之外。”

“是的，除了做梦之外。你会帮我吗，欧文？”

欧文点点头。既然已经走到了这一步，无论他该不该死，他都不会退却了。最起码，他可以帮忙使行动更仁慈一些……尽量与任何一次集体屠杀一样仁慈。他事后才想到这个念头实在是荒谬之极，但是当你与克兹在一起时，当你与他近在咫尺、四目相对时，理性思维就会跑到九霄云外。他的疯狂说到底可能比里普利更具有传染性。

“很好。”克兹靠回摇椅里，显得既如释重负，又满脸疲态。他再一次掏出香烟盒，朝里面看了一眼，然后递过来。“还有两支。一起再抽一支？”

欧文摇摇头：“现在不抽了，头儿。”

“那就快走开，必要的话，顺道去医务室弄点儿扎莱普隆[①]。”

“我看还不需要。”欧文说。他当然会需要——他现在就已经需要了——不过他不会服用。还是醒着为好。

“那也行。快走吧。”等欧文走到门边，克兹又叫道，“欧文？”

欧文转过身来，一边拉上风雪大衣的拉链。他已经能听见外面的风声。风正在越刮越大，其呼啸的势头比早上过去的那场相对无害的“艾伯塔剪刀”有过之而无不及。

“谢谢。”克兹说。一大滴可笑的泪水从他左眼里流了出来，顺着面颊淌下。克兹自己似乎浑然不知。在这一刻，尽管知道不该相信，欧文还是情不自禁地对他产生了一丝喜欢和同情。“谢谢，小子。”

7

亨利站在越下越大的雪中，背对着凛冽的寒风，一边侧过左肩留意温尼贝戈房车的动静，等待安德希尔出来。他现在是独自一人——暴风雪把其他人都赶回了牲口棚，那里有一台取暖器。亨利想，在温暖的室内，传言可能已经愈传愈甚了。不过，传言总比等在他们面前的真相要好。

他在腿上挠了挠，然后才意识到自己的动作，于是整整转了一圈环顾四周。没有囚犯；也没有看守。尽管大雪正越下越猛，整个控制区却几乎亮如白昼，每一个方向他都可以看得清清楚楚。至少在此时此刻，他是独自一人。

亨利弯下腰，解开缠在被转向柱戳破的伤口上面的球衫，再撑开牛仔裤上的破洞。抓住他的那些人先前在卡车车厢里也这样检查过他，当时车上已经装有另外五位逃亡者（在返回戈斯林商店的路上，又增加了三位）。那一次检查时，他的伤口没有感染。

但现在已经感染了。在伤口中央结痂的地方，长出了一线细细的红印。如果不是知道自己在找什么，他可能会把它误当作渗出来的鲜血。

---

① 一种用于催眠的药物。

拜拉斯，他想，噢，我×。晚安，卡拉巴希太太，不管你在哪里[①]。

在他视野的上方有道亮光一闪。亨利直起身，看到安德希尔正在将温尼贝戈房车的门带紧。亨利连忙把球衫重新缠在牛仔裤的破洞上，然后走到围栏边。他的脑海中有个声音在问，如果他喊了安德希尔，而对方只顾往前走，他该怎么办。那个声音还想知道，亨利是否真的打算把琼西的事儿说出来。

他看着安德希尔朝他走来，在警戒灯的强光照耀下，安德希尔低着头，顶着大雪和越刮越猛的寒风，一步步地走过来。

8

门关了。克兹坐在那儿，眼睛望着门，一边抽烟一边慢慢摇晃。他的态度欧文相信了多少呢？欧文是个聪明人，欧文是一位幸存者，欧文不无理想主义……克兹觉得欧文全都相信了，几乎没怎么讨价还价。因为大多数人到头来都相信自己希望相信的东西。约翰·迪林杰也是一位幸存者，是三十年代的暴徒中最老谋深算的人，可他还是与安娜·萨格一起去了传记剧院[②]。当时上演的是《男人世界》，而看完电影后，联邦调查局的人就在剧院旁边的巷子里开枪打死了他，就像打死一条狗一样。安娜·萨格也相信了自己希望相信的东西，但他们还是把她驱逐回了波兰。

等到明天，除了他自己挑选的骨干——组成“帝国山谷”的十二个男人和两个女人——之外，其他任何人都不会离开戈斯林商店。欧文·安德希尔不在他的名单之列，不过他本来是可以进来的。直到欧文在公共频道上播放灰人的声音之前，克兹一直相信欧文会名列其中。然而世事多变。佛陀就这么说过，起码在这一点上，那位东方的老异教徒说对了。

“你辜负了我，伙计。”克兹说。刚才为了抽烟，他把面罩拉了下

① 著名主持人吉米·杜兰特在节目结束时使用的招牌告别语。

② 二十世纪三十年代经妓院老板“红衣女郎”安娜·萨格指认，美国头号银行劫犯约翰·迪林杰被击毙于剧院。

来，现在说话时，面罩便在长有灰色汗毛的喉咙上上下晃动。“你辜负了我。”当欧文·安德希尔辜负他一次时，克兹没有追究。但是两次呢?

“那可不行，”克兹说，“绝对不行。”

第十四章　南　下

1

格雷先生把雪地摩托车开进一条沟，沟里有一道结了冰的小溪。他沿着这条沟往北一直开到95号州际公路。在距离军车（现在已经为数不多了，正在越下越大的雪中缓慢前进）的车灯两三百码的地方，他停了下来，在他——它——所能接触到的琼西的那一部分思想中查找着，那里存有无数的文件，琼西那间堡垒般的小办公室显然容纳不下。格雷先生轻而易举地找到了自己需要的内容。没有可以关掉“北极猫”前灯的开关。格雷先生把琼西的腿从车上挪下来，找到一块石头，用琼西的右手捡起来，将前灯砸灭。然后他重新骑上去继续前进。燃料快完了，不过没关系；这辆车已经完成了自己的使命。

高速公路下方的输水管很大，可以容得下雪地摩托车，却不能同时容下雪地摩托车及其骑手。格雷先生又下了车。他站在车旁，加大油门，让机器一路东碰西撞地冲进输水管里。它进去不到十英尺就停住了，但这已经足够，等到大雪变小从而可以进行低空侦察时，它不至于被飞机上的人发现。

格雷先生让琼西朝高速公路的路堤爬去。他在从护栏边刚好看不到的地方停住，仰面躺了下来。在这里，他暂时避开了凛冽的寒风。刚才这一阵爬坡将他的最后一点内啡肽[①]释放了出来，琼西感觉到他的劫掠者正在品味着它们，享受着它们，就像琼西自己在十月份的一

① 一种能让人感到人生充满乐趣和力量的激素。

个清凉的下午看完一场橄榄球赛后享受一杯鸡尾酒或热咖啡一样。

他毫不意外地发现，自己讨厌格雷先生。

就在这时，作为一个实体——作为一个可以被人讨厌的对象——的格雷先生又消失了，取而代之的是那团云，早先在木屋里，当那个生物的脑袋爆炸时，琼西第一次体验到了那团云。格雷先生出去了，就像之前出去寻找埃米尔·道格一样。当时之所以需要布洛德斯基，是因为琼西的文件中没有关于如何启动雪地摩托车的信息。现在它需要别的东西。合理的猜测是搭车。

留在这里的又是什么呢？琼西最后仅存的部分——犹如线头被扔出口袋一般被赶出自己躯体的琼西——躲在这间办公室里，而留在这里看守办公室的又是什么呢？当然是那团云，是琼西吸进去的东西。那东西本该要了琼西的性命，但出于某种原因并未这么做。

那团云不能思考，不能像格雷先生那样思考。房子的主人（现在是格雷先生，而不是琼斯先生）离开了，将这地方置于恒温器、电冰箱以及炉子的控制之下。而万一发生意外的话，还有烟雾报警器和防盗警报器，它们会自动报警。

不过，既然格雷先生不在，他也许可以走出办公室。不是去重新抢夺控制权；一旦他试图这样，那团暗红色的云就会告发他，而格雷先生就会停止外出侦察立即返回。琼西安全撤回特莱克兄弟公司的办公室之前，几乎肯定就会被抓住。这间办公室里有公告板，有满是灰尘的地板，还有一扇脏乎乎世界之窗①……只不过在那脏乎乎的玻璃上，还有四个干净的月牙形头印，对吧？曾经有四个孩子把头贴在上面，想看这张现在正钉在公告板上的照片：迪娜·吉茵·希罗辛格把裙子掀起来的照片。

不，抢夺控制权远远超出他的能力，他最好接受这个事实，尽管这是痛苦的事实。

不过，他也许可以到自己的文件那儿去。

冒这种险有任何理由吗？有任何好处吗？可能有，如果他知道

① 指用来观赏外面世界景色的窗户。

格雷先生意图的话。当然，是除了搭车之外。说到这里，搭车去哪儿呢？

答案让他始料不及，因为是杜迪茨的声音说出来的：噢，雷——先生——南下。

格雷先生想要南下。

琼西从那扇脏乎乎的世界之窗旁边退了回来。说到底，那儿现在也没什么可看的，只有大雪、黑暗和模糊的树影。今天早上的雪是开胃菜，现在的雪才是主食。

格雷先生想要南下。

南下多远？去干什么？总体计划是什么？

对于这些问题，杜迪茨没有回答。

琼西转过身，吃惊地发现公告板上的地图和那姑娘的照片不见了，取而代之的是四位少年的四张彩照。每张照片都是同样的背景：**德里初中**；下面还有同样的题字：**学生时代，1978 年**。琼西自己的照片在最左边，一脸无忧无虑的灿烂笑容，这让现在的他黯然神伤。他旁边是比弗，正咧嘴而笑，露出门牙上的一个豁口，那颗门牙是滑雪时摔掉的，后来补上了一颗假牙，是在大约一年之后……反正是上高中之前。还有彼得，那张橄榄色的宽大面孔，那短得难看的头发——是他父亲允许他剪的，他父亲说，自己没有上过朝鲜战场，所以他儿子可以像个嬉皮士。最边上是亨利，戴着一副厚厚的眼镜，使琼西联想起小侦探丹尼·特恩，他小时候读过的神秘小说中的主人公。

比弗，彼得，亨利。他多么爱他们啊，他们长久的友谊这么突然被切断，这多么不公平！是呀，太不公平了——

就在这时，照片上的比弗·克拉伦顿活了过来，吓得琼西魂飞魄散。比弗睁大了双眼，小声说道："他的脑袋掉了，还记得吗？就扔在沟里，他的眼睛里满是泥巴。真他妈的吓人。我是说，他娘的老天。"

哦，上帝，琼西想，那件事又回来了——他们第一次去"墙洞"打猎时的那件事，他此前已经忘记……或者压抑着不让自己去想。他们大家都一直压抑着吗？也许吧。有这种可能。因为自那以后的这些年，他们谈到过孩提时代的各种事情，各种共同参与的往事……除了那件事之外。

他的脑袋掉了……他的眼睛里满是泥巴。

当时在他们身上发生了某件事情，那件事与现在发生在他身上的事情一定有某种联系。

如果我知道是什么联系就好了，琼西想，如果我知道就好了。

2

安迪·贾纳斯已经看不见他们分队的另外三辆卡车了——他把它们甩在了后面，因为那些人不习惯在这种烂天气里开车，而他却习以为常。他是在明尼苏达州北部长大的，所以你最好相信他已经习以为常。他独自驾驶一辆雪佛兰军车，这是一辆经过改装的四轮驱动皮卡，今天晚上他用的就是四轮驱动。他父亲没有培养出蠢儿子。

不过，整体而言高速公路上积雪不多。大约一小时之前，军队的两台清雪车已经驶过（他估计自己很快会赶上它们，赶上之后，他就会放慢速度，乖乖地跟在它们后面），一个小时的时间里水泥路面上的积雪不超过两三英寸。真正的问题是风，大风吹得雪花漫天飞舞，路上变成雾蒙蒙的一片。不过，你还有反射镜的帮助。要始终留意反射镜，可另外那些笨蛋却不懂得这一手……当然，如果是运输车和悍马的话，前灯可能位置太高，无法准确地照到反射镜。而当一阵狂风呼啸而来时，就连反射镜也消失了；这该死的世界一片雪白，你的脚就只好从踏板上移开，直到风平雪静，与此同时，你还得尽量继续往前开。他会没事的，就算发生什么意外，他也可以用无线电联络，然后就会有更多的清雪车追上来，保持从普雷斯克艾尔到米利诺基特的南下公路畅通无阻。

皮卡的车厢里，有两个包了三层的包裹。一个里面装着死于里普利菌的两只鹿的尸体。另外那个里面——这才是让贾纳斯觉得相当甚至非常可怕的东西——是一个灰人的尸体，那个灰人正在缓缓变成一种橘红色的流质。这两个包裹都将交给“蓝色行动基地”的医生，而

“蓝色行动基地”则设在……

贾纳斯抬头看了看驾驶员遮阳牌。那上面用橡皮筋绑着一张便条和一支圆珠笔。便条上写着**戈斯林商店，从16号出口下高速，然后左转**。

他一小时之内就可以到达那儿。也许还不用一小时。医生们肯定会告诉他，他们已经有了所需要的各种标本，鹿的尸体将被焚毁，不过他们可能想要灰人，如果这小家伙没有完全变成软糊的话。低温可能会稍稍延缓这个过程，不过，至于到底能否延缓，安迪·贾纳斯其实根本就不在乎。他所关心的是到达那儿，把标本交上去，然后就等着某位负责人来询问隔离区北部边界——也是最安静的地方——的情况。这么等着的时候，他会弄杯热咖啡和一大盘炒鸡蛋。如果旁边碰巧还有某位相关人员，他说不准还能弄点什么东西给咖啡调调味。那可就太好了。兑进一点儿小酒，然后坐下来，就可以——

开过来

贾纳斯皱皱眉，摇摇头，挠了挠耳朵，似乎耳朵里面有什么东西——也许是只跳蚤——咬了他一口。这该死的大风几乎吹得卡车左摇右晃。公路不见了，反射镜也不见了。他的周围又是白茫茫一片。他敢肯定其他人又会吓得“哎呀糟糕”地直叫唤，可他才不会，他是明尼苏达州久经考验的开车高手，只需要把脚从油门上拿开（别管刹车，据他所知，在这样的暴风雪中开车，刹车是最容易坏事的），依靠惯性往前滑，等待——

开过来

“什么？”他看看无线电，但除了静电和模糊的背景音之外，什么声音也没有。

开过来

“哎哟！”贾纳斯叫了一声，并用手按住突然疼痛欲裂的脑袋。橄榄绿色的皮卡一个急转，开始侧滑，但是他的双手又自动驾驶汽车顺势滑行，重新将它控制住。他的脚仍然没有踩在油门上，速度计上的指针快速回转下来。

清雪车在往南的双车道中间犁出一条小路。贾纳斯把车开进小路右侧更厚的积雪中，车轮搅起一阵雪雾，雪雾又被风迅速吹散。防护栏上的反射镜明亮耀眼，犹如猫眼在黑暗中闪光。

开到这儿来

贾纳斯疼得大叫起来。他远远地听见自己在喊："好的，好的，我这就开过来！快住手！别拽我了！"透过泪水模糊的双眼，他看到前方不到五十英尺之处的护栏外面，有个黑色的身影站了起来。当车前灯正对着那个身影时，他发现那个人穿着风雪大衣。

安迪·贾纳斯的双手感觉不再属于自己。它们就像是戴在别人手上的手套。这是一种既怪异又令他极为不快的感觉。双手不需要他的任何帮助，就把方向盘向左急打，皮卡稍稍滑行之后，停在那个穿风雪大衣的人面前。

3

他的机会来了，因为格雷先生的注意力已经完全不在此处。琼西知道，如果再前思后想，他就会失去勇气，所以他没有去想。他只是行动起来，用手掌跟推开办公室门后的门闩，然后打开门。

他小时候从未来过特莱克兄弟公司（而自从 1985 年的大风暴之后，它已经不复存在），但是，他能肯定它绝对不是他现在看到的情形。脏乎乎的办公室外面，是一个琼西望不到头的大房间。头顶是不计其数的日光灯。日光灯的下面，是堆得像山似的纸箱，大概有上千万只。

*不，*琼西想，*不是上千万只，而是上亿只。*

没错，上亿可能更为准确。在这些纸箱中间，有几千条狭窄的过道。他正站在"无限"这个的仓库边上，要想去那里找东西简直是异想天开。这扇门通往他所藏身的办公室，如果他冒险离开这里，很快就会晕头转向。格雷先生将不必找他的麻烦；琼西将迷失在这无数纸箱所构成的令他难以置信的荒原上，流浪至死。

这不是真的。我在那儿就像在自己的卧室里一样，绝对不会迷路。我也不用东翻西查来找我需要的东西。这本来就是我的地盘。小伙子，欢迎光临你自己的脑海。

这是一个巨大的念头，使他一时觉得软弱无力……可他现在没有时间软弱无力或犹豫不定。来自天外的入侵者格雷先生不会与那位卡车司机纠缠太久。如果琼西想把这里的部分文件转移到安全之处，得马上动手。问题是，转移哪些呢？

杜迪茨，他的思想悄声回答，这与杜迪茨有关。你知道是这样的。你最近常常想起他，其他几个人也都在想他。正是杜迪茨才让你与亨利、彼得以及比弗心心相连——你一直都明白这一点，只不过你现在还明白了别的东西，对吧？

没错。他明白了自己三月份之所以发生车祸，是由于他以为又一次看到杜迪茨受到瑞奇·格林纳多那帮人的捉弄。只不过“捉弄”这个词并不合适那天发生在特莱克兄弟公司后面的事情来说，描述它太轻描淡写了，对吧？应该说是*折磨*。当他看到那折磨的一幕重新上演时，就不管不顾地一头冲上马路，然后——

他的脑袋掉了，比弗突然在仓库上方的扩音器里说话了，那突如其来而又响若洪钟的声音使琼西不禁哆嗦了一下。*就扔在沟里，他的眼睛里满是泥巴。每一个谋杀犯迟早都得付出代价。真他妈的吓人！*

瑞奇的脑袋。瑞奇·格林纳多的脑袋。不过琼西没有时间考虑这个问题。他现在是他自己脑袋的闯入者，所以行动最好快一点儿。

刚才他第一眼看到这间巨大的仓库时，所有的纸箱都普普通通，没有标记。可他现在发现，离他最近的这排纸箱的最上面用黑色的铅笔写着**杜迪茨**。意外吗？偶然吗？没有的事。这毕竟是*他的*记忆，它们井然有序地存放在这上亿只箱子里，而既然是记忆，健康的思想就可以随意接近它。

得有样东西来帮忙搬，琼西想，他转头一看，发现一辆鲜红的手推车，可他并不怎么惊讶。这是一个神奇的地方，一个需要什么有什么的地方，琼西觉得，最绝妙的事情就是每个人都有一个这样的地方。

他飞快地将一些标有*杜迪茨*的纸箱堆在手推车里，然后小跑着推进特莱克兄弟公司的办公室。他让推车向前倾斜，将纸箱倒在地上。看上去横七竖八的，但是整理房间的事还是以后再说吧。

他一边往回跑，一边去感觉格雷先生，但格雷先生还在皮卡司机那儿……那人叫贾纳斯。还有那团云，不过那团云对他没有感觉。它很蠢……跟真菌一样蠢。

琼西把标有**杜迪茨**的其他纸箱都放进推车，接着发现旁边一堆上也有铅笔写下的标记。那上面写着**德里**，但是箱子太多，不可能全部搬走。问题在于这里是否有他需要搬走的东西。

他一边把第二车记忆箱推进办公室，一边思考着这个问题。标有**德里**的纸箱自然会挨着标有**杜迪茨**的纸箱存放；记忆不仅是联想的行为，也是联想的艺术。眼下的问题是，他关于**德里**的记忆是否重要。这一点他怎么会知道呢？他连格雷先生的意图也不了解啊。

但实际上他了解。

格雷先生想要南下。

德里就在南边。

琼西推着手推车飞快地跑回记忆仓库。他要尽量多搬一些标有**德里**的纸箱，同时希望自己不要搬错。他还希望自己能及时感觉到格雷先生的归来，因为如果他在这儿被逮住，就会像一只苍蝇似的被拍死。

4

贾纳斯大惊失色地看着自己伸出左手，打开驾驶座一侧的车门，让冷气、大雪和无情的寒风一股脑儿地灌了进来。“别再折磨我了，先生，求求你别这样，你要搭车的话，尽管搭好了，只是别再在这样折磨我了，我的头——”

有什么东西突然冲了进来。冲进安迪·贾纳斯的思想。就像长有眼睛的旋风一样。他感觉到那东西正在查探他目前执行的命令，以及他到达“蓝色行动基地”的预期时间……还有他对德里的了解，这一点贾纳斯一无所知。他在执行命令途中经过了班戈，但是有生以来还从未去过德里。

他感觉到旋风撤退了，一时欣喜若狂地长嘘了一口气——*我没有它需要的东西，它放过我了*——但紧接着他就明白，他思想里的东西并无意放过他。首先，它需要汽车。其次，它需要他闭嘴。

贾纳斯短暂地竭力挣扎了一会儿。正是这出乎意料的抵抗使琼西获得了时间，得以至少搬走一堆标有**德里**的纸箱。然后，格雷先生重新回到自己的位置，控制住贾纳斯的方向盘。

贾纳斯看见自己的手朝驾驶座一侧的遮阳板伸去。他的手抓住圆珠笔，把它拽了下来，绑在上面的橡皮筋也应声而断。

*不！*贾纳斯大叫一声，但是晚了。他瞪着眼睛，手里像握着匕首一样紧握着圆珠笔，随着这只手把圆珠笔戳进眼中，他瞥见一丝迅疾的亮光。只听见“砰”的一声轻响，他的身体在方向盘后面扭来扭去，犹如一个难以掌控的木偶，他的拳头还在将圆珠笔继续推进，先是推进一半，接着到了四分之三，这时，被戳破的眼珠犹如一滴奇特的泪水一般从脸上滚了下来。笔尖似乎碰到了薄薄的软骨，停留了片刻，然后穿进他脑袋里的肉里。

你这王八蛋，他想，你到底是什么，你这王——

他的脑海里闪过最后一道亮光，然后一切都陷入黑暗。贾纳斯扑倒在方向盘上。皮卡的喇叭响了。

5

格雷先生从贾纳斯那里所获不多——主要是因为最后那一刻贾纳斯出乎意料的挣扎——但是有一点他了解得很清楚：贾纳斯不是单独行动。由于暴风雪的影响，他所属的运输纵队的车辆彼此拉开了距离，但它们都将前往同一个地方，那个地方在贾纳斯的思想中被确定为“蓝色行动基地”和戈斯林商店。那儿有一个贾纳斯很害怕的人，是负责人，但格雷先生对可怕的克兹 / 头儿 / 疯子亚伯丝毫不在乎。他也不用在乎，因为他根本就不打算靠近戈斯林商店。这个地方不一样，这个物种也不一样，虽然他们只有一半的感知力，并且主要是由感情组成。他们居然*反抗*。格雷先生不明白为什么，但他们的确反抗。

最好是尽快完事。而为了实现这个目标，他发现了一个绝好的传输系统。

格雷先生用琼西的手，将贾纳斯从方向盘后拖出来，扛到护栏边。他把尸体扔了出去，当尸体一路滚到结了冰的溪底时，他连看都没看一眼。他回到车里，朝后面那两个包在塑料袋里的包裹定定地望了片刻，点了点头。动物的尸体毫无用处。不过另外那个……可以派上用场。里面满是他所需要的东西。

他突然抬起头，在风雪中大睁着琼西的眼睛。这个躯体的主人离开了他的藏身之处。很容易受到攻击。太好了，因为那种意识已经开始让他心烦了，它总是在格雷思想的底层喋喋不休（有时甚至惊呼乱叫）。

格雷先生继续等了片刻，想清空自己的思想，他不想让琼西有丝毫的警觉……然后猛扑过去。

他不知道自己期待过什么，但肯定不是这样。

不是这炫目林的白光。

6

琼西差点儿被逮住了。如果不是因为他用来照亮自己精神仓库的日光灯，他已经被逮住了。这个地方也许并不真正存在，但对他而言却非常真实，因而对刚刚到来的格雷先生而言也非常真实。

琼西正推着满满一车标有**德里**的纸箱，突然看到格雷先生奇迹般地出现在一条过道的尽头，那过道的两边是堆得小山似的纸箱。他看到的是在“墙洞”时站在他身后的发育不全的半人，是他在医院里拜访过的东西。那双无神的黑眼睛终于有了生气，有了欲望。它悄无声息地出现，正好赶上他出了自己藏身的办公室，它想抓住他。

可紧接着，那颗凸起的小脑袋缩了起来，在它用三根指头的手蒙住眼睛之前（它没有眼皮，甚至没有睫毛），琼西看到那张不太成形的灰色面孔上掠过一丝无疑是迷惑的表情。也许还有痛苦。它刚才还在外面，在大雪纷飞的黑夜里处理那位司机的尸体。当它来到这里时，对这如同折扣店一般亮堂的灯光毫无准备。他看到的还不仅如此：这位侵略者还从它的宿主这里借取了惊讶之情。在那一刻，格雷先生成了琼西自己的一幅可怕的讽刺画。

它的惊讶给了琼西充分的时间。他几乎是不自觉地推着手推车，同时觉得自己犹如某个悲惨童话中遭到囚禁的王子，一溜烟地冲进办公室。他感觉到而不是看到格雷先生伸出三根指头的手来抓他（那灰色的皮肤非常粗糙，就像是放了很久的生肉），但就在那双手即将抓到他之前，他“嘭”的一声关上办公室的门。他转过身来，受过伤的髋部撞在手推车上——他已经自认是在自己的脑袋里，可这一切仍然具有百分之百的真实性——没等格雷先生扭动门把手并闯进门来，他就奋力把门闩上了。接着，他还按下了门把手中心的小锁。这小锁以前就在这儿吗？还是他加上去的？他记不清了。

琼西汗涔涔地退开一步，结果又一屁股撞在手推车的扶手上。他面前的门把手正在扭来扭去，扭来扭去。格雷先生就在外面，掌控着他其他的思想——还有他的身体——可他却无法进来。无法破门而入，既没有把门撞破的力量，也没有撬开门锁的智慧。

为什么？怎么会这样呢？

“杜迪茨，”他悄声说道，“不得打球，不得玩耍。”

门把手还在“咔哒”作响。“让我进去！”格雷先生咆哮着，但是琼西觉得他听起来不像是来自其他星球的使者，更像一个要求没有得到满足而恼羞成怒的凡人。这是不是因为他在根据他自己——琼西——的理解，来解释格雷先生的行为？是在将外星生物人化吗？是在解读他吗？

“让……我……**进去**！”

琼西不假思索地回答：“你连我一根汗毛都碰不到！”并想着：你得接着说“那我可就要生气了……我会吹气的……我会吹倒你的房子！[①]”

但格雷先生只是更加用力地摇着门把手。他不习惯以这样的方式（也可能是以任何方式，琼西猜想）被人阻拦，所以非常恼怒。贾纳斯短暂的抵抗都让他大感意外，而现在的抵抗更是截然不同。

“你在哪儿？”格雷先生愤怒地叫道，“你怎么进去的？快

---

① 童话《三只小猪》中的对白。

出来！”

琼西没有回答，只是站在横七竖八的纸箱间侧耳倾听。他几乎可以肯定格雷先生无法进来，但还是不要火上浇油为好。

门把手继续“咔哒”了几声之后，他感觉到格雷先生离开了。

琼西朝窗户走去，他迈过标有**杜迪茨**和**德里**的横七竖八的纸箱，来到窗边，凝望着外面的雪夜。

7

格雷先生让琼西的身体重新爬回到方向盘后面，关上车门，踩动油门。皮卡颠簸着向前冲去，但紧接着就失去控制，四个轮子飞转着，随着一声震耳的巨响，汽车一头撞在护栏上。

“我 ×！”格雷先生叫道，他几乎是不知不觉地运用了琼西的粗话，“他娘的老天！亲我的大腿！× 他奶奶的！去他娘的蛋！”

然后他停下来，重新查询琼西的驾驶技术。琼西了解一些在这种天气里开车的信息，但是与贾纳斯掌握的相去甚远。不过贾纳斯已经死去，他的文件也被删除。只好用琼西的知识来对付了。重要的是要脱离贾纳斯称为“隔离区”的地方。只要脱离隔离区他就安全了。贾纳斯对这一点很清楚。

琼西的脚重新踏上油门，这一次动作缓和多了。汽车慢慢移动。琼西的手驾驶着雪佛兰返回清雪车留下的那条已经不太清晰的小路。

仪表板下面的无线电突然响了。“‘塔比一号’，我是‘塔比四号’！我这儿有辆车冲出了路面，在隔离带上翻了。你收到了吗？”

格雷先生查了一下文件。琼西对军事通信了解十分有限，主要是从书上以及他称为电影的东西上得来的，但也许还能对付。他拿起麦克风，摸索着琼西似乎认为应该在旁边的开关，推了一下。“收到。”他说。“塔比四号”会不会发现“塔比一号”已经不再是安迪·贾纳斯了？根据琼西的文件来看，格雷先生觉得不会。

“我们大家准备去把它弄起来，看能不能把它弄回到路上。车上有该死的粮食，收到了吗？”

格雷先生推动开关：“有该死的粮食，收到。”

这一次的暂停时间较长，他不禁怀疑自己是否说错了什么话，是否钻进了某种圈套，可就在这时，无线电又响了："我想我们得等等后面的几辆清雪车，你还是继续往前开吧，通话完毕。""塔比四号"听起来很不满。琼西的文件表明，这可能是因为贾纳斯虽然驾驶技术精湛，却把他们甩得太远，帮不上忙。这一切对他都很有利。他原本也打算继续往前开，但得到"塔比四号"的正式批准——如果那是正式批准的话——总是一件好事。

他检查了一下琼西的文件（他现在看到的正是琼西自己所见——堆在一个巨大房间里的纸箱），然后回答："收到。'塔比一号'通话完毕，退出。"接着又加了一句："晚安！"

那白色的东西很可怕。很不可靠。不过，格雷先生还是壮着胆子稍稍加快了速度。只要是置身于可怕的克兹的武装部队所控制的地区之内，他就随时都有危险。但是一旦逃出了罗网，他就可以很快完成自己的事情。

他所需要的东西与一个叫德里的地方有关，而当他重新回到大仓库时，他发现了一个令他意外的情况：他那位不愿合作的宿主已经知道或感觉到了他的需要，所以当他突杀回马枪而差点儿逮住琼西时，琼西所搬的正是关于德里的文件。

格雷先生猛然一阵不安，他搜寻了一下剩下的纸箱，然后又放下心来。

他所需要的东西还在那儿。

在那个装有最重要信息的纸箱旁边，还有一个布满灰尘的很小的纸箱，在它的一侧有黑色铅笔所写的**杜迪茨**三个字。也还有其他标有**杜迪茨**字样的纸箱，但它们都已经被搬走。只有这一个被忽略了。

更多的是出于好奇（这种好奇也是借自于琼西的感情库）而不是其他原因，格雷先生打开了这个纸箱。里面是一个由塑料制成的鲜黄色盒子，盒子上有些奇形怪状的人物在手舞足蹈，琼西的文件将这些人物确定为卡通和史酷比。盒子的一端贴着一个标签，上面写着：**我属于缅因州德里镇枫树巷19号的道格拉斯·卡弗尔。如果我的主人迷了路，请拨打——**

后面的数字太模糊了，已经难以识别，可能是琼西早已忘记的一个通讯编码。格雷先生把这个大概是用来装食物的黄色塑料盒扔到一边。它不会有任何意义……但如果真是如此的话，琼西干吗要冒着生命危险把另外那些标有**杜迪茨**（还有那些标有**德里**）的盒子藏到安全之处呢？

杜迪茨＝儿时的朋友。格雷先生第一次与琼西在“医院”里相遇时就知道了这一点……如果当初就知道琼西到头来会造成这么大的麻烦，他一定会马上删除这个宿主的意识。**儿时**和**朋友**两个词都没有引起格雷先生的任何情感反应，但他明白它们的含义。他所不明白的是，琼西儿时的朋友与今晚发生的事情怎么可能产生关联。

他突然想到一种可能性：他的宿主已经疯了。被赶出自己的躯体使他丧失了理智，在疯狂之中，他把那些并不重要的东西当成了宝贝，于是搬走了最靠近自己那间奇特堡垒门边的纸箱。

“琼西。”格雷先生叫道，他用琼西的声带喊出琼西这个名字。这些生物是机械方面的天才（生活在一个如此寒冷的世界上，他们当然非得这样不可），但他们的思想过程却怪异而不健全：都是沉浸于腐蚀性情感之池中的锈蚀心理。他们的感应能力很弱；只是因为拜拉斯和基姆（他们称之为“发光体”），他们现在才能体验到短暂的感应，并为此而不知所措，诚惶诚恐。格雷先生简直难以相信，他们居然没有把自己的整个族类谋杀殆尽。不能真正思想的生物都是疯子——这一点显然毋庸置疑。

此时此刻，置身于眼前这间奇怪的、无法攻克的房间里的生物没有回答。

“琼西。”

没有动静。但琼西在侧耳倾听。格雷先生对此可以断定。

“没必要这样遭罪，琼西。实事求是地看待我们吧——我们是拯救者而不是侵略者。是兄弟。”

格雷先生考虑着那各种各样的纸箱。作为一种不怎么真正能思想的生物来说，琼西的储存量真是巨大。他日后得想想：思考能力这么弱的生物怎么会有这么强的检索能力呢？这与他们吹得神乎其神的情感结构有关吗？这些情感也让人心烦。他觉得琼西的情感非常令人心烦。总是在那儿。总是随叫随到。而且那么充沛。

“战争……饥饿……种族清洗……为和平而杀人……为了耶稣而屠杀异教徒……同性恋者遭暴打致死……对准世界上每一座城市的导弹，导弹头里放有瓶子，瓶子里装着窃听器……得了，琼西，与第四类炭疽病毒相比，一点点拜拉斯对朋友来说算得了什么？他娘的老天，反正过不了五十年你们都难逃一死！这样反而更好！放松点儿，好好享受吧。”

“你让那家伙把笔戳进自己的眼睛里。”

情绪不小，但总比一声不吭要强。风又呼啸起来，皮卡滑了一下，但格雷先生运用琼西的技术顺势而行。能见度几乎为零；他的速度已经降到了每小时二十英里，等摆拖克兹的罗网后，也许得完全停下来休息一阵才行。而此时此刻，他可以跟宿主聊聊天。格雷先生觉得自己很难说服琼西从房间里出来，但聊天起码可以消磨时间。

“我不得不那样，哥们儿。我需要他的车。我是最后一个了。”

“而你们从不失败。”

“没错。”格雷先生回答。

“但你们从没遇到过这样的情形，对吧？你们从没遇到过一个你们无法抓住的人。”

琼西在奚落他妈？格雷先生感觉到一丝怒意。接着，琼西又说出了格雷先生自己已经想到的念头。

“也许在医院里的时候，你就该杀了我。或许那只是一个梦？”

格雷先生不知道梦是什么，因而懒得回答。在目前应该已经成为格雷先生的思想——成为他独自拥有的思想——的地方，存在着这样一位设置路障的反抗者，这越来越令他心烦。首先，他不喜欢把自己当成“格雷先生”，这不是他对自己或他所从属的物种的概念；他甚至不喜欢把自己看成“他”，因为他既是男是女又非男非女。可现在他却被禁锢于这些概念之中，而只要琼西那一块核心的存在未被触动，这种状态就会持续下去。格雷先生突然产生一个可怕的念头：如果是他的概念毫无意义，那该如何是好？

他讨厌处于这种境地。

“杜迪茨是谁，琼西？”

没有回答。

“瑞奇是谁？为什么说他是混账？你干吗要杀了他？”

“我们没有！”

那个精神的声音有些颤抖。噢，击中了要害。而且有趣的是，格雷先生本来问的是“你”，而琼西的回答却是我们。

“你们的确杀了他。或者说，你们以为自己杀了他。”

“你在撒谎。”

“你这么说可就糊涂了。我这儿有你的记忆，就在你的一个纸箱里。纸箱里有雪。不仅有雪，还有一只软皮平底鞋。是褐色的。出来看看吧。”

格雷先生一时有些飘飘然，以为琼西可能真的会出来。如果他出来的话，格雷先生就会立刻送他回医院。琼西可以在电视里看到自己死去。这是那部电影的快乐结局。然后，就不会有格雷先生了，只有琼西所说的“那团云”。

格雷先生热切地望着门把手，盼望它开始扭动。但是毫无反应。

“出来吧。”

没有动静。

“你们杀了瑞奇，你这个胆小鬼！你和你的朋友们。你们……一起做梦，把他梦死了。”格雷先生尽管不知道什么是梦，却知道这是事实。或者琼西相信这是事实。

没有动静。

“出来吧！快出来……”他搜索着琼西的记忆。许多记忆都装在称为**电影**的纸箱中。电影似乎是琼西的最爱，格雷先生从中挑了一个自认为特别有分量的句子：“……像个男人一样战斗！”

没有动静。

你这王八蛋，格雷先生一边想，一边再次品味宿主那充沛而诱人的情感。你这狗娘养的。你这不开窍的蠢货。亲我的大腿。你这不开窍的蠢货。

在过去，琼西还是琼西的时候，常常一拳砸在什么东西上来表达自己的愤怒之情。格雷先生现在就是这样，将琼西的拳头猛地砸在卡车的方向盘中心，车喇叭响起来。“快告诉我！不是瑞奇的事儿，也不是杜迪茨的事儿，而是你自己的事儿！有什么东西让你与众不同。我要知道那是什么。”

没有回答。

“是保留牌——对吧？”

仍然没有回答，但是格雷先生听到琼西的脚步挪到了门背后。琼西好像还轻轻地吸了口气。格雷先生用琼西的嘴巴微微一笑。

“跟我谈谈吧，琼西——我们可以打牌，可以消磨时间。瑞奇是谁，除了是19号之外？你们干吗要生他的气？因为他是老虎队员吗？是德里老虎队的队员吗？他们是什么人？杜迪茨是谁？”

没有动静。

皮卡在暴风雪中越开越慢，在漩涡般不断变幻的白墙面前，车前灯几乎毫无作用。格雷先生正柔声细语地劝说着。

“哥们儿，你漏掉了一个标有**杜迪茨**的纸箱，你知道吗？实际上，纸箱里面有个盒子——是黄色的。上面有史酷比。史酷比是什么？它们不是真人吧？是电影吗？是电视吗？你想要这个盒子吗？出来吧，琼西。只要你出来，我就把盒子给你。”

格雷先生把脚从油门踏板上移开，让卡车顺着惯性慢慢开到左边更厚的积雪中。这儿正在发生什么事情，他想全神贯注。强力没能将琼西从他的堡垒里赶出来……但强力不是赢得战役或战争的唯一办法。

风雪越来越猛，已经成了名副其实的暴风雪，皮卡停在护栏边，发动机在空转。格雷先生闭上眼睛。刹那间，他就到了琼西那间灯火通明的记忆仓库。在他背后，是堆了几英里长的纸箱，它们在日光灯下绵延开去。而在他面前，则是紧闭的房门，虽然又脏又破，但不知什么原因却非常非常坚固。格雷先生将长着三根指头的手放在门上，小声说起话来，那语气亲热而迫切。

“杜迪茨是谁？你们杀了瑞奇之后为什么要跟他打电话？让我进

去吧，我们得谈谈。你为什么要搬走一些标有**德里**的纸箱？你有什么不想让我看见的？没关系，我有我所需要的东西。让我进去，琼西，最好是现在，不然等到后面就晚了。”

就要奏效了。他感觉着琼西空洞的眼睛，可以看到琼西的手正在移向门把手和上面的锁。

“我们总是能赢。”格雷先生说。他坐在方向盘后面，闭起琼西的双眼。而在另一个宇宙里，狂风正在呼啸，吹得汽车车身在弹簧上摇晃。“开门吧，琼西，快打开。”

无声无息。但是突然间，犹如一盆冷水猝不及防地当头淋下，从相隔不到三英寸的地方传来一句：“吃一口屎，快滚去死！”

格雷先生猛地往后一缩，将琼西的后脑勺撞在后面的窗玻璃上。一阵剧痛突然袭来，让他大为惊讶，这是第二个令人不快的意外。

他又一拳头砸下去，然后换成另一只拳头，接着又是第一只拳头；他不断地捶打着方向盘，车喇叭也因而敲出狂怒的莫尔斯电码。他原本是一个基本上没有情感的生物，属于一个基本上没有情感的物种，却被宿主的情感琼浆所俘获——现在不仅仅是品味，而是沉浸其中了。而且他再一次感觉到，之所以会这样，正是因为琼西还在那儿，犹如一个不肯安分的肿瘤隐藏在原本宁静和专注的意识之中。

格雷先生用力捶打着方向盘，既讨厌这种情感的宣泄——琼西的思想称之为发脾气——又不由自主地喜欢。喜欢琼西的拳头落下去时发出的喇叭声，喜欢琼西太阳穴里血液的搏动，喜欢琼西心跳加快时的感觉，喜欢琼西用沙哑的嗓门一遍遍“混蛋！混蛋！”时的声音。

但是，即使在这阵暴怒之中，他还保留着一份冷静，意识到真正的危险何在。他们总是来到这里，总是在自己的印象中改造他们探访过的世界。事情一直以来都是如此，事情也本该是如此。

可是现在……

格雷先生想，*我正在发生变化，我开始有人性了*，就在这样想着的同时，他也明白这本质上是琼西的念头。

事实上，这个念头不乏其诱人之处，格雷先生不由得深感恐惧。

8

在迷迷糊糊之中，琼西听到的唯一声音是格雷先生那使人心平气和、昏昏欲睡的说话声，但是他突然惊醒过来，发现自己的双手停在门锁上，正准备扭动下面的小锁和推开上面的门闩。那狗娘养的想对他实施催眠，还险些得逞。

“我们总是能赢。”门外的声音说。那声音使人心平气和，在这样紧张的一天之后，它听起来很舒服，但与此同时，它还自以为是，实在是可恶之极。那位篡夺者不大获全胜就不肯罢休……他以为大获全胜是理所当然。“开门吧，琼西，快打开。”

一时间，他差点儿开了门。他已经醒了过来，可还是差点儿开了门。接着他想起了两种声音：当那红色的东西用力时彼得的头骨发出的沉闷的“嘎嚓”声，还有笔尖戳进贾纳斯的眼睛时那潮湿的轻响。

琼西意识到自己刚才并没有醒来，根本就没有。不过现在他醒了。

他把双手从门锁上拿开，把嘴唇贴在门上，用最清晰的声音说：“吃一口屎，快滚去死！”他感觉到格雷先生往后一缩。当格雷先生撞上后面的窗户时，琼西感觉到了疼痛。当然会这样，那毕竟是他的神经，更是他的脑袋。格雷先生的恼羞成怒给了他极大的快意，这是他一生中少有的体验，他隐约意识到格雷先生已经明白的现实：他头脑里的外星人渐渐具有人性了。

如果你能作为一个有形的实体再度回来，你还会是格雷先生吗?琼西寻思着。他觉得不会。也许是平克先生①，但不会是格雷先生。

他不知道这家伙会不会再来那一套先生太太的求饶之辞，但琼西决定不再冒险。他转身朝办公室的窗户走去，在一个纸箱上绊了一跤，然后从其他箱子上迈了过去。天啊，他的髋部真疼。你被禁锢在自己的脑袋里，却能感受到如此强烈的痛楚，这真是不可理解（亨利曾经很明确地告诉过他，脑袋里并没有神经，起码在进入灰质部分后

---

① 原文为 Pink，意为“粉红色”，与格雷的原意“灰”相对应。

没有），但痛楚的确存在。他在什么地方读到过，被截肢的人有时会觉得自己并不存在的肢体突然剧烈疼痛或奇痒难忍；他现在的情形大概就是如此。

窗户外面又重新变成了乏味的景色，只有1978年时与特莱克兄弟公司的仓库平行的那条杂草丛生、显出两条轮印的车道。天空阴沉沉的，一片灰白。很显然，当他透过窗户看向过去时，时间就凝固在下午三点左右。这处风景唯一值得一提之处就在于，琼西站在这里看风景时，已经尽可能地远离了格雷先生。

他想，只要愿意的话，他就能够改变这风景；能够望着外面，看见格雷先生此刻用琼西的眼睛所看到的一切。不过他并没有这种愿望。除了暴风雪之外，并没有什么东西可以观看，除了格雷先生的暴怒之外，并没有什么可以感觉。

想点儿别的吧，他对自己说。

想什么呢？

我不知道——什么都行。干吗不——

桌上的电话响了，这简直就像《爱丽丝奇境漫游记》里的情景一样不可思议，因为就在几分钟之前，这个房间里还没有电话，也没有放电话的桌子。地上乱七八糟的用过的旧避孕套消失了。地板仍然很脏，但地砖上的灰尘不见了。他脑子里显然有个看门人，那是个爱整洁的家伙，觉得琼西将在这里待上一阵子，所以这地方起码不应该太脏。他觉得这个想法很可怕，其隐含的意义使他的心情非常沉重。

桌上的电话又响了起来。琼西拿起听筒，说："喂？"

听筒里传来了比弗的声音，琼西的背脊不禁升起一股刺骨的寒意。死人打来的电话——这是他所喜欢（起码是曾经喜欢）的电影里的情节。

"他的脑袋掉了，琼西。就扔在沟里，他的眼睛里满是泥巴。"

只听见"咔嗒"一声，随后是一片死寂。琼西挂上电话，回到窗户旁。车道不见了，*德里*不见了。进入他眼帘的是早晨明亮天空下的"墙洞"，屋顶是黑色而不是绿色，表明这是1982年之前的"墙洞"，因为在1982年，他们四个人还是壮实的中学生（当然，亨利从来都谈不上壮实），一起帮助比弗的爸爸搭起一直保留至今的绿色屋顶。

不过，琼西并不需要这样的标志来获得时间概念。同样，他也不需要什么人来告诉他绿色屋顶已经不复存在，“墙洞”已经不复存在，亨利把它烧成了平地。不出片刻，房门就会打开，比弗会冲出门去。那是 1978 年，所有这一切其实都起于那一年，不出片刻，比弗就会冲出门去，身上只穿着平腿短裤和那件有许多拉链的摩托衫，橘红色的手帕在飘动。那是 1978 年，他们都很年轻……而且他们都变了。不再说得过且过，过了作数。就是在那一天，他们才意识到他们的变化有多大。

琼西入神地凝视着窗外。

门开了。

十四岁的比弗·克拉伦顿冲了出去。

第十五章　亨利与欧文

1

亨利看着安德希尔朝他走来，在警戒灯的强光照耀下，安德希尔低着头，顶着漫天大雪和越刮越猛的寒风，一步步地走过来。亨利张口欲喊，但还没来得及出声，一股对琼西的感应就蓦然袭来，几乎像是给了他一拳。紧接着，一幕往事浮现了，彻底挡住安德希尔和这个灯火通明的冰雪世界。转眼间，时光又回到 1978 年，不是十月而是十一月，香蒲上有血，沼泽地里有碎玻璃，然后是那"嘭"的一声门响。

2

血、碎玻璃、汽油和轮胎燃烧的浓烈气味——亨利正置身于一个毫无头绪的噩梦中，突然被一声重重的门响和一股不期而至的寒气惊醒。他坐起身，发现身旁的彼得也坐了起来，彼得光溜溜的胸脯上起了一层鸡皮疙瘩。亨利和彼得因为扔硬币输了，所以只好睡在地板上的睡袋里，而比弗和琼西则睡在床上（"墙洞"后来有了第三间卧室，但现在还只有两间；拉马尔根据大人的神圣权利独自享有一间），但此刻床上只有琼西一个人，他同样也坐了起来，并似乎也既莫名其妙，又惊魂未定。

酷比——酷比呀，你去——哪儿了？亨利一边在窗台上摸索着眼镜，一边毫没来由地想道。他仍然可以闻到汽油和轮胎燃烧的气味。我们——开工了！

“撞了。”琼西闷声闷气地说，并把被子掀到一边。他赤裸着上身，不过与亨利和彼得一样，他睡觉时也穿着长内裤和袜子。

“没错，冲进水里了，”彼得说，从他的表情来看，他根本不知道自己在说些什么，“亨利，你找到了他的鞋——”

“软皮平底鞋——”亨利说，但他也丝毫不清楚自己在说些什么。而且也不想弄清楚。

“比弗。”琼西话音刚落，便笨手笨脚地翻下床，一只套着袜子的脚踩在彼得的手上。

“哎哟！”彼得叫了起来，“你踩到我了，该死的笨蛋，你能不能看着点——”

“住口，住口，”亨利说着，一把抓住彼得的肩膀摇了两下，“别把克拉伦顿先生吵醒了！”

要吵醒他并不难，因为孩子们的卧室门正大敞着。整栋房子通向外面的门也大敞着。冷风径直灌了进来，难怪他们觉得冷飕飕的。亨利把视线收回来时（他脑海里正在勾画这一幕）就能看见捕梦网，它正随着从门里灌进来的十一月的冷风轻轻摇晃。

“杜迪茨在哪儿？”琼西昏头昏脑地问，像梦呓一般，“跟比弗一起出去了吗？”

“他在德里，笨蛋。”亨利一边回答，一边起身穿上保暖内衣。其实，他心里并不觉得琼西有多笨；他自己也觉得杜迪茨刚才就跟他们一起在这儿。

那是个梦，他想，杜迪茨就在梦里。他坐在岸边。他在哭。他很难过。可他不是故意的。要说有人是故意的话，那就是我们。

哭声还在继续。他能听见哭声随着冷风从前门飘了进来。不过不是杜迪茨，而是比弗。

他们一溜烟地逐个冲出房间，一边胡乱地套着衣服，甚至顾不上穿鞋，以免太费时间。

值得庆幸的是，从餐桌上那一大堆（还有咖啡桌上那一小堆）啤酒罐来看，要想吵醒比弗的老爸，还得增加几扇敞开的门和另外几个窃窃私语的孩子才行。

亨利穿着袜子的双脚踩在门口那块寒冷刺骨的花岗岩踏板上，可他浑然不觉。死亡应该也是这样毫不经意地寒冷刺骨吧。

他一眼就看到了比弗。比弗跪在那棵筑有射鹿棚的枫树下，仿佛在祈祷一般。亨利发现他没有穿长裤和袜子。他只是套着那件摩托衫，系在两只袖子上的橘红色大手帕像海盗旗似的微微飘动——比弗坚持要在森林里穿着这种完全不适于打猎的蠢外套，他爸爸只好让他系上橘红色手帕。他的装束看上去很滑稽，他仰着头，对着差不多已经光秃秃的枫树枝，可那张痛苦不堪的面孔却毫无滑稽可言。比弗满脸泪水。

亨利拔腿就跑，彼得和琼西也跟上去，他们呼出的气息在早晨清冽的空气里形成一团团白雾。亨利脚下铺满松针的地面几乎与花岗岩踏板一样坚硬冰冷。

他在比弗身边跪下来，比弗的泪水使他既恐惧，又有几分肃然起敬。因为比弗不只是眼眶湿润而已——就像电影里的男主角一样，当自己的狗或女朋友死去时，偶尔可以洒下一两滴男子汉的眼泪；比弗的泪水就像尼亚加拉大瀑布一样直泻而下。他鼻子下还挂着两行清亮的鼻涕。在电影里你绝对看不到这种东西。

“真恶心。”彼得说。

亨利不耐烦地瞪了他一眼，却发现彼得的视线并不在比弗身上，而是越过比弗，盯着一摊正在冒着热气的呕吐物。里面还有昨天晚上吃的玉米粒（在野营食物中，拉马尔·克拉伦顿对罐头食品情有独钟）和没有完全消化的炸鸡。亨利的胃里大为不满地一阵翻涌。等他刚刚缓过劲来，琼西却吐了起来。那声音听上去像是打了一个液态的大嗝。他吐出的东西呈褐黄色。

“真恶心！”彼得这一次几乎是尖声喊出这句话。

比弗对这一切似乎视而不见。“亨利！”他说，那双蓄满泪水的眼睛大睁着，满是惊恐之色。它们仿佛穿透亨利的脸孔，一直看进他额头后面那所谓的空间。

“比弗，没事儿了。你只是做了个噩梦。”

“对呀，是个噩梦。”琼西的声音有些含混，他的喉咙里还残留着呕吐物。他想清清嗓子，却发出拉锯般的声音，听上去似乎比刚才更糟，接着又弯下腰继续吐。他的双手撑在穿着长裤的腿上，赤裸的背部全是鸡皮疙瘩。

比弗没有理睬琼西，也没有理睬在他的另一边跪下来并笨拙地试图搂住他肩膀的彼得。比弗仍然只是盯着亨利。

“他的脑袋掉了。”比弗小声说着。

琼西也跪下来，现在他们三个人都围着比弗，亨利和彼得在两旁，琼西在他面前。琼西的下巴上还有呕吐留下的秽物，他想伸手去擦，但比弗一把握住他的手。孩子们跪在枫树下，突然之间成为一体。这种合为一体的时间很短暂，却与他们的梦境一样清晰。*这就是梦，*只不过他们全都已经醒来，这种感觉非常理性，不由得他们不信。

比弗那双惶恐的泪眼现在看着琼西，他还紧抓着琼西的手。

“就扔在沟里，他的眼睛里满是泥巴。”

“没错，”琼西低声应道，颤抖的声音里含有几分敬畏，“哎呀，真是这样。”

“他说会跟我们再见面的，还记得吗？”彼得问，“要么一个个地见，要么一块儿见。他*就*是这么说的。”

亨利听见这些声音从远处飘来，因为他又回到了梦中。回到了车祸现场。这是扔满垃圾的路堤底下，有段堵塞的排水管使这里形成了一小块湿软的沼泽地。他知道这地方，旁边就是7号公路，也就是以前的德里-纽波特公路。在昏暗的天色下，有辆翻倒在垃圾堆上的汽车正在燃烧。空气中充斥着汽油味和轮胎燃烧的味道。杜迪茨在哭。杜迪茨坐在垃圾遍地的半坡上，怀里抱着他的黄色史酷比饭盒，正在号啕大哭。

有只手从那四轮朝天的汽车的一个窗户里伸了出来。那只手很纤细，指甲上涂着苹果糖的红色。车上的另外两名乘客被摔出了车外，其中一个几乎被抛到三十英尺远的地方。那人脸朝下，但亨利看到那头被血浸透的浓密的金发，就认出了他是谁。*是邓肯，就是他说你们不会把任何东西说出去，因为你们已经他妈的死定了。*没想到到头来死定的是邓肯自己。

亨利的小腿碰到了什么东西。“不要去捡！”彼得急切地说，可亨利还是捡了起来。这是一只褐色的软皮平底鞋。他刚刚认出这只鞋，比弗和琼西就不约而同地像孩子般尖叫起来。他们站在一起，脚踝以下被掩在垃圾中，两人都穿着猎装：琼西穿的是西尔斯百货商店新买的橘红色鲜亮风雪大衣（琼斯太太含着眼泪，怎么也不肯相信她儿子会在森林里被哪位猎人的子弹射中，从而丢了小命），比弗则穿着那件旧摩托衫（杜迪茨的妈妈就因为爱怜地说了一句“这么多的拉链”，就赢得了比弗永远的爱慕和敬仰），袖子上系着两条橘红色的大手帕。他们没有去看躺在驾驶座门外的第三具尸体，但是亨利看了，只看了片刻（他手上还拿着那只鞋子，那鞋子看上去就像被水泡过的一叶小舟），因为有什么东西从根本上说非常不对劲，完全不对劲，以至于他一时不明白是怎么回事。接着他发现，尸体的校服衣领之上什么也没有。比弗和琼西之所以尖叫，是因为他们看到了本该在这衣领之上的东西。他们看到瑞奇·格里纳多的脑袋脸朝上落在一片满是血污的香蒲上，眼睛直瞪着天空。亨利马上明白那就是瑞奇。虽然他鼻梁上没有再贴创可贴，但毫无疑问就是那天在特莱克兄弟公司后面想逼迫杜迪茨吃狗屎的家伙。

杜迪茨坐在路堤上，不停地哭着，那哭声像窦性头痛一样钻进你的脑袋，如果再这样下去的话，亨利一定会发疯。他扔掉鞋子，绕过燃烧的汽车的尾部，艰难地走到比弗和琼西旁边，他们两人正站在那儿抱成一团。

“比弗！比弗！”亨利大声叫着，但比弗只是像被催眠一般，仍然盯着那颗断头，亨利只好伸出手去使劲地摇了摇他。

比弗终于回过头来看他。“他的脑袋掉了，”他说，似乎这还不够显而易见，“亨利，他的脑袋——”

“别管他的脑袋，去照顾杜迪茨！让他别再那么鬼哭狼嚎了！”

“没错。”彼得回答。他又看了瑞奇的脑袋一眼，还有那死不瞑目的最后眼神，然后移开目光，他的嘴角在抽动。“我他妈的都快尿裤子了。”

“像白石灰一样。”琼西嘀咕道，在崭新的橘红色风雪大衣的映衬下，他的脸色与陈年干酪无异，“让他别再哭了，比弗。”

“好了——好了——好了——”

“别这么好好好的，给他唱那首该死的歌！”亨利吼道，他能感觉到肮脏的泥水从他的脚趾缝里向上漫，“那首催眠曲，那该死的催眠曲！”

一时间，比弗似乎仍然感到不解，但随后他的眼睛亮了些，他“哦”了一声，便一步步地朝杜迪茨所坐的路堤走去。杜迪茨紧紧抱着他的鲜黄色饭盒，就像他们初次见到他时那样大声哭号。亨利看到了自己几乎没来得及注意的东西：杜迪茨的鼻孔周围有凝固的血迹，他的左肩还扎着绷带。有什么东西戳了出来，看上去像是白色的塑料。

“杜迪茨，”比弗一边喊，一边往路堤上面爬去，“杜迪茨，宝贝，别这样，别哭了。别再看了，那不是你可以看的，实在他妈的太恶心了……”

杜迪茨起初毫不理睬，只是继续大哭。亨利想，他哭得自己流鼻血了，那血迹就是这么来的，可他肩膀上戳出来的白色玩意儿又是什么呢？

琼西这时已经举起双手捂住了耳朵。彼得也把一只手放在头顶上，以免脑袋被风吹走一般。接着，比弗把杜迪茨揽进怀里，就像几星期之前那样，并开始用那清脆的嗓音唱了起来，你简直无法想象这声音是出自比弗这样的野小子。

“宝贝的船儿是银色的梦，扬帆行天涯……”

哦，谢天谢地，最神奇的奇迹出现了，杜迪茨渐渐安静下来。

彼得撇着嘴轻声说：“我们这是在哪儿，亨利？是在他妈的什么地方？”

“在梦中。”亨利话音刚落，他们又回到“墙洞”的枫树下，四个人只穿着内衣裤跪在一起，在寒风中瑟瑟发抖。

“什么？”琼西问，他将手挣脱出来去擦嘴巴，随着他们之间联系的断开，现实转瞬间又回到眼前，“你刚才说什么，亨利？”

亨利感觉到他们的思想潮水般退去，他实实在在地感觉到了，他想，我们不是故意要这样的，谁也不愿意这样。有时候一个人独处反而更好。

是啊，独处。只与你的思想在一起。

“我做了个噩梦，”比弗说。他似乎是在跟他自己而不是跟其他人解释这件事。就像仍然在梦里一般，他缓缓地拉开衣服上一个口袋的拉链，在里面摸索了一会儿，然后掏出一根棒棒糖。他没有拆开糖纸，而是把棒子一端塞进嘴里，在两边嘴角顶过来转过去地轻咬着。“我梦见——”

“行了，”亨利说，推了推鼻梁上的眼镜，“我们都知道你梦见了什么。”我们当然知道，我们也在那儿，这两句话已到嘴边，却被他吞了回去。他只有十四岁，却非常明白说出去的话再也收不回的道理。当他们玩拉米纸牌或是“疯狂八点”而有人垫了一张不该垫的牌时，他们总是说，出了就得作数。一旦他说出口了，他们就不得不面对。而如果没说，那也许……也许那些话就随风飘走了。

“我觉得这根本就不是你的梦，”彼得说，“我觉得这是杜迪茨的梦，而我们都——”

“我才不在乎你怎么觉得，”琼西打断了他，声音非常刺耳，把他们全都吓了一跳，“这只是一个梦而已，我要忘掉它。我们都得忘掉它，对吧，亨利？”

亨利连忙点点头。

“我们回屋去吧，”彼得说，他看起来如释重负，“我的脚已经冻得——”

“不过还有一件事儿。”亨利说，他们全都紧张地望着他。因为每当他们需要有人领头时，总是非亨利莫属。如果你们不喜欢我的处理方式，他愤愤地想，那你们自己来试试。因为这可不是什么鸡毛蒜皮的小事，相信我好了。

“什么？”比弗问，他的意思是，又怎么了？

“我们下一次去戈斯林商店时，得有人给杜迪茨打个电话，免得他很难过。”

大家都没有回答，一想到要跟这位新结交的智障朋友打电话，每个人都惊讶得无言以对。亨利突然想到，杜迪茨长到这么大，说不准还从来没有接到过电话；这将是他的第一次。

“你瞧，可能是该这样。”彼得赞同道……但马上又用手捂住自己的嘴巴，似乎说错了什么话。

比弗全身上下除了那条傻乎乎的短裤和那件更傻乎乎的外套之外，再没有别的衣物，因此这时正在筛糠似的发抖。棒棒糖也在被咬坏的棒子顶端颤动。

“总有一天，你会被这些东西噎死的。”亨利对他说。

“没错，我老妈也是这么说的。我们可以进去了吗？我快要冻僵了。”

他们返身走回“墙洞”，二十三年后的今天，他们的友谊将在这所房子里终结。

“你觉得瑞奇·格林纳多真的死了吗？”比弗问。

“我不知道，也不在乎。”琼西回答。他望着亨利：“好吧，我们要给杜迪茨打个电话——我自己有一部电话，我们可以把话费记在我的号码上。”

“你自己有电话，”彼得说，“你真是个幸运儿。你们家的人可把你给宠坏了，格里。”

叫他格里往往会让他生气，但今天早晨他没有——琼西正满腹心事。“那是我的生日礼物，而且我得用自己的零花钱来付长途话费，所以不能聊得太久。然后，这一切从来都没有发生——*从来都没有发生*，明白了吗？”

他们全都点点头。从来都没有发生。从来都他妈的没有发——

3

一阵大风吹来，亨利不由得往前一个趔趄，险些接触到充了电的围栏。他清醒过来，像脱掉一件厚大衣似的将往事赶开。这段回忆来得太不是时候了（当然，有些回忆*永远*都会来得不是时候）。他原本在等待安德希尔，身体快冻成冰棍了，就是为了等待这个逃离此地的唯一机会。当他在这里白日做梦时，安德希尔很可能已经从他身边走过，他可能会失去这最后的救命稻草。

但安德希尔并没有就那样走过。他站在围栏的外面，双手插在口袋里，正打量着亨利。他戴着那只椭圆形透明面罩，雪花落在上面，被他温暖的呼吸融化，然后流下来，就像……

就像比弗那天的眼泪，亨利想。

“你应该进牲口棚里去，跟其他人待在一起，”安德希尔说，“你在这儿会变成一个雪人的。”

亨利的舌头粘在上颚上无法动弹。此时此刻，他的性命就取决于自己跟这个人所说的话，可他根本就不知道该如何开口。连他的舌头也不听使唤。

*干吗要费这个神呢？*他脑子里有个声音在说——那是黑暗的声音，是他老朋友的声音。*说真的，干吗要费这个神呢？他们所要干的不就是你想对自己所干的事儿吗？干吗不随他们去好了？*

因为这不再是他一个人的事情。可他还是无法开口。

安德希尔仍然站在原地打量着他。手插在口袋里。头盔上的护罩掀了起来，露出深褐色的短发。面罩上的雪在融化，只有军人才戴这种面罩，那些被关押的人则没有，因为他们没有这种必要。对被关押的人来，就像对灰人一样，会有一个最终的解决方案。

亨利极力想说点儿什么，却怎么都无法开口。哦，上帝，在这里的本该是琼西，而不是他；琼西的口才总是比他好得多。安德希尔马上就要走了，留下他在这里又是“本该”又是“可能”地后悔不迭。

但安德希尔仍然站在那儿。

“你知道我的名字，我并不感到吃惊，嗯……亨利德先生？你是姓亨利德吗？”

“我姓德夫林。你说的是我的名字，我叫亨利·德夫林。”亨利小心翼翼地把手从一根刺铁丝和一根充了电的普通铁丝之间的缝隙里伸出去。安德希尔一动不动，只是面无表情地看了那只手大约五秒钟，于是，亨利只好把手缩回来，缩回自己这个新近被划定的世界，同时觉得自己很愚蠢，并告诉自己不要像个白痴似的，他此刻并不是在鸡尾酒会上受到怠慢。

亨利缩回手之后，安德希尔满意地点了点头，仿佛他们的确是置身于一场鸡尾酒会，而不是在这寒风呼啸的暴风雪之中，头顶还亮着刚安装不久的警戒灯。

“你之所以知道我的名字，是因为出现在杰弗逊林区的外星生物造成了一种轻度的感应作用。”安德希尔微微一笑，“这事儿真说出口时，听起来挺可笑，对吧？可这是事实。这种作用是暂时的，无害的，它很微弱，除了聚会时可以闹着玩玩之外，没什么其他的用处，不过我们今晚有点儿太忙了，没时间闹着玩。”

亨利的舌头——谢天谢地——终于可以动弹了。“你顶着大雪走到这儿来，并不是因为我知道你的名字，”亨利说，“你走到这儿来是因为我知道你妻子的名字，还有你女儿的名字。”

安德希尔的笑容没有消退。“你说的也许没错，”他说，“不管怎么样，我觉得我们两人都该回到屋檐下去休息一会儿了——这一天可真够漫长的。”

安德希尔迈开步伐，不过他只是沿着围栏朝停着挂车和野营车的另一端走过去。亨利亦步亦趋地跟着，不过他走得更费力；地上的雪已经差不多有一英尺深了，而且还在吹积。这一边是死人区，这里的积雪无人踩踏。

“安德希尔先生。欧文。请稍等一下，听我说，我有很重要的事情得告诉你。”

安德希尔在围栏另一边的路上继续走着（那边也是死人区；安德希尔不知道这一点吗？），他低着头，顶着风，脸上仍然挂着满意的微笑。亨利知道，眼下的问题是，安德希尔心里很想停下来，只不过到现在为止，亨利还没有给他一个停下来的理由。

“克兹是个疯子。”亨利说，他还在亦步亦趋地跟着，但已经明显气喘吁吁了，两条精疲力竭的腿也在抗议，“他是个疯子，也是一只狡猾的狐狸。”

安德希尔继续走着，低着头，那傻乎乎的面罩下仍然带着微笑。如果说有什么不一样的话，那就是他的步伐加快了。过不了片刻，亨利就得在围栏这边小跑才能跟上他了。当然，这是在他还能够小跑的情况下。

“你们会拿机关枪对付我们，”亨利喘息着说，“尸体全堆进牲口棚……牲口棚里浇上汽油……可能就是戈斯林老头加油泵里的存货，干吗要浪费政府的物资呢……然后‘嘭’的一声，浓烟升起……两百人……四百人……那气味就像老兵们在地狱里大办烤猪宴……”

安德希尔的笑容不见了，脚步也越走越快。亨利不知道哪来的力气，居然小跑着跟在旁边，他大口喘着粗气，在齐膝深的积雪中艰难行进。他的面颊抽动着，凛冽的寒风刮在他的脸上，就像刀片。

“但是欧文……你是叫这个名字，对吧？……欧文……你还记得那首古老的童谣……好像是这样的：‘大鱼……吃小鱼……小鱼……吃虾米……就这样弱肉强食，*无止无休*？’说的就是这里，说的就是你……因为克兹有自己的骨干……他手下那位，我想他叫约翰逊……”

安德希尔目光锐利地看了他一眼，然后走得更快了。亨利还是尽力跟上，但他觉得自己坚持不了太久。他一侧的肋部突然疼痛起来，而且越来越火辣辣的。“这本来应该……是你的活儿……第二轮的清扫工作……‘帝国山谷’，这个像是……代号吧……和你有什么关系吗？”

亨利发现他猜错了。关于即将消灭“蓝色行动小组”大部分成员的行动，克兹显然将安德希尔蒙在了鼓里。对欧文·安德希尔而言，“帝国山谷”完全是擅自行动。亨利这时除了疼痛之外，还觉得胸部像套着一个铁环似的，压得他喘不过气来。

“请停一下……上帝，安德希尔……你就不能……”

安德希尔只是大步流星地走着。安德希尔希望保存自己最后的几个幻想。谁又能责怪他呢？

“约翰逊……还有几个人……其中至少有一个是女人……如果你没有犯事的话，本来也会有你……可是你越线了，他就是这么想的……而且还不是第一次……你以前就犯过一次，在一个好像是叫波桑斯卡·诺维的地方……”

听到这里，安德希尔突然又目光锐利地看了他一眼。是进展吗？也许。

“我想最后……就连约翰逊的命也保不住……只有克兹能活着离开这儿……至于其他人……不过是一堆骨灰而已……你那该死的心灵感应没有……没有告诉你这些吧？你那没什么用处、只是闹着玩玩的读心术……甚至没有……丝毫没有感觉到……这些……”

他肋部的疼痛更厉害了，而且像利爪一样伸进他右边的腋窝。就在这时，他脚下一滑，一头栽进深雪之中。他的肺迫不及待地想要呼吸，却吸进一大口粉末状的雪。

亨利呛得一阵猛咳，并挣扎着跪了起来，却发现安德希尔的背影正渐渐消失在漫天飘飞的雪幕中。他也不知道自己会说出什么，只知道这是他最后的机会，于是大声叫道：“你想朝雷普里奥先生的牙刷上撒尿，可是尿不出来，于是你就砸了他们家的盘子！砸了他们家的盘子，然后撒腿就逃！就像你现在想撒腿逃跑这样，你这该死的胆小鬼！”

亨利依稀看到，在茫茫大雪中，欧文停住了脚步。

4

一时间，他只是站在那里，背对着亨利，而亨利则跪在雪地上，像狗一样喘着粗气，融雪而成的冰水从他发烫的脸上流下来。亨利似乎既隐约又清晰地感到，他腿上长出拜拉斯的伤口开始发痒了。

安德希尔终于转身走了回来。“你是怎么知道雷普里奥家的事儿的？心灵感应在消退，按说你不可能受到那么深的影响。”

“我知道的可不少。”亨利说，他艰难地直起身，又喘又咳地站在那儿，“因为我的感应能力是深度的。我跟常人不一样。我和我的朋友们都跟常人不一样。我们本来有四个人，有两个已经不在了。我在这里。还有第四个……安德希尔先生，这第四个人才是你的难题。不是我，不是你们关进牲口棚或者还在抓的这些人，也不是你的‘蓝色行动小组’或克兹‘帝国山谷’的骨干。只有他才是。”他犹豫着，不愿说出那个名字——琼西一直跟他最亲近，比弗和彼得都很不错，但只有琼西才能跟他心意相通，他们彼此可以交换思想、书籍和意见；只有琼西还有另外一项本事，可以在看到路线的同时，还游离于路线之外。但是琼西也不在了，对吧？亨利几乎可以肯定。那团暗红色的云从他身旁经过时，琼西还在那儿，琼西最后仅存的一个极为微小的部分还在那儿，只不过到现在为止，他的老朋友肯定被活活吃掉了。他的心脏也许还在跳动，他的眼睛也许还能看见，但本质意义上的琼西已经与彼得和比弗一样死去了。

“琼西才是你的难题，安德希尔先生。来自马萨诸塞州布鲁克莱恩市的格里·琼斯。”

“克兹也是个难题。”安德希尔说话的声音很小，在呼啸的风中无法听见，可亨利还是听见了——在安德希尔的思想中听见了。

安德希尔环顾了一下四周。亨利也跟着他看了看，发现有几个人在野营车和挂车之间的临时通道上奔忙着——但附近没有人。然而，商店和牲口棚周围的全部地区都异常明亮，尽管风声很大，他还是能听见引擎的转动声、发电机的轰鸣声以及人的叫喊声。有人在通过喇叭发号施令。整体的效果非常诡异，仿佛他们两人被暴风雪困在一个满是幽灵鬼怪的地方。当那些来去奔忙的人在漫天飞雪中消失时，看上去尤其像是鬼魂。

“我们不能在这儿交谈，”安德希尔说，“你听好了，别让我重复一个字，小子。”

亨利的脑子里此刻正充斥着太多的输入信息，而且大多都处于不可理解的混沌状态，这时却突然清清楚楚地冒出了来自欧文·安德希尔思想中的一个念头：*小子。这是***他***的词儿。我无法相信我居然用了***他***的词儿。*

“我正听着呢。”亨利说。

5

杂物间在控制区的最边缘，是离牲口棚尽可能最远之处，尽管外面与这地狱般的集中营的其他地方一样灯火通明，里面却黑乎乎的，而且散发着好闻的陈干草的气息。还有别的气味，稍稍有些刺鼻的气味。

四男一女背靠着杂物间的后墙坐在一起。他们都是一身橘红色的打猎行头，正传着一支大麻烟。杂物间里两扇窗户，一扇对着畜栏，另外一扇对着一圈围栏以及围栏外的树林。窗户玻璃很脏，挡住了些钠灯射出的强烈白光。在昏暗中，那几位吸大麻的囚犯面色惨白，犹如死人一般。

"要不要来一口？"手持烟卷的人问。他把口里的烟吸了进去，说话时声音有些不自然，带有几分不舍，但手上却大方地把烟卷递了过来。亨利看到那是一支大烟卷，不亚于一支长雪茄。

"不用。我要你们全都离开这儿。"

他们都望着他，一时没明白他的意思。那女人与此刻正拿着烟卷的男人是一对夫妻，她左边那人是她的姐夫。另外两个人是一同被抓来的。

"回牲口棚去。"亨利说。

"不可能，"另外两人中的一个说，"那儿太挤了。我们不想跟那些人搅在一起。而且我们是先来的，所以我给你提个建议，如果你想独自待着的话，你才应该——"

"我被感染了。"亨利说，他把一只手放在缠在腿上的球衫上，"拜拉斯。也就是他们所说的里普利菌。你们可能也有人感染了……我想你就是，查尔斯——"他指着第五个人，那人穿着风雪大衣，身材魁梧，已经开始秃顶。

"我没有！"查尔斯叫了起来，可其他人已经迅速从他身边躲开，那个拿着柬埔寨雪茄的家伙（他叫戴伦·切尔斯，来自马萨诸塞州的牛顿市）还小心翼翼地把烟吞进肚里。

"不，你有，"亨利说，"很严重。还有你，莫娜。是莫娜吗？不，玛莎。是玛莎。"

"我没有！"她说。她背靠着杂物间的墙壁站起身，用恐惧的大眼睛望着亨利。雌鹿般的眼睛。过不了多久，这儿所有的雌鹿都会死去，玛莎也会死去。亨利但愿她看不见他脑子里的这个念头。"我没有感染，先生，我们这儿的人都没有感染，除了你！"

她望着丈夫，丈夫身材并不高大，但是比亨利要魁梧。事实上，他们都很魁梧。也许不比他高，但是比他魁梧。

“把他扔出去，戴尔。”

“里普利菌有两种类型，”亨利说，把他仅仅是相信的东西当成事实来陈述……但他越想越觉得有道理，“不妨称为第一代里普利和第二代里普利。我敢肯定，如果你感染得不重的话——没有从你食物或空气或直接进入你裸露的伤口的什么东西里吸收太多的话——你就会好转。你就能战胜它。”

他们现在都用那雌鹿般的大眼睛望着他，有片刻时间，亨利感到绝望至极。他为什么就不能清清静静、痛痛快快地自我了结呢?

“我感染的是第一代里普利。”他说。他解开球衫。他们对亨利那条沾满碎雪的牛仔裤上的破洞至多只瞥了一眼，但亨利却代他们好好地打量了一番。转向柱撞破的伤口上现在已经长满拜拉斯，有些长达三英寸，顶端还如同潮流中的海藻那样轻轻摇晃。他能感觉到它们的根部在不断生长，逐步深入，不仅令人发痒，还发出“嘶嘶”的声音。甚至还在思考。这是最可怕的地方——*它们还在思考*。

他们这时正朝杂物间的门口走去，亨利以为他们一呼吸到清冷的空气就会拔腿飞奔。可他们却停住了。

“先生，你能帮帮我们吗？”玛莎用孩子般的颤抖声音问。她丈夫戴伦伸出一条胳膊搂住她。

“我不知道，”亨利说，“也许不能……不过也许能。好了，快走吧，半小时后我就会离开这儿，也许不用半小时，但说不定你们最好还是和其他人一起待在牲口棚里。”

“为什么？”来自牛顿市的戴伦·切尔斯问道。

亨利此刻只有一个十分模糊的念头，根本谈不上成形的计划，他回答说：“我不知道。我只是这么觉得而已。”

他们出去了，把整个杂物间留给亨利一个人。

6

在面对一圈围栏的窗户底下，有一捆放了很久的干草。亨利刚进来时，戴伦·切尔斯就坐在这里（作为大麻主人，切尔斯自然享有最舒适的座位），现在亨利坐上这个位置。他坐在那儿，双手放在膝头，马上就昏昏欲睡，尽管脑海里有各种声音在冲来撞去，左腿上的发痒之处在不断深入，不断扩大（他口腔里掉了一颗牙齿的地方也开始了）。

不等安德希尔在窗户外面开口说话，他就听见安德希尔过来了；听见他的思想过来了。

“我这儿背着风，而且差不多是在房子的阴影之下，”安德希尔说，“我在抽烟。如果有人来了，你就不在这儿。”

“好的。”

“如果你对我撒谎的话，我会转身就走，那么在你短暂的一生中，你就再也不能跟我讲话了，不管是用声音还是……别的方式。”

“好的。”

“你是怎么把刚才那些人赶走的？”

“怎么了？”亨利原以为自己太累了，会懒得生气，但事实似乎并非如此，“这是某种该死的测试吗？”

“别蠢了。”

“我告诉他们我感染了第一代里普利，这是实话。他们就马上被吓跑了。”亨利顿了顿，“你也染上了，对吧？”

“你怎么会这么想呢？”亨利从安德希尔的声音里听不出半点紧张，作为一位精神病医生，他很善于观察人们的情绪表现。尽管对安德希尔的其他方面毫不了解，亨利却觉得他是个头脑异常冷静的人，这就朝好的方向迈了一步。*再说，他想，如果他明白自己其实没有什么可失去的，也不会有坏处。*

“在你的指甲周围，对吧？耳朵里也有一点儿。”

“你要在拉斯维加斯中头彩了，哥们儿。”亨利看见安德希尔戴着手套的手抬了起来，手指间夹着一支香烟。他猜想这支烟多半会被大风吸掉。

“你是从源头上直接感染的第一代。我敢肯定第二代是通过接触那些已经长有这玩意儿的东西——如树呀，苔藓呀，鹿呀，狗呀，以及其他人——而染上的。你染上这玩意儿就像中了毒漆树的毒一样。这一点你们的医务人员不会不了解。我所知道的一切就是从他们那儿来的。我的脑袋就像一个该死的碟形卫星天线，接收到的一切都没有任何删节，而可以自由预览。我不知道这其中的一半东西是从哪儿来的，不过这无关紧要。我下面要说的是你们的医务人员所不知道的东西。灰人把那种红色的东西称为拜拉斯，意思是‘生命之物’。在某些特定的情况下，第一代拜拉斯会长出移植物来。”

“你说的是臭鼬。”

“臭鼬，很好，我喜欢这名字。它们是从拜拉斯上长出来的，然后通过下蛋繁殖。它们四处传播，然后下蛋，然后再传播。这似乎就是它们的繁衍方式。但是在这儿，大部分的蛋都不能存活。我不知道这是因为天气寒冷，还是大气或者别的什么缘故。但在我们的环境中，安德希尔，归根到底还是拜拉斯。他们在这儿能奏效的只有拜拉斯。”

“生命之物。”

“没错，但是听着：灰人在这儿遇到了大麻烦，可能正是因为这样，它们才在转悠了这么久——半个世纪——之后才采取行动。譬如说那些臭鼬。它们本该是腐生物……你知道这个词的意思吗？”

“亨利……你是叫这个名字吧？亨利？亨利，这与我们目前的形势有任何关——”

“这与我们目前的形势有很大关系。如果你不想为终结‘地球飞船’上的所有生命——大量的星际野葛除外——承担主要责任的话，我建议你闭上嘴巴听我说。”

没有回答。接着传来一声：“我听着呢。”

“腐生物是益生菌。我们让它们生活在我们的内脏之中，我们还有意从一些奶制品中摄取更多的益生菌。例如酸奶，还有优酸乳。我们给这些细菌一个生活的地方，它们也给我们以回报。比如说，奶制品中的菌类就有助于消化。在正常情况下——我想这里的正常是对另外某个世界而言，那里的生态系统在一些我无从想象的方面与我们的不同——那些臭鼬大概只会长到茶匙那么大。我想，它们在女性体内可能会影响生殖，但不会致命。通常不会致命。它们只是寄居在肠道里。我们给它们食物，它们给我们心灵感应。应该就是这样的交易。只不过它们还把我们变成了电视。我们是灰人的电视。”

“你知道得这么清楚，是因为你体内有一个吗？”安德希尔的声音里没有厌恶之情，但亨利明显地感到对方的思想中有这种情绪，而且正像触角一样在轻轻跳动，“一只所谓的正常臭鼬？”

“不是的。”起码我认为不是，他想。

“那你是怎么知道这些的呢？要么就是你在现编现卖？好给自己编出一张离开这儿的通行证？”

“我是怎么知道的丝毫也不重要，欧文——但是你知道我没有撒谎。你可以阅读我的思想。”

“我知道你认为自己没有撒谎。这种读心的把戏我还能掌握多少？”

“我不知道。如果拜拉斯继续传播，可能会更多，不过跟我的不是同一种类型。”

“因为你与众不同。”不管是安德希尔的声音里还是安德希尔的思想中，都表现出几分怀疑。

“伙计，直到今天之前，我也不知道自己有什么与众不同。不过暂时别管这个。现在我只想让你明白，灰人在这儿陷入了困境。也许这是他们有史以来第一次真正开始一场争取控制权的战斗。首先是因为，臭鼬在进入人体之后，就不再是腐生物，变成了暴戾的寄生物。它们吃个不停，同时还长个不停。它们是毒瘤，安德希尔。

“其次，关于拜拉斯。它在别的世界里生长顺利，在我们这儿却不行，至少到目前为止是这样。负责控制和隔离工作的科学家和医学专家都认为是低温延缓了它的生长，可我不这么认为，至少这不是全部原因。我不能确定，因为他们自己也不知道，不过——”

“等一等，等一等。”安德希尔用手拢住火苗，很快又点燃一支给大风抽的香烟，“你说的不是那些医学专家，对吧？”

“对。”

“你认为自己在跟灰人保持联系。通过心灵感应而保持联系。”

“我认为……在跟其中的一个。通过某种纽带。”

“就是你提到过的那位琼西？”

“欧文，我不知道。不是很确定。关键是，他们要输了。我，你，还有今天跟你一起去‘蓝小子’那边的人，我们也许不会活到快乐的圣诞节。我不是在寻你开心。我们感染的可是大剂量、高浓度的拜拉斯。但是——”

“行了，我明白了，”安德希尔说，“还有爱德华兹——它魔术般地出现在他身上。”

“但是，就算你真的中了它的招数，我觉得你也不可能把它传得很远。它的传染性并不是那么强。那个牲口棚里就有些人永远也不会感染，不管他们周围有多少拜拉斯感染者。而那些像感冒一样染上拜拉斯的人，所感染的是第二代拜拉斯……或者说里普利，如果你更喜欢这个词的话。”

“还是说拜拉斯吧。”

“好的。他们可能会传给一些人，那些人会形成轻度感染，我们不妨称之为第三代拜拉斯。它可能还会继续传染，不过我想，到了第四代拜拉斯出现时，就得通过显微镜或验血才能发现了。但第四代拜拉斯会自行消失。

“下面我再说一遍，所以你听好了。

“第一点。灰人可能只是拜拉斯的传输系统而已，而灰人已经死光了。环境杀死了他们，就像《世界大战》中的微生物最终杀死火星人那样，那些逃过一劫的都被你们的武装直升机消灭了。但是有一个除外，那一个——没错，肯定是的——正是我的信息来源。而且从生理意义上说，它也不存在了。

“第二点。臭鼬起不了作用。就像所有的毒瘤那样，它们最终因为贪吃而自取灭亡。那些从大肠底下逃出来的臭鼬会发现这儿的环境很不友好，然后很快就一命呜呼。

“第三点。拜拉斯也起不了作用，起不了什么大作用，可一旦有了机会，有了可以藏匿和生长的时间，它就会变异。学会适应。也许会学会统治人类。”

“我们会消灭它，”安德希尔说，“我们要把整个杰弗逊林区烧成灰烬。”

亨利沮丧之极，恨不得大吼大叫，这种情绪无疑传了一部分过去。随着“嗵”的一声，安德希尔一个趔趄，背部撞在杂物间的薄墙上。

“你在这儿干什么无关紧要，”亨利说，“被你们关押的人不会传播，臭鼬不会传播，拜拉斯也不会自我传播。就算你们的人收起帐篷，马上离开，环境也会自我修复，消除所有这些乱七八糟的东西像擦去一个错误的方程式一般。我认为灰人之所以这样出现，是因为他们简直无法相信会是这样的结果。我认为这有点像是你们那位负责人克兹先生所说的自杀行动。他们根本就没有失败这个概念。他们想，‘我们总是能赢’。”

“你是怎么——”

“然后，在最后一分钟，安德希尔——也许是最后一秒钟——有个灰人发现了一个与所有其他人截然不同的人，灰人、臭鼬以及拜拉斯都与他取得了联系。他就是带菌者。而且他已经走出了隔离区，所以你们在这儿所做的一切都毫无意义。”

“是格里·琼斯。”

“没错，琼西。”

“他为什么与众不同呢？”

亨利虽然很不愿意谈及这方面的内容，但他明白必须给安德希尔一个说法。

“我、他，以及我们的另外两位朋友——那两位已故的朋友——曾经认识一个特别不同寻常的人。他天生就有感应能力，根本不需要什么拜拉斯。他影响了我们。如果我们年龄再大一些才认识他，我想这种事情就不可能发生了，可我们遇见他时，正是特别……容易受影响的年纪，我想你会说……受他的能力的影响。后来，过了许多年之后，琼西又出了另外一件事，那件事与……与这个了不起的孩子没有关系。”

可亨利觉得事实并非如此；虽然琼西是在坎布里奇被撞而且几乎

丧命，而据亨利所知，杜迪茨有生以来从没去过德里以南的任何地方，但是，杜迪茨却与琼西最终的关键变化存在着某种关联。这种关联是这种变化的一部分。他知道这一点。

“而我该……怎么样？只管相信这一切吗？把它像止咳糖浆一样吞下去？”

在散发着稻草清香的黑暗的杂物间里，亨利的嘴角泛起一抹苦笑。“欧文，”他说，“你心里其实相信。我能感应到，你没忘了吧？我是从林中感应力最强的一个。不过，问题是……问题是……”

亨利用思想提出了这个问题。

7

欧文站在控制区围栏的外面，站在这间旧杂物间的后墙边，下半截身体都快冻掉了，防毒面罩也拉了下来套在脖子上，以便能抽几支他并不想抽的烟（他刚才在小卖部又拿了一盒），可以说这是他平生最笑不起来的时刻……但是，对他那个显然是合情合理的问题，杂物间里那个人却回答得这么直通通而且不耐烦——你**心里其实**相信。我能感应到，你没忘了吧？——欧文吃惊之下，不由自主地笑出声来。克兹曾经说过，如果这种感应具有持久性并传播开去，那么，他们所置身的这个社会就会崩溃。欧文当时明白了克兹的意思，而现在还有了直觉的了解。

“不过，问题是……问题是……”

我们对此该怎么办？

尽管已经很累了，欧文却明白，对这个问题只有一个答案：“我想我们得追上琼西。这样做会有用处吗？我们还有时间吗？”

“我想可能还有。但是不多了。”

欧文想用他自己那已经很微弱的感应力来阅读亨利回答背后的动机，但是没能成功。不过他可以肯定，这个人告诉他的多半都是实情。要么是实情，要么他自己相信是实情，欧文想，天知道我希望相信这是实情。在屠杀开始之前能离开这儿的任何理由我都愿意相信。

“不。”亨利说，欧文第一次感到他的语气很苦恼，似乎不那么自信。“不能有屠杀。不能让克兹杀掉两百到八百人。那些人最终对这件事不会产生任何影响。他们只不过是——天啊，他们只不过是无辜的旁观者！”

欧文不太意外地发现，他这位新朋友的不安使他非常高兴；天知道亨利已经让他很难堪。“那你有什么建议吗？记住你自己刚刚说过，只有你的朋友琼西才是关键。”

“是的，不过……”

犹疑了片刻。亨利思想中的声音比刚才自信了一些，不过只是稍稍自信一些。*我不是说我们远走高飞而不顾他们的死活。*

“我们哪儿也不去，”欧文说，“我们会像围着包谷垛东奔西突的两只老鼠。”在象征性地抽了最后一口之后，他扔掉第三支烟，目送着它被风吹走。从杂物间往空荡荡的畜栏看去，只见大雪纷飞，层层叠叠的雪帘飘向牲口棚一侧，形成越来越高的雪堆。在这种天气里去任何地方都是疯狂之举。*得有辆雪地摩托车，至少出发时需要，*欧文想，*而到了半夜，就算是四轮驱动恐怕也起不了多大作用。在这种天气里不行。*

“干掉克兹，”亨利说，“这就是答案。一旦群龙无首了，我们就更容易脱身，而且还可以让生物清洗……暂时搁浅。”

欧文干巴巴地一笑。“你说起来倒轻巧，”他说，“加油啊安德希尔，赶快动手。”

他用手拢住打火机和火苗，又点燃第四支烟。尽管戴着手套，他的手指却没有什么感觉。*我们最好尽快有个结论，*他想，*赶在我冻死之前。*

“这有什么难的？”亨利问，但他其实知道难处何在；欧文可以感觉到（还隐约听到）自己在努力使困难视而不见，他不希望事情比现在更糟。“只管走进去崩了他就行。”

“行不通。”欧文给亨利发送了简单的一幕：弗雷迪·约翰逊（以及所谓“帝国山谷”的其他骨干成员）守卫着克兹的温尼贝戈房车。“再说，他还在那儿装上了窃听器，密切监视风吹草动。一有情况，他的心腹们就会马上赶到。也许我能够得手。也许不能，因为他总是把自己像哥伦比亚的大毒枭一样掩护得十分严密，尤其是在现役期间。不过也许我能够得手。我认为自己不是坏人。但这会是一次自杀性行动。既然他用了弗雷迪·约翰逊，可能也就会用凯特·嘉拉格和马维尔·理查德森……卡尔·弗莱德曼……乔瑟琳·麦卡沃伊。都是些很难对付的家伙，亨利。我干掉克兹，他们干掉我，在夏延山下指挥这出戏的大人物们再派出一名新的清扫工，一名克兹的同类，来继续克兹未竟的事业。或许他们会干脆推选凯特来担当此任。天知道，她可是十足的疯子。牲口棚里的人也许会多出十二个小时的遭罪时间，但到头来还是会被烧死。唯一的区别是，你将不会有机会与我一起顶着风雪快活地往前冲，帅哥，而是会跟其他人一起被烧死。而与此同时，你的朋友——那位叫琼西的家伙——他会去了……去了哪儿？”

“关于这一点，为了慎重起见，我还是暂时不说为好。”

但欧文还是用他仅有的感应力去搜寻答案。有一刹那，他瞥见一个模糊而令人困惑的影子——风雪中一座高大的白色建筑，呈圆柱形，像一个贮料垛——但它很快就不见了，取而代之的是一匹看上去几乎像独角兽的白马从一个路牌边奔驰而过。路牌上的指示箭头下写有**班伯里**这几个红色的大字。

他又好气又好笑地哼了一声。“你在干扰我。”

“你可以这么认为。不过你还可以把这看成是教你一项技巧，如果你想将我们的谈话保密的话，就最好学会这项技巧。”

“啊哈。”欧文对刚才发生的这件事并没有特别不满。首先，掌握干扰技巧是一件很好的事情。其次，亨利的确知道他那位受到感染的朋友——不妨称之为“带菌者琼西”——要去哪里。欧文在亨利的大脑中看到了那一闪而过的图像。

“亨利，现在我要你听我说。”

“好吧。”

“我们两个人所能做的最简单、最安全的事情是这样的。首先，如果时间不是绝对关键的因素，那么，我们俩都需要睡上一觉。”

“我同意。我都快要困死了。”

"然后，到三点左右，我就可以开始行动了。这个基地在不复存在之前，一直都会高度戒备，不过，如果老大的眼睛会稍稍有点儿呆滞的话，那往往是在凌晨四到六点之间。我会声东击西，我还会让围栏的电短路——这一点其实轻而易举。在直升机爆炸之后五分钟，我就能驾驶雪地摩托车赶到这儿——"

欧文发现，心灵感应比语言交流具有更迅捷的优势。他给亨利发送了一幕 MH-6 型"小鸟"直升机熊熊燃烧和士兵们朝它跑去的情景，与此同时，他还在继续说着。

"——然后我们就离开这地方。"

"而把这满满一牲口棚的无辜平民留给原本就打算把他们烤焦的克兹，更不用说还有'蓝色行动组'了。有多少平民？两三百吧？"

欧文从十九岁起就成为全职军人，在过去的八年里一直跟随克兹，帮他做清场扫尾工作，此时此刻，通过两人搭建起来的精神之线，他发送了一个硬邦邦的回答：可以接受的损失。

隔着脏乎乎的玻璃，亨利·德夫林的模糊身影动了一下，随后又站定了。

不行，他回了一个信息。

8

不行？你这是什么意思？不行？

不行。我就是这个意思。

你有更好的主意吗？

欧文十分惊恐地发现，亨利认为他有。那个主意——现在还太不成形，不能称之为计划——的零星片段像彗星的明亮尾巴一样照进欧文的思想。他不由得倒抽一口冷气。夹在手指间的香烟不知不觉地掉了，接着随风飘走。

你疯了。

不，我没有。你已经知道，我们需要声东击西才能脱身。而这就是声东击西。

他们反正是难逃一死！

有些人是这样。甚至还可能是大部分人。可这是个机会。在一间着火的牲口棚里，他们能有什么机会呢？

亨利说出声来：“还有克兹。如果有几百名逃犯要他操心的话——其中的多数人会很乐意告诉他们碰到的第一批记者说，大为恐慌的美国政府批准了一场在美国土地上的大屠杀——那么，他就不大顾得上我们了。”

你不了解亚伯·克兹，欧文想，你不知道克兹的底线。当然，他自己也一样。他也并非真正地了解克兹。在今天之前一直都不了解。

不过，亨利的建议虽然疯狂，却不无道理。而且，它至少还包含一定的赎罪成分。当这漫长的十一月十四日走向半夜，而活到这个周末的可能性也越来越小时，欧文毫不惊奇地发现，赎罪的念头自有其诱人之处。

“亨利。”

“嗯，欧文。我在这儿。”

“对那天在雷普里奥夫妇家里所干的事情，我一直都很愧疚。”

“我知道。”

“可我后来还一次次地那样。你说这是不是太混账了？”

亨利没有回答；即使在动起自杀的念头之后，他始终还是一位优秀的精神病医生。正常的人类行为往往都很混账。虽然可悲，却是现实。

“好吧，”欧文终于说，“你可以买房子，但是得让我来装修。说定了？”

“说定了。”亨利立刻回答。

“你真的能教我那种干扰技巧吗？因为我觉得我也许用得上。”

“我敢肯定我能。”

“好吧。听着。”随后欧文讲了三分钟的话，时而说出声来，时而用思想交流。两人进入了一种境界，交流方式已经无所谓，思想和话语已然合二为一。

第十六章　德　里

1

戈斯林商店里很热——太热了！琼西脸上几乎马上就出汗了，而当他们四个人来到付费电话旁时（顺便说一句，这儿离烤火炉很近），汗珠已经顺着他的面颊往下淌，感觉腋下如同大雨过后的林中杂草……这并不是说他的腋下很繁茂，他才只有十四岁而已。用彼得常说的话就是，你想得美吧。

这里的确很热，而他还没有完全挣脱梦魇，这个梦没有像平常的噩梦那样迅速消失（他仍然闻得到汽油和轮胎燃烧的气味，仍然看得见亨利拿着那只软皮平底鞋……还有那颗脑袋，他仍然看得见瑞奇·格林纳多那可怕的断头），接着，由于接线员多管闲事，他的心情更糟了。琼西把卡弗尔家的电话号码报给了她（他们以前经常拨打这个号码，问他们能不能过去，而罗伯塔和艾尔菲总是满口同意，不过他们这么问也只是出于礼貌，家里的大人都是这样教他们的），可接线员却问："你父母知道你在打长途吗？"她说话时不像北方人那样慢条斯理，而是稍稍带一点法语腔，就像在这一带长大的人一样，因为在这里，勒杜尔诺和比索耐特的姓氏比史密斯或者琼斯更为常见。彼得的老爸称他们为吝啬的法国佬。而现在他在电话里就碰上了一个，老天帮助他。

"如果我自己付费的话，他们就让我打。"琼西回答。唉，他早该知道到头来会由他来拨打这个电话。他拉开外套的拉链。天啊，这儿简直像蒸笼一样！琼西实在是不明白，那些老家伙们怎么还能像那样围坐在炉子旁边。他自己的朋友们也把他围得紧紧的，这倒是不难理解——他们想知道进展得怎么样——不过，琼西还是希望他们能退开一些。他们这么紧地围着他，让他觉得更热了。

“孩子，如果我跟他们——跟你的爸妈——打电话的话，他们也会这么说吗？”

“当然。”琼西说。汗水流进他的一只眼睛里，感觉一阵刺痛，他像擦眼泪似的把汗水擦掉。“我爸爸在上班，我妈妈应该在家。949-6658。只不过我希望您快一点儿，因为——”

“我这就帮你拨。”她说，听上去有些失望。琼西把电话从一边耳朵换到另一边，好让外套自动脱下来，落在脚边。其他人都还穿着外套；比弗那件摩托衫上的拉链甚至都没有拉开。琼西简直不明白他们怎么受得了。就连那些气味也让他心烦：有樟脑球、豆子、地板蜡、咖啡以及泡菜坛子里的卤水等气味。他通常都很喜欢戈斯林商店的气味，可是今天，它们却让琼西觉得反胃。

他耳朵里响起“咔嗒”的接线声。太慢了。他的朋友们都朝后墙上的这部付费电话凑拢，紧紧拥住他。在相隔两三条过道的地方，拉马尔正盯着谷类食物的架子，一边不停地按摩着额头，似乎头痛难忍。鉴于他昨晚消耗掉了那么多啤酒，琼西觉得他头痛也算正常。他自己也在头痛，但与啤酒无关，全是因为这里他妈的太热了——

他微微直起身子。“铃响了。”他对朋友们说，但马上就后悔自己没管住嘴巴，因为他们挤得更拢了。彼得的口气真他妈的难闻，琼西想，*你是怎么回事，彼得小子？一年才刷一次牙吗？也不管牙齿需不需要刷？*

响到第三声时，有人拿起了电话。“喂，你好？”是罗伯塔，但听起来不像以往那么开心，而是心事重重，闷闷不乐。其中的原因也不难猜到；他从电话里能听到杜迪茨在号啕大哭。琼西知道，艾尔菲和罗伯塔对这哭声的感觉跟他和他的朋友们的感觉不一样——他们是大人。可他们还是他的父母，他们也有所感觉，所以，他估计卡弗尔太太今天上午一准过得很不顺心。

天啊，这里怎么这么热呢？他们今天早上往那该死的炉子里放什么了？难道是钚不成？

“快说话，是谁呀？”语气很不耐烦，这也完全不像卡弗尔太太的性格。她曾多次告诉过他们，如果说身为杜迪茨这样特殊孩子的母亲教会了她什么的话，那就是耐心。但今天早上却不是这样。她今天早上好像很气急败坏，这简直是不可思议。“如果你想推销什么东西，那我就不能奉陪了，我这会儿正忙着，而且……”

杜迪茨还在那儿又哭又叫。你正忙着，没错，琼西想，他从天亮就开始闹了，你到现在一准是快散架了。

亨利用胳膊肘在琼西的腰上戳了一下，又用手拍了拍他——别愣着！快说呀！——虽然他被戳得有点疼，却不失为一件好事。如果她挂断电话，琼西就得再一次去应付那位爱管闲事的接线员了。

“是卡弗尔太太——罗伯塔吗？我是琼西。”

“琼西？”他感觉到她如释重负；她一直都那么盼望杜迪茨的朋友们能够打电话来，以至于现在还以为这是自己的想象，“真的是你吗？”

“没错，”他说，“我和他们几个都在。”他把话筒递了过去。

“你好，卡弗尔太太。”亨利说。

“嗨，最近好吗？”彼得招呼道。

“嗨，美人。”比弗傻笑着说。从他们见到她的那天起，他就多少有点儿爱上罗伯塔了。

拉马尔·克拉伦顿听见儿子的声音，抬起头来望了一眼，然后又去研究那不同花样的麦片去了。当比弗说他们想给杜迪茨打个电话时，拉马尔说，只管打好了，也不知道你们怎么会想到要跟那个小傻蛋讲话，不过那是你们自己的钱。

琼西把听筒拿回耳边，只听见罗伯塔·卡弗尔在说：“——回德里了？我还以为你们在基尼奥或别的什么地方打猎呢。”

“我们还在这儿。”琼西说。他看了看朋友们，意外地发现他们居然都没怎么流汗——亨利的额头稍微有些发亮，彼得的上嘴唇有几颗汗珠，仅此而已。这可真奇怪。“我们只是想……嗯……我们最好打个电话。”

“你们知道了。”她语气平平——并非不友好，而是没有疑问的成分。

“嗯……”他拉起法兰绒衬衣，在胸口扇了扇，“没错。”

话说到这里，换了是别人，多半都会提出上千个问题，开头可能是*你们是怎么知道的？*或者*他这究竟是怎么了？*但罗伯塔不是别人，她曾经度过了最美好的一个月，亲眼看到他们跟她儿子如何相处。因此她只是说：“你等着，琼西。我去叫他。”

琼西等在那儿。他仍然能听见杜迪茨在一旁大哭，罗伯塔在跟他说话时语气柔和了一些。她在哄儿子过来接电话。用的是如今在卡弗尔家已经具有魔力的几个词语：*琼西，比弗，彼得，亨利*。那一直不停的哭声靠近了，即使是通过电话，琼西也能感觉到它钻进自己的脑海，像一把钝刀在那儿挖呀，凿呀，但不是切割。哎哟。与杜迪茨的哭声相比，亨利用胳膊肘戳的那一下几乎就是亲昵的抚摸。与此同时，他的脖子上已经汗流成河。他双眼盯着电话上方的两个牌子。一个写着**请在五分钟之内结束通话**。另一个写着**不得使用脏话**，在第二句的下面，有人又刻了几个字：**这是他妈的谁说的**。然后杜迪茨接电话了，那号啕大哭的声音直灌进他的耳朵。琼西不由得蹙起眉头，但尽管头痛欲裂，却不可能冲杜迪茨发火。在电话的这一边，他们是四个人在一起。而电话的那一头，他却是独自一人，而且是那么奇特的一个人。上天在伤害了他的同时又保佑了他，一想到这一点，琼西就头晕目眩。

“杜迪茨，”他说，“杜迪茨，是我们。琼西……”

他把电话递给亨利。“嗨，杜迪茨，我是亨利……”

亨利又把电话递给彼得。“嗨，杜杜，我是彼得，好了别哭了，没事儿了……”

彼得再把电话递给比弗，比弗看了看周围，然后拿着电话往一边的角落走去，直到电话线再也拉不动为止。他用手捂着话筒，以免让炉子旁的老头们（当然，更不用说他自己的老头）听见，开始唱起那首催眠曲的头两句。然后他静静地听着。过了一会儿，他朝他们做出一个 OK 的手势，接着又重新把电话传给亨利。

“杜杜？又是我，亨利。那只是一个梦，杜迪茨。不是真的。好吗？那不是真的，而且已经过去了。只是……”亨利听着电话。琼西趁机脱掉法兰绒衬衣。里面的汗衫已经完全湿透了。

这个世界上有上亿件琼西不知道的事情——比如说，他和朋友们与杜迪茨之间有什么联系——但他知道，他在戈斯林商店里再也待不下去了。他感到自己此刻不是在看着那台炉子，而是在那该死的炉子里面。围着棋盘的那些老家伙一准是骨头里面已经结冰了。

亨利在点头。“没错，就像一部吓人的电影。”接着他听了听，皱起眉头，“不，你没有。我们都没有。我们没有伤害他。我们没有伤害他们任何人。”

就这样，琼西突然知道是他们干的。准确地说，他们不是有意，但他们的确干了。他们害怕瑞奇说到做到，来报复他们……所以就先下了手。

彼得伸出手来，于是亨利说道：“彼得想跟你说话，杜杜。”

他把电话递给彼得，彼得在告诉杜迪茨要忘了它，别当回事儿，小伙子，他们很快就会回去，然后他们会一起玩牌，开开心心，会他妈的乐翻天，不过现在——

琼西抬起眼睛，发现电话上方有个牌子的内容变了。左边那个还是**请在五分钟之内结束通话**，而右边那个现在却变成了**干吗不出去，外面更凉快**。这真是个好主意，绝妙的好主意。再说，也没有理由不去——杜迪茨的问题显然已经得到控制。

可是还没等他移动脚步，彼得却把电话递了过来，一边说：“他要跟你讲话，琼西。”

一时间，他几乎想拔腿就跑，心里想着让杜迪茨见鬼去吧，让他们全都见鬼去吧。但他们是他的朋友，他们一起做了一个同样的噩梦，干了一件并非有意去干的事情（撒谎都是他妈的撒谎你们是有意的你们干了）。

而且他们的目光也让他留在原地，尽管这里很热，这难受的热气犹如令人窒息的垫子紧紧缠住他的胸口。他们的目光在强调他参与了这件事，所以当杜迪茨还在电话里时，他就不能离开。不能这样不遵守游戏规则。

这是我们的梦，它还没有结束，他们的——尤其是亨利的——目光在强调，自从我们在特莱克兄弟公司后面发现他衣服几乎被扒光，跪在那儿的那天起，这个梦就开始了。他能看到路线，现在我们也能了。尽管我们的理解方式可能不一样，但我们几个人中，有人永远都能看到路线。一直到死都如此。

他们的目光里还有别的内容，虽然大家都不肯承认，但是，那个东西会让他们一辈子寝食难安，会给他们哪怕是最快乐的日子投下阴影。那是对他们所干的事情的恐惧。他们在共同的梦境中已被忘却的部分里所干的事情。

正因如此，他才没有迈动脚步，才不由自主地接过电话，尽管他已经汗流浃背，火烧火燎，都快他妈的熔化了。

“杜迪茨，”他说，他的声音似乎都很热，“真的没事儿了。我让你再跟亨利聊聊，这儿太热了，我得去呼吸一口新鲜——”

杜迪茨打断了他的话，他的声音有力而急促：“不——出去！琼西，不——出去！雷！雷！**雷**——先生！”

对于他那含混不清的话语，他们从一开始就总是能够听懂，琼西现在也听懂了：不要出去！琼西，不要出去！格雷！格雷！格雷先生！

琼西愣愣地张着嘴。他的视线越过那热气腾腾的炉子，沿着比弗那位宿醉的父亲正站在那儿无精打采地查看豆子罐头的过道，再越过旧收银机旁的戈斯林太太，一直往前窗的外面看去。那扇窗户很脏，上面贴满形形色色的广告，温斯顿香烟、驼鹿头啤酒、教堂的晚餐、花生农场主还在总统之位时的国庆野餐……但他还是能透过玻璃，看到正在外面等候他的东西。当他努力关紧卫生间的房门时，蹑手蹑脚地走到他身后的正是那个东西，劫掠了他身体的正是那个东西。一个赤裸的灰人用没有脚趾的双脚站在西特哥油泵旁，用黑色的眼睛盯着他。琼西想：关键不在于他们到底怎么样，而在于我们怎么看他们。

好像是为了强调这一点，格雷先生举起一只手，然后又放下来。星星点点的金红色像蓟的茸毛一样，从他三根手指的指尖上飘起来。

拜拉斯，琼西想。

这个词仿佛是童话故事里的咒语一般，周围的一切顿时定格。戈斯林商店陷入了静止状态，接着，各种色彩竞相褪去，这里变成了一幅黑色的图画。他的朋友们也渐渐变得透明，一个个从他眼前消失。只有两样东西似乎还具有真实性：付费电话那笨重的黑色听筒，以及热气。那令人窒息的热气。

“醒——”杜迪茨对着他的耳朵喊道。琼西听见一声不太连贯的深呼吸，他对这种呼吸印象深刻；那是杜迪茨在竭力准备把话说清楚。“琼西！琼西，醒——醒——醒！”

2

“醒！醒醒！琼西，醒醒！”

琼西抬起头，一时间什么也看不见。他的头发汗津津的，耷拉在眼前。他拂开头发，心里但愿是在自己的卧室里——“墙洞”的那间，如果是布鲁克莱恩家里那间的话，就更好了——但是没有这么好运。他仍然在特莱克兄弟公司的办公室里。刚才他趴在桌上睡着了，梦见了许多年前给杜迪茨打电话的情景。一切都真实发生过，不过那令人昏昏欲睡的热气除外。最起码的一点证据是，戈斯林老头总是把他那地方弄得冷飕飕的；他一贯就是那么小气。他梦中之所以渗进了那股热气，是因为这里很热，天啊，肯定有一百度，也可能是一百一十度。

炉子出毛病了，他这样想着，一边站了起来*要不就是这地方着火了。不管怎么样我都得出去。不然就要被烤熟了。*

琼西绕过桌子的一端，急匆匆地朝门口奔去，没怎么注意到桌子已经变了，也没怎么注意到头顶碰到了什么东西。他正准备一只手去握门把手，另一只手去开锁时，突然想起杜迪茨，杜迪茨在梦中提醒他别出去，格雷先生正在外面等着他。

的确是这样。就站在门外。等在记忆仓库里，他现在在琼西的仓库里来去自如了。

琼西张开汗津津的手指贴在木门上。他的头发又耷拉到眼前，但他浑然不觉。“格雷先生，”他低声说道，“你在外面吗？你在那儿，对吧？”

没有回答，但格雷先生就在外面，没错。他站在那儿，歪着那颗发育不全的没有头发的脑袋，黑玻璃珠般的眼睛紧紧盯着门把手，等待着它被扭动。等待着琼西冲出门来。然后——

永别了，令人讨厌的人类思维。永别了，让人无法集中精神、心里七上八下的人类情感。

永别了，琼西。

“格雷先生，你是想把我熏出去吗？”

仍然没有回答。琼西也不需要回答。格雷先生掌握了所有的控制器，对吧？包括他体温的控制器。他把它推到多高了？琼西不知道，但他知道体温还在上升。他胸口上的铁环越来越热，越来越沉，使他难以呼吸。他的太阳穴也跳得厉害。

窗户。窗户怎么样？

琼西突然涌起一线希望，于是背对着门朝那边看去。窗户现在已经暗了下来——1978 年 10 月的那个永恒的下午过去了——特莱克兄弟公司旁边的车道已经被漫天飘落的大雪所覆盖。即使在孩提时代，大雪也从来没有像现在这样让琼西心驰神往。他看见自己像以前某部海盗电影中的艾罗·弗林一样跳窗而出，看见自己冲向雪中，扑倒在地，把发烫的面孔埋进舒适雪白清凉的——

是呀，然后就感觉到格雷先生的双手越来越紧地掐住他的脖子。虽然每只手只有三根指头，但它们肯定非常有力，顷刻间就会让他一命呜呼。就算琼西把窗玻璃敲破一条缝隙，好把夜晚的冷空气放一点进来，格雷先生也会趁隙而入，然后像吸血鬼一样缠住他。因为“琼西世界”的那一部分并不安全。那一部分是被占领区。

这是霍布森的选择——进退两难。

“出来吧，”格雷先生终于在门外说，用的是琼西自己的声音，“我会尽快的。你不想在里面被烤焦……对不对？”

琼西突然看见放在窗户前面的桌子，他第一次发现自己置身于这个房间时，那张桌子甚至并不存在。在他睡着之前，那还只是一张普通的原木桌（当你手头很紧的时候，你在办公家具店里可能就会买这种最为便宜的桌子)。在刚才的某个时间——具体他也记不清——它上面多了一部电话。只是一部很普通的黑色电话，跟那张桌子一样实用而朴素。

现在他却发现，那张桌子变成了一张橡木拉盖书桌，跟他在布鲁克莱恩家中书房里的一模一样。而电话也成了一部蓝色的特里姆林电话，很像他在学院办公室里的那部。他用手抹去额头上热乎乎的汗水，就在这时，他看到了自己的头顶刚才碰到的东西。

是捕梦网。

来自“墙洞”的捕梦网。

“真是见鬼，”他悄声说道，“我居然在装饰这地方。”

当然是这样，有什么不行的呢？死牢里的囚犯不也装饰他们的号子吗？既然他在睡觉时能加进一张桌子、一张捕梦网和一部特里姆林电话，那么，也许——

琼西闭上眼睛，集中精神。他试图回忆起布鲁克莱恩家中书房的样子。但一时间又觉得很困难，因为有个问题出现了：既然他的记忆都在外面，这个办公室里又有什么呢？他发现答案或许很简单。他的记忆仍然在他的大脑里，一直都在他的大脑里。仓库里的纸箱用亨利的话说是一种外化，是他想象格雷先生能够获得那些东西的方式。

管它呢。只想需要去做的事情。布鲁克莱恩家中的书房。要看到布鲁克莱恩家中的书房。

“你在干什么？”格雷先生问道，他的声音里不再有那种可恶的自信，“你操他妈的是在干什么？”

琼西听了忍俊不禁，但他还是继续回忆书房的样子。不只是书房，还有书房的一面墙……就在通往小浴室的那扇门边……没错，就在那儿。“蜜泉”牌恒温器。他下面该说什么？有没有什么咒语，比如“芝麻开门”之类？

有的。

琼西依然闭着眼睛，汗涔涔的脸上依然挂着一丝笑容，他悄声说：“杜迪茨。”

他睁开双眼，望着那面满是灰尘、不伦不类的墙。

恒温器在那儿。

3

“快停下来！”格雷先生咆哮道，琼西即使在从门边走开了，还对那熟悉的声音感到惊讶；这就像是从录音机里听到自己在大发雷霆（他这样的次数不多；孩子们一塌糊涂的房间可能会成为导火线）。“快给我停下来！一定得停下来！”

“亲我的大腿吧，帅哥。”琼西回答完，咧嘴笑了。以前他大吼时，孩子们肯定有很多次希望能对他说出这样的话吧？接着，他产生了一个令自己十分难过的念头。他可能再也看不到布鲁克莱恩家中的一切了，而且即使能看到，也将是通过如今已经属于格雷先生的那双眼睛。孩子们亲过的脸颊（“哎呀，太扎人了，爸爸！”米莎会说）将成为格雷先生的脸颊。卡拉亲吻过的嘴唇也同样会成为格雷先生的嘴唇。而在床上，当她抓住他，引导他进入她的——

琼西不寒而栗，然后把手伸向恒温器……他发现温度设定在120度。温度居然这么高，这显然是世界上绝无仅有的恒温器。他向左边拨了半圈，也不知道会发生什么，但马上就欣喜地感觉到一阵凉风扑面而来。他庆幸不已地转过脸来，好更全面地享受这股凉风，却发现有面墙上安有一台冷 / 热双制式空调。又多了一件新东西。

“你怎么做到的？”格雷先生在门外吼道，“你的身体为什么不感染拜拉斯？你到底是怎么到那儿的？”

琼西哈哈大笑起来。他实在是忍无可忍。

“别笑了。”格雷先生说，声音已经变得冷冷的。琼西给卡拉下最后通牒时就是用的这种声音：要么戒毒，要么离婚，亲爱的，你自己选择吧。“我所能干的可不只是调高温度而已，你知道。我可以把你烧成灰。也可以让你戳瞎自己。”

琼西想起笔尖戳进安迪·贾纳斯眼睛的情形——那声可怕的闷响——不禁瑟缩了一下。不过他听得出自己这是虚张声势。*你是最后的一个，而我是你的传输系统，*琼西想，*你是不会对这个传输系统太坏的。至少在你的任务完成之前不会。*

他慢慢地重新走到门边，一边提醒自己要警惕……因为，正如高伦提到毕尔博·巴金斯[①]时所说，他很阴险，我的宝贝儿，哎呀，非常地阴险。

“格雷先生？”他轻声叫道。

没有回答。

“格雷先生，你现在是什么模样呢？当你是你自己的时候是什么模样？灰色少一点，红色多一点吗？手上多了几根指头吗？头上长点儿头发了吗？是不是开始长出脚趾和睾丸了？”

没有回答。

“长得开始像我了吗，格雷先生？思维也像我了？你不喜欢这样，对吧？不过也许你喜欢？”

仍然没有回答，琼西意识到格雷先生已经走了。他转身迅速回到窗户旁，同时知道办公室有了更多的变化：一面墙上有幅柯里尔和艾夫斯的木版画，另一面墙上是一幅复制的梵·高作品——《金盏花》，是亨利送给他的圣诞礼物——桌子上是他摆在家中书桌上的魔力八球。但琼西几乎没怎么注意这些东西。他想知道格雷先生在忙什么，以及他的注意力此刻在什么地方。

4

首先，车内不一样了。他现在是在一辆豪华的道奇公羊，而不是安迪·贾纳斯那辆由政府发放的普通的橄榄绿色皮卡（乘客座一侧有各种文件和表格，仪表板下面是“嘎吱”作响的无线电），这辆车有宽敞的驾驶室，灰色的天鹅绒座椅，以及在数量上几乎与利尔喷气机不相上下的控制键。储物盒上有一张贴纸，上面写着**我♥我的牧羊犬**。这条被人爱的牧羊犬目前还在，正卷着尾巴在乘客座的放脚处熟睡。这是一条名叫莱德的公狗，至于它的主人，琼西觉得自己不难知道他的名字和命运，可他干吗要去知道呢？在他们目前位置往北的某个地方，贾纳斯的军车已经翻下公路，所以这辆车的驾驶员肯定会躺

① 两人均为《魔戒》中的人物。

在附近。琼西不明白这条狗怎么被饶了一命。

就在这时，莱德翘起尾巴，放了一个屁，于是琼西恍然大悟。

5

他发现，当他集中精神，往特莱克兄弟公司办公室的窗外看去时，他能够用自己的眼睛去看。雪正越下越大，但是与刚才那部军车一样，这辆道奇也是四轮驱动，所以能够比较平稳地行进。在逆向的车道上，有一溜高高的车前灯照在路上，那是军方的运输车队，正从北边开往杰弗逊林区，而在这一边，茫茫大雪中出现了一个绿底白字的反光路牌：**德里 前方第5个出口**。

城市清雪车已经开走了，尽管高速公路上没有什么车辆（在这样的时间，即使是晴朗的夜晚也不会有很多车辆），但是通行不成问题。格雷先生把车速提高到每小时四十英里。他们经过了琼西从小就非常熟悉的三个出口（**堪萨斯街，机场街，阿普麦尔山/斯特罗幅德公园**），然后又放慢速度。

琼西突然觉得自己明白了。

他望着自己搬进这里面来的纸箱，多数都标着**杜迪茨**，少数是**德里**。标有**德里**的纸箱是一转念才搬进来的。格雷先生认为他仍然具有自己需要的记忆——需要的信息——但如果琼西对于他们的目的地没有猜错的话（按理不会有错），那么，格雷先生注定要大吃一惊了。琼西不知道是应该高兴还是害怕，他发现自己喜惧参半。

这时出现一个绿色的路牌，上面写着25**号出口——维奇汉姆街**。他的手拨了一下转向灯。

在坡道顶上，他左转进入维奇汉姆街，开了半英里之后，再左转上了卡特街。卡特街路面较陡，再度通向阿普麦尔山和堪萨斯街，它们位于一座曾经长满树木的较高的山梁和曾经繁华一时的密克马克印第安村落旧址的另一边。街道上的雪已经有好几个小时没有清除了，不过这辆四轮驱动车还能对付。公羊缓缓而行，两边有许多白雪覆盖的隆起物，都是无视镇里的雪天应急规定而停在街边的汽车。

上了一半后，格雷先生又转弯，这一次是开进一条名为“卡特哨所”的窄道。公羊一个侧滑，车尾摇摆起来。莱德抬头看了看，哼了一声，然后把鼻子重新抵在地垫上，这时轮胎也渐渐稳住，它们嵌入雪中，带着汽车慢慢往上爬去。

琼西凝神站在自己的世界之窗前，等待着格雷先生去发现……嗯，去发现。

到达山顶后，当公羊的远光灯只照见飞舞的大雪，而没有任何别的东西时，格雷先生起初并不惊讶。他相信自己过几秒钟就会看见，当然会看见……只需要再过几秒钟，他就会看见那座矗立在这里、俯瞰着堪萨斯街的白色高塔，塔身上的窗户一路螺旋上升。只需要过几秒钟……

只不过现在已经*不存在*再过几秒钟的问题。公羊费尽艰辛地爬到的地方是一座曾经被称为水塔山的山顶。眼前是一大块环形空地，“卡特哨所”——还有另外三四条类似的小道——在这里到了尽头。他们已经到达整个德里镇海拔最高、视野最为开阔的地点。大风呼啸着，平均风速每小时五十英里，阵风时每小时七十甚至八十英里。在公羊远光灯的照射下，雪花像无数匕首朝水平方向飞去。

格雷先生一动不动地坐着。琼西的双手从方向盘上垂下来，犹如从空中射落的鸟儿一般贴在琼西的身体两侧。最后，他终于咕哝道：“这是哪儿？”

他的左手抬起来，摸索着车门把手，奋力拉开车门。他伸出一条腿，但呼啸的狂风猛地将车门从他手中吹开，琼西一下子跪倒在积雪中。他重新站起身，一步步挪到车前，上身的外套被吹得鼓起来，牛仔裤的裤腿则像风中的船帆“呼啦”作响。由于这刺骨的寒风，这儿的气温到了零下好几度（在特莱克兄弟公司的办公室里，温度在几秒钟的间隙从凉爽变为寒冷），但是，占据着琼西的大部分头脑并驾驭着琼西的身体的那团暗红色的云却丝毫都不在乎。

“*这是哪儿？*”格雷先生对着猛烈的暴风雪咆哮，“*那×他娘的***水塔***在哪儿？*”

琼西没有必要提高嗓门，不管有没有暴风雪，哪怕他只一声低语，格雷先生也能听见。

“哈哈，格雷先生，”他说，“真他妈的不爽吧。看来你也上当了。水塔早在 1985 年就没有了。”

6

琼西觉得如果格雷先生待着不动，可能会像学前儿童那样大闹一场，也许还会在雪地里四处打滚，双脚乱踢；尽管想竭力克制自己，格雷先生还是暴饮起琼西的情感之泉，而且一旦开始就再也身不由己，就像一个酒鬼拿到了麦克道格酒吧的钥匙一样。

他并没有大闹一场或歇斯底里，而是拖着琼西的身体走过光秃秃的山顶，朝那尊石头底座挪去，他原以为在那儿会找到全市饮用水——七十万加仑——的储水设备。他摔倒在雪地里，又挣扎着爬起来，一瘸一拐地拖着琼西受过伤的髋部往前挪，然后又一次摔倒，又一次爬起来，口里还骂骂咧咧，对着大风吐出比弗那一大串孩子气的脏话：× 他祖宗，亲我的大腿，去他娘的，臭王八蛋，× 他奶奶的蛋。以前比弗（或者亨利和彼得）说出这些话时，总是显得很好笑。可此时此刻，在这座荒无人烟的山头上，当这个跌跌撞撞、长着一副人相的怪物对着铺天盖地的暴风雪吼出这些话时，这些话听起来却很可怕。

他——或者它（不管格雷先生是什么）——终于挪到底座旁，在汽车前灯的照射下，这尊底座异常清晰地凸显出来。它有小孩子那么高，大约五英尺，由普通的石头建成——这种石头也是无数新英格兰石墙的建筑材料。底座之上有两尊铜像，一个男孩和一个女孩牵着手，低着头，像是在祈祷或者哀悼。

积雪掩住了底座的一大半，但是钉在正面的牌匾还是露出了一截。格雷先生跪在地上，扒开积雪，只见上面写着：

纪　念

在 1985 年 5 月 31 日的暴风雨中

丧生的人们

以及孩子

所有的孩子

丧亲者协会

在这几行字上面，还有人用红漆喷了几个歪歪斜斜的大字，在车前灯的照射下，这几个字同样十分显眼：

贪小钱丢小命

7

格雷先生跪在那儿，盯着牌匾看了将近五分钟，对琼西渐渐失去知觉的四肢全然不顾。（他凭什么要在乎呢？琼西只是他租用的一个基本的工具，他可以想怎么用就怎么用，不用白不用。）他想弄明白这是怎么回事。暴风雨？孩子？丧亲者？贪小钱是什么人还是什么东西？最重要的是，*水塔在哪儿*，琼西的记忆不是一直都说在这儿吗？

最后他站起身，一瘸一拐地走回来，上了车，打开空调。一阵热气扑面而来，琼西的身体开始发抖。转眼间，格雷先生又回到紧锁的办公室门外，要求琼西解释。

“你干吗显得那么生气呢？”琼西的语气很温和，不过脸上还带着微笑。格雷先生能感觉到吗？“你以为我会帮你吗？得了吧，老兄——我不知道具体的情况，但是我很清楚你大体的计划：二十年之后，整个地球将成为一个巨大的红色球体，对吧？臭氧层里再也没有空洞，而且再也没有人了。”

“你少在我面前自作聪明！我警告你！”

琼西很想奚落格雷先生一顿，让他再发一次脾气，但他克制住了这种冲动。他相信这位不速之客无论多么生气，也不可能把他们之间的门吹倒，不过，验证这个想法又有什么意义呢？再说，琼西在情感上已经十分疲惫，他的神经在跳动，嘴巴里也又苦又涩。

“它怎么可能不在这儿呢？”

格雷先生一手捶在方向盘的中央。喇叭响了起来。牧羊犬莱德抬起头，睁着一双紧张的大眼睛看着坐在方向盘后的这个人。“你不可能骗我的！我掌握着你的记忆呀！”

“嗯……我*搬走*了一些。你没忘吧？”

“是哪一些？快告诉我。”

“我凭什么要告诉你？”琼西问，“你又能帮我什么忙？”

格雷先生没有出声。琼西感觉到他在查找各种文件。接着，一阵香气突然从底下的门缝以及空调通风口里飘了进来。都是他非常喜欢的味道：爆米花、咖啡，还有他妈妈做的杂烩鱼羹。他的肚子顿时咕咕叫了起来。

“当然，我没法让你吃到你妈妈做的杂烩鱼羹，”格雷先生说，“但是我可以让你吃东西。而你已经饿了，对吧？”

“你这样滥用我的身体，贪享我的感情，我不饿才怪。”琼西回答道。

“从这儿往南有个地方——叫戴萨特。根据你的记忆，那儿二十四小时营业，也就是全天营业。不过，关于这一点你是不是也在骗我呢？”

“我从来没有骗你，”琼西回答，“正如你所说，我不可能骗你。你控制着一切，你掌握着记忆库，除了这里面的东西之外，其他的一切都被你掌控了。”

“什么叫*这里面*？怎么可能有一个*这里面*？”

“我也不清楚，”琼西说的是实话，“我怎么知道你会让我吃东西呢？”

“因为我*只能*这样。”格雷先生在门外说，琼西发现格雷先生说的也是实话。如果你不经常给机器加加油，机器就会停止运转。“不过，如果你满足我的好奇心，你会让你吃你喜欢的东西。否则……”

从底下门缝里飘进来的气味变了，变成了花椰菜和抱子甘蓝的刺鼻气味。

“好吧，”琼西说，“我把我所知道的都告诉你，到了戴萨特你就让我吃薄饼和熏肉。二十四小时都有早餐供应，你知道。说定了？”

“说定了。把门打开，我们握手为定吧。”

琼西暗吃一惊，不由得笑了——这是格雷先生第一次表现出，而且表现得还真不错。他瞥了一眼后视镜，看见那张不再属于他的嘴巴上有着同样的笑容。那*真有点儿*令人毛骨悚然。

“我看握手就免了。”他说。

“告诉我吧。”

“好的，不过我先提醒一句——你如果对我爽约的话，就再也不会有许诺的机会了。”

“我会记在心里的。”

汽车停在水塔山的山顶，车身在弹簧上微微晃动，车前灯照出两道圆形光柱，上万片雪花在其中飞舞。琼西把自己所了解的一切向格雷先生娓娓道来。他觉得，就讲恐怖故事而言，这里是绝妙的好地方。

8

对德里来说，1984 年和 1985 年简直是流年不利。1984 年夏天，当地的三个小青年把一名同性恋者扔进运河，要了他的性命。在随后的十个月里，有六名儿童遭到谋杀，显然是一个有时扮成小丑的精神病患者所为。

“这位约翰・韦恩・加希是什么人？”格雷先生问，“那些孩子是他杀的吗？”

“不是他，是来自于中西部的一个作案手法类似的人干的，”琼西说，“对我脑海里这种信息的互相查证，你弄不懂吧？我敢说在你的老家没有多少诗人。”

格雷先生无言以对。琼西猜想他可能不知道诗人是怎么回事，而且也懒得在乎。

“总的来说，”琼西说，“最后一桩可怕的事情是一场罕见的飓风。飓风在 1985 年 5 月 31 日突然袭来。有六十多人丧生。水塔被吹倒了。水塔滚下山去，落在堪萨斯街上。”他指着汽车的右边，那儿的山坡陡峭地消失在黑暗中。

“整整一百万加仑的水，有差不多四分之三朝阿普麦尔山倾泻而下，然后冲向市区，整个市区也几乎给毁了。我当时在上大学。暴风雨袭来的那一周我正在参加期末考试。我爸爸打电话告诉了我这个消息，不过我当然已经知道了——大水上了国内新闻。”

琼西顿了顿，沉吟着，一边环顾着办公室，办公室里不再是空荡荡、脏乎乎的，而是装饰一新（他的潜意识已经给这里添加了一张沙发和一把埃姆斯椅，沙发是家里的，椅子是他在现代艺术博物馆的展览目录上看到过的，很漂亮，可是他买不起），非常舒适……显然比劫掠他身体的那个家伙此刻不得不面对的冰天雪地要舒服多了。

“亨利也在读书。在哈佛大学。彼得在西海岸游荡，过着嬉皮士的生活。比弗上了南部的一所专科学校，用他自己后来的话说，修习的是大麻和电子游戏专业。”那场威力巨大的暴风雨袭来时，只有杜迪茨还留在德里……但是，琼西发现自己不愿意说出杜迪茨的名字。

格雷先生一言不发，但琼西明显感到了他的不耐烦。格雷先生唯一关心的是水塔，以及琼西怎样要弄了他。

“听着，格雷先生——如果说真有所谓要弄的话，那是你要弄了自己。我只不过是找到几个标有**德里**的纸箱，然后在你忙着干掉那可怜的士兵时，把它们搬了进来。”

“那些可怜的士兵从天上乘船而来，杀光了我的族类，只要是他们能找到的一个都不留。”

“得了吧。你们的人到这儿来，可不是为了欢迎我们进入银河系。”

“如果我们的确是来邀请你们加入银河系的，情况会有什么不同吗？”

“也别跟我来这套假设了，”琼西说，“在你那么对付彼得和那个大兵之后，我压根儿都不想跟你开展什么智性的讨论。”

“我们要干不得不干的事情。”

“也许吧，可你如果指望着我来帮你，那你真是疯了。”

那条狗更加不安地望着琼西，显然对这种自己跟自己争个不休的主人很不习惯。

“水塔在1985年——也就是十六年前——倒了，而你偷走了这段记忆？”

“从根本上说，没错，不过如果上了法庭，我看你这么说可就没什么好处了，因为那些记忆本来就是我的。”

“你还偷走了哪些？”

“这个问题该由你来回答我。”

门上响起气急败坏的一记重拳。琼西又一次想起《三只小猪》的故事。吹吧，用力吹吧，格雷先生；好好享受发怒的快感。

但格雷先生显然已经从门外离开了。

“格雷先生？”琼西叫道，“喂，别这么生气地走了，好吗？”

琼西猜想，格雷先生可能开始了新一轮的信息搜寻。水塔不在了，可德里还在；所以，全市的用水一定来自于某个地方。琼西知道那个地方的位置吗？

琼西不知道。他只是隐约记得，那年夏天从大学回来后，喝了许多瓶装水。后来水龙头里终于又有水了，可是对一个一心只想脱掉玛丽·施拉特的裤子的二十一岁的小伙子来说，这算得了什么？既然有水了，你就喝呗。只要它不让你呼吸急促或全身颤栗，你才不在乎它是从哪儿来的。

格雷先生是不是觉得沮丧了？或者这只是琼西的想象？琼西从心底里希望不是这样。

应该是大为沮丧……在他们玩世不恭的青年时代，他们四个人一准会称之为“倒他妈的大霉了”。

9

罗伯塔·卡弗尔从一个令人不快的梦中醒来，转头往右边看去，以为看到的可能只是一片漆黑。但是，床边闹钟上那令人宽慰的蓝色数字仍然在闪烁，看来还没有停电。这还真是很出乎意料，因为外面正刮着那么大的狂风呢。

蓝色数字显示的是凌晨1：04。罗伯塔打开床头灯——能用的时候不妨多用用吧——端起杯子喝了口水。是风把她惊醒的吗？还是那可怕的梦？没错，那个梦是很可怕，好像有外星人在释放死亡射线，大家四处奔跑。不过她觉得原因不在这里。

就在这时，风暂时停了，她听到了那个让她醒来的声音：杜迪茨从楼下发出的声音。杜迪茨……在唱歌吗？这可能吗？她觉得不可能，因为他们两个人度过了一个可怕的下午和晚上。

“比弗——死了！”从两点到五点之间的大部分时间里，杜迪茨不停地喊着，比弗死了！看上去悲痛欲绝，终于闹得自己流起了鼻血。她害怕这样。当杜迪茨流鼻血时，有时候怎么也止不住，最后不得不去医院。这一次她把棉花塞进他的鼻孔里，然后捏着他的鼻子往上提，总算止住了血。她给布里斯科医生打了个电话，想问一问能否给杜迪茨服一颗黄色安定片，可是很抱歉，布里斯科医生去了拿骚。值班的是另一位医生，一位从来没有见过杜迪茨的白大褂，所以罗伯塔根本就没有去麻烦他。她直接给杜迪茨服了安定，然后用他喜欢的柠檬味甘油药签润了润他那可怜的干枯的嘴唇以及口腔——他的口腔里总是发生溃疡和糜烂。即使化疗结束也不会好转。但是化疗已经结束了。所有的医生——不管是布里斯科还是别人——都不会承认这一点，尽管那根塑料导管还留着，但化疗已经结束了。罗伯塔再也不许他们让她的孩子遭那种罪了。

服过药后，她陪他上了床，搂着他（对他身体的左侧很小心，因为绷带下有留置的导管），给他哼着歌儿。但不是比弗的催眠曲。今天不行。

后来他终于平静下来，当她觉得他已经睡熟时，才轻轻地把他鼻孔里的棉花拉出来。第二个稍稍粘住，于是杜迪茨睁开了眼睛——那双动人的绿眼睛。她有时想，他的眼睛才是上天的恩典，而不是别的什么……看到路线以及诸如此类的事情。

“妈妈？”

“嗯，杜杜。”

“比弗——上——天堂了？”

听到这句话，同时想到比弗特别喜欢、一直穿到烂为止的滑稽的皮夹克，她不禁悲从中来。换了是别的人，是除了这四位儿时伙伴以外的任何人，她都会怀疑杜迪茨的预感。但如果杜迪茨说比弗已经死了，那比弗几乎肯定是死了。

“是的，宝贝，我肯定他已经上天堂了。快睡吧。”

那双绿眼睛又定定地看了她一会儿，她还以为他又要大哭了——只见一颗很大的泪珠顺着他胡子拉碴的面颊滚下来。刮胡子对他是个大难题，有时候，诺尔科牌刮胡刀哪怕是刮破一道小口，都会流血几个小时不止。可他随后又闭上眼睛，于是她轻手轻脚地走出去。

天黑之后，她正在给他做麦片粥（现在除了这种最清淡的食物之外，其他的任何东西都可能引起呕吐，这又是一个征兆，说明最后那一刻已经不远了），之前的噩梦突然又开始。来自于杰弗逊林区的各种越来越奇怪的消息原本已经让她心惊肉跳，这时她飞快地冲进他的房间，心脏都恨不得要跳了出来。杜迪茨又坐了起来，一个劲地摆着头，像孩子般地拒绝着什么。他的鼻子又开始流血了，随着脑袋的摆动，一滴滴鲜血洒了出来。鲜血溅落在他的枕套、奥斯丁·鲍尔斯的签名照（照片底下写着："太棒了，小子！"）以及床头柜上的瓶瓶罐罐（漱口水，可俾静，安定片，各种似乎毫无作用的维生素，还有一大罐柠檬药签）上。

这一次他说是彼得死了，可爱（虽然并不特别聪明）的彼得·穆尔。亲爱的上帝啊，这是真的吗？有哪些是真的吗？还是全都是真的？

这第二次歇斯底里的痛苦发作没有第一次那么长，也许是因为杜迪茨已经被第一次折腾得精疲力竭。她止住了他的鼻血——算她走运——把他扶到窗户边的座椅上，然后帮他换了床单、枕套等。他坐在窗户边，望着新一轮的大风雪，偶尔抽泣两声，有时还长长地叹口气，他的叹息让她心如刀绞。仅仅是看着他都让她心痛：他是那么消瘦，那么苍白，头发也掉光了。想到他的头挨玻璃太近，一定很冷，她就把他那顶红袜队的球帽给了他，帽檐上有大名鼎鼎的佩德罗·马丁内斯的签名（她有时想道，当你时日不多的时候，你会得到那么多的好东西），但是这一次，杜迪茨却不愿戴上。他只是把帽子放在腿上，睁着一双痛苦的大眼睛，凝望着窗外的黑夜。

她终于把他重新安顿上床，她儿子又一次望着她，那双绿眼睛回光返照般地闪闪发亮。

"彼得——也上——天堂了？"

"是的，我能肯定。"她不想哭，竭力控制着自己不要哭——以免又惹动了他——可是她能够感到眼泪在打转。她脑子里装满了泪水，每次吸气的时候，鼻子里总是感觉到一丝咸意。

“跟比弗——在天堂？”

“是的，宝贝。”

“我会——在天堂——见比弗——和皮特？”

“是的，你会的。你当然会的。但是要等到很久以后。”

他闭上眼睛。罗伯塔坐在他的床边，低头看着自己的双手，觉得伤心极了，孤单极了。

现在她匆匆忙忙下了楼，是的，是在唱歌，没错。由于她已经非常流利地掌握了杜迪茨的语言（当然会这样，三十多年来，这一直是她的第二语言），所以不用多想，她就能听清那些含混的词语：酷比——酷比呀，你去——哪儿了？我们——开工了。我告诉——你了，酷比——酷比呀，我们——需要——帮手了。

她走进他的房间，也不知道自己会看到什么。但显然不是眼前的景象：每一盏灯都亮着，杜迪茨穿戴整齐，这是他自从上次（据布里斯科医生所说，也很可能是最后一次）好转以来第一次这样。他穿上了心爱的灯芯绒裤，格林奇汗衫上套着羽绒背心，还戴上了红袜队的球帽。他坐在窗户旁的椅子上，望着外面的夜色。没有愁眉苦脸；也没有一滴眼泪。他望着窗外的风雪，明亮的眼中满是迫切，这种眼神把她带回到了很久很久以前——只是到了后来，疾病不幸降临，那些遮遮掩掩的症状极易让人忽略：就算是在后院玩一会儿飞碟，他也会疲惫不堪，气喘吁吁，即使是稍微碰了一下，他也会青紫一大片，而且久久难以消退。不过在很久很久以前，他曾经就像现在这样，当时……

但是她想不下去了。她惊惶得想不下去。

“杜迪茨！杜杜，怎么——”

“妈妈！我的——饭盒呢？”

“在厨房里，可是杜杜，现在是半夜呀。外面还在下雪！你哪儿……”

后半句当然是也不能去，但是这几个字她却说不出口。他的双眼是那么有光彩，那么有生气。看到他眼中那强烈的光彩，她也许该高兴才是，可她却一阵恐惧。

“我要——饭盒！我要——饭盒！”

“不行，杜迪茨。”语气要坚决一些。“你得脱掉衣服，回床上去。这才是你要做的事情，是你唯一要做的事情。好了，我来帮你。”

可是当她走过去时，他却举起双臂，交叉着放在瘦削的胸前，右手掌贴在左脸上，左手掌贴在右脸上。从很小的时候起，这就是他所能表示的唯一反抗方式。通常都会奏效，现在也是这样。她不想再让他伤心，说不准又会让他流鼻血。不过，她也不会在凌晨一点一刻帮他做好午餐，放进他的史酷比饭盒里。绝对不会。

她退到床边坐了下来。房间里很暖和，可她却很冷，即使是穿着厚厚的法兰绒睡衣。杜迪茨缓缓地放下双臂，戒备地望着她。

“如果不想睡的话，你可以不睡，”她说，“可是为什么呢？是不是做梦了，杜杜？做了一个噩梦？”

也许做梦了，但不是噩梦。他脸上那迫切的神情表明不是噩梦，她蓦然想起这种神情：在八十年代的时候，在那段美好的时光里，他就常常带着这种神情；但是后来，亨利、彼得、比弗还有琼西都各奔前程，大步流星地走进他们的成年生活，而忘记了落在后面的杜迪茨，于是打电话的次数越来越少，来看他的次数更是屈指可数。

特殊感觉告诉他朋友们要过来陪他玩时，他就是现在这种神情。有时他们会一起去斯特罗福德公园或荒坡一带（他们本来不该去荒坡那儿，可他们还是去了，她和艾尔斐其实都知道，而且其中的一次还让他们上了报纸的头版）。有时艾尔斐或别的哪位家长会带他们去机场街那儿的小高尔夫球场或纽波特的游乐场。每当这时，她都会给杜迪茨准备三明治、小点心和一瓶牛奶，装进史酷比饭盒里。

他以为他的朋友们要来了。他想到的一定是亨利和琼西，因为他说彼得和比弗——

她坐在杜迪茨的床边，双手叠放在腿上，脑海里突然出现可怕的一幕。在凌晨三点那个万籁俱寂的时刻，她听见一声敲门声，然后看见自己开了门，她心里很不愿意开门，可是却身不由己。出现在门口的是已故的人，而不是活着的人。是比弗和彼得，时间又回到了童年时代，回到了她与他们初次见面的那一天，回到了他们为杜迪茨打抱不平、使他免受天知道是怎样龌龊的恶作剧并把他平安送回家来的那一天。在她脑海中的那一幕里，比弗穿着那件有很多拉链的摩托衫，彼得穿的是那件他引以为荣的、左胸印有 NASA 字样的圆领毛衣。她看到他们冰冷苍白，眼神像僵尸的眼神一样黯淡呆滞。她看到比弗走上前来——对她不再有笑容，不再有印象；当乔·比弗·克拉伦顿伸出那双苍白的海星般的手时，完全是一副例行公事的样子。我们是来接杜迪茨的，卡弗尔太太。我们已经死了，现在他也死了。

她不由得打了一个寒噤，双手绞得更紧了。杜迪茨没有看到这些；他又在望着窗外，脸上充满了迫切与期待。他又一次轻轻地唱了起来。

“酷比——酷比呀，你去——哪儿了？我们——开工了……”

10

“格雷先生？”

没有回答。琼西站在办公室门口，现在这里十足就是他自己的办公室，除了窗户上的灰尘（那姑娘掀起裙子的黄色照片已经变成梵·高的《金盏花》）之外，已经不再有特莱克兄弟公司办公室的任何遗迹。他感到越来越忐忑不安。那王八蛋在找什么呢？

“格雷先生，你在哪儿？”

这一次还是没有回答，但可以感觉到格雷先生正在返回……而且兴高采烈。那狗娘养的正兴高采烈。

琼西很不喜欢这样。

“听着，”琼西说，双手仍然贴在这间庇护所的门上，额头也顶在上面，“我给你提个建议吧，朋友——你已经有一半是人了，干吗不入乡随俗呢？我想我们可以和平共处，我可以带你到处转转。冰淇淋很好吃，啤酒就更美了。你说怎么样？”

他觉得格雷先生会感兴趣的，因为一个本质上没有形体的生物只有在别人答应给它形体时——这是童话里才有的交易——才会受到诱惑。

不过诱惑力还不够大。

传来了起动机的旋转声，接着是汽车发动机的轰鸣。

“我们这是去哪儿呀，兄弟？总以为我们能够离开水塔山，是吧？”

没有回答，只有那种格雷先生在找什么东西……并且找到了的忐忑之感。

琼西急忙跑到窗前，正好看到车前灯从屹立在那儿纪念死者的碑座上扫过。那块牌匾又被雪遮住了，这表明他们在这里已经待了一会儿了。

道奇公羊缓慢而小心地驶过深及保险杠的积雪，下山了。

二十分钟后，他们重新回到高速公路，再一次向南行进。

第十七章　英　雄

1

欧文不能大声叫醒亨利，这家伙累极了，睡得太沉，所以他只好用思想来叫醒他。由于拜拉斯在继续生长，他发现这样更为容易。他右手的三个手指都长出了拜拉斯，左边耳廓里也塞满了，里面毛茸茸、痒乎乎的。他还掉了几颗牙，不过豁口里好像没有长出什么东西，起码现在还没有。

克兹和弗雷迪都没有感染，这得归功于克兹敏锐过人的本能，但是，欧文和乔·布雷基那两架幸存的“蓝小子”直升机上的所有成员都感染了大量的拜拉斯。自从在杂物间里跟亨利谈过话后，欧文就不断听见同伴们的声音，他们在一个原本未被发现的空间里交流。他们目前都掩饰着自己的感染，就像欧文自己一样；一层层厚重的冬衣帮了大忙。可这维持不了多久，他们都感到不知所措。

相形之下，欧文觉得自己还算幸运。至少他还有一件事情可干。

欧文站在杂物间的后墙外，隔着充了电的铁丝网，又抽起一支他并不想抽的烟，一边寻找着亨利，并发现亨利正顺着一片灌木丛生的陡坡往下爬。头顶传来孩子们打棒球或垒球的声音。亨利还是个十几岁的孩子，正喊着什么人的名字——珍妮？还是裘丽？这没关系。他正在做梦，不过欧文需要他回到现实世界中来。他已经尽量让亨利多睡了一会儿（打算的比他原本几乎多出一个小时），但是他们如果想把这场戏演起来，现在时间到了。

亨利，他叫了一声。

那孩子吃惊地回过头来。他旁边还有几个孩子；有三个——不，是四个，其中一个正朝一截水管里张望。他们的样子很模糊，看不清楚，不过欧文并不在乎他们。他要找的是亨利，而且不是这位满脸粉刺、一脸讶然的少年亨利。他要的是成年亨利。

亨利，醒一醒。

不，她就在里面。我们得把她救出来。我们——

我才懒得在乎她呢，不管她是谁。你醒一醒。

不,我——

到时间了，亨利，醒一醒。醒一醒。你他妈的快——

2

醒过来！

亨利气喘吁吁地坐起身，一时不知道自己是谁或置身何处。这真是糟糕，不过还有更糟糕的：他还不知道自己置身何时。他现在是十八岁还是三十八岁？还是在这两者之间？他能闻到青草的味道，能听见球棒击球的声音（是垒球球棒；是姑娘们在打，穿着黄裙子的姑娘们），他仍然能听见彼得大声叫着她就在里面！伙计们，我想她就在里面！

“彼得看到了，他看到路线了。”亨利嘟哝道。他也不清楚自己在说些什么。梦境在渐渐退去，各种明亮的形象消失了，取而代之的是某件黑暗的事情。某件他不得不做——或者说不得不努力去做——的事情。他闻到了干草味，隐隐约约还有大麻的甜酸味。

先生，你能帮帮我们吗？

那双鹿一般的大眼睛。玛莎，她就叫这个名字。事情渐渐清晰起来。也许不能，他当时回答道，然后又加了一句不过也许能。

醒一醒，亨利！三点三刻了，别做春梦了，赶紧起来吧。

这个声音很有力量，而且近在眼前，猛然间把其他的声音都压了下去；就像是从一部刚刚换过电池而且音量被调到最高的随身听里传来的声音。是欧文·安德希尔的声音。他自己是亨利·德夫林。如果他们打算去干那件事，现在时间到了。

亨利站起身，感觉腿上、后背、肩膀和脖子到处都酸疼，不禁蹙紧了眉头。在肌肉没有痛感的地方，因为继续生长的拜拉斯而痒得出奇。他觉得自己仿佛一百岁了，不过，当他朝那扇脏乎乎的窗户迈出第一步时，又觉得自己更像是一百一十岁。

3

欧文看见他的身影出现在窗口，便点点头，松了口气。亨利走动的样子就像碰到了坏天气的玛士撒拉[①]，不过欧文有样东西可以解决这个问题，起码可以暂时解决。是他从那间新搭建的医务室里偷来的，医务室里忙成一团，所以没有人注意到他的进出。当时他一直用亨利教给他的两段干扰词保护着自己的思想表层。那两段干扰词是：骑着木马去班布里和是的我们能行，是的我们能行，是的我们能行，全能的老天在上。看来它们多少有些作用——他招来了几道不解的眼神，但是谁也没有问他任何问题。就连天气也仍然对他们有利，暴风雪的猛烈势头丝毫未减。

现在他能透过窗户看见亨利的脸了，那张苍白而模糊的椭圆形面孔正望着他。

我不知道这是怎么了，亨利发送了一条信息，伙计，我没法走路了。

我有办法。你从窗边闪开。

亨利问也没问就退开了。

在欧文的风雪大衣的一个口袋里，装着一个小金属盒（钢制盒盖上印有 USMC[②] 几个字母），盒子里装着他现役期间的各种证件——这个盒子是去年圣多明各任务之后，克兹送给他的礼物，真是个绝妙的讽刺。他的另一个口袋里装有三块石头，是从他的直升机底下捡的，那儿没有什么积雪。

他掏出一块不小的花岗岩，随即却骇然顿住，因为他脑海中出现

---

① 《圣经》中的人物，享年九百多岁。常用来指高寿老人。

② 美国海军陆战队。

了一幕清晰的情景。“蓝小子领队”机组的成员之一、在行动中丢掉两根手指的迈克·卡瓦诺正坐在控制区内一辆半挂车的车厢里。与他一起的还有弗兰克·贝尔森，另一架得以幸存下来返回基地的武装直升机——布雷基的“蓝小子三号”——的成员。两人中不知是谁揿亮了一只装有八节电池的大手电筒，然后把它像电蜡烛一般竖在那里。一束亮光射进黑暗之中。这是此刻正在发生的事情，而且距离一手拿着石头、一手拿着金属盒的欧文所站之处不到五百英尺。卡瓦诺和贝尔森并肩坐在挂车的地板上。两人都长出浓密的红胡子般的东西。在卡瓦诺的断指上，那东西甚至从绷带里伸了出来，长势正茂。他们拿着自动步枪，枪口塞在嘴里。两个人视线相接，两心相通。贝尔森在倒数：*五……四……三……*

“伙计们，别这样！”欧文惊呼出声，却丝毫不知道他们是否听见了他的话。他们之间的联系太过强大，因为有二人坚定意志的熔铸。他们是根据克兹的命令而在今晚采取这一行动的第一批人；欧文觉得他们不会是最后一批。

欧文？亨利在问，欧文，怎么——

随即他也看到了欧文所看到的一切，惊骇之下，不禁哑然。

……二……一

两声枪响被呼啸的风声和四台发电机的轰鸣淹没。在昏暗的光线下，两股鲜血和脑浆像魔术一般从卡瓦诺和贝尔森的头顶喷溅而出。欧文和亨利看到贝尔森的右脚最后痉挛了一下，碰倒了手电筒，于是一时间，他们看清了卡瓦诺和贝尔森那扭曲的、长满拜拉斯的面庞。接着，电筒在车厢的地板上一路滚去，在铝制厢壁上投下一圈移动的光影，然后那一幕暗了下去，就像拔出插头之后电视屏幕上的画面暗淡下去一样。

“天啊，”欧文低声说道，“老天！”

亨利又出现在玻璃窗后面。欧文示意他退开之后，把石头扔了过去。虽然距离很近，他的第一下却没有命中，而是落在目标左侧那饱经风霜的墙板上，然后弹了开去，玻璃完好无损。他掏出第二块石头，缓缓地深吸一口气，又扔了出去。玻璃应声而碎。

有你的邮件，亨利。扔进去了。

他把金属盒从砸破的玻璃窗里扔了进去。

4

盒子在杂物间的地上弹了几下，亨利把它捡起来打开。里面有四小包用锡箔纸包着的东西。

这是什么？

袖珍火箭，欧文回答，你的心脏怎么样？

据我所知还不错。

好的，这东西很厉害，跟它相比，可卡因差不多算是安定了。每包有两颗。你服三颗。把其余的留着。

我这儿没有水。

嚼下去，帅哥——你不是还剩些牙齿吗？这句话里有毫不掩饰的怒意，亨利起初感到不解，但他马上就明白了。在这个凌晨，如果有什么东西他应该明白的话，那就是突然失去朋友的痛苦。

药片是白色的，上面没有制药公司的名字，嚼碎之后味道非常苦，难以下咽。

效果几乎是立竿见影。他把欧文那个印有USMC字样的盒子揣进裤袋时，心跳已经加倍了。而当他重新回到窗口时，心跳已经成了刚才的三倍。随着胸腔里每一次快速的搏动，他的眼睛似乎也在眼窝里跳动。不过这并不痛苦；相反，他还感到十分美妙。不再睡意沉沉，各种疼痛似乎也烟消云散。

"喂！"他叫道，"大力水手真该试试这玩意儿！"接着他忍俊不禁，既是因为现在说起话来好像很怪异——几乎是很苍老——也是因为感觉好极了。

悠着点儿，行吗？

好吧！**好吧！**

就连他的思想似乎也平添了一种崭新而无形的力量，而且亨利觉得这并不是他自己的凭空想象。虽然这旧杂物间里的光线比整个控制区的其他地方要弱，但他还是能清楚地看到欧文瑟缩了一下，并抬手捂住脑袋的一侧，仿佛有人对着他的耳朵大吼了一声。

对不起，他发了一条信息过去。

没关系，只不过是你的力量太强了。你身上一准长满了那狗屁东西。

其实我没有，亨利回答。刚才梦中的一刹那又回到眼前：他们四个人在那片较陡的草地上。不，是五个人，因为杜迪茨也在那儿。

亨利——还记得我说过我会在哪儿吗？

控制区的西南角。与牲口棚正好对角相望。可是——

没有什么可是。我会在那儿等着。如果你想搭车离开这地方，最好也去那儿。现在是……欧文停下来看了看手表。亨利想，如果那只手表还在走的话，就一定是发条手表……四点差两分。我给你半个小时，如果到时候牲口棚里的人还没有行动起来的话，我会给围栏断电。

半个小时可能不够，亨利说。尽管他只一动不动地站在这里，望着外面欧文在风雪中的身影，但他呼吸急促，仿佛在赛跑一般。他的心跳似乎也与赛跑时一样。

不够也得够，欧文给他发来信息，围栏上有报警装置。会响起警报。还会亮起很多灯。这里处于全面警戒状态。直升机被引爆后，我会给你五分钟——也就是数三百下——如果你还没有到的话，我就远走高飞了。

没有我，你永远也找不到琼西。

即使这样，也并不意味着我得在这儿陪你搭上性命，亨利，他耐着性子，像是对一个小孩子说话，如果你五分钟之内不能跟我会合，反正我们两个人都没有机会了。

刚才还有两个人自尽了……这样的倒霉蛋不会只有他们两个。

我知道。

亨利脑子里快速闪过一个画面，一辆侧面写着**米利诺基特校车**字样的黄色校车里，有四五十颗咧着嘴的骷髅头正望着窗外。亨利知道那是欧文·安德希尔的伙伴们，是昨天早晨与欧文一起到达的那批人。此时此刻，他们要么死期将至，要么已经命归黄泉。

别管他们了，欧文告诉他，我们现在要担心的是克兹的地面力量。特别是“帝国山谷”。如果他们真的存在的话，你最好相信他们一定会服从命令，而且都训练有素。训练有素的队伍总是能够乱中取胜——这正是训练的目的所在。如果你磨磨蹭蹭，他们会把你烤熟烤焦。报警器一响，你就只有五分钟了。也就是数三百下的时间。

欧文的逻辑虽然让人难以接受，却无法反驳。

好吧，亨利说，那就五分钟吧。

你从一开始就不该这么干，欧文告诉他。亨利感觉到欧文在说出这个念头时，心里还百感交集：有挫败感、负罪感，还有不可避免的恐惧——欧文·安德希尔害怕的并不是死亡，而是失败。如果你说的都是真的，那么一切都有赖于我们能否从这儿安全脱身。你可能是在拿全世界冒险，仅仅是为了牲口棚里那几百个蠢蛋……

你的上司是不会这么干的，对吧？

欧文的反应是有些意外，不过他不是用言语表达，而是向亨利的头脑里发来一幅漫画。接着，尽管外面狂风大作，亨利还是听到了欧文的笑声。

让你说中了，帅哥。

不管怎么样，我会让他们行动起来的。我是一位鼓动家。

我知道你会尽力的。亨利看不见欧文的脸，但感觉到了欧文脸上的笑意。这时欧文说出声来：“然后呢？再跟我说一遍。”

为什么？

“可能是因为军人也需要鼓动，特别是当他们准备反戈一击时。别用心灵感应——我要你清清楚楚地说出来。我要听到那几个字。”

亨利望着围墙外那个瑟瑟发抖的身影，说：“然后，我们就成了英雄。不是因为我们希望这样，而是因为别无选择。”

在外面的风雪中的欧文点了点头。他一边点头，一边微笑着。“当然了，”他回答，“就该他妈的是这样。”

亨利的脑海中闪过一个小男孩将盘子举过头顶的身影。对面这个人多么希望小男孩能把盘子放回原处——几十年来，那个盘子一直让他不得安宁，而且永远也放不回去了。

5

平常从不做梦、因而心理不够健全的克兹醒了过来。像往常一样，他前一秒钟还迷迷糊糊，下一秒钟便完全清醒，对周围的一切了然于心。还活着，哈利路亚，哦没错，还好端端地活着。他转头想看看时间，可那只该死的钟虽然有漂亮的防磁护套，还是又停了，只是不断地闪烁着 12：12：12，犹如一个结巴卡在一个词上，怎么也说不下去。于是他拧开床头的台灯，从床头柜上拿起怀表看了看。四点零八分。

克兹放下怀表，挪动双腿，赤脚踩在地上站起身来。他意识到的第一样东西就是风，大风像一条呜呜叫的狗似的仍在呼啸。他的第二个意识是，他头脑里那遥远的叽叽喳喳声彻底消失了。心灵感应已经结束，克兹不禁感到高兴。那玩意儿就像某些性行为一样，让他从心底里深感不快。有人可能会进入他的头脑，探访他的浅层思想……简直太可怕了。仅凭这一点，仅凭他们带来的这种可恶的特殊礼物，灰人就活该被消灭。感谢上帝，这种异能只是昙花一现。

克兹褪掉灰色运动短裤，赤条条地站在嵌于卧室门上的镜子前，仔细打量着自己。他的目光从双脚开始（那儿已经露出青筋），最后落在自己的头顶，渐渐花白的头发因为睡觉而乱蓬蓬地竖在那儿。他已经六十岁了，不过看起来还不错；最糟之处也就是双脚两侧暴起的青筋。他的命根子也还精神抖擞，尽管他一直很少让它派上用场；女人大多是毫无忠诚可言的小人。她们会把男人吸干。在他隐秘变态的内心深处，连他的疯狂也变得古板，受到挤压，终至于毫无趣味，因此他认为所有的性爱都是徒劳之举。即使是出于生儿育女而为之，其结果也往往是一个与臭鼬相差无几的、长有大脑的肉瘤。

接着克兹让自己的目光离开头顶，重新缓缓下降，查找可能出现的任何一块红印，包括最为细小的红点。什么也没有。他转过身子，尽量从肩膀上扭过头去检查后背，还是没有。他扒开自己的屁股缝，摸索了一下，接着将一根手指插进肛门，深及两个指关节，感觉除了肉之外，什么也没有。

“我没有感染，”他在温尼贝戈房车的小卫生间里一边轻松地洗手，一边低声说，“全身上下干干净净。”

他穿上短裤，然后坐在床边穿袜子。没有感染，谢天谢地，干干净净。没有感染，这真是个好词。心灵感应所带来的不快——犹如许多人汗津津地贴在一起——已经无影无踪。他没有长出一丝里普利菌；他连舌头和牙龈都检查过了。

那么他是因为什么醒过来的呢？为什么他的头脑里响起了警钟？

因为心灵感应不是超感认知的唯一方式。因为早在灰人了解到巨大的星际图书馆里还藏有地球这样一个落满尘埃、少被问津的阅览室之前，那个被称为本能的小东西就已经存在，而本能是他这种穿着军装的智人的专长。

“是直觉，”克兹说，“典型的美国式直觉。”

他穿上长裤。接着，他上衣还没有穿就拿起放在床头柜上怀表旁边的对讲机（已经四点十六分了，时间真是过得飞快，快得就像一辆刹车失灵的汽车冲下山坡，朝一个交通拥挤的十字路口直奔而去）。这部对讲机是一种特殊的数码产品，不仅可以加密，据说还能抗干扰……不过，只要看一眼那台据说具有防磁功能的数码钟，他就知道这些玩意儿都不可能具有所谓的抵抗作用。

他按了两下**发送／呼叫**键。弗雷迪·约翰逊马上回应，而且听上去睡意不是太沉……哦，可在这关键时刻，克兹（原名罗伯特·昆兹，名字，名字，名字算得了什么）多么希望安德希尔能在身边。*欧文，欧文，他想，在我最需要你的时刻，你为什么一定要跟我作对呢，小子？*

“头儿？”

“我要把‘帝国山谷’行动提前到六点钟。也就是说，‘帝国山谷’行动在六点整开始。你听到了吗？马上回答我。”

可弗雷迪却解释说这不可能，换了是该死的欧文的话，肯定不会这样唠唠叨叨。他让弗雷迪啰嗦了四十秒钟左右，然后说道：“闭上你的臭嘴，你这狗娘养的。”

弗雷迪大惊之下，不再做声。

“这儿好像要发生什么事情。我不清楚到底是什么，但是我脑子里有警钟在响，让我从沉睡中醒来。我不会无缘无故地把你们这些小伙子姑娘们召集起来，如果你希望到晚餐时间还能呼吸，就最好让他们行动起来。告诉嘉拉格要好好表现。明白了吗，弗雷迪？”

“明白了，头儿。有件事儿得向您汇报——据我所知，已经有四个人自杀了。可能还不止这些。”

克兹既没有吃惊，也没有恼怒。在特定情况下，自杀不仅可以接受，而且是崇高行为——是男子汉的终极壮举。

“是直升机里的人吗？”

“是的。”

“没有‘帝国山谷’的人吧？”

“是的，头儿。没有‘山谷’的人。”

“好的。快行动吧，伙计。我们有麻烦了。我不清楚到底是什么，但是我知道它已经来了。是大麻烦。”

克兹把对讲机扔回床头柜上，继续穿衣服。他想再抽支烟，却发现已经一支不剩了。

6

戈斯林老头的牲口棚里曾经关过大群奶牛，如今，棚子内部的条件也许难以达到美国农业部的标准，但棚子整体依然完好。士兵们安装了几只大功率灯泡，将各个隔栏、挤奶位以及下面和阁楼都照得亮如白昼。他们还在这儿放了几台取暖器，使里面暖烘烘的，几乎有些热腾腾的感觉。亨利一踏进门，就拉开外套的拉链，可还是觉得脸上渗出了汗珠。他猜想这可能与欧文给他的药有关——进来之前他又嚼了一片。

他环顾了一下四周，第一个印象是这个牲口棚像极了他所见过的诸多难民营：马其顿的波斯尼亚塞族人难民营，美国海军舰队登陆太子港后海地叛乱者们的难民营，由于疾病、饥饿、内战或者三个原因都有而背井离乡的非洲流亡者的难民营。对于电视新闻里的类似故事你也许已经司空见惯，那些画面总是来自遥远的地方；人们在观看时，虽然感到恐怖，但几乎都能泰然面对。然而这里并不是一个需要护照才能到访的地方。这里是新英格兰的一座牛棚。被赶进来的人们穿的不是脏衣破衫，而是在比恩专卖店购买的风雪大衣、来自香蕉共和国的长裤（要是被子弹洞穿，那就太可惜了），以及“织布机成果”牌内衣。不过，他们的表情与难民无异，他能看到的唯一区别是，所有的人似乎仍然感到诧然。按理说，这样的事情不该发生在一个“夜夜长途随心打”的国家里。

牲口棚的地上铺着干草（上面又铺上夹克衫），几乎已经睡满了人。他们三三两两或者一家人睡在一起。阁楼里也人满为患，在四十个隔栏里各有三至四人。室内到处都是鼾声、梦呓以及做噩梦时的呻吟。有个孩子在什么地方哭泣。另外还传来了背景音乐：对亨利来说，这是最为怪异之处。此时此刻，在戈斯林老头的牲口棚里，这些大祸将至却仍处睡乡的人们正在聆听福莱德·瓦伦乐队[①]演奏的小提琴版《某个迷醉之夜》。

在药物的作用下，他眼前的一切都清晰异常地凸显出来。*满处都是橘红色的外套和帽子！他想，天啊！简直就是地狱里的万圣节！*

除此之外，还有大量金红色的东西。亨利看到有些人的脸上、耳朵里、手指间长了不少；他还看到那玩意儿爬到了屋梁以及几处吊着灯泡的电线上。室内弥漫着干草的味道，但亨利还是能轻而易举地闻到其中夹杂着带着硫磺气的酒精味。除了鼾声之外，放屁的声音也此起彼伏——听起来犹如六七位非常蹩脚的乐手在吹奏大号或萨克斯。如果不是在此时此地，这一幕可能很有趣……当然，如果你没有见过那鼬鼠般的东西在琼西那张血淋淋的床上蠕动、吼叫的话，即使在此时此地，也许同样有趣。

*这里有多少人在孕育那东西呢？*亨利寻思着。他觉得答案并不重要，因为鼬鼠最终不会造成危害。它们在脱离宿主之后，也许在这间牲口棚里还能生存下去，但在外面的冰天雪地里，风正越刮越大，温度已经低至零度以下，它们将毫无生机。

---

① 诞生于二十世纪六十年代的美国爵士乐队。

他必须跟这些人谈谈——

不，这话不对。他必须要做的是吓得他们魂飞魄散。尽管这里很暖和，而外面很寒冷，他却必须让他们动起来。这里以前关过牛群；现在关的也是牛群。他必须把这些牛重新变成人——变成惊恐万状、失魂落魄的人。他能做到这一点，不过得有帮手才行。而时间正在一刻不停地走着。欧文·安德希尔只给了他半个小时，亨利估计现在已经过了三分之一了。

要有扩音器，他想，这是第一步。

他朝周围看了看，发现通往挤奶间的门口左侧有个大块头秃顶男人正侧身而睡，便走上前去仔细打量。他觉得这是他从杂物间里赶出去的人之一，但是又不很确定。大块头秃顶男人在打猎的人中间简直比比皆是。

可这人正是查尔斯，在老查理无疑自称为“性感光头”的地方，又长出了新的拜拉斯。*当你长出这些玩意儿的时候，你的性感还有什么用武之地呢？*亨利想到这里，不禁笑了。

是查尔斯就好；而更好的是，玛莎还睡在旁边，并与戴伦——来自牛顿的瘾君子先生——两手相握。玛莎光滑的脸颊上，一侧已经长出拜拉斯。她的丈夫还没有感染，可她姐夫——比尔，是叫这个名字吗？——身上却到处爬着那玩意儿。*长势正旺，*亨利心里想着。

他跪在比尔身边，握住他长满拜拉斯的手，探进他那一串乱糟糟的噩梦之中，对他说：*快醒醒，比尔。醒一醒。我们得离开这儿。如果你能帮我，我们就有救了。快醒醒，比尔。*

快醒醒，做一个英雄吧。

7

事情发展之快简直令人喜出望外。

亨利感觉到比尔的思想在朝他靠近，它极力挣脱缠绕着它的噩梦，想抓住亨利，犹如一名溺水者想抓住游过来营救他的救生员。接着，就像两节货运车厢被车钩连接起来一样，两人的思想终于联结在了一起。

别开口，不要说话，亨利告诉他，先等等。我们还需要玛莎和查尔斯。有四个人就应该够了。

什么——

没时间了，比尔。快点儿。

比尔抓起妻妹的手。玛莎立即睁开了双眼，似乎她一直就在等待着这一刻，亨利感觉到自己脑海里的所有标度顿时升高了一度。她身上的拜拉斯不及比尔那么多，但她也许具有更好的天赋。她一声不响地抓起查尔斯的手。亨利觉得她已经明白这是怎么回事以及他们该做的事情。值得庆幸的是，她还明白了时间的紧迫性。他们要把这些人炸醒，然后把他们一股脑儿赶出去。

查尔斯猛地坐起身，眼睛睁得溜圆，恨不得要从肥厚的眼眶里凸出来。接着，就像有人用针戳了他的屁股一样，他站了起来。于是，他们四个人站在一起，手牵着手，犹如参加降神会的成员……在亨利看来，这几乎就是一场降神会。

把力量传给我，他告诉他们，他们依言而行。亨利的大体感觉就像他们将一根魔杖置于他的手中。

大家听着，他喊道。

人们陆续抬起头；还有人像触电一般从沉睡中坐了起来。

大家听着，并跟我的思想接通……跟我的思想接通！明白了吗？跟我的思想接通！这是你们唯一的机会，所以快跟我的思想接通！

人们本能地给予了配合，就像跟着一支曲子吹口哨或者合着节拍鼓掌一样。如果他给了他们思考的时间，也许事情不会这么容易，甚至根本就没有可能，但是他没给他们时间。大多数人正处于梦乡之中，而他唤起了那些被感染者，那些能感应的人，他们思想的门户正大开着。

亨利调动自己的本能，向他们发送出一组画面：戴着面罩的军人包围了牲口棚，他们大多荷枪实弹，还有些背着背包，背包上连有长杆。他让军人们的面孔都呈现出报纸头版上常见的狰狞表情。随着喇叭里的一声令下，那些长杆里喷出一串串液体火焰：是汽油弹。牲口棚的四壁和屋顶顿时燃起了熊熊大火。

亨利又转向室内，发送的画面上是大呼小叫、晕头转向的人们。液体火焰从熊熊燃烧的棚顶上的破洞里滴落，引燃了阁楼里的干草。这儿有个男人的头发起了火，那儿有个女人的滑雪服烧着了，衣服上还饰有甜面包山和褴褛山[①]的图案。

所有的人现在都望着亨利及其手牵着手的几位朋友。只有那些能感应的人收到了这些画面，不过，在这座牲口棚里，多达百分之六十的人已经被感染，即使未被感染的人也感受到了恐慌的气氛；一个大浪会掀动所有的小船。

亨利一只手紧握着比尔的手，另一只手与玛莎相握，这时他又把画面切换到室外。冲天的大火；包围牲口棚的士兵；大喇叭里有个声音在大喊，命令士兵们务必不放过任何人。

人们现在都站了起来，惊恐不安地议论着，声音越来越大（不过那些有深层感应的人除外，他们脸上长满了拜拉斯，只是用迷茫的眼神盯着他）。他呈现给他们这样一幅图景：火光冲天的牲口棚犹如雪夜里的一支火炬，在狂风的侵袭下，这座地狱猛然爆炸，变成一片火海，凝固汽油还在喷射，大喇叭里的声音还在继续：**“很好，伙计们，干掉他们，一个都不要放过，他们是毒瘤，而我们是在铲除毒瘤！”**

亨利的想象力已经被彻底激发出来，不可抑制地越来越丰富，他又发送出几幅图像：为数不多的一部分人好不容易逃出门口或从窗口爬出去，可他们中有不少人都着火了，其中还有个抱着孩子的女人。士兵们用机枪射杀了所有的人，只留下那个女人和孩子，而女人和孩子在奔跑中变成了一支用凝固汽油浇成的蜡烛。

“不！”有些女人不约而同地大叫起来，亨利有些不解而难受地发现，她们（包括一些没有孩子的女人）对那个着火的女人的遭遇都感同身受。

他们都站了起来，像暴风雨中的牛群一样转来转去。在他们有机会略做思考——更不用说仔细思考——之前，他得让他们行动起来。

他集中起与他相联的所有思想的力量，向他们发送出一幅商店的

① 二山均为滑雪胜地。

图像。

听着！他对他们喊道，**这是你们唯一的机会！尽力冲进商店，如果门被堵了，就砸开围栏！别停下，别犹豫！逃到树林里去！藏在树林里！他们要烧掉这个地方，要烧掉牲口棚和这里面的所有人，而树林是你们唯一的机会！马上行动起来，马上！**

亨利深深地沉浸在自己的想象里，在欧文给他的药片的作用下，竭尽全力发送出如儿童画报里的图片一般简单明晰的图像——什么地方可能安全，什么地方有人死去——因此，他只是隐隐约约地意识到自己开始说出声来："马上！马上！"

玛莎·切尔斯也加入进来，接着是她姐夫，最后是查尔斯，那个性感光头上长满拜拉斯的人。

"马上！马上！马上！"

尽管没有感染拜拉斯，并因此而与普通的熊一样毫无感应能力，戴伦却被周围高涨的情绪所感染，于是也加入其中。

"马上！马上！马上！"

这种恐慌的情绪比拜拉斯更具有传染性，它从一个人传到另一个人，从一群人传到另一群人："马上！马上！马上！"

整座牲口棚沸腾起来。人们整齐地挥动着拳头，就像在摇滚音乐会上一样。

"马上！马上！马上！"

亨利让他们接着喊，声音越来越大，他自己也不知不觉地挥起了拳头，将酸疼的胳膊尽力举向空中，尽管他还提醒自己不要卷入他所激发起来的排山倒海般的群情之中：当他们北上的时候，他会南下。他等待着最后的极点的到来——等待达到燃点并开始自燃的时刻。

这个时刻来了。

"马上。"他低语道。

他将玛莎、比尔、查理以及近旁那些与他们结合紧密的人的思想积聚起来。他将这些思想融合、压缩，凝成一个词，然后像一颗银弹似的投进置身于戈斯林老头牲口棚里的三百一十七个人的脑海里：

马上！

片刻的静寂之后，地狱之门轰然打开。

8

黄昏降临之前，沿着警戒围栏每隔一段距离都设立了两人一组的岗亭，共计有十来个（所谓岗亭其实是撤掉小便池和马桶的活动厕所）。岗亭里配有取暖器，使狭小的空间里暖烘烘的，所以卫兵们都待在里面，根本不想出来。每过一段时间，会有人敞开门，放进一股卷着雪花的新鲜空气，不过，卫兵们与外界的接触仅此而已。他们多是和平时期的军人，对目前的危急情势毫无感性的了解，所以，他们只是不断地闲聊，话题不外乎是性、汽车、任命、性、他们的家人、未来、性，喝酒、吸毒的经历，然后还是性。欧文两次来到杂物间，他们都一无所知（从九号和十号岗亭都可以清楚地看到他），至于在他们眼皮底下酝酿的一场大规模暴乱，他们也是最后才知道。

另外还有七位士兵跟随克兹的时间相对更久，因此经验也相对丰富一些，他们这时正在商店后面的办公室里，坐在炉子边玩着四明一暗扑克牌。这间办公室正是欧文让克兹听*不要伤害我们*磁带的地方，但那一幕仿佛是两个世纪之前的事了。七个人中，有六个是哨兵，还有一个是道格·布洛德斯基的同事吉恩·坎布里。坎布里无法入睡，其原因被他用一只弹性全棉护腕掩饰起来。不过，他也不知道这护腕能帮他多久，因为护腕底下的红色玩意儿在扩散。稍不小心的话，就会被人发现……然后，他就不可能在办公室里打牌，而是会被关进那些老百姓的牲口棚。

他会是唯一这样的人吗？雷·帕森斯的一只耳朵里塞有一大团棉花。他说是耳朵疼，可谁能说得准呢？ 泰德·特雷佐斯基那肌肉发达的前臂上缠着绷带，他说是白天早些时候安装刺铁丝时划伤了自己。也许这是实情。乔治·尤达尔在正常时期是道格的顶头上司，此刻他的光头上戴有一顶绒线帽；那该死的帽子让他看上去就像一个上了年纪的说唱乐歌手。也许帽子底下只是头皮而已，可这里暖烘烘的，用得着戴帽子吗？尤其是绒线帽。

“我来做庄。”豪伊·埃弗雷特说。

“叫牌。”丹尼·欧布伦说。

帕森斯叫了牌，尤达尔也叫了。坎布里却没有听到他们叫牌。他脑海里出现了一幅画面，只见一位抱着孩子的女人吃力地在满是积雪的小牧场上跑着，这时，有个士兵用凝固汽油将她变成了照明弹。坎布里骇然之下，打了个寒噤，心底还以为这是他自己良心不安而产生的幻象。

“吉恩，”阿尔·科尔曼喊道，“你是要叫牌，还是——”

“那是什么？”豪伊皱着眉头问。

“什么是什么？”泰德·特雷佐斯基问他。

“你听一听就知道了。”豪伊回答。愚蠢的波兰佬——坎布里在自己的脑海里听到了这句没有说出口的话，但是他没有理睬。在他提醒他们注意之后，那整齐的呼喊已经清晰可闻，它压过了风声，迅速变得越来越有力，越来越迫切。

“马上！马上！马上！**马上！**”

那声音是从牲口棚里传来的，就在他们的背后。

“到底是怎么回事？”尤达尔眨巴着眼睛，若有所思地问道；眼前的折叠桌上，乱七八糟地放着纸牌、烟灰缸、筹码，还有钱。吉恩·坎布里突然明白，那顶傻乎乎的绒线帽底下的确只是头皮而已。说起来尤达尔是这一小群士兵的头儿，可对这一切却茫然不知。他看不见挥舞的拳头，听不见那人思想中的有力声音，正是那个声音在领导人们呼喊。

坎布里在帕森斯、埃弗雷特以及科尔曼的脸上看到了惊慌之色。他们也看到那一幕了。这几个人顿时灵犀相通，而未被感染的人只是显出不解的神情。

“那些混蛋想冲出来。”坎布里说。

“别傻了，吉恩，”乔治·尤达尔说，“他们并不知道接下来会发生什么事情。再说，他们都是老百姓，他们只是在发泄一点儿——”

坎布里没有听到后面的话，因为有个响亮的词语——**马上**——犹如锯子一般切进他的脑海。雷·帕森斯和阿尔·科尔曼都瑟缩了一下。豪伊·埃弗雷特则痛得大喊起来，并用双手抱住脑袋，膝盖也撞在桌板底下，筹码和纸牌散了一地。有张一美元的钞票正好落在炉子上，“呼”地烧了起来。

“哎呀，真该死，瞧瞧你——”泰德开口道。

“他们冲出来了，”坎布里说，“他们朝我们冲来了。”

帕森斯、埃弗雷特和科尔曼朝靠在戈斯林老头的衣帽架旁边的M-4式卡宾枪奔去。其他人惊讶地望着他们，仍然在他们三步之后……随着“轰”的一声巨响，六十多人同时朝牲口棚的几扇门撞去。那些门是从外面锁的——都是大铁锁，部队里发的。锁很牢固，但是旧木门却“哗啦啦”地被撞垮了。

囚徒们从缺口里冲了出来，迎着风雪高喊着“**马上！马上！**”，有几个人还被他们踩在了脚下。

坎布里也冲过去抓起一把小型冲锋枪，但立即又被人夺走。“这是我的，蠢货。”泰德·特雷佐斯基吼道。

从破败的牲口棚木门到商店背后只有不到二十码的距离，暴民们从门口奔涌而出，口里高呼着：**“马上！马上！马上！”**

牌桌“砰”的一下被推翻，桌上的东西被掀得到处都是。围栏上的报警器响了，那是第一批囚徒撞上了加固的双层铁丝，他们有的遭到电击，有的像大鱼一样挂在倒刺上。在报警器“嘀嘀”地响了片刻之后，突然响起了刺耳的警报，那是进入战备状态的警报，有时被称为“危急局势”或世界末日。在那些由简易厕所改成的塑料岗亭里，一张张又惊又怕的面孔不解地朝外面看去。

“牲口棚！”有人喊道，“牲口棚被冲垮了！他们逃出来了！”

哨兵们冲进雪地里，其中许多人连靴子都没有穿，他们沿着围栏外面跑着，丝毫也不知道八十多位亡命猎手的身体已经造成了围栏的短路，那些猎人一边冲向围栏，一边声嘶力竭地高呼着“**马上！马上！**”，直到自己被电击、烤焦和死去。

谁也没有留意到，有位戴着一副老式角质架眼镜的瘦高个独自从牲口棚后面溜了出去，踏着积雪斜穿过小牧场。亨利既没有看到也没有感觉到任何人发现了他的行动，但他还是拔腿跑了起来。炫目林的灯光令他犹如置身众目睽睽之下，刺耳的警报声也让他十分惊慌，差点发疯……就像那天在特莱克兄弟公司后面时，杜迪茨的哭声带给他的感觉。

他默默祈祷着，希望安德希尔在那边等着他。他不知道安德希尔在不在，雪下得太大，他无法看到小牧场的尽头。不过他马上就要到达，然后就会知道了。

9

除了一只靴子还没有套上之外，克兹全身上下已经穿戴整齐，就在这时，警报器骤然响起，应急灯同时大亮，使这片荒凉之地更加亮如白昼。他并没有诧异或慌张，而是感到既释然又愤然。之所以释然，是因为一直啃噬他神经末梢的东西终于浮出水面。而之所以愤然，则是因为这混账局面提前了两个小时到来。如果再等两个小时，他就会圆满地处理了整个事件。

他左手还拎着那只靴子，用右手猛地拉开房门。从牲口棚里传来震天动地的吼声，这种勇士的怒吼在他内心激起不由自主的共鸣。风势已经有所减弱，但仍然很强劲；所有的人似乎都在齐声高呼。这些人平常都衣食无忧，胆小怕事，以为这种事情绝对不会发生，可突然之间，却有一位斯巴达克思站了起来——这真是让人始料不及。

是那该死的感应，他想。他一贯敏锐的直觉告诉他，这是一场大麻烦，他所目睹的是一场正在爆发的真正大规模行动，可他还是情不自禁地露出了笑容。*一准是那该死的感应。他们感觉到了风吹草动……于是有人决定采取行动。*

他看到一大群人从被撞破、砸垮的牲口棚门口你推我挤地拥出来，他们大多穿着风雪大衣，戴着橘红色帽子。有个人跌倒在四分五裂的门板上，顿时像吸血鬼一般胸口被刺穿。还有些人摔倒在雪地里，被后面的人踩在脚下。此时此刻，所有的灯都大放光芒，克兹觉得自己就像在观看一场职业拳击赛，将一切尽收眼底。

两翼的逃犯各有五六十人，像练兵场上的队伍一样，朝着小商店两侧的围栏冲去。他们可能不知道铁丝已经通上可以致人死命的电流，也可能是根本就不在乎。剩下的人形成主力，直奔商店的后部。这是控制区内最薄弱的环节，不过已经没关系了。克兹觉得大势已去。

在他所有的紧急预案中，都没有这种场面：两三百位十一月份胖勇士高呼口号，发起一场大无畏的冲锋。他从来没有想到他们会有任何举动，以为他们只会被动地在那里等着，口口声声要求走正常的程序，最后被烧成灰烬。

“还真不赖，伙计们。”克兹说。他闻到了有什么东西被烧焦的气味——可能是他那该死的事业——不过，他的事业本来就快到头了，他只不过碰巧赶上这项倒霉的行动，对吧？在克兹看来，从严格的意义上说，来自太空的小灰人并不重要。如果让他来写新闻报道的话，一定会是这样一个醒目的标题：**惊爆！新时代的美国人显出几分骨气！**真棒。要干掉他们几乎是一件憾事。

战备警报在雪夜里高低起伏。第一批人正在冲击商店的后部。克兹几乎可以看到那整幢房屋都在震动。

“那该死的感应。”克兹笑眯眯地说。他可以看到他的部下在行动，先是哨兵们从岗亭里冲出来，接着，更多的人从调车场、补给库以及作为临时营房的挂车车厢里相继拥出。随后，克兹脸上的笑容渐渐消失，取而代之的是迷惑不解。“开枪呀，”他说，“怎么不朝他们开枪？”

有些士兵在开枪，不过人数有限，非常有限。克兹觉得自己闻到了恐慌的气息。他的部下之所以没有开枪，是因为他们吓破了胆。也可能是因为他们知道下一步就轮到了自己。

“那该死的感应。”他再一次说道，可就在这时，商店里突然响起机枪声。此前他与欧文·安德希尔在其中谈过话的那间办公室的窗户划过一串串亮光。有两扇窗户被打碎了。有人想从第二扇破窗户里钻出来，却让人拽住双腿拉了回去，克兹认出钻窗的那个人是乔治·尤达尔。

办公室里的那些人起码还在战斗，不过他们当然会这样，他们在为自己的生命而战。那些逃出来的人大都还在奔跑。克兹很想扔下靴子，抓起自己的九毫米口径手枪，撂倒几个逃犯。这其实是突破自己的界限。不过他的界限已经毫无意义了，所以干吗不动手呢？

安德希尔，是因为安德希尔。这场暴乱有安德希尔的一份。克兹对此很清楚，就像知道自己的名字一样。这是典型的越界行为，而越界是欧文·安德希尔的专长。

戈斯林商店的办公室里又传来几声枪响，接着是痛苦的尖叫，然后是胜利的狂吼。这些惯于用高级电脑、喝依云牌矿泉水以及吃沙拉的野蛮人找到了自己的猎物。克兹猛地关上门，将那一切隔在外面，然后大步返回卧室，给弗雷迪·约翰逊打电话。他的手里还拎着那只靴子。

10

第一群囚犯破门而入时，坎布里正跪在戈斯林老头的办公桌后。他拉开抽屉，手忙脚乱地找枪，但没有找到，很可能正是这样才躲过了一劫。

“马上！马上！马上！”排山倒海般涌来的囚犯们狂呼。商店后面发出一声震天巨响，仿佛有辆货车冲了进来。坎布里还听到外面传来一阵“噼噼啪啪”的响声，那是第一批囚犯撞上围栏。办公室里的灯光闪烁起来。

“顶住，伙计们！”丹尼·欧布伦高声喊道，“看在上帝的分上，顶——”

在一阵猛烈冲击下，后门从铰链上松脱，径直飞进房内，同时挡住了挤在门口奋力呼喊的头一群人的视线。坎布里急忙用双手抱住脑袋，蹲下身子；房门落在桌上，正好将他罩在桌子底下的狭小空间里。激烈的枪声在这间斗室里震耳欲聋，甚至淹没了受伤者的尖叫，但是坎布里知道，并不是每个人都在开枪。特雷佐斯基、尤达尔和欧布伦在射击，而科尔曼、埃弗雷特和雷·帕森斯却只是站在那儿，武器举在胸前，满脸茫然。

吉恩·坎布里藏在这偶然形成的掩体里，看到囚犯们冲进房间，看到领头者被子弹击中，像稻草人一般倒下，看到他们的血溅在墙上、豆类晚餐的招贴画以及职业安全和健康署的宣传画上。他看到尤达尔把枪朝两个穿着橘红色衣服的壮小伙子扔去，然后转身朝一扇窗户飞奔，可刚冲出几步就被拖了回来；有个人一口咬住乔治的小腿，仿佛那是只火鸡腿，那人的脸上的里普利菌看上去很像胎记；还有个人在乔治身体的另一端同时行动，将他的脑袋向左一拧，彻底断了他的声息。房间里弥漫着蓝色的火药烟，但坎布里还是看到阿尔·科尔曼扔掉枪支，跟着高呼起来——“马上！马上！马上！”。他还看到平日里最为温和的雷·帕森斯掉转枪口，将丹尼·欧布伦的脑浆打了出来。

事情现在简单化了，现在是感染者与未感染者之间的对抗。

有什么东西撞上桌子，并将桌子顶到墙边。门板压在坎布里身上，还没等他站起身，人们就从门板上跑过去，无数只脚将他踩在底下。他觉得自己犹如翻身落马的牛仔，被受惊的马群踩在脚下。*我会死在这儿了*，他想，但紧接着，那令人窒息的压力突然消失。他挣扎着跪起来，门板滑到他的左侧，门把手狠狠地戳在他的屁股上，算是一种道别。有个人在跑走时还朝他的胸部踢上一脚，另一个人的靴子擦到了他的右耳，不过他终于站起身来。房间里浓烟弥漫，到处是大呼小叫。四五位粗壮的猎人被挤到炉子旁边，炉子与烟道两相分离，然后侧翻在地，一块块燃烧着的柴火掉了出来。钞票和纸牌纷纷着火。塑料筹码熔化时发出难闻的气味。*那都是雷的*，坎布里心不在焉地想着，*海湾战争时他都带着。在波斯尼亚也一样。*

在一片混乱之中，他站在那里，人们对他视而不见。逃亡者不需要使用办公室和商店之间的门；整面墙壁——其实不过是一面薄薄的隔板——已经被推倒在地。隔板的部分碎片也着火燃烧起来。

“马上！”吉恩·坎布里嘟哝着，“马上！”他看到雷·帕森斯与其他人一起朝商店前部跑过去，豪伊·埃弗雷特紧跟其后。从中间过道跑过时，豪伊还顺手抓起一条面包。

有位头戴薄呢帽、身穿棉外套的瘦老头被推倒在侧翻的炉子上，然后被无数只脚踩在底下。他的面孔贴上滚烫的金属，顿时被烤焦，坎布里听见了他那声嘶力竭的哀号。

不仅听见，而且感觉到了。

“马上！”坎布里也放弃抵抗，与其他人一起奋力高呼，“马上！”

他大步跃过从炉子里倾倒出来的越烧越旺的火焰，也奔跑起来，让自己微薄的思想融入群体的思想大潮中。

从各种现实的意义上说，“蓝小子行动”已经宣告结束。

11

在小牧场上跑过四分之三的路程后，亨利停下脚步，按着怦怦乱跳的胸口，大口喘着粗气。身后是他所引发的小型哈米吉多顿之战[①]，而前方注目所见只有黑茫茫一片。该死的安德希尔已经扔下他，已经——

别紧张，帅哥——别紧张。

有灯光闪了两下。原来只是亨利看错了方向而已；欧文正在小牧场西南角稍稍靠左的地方等着。现在亨利可以看清雪地摩托车的方形轮廓了。身后传来阵阵尖叫、怒吼、命令以及枪声。不过枪声没有他预想的那么激烈，但现在不是琢磨这个问题的时候。

快点儿！欧文喊道，我们得离开这儿！

这已经是我最快的速度了——等等我。

亨利又跑起来。不管欧文此前给他提神的是什么药，其效用已经消退，两条腿沉甸甸的。他的大腿奇痒难忍，嘴巴里也一样。他能感觉到那东西在他的舌头上悄悄生长。就像软饮料在“嘶嘶”有声地久留不去。

欧文已经切开了围栏——将带刺铁丝和普通铁丝双双铰断。此刻他站在雪地摩托车前（那是一辆与雪地颜色一致的白色车，所以难怪亨利没能看见），正眼观六路地留意周围的动静，一支自动步枪靠在他的髋部。好几盏路灯为他投下了好几道影子；它们以他脚下为原点四散开来，犹如钟面上错乱的指针。

欧文抓住亨利的肩膀。你还好吧？

---

① 典出《圣经》，指世界末日的善恶之战。

亨利点点头。欧文正要将他拉到车旁，突然传来一声震天巨响，仿佛有人用世界上最具威力的卡宾枪开了一枪。亨利连忙一弯腰，不料脚下一绊，幸亏被欧文拉住才没有摔倒。

怎么——

液化石油气。也许还有汽油。你瞧。

欧文扶住他的肩膀，让他转过身去。亨利看到雪夜中出现了一根巨大的火柱。商店里的零碎物件——木扳、招牌、着了火的一盒盒麦片、熊熊燃烧的卷筒卫生纸——都被抛到了半空。有些士兵怔怔地望着那场面，仿佛被催眠了一般。还有些士兵朝树林里奔去。亨利猜想他们是在追捕逃犯，尽管他也听到了他们脑海中的惶恐叫喊——快跑！快跑！马上！马上！——但一时难以置信。后来，当他有时间细想时，才明白许多士兵也是在逃命。不过此刻他还没有明白，事情发展得太快了。

欧文又把他的身子转回来，掀开一张散发着浓烈机油味的帆布帘，让他坐进雪地摩托车的乘客座里。车上的驾驶室里要暖和多了。简易的仪表盘旁边装着一台收音机，里面传出叽叽喳喳的声音。亨利唯一能听清的就是那各种声音里的恐慌。这让他大为兴奋——自从多年前的那个下午，他们四个人教会瑞奇·格林纳多那帮人敬畏上帝之后，这是他第一次这么兴奋。而在亨利看来，指挥目前这次行动的就是瑞奇的同类：是成年的瑞奇·格林纳多，只不过他们手里拿的是枪支，而不是干燥的狗屎。

两个座椅之间放着一个匣子，上面有两点琥珀色的亮光在闪烁。亨利好奇地弯下腰去想看个究竟时，欧文·安德希尔掀开挂在驾驶座一侧的帆布帘，自己坐了进来。他望着熊熊燃烧的商店，在喘着粗气的同时，脸上露出了笑容。

“小心点儿，兄弟，”他说，“当心那些按钮。”

亨利拿起匣子，它与杜迪茨心爱的史酷比饭盒差不多大小。欧文所说的按钮就在闪烁的亮光之下。“这是什么？”

欧文拧动钥匙，雪地摩托车的引擎顿时发动起来。欧文仍然面带笑容。在透过挡风玻璃所照进来的明亮灯光下，亨利可以看到欧文的两只眼睛下面长出了橘红色的拜拉斯，有些像睫毛膏。他的眉毛里长得更多。

“这地方太亮了，”他说，“我们要把它调暗点儿。”他让雪地摩托车转了一个完整的圆圈，仿佛驾驶的是摩托艇一般。亨利重重地靠在座位上，腿上放着那个闪烁着两点亮光的匣子。他觉得自己在五年之内恐怕都没法下地走路了。

欧文驾车朝一条两旁都是积雪的浅沟——其实是“天鹅池路”——斜插过去，一边还转头看了亨利一眼。“你居然干成了，”他说，“坦率地说，我还以为你办不到呢，没想到你还真干成了。”

“我跟你说过，我是一位鼓动家。”接着，他给欧文发去信息，再说，他们多半到头来还是难逃一死。

没关系。你给过他们机会了。现在——

又传来一阵枪声，直到有颗子弹从他们头顶上的金属顶棚弹落，亨利才意识到子弹是朝他们射来的。随着“叮当”一声脆响，又一颗子弹落在雪地摩托车的一边滑板上。亨利躲闪了一下……仿佛真能躲开什么似的。

欧文仍然笑眯眯的，他用戴着手套的手朝自己右边指了指。亨利正要朝那边看去时，又有两颗子弹飞来，落在雪地摩托车坚实的车身上。亨利又躲闪了两次；而欧文却似乎毫不在意。

亨利看到了一溜带有车厢的挂车，其中有些印着诸如西斯科或斯科特纸业的商标。挂车前面停着几辆旅行房车，最大的是一辆温尼贝戈房车，在亨利看来，那辆车无异于装有车轮的豪宅。六七个人站在那辆车前，正端着枪朝雪地摩托车猛射。尽管距离很远，而且风雪仍然很大，还是有很多子弹落在他们的车身上。还有人在继续加入那伙人的行列，有的甚至衣冠不整（包括一个彪形大汉，那人正赤着上身在雪地里奔跑，像极了卡通书里的超级英雄）。在那群人中间，站着一位头发灰白的瘦高个，而他旁边则是一位壮汉。亨利看到那瘦高个举枪就射，似乎根本不用瞄准。“嗖”的一声，亨利感觉到有样东西从他的鼻子前面掠过，那是个嗡嗡作响的邪恶小玩意儿。

欧文居然笑出声来。“那灰白头发的瘦高个是克兹。他是这里的头儿，枪法可他妈的准了。”

更多的子弹从雪地摩托车的车身和滑板上纷纷弹落。亨利感觉到驾驶室里又飞来一颗“嗡嗡”作响的小玩意儿，接着，收音机里的声音戛然而止。尽管他们距离温尼贝戈房车旁的射手正越来越远，距离似乎并不是问题。在亨利看来，那伙人的枪法都他妈的很准，他们俩迟早会吃上一颗子弹……但欧文似乎很开心。亨利意识到他找到了一个比自己更不要命的人。

“克兹身边那家伙叫弗雷迪·约翰逊。那些火枪手全是克兹的心腹，应该都是——哎呀，小心！”

又是“嗖”的一声，一只“嗡嗡”叫的钢制蜜蜂骤然而至——这一次钻到了他们两人之间——变速杆上的把手应声而断。欧文哈哈大笑起来。“是克兹！”他大声说道，“我敢打赌是他！虽然再过两年就到了规定的退休年龄，他的枪法仍然与安妮·奥克利[1]不相上下！”他一拳头砸在方向杆上。“不过够了！玩归玩，干归干。把他们的灯灭了，帅哥。”

“什么？”

欧文仍然笑眯眯的，一边伸出大拇指示意那只闪烁着琥珀色亮光的匣子。他眼睛下面的拜拉斯此刻在亨利看来犹如战时的迷彩伪装。“按那些按钮，老弟。按那些按钮，把遮光帘拉下来。”

12

突然之间——事情总是这么突然，总是这么神奇——整个世界远去了，只有克兹被留在这里。呼啸的寒风，簌簌的大雪，凄厉的警报，嗖嗖的子弹——全都消失了。身边的弗雷迪·约翰逊以及围在左右的“帝国山谷”的所有成员都从克兹的意识中隐去，他全神贯注于那辆渐行渐远的雪地摩托车。他能看到欧文·安德希尔坐在左边的驾驶座上，他能透过驾驶室的钢板看到欧文，仿佛他——亚伯·克兹——突然拥有了超人的透视眼。两人之间的距离已经非常遥远，不

---

① 安妮·奥克利（1860—1926），美国女神枪手。

过没有关系。他的下一颗子弹会准确无误地击中背信弃义、惯于越线的欧文·安德希尔的后脑勺。他举起枪，瞄准——

两声爆炸的巨响划破夜空，其中较近那处爆炸的冲击波几乎将克兹和他的部下掀翻。一辆车身上印有**“英特尔配置”**字样的挂车被炸飞，在空中翻了个跟头，然后落下来砸在那辆作伙房之用的挂车上。“天啊！”有人惊呼出声。

并不是所有的灯光全都熄灭了——半个小时的时间不算长，因此欧文只来得及给两台发电机安上爆炸装置（其间他口里一直小声念叨着“班伯里，班伯里，骑着木马去班伯里”），但是突然之间，一路疾驰的雪地摩托车就被跳跃的光影所吞没，而克兹的枪则掉在雪地上，子弹没有射出去。

“妈的，”他不动声色地骂了一句，“停止射击。停止射击，你们这群笨蛋。别开枪了，赞美上帝。回车上去。除了弗雷迪之外，全都回车上去。合起双掌向万能的上帝祈祷吧，祈祷我们能离开这狗屁地方。弗雷迪，你过来。脚步迈快点儿。”

其他的六七个人陆续登上温尼贝戈房车，一边还不安地望着熊熊燃烧的发电机和火光冲天的伙房（紧邻伙房的补给处已经着火了，医务室和停尸房也将步其后尘）。控制区的半数路灯已经熄灭。

克兹伸出胳膊揽住弗雷迪·约翰逊的肩膀，与他一起顶着大风走了二十来步；大风卷起地上的积雪，变成一片雪雾，看上去犹如神奇的蒸汽。在他们的正前方，戈斯林商店——或者说其剩下的部分——烧得正旺。牲口棚也着火了，几扇破门都大开着。

“弗雷迪，你爱耶稣吗？跟我说实话。”

弗雷迪以前经历过这种情形。这是一种仪式。头儿在帮他清醒头脑。

“我爱他，头儿。”

“你能发誓这是真话吗？”克兹紧紧地盯着他。更像是要把他看穿。防备在先，如果人的本能能够有所防备的话。“如果撒谎的话，你会永陷地狱？”

“我发誓是真话。”

“你非常爱他，是吧？”

“是的，头儿。”

“甚至超过对整个行动组的爱？超过热血沸腾地完成这项行动的激情？”他顿了一下，“甚至超过对我的爱？”

如果想继续活命的话，这种问题可千万不能答错。好在也不难回答。“那倒没有，头儿。”

“感应消失了吧，弗雷迪？”

“我此前能感觉到什么东西，我也不知道到底是不是感应，我的脑海里有些声音——”

克兹点点头。从牲口棚的屋顶上伸出一条条火舌，那醒目的金红与里普利菌的颜色无异。

“——不过已经消失了。”

“组里的其他人呢？”

“你是说‘帝国山谷’吗？”弗雷迪朝温尼贝戈房车的方向示意道。

“我还会说谁？难道是‘消防站五加二’吗？我说的当然是他们。”

“他们没有感染，头儿。”

“很好，不过也不好。弗雷迪，我们需要两个已经感染了的美国人。当我说我们的时候，我指的是你和我。我需要两个全身长满那种红色玩意儿的人，明白了吗？”

“明白。”弗雷迪并不明白其中的原因，但此时此刻原因无关紧要。他能看到克兹在渐渐把握住局势，他能清楚地看到这一点，这让他嘘了一口气。当弗雷迪需要知道原因时，克兹自然会告诉他。弗雷迪不安地望着火光冲天的商店、火光冲天的牲口棚和火光冲天的伙房。这地方已经不可救药。

但也许并非如此。只要克兹能把握局势的话。

“这一切主要是因为那该死的感应，”克兹若有所思地说，“但引发这一切的并不是感应，而纯粹是人为的捣蛋，赞美上帝。弗雷迪，是谁背叛了耶稣？是谁给了他叛徒之吻？”

弗雷迪仔细研读过《圣经》，其主要原因就在于那本《圣经》是克兹所赠。“是犹大·以色加略，头儿。”

克兹飞快地点了点头。他的眼睛环顾着四周，一边在心里暗暗估量损失的程度，并考虑应对之策——这种应对能力由于暴风雪天气而大打折扣。“没错，伙计。犹大背叛了耶稣，而欧文·菲利浦·安德希尔则背叛了我们。犹大得到了三十块银币。酬劳可不怎么样，对吧？”

“对的，头儿。”弗雷迪答话时，身子半背着克兹，因为补给处那边有什么东西爆炸了。一只钢铁般的手抓住他的肩膀，让他转回身来。克兹怒目圆睁，两圈白色的睫毛使那双眼睛看起来犹如一双鬼眼。

“我跟你说话时，你得看着我，”克兹说，“你得把我的话一字一句听清楚。”克兹另外那只手握住九毫米手枪的枪柄。“否则我会把你的内脏打出来溅在雪地上。我今晚已经够恼火了，你可不要火上浇油，蠢猪，听懂我的话了吗？明白我的意思了吗？”

约翰逊一向无所畏惧，可现在却觉得胃里有什么东西在翻动并想躲到一旁。“是的，头儿，我很抱歉。”

“行了。上帝仁爱而且宽容，我们也要这样。我不知道欧文得到了多少银币，但是我可以告诉你：我们要去抓住他，我们要去扇他耳光，还要把那混蛋撕成两半。你听明白了吗？”

“是的。”弗雷迪此时的最大愿望，就是找到那个把他原本井然有序的世界搅了个底朝天的家伙，并好好收拾他一顿。“头儿，你认为欧文对此该负多大责任？”

“我觉得，他要负很大的责任，”克兹郑重地说，“我觉得我终于要完蛋了，弗雷迪——”

“不会的，头儿。”

“——可我完蛋时不会是一个人。”克兹仍然将胳膊搭在弗雷迪的肩膀上，领着这位新副手转身朝房车走去。前方渐渐变弱、奄奄一息的火苗是燃烧着的发电机所在之处。那是安德希尔干的，是克兹自己的部下干的。弗雷迪仍然觉得这难以置信，同时又义愤填膺。你拿了多少银币，欧文？你拿了多少，你这个叛徒？

克兹在台阶下停住脚步。

“弗雷迪，在这群人里，你最希望由谁来指挥一项追杀行动？”

“嘉拉格，头儿。”

“凯特吗？”

“是的。”

“她是食人魔吗，弗雷迪？我们留下来负责的人必须是食人魔才行。”

“她可以把那些人活活吃掉，头儿。”

“好吧，”克兹说，“因为这将是一件脏活儿。我需要两个里普利菌感染者，最好是‘蓝色行动组’的人。至于剩下的人……跟动物一样，弗雷迪。‘帝国山谷’现在就是一项追杀行动。嘉拉格和其他人要尽可能地实施追杀。不管是军人还是平民。从现在开始到明天中午十二点是追杀时间。过了这个时间，就看各人自己的造化了。当然我们两个人除外，弗雷迪。”在火光的映照下，克兹的脸上仿佛长出了拜拉斯，他的眼睛似乎也变成了鼬鼠眼。“我们要追上欧文·安德希尔，并教会他敬爱上帝。”

克兹快步踏上温尼贝戈房车的台阶，他的动作就像在湿滑的雪地上前行的山羊一般充满自信。弗雷迪·约翰逊紧跟其后。

13

雪地摩托车顺着路堤一头冲上“天鹅池路”，其力道之猛，使亨利的胃里一阵翻涌。车子一开始稍稍有些打滑，接着就朝南驶去。欧文猛踩离合器，并用力拉动变速杆，将它挂上高档。纷纷扬扬的雪花飘落在挡风玻璃上，亨利觉得他们仿佛在近乎两倍音速旅行。他猜想其实可能是每小时三十五英里。按照这个速度，他们可以逃离戈斯林商店，不过他觉得琼西的行进速度要快得多。

快到高速公路了，对吧？欧文问道。

对，大概还有四英里。

到那儿之后，我们就得换一辆车了。

要尽量不伤着人，更不要出人命。

亨利……我不知道该怎么跟你解释，但这不是中学篮球比赛。

“不能伤着人，不能出人命。起码在换车时不能。要么你答应这样，要么我马上打开车门跳下去。”

欧文瞥了他一眼。“你真会这样，是吧？而对你朋友关于这个世界的计划，你也不管了？”

“我朋友对此没有任何责任。他是被绑架了。”

“好吧，换车时不伤人。我们尽力而为吧。而且不出人命。也许除了我们自己的性命之外。我们现在去哪儿？”

德里。

他就在那儿吗？那最后一位幸存的外星人！

我想是的。不管怎么说，我在德里有位朋友，他能帮上我们。他能看到路线。

什么路线？

“先别管这个了。”亨利说，然后用思想告诉他，*这事儿很复杂。*

“你说复杂是什么意思？还有不得打球，不得玩耍——这都是什么呀？”

在我们南下的路上再告诉你吧。如果可能的话。

雪地摩托车朝州际公路驶去，车身的前方是两道明亮的光束。

“再告诉我一遍我们要去干什么。”欧文说。

“拯救世界。”

“告诉我这会使我们成为什么——我需要亲耳听见。”

“这会使我们成为英雄。”亨利回答。然后，他把头靠在椅背上，闭上了眼睛。不出片刻他就睡着了。

第三部分　水　库

当初我登上楼梯时，
遇见一个不曾现身的人，
今日依然不见他的身影，
但愿，但愿他不再让我惊魂。

——休斯·默恩斯

第十八章　追踪开始

1

戴萨特的绿色招牌在雪蒙蒙中闪烁着出现，琼西完全失去了时间概念——道奇仪表板上的时钟已经失灵，一直显示为中午 12 点——但外面依然一片漆黑，依然大雪纷飞。在德里郊外，清雪车对暴风雪渐渐无能为力。用琼西父亲的话说，这辆偷来的道奇算得上是“挺不赖的探路者”，可它现在也疲于招架，在越来越深的积雪里频频打滑，行进得越来越艰难。琼西不知道格雷先生打算去哪儿，可他觉得格雷先生不可能到达目的地。在这样的风雪天里，驾驶这样一辆车，显然不可能。

收音机倒是能出声，但是效果不好；在噪音的干扰下，目前收听到的一切都模糊不清。他没听到报时，却在不经意间听到了天气预报。从波特兰以南，大雪转成大雨，但是收音机里还说，从奥古斯塔到布伦兹威克，则不仅有冰雹，还下了冻雨。多数社区都停了电，所有的汽车都必须装上防滑链才能行驶。

这消息让琼西一阵窃喜。

2

格雷先生转动方向盘，驶向通往闪烁的绿色路牌的坡道，汽车突然一个侧滑，溅起一阵雪雾。琼西知道，如果开车的是他自己的话，汽车可能已经冲出出口的坡道，一头栽进沟里了，但开车的不是他。格雷先生现在虽然常常受到琼西情绪的影响，可是在紧急关头，他似乎不怎么惊慌失措。他并没有盲目地猛踩刹车，而是顺势滑行，并把稳方向盘，直到汽车停止打滑，再将车身调正方向。客座底下那条狗仍然在沉睡，琼西的脉搏也依然平缓。琼西知道，如果开车的是他自己，他的心脏一定在狂跳不已。不过话说回来，遇到这样的风雪天，他的用车方式就是把车停在车库里。

格雷先生在坡道顶上遵守了停车标志，尽管 9 号公路两边白雪皑皑，渺无人迹。坡道对面是一个巨大的停车站，被弧光灯照得透亮；在耀眼的亮光下，随风飞舞的大雪仿佛是一头无形的巨兽所呼出的寒冷气息。琼西知道，如果是在平常夜晚，那里会有此起彼伏的发动机的声音，肯沃斯、麦克以及吉米·彼得等货车的驾驶室里会闪烁着绿色或琥珀色的灯光。而今天晚上，那儿却人车全无，只有在竖着一块写有**长时停车请找经理　持票方才有效**的牌子的区域，才停了十几辆大货车，货车的边边角角上落满雪花，使车身的轮廓不再那么鲜明。货车司机这时都在里面的休息室里吃东西、玩弹球或者看毛片，或者是在后面阴暗的客房里尽量睡上一觉，只要花上十美元，就能享有一张小床、一条干净的毛毯以及炉渣砖墙。所有人的脑海中，显然都想着同样的两个念头：我什么时候能上路？这得花我多少钱？

格雷先生踩下油门，尽管他下脚很轻，就像琼西有关冬季驾驶的资料所提示的那样，汽车的四轮还在同时飞转起来，车身左摇右晃，车轮碾进积雪之中。

很好！琼西从办公室窗前的位置叫道，很好！陷进去！一直陷到踏脚板！如果在四轮驱动时陷住了，那可就真的陷住了！

就在这时，车轮稳定下来——先是前轮，因为发动机的重量给了车身一定的引力——然后是后轮。公羊穿过 9 号公路，朝一个标有**入口**的地方驶去。进了入口后，又出现一块招牌，上面写着：**欢迎光临新英格兰最好的停车站**。接着，卡车的前灯又映照出另一块招牌，上面沾满雪花，但字迹依稀可辨：**见鬼，欢迎光临世界上最好的停车站**。

这是世界上最好的停车站吗？格雷先生问。

当然，琼西回答，话音刚落，便不由自主地大笑起来。

你干吗要这样？干吗要发出这种声音？

琼西发现了一件令他既怦然心动又悚然心惊的怪事：格雷先生在用琼西的嘴巴微笑。不很明显，只是淡淡的，但的确是在微笑。他甚至不懂得笑声是怎么回事，琼西想。不过，格雷先生此前也不明白生气是怎么回事，可事实却表明他学得极快；他现在已经会大发雷霆了。

你刚才说的话让我觉得好笑。

什么叫好笑？

琼西一时无法回答。他想让格雷先生体验人类所有酸甜苦辣的情感，在他看来，将他的附体者人性化也许是他最终生存下来的唯一希望——正如波哥[①]说的那样，我们遇到了敌人，那就是我们自己。可是，你该如何向来自天外的菌类解释“好笑”的意思呢？戴萨特自诩为世界上最好的停车站，这到底又有什么好笑之处？

他们这时又经过一个路牌，上面有两个箭头分别指向左右两边。向左的箭头下写着**大车**，向右的箭头下写着**小车**。

“我们去哪边？”格雷先生停在路牌前问。

琼西本可以让格雷先生自己去搜取信息，可这有什么意义呢？我们是小车，他说，于是格雷先生朝右边驶去。轮胎有些打滑，车身随之颠簸起来。莱德抬起头，又放了一个长长的臭屁，然后发出了呻吟。它的下腹胀鼓鼓的；不知情的人无疑会认为这是一条即将产下一大窝狗崽的母狗。

在小车停车场上，一共停了二十多辆小轿车和小货车，而车身上覆盖着厚厚一层雪的多是诸如机械工（总是有一两个人值班）、服务生、快餐厨师等人的车。琼西兴趣盎然地发现，其中最干净的是一辆浅蓝色的州警巡逻车，车顶的警灯旁边有不少积雪。一旦被警方拘捕，格雷先生的计划无疑将会被破坏；但是，琼西自己已经有三次出现在谋杀现场——如果算上发生在货车驾驶室里的那一次的话。前两次的现场都没有目击证人，很可能也没有格里·琼斯的指纹，可这里

① 美国漫画角色。

呢？不仅有，而且很多。他可以想象自己站在什么地方的法庭里，口里说着，法官先生，那些谋杀案是我体内的外星人干的。是格雷先生干的。这又是一个格雷先生无法听懂的笑话。

而此时此刻，格雷先生又在搜查信息了。呆傻特，他说，你怎么把这地方叫做呆傻特呢？招牌上不是写的戴萨特吗？

拉马尔以前就是这么叫的，琼西说，并回想起在这儿用过的漫长而开心的早餐，那往往是在“墙洞”之行的往返途中。而现在不也正好符合传统吗？我父亲以前就是这么叫的。

这好笑吗？

我想有点儿吧。这是一种谐音双关。我们把双关称为最低级的幽默形式。

格雷先生把车停在最靠近通明灯火的餐饮区、同时最远离州警巡逻车的那一排车位上。琼西不知道格雷先生是否明白警车顶灯的意义。只见他把手伸向车前灯的按钮，按了下去，接着又伸向点火开关，却转而停住，发出几声大笑：“哈！哈！哈！哈！”

感觉怎么样？琼西问，语气中颇有几分好奇，还有一丝不安。

“不怎么样。”格雷先生干巴巴地回答，然后关掉点火开关。驾驶室外狂风呼啸，他坐在黑暗中，突然又笑了起来，这一次多了些许自信：“哈！哈，哈，哈！”藏身在办公室里的琼西不寒而栗。那声音令人毛骨悚然，犹如一个鬼魂在回忆怎样重新转变成人。

莱德也不喜欢这笑声。它又呻吟了，不安地望着坐在他主人方向盘后的那个人。

3

欧文推了推亨利，亨利极不情愿地醒了过来。他觉得自己似乎刚刚入睡。他的四肢仿佛被焊在水泥里一样。

“亨利。”

“嗯。”左腿很痒，嘴巴里更痒；嘴唇上也长出了该死的拜拉斯。他用食指擦了擦，意外地发现那东西一擦就掉。就像沾在嘴唇上的面包屑一般。

“你听。而且快看。能看见吗？”

亨利抬眼看去，道路前方黑乎乎的，只有飞舞的雪花——欧文已经把车停在路边，并关掉车灯。再往前去的黑暗中，传来了思想之声，跟篝火的声音相差无几。亨利的思想趋近过去，发现有四个人，都是没有资历的年轻人，是……是……

“蓝色行动组”的人，欧文低声说道，这一次我们被称为“蓝色行动组”。

“蓝色行动组”的四个没有资历的年轻人，尽量壮着胆子……尽量显得坚强……黑暗中的声音……黑暗中轻轻的谈话声……

凭借灯光，亨利发现自己能看见个大概。当然有大雪，还有几盏闪烁的黄灯照亮了高速公路的入口。借助仪表板的亮光，还能看见装比萨饼的盒盖——盒盖权当成盘子，上面有苏打饼干，几块奶酪，还有一把瑞士军刀。那把刀是一个名叫斯米蒂的人的，现在大家都用它来切奶酪。亨利越看越清楚了，就像你的眼睛渐渐适应了黑暗一样。但是还不仅如此：他所看到的世界具有一种令人不安而莫测的深度，仿佛那不再是三维的物质世界，而突然变成了四维乃至五维。其原因不难理解：他在同时用四双眼睛观看。他们围成一团,在……

悍马，欧文兴奋地说，是一部他妈的悍马，亨利！还有雪天的防滑装备！我敢打赌！

四个年轻人围成一团，没错，但仍然坐在四个不同的地方，从四个不同的角度观察这个世界，而且每个人的眼光也各不相同，有的如鹰眼一般锐利（如来自纽约州梅布鲁克市的达纳），有的普通平常。但亨利的大脑似乎在对它们进行处理，犹如把胶卷上多个静止的图像转换成一部电影。不过这并不像是电影，也不像是某个复杂的三维图案。这是一种全新的视觉方式，并由此会产生一种全新的思维方式。

如果这玩意儿传播开去，亨利既恐惧又抑制不住兴奋地想，如果传播开去的话……

欧文用胳膊肘在他腰上拐了一下，说：“也许你可以改天再探讨这个问题，快看路对面吧。”

亨利用他独特的四重视角朝对面看去——事后才意识到他不仅仅

是朝对面看去而已，他还移动了他们的眼球，以便看清高速公路对面的动静。在公路对面，他看到有更多的灯光在暴风雪中闪烁。

“那是个拦截点，”欧文小声说，“是克兹为保险起见使出的招数之一。两个出口都封锁了，未经批准不得进入高速。我想要那部悍马。碰到这种狗屁天气，那是最理想的工具，可我不想惊动对面那帮家伙。我们能办到吗？”

亨利又试着移动他们的眼球。他发现，一旦他们的目光不再集中于同一事物，他自己那神奇的四维或五维视角就会消失，让他一时头昏脑涨，视线模糊不清，大脑内部的处理功能对此也无能为力。可他毕竟移动了他们，移动得不多，只是眼球而已，可……

我想，如果我们一起努力的话，就能办到，亨利告诉他，靠近点儿，别再出声说话。进入我的大脑，跟我连起来。

转眼间，亨利的大脑充实了许多。他的视线再度清晰起来，但这一次没有刚才那么深入。现在不是四双眼睛，而只有他和欧文的两双眼睛。

欧文把雪地摩托车挂到一档，没有打开车灯，缓缓向前开去。引擎低沉的“嗡嗡”声被狂风不停的呼号所淹没。他们离那伙人越来越近，亨利感觉到自己越来越紧地控制住了他们的思想。

老天，欧文既有几分好笑又有几分吃惊地说。

什么？怎么了？

你呀，老兄——感觉像是在魔毯上一样。天啊，你的力量可真大。

你还以为**我**的力量大，等你见到琼西再说吧。

欧文将雪地摩托车停在一个小山包的斜坡下，山包过去就是高速公路。当然还有伯尼、达纳、托米和斯米蒂，四个人正坐在停于朝南的坡道顶上的悍马里，大口吃着临时盘子里的奶酪和饼干。他和欧文安全地藏在这里，不可能被发现。车里的四个年轻人没有感染拜拉斯，也全然不知道自己已经被人盯上。

准备好了吗？亨利问。

应该好了。亨利脑海里的这个人在面对克兹及其部下的扫射时曾经镇定自若，可现在却有些紧张不安。你领头吧，亨利。这次行动我只是提供支持。

我们开始。

随后，亨利完全是凭着本能将悍马里的四个人“绑定”在一起，这一次不是通过呈现死亡与毁灭的情景，而是模仿克兹的声音。其间，他不仅吸纳了欧文·安德希尔的能量——欧文此时的能量比他自己的要大得多——还借助于欧文·安德希尔对他的顶头上司的深切了解。“绑定”之举使他体会到一阵强烈的快意。还有如释重负之感。移动他们的视线是一回事，完全控制他们则是另一回事。而且他们没有感染拜拉斯，这意味着他们可能不会感应。可他们却有感应，真是谢天谢地。

小伙子们，你们东边的山包上有辆雪地摩托车，克兹说，我要你们把它开回基地。请马上行动——不要发问，不要议论，只管行动就是。与你们现在的车相比，你们会觉得那辆车的空间有些拥挤，不过我觉得你们都能坐进去，赞美上帝。好了，赶快动起来。上帝保佑你们。

亨利看见他们下了车，他们都表情平静，目光茫然。他自己也下了车，接着看到欧文还大睁着眼睛，坐在雪地摩托车的驾驶室里。他的嘴唇移动着，口型与脑海中的字眼相应：赶快动起来，上帝保佑你们。

欧文！快点儿！

欧文吃了一惊，回过头来，然后点点头，掀开挂在自己那一侧的帆布。

4

亨利绊了一跤，又爬了起来，疲惫地望着无尽的黑暗。已经不远了，天知道已经不远了，可在这样的积雪中，他觉得自己无法再往前走二十英尺，更不用说一百五十码了。蛋头博士一步一步往前行，他心里默默地念着，接着又想道：我真的那么干了。事情显然是这样。我已经自尽了，现在是在地狱里，蛋头博士在地——

欧文的手臂伸了过来……不过不只是手臂。他还在给亨利输入力量。

谢谢——

待会儿再谢吧。而且也待会儿再睡。你的眼睛现在得盯着那个球。

但是根本就没有什么球。有的只是伯尼、达纳、托米和斯米蒂在大雪中艰难行进的身影，他们都穿着防护服和带有帽子的风雪大衣，一言不发地排队而行，看上去就像一群梦游者。他们沿着“天鹅池路”朝东向雪地摩托车走去，而欧文和亨利则往西，直奔被他们扔下的悍马。亨利发现被他们扔下的还有奶酪和饼干，肚子不由得咕咕叫了起来。

随后，悍马一路向前。他们开始时没有打开前灯，车速也很慢，尽量将声音降低降低再降低，绕过坡道底部的黄色信号灯，如果运气好的话，守卫着北行坡道的那帮家伙压根儿就不会知道他们已经离去。

如果他们最终发现了我们，我们能让他们忘记吗？欧文问，让他们——哦，我不知道——让他们得健忘症？

亨利意识到也许真的可以。

欧文？

什么？

如果这玩意儿传出去的话，将会改变一切。所有的一切。

欧文顿了顿，沉吟着。亨利所说的不是知识，不是食物链上游克兹的各级上司通常所做的决定；他所说的是显然远远超出一点小小的读心术的那种能力。

我知道，他终于回答道。

5

他们开着悍马向南行进，在暴风雪中一路向南行进。亨利·德夫林狼吞虎咽地吃着饼干和奶酪时，一阵倦意袭来，他刺激过度的脑海里的灯光顿时熄灭了。

睡觉的时候，他的嘴唇上还沾着饼干屑。

他梦见了乔西·林肯霍尔。

6

在燃烧了半个小时之后，雷吉·戈斯林那座旧牲口棚的火势越来越小，犹如巨大的黑夜中一条奄奄一息的巨龙的眼睛，在融雪所形成的黑眼眶中闪烁。“天鹅池路”以东的树林里响起了“噼噼啪啪”的枪声，刚开始火力很猛，后来变得稀稀落落，不再那么激烈——那是“帝国山谷”（现在是凯特·嘉拉格的“帝国山谷”）的人在追击逃犯。就像射杀火鸡一般，能够逃脱的火鸡显然寥寥无几。也许有足够的活口可以说出真相，可以把这一切都说出去，但是，明天再去操那份心吧。

与此同时——也包括背信弃义的欧文·安德希尔距离他们越来越远的同时——克兹和弗雷迪正站在指挥部里（不过在弗雷迪看来，这里不再是什么指挥部，重新成为一辆普通的温尼贝戈房车；那种权力感和重要性已经荡然无存），朝一顶帽子里扔扑克牌。

克兹不再有丝毫的感应能力，但对他的手下依然能明察秋毫——就算他发号施令的对象只剩下一个人也一样——他看着弗雷迪，说：“伙计，不要操之过急——这句话仍然是真理。”

“好的，头儿。”弗雷迪情绪不高地说。

克兹扔出一张黑桃 2，只见它飘飘荡荡地落进帽子里。克兹像个孩子似的呵呵乐了，正要接着再扔时，传来一声敲门声。弗雷迪扭头朝门口看去，但克兹却狠狠地盯着他。弗雷迪只好转回头来，看着克兹又扔出一张牌。这张牌出手时还不错，可一阵摇摇晃晃之后，最终却落在帽檐上。克兹小声地嘀咕了句什么，然后朝门口点点头。弗雷迪暗暗地说谢天谢地，连忙走过去开了门。

站在门口最高一级台阶上的是乔瑟琳·麦卡沃伊，她是“帝国山谷”的两名女兵之一。她说话时带有温和的田纳西乡下口音；一头金发剪得很短，下面是一张冷峻的面孔。她端着一支未注册的以色列式手提冲锋枪。弗雷迪有些纳闷，不知道她是从哪儿弄来这玩意儿的，但转而一想，觉得这并不重要。很多事情都已经不再重要，而且多半是在此前一小时左右的时间里变得不再重要的。

“乔丝，”弗雷迪说，“又怎么不高兴了？”

“奉命送来两名里普利感染者。”树林里又响起枪声，弗雷迪看到这女人的眼睛几乎是难以察觉地朝那边瞥了一眼。她想回到路对面那儿去，想在游戏结束之前尽情杀上一通。弗雷迪理解她的感受。

“让他们进来，丫头。”克兹说。他仍然站在那儿，手中仍然拿着纸牌，帽子还在地上（地上仍然依稀可见三等厨师梅尔罗斯留下的血迹），但是他的目光却顿时发亮，显出浓厚的兴趣。“我们来看看你找到了谁。”

乔瑟琳用枪比划了一下。台阶下面传来一个男人的吼声：“上面那狗娘养的，别让我多费口舌了。”

从乔瑟琳面前走过的第一个男人身材高大，皮肤黝黑，一侧面颊以及脖子上各有一道伤口。两处伤口都长满了里普利。额头上长得更多。弗雷迪认出了这张面孔，却不知道这人的名字。不过，老头子显然知道这个人的名字。弗雷迪估计他记得他所指挥过的所有人——不管是活着的还是死了的——的名字。

“坎布里！”克兹叫道，双眼更加熠熠放光。他把纸牌扔进帽子里，走到坎布里面前，好像要握手一般，但马上打消了这个念头，转而“啪”地敬了一个礼。吉恩·坎布里没有回礼。他看上去闷闷不乐，神情迷惑。“欢迎来到美洲正义联盟。”

“看到他与那些本该由他看守的拘押犯一起逃进了树林。”乔瑟琳·麦卡沃伊说。她面无表情，声音里满是不屑。

“当然要逃了，”坎布里望着克兹说，“你反正要干掉我。要干掉我们所有的人。你别想蒙我了，省点儿心吧。你的心思我看得清清楚楚。”

克兹丝毫没有因为这番话而不快。他搓着双手，朝坎布里友好地笑着。“如果你表现好的话，伙计，说不准能改变我的心思呢。人心生来是要破碎的，心思生来是要改变的，好好地赞美上帝吧。你还带谁来了，乔丝？”

弗雷迪望着第二个人，既感到惊讶，也带着几分快意。依他的愚见，里普利真是找到了一个最佳的滋生地。这王八蛋从一开始就不讨任何人的喜欢。

“长官……头儿……我不知道为什么要我来这儿……当时我正在追击逃犯，可这个……这个……请原谅，我非得这么说不可，这个多事的臭婆娘把我从清理区拽了出来，然后……”

“他在跟他们一起逃，”麦卡沃伊懒洋洋地说，“不仅跟他们一起逃，还一直感染到了屁眼里。”

“胡说！”第二位俘虏站在门口喊道，“完全是胡说！我根本就没有感染，百分之百——”

麦卡沃伊一把拉下他的帽子，只见他原本稀疏的金发又变浓密了许多，而且像是被染红了。

“我可以解释，长官，”阿奇·珀尔马特说，“是这样……你瞧……”他的声音越来越小，然后完全听不见了。

克兹朝他微笑着，不过他已经戴上防毒面罩——他们都戴上了——这给他宽抚的笑容平添了几分怪异和阴险，那模样就像一个恋童狂在诱骗小孩子进屋去吃块馅饼一般。

“珀利，你会没事儿的，”克兹说，“我们要开车出去一趟，仅此而已。我们需要去找个人，一个你认识的人——”

“欧文·安德希尔。”珀尔马特低声说道。

“没错，伙计，”克兹说。他转向麦卡沃伊，“把这位士兵的记事板拿来，麦卡沃伊，我相信有了记事板，他的感觉就会好多了。然后你就可以继续追捕了，我能肯定你正盼着这样。”

“是的，头儿。”

“不过，先瞧瞧这个——我在堪萨斯学的小把戏。”

克兹把纸牌撒了出去。大风从门口刮了进来，纸牌四散飘落，只有一张面朝上落在帽子里，但那是黑桃A。

7

格雷先生拿着菜单，饶有兴致却又几乎是一无所知地浏览着上面的各种名称——肉块，甜菜片，烤鸡，软巧克力派。琼西意识到，格雷先生不仅不知道食物的味道，而是根本就不懂“味道”这个概念。他又怎么可能知道呢？说到底，他只是一个高智商的蘑菇而已。

女服务生走了过来，只见她浅黄色的头发经过定型而高高隆起，胸部也丰满有余，上面戴着一块写有**欢迎光临戴萨特，我是服务生达琳**的胸牌。

“你好，宝贝儿，想要点儿什么？”

“来一份炒鸡蛋和熏肉。熏肉要脆，不要太嫩。”

“要烤面包吗？”

“有冰雹吗？”

她皱起眉头，从点菜板上抬眼望着他。在她背后的柜台前，州警正一边吃着软乎乎的三明治，一边与快餐厨师聊天。

“对不起——我是说，有不有饼薄。”

眉头皱得更厉害了。她的脑海里清楚地冒出了一个问题，就像酒吧橱窗里的霓虹灯在闪烁：这家伙到底是个疯子，还是在拿我开涮？

琼西微笑着站在办公室的窗前，心里有些愧意。

“*是薄饼。*”格雷先生说。

“啊哈，我就猜到了。要不要再来杯咖啡？”

“好吧。”

她合上点菜板，转身走了。格雷先生马上回到琼西办公室紧锁的门前，又一次暴跳如雷。

*你怎么能那么干？*他问，*你从这里怎么能那么干？*格雷先生气急败坏地一拳砸在门上。琼西发现，他不只是生气，而且还害怕。因为一旦琼西能够介入，一切都会陷入危险之中。

我也不知道，琼西说的是大实话，*不过别太往心里去，好好享受早餐吧。我只是有点儿生你的气而已。*

*为什么？*格雷先生仍然怒火中烧，仍然在畅饮琼西的情感之泉，而且不由自主地喜欢这样。*你为什么生气？*

*算是报复吧，我在办公室睡觉时，你不是想把我烤死吗？*琼西说。

停车站的餐饮区几乎没有什么人，所以，达琳很快就把食物端了上来。琼西很想看看自己能否较长时间地控制自己的嘴巴，说上一两句让人瞠目结舌的话（比如：*达琳，我能咬你的头发吗？*），但马上打消了这个念头。

她放下盘子，疑惑地看了他一眼，然后转身走了。格雷先生用琼西的眼睛看着那堆金黄色的鸡蛋和一片片发黑的熏肉（不只是脆，几乎是要烤焦了，这是典型的戴萨特传统），也同样感到疑惑。

吃吧，琼西说。他站在办公室的窗前观看着，等待着，心里既有几分好笑，又有几分好奇。熏肉和鸡蛋有没有可能要了格雷先生的性命呢？也许不可能，但至少会让这劫掠他身体的混蛋好一阵难受。*吃吧，格雷先生，把它全吃了。祝你他妈的好胃口。*

格雷先生查了查琼西有关正确使用餐具的资料，然后用叉子的尖齿挑起一小块炒鸡蛋，送进琼西的嘴里。

随后发生的事情令人不可思议，啼笑皆非。格雷先生狼吞虎咽地吃着，只有在往薄饼上浇人造糖浆时才稍停片刻。所有的食物他都喜欢，特别是熏肉。

*肉啊！*琼西听见他欣喜若狂的声音——简直就像那些过时的三十年代魔怪电影中怪物所发出的狂呼。*肉啊！肉啊！这是肉的味道！*

真有趣……不过，也许不全是*那么*有趣。也许还有点儿恐怖。这是一个新生的吸血鬼的喊声。

格雷先生朝周围看了看，确定没有人注意他（虎背熊腰的州警正在对付一大块樱桃派），便端起盘子，三下五除二地用琼西的舌头把盘子里的残渣剩汁舔得干干净净，最后还舔了舔手指尖上黏乎乎的糖浆。

达琳回来了，帮他续了一杯咖啡，然后望着空空的盘子。“噢，胃口真棒，”她说，“还要别的吗？”

“再来点儿熏肉，”格雷先生回答。他查了查琼西关于正确用语的资料，接着又说：“再来双份。”

但愿你给噎死，琼西想，不过他自己也觉得希望不大。

“那得再给炉子添点儿火。”达琳说。格雷先生听不懂这句话，也懒得去查琼西的资料了。他往咖啡里倒了两小袋糖，又看了看周围，确定没有人注意他，便把第三袋直接倒进自己的喉咙。琼西的眼睛半眯了几秒钟——格雷先生正开心地沉浸在“甜蜜”的滋味中。

你随时都可以这样的，琼西在门后说。他觉得自己终于明白撒旦把耶稣带上山顶，然后用世界上的所有城池来诱惑耶稣时的感觉了。不好；但是也不坏；只是履行职责，推销产品而已。

不过……等一等。感觉其实很好，因为他知道自己在渐渐渗入。固然没有划开一道道伤口，但至少是在格雷先生身上扎针。让他的欲望像鲜血一样一滴滴地流出来。

放弃吧，琼西劝道，入乡随俗好了，你还有不少年月可以探索我的感觉。它们还很灵敏；我还不到四十岁呢。

格雷先生没有回答。他看了看四周，发现没有人留意他，便把人造糖浆倒进咖啡里，搅了搅，然后又四处张望，期待着他后来点的熏肉。琼西叹了口气。这就像是与一位严格自律的穆斯林最终到拉斯维加斯去度假一样。

餐饮区的尽头有一扇拱门，上面有一块写着**司机休息室和洗浴室**的牌子。拱门过去有一条不长的走廊，走廊里有一排付费电话。几位司机正站在那儿，显然是在跟妻子或老板解释，他们不能按时回去，他们在缅因州被一场突如其来的暴风雪给耽搁住了，这会儿正待在德里南部的戴萨特停车站（有些人管它叫呆傻特，琼西想），而且可能会在这儿至少待到明天中午。

琼西从可以看到停车站的办公室窗前转过头来，望着自己的办公桌，桌子上乱糟糟地放着他的各种年代久远却备感温馨的东西。有一部电话，是蓝色的特里姆林电话。能不能用它跟亨利通话呢？亨利还活着吗？琼西觉得是的。他想，如果亨利离开人世，那么在他离去的那一刻，他琼西一定会有感觉——比如房间会突然变暗。艾尔维斯离开了大厦，比弗以前在讣告栏里看到熟悉的名字时常常这么说。真他妈的倒霉！琼西觉得亨利还没有离开大厦。亨利甚至有可能在打算重新出场。

8

格雷先生吃自己点的双份熏肉时并没有噎着，但是突然间，他的下腹疼痛难忍，他不由得惶恐地大叫起来。你给我下毒了！

别紧张，琼西说，你只是需要清空一点地方，我的朋友。

地方？你是说——

话音未落，又一阵疼痛袭来。

我是说，我们最好快点儿去洗手间，琼西说，天啊，你们六十年代实施了那么多的绑架，难道就没有从中了解到**一丁点儿**有关人体解剖学方面的知识吗？

达琳此前留下了账单，格雷先生把它拿了起来。

放15%的钱在桌上，琼西说，作为小费。

15%是多少？

琼西叹了口气。这就是电影叫我们畏惧的宇宙之王吗？这些来自天外的残酷无情的征服者竟然不知道怎样大便和计算小费？

又是一阵剧痛，外加一个不怎么响的屁。有气味，但不是乙醚的气味。感谢老天的眷顾，琼西想道，然后对格雷先生说：让我看看账单。

琼西透过办公室的窗户看着那张绿色纸片。

给她一块五吧。格雷先生似乎将信将疑，于是琼西又说：这是我给你的忠告，朋友。如果给多了，你就成了今晚出手大方的阔佬，她会记住你；如果给少了，你就成了吝啬鬼，她还是会记住你。

琼西感觉到格雷先生在他的资料里查询“吝啬鬼”的含义。接着，他一言不发地在桌上留下一张一美元和两枚二十五分的硬币。付完小费后，他朝收银台走去，那里是去男洗手间的必经之路。

州警还在吃那块樱桃派——琼西觉得他的速度慢得有点儿可疑。当他们经过他身旁时，琼西感觉到，作为一个实体（越来越趋于人体）的格雷先生蒸发了，探进了州警的脑海中上下窥视。只剩下一团暗红色的云在控制着琼西的生命机体。

琼西飞快地拿起桌上的电话，但一时又有些犹豫不定。

就拨1-800，找亨利，琼西想。

有片刻时间一切寂静无声……接着，在另一个空间的某个地方，有部电话响了起来。

9

“是彼得的主意。”亨利在喃喃自语。

欧文坐在悍马——车体很大，声音很响，但是装着大号的雪地专用轮胎，在风雪天跑起来就像伊丽莎白二世女王号邮轮——的方向盘后，闻声回过头来。亨利睡着了，眼镜滑到鼻尖，他的眼皮上长出浅浅的拜拉斯，这时正随着底下眼球的转动而轻轻发颤。亨利在做梦。梦到什么了呢？欧文寻思着。他猜想自己能够探进这位新搭档的脑海里去看个究竟，可这么做似乎不地道。

“是彼得的主意，”亨利又念叨了一遍，“彼得最先看到她的。”他叹了一口气，那声音疲惫之极，欧文不禁为他感到难过。他想，算了，他根本就不想了解亨利脑海中正在发生的任何事情。到德里还有一个小时，如果风势一直不减的话可能更久。最好还是让他睡吧。

10

德里中学的后面有一个橄榄球场，里奇·格林纳多曾经在那里施展过身手，成为一名少年英雄，但是里奇已经在坟墓里躺了五年了，像詹姆斯·迪安一样死于小镇里的一场车祸。其他的英雄成长起来，然后功成身退，继续向前。不过，现在并不是橄榄球赛季。现在是春天，球场上聚集的好像是一群大鸟，一群黑脑袋的红色大鸟。这些怪模怪样的大鸟正坐在折叠椅上谈笑风生，但是，校长特拉斯克先生的讲话仍然清晰可闻；他站在一个临时搭建的主席台上，手里拿着麦克风。

“解散之前我再宣布一件事情！”他声音洪亮地说，“我不会要求你们在典礼结束时不要扔学位帽，多年的经验告诉我，我还不如对自己说这句话好——”

笑声。欢呼声。掌声。

“——不过，我要提醒你们把它们捡起来然后上交，否则就罚你们的款！”

有几个人开始喝倒彩，其中，比弗·克拉伦顿的声音最响。

特拉斯克先生最后看了看全场的人。“年轻的女士们先生们，82届的同学们，我在此代表全体教师对你们说，我们为你们自豪。预演到此结束，接下来……”

后面的话被喧哗声所淹没，麦克风已经不起作用；随着学位服的掀动，大鸟们纷纷起身准备飞翔。明天中午之后，他们就会永远飞走了；当然，疯疯闹闹地朝停车场——亨利的车就停在那儿——走去的三只大鸟并没有意识到这一点，没有意识到他们毕生友谊的青少年阶段只有不到一天的时间就要结束了。他们没有意识到这一点，不过这样也许更好。

琼西一把抢过亨利的学位帽，叠戴在自己的帽子上，拔腿朝停车场跑去。

“喂，混蛋，快还给我！”亨利大喊着，接着也抢走比弗的帽子，比弗则大笑着摇摇晃晃地追赶亨利。于是，三个人冲过草地，从露天看台的后面绕过，身上的学位服飘了起来，露出里面的牛仔裤。琼西头上有两顶帽子，流苏在两边摆动；亨利有一顶（实在是太大，连他的耳朵都罩住了）；比弗则头顶空空地跑着，长长的黑发披在身后，嘴里还叼着一根牙签。

琼西一边跑，一面回过头来逗亨利（“快呀，篮球先生，你怎么跑得像个姑娘”），却不料险些撞翻彼得——彼得正在看**德里动态**，也就是停车场北门旁边的一块橱窗信息牌。还有一年才能毕业的彼得伸手抓住琼西，像搂着舞伴跳探戈似的往后扳下琼西的身子，在他的嘴唇上亲了一口。琼西头上的两顶学位帽都掉在地上，他吃惊地大叫起来。

“同性恋！”琼西叫道，并使劲地擦自己的嘴……但接着也大笑起来。彼得是一个怪种——有时候，他会一连几个星期安安静静、平平常常，然后出其不意地来点儿反常之举。这种反常之举往往是在喝了两瓶啤酒之后，但今天下午例外。

“我早就想这样了，格里厄拉，”彼得有些伤感地说，“你现在明白我的真实感受了吧。”

“该死的同性恋，你如果把梅毒传给我了，我可饶不了你！”

亨利追上来，从草地上捡起自己的学位帽，用它打了琼西一下。“上面沾了草渍，”亨利说，“如果我被罚款的话，可就远不只是亲你了，格里厄拉。”

“少来那说到做不到的一套，臭小子。”琼西说。

“迷人的格里厄拉。”亨利一本正经地说。

比弗叼着牙签气喘吁吁地赶来，捡起琼西的学位帽，朝里面瞟了一眼，说：“里面有精斑，我一看就知道，我在自己的床单上见得可多了。”他深吸一口气，像大喇叭似的冲着那些穿着红色学位服、正在渐渐散去的毕业生们大喊：“格里·琼斯朝自己的学位帽里打手枪了！喂，大伙儿都听着，格里·琼西打手枪了——”

琼西一把抓住他，把他掀翻在地，两人扭成一团，红色的学位服随着两人翻来滚去。他们的学位帽都掉在一旁，亨利把它们捡了起来，以免被压坏。

“放开我！”比弗嚷道，“你压死我了！他娘的老天！看在上帝的分上——”

“杜迪茨认识她。”彼得说。他对他们的打闹已经失去了兴趣，而且也不像他们那么兴奋（四个人中，也许只有彼得感觉到巨大的变化即将来临）。他又在看公告牌。“我们也认识她，以前她总是站在智障学院的门口。‘你好，杜杜。’她总是说。”说到你好，杜杜时，彼得的嗓门变得尖脆起来，一时有点像女孩子的声音，听上去甜甜的，而不是嘲讽。尽管彼得不是一位天才模仿家，亨利还是立刻就听了出来。他记得那个女孩，她长着一头蓬松的金发，一双棕色的大眼睛，膝盖上有疤痕，随身携带的白色塑料包里装着她的午餐和芭比娃娃们。她总是说芭比娃娃们，仿佛她们是一个整体。

琼西和比弗也知道彼得在模仿谁，亨利同样知道。他们彼此之间心有灵犀，多年以来都是如此。他们与杜迪茨也心有灵犀。琼西和比弗也与亨利一样，记不起那金发小姑娘的名字了，只记得她的姓长得出奇，念起来很别扭。而且她对杜迪茨有点儿意思，所以才总是在智障学院的门口等他。

三个人穿着学位服围在彼得身边，一同看着**德里动态**信息牌。

同往常一样，信息牌上贴满了各种启事（点心售卖会，洗车服务，由本社区的人排演的《魔幻曲》预演，本地专科学校举办的暑期培训班），以及学生们手写的许多广告（卖这的，卖那的，毕业后找便车去波士顿的，寻求在普罗维登斯室友的，等等）。

上面的角落里有张照片，照片上是一个面带笑容的姑娘，留着满头金发（现在已经不再蓬松，而成了鬈发），大大的眼睛里透着一丝迷茫。她不再是小姑娘了——亨利曾经一次次感到奇怪，不知道一起长大的小伙伴们（包括他自己）是怎样消失的——但是，无论什么时候，他都能认出那双迷茫的黑眼睛。

寻人。照片下写着两个大字。再往下是一行小字：*乔西·林肯霍尔，最后一次有人见到她是 1982 年 6 月 7 日，在斯特罗福德公园的垒球场*。底下还贴有更多的复印件，但亨利已经没有心思细看了。他转而想到，德里镇的人们对孩子失踪事件的反应是多么奇怪——与其他地方的人截然不同。今天是 6 月 8 日，也就是说，那个叫乔西·林肯霍尔的姑娘才失踪一天，可这张寻人启事却贴在（也可能是被移到）信息牌上端的角落里，好像是什么人有意而为。还不仅如此。今天早上的报纸对此只字未提——亨利知道，因为他看过，或者说在吃麦片的时候浏览过。*也许是登在本地新闻版的某个容易被忽略的位置*，他这样想着，顿时觉得正是这样。关键词是*被忽略*。德里的许多事情都被忽略了，比如说对于失踪孩子的议论。近年来，这里有许多孩子都不知去向——这一点他们知道，遇见杜迪茨·卡弗尔的那一天他们显然想到过这个问题，但是大家都没怎么提及。似乎偶尔丢失一个孩子是生活在这样一个美好宁静之地的代价。想到这里，亨利感到一股愤慨之情油然而生，先是渗入继而取代了他此前那不谙世事的快乐。*她也很可爱，总是带着她的芭比娃娃们。与杜迪茨一样可爱*。他想起他们四个人送杜迪茨上学的情景——无数次相伴而行——而她，乔西·林肯霍尔，总是等在校门外，她的膝盖上有疤痕，总是拎着那只大塑料包，口里说：“*你好，杜杜*。”她当时真可爱。

现在还是，亨利想，她——

“她还活着。”比弗语气平静地说。他把嚼烂了的牙签从嘴里取出来，看了一眼，扔到草地上，“不但活着，而且就在不远处，对吧？”

“没错。”彼得说。他还在凝神看着那张照片，亨利知道彼得在想什么，和他自己所想的几乎一样：她长大了。就连乔西也长大了，如果生活更善待他们一些，她可能已经成为杜迪茨·卡弗尔的女朋友。“可是，我觉得她……你知道……”

“她碰到大麻烦了。”琼西说，他已经脱下学位服，把它叠好搭在手臂上。

“她被困住了。”彼得梦呓般地说，眼睛仍然望着照片。他的手指开始左右摆动起来。

“在哪儿？”亨利问，可彼得摇了摇头。琼西也一样。

“我们问杜迪茨去。”比弗突然说。他们都明白这是为什么。用不着再商量。因为杜迪茨能看到路线。杜迪茨

11

“——能看到路线！”亨利突然大声喊道，并在悍马的乘客座上猛地坐直身子。欧文吓了一大跳，他原本沉浸在自己的思绪里，与他为伍的只有暴风雪，以及表明他仍在路上的没有尽头的反射镜。“杜迪茨能看到路线！”

悍马一个侧转，滑了一下，然后重新稳住。“天啊，伙计！”欧文说，“下一次发疯时先提个醒，好不好？”

亨利用手抹了把脸，深吸一口气，接着又吐出来。“我知道我们要去哪儿以及该干什么了——”

“嗯，很好——”

“——不过我得先给你讲个故事，这样你才会明白。”

欧文瞥了他一眼。“你自己明白吗？”

“不全明白，但比此前明白。”

“那么讲吧。我们还有一个小时才到德里，时间够吗？”

亨利觉得时间应该绰绰有余，尤其是用思想来交流的话。他从最开始——他现在所理解的开始——讲起。不是从灰人的到来，也不是

从拜拉斯或臭鼬，而是从四个男孩一心想看返校节女王掀起裙子的照片讲起。欧文开着车，脑海里相继浮现出一连串相互关联的画面，与其说像是电影，不如说更像一场梦。亨利给他讲起杜迪茨，讲起他们的第一次“墙洞”之行，以及比弗在雪地里呕吐的事情。他给欧文讲起他们结伴上学，讲起“杜迪茨牌”：他们玩，杜迪茨记分。讲起他们带杜迪茨去看圣诞老人的情景——简直让他们绞尽了脑汁。还讲起他们三个高一届的孩子在毕业头一天看到**德里动态**信息牌上乔西·林肯霍尔的照片。欧文看见他们坐在亨利的车里，朝位于枫树巷的杜迪茨家开去，他们的学位服和学位帽都堆在后面；看见他们向卡弗尔夫妇问好，卡弗尔夫妇正在客厅里，陪着一个身穿德里煤气公司制服的脸色灰白的男人和一个哭哭啼啼的女人——罗伯塔·卡弗尔的胳膊揽在艾伦·林肯霍尔的肩膀上，在对她说没事儿的，她知道老天不会让可爱的小乔西出任何事情。

力量真强，欧文迷迷糊糊地想，*天啊，这家伙的力量可真强。他怎么会这样？*

卡弗尔夫妇没怎么在意这些孩子，因为他们是枫树巷19号的常客；而林肯霍尔夫妇由于焦虑万分，几乎没有觉察到他们的到来，罗伯塔倒好的咖啡他们也碰都没碰过。*他在房间里，孩子们*，艾尔斐·卡弗尔说，并朝他们勉强地笑了笑。而杜迪茨此刻正玩着自己的特种部队玩具兵——他有一整套——一看到他们出现在门口，就连忙起身。杜迪茨在房间里从来不穿外出时的鞋子，而总是穿着一双兔子拖鞋，那是他上次过生日时亨利送给他的——他很喜欢这双兔子拖鞋，打算把它们穿到散架为止——可是现在，他却穿好了出门的鞋子。他一直在等候他们，尽管脸上仍然笑容灿烂，可眼神却显得严肃。“我们——去哪儿？”杜迪茨问，于是——

“你们从前就这样干过？”欧文低声问道。他想亨利已经告诉过他，但直到现在他才明白亨利的意思。“甚至在这之前？”他摸了摸自己的脸颊，上面已经长出一层浅浅的拜拉斯。

“是的。不，我也不知道。别出声，欧文，只管听着。”

欧文的脑海里再一次充满1982年的那些画面。

12

他们到达斯特罗福德公园时，是四点半钟。垒球场上有一群姑娘，她们都穿着印有**德里五金**字样的黄色球衫，几乎清一色的马尾辫从帽子后面穿出来。多数人都还戴着牙套。“天啊——她们可真是笨手笨脚。”彼得说，也许的确如此，不过她们看上去显然很开心。亨利可一点儿也不开心，他的心里正七上八下，但他看到琼西至少跟他差不多，也是严肃而惶恐的神情，不禁嘘了口气。彼得和比弗两个人的想象力比较贫乏，而他和格里厄拉的却过于丰富。在彼得和比弗看来，这不过是弗兰克·哈代和乔·哈代[1]式的探险。可对亨利而言就不同了。找不到乔西会是一件糟糕的事情（因为他们能找到，他知道他们能找到），而如果找到的是已经死去的乔西……

“比弗。”他说。

比弗一直在注视着那群姑娘，这时朝亨利转过头来。“什么事儿？”

“你仍然觉得她还活着吗？”

“我……”比弗脸上的笑容消失了，显得很困惑，“我不知道，伙计。彼得，你觉得呢？”

但是彼得摇了摇头。“在学校的时候，我觉得她还活着——妈的，她在照片上简直就像要跟我说话了。可现在……”他耸了耸肩。

亨利看着琼西，琼西也耸了耸肩，然后摊开双手：不知道。于是亨利又转向杜迪茨。

杜迪茨正透过他称为“镜镜”的包裹式太阳镜东张西望。亨利觉得戴着“镜镜”的杜迪茨很像《火星叔叔马丁》中的雷·沃尔斯顿，可他绝不会对杜迪茨这么说，也不会用思想告诉他。杜迪茨的头上还戴着比弗的学位帽；他特别喜欢吹动流苏。

杜迪茨不具有选择性感知；对他来说，在垃圾桶里翻找可回收物品的酒鬼，打垒球的姑娘，在树枝上跳来窜去的松鼠，都同样令他着迷。这是他的一个与众不同之处。“杜迪茨，”亨利说，“你去学院上

---

① 美国系列侦探小说《哈代兄弟》中的主人公。

学时，总是跟你一起的那个姑娘，叫乔西的那位，乔西·林肯霍尔记得吗？”

杜迪茨很得体地显出饶有兴致的样子，因为他的朋友亨利在跟他讲话，可对那个名字他却毫无反应。这也在预料之中。杜迪茨连早餐吃的是什么都记不清，又怎么会记得三四年前跟他一起上学的小姑娘呢？亨利感到一阵失望，同时也觉得好笑，这真是奇怪。他们在想些什么？

“乔西，”彼得口里说，但是看上去也没有抱太大希望，“我们以前总是笑话你，说她是你的女朋友，还记得吗？她长着一双棕色的眼睛……一大头金发，全都直直地竖着……还有……”他沮丧地叹了口气。“我×。”

“得过——作数，”杜迪茨说，因为这常常会让他们发笑：得过且过，过了作数。可现在却不起作用，于是杜迪茨又换了一句：“不——打球，不——玩耍。”

“是呀，”琼西说，“不得打球，不得玩耍，没错。我们不如送他回去吧，伙计们，这样没——”

“不。”比弗说，于是他们都望着他。比弗的眼睛既熠熠发亮，又透着困惑。他的嘴里咬着牙签，咬得又快又狠，牙签像活塞似的在他的嘴唇间上下抖动。“捕梦网。”他说。

13

“捕梦网？”欧文问。他的声音似乎来自遥远的地方，即使他自己听来也是如此。悍马的前灯照出前方没有尽头的雪域荒原，只是因为沿途有黄色反射灯的标志，这里才成其为一条路。捕梦网，他想，随后脑海再次被亨利的过去所占满，初夏那一天的情景、声音和气息几乎将他淹没。

捕梦网。

14

“捕梦网。”比弗说，他们彼此心领神会，他们常常这样，因为他们认为，朋友之间就应该这样（亨利后来才明白，事实并非如此）。对于第一次去“墙洞”打猎时共同做过的那个梦，他们从来都没有直接提及，但是他们知道，比弗相信它与拉马尔的捕梦网多少有关。谁也没有去跟他争辩，不仅因为他们不想挑战比弗对那片无害小编织物的迷信，更主要是因为他们对那一天根本就不想提及。但现在他们明白，比弗的理解起码对了一半。他们的确被捕梦网罩在一起，但不是拉马尔的捕梦网。

杜迪茨是他们的捕梦网。

“来吧，”比弗镇静地说，“来吧，伙计们，别害怕。抓牢他。”

于是他们抓牢了他，尽管他们的确害怕——多少有一点害怕；比弗也不例外。

琼西握住杜迪茨的右手——经过职业学校的训练，杜迪茨的右手已经可以灵巧地维修机械。杜迪茨似乎有些惊讶，接着笑了，并主动与琼西十指相扣。彼得握住杜迪茨的左手。比弗和亨利靠拢来抱住杜迪茨的腰。

于是，他们五个人站在斯特罗福德公园一棵古老的大橡树下，六月天的阳光和树影星星点点地洒在他们脸上。那架势颇像大赛上场之前抱成一团鼓劲。那些穿着鲜艳黄球衫、正在打垒球的姑娘没有理睬他们；松鼠也对他们视而不见；正忙着翻找空易拉罐、以便凑足晚上那顿酒钱的酒鬼对他们也无暇顾及。

亨利感觉到自己体内有一束亮光悄然而至，他知道那亮光就是他的朋友和他自己；是他们——还有那明媚的阳光和绿色的树影——共同发出的，其中，杜迪茨的光芒最为夺目。他是他们的“球”；没有他，就不会有“不得打球，不得玩耍”。他是他们的捕梦网，是他为他们制作了捕梦网。亨利的心里满满的（以后再也不会这样了，而由此而产生的空虚则随着岁月的流逝而越来越深，越来越暗），他想：*难道就是为了找到一个除了对她的父母之外，对外人也许无关紧要的失踪的智障女孩吗？那一次，当他们抱成一团时，难道就是为了杀死一个没有脑袋的坏小子吗？天啊，居然在睡梦中让那家伙把车驶离路面，令他死于非命？仅仅是这样吗？那么伟大、那么神奇的力量，难*

道就是为了这种卑微的事情？仅仅是这样吗？

因为如果真是这样——即使在他们的力量合而为一的迷醉时刻，他仍然在想着——那又有何用？那一切又有什么意义呢？

就在这时，一股巨大的力量袭来，赶走他的胡思乱想以及其他各种念头。乔西·林肯霍尔的面孔出现在他们面前，那是一个模糊不定的图像，起初由四种理解和记忆构成……接着，杜迪茨终于明白他们大张旗鼓地要寻找的人是谁，于是出现了第五种理解和记忆。

杜迪茨加入后，那个图像顿时上百倍地明亮和清晰起来。亨利听到有人——是琼西——倒抽了一口气；如果他自己有气可抽的话，他也会倒抽一口气的。因为杜迪茨在某些方面也许是智障，但不是在这一方面；在这一方面，他们才是口齿不清手脚笨拙的可怜白痴，而杜迪茨却是天才。

“哦，我的天啊。”亨利听到比弗在叫，那是惊喜交加的语气。

因为乔西正站在他们面前。他们对她年龄的各不相同的了解将她变成了个十二岁左右的孩子，比他们初次在智障学院门口看到她时要大，但无疑比现在的她要小。他们看到她穿着一件水手裙，裙子的颜色变幻不定，先是蓝色、粉红、大红，接着又重新变成粉红、蓝色。她手里拎着一个大塑料包，芭比娃娃的头从里面探了出来，她的膝盖上满是疤痕，耳垂下的瓢虫耳环若隐若现。亨利想，哦，没错，我记得那对耳环，接着那对耳环也固定不动了。

她开口说了句，你好，杜杜。又看了看他们，说：嗨，你们好。

然后，突然间，她不见了。突然间，他们又变成了五个人而不是六个人。五个大男孩站在老橡树下，脸上映着六月天的古老阳光，耳畔响着垒球姑娘们兴奋的叫喊。彼得哭了，琼西也哭了。那个酒鬼走了——显然已经凑够了酒钱——但是又来了一个人，这人面色凝重，尽管天气很暖和，他却穿着冬天的风雪大衣。他左边脸上有一块红色的东西，可能是胎记，但亨利知道不是。那是拜拉斯。欧文·安德希尔来到了斯特罗福德公园，来到了他们身边，在注视着他们，不过这没关系；除了亨利之外，他们都没有从捕梦网的那一边看到这位客人。

杜迪茨在笑，可是，一看到两位朋友脸上的泪水，他不禁感到茫然。“干吗——哭？”他问琼西。

“没事儿。”琼西说，当他把手从杜迪茨手里抽出来时，最后的联系断了。琼西擦了擦脸，彼得也擦了擦。比弗带着哭腔地笑了一声。

“我想我把牙签吞下去了。”他说。

“没有，在那儿呢，傻瓜。”亨利说着，指了指草地，被咬烂的牙签果然在那儿。

“去找——乔西？”杜迪茨问。

“你能吗，杜杜？”亨利问。

杜迪茨朝垒球场走去，他们怀着敬佩之情紧跟在后面。杜迪茨从欧文身旁走过，不过当然没有看见他；对杜迪茨而言，欧文·安德希尔并不存在，至少此刻还不存在。他走过露天看台，走过第三垒，走过小吃店，然后停下脚步。

他身边的彼得呼吸急促。

杜迪茨转过头，双眼发亮、饶有兴致地望着他，差点笑出来。彼得竖起一根手指，正在左右摆动，他的目光越过摆动的手指，落在地上。亨利顺着他的视线看去，有片刻时间，觉得自己看到了什么——草地上有一抹鲜亮的黄色（像油漆）突然一闪——然后就不见了。只见彼得仍然在运用自己特殊的记忆天赋，自顾自地沉于其中。

“彼得，你——看到——路线了？”杜迪茨问，那慈父般的语气几乎让亨利忍俊不禁。

“嗯，”彼得瞪大了眼睛说，“没错，妈的。”他抬起头来望着大家。“她来过这儿，伙计们！*就是这儿！*”

他们沿着一条只有杜迪茨和彼得才能看见的路线穿过斯特罗福德公园，后面跟着一个只有亨利才能看见的人。公园的北端一道摇摇欲坠的木栅栏，上面挂着一块牌子，写着：D. B. & A. R. R.[①] **财产，**请勿靠近！多年来，孩子们总是无视这块牌子的存在，而德里-班戈-阿鲁斯图克铁路公司的货车真正从荒地一带经过也已经是多年前的事

① 下述铁路公司缩写。

了。不过，他们在栅栏上推开一个缺口后，马上就看到了铁轨；在坡底下，那些铁轨虽然有些锈蚀，却仍然在阳光下反射出光芒。

山坡很陡，到处都长满了毒漆树和毒常春藤。下到一半时，他们发现了乔西·林肯霍尔的大塑料包。那个包如今变得又破又旧，好几个地方还用胶带贴了补丁，但亨利不管在什么地方都能一眼认出来。

杜迪茨高兴地捡起塑料包，一把打开，朝里面看了看。“芭比——娃！”他高喊着，把它们拿了出来。与此同时，彼得继续往前搜索，他的腰弯成了九十度，神情严肃，颇有夏洛克·福尔摩斯寻找莫里亚蒂教授足迹的架势。最终也是彼得·穆尔真正找到了她——在山坡上的一丛杂草中伸出了一截肮脏的混凝土排水管，彼得站在排水管旁边激动地望着所有人，欣喜若狂地叫道：“她在这里面！”除了颧骨上那两团红色之外，他的面孔白得像纸一般。“伙计们，我想她就在这里面！”

德里的下水道和地下排水系统历史悠久，结构极为复杂，因为德里镇原本是一片沼泽，就连生活在周围的密克马克印第安人都对它敬而远之。工程的主要部分建于三十年代，靠的是新政的拨款，不过它们大半将在1985年的大暴雨中毁于一旦，那场暴雨淹没了全镇，摧毁了德里水塔。但各种管道目前依然存在。他们看到的这根排水管顺着山坡埋进地下。乔西·林肯霍尔好奇地爬了进去，结果一脚踩空，沿着半个世纪的枯叶往下滑，就像小孩坐滑梯一样，一直落到水管底部。她一次次地挣扎着想沿着那脏乎乎、滑溜溜的斜面往上爬，直到自己筋疲力尽。她吃完了装在裤子口袋里的两三块饼干，在接下来的漫长时间（十二个小时，也许是十四个小时）里，只能困在这臭气弥漫的黑暗中，倾听外面的世界所传来的模糊声音，那个世界对她来说遥不可及，她只能在这里坐以待毙。

此刻一听到彼得的叫声，她连忙仰起头，使出剩下的全部力气喊道：“救命啊！我出不去了！求求你，救救我！”

他们压根儿也没有想到要去找一个大人——比如在这一带巡逻的内尔警官。他们一心只想把她救出来，这成了他们义不容辞的责任。他们起码还保持着一点头脑，没有让杜迪茨下去，不过其他人在商量了不到半分钟后，就组成一架倒人梯伸进黑暗之中：彼得最前，其次是比弗，然后是亨利，琼西殿后，因为他最重。

就这样，他们爬进黑暗中，里面像下水道一般臭烘烘的（还有别的什么东西的气味，是一种极其陈腐刺鼻的臭气）。进去不到十英尺时，亨利在泥渣中发现了乔西·林肯霍尔的一只鞋子。他不假思索地把它揣进自己牛仔裤的后面口袋。

几秒钟后，彼得转头喊了一声："好了，快停下。"

那女孩的哭泣和呼救声现在已经很响了，彼得甚至可以看到她坐在坡底的枯叶上。她仰头望着他们，她的面孔在黑暗中像一个脏乎乎的圆盘。

他们把人梯又往里推进了一步，虽然心情很激动，他们还是尽量谨慎。琼西的双脚倒挂在一大块垮下来的混凝土上。乔西举起手……奋力抓着……还是够不着彼得伸下去的手。最后，就在他们觉得将不得不放弃的时候，她又往上挪动了一点。彼得一把抓住她伤痕累累的脏手。

"耶！"他得意地叫道，"抓住了！"

他们小心翼翼地把她从水管里往上拉，杜迪茨在一旁等着他们，他一只手里拿着她的包，另一只手握着两个布娃娃，大声对乔西说别担心，别担心，因为他找到了芭比娃娃们。他们把她拉出排水管时，周围阳光明媚，空气清新。

15

悍马里没有电话——有两部不同的收音机，但是没有电话。亨利正在为两人呈现一幕生动的往事，就在这时，一阵清脆的电话铃声骤然响起，把亨利从回忆中惊醒，两个人都大吃一惊。

欧文就像是从沉睡中惊醒似的全身一震，悍马也失去控制，在路面上打滑，然后缓慢地转起圈来，像一条跳舞的恐龙。

"× 他妈——"

他想控制住打滑的势头，但车轮却肆意地飞转，像帆船里失去方向舵的舵轮一样。95 号州际公路的南行线上此时只剩下一条湿滑的单车道，悍马在上面逆行起来，最后斜冲进隔离带上的雪堆里，车前灯照出一束雪雾迷蒙的光柱，指向他们来时的方向。

叮……叮……叮……稀薄的空气中传来急促的铃声。

是在我的脑海里，欧文想，我把它投射了出来，不过我想其实是在我的脑海里，又是那该死的感——

两人之间的座位上有一把手枪，是格洛克手枪。亨利刚拿起它，铃声就戛然而止。他把枪口对着自己的耳朵，手掌握紧枪柄。

当然了，欧文想，没什么好奇怪的。他只是用手枪打电话而已。这种事情经常发生。

“喂。”亨利说。欧文听不见对方的回答，但同伴那张疲惫的脸上露出了笑容。“琼西！我就知道是你！”

还会是谁呢？欧文想，奥普拉·温弗里不成？

“在哪儿——”

凝神倾听。

“他想找杜迪茨吗，琼西？难道是因为这样才……”又是凝神倾听。接着：“水塔？为什么？……琼西？琼西？”

亨利把手枪继续举在耳边，片刻之后才拿下来端详着，好像不明白这是何物。接着，他把枪重新放回座位上，脸上的笑容不见了。

“他挂了。我想是另外那位回来了。他称之为格雷先生。”

“你的朋友还活着，但你看起来似乎并不开心。”不开心的是亨利的思想，可亨利没有必要进一步说破。刚开始很开心，就像你所喜欢的什么人偶尔打个电话而让你很开心一样，可现在又不开心了。这是怎么了？

“他——他们——在德里以南。他们停下来了，正在一个叫戴萨特的停车站吃东西……只有琼西还把那儿叫呆傻特，就像我们小时候那样。我想他自己都没有意识到这一点。他听上去很担心。”

“为他自己吗？还是为我们？”

亨利淡淡地看了欧文一眼。“他说，他担心格雷先生打算杀死一名州警，再抢走他的巡逻车。我想很可能就是这样。妈的。”亨利在自己的腿上擂了一拳。

“可他还活着。”

“没错，”亨利明显情绪不高，“他有免疫能力。杜迪茨……你现在了解杜迪茨了吧？”

没有，我怀疑你也不了解他，亨利……不过也许我了解得够多了。

亨利重新用思想交流——这样更容易。杜迪茨改变了我们——与杜迪茨的交往改变了我们。琼西在坎布里奇出车祸后，再一次发生了变化。在鬼门关走过一遭的人的脑电波往往会发生变化，我去年在《柳叶刀》杂志上看过一篇这方面的文章。对琼西来说，这肯定意味着那位格雷先生能够利用他而不会让他感染，不会拖垮他。而且使他得以不被融化，至少到目前为止是这样。

“融化？”

就是被吸收，被吞噬。接着他说出声来：“你能让我们离开这雪堆吗？”

我想没问题。

“这才是我所担心的事儿。”亨利闷闷不乐地说。

欧文转头望着他，在仪表板上的亮光反照下，他的脸色有些发绿。“你他妈的是怎么了？”

天啊，你还不明白吗？我还得怎么样才能告诉你？“他还在那儿！琼西！”

欧文的头脑所知和心里所知之间存在着一段差距，自从他和亨利开始行动以来，这已经是他第三或第四次不得不越过这段差距了。“哦，我明白了。”他顿了顿。“他还活着。还能思考，还在活着。甚至还能打电话。”他又顿了顿。“老天。”

欧文把车挂上低挡，往前开了六英寸左右，四个轮子才全都转了起来。接着，他又挂上倒挡，随着“嘎哧”一声，悍马重新开进雪堆，但尾部在积雪中稍稍翘起，这正中欧文下怀。当他再次换成低挡时，他们就会轻而易举地离开雪堆。不过，他脚下踩着刹车又等了片刻，整个车身都在轰隆隆地震动。窗外狂风呼啸，大雪纷飞，犹如无数雪怪在空荡荡的高速公路上滑冰。

“你知道我们一定得这么干，对吧？”欧文说，“这是说在我们能够抓住他的情况下。因为不管具体的细节如何，他的整体的计划几乎可以肯定是全面污染。算一算——”

“我会算，”亨利说，“全地球上的六十亿人对阵一个琼西。”

“没错，就是这样的数字。”

“数字有时也会骗人。”亨利说，但是语气很沮丧。一旦数字变得很大时，就不会骗人，也无法骗人了。六十亿是一个很大的数字。

欧文松开刹车，踩下油门。悍马往前移动，这一次是开了几英尺后轮子才开始打滑，但接着就稳定下来，然后像恐龙一般冲出雪堆。欧文调转车头，朝南驶去。

你们把那孩子从排水管里救出来之后呢，继续讲吧。

亨利正要开口，仪表板下的一台收音机里传来响声。接下来的声音洪亮而清晰——仿佛说话人正跟他们一同坐在车里。

“欧文？你在那儿吧，小子？”

是克兹。

16

差不多一小时之后，他们才到达“蓝色行动基地”——曾经的“蓝色行动基地”——以南的十六英里处，但克兹并不担心。上帝会眷顾他们的，他对此深信不疑。

弗雷迪·约翰逊在开车（这快乐的四人组挤进另外一辆可在雪天行驶的悍马里）。珀尔马特坐的是副驾驶座，他的双手被铐在门把手上。坎布里被铐在后座的门把手上。克兹坐在弗雷迪的后面，坎布里坐在珀尔马特的后面。克兹寻思，不知道他的两位被强行征来的小伙子是否在通过感应而密谋。如果是的话，对他们会很有好处。克兹和弗雷迪都把车窗摇了下来，尽管这让悍马比冬天里的户外茅厕还要冷；车内的暖气已经调到最大，但作用微乎其微。不过车窗却必须打开，否则车内的空气会迅速变得令人窒息，会像有毒的煤矿一样满是硫磺味。不过最难闻的还不是硫磺味，而是乙醚味。大部分似乎都来自珀尔马特，只见他在座位上不停地扭来扭去，间或还压低嗓子呻吟一声。坎布里身上的里普利正在疯长，犹如春雨之后的麦田，而且他也有那种气味——克兹即使戴着面罩也能闻到。但珀尔马特是罪魁祸首，他不停地扭来扭去，尽量在放屁时不发出声音（在克兹暗淡的童年时代，大家把这种行为称为“放阴屁”），尽量假装这臭不可闻的气味与他无关。吉恩·坎布里身上长的是里普利；克兹觉得珀尔马特——上帝保佑他——身上长的是别的什么东西。

克兹尽力用自己的干扰辞掩饰着这些想法：*戴维斯与罗伯兹，戴维斯与罗伯兹，戴维斯与罗伯兹*。

“你能不能别这样？”坐在克兹右边的坎布里说，“你都害得我快发疯了。”

“我也给害得快发疯了。”珀尔马特说。他在座位上又动了动，身子底下传出噗的一声轻响。很像是橡皮玩具消气时的声音。

“哦，天啊，珀利！”弗雷迪叫道。他把车窗进一步开大，一股寒气裹着雪花灌进来。悍马滑了一下，克兹坐直身子，但汽车又稳定下来。“拜托你别再用屁眼喷气了行吗？”

“对不起，”珀尔马特板着脸说，“如果你是在暗示我放了屁，那我只能说——”

“我没有暗示任何东西，”弗雷迪说，“我是告诉你别把这地方弄得臭气熏天，不然的话——”

由于没有令人满意的方式可以使弗雷迪说完这句威胁之辞——眼下他们需要两位能感应的人，一位首发，一位后备——克兹平静地插话了。“爱德华·戴维斯与富兰克林·罗伯兹的故事很有教育意义，因为它表明天底下其实没有新东西。这事发生在堪萨斯，当时堪萨斯还是真正的堪萨斯……”

克兹很擅长讲故事，他把他们带回到朝鲜冲突时期的堪萨斯。爱德华·戴维斯和富兰克林·罗伯兹各有自己的小农场，离恩波里亚不远，也离克兹家（他们家其实并不姓克兹）的农场不远。戴维斯原本就是一个脑袋不太清楚的人，他越来越怀疑邻居——那位讨厌的罗伯兹——企图抢走他的农场。爱德华·戴维斯说，罗伯兹在镇上到处说他的坏话。罗伯兹给他的庄稼下了毒，罗伯兹还给恩波里亚银行施压，叫银行取消戴维斯农场的抵押赎取权。

克兹说，爱德华·戴维斯所采取的措施就是，抓了一头患有狂犬病的浣熊放到鸡舍——他自己家的鸡舍。浣熊把那些鸡一只一只地全部咬死，等它累得不能动弹的时候，赞美上帝，农民戴维斯砍下了浣熊先生那颗长着黑灰条纹的脑袋。

在行驶中的冷飕飕的悍马里，他们静静地听着。

爱德华·戴维斯把所有的死鸡（还有那头死浣熊）都装进收割机的车斗里，径直拖到他邻居的农场，趁着昏暗的月色，把一车死东西倒进富兰克林·罗伯兹家分别供牲畜和人口饮用的两口水井。然后，第二天晚上，喝得醉醺醺的戴维斯大笑着给对手打了一个电话，说出了自己的所作所为。*今天可真热，对吧？*这个疯子问道，一边还大笑不止，富兰克林·罗伯兹几乎听不清他的话。*你和你的老婆孩子喝的是什么，罗伯兹？是浣熊水还是鸡肉水？我也没法告诉你，因为我也不记得哪口井里倒的是什么了！真是遗憾，对吧？*

吉恩·坎布里的左边嘴角抽搐了一下，像严重中风的人。他额头上的里普利已经长得很长，使得前额看上去仿佛裂开了一般。

“你这是什么意思？”他问，“你是说，我和珀利跟那群瘟鸡差不多吗？”

“你是怎么跟头儿说话的，坎布里？”弗雷迪说，脸上的面罩轻轻鼓动。

“得了吧，去他妈的头儿。这次行动已经结束了！”

弗雷迪抬起手，似乎想从椅背上伸过来揍坎布里一顿。而坎布里则把自己那张恐怖狰狞的面孔凑上前去。“动手呀，老兄。不过也许你想先检查一下自己的手，看看有没有伤口，因为只要一个小伤口就够了。”

弗雷迪的手在半空中犹豫了片刻，然后又放回到方向盘上。

“还有，弗雷迪，你开车时，最好小心背后。如果你以为头儿会留下目击证人的话，那才是疯了。”

“没错，疯了，”克兹亲切地说，并呵呵一笑，“许多农民都疯了，有些是在威利·尼尔森[①]——上帝保佑他——和‘农场援助’活动之

① 美国乡村音乐传奇人物。

前就疯了。我想是因为生活压力吧。可怜的老爱德华·戴维斯最后去了退伍军人管理局——他是在美国，你知道。而水井事件发生不久，富兰克林·罗伯兹也卖掉农场，搬到威奇托，成为艾利斯-查尔默斯农业机械公司的一名代理。两口水井其实都没有污染。他从州里请了一位水质检测员进行检测，检测员说水没有问题。检测员说，反正狂犬病毒是不会那样传播的。不知道里普利会不会那样传播？”

“起码把它的名字叫对吧，”坎布里几乎是嗤之以鼻，“它叫拜拉斯。”

“管它是拜拉斯还是里普利，反正是一回事，”克兹说，“那些家伙想往我们的井里下毒。用前人的话说，想污染我们宝贵的液体。”

“你他妈的根本就不在乎！”珀尔马特啐了一口，语气里的恨意使弗雷迪全身一震，“你只想抓住安德希尔，”他顿了顿，然后有些伤心地说，“你才是疯了，头儿。”

“欧文！”克兹像花栗鼠一般欢快地叫起来，“差点儿把他给忘了！他在哪儿，伙计们？”

“在前面，”坎布里闷闷地说，“陷进他妈的雪堆里了。”

“好极了！”克兹高声说，“快追上去！”

“别死脑筋了。他正在开出来。跟我们一样，他开的也是悍马。这种车你可以一路开得飞起来。而他现在似乎就是这样。”

“真可惜。我们是不是靠近了一些？”

“没靠近多少。”珀尔马特说，然后动了动身子，做出一个苦脸，又放了一个屁。

“我×。”弗雷迪低声说。

“把麦克风给我，弗雷迪。公共频道。我们的朋友欧文喜欢公共频道。”

弗雷迪把线卷成一团的麦克风递了过来，又调了调装仪表板上的发射器，然后说：“试一试吧，头儿。”

克兹按下麦克风一侧的按钮。“欧文？你在那儿吧，小子？”

沉默，只有静电的音和不肯停歇的风声。克兹正想再按“发送”键重试一次时，欧文的回答传过来，那声音清晰而干脆，虽然有静电的干扰，但是没有变形。克兹面不改色——仍旧是一副开心而饶有兴致的样子，其实他的心跳加快了几倍。

“我在这儿。”

“听到你的声音真好，小子！真好！我估计你在我们前面五十英里。我们刚刚经过39号出口，所以我想应该差不多，对吧？”实际上，他们刚刚经过36号出口，克兹觉得他们之间的距离远远不到五十英里。也许只有一半。

对方没有接话。

“停车吧，小子，”克兹用最和气、最理性的语气劝欧文，“现在给这个烂摊子做点补救还不是太晚。我们的事业已经完蛋了，我想这一点毫无疑问——成了毒井里的死鸡——不过如果你有某项行动的话，让我也一同参与吧。我老了，孩子，我只想拯救一点点好——”

“少废话了，克兹。”车内的六个喇叭里同时传出清晰而响亮的声音，坎布里居然大胆地笑了起来。克兹狠狠地瞪了他一眼。换了别的情形，这一眼肯定会吓得坎布里的黑皮肤黯然失色，但现在不是别的情形，别的情形已经不复存在，克兹感到一阵少有的恐惧。理智上明白自己大势已去是一回事；而感情上接受这一事实则是另一回事。

“欧文……小伙子——”

“你听我说，克兹。我不知道你的脑袋里还有没有一个清醒的脑细胞，如果有的话，我希望它能好好地听着。我现在跟一个叫亨利·德夫林的人在一起。在我们的前面——大概在前面一百英里的地方——是他的一位朋友，名叫格里·琼斯。但实际上已经不再是他。他被一个外星生物劫掠了，琼斯称之为格雷先生。”

格里……格雷，克兹想，这两个名字是多么相似。

“在杰弗逊林区发生的一切并不重要，”喇叭里的声音说，“你策划的屠杀完全是多此一举，克兹——不管是杀掉他们，还是让他们自生自灭，他们都构不成威胁。”

“听到了吗？”珀尔马特歇斯底里地叫道，“构不成威胁！构不成——”

“闭嘴。”弗雷迪吼道，并反手打了他一掌。克兹对此浑然不知。

他直挺挺地坐在后面，怒目圆睁。多此一举？欧文·安德希尔居然对他说，他有生以来最重要的行动是多此一举？

“——环境，明白吗？他们在这个生态系统里根本无法存活。只有格雷先生除外。因为他碰巧找到了一个在本质上与众不同的宿主。所以你听好了。如果你曾经为什么而奋斗过，克兹——如果你现在还在为什么而奋斗的话——你就会收手，不再追捕我们，而让我们来对付这件事。让我们来对付琼斯先生和格雷先生。你也许能抓住我们，但能否抓住他们就是一个大问号了。他们已经到了南部很远的地方。我们认为格雷先生有一个计划。一个可能付诸实施的计划。”

“欧文，你紧张过度了，”克兹说，“停车吧。不管需要做什么，我们都可以共同努力。我们可以——”

“如果你在乎的话，你会收手的，”欧文说，他的声音干巴巴的，“就是这些。这是底线。通话完毕，我挂了。”

“别这样，小子！”克兹大声喊道，“别这样，我不允许你这样！”

接着是“咔嗒”一声，非常响亮，然后喇叭里只剩下静电“嘶嘶”的声音。“他走了，”珀尔马特说，“拔出麦克风，关掉接收器。走了。”

“可你听到他的话了，对吧？”坎布里问，“这么干毫无意义。收手吧。”

克兹额头上的青筋在跳动。“在他干出那样的事情之后，还以为我会拿他的话当真不成。”

“可他说的是实话！”坎布里嚷道。他第一次转过头来正对着克兹，眼睛睁得很大，眼角有几处长出了里普利——或者说拜拉斯，随便你怎么叫都行。他的唾沫溅到了克兹的脸上、额头上和防毒面罩上。“我听见了他的思想！珀尔马特也听见了！**他说的绝对是大实话！是——**”

克兹又一次以迅雷不及掩耳之势，从腰间的皮套里掏出9毫米口径手枪，抬手就是一枪。枪声在车内震耳欲聋。弗雷迪发出一声惊叫，并猛地带动方向盘，悍马斜冲进积雪之中。珀尔马特尖叫起来，转过那张大为惊恐、长有红色生长物的面孔来望着后座。对坎布里而言，这是一种解脱：在也许只够他举手抗议的一刹那，他的脑浆从后脑溅出，从破窗户里飞出去，然后被风雪吹散。

压根儿没想到会这样吧，小子？克兹想，心灵感应在这一点上丝毫也没有帮上你，对吧？

“没错，”珀尔马特伤心地说，“当你面对一个在事情发生之前根本就不知道自己会干出什么来的人时，你的确无可奈何。面对一个疯子时，你的确无可奈何。”

汽车重新稳住了。弗雷迪是一位开车高手，即使在被吓得魂飞魄散时也不例外。

克兹把手枪对准珀尔马特。“再叫我疯子。再说一遍试试。”

“疯子。”珀尔马特脱口而出，他的嘴角挤出一丝笑容，露出一排已经出现几个空洞的牙齿，“疯子——疯子——疯子。可你不会朝我开枪的。你杀了一个后备队员，所以再也不能杀我了。”他的声音不顾一切地越升越高，而坎布里的尸体则歪在车门上，寒风从窗户里灌进来，吹得他的头发在那颗血肉模糊的脑袋周围飘动。

“安静点儿，珀利。”克兹说，他现在感觉好些了，又恢复了理智，坎布里至少还发挥了那么一点价值，“拿好你的笔记板，安静点儿。弗雷迪？”

“在，头儿。”

“你还跟着我吗？”

“跟随到底，头儿。”

“欧文·安德希尔是个叛徒，弗雷迪，你能就此给我大声地说一句赞美上帝吗？”

“赞美上帝。”弗雷迪笔直地坐在方向盘后，双眼凝视着大雪和车前灯射出的光柱。

“欧文·安德希尔背叛了国家和战友。他——”

“他背叛了你。”珀尔马特说，这几乎是一声耳语。

“说对了，珀尔马特，不过你可不要高估自己的重要性，孩子，你最好不要这样，因为你永远不会知道疯子下一步会干什么，你自己也这么说过。”

克兹看着弗雷迪粗壮的脖颈。

“我们要去收拾欧文·安德希尔，还有那位姓德夫林的家伙，如果德夫林还跟着他的话。明白了吗？”

“明白，头儿。”

“至于现在嘛，我们该减减负，对吧？”克兹从口袋里掏出手铐钥匙。他把手从坎布里背后伸过去，绕过没有溅出窗外的已经发凉的黏状物，终于找到了门把手。他打开手铐，大约五秒钟之后，坎布里先生——赞美上帝——重新加入到食物链中。

与此同时，弗雷迪的一只手伸向了自己的胯部，那里正奇痒难忍。实际上，他的腋窝也很痒，还有——

他微微侧过脑袋，发现珀尔马特正在盯着他——那张长着红色生长物的苍白面孔上，是一双黑色的大眼睛。

“你这是在看什么？”弗雷迪问。

珀尔马特一言不发地转过脸去，望向外面的黑夜。

第十九章　继续追踪

1

格雷先生喜欢尽情体验人类的情感，格雷先生喜欢人类的食物，但是格雷先生绝对不喜欢排泄琼西的粪便。他对自己排出的东西看都不看一眼，只是提起裤子，双手有些哆嗦地把扣子扣上。

天啊，你难道不擦一下吗？琼西问，至少把该死的马桶冲一下吧！

可格雷先生只想尽快从里面出来。他把双手放在水龙头下冲洗了好一会儿，然后朝门口走去。

琼西看到州警推门进来，并不怎么感到惊奇。

“拉链忘了拉了，朋友。”州警说。

“哦，真的。谢谢你，警官。”

“从北方来的吧？广播里说，那儿的动静可不小。当然，不是所有的人都收听得到。也许是外星人来了。”

“我是从德里来的，”格雷先生说，“所以不太清楚。”

“我能否请问一下，在这样的一个夜晚，你来这儿干什么？”

就说是朋友病了，琼西想，但同时又感到一阵绝望。他不想目睹这一幕，更不想插手其中。

“有朋友病了。”格雷先生说。

“是嘛。好吧，先生，我想看看你的驾照和行车——”

可这时州警却翻起了白眼。他迈着僵直的大步，朝那面挂有**仅供货车司机淋浴使用**的牌子的墙壁走去。他在那儿站立片刻，浑身颤抖着，想控制住自己……可紧接着就让自己的脑袋狠狠地、一下又一下地朝贴着瓷砖的墙上撞去。第一下撞掉了警帽，到第三下时就开始流血，血先是溅在米色的瓷砖上，后来血流如注，顺着瓷砖往下流淌。

琼西对此无能为力，只好伸手抓起桌上的电话。

没有声音。格雷先生切断了电话线，可能是在吃双份熏肉的时候，也可能是在第一次作为一个人而拉屎的时候。琼西与外界失去了联络。

2

尽管很恐惧——也许正是由于恐惧——琼西拿着戴萨特的浴巾擦着瓷砖墙上的血迹时，突然哈哈大笑起来。格雷先生查找了琼西有关尸体隐藏和处理的资料，不期然找到一座丰富的矿藏。长期以来，琼西对恐怖电影、悬疑小说和推理小说深有研究，几乎可以说是这方面的行家。即使是现在，当格雷先生把血糊糊的浴巾扔在州警被鲜血浸透的制服的胸前——州警的外套被用来包裹他那撞得血肉模糊的头部，在琼西思想的一角，还在呈现《天才的里普利先生》中处理弗雷迪·迈尔斯尸体的画面，不仅有电影版，还有帕特里西亚·海史密斯的小说版。其他电影中的类似场景也在同时浮现，那一幕又一幕看得琼西头晕目眩，就像从悬崖顶上往下看时一样。最可怕的还不在于此。在琼西的帮助下，天才的格雷先生发现了一件比烤脆的熏肉和尽情体验琼西的愤怒之泉更让他喜欢的事情。

格雷先生发现了谋杀。

3

淋浴间的旁边是一间更衣室。更衣室过去是一条走廊，通往货车司机的寝室。大厅里空无一人。大厅的尽头有一扇门，出了门就到了大楼的背后，那里是一条大雪纷飞的死胡同，现在已经积了厚厚一层雪。积雪中立着两个绿色的大垃圾箱。一盏带灯罩的灯发出微弱的亮光，投下几道闪烁的长影。格雷先生学得很快，他在州警的身上搜了搜，找到了车钥匙。他还拿起州警的枪，放进琼西风雪外套上一个带拉链的口袋里。格雷先生用那条血迹斑斑的浴巾抵住通往死胡同的门，以免门被锁上，然后把尸体拖到一个垃圾箱后面。

从州警骇人的强迫性自杀到琼西重新回到后面大厅，整个过程只花了不到十分钟。琼西感觉身体轻盈灵巧，所有的疲劳感都一扫而光，至少眼下是这样：他和格雷先生再次享受着欣快症所带来的乐趣。对于这一次杀人，格里·安布罗斯·琼斯起码在部分意义上难辞其咎。不仅是因为尸体处理方面的知识，还因为在“这只是凭空编造”的糖衣下本能对于嗜血的欲望。开车的是格雷先生——琼西起码不用背上自己是主犯的重负——可他是引擎。

也许我们的确该被消灭，琼西想，而格雷先生此时又返回淋浴间，一边走，还一边用琼西的眼睛寻找血迹，同时用琼西的手玩弄着州警的车钥匙。*也许我们就该化成一簇在空中飞舞的红色孢子。这样也许最好，上帝帮帮我们。*

4

收银机旁一脸倦容的女人问他有没有看到过州警。

“当然看到了，”琼西说，“事实上，我还给他出示了我的驾照和行车证呢。”

“从下午晚些时候起就不断地有警察来，”收银员说，“风雪无阻。他们全都紧张得要命。所有的人都是这样。如果我想看看来自其他星球的人，我宁可租一盘录像带。你听到什么新消息了吗？”

“收音机里说完全是一场虚惊，”他回答，拉上外套拉链。他望着隔开餐饮区与停车场的窗户，证实了自己早已看到的情景：一方面由于玻璃上的雾气，另一方面由于外面的大雪，窗外的世界一片迷蒙。这里没有人能看到他开走的是什么车。

“是吗？真的？”她如释重负，倦容也减少了几分，而且显得更年轻了。

“是的。别急着去找你的朋友，亲爱的。他说他得好好地拉一泡屎。”

她皱起了眉头：“他这么说？”

“晚安。感恩节快乐。圣诞快乐。新年快乐。”

琼西希望这些话中多多少少还有他的影子。试图露出痕迹。以便引起注意。

他正想看看是否引起了注意时，格雷先生让他从收银机旁走开了，他办公室窗前的景象也随之而变。五分钟之后，他又回到高速公路上，开车往南驶去，州警巡逻车的防滑链“咔嗒咔嗒”地响着，使他得以平稳地保持每小时六十英里的速度。

琼西感觉到格雷先生游离了出来，往后探去。格雷先生能触及亨利的思想，却无法进入——与琼西一样，亨利在某些方面也与众不同。没关系，亨利身边还有个人，叫欧弗希尔或安德希尔。有了这个人，格雷先生就能很好地确定他们的方位了。他们在后面七十英里的地方，也许还不止……准备下高速吗？对，准备在德里下高速。

格雷先生进一步往后探去，发现了更多的追踪者。有三个人……但琼西感觉到那群人的主要目标不是格雷先生，而是欧弗希尔或安德希尔。他觉得这既难以置信，又不可思议，可事实好像正是这样。而格雷先生则觉得正中下怀。他甚至懒得寻找欧弗希尔或安德希尔和亨利中途可能停下的原因了。

格雷先生现在只想再换一辆交通工具，换成清雪车，如果琼西的驾驶技术使他的操作不成问题的话。这会意味着另一起谋杀，但对越来越像人类的格雷先生而言，这算不了什么。

格雷先生开始摩拳擦掌了。

5

欧文·安德希尔站在山坡上，近旁就是那根从杂草中伸出来的水管，他看见他们把那个浑身都是泥巴、正睁大了眼睛的姑娘——乔西——从水管里拉出来。他看见杜迪茨（一个身材魁梧的年轻人，长着橄榄球运动员般的宽肩膀和电影明星般的迷人金发）拥抱住她，并在她的脏脸上响亮地亲了几下。他听到她说的第一句话是：“我想找妈妈。”

对这几个男孩子来说，这样很好；没有报警，没有叫救护车。他们只是扶着她爬上山坡，穿过木栅栏的缺口，经过斯特罗福德公园（穿黄球衫的姑娘们走了，换成了穿绿球衫的姑娘；不管是她们还是她们的教练，都没有注意到这群男孩或他们蓬头垢面的战利品），然后沿着堪萨斯街走到枫树巷。他们知道乔西的妈妈在哪儿，还有她的爸爸。

而且不只是林肯霍尔夫妇。孩子们回来时，卡弗尔家所在街道的两旁停满了车。是罗伯塔提议联络乔西朋友和同学的父母。她说，他们要自发搜寻，要在全镇张贴寻人启事。而且不是在不显眼的偏僻角落里张贴（德里镇寻找孩子的启事往往都是出现在那些地方），而是在人们一定会看到的地方。罗伯塔的热情点燃了艾伦和赫科特·林肯霍尔眼中的一丝希望。

其他的家长也积极响应——仿佛他们一直都在等待着这一呼吁。杜迪茨和朋友们刚刚出门（罗伯塔猜想是去玩了，而且并未走远，因为亨利那辆旧车还停在车道上），他们就开始打电话，而等他们回来时，已经有二十多个人挤在卡弗尔家的客厅里，有的在喝咖啡，有的在抽烟。此刻正在对他们讲话的人亨利以前见过，是一位名叫戴维·博克林的律师。他的儿子肯道尔有时跟杜迪茨一起玩耍。肯·博克林也患有唐氏综合征，他是个挺不错的孩子，但是跟杜迪茨不一样。不过说到底，谁会跟杜迪茨一样呢？

孩子们站在客厅门口，乔西也在其中。她重新拿着她的大包，芭比娃娃全都装了进去。她的脸上甚至勉强还算干净，因为比弗一看到那些车辆，就在车道上用自己的手帕帮她擦了擦。（当这大张旗鼓的热闹场面彻底平息之后，比弗才对他们说："告诉你们吧，给那姑娘擦脸时，我心里觉得怪怪的，她长着花花公子兔宝宝那样好身段，大脑却跟草坪洒水机不相上下。"）起初只有博克林先生看到他们，而博克林先生似乎并不明白自己看到了什么，因为他还在继续说着。

"所以，我们大家所要做的就是分成几个小组，比如说三对夫妇一组……每组……我们就……我们……我们。"博克林先生的声音像需要上发条的玩具一样慢了下来，然后，他只是站在卡弗尔家的电视机前，目瞪口呆。那些匆忙赶来的家长们不明白他这是怎么了——他刚才不是还口若悬河吗？于是他们紧张地骚动起来。

“乔西。”他说，那声音干巴巴的，非常平淡，与他平常在法庭上慷慨陈词的声音截然不同。

“没错，”赫科特·林肯霍尔说，“她就叫这个名字。怎么了，戴维？你没事——”

“乔西，”戴维又说了一遍，并抬起一只颤抖的手。在亨利看来（同样在欧文看来，因为欧文通过亨利的目光在观看这一切），他就像是指着艾柏纳泽·斯克鲁奇之墓的未来之灵[①]。

转过来一张面孔……两张……四张……艾尔斐·卡弗尔的双眼在眼镜后面睁得很大，显得难以置信……最后，林肯霍尔太太也转过脸来。

“嗨，妈妈。”乔西若无其事地说。她举起自己的包。“杜迪茨找到了我的芭比娃娃们。我掉进了一个——”

后面的话被她妈妈惊喜的尖叫淹没了，亨利一辈子都没有听过这样的声音，虽然很奇妙，可有点儿吓人。

“× 他祖宗。”比弗说……他的嗓门压得很低。

杜迪茨被这尖叫吓坏了，琼西连忙拥住他。

彼得望着亨利，微微点了点头：*我们干得不错。*

亨利也朝他点了点头。*是呀，干得不错。*

这也许不是他们最美好的时光，但显然与最美好相差无几。林肯霍尔太太把女儿一把搂在怀里，泣不成声，而亨利则拍了拍杜迪茨的胳膊。当杜迪茨转过来望着他时，亨利在他脸上轻轻地亲了一下。*了不起的杜迪茨，亨利想，了不起的——*

6

“就是这儿，欧文，”亨利轻轻地说，“27 号出口。”

欧文所看到的卡弗尔家的客厅顿时像肥皂泡一样消失，前方有块路牌离他们越来越近：**右行进入 27 号出口——堪萨斯街**。他仍然能

① 典出狄更斯小说《圣诞颂歌》。未来小精灵让吝啬鬼斯克鲁奇看到了他衰老的模样。

听见那女人喜极并难以置信的叫声在自己的耳朵里回响。

“你没事儿吧？”亨利问。

“没事儿。至少我觉得没事儿。”他驶入出口的坡道，悍马在大雪中艰难前行。仪表板上的时钟跟亨利的手表一样，也成了摆设，但他觉得能看到天色有了一点蒙蒙亮。“到坡道顶上之后是往左还是往右？快告诉我，因为我不想冒停车的险。”

“往左，往左。”

欧文借着闪烁的转弯指示灯将悍马左转，再一次控制住侧滑之势，然后沿着堪萨斯街朝南行进。街上的雪被清理过，而且是在不久之前，但现在又积了一层。

“雪要停了。”亨利说。

“是呀，可风还是很猛。你很盼望见到他，对吧？我是说杜迪茨。”

亨利笑了。“有点紧张，但的确是的。”他摇了摇头。“杜迪茨，伙计……杜迪茨总是能让你轻松愉快。他是个开心果。到时候你自己看吧。我只是希望我们不是像这样在天刚放亮时不期而至。”

欧文耸了耸肩，意思是说，*这可没办法*。

“我想，他们搬到西区这儿有四年了，而我还从来没有来过他们的新家。”接着，他不知不觉地又用思想与欧文交流：*他们是在艾尔斐死后搬过来的*。

你有没有——随后，画面取代了言语：打着黑伞穿着黑衣的人们。雨中的墓地。支架上的棺材，棺材盖上刻着**艾尔斐安息**。

没有，亨利有些愧疚地说，*我们都没有*。

?

可亨利并不明白他们为什么没有去，不过他突然想起了一句话：*移动的手指在写字；写完字后继续移*。杜迪茨是他们童年时代的一个重要（他觉得自己真正想用的字眼是*至关重要*）的部分。而一旦那种联系中断后，再返回去会很痛苦。痛苦是一回事，*无谓的*痛苦是另一回事。他现在明白了一些别的事情。当他情绪抑郁时，当他的自杀之念越来越明确时，他所联想起的那些形象——父亲下巴上流下来的牛奶，巴利·纽曼晃荡着大屁股冲出办公室——其实一直掩饰着另一个更强有力的形象：捕梦网。这才是他绝望的真正原因吧？一方面是捕梦网这个概念的伟大，另一方面却是这个概念之用途的平凡？用杜迪茨来寻找乔西·林肯霍尔，无异于发现了量子物理学却用它来制作电子游戏；更糟糕的是，还发现这才是量子物理学唯一的真正用途。当然，他们做了一件好事——如果不是他们，乔西·林肯霍尔会死在排水管里，就像一只老鼠死在接雨的桶里一样。不过——得了——他们救出的可不是什么未来的诺贝尔和平奖得主——

你刚才的思路我不是全都跟得上，欧文突然深入到亨利的思想里说，不过听起来很有点儿自命不凡。是哪一条街？

被刺到痛处的亨利不高兴地望着他。“我们这些年没有回来看他，行了吧？这事儿我们可不可以别再提了？”

“可以。”欧文说。

“但我们都给他寄圣诞卡，知道吗？每年都寄，所以我才知道他们搬到了迪尔波恩街，德里西区迪尔波恩街 41 号，再过三条街右转就是。”

“好了。冷静点儿。”

“× 你妈，然后去死。”

“亨利——”

“我们只是失去了联系。就是这样。这种事儿也许绝不会发生在像你这样尊贵的完美先生身上，而对我们这些人来说……我们这些人……”亨利低下头，发现自己握紧了双拳，于是强迫自己松开。

“我刚才说过，好了。”

“也许完美先生与他中学时代的所有朋友都保持联系，对吧？你们大概每年一聚，在一起抢文胸，听克鲁小丑合唱团的歌，吃金枪鱼，自助餐厅里摆出的那种。”

“我很抱歉，如果惹你生气了的话。”

“哦，我气坏了。看你那样子，就像我们他妈的抛弃了他似的。”当然，他们的行为其实比抛弃差不了多少。

欧文没有接话。他正眯缝着眼睛，借着晨光熹微在飘飞的大雪中寻找迪尔波恩街的街牌……找到了，就在前面。从堪萨斯街开过来的一辆清雪车堵在迪尔波恩街的街口，不过欧文觉得悍马能够挤过去。

“我们并不是不想念他。”亨利说。他又开始用思想交流，然后又换成语言。想念杜迪茨是显而易见的。“我们都想念他。事实上，我和琼西今年春天本来要来看他的。可接着琼西出了车祸，我也就把这事儿全忘了。这是不是很令人意外？”

“根本就说不上意外。”欧文不愠不火地说。他把方向盘猛地向右一打，接着又转回来以控制住侧滑，然后踩足油门。悍马重重地撞上一堆表面有些硬化的积雪，两人被安全带拴住的身子也顺势往前一扑。接着他们开了过去，欧文小心地转动方向盘，以免撞上停在街道两侧、半埋在积雪中的车辆。

“我可不需要一个原本打算烧死几百位平民的什么人带着我去上门请罪。”亨利闷闷地说。

欧文双脚猛踩刹车，系着安全带的两人又一次往前扑去，这一次力道更大。悍马也一个侧滑，斜停在街道上。

“你他妈的给我闭嘴。”

对不明白的事儿别在那儿放屁。

“我很可能会。”

搭上性命，就因为。

“你，所以你他妈的少跟我来这套。”

任性的。

（一个娇生惯养的孩子噘着嘴巴的画面）

“自我辩解的狗屁胡说。”

所以你闭上臭嘴。

亨利愕然地盯着他，一时瞠目结舌。什么时候有人这样跟他说过话？答案可能是从来都没有。

“我只在乎一件事情，”欧文说。他脸上毫无血色，布满倦容，“我只想找到你那位带菌者琼西，并阻止他。行了吗？× 你那些宝贵的柔情，× 你那疲惫的感觉，× 你自己。我现在在这里。”

“行了。”亨利说。

“我可不需要一个原本打算让自己自恃有才、任性妄为的脑袋吃枪子儿的家伙来给我上道德课。”

“好吧。”

“所以 × 你的妈，然后去死。”

车内安静下来。外面除了如吸尘器一般呜呜叫的寒风之外别无声息。

最后亨利说话了：“我们不妨这样吧。我 × 你的妈，然后去死；你 × 我的妈，然后去死。至少我们可以避开乱伦的禁忌。”

欧文露出笑容。亨利也跟着笑了。

琼西和格雷先生这会儿在干什么？欧文问亨利，你能知道吗？

亨利舔了舔嘴唇。他腿上已经基本不痒了，可舌头还是好像一块用旧的粗毛地毯。“不知道。联系不上他们了，大概是格雷先生干的。你那位大无畏的上司克兹呢？他越来越近了，对吧？”

“对。如果我们想继续保持领先的话，最好快点办这事儿。”

“那好吧。”

欧文挠了挠一边脸上的红东西，看了看沾在手指上的几抹红色，又重新发动汽车。

你说的是 41 号吗？

是的。欧文？

怎么了？

我很担心。

为杜迪茨？

差不多吧。

为什么？

我不知道。

亨利难过地望着欧文。

我觉得他出了什么事儿。

7

她午夜之后的胡思乱想变成了现实，当敲门声响起时，罗伯塔无法起身。她的腿仿佛是在水里。夜色离去了，但随后却是比夜色好不了多少的黯淡恐怖的晨光，他们就在外面，彼得和比弗，冥间的人来接她儿子了。

拳头又一次落在门上，震得墙上的照片微微颤动。有一幅是放在镜框里的德里《新闻报》头版，照片上是杜迪茨和他的朋友们，还有乔西·林肯霍尔，他们互相挽着肩膀，一个个笑容满面（那张照片上的杜迪茨是多么有神采啊，还那么强壮和健康），报纸上的标题是：**中学好友扮侦探，失踪女孩得生还**。

砰！砰！砰！

不，她想，我就坐在这里，他们最终总会走的，他们不得不走，因为冥间的人只有得到邀请才会进来，而如果我坐在这里一动不动——

可杜迪茨却从她的摇椅旁奔了过去——居然奔了过去，而最近以来他连走路都没有力气——而且他的眼睛又像当年那样炯炯有神，当年他们是多好的孩子啊，给他带来了多大的欢乐啊，可现在他们已经死了，他们顶着暴风雪来找他，可他们已经死了——

“杜迪茨，不要！”她大声叫道，可是他没有理睬。他从那张镶框的照片——杜迪茨·卡弗尔上了头版，杜迪茨·卡弗尔成了英雄，奇迹真是层出不穷——旁边奔过，接着她听见他开了门，对着外面越来越小的雪喊着：

“恩尼！[1]恩尼！恩尼！”

8

亨利张了张嘴——至于想说什么，他自己也永远不会知道，因为什么都没有说出来。他犹如遭五雷轰顶，目瞪口呆。这不是杜迪茨，不可能是他——而是某位生病的大叔或老大哥。只见他面色苍白，帽檐朝后的红袜队球帽下面显然光秃秃的；他的面颊上有不少胡茬，鼻孔周围有凝固的血迹，两只眼睛下面是深陷的黑眼圈。但是——

① 即亨利。

“恩尼！恩尼！恩尼！”

门口这位面色苍白的高个子陌生人像当年的杜迪茨一样，不管不顾地一头扑进亨利的怀里，亨利在铺有积雪的台阶上不由得倒退了几步，这倒不是因为杜迪茨身体的重量——他轻得简直像一根羽毛——而只是因为亨利对此毫无心理准备。如果不是欧文扶住他，他和杜迪茨都会摔倒在雪地里。

“恩尼！恩尼！”

笑着。叫着。抱着他的脸亲得“叭叭”响。在他记忆库的深处，比弗·克拉伦顿小声说，如果你们有谁把这事儿说出去……琼西接话道：知道，知道，你就再也不跟我们玩了，你这该死的臭小子。没错，这是杜迪茨，正在不停地亲着亨利长有拜拉斯的脸颊……但杜迪茨的脸上毫无血色，这是怎么回事？他那么消瘦——不，不只是消瘦，简直是枯槁——这又是怎么回事？他鼻孔里的血，他的皮肤所散发的气味……与贝姬·休身上的气味不一样，与长满拜拉斯的木屋的气味也不一样，可同样是死亡的气味。

罗伯塔出现了，她站在过道里，旁边是杜迪茨和艾尔斐在德里狂欢节上的照片，他们骑在旋转木马上开怀大笑，相形之下，那些大睁着眼睛的塑料马则显得很矮小。

没有去参加艾尔斐的葬礼，但寄了一张卡，亨利这样想着，并感到自责。

她绞着双手，眼睛里满是泪水。尽管胸部和臀部有些发福，尽管头发已经完全灰白，可她总归还是她，她依然是她，可杜迪茨……哦，天啊，杜迪茨……

亨利的眼睛望着她，双臂搂着仍然在一遍遍呼喊他名字的老朋友。他轻拍着杜迪茨的肩胛骨，感觉手掌下脆弱无物，犹如鸟翼中的骨头一般。

“罗伯塔，”他说，“罗伯塔，天啊！他这是怎么了？”

“是ALL，”她苦笑着说，“听上去像洗衣液的名字，对吧？意思是急性淋巴细胞性白血病，九个月前被诊断出来的，当时已经是无法医治了。从那时起，我们就只能与时间赛跑。”

“恩尼！”杜迪茨喊着，熟悉的憨笑照亮了他那苍白而疲惫的面庞，“得过——作数！”

“没错，”亨利说着，禁不住潸然泪下，“得过且过，过了作数。”

“我知道你们的来意，”她说，“但是别这样。求求你，亨利。我求求你了。别带走我的孩子。他的时间不多了。”

9

克兹正想问问珀尔马特有关安德希尔和他的新朋友——那位新朋友叫亨利，亨利·德夫林——现在的情况，珀尔马特却突然仰面对着车顶，发出一声长长的哀嚎。克兹曾经在尼加拉瓜帮一位妇女接生过（他们还总说我们是坏小子，他伤感地想），这声哀嚎让他想起了在美丽的朱维纳河畔所听到的那个女人的叫声。

“挺住，珀尔马特！”克兹大声说，“挺住，小子！深呼吸！”

“去你妈的！”珀尔马特叫道，“看看你把我害成什么样了，你这王八蛋！**去你妈的！**”

克兹没有跟他计较。女人生孩子时常常胡说八道，珀尔马特虽然是百分之百的男儿身，克兹却觉得他眼下的情形跟生孩子相差无几。他知道，明智的选择是让珀尔马特摆脱这种痛苦——

你最好别想，珀尔马特呻吟着，痛苦的泪水顺着长满拜拉斯的脸颊流下来，“你最好别想，你这满肚子坏水的老混蛋。”

“别担心，小子。”克兹安慰道，并拍了拍珀尔马特颤抖的肩膀。从他们的前方传来清雪车发出的隆隆声，那是克兹做工作叫来帮他们开路的（灰蒙蒙的晨光渐渐返回这个世界，他们的速度增加到每小时三十五英里）。清雪车的尾灯像不太干净的红星一般闪烁着。

克兹探身向前，睁大眼睛兴致勃勃地打量珀尔马特。由于车窗破了，汽车的后座非常寒冷，但克兹几乎毫无察觉。珀尔马特外衣的胸前像气球一样鼓了起来，克兹又一次掏出了他的9毫米口径手枪。

“头儿，如果他爆——”

弗雷迪话音未落，珀尔马特就放了一个震耳欲聋的屁。车内顿时臭不可闻，但珀利似乎浑然不觉。他的头无力地靠在椅背上，半眯着眼睛，一副轻松至极的表情。

“哦，× 他奶奶的！”弗雷迪一边说，一边把身旁的窗户开到最大，尽管车内早已是冷风直灌。

克兹目不转睛地看着珀尔马特的大肚子又瘪了下去。看来还不到时候。还不到时候，这样也许更好。长在珀尔马特体内的东西迟早会有用的。不是有些可能，而是很有可能。《圣经》上说，万事万物皆服务于上帝，也许也包括臭鼬。

“挺住，战士，”克兹口里说着，同时用一只手拍拍珀尔马特的肩膀，另一只手把枪放在旁边的座椅上，“你要挺住，心里想着上帝。”

“× 他妈的上帝。”珀尔马特忿忿地说，克兹不禁有些惊讶。他做梦都没有想到珀尔马特会这么满口脏话。

在他们前方，清雪车的尾灯一闪一闪地亮着，靠右停住了。

“呃？”克兹说。

“我该怎么办，头儿？”

“跟上去停在他后面。”克兹说。他的语气很轻松，但同时却从座位上拿起了手枪。“我们来看看我们的新朋友想干什么。”不过他相信自己心知肚明。“弗雷迪，你从我们的老朋友那儿听到了什么？能联系上他们吗？”

弗雷迪十分不情愿地说：“只能联系上欧文。不是跟他一起的那个人或他们要追的那些人。欧文不在路上。而是在一所房子里。在跟什么人说话。”

“是德里的房子吗？”

“是的。”

这时，清雪车驾驶员顶着大雪走过来，他穿着一双绿色大胶靴，一件像是爱斯基摩人穿的带帽风雪外套。一条羊毛大围巾裹住了他的下半张脸，围巾的两头在背后随风飘动，克兹不需要感应也能知道，那条围巾是出自那人的妻子或母亲之手。

清雪车驾驶员从窗户里探进头来，闻到那难以消散的硫磺和酒精味，不由得皱了皱鼻子。他狐疑地看了弗雷迪一眼，又看了看处于半昏迷状态的珀尔马特，然后望着坐在后面的克兹，而克兹正倾身向前，饶有兴致地望着他。克兹觉得为谨慎起见，还是把枪藏在左膝下面为好，至少眼下是这样。

“什么事儿，长官？”克兹问。

“我从无线电里收到消息，是一位自称兰德尔的人发来的。”由于风太大，驾驶员提高了嗓门好让他们听见。他是正宗的东北部沿海口音。“是兰德尔将军。说是从怀俄明的夏延山通过卫星中继器直接跟我通话。”

“没听说过这个名字，长官。”克兹说，他的语气仍然很愉快——全然不理睬珀尔马特正在嘟囔：“你撒谎，你撒谎，你撒谎。”

清雪车驾驶员瞥了珀尔马特一眼，又回到克兹身上。“对方告诉了我一个暗号。蓝色出口。你知道吗？”

“‘我叫邦德，詹姆斯·邦德，’”克兹说着，笑了起来，“有人寻你开心呢，长官。”

“叫我告诉你，你的任务完成了，你的祖国感谢你。”

“他们有没有提到一只金表，小伙子？”克兹问，眼睛熠熠放光。

清雪车驾驶员舔了舔嘴唇。真有趣，克兹想。他能看见某一个具体的瞬间，这家伙认为自己是在跟一个疯子打交道。具体的瞬间。

“根本不知道什么金表。只想告诉你，我不能再带你往前走了。我是说，在没有得到批准的情况下。”

克兹掏出藏在膝下的手枪，顶在清雪车驾驶员的脸上。“这就是批准，小子，已经签字发文，一式三份。够了吗？”

清雪车驾驶员用北方人常见的宽眼睛望着手枪，并没有显出大为惊慌的样子。“哎呀，这就符合规定了。”

克兹哈哈大笑。“识时务！非常识时务！好了，我们出发吧。而且你最好快点儿，上帝保佑你。我要去德里见一个人——”克兹寻找着合适的字眼，很快就找到了，“去听取他的汇报。”

珀尔马特半是呻吟半是嘲笑地哼了一声。清雪车驾驶员瞥了他一眼。

“别理他，他怀孕了，”克兹故作神秘地说，“过不了一会儿，他又会嚷着要吃牡蛎和莳萝泡菜了。”

“怀孕了。”清雪车驾驶员跟着说。他的声音十分平静。

“没错，但是别管他。他跟你无关。事情是这样的，小子——”克兹手里握着枪，一边探身向前，亲热而推心置腹地说，“——我要抓的这个家伙此刻正在德里。我估计他很快又要上路了，我想他肯定知道我来抓他这狗——”

“他知道，没错。”弗雷迪·约翰逊说。他挠了挠脖子一侧，接着又把手放下去，挠了挠胯部。

“——不过现在嘛，”克兹接着说，“我想我能赶上一段距离。好了，你现在想不想把你的屁股挪到驾驶座上去？”

清雪车驾驶员点点头，转身朝自己的驾驶室走去。天色已经更亮了。这很可能是属于我生命的最后一天，克兹想着，觉得有些不可思议。

珀尔马特痛苦地小声呻吟起来，接着他的声音越来越大，终于变成了大叫。他又抱住了自己的肚子。

“老天，”弗雷迪说，“看看他的肚子，头儿。胀得像条面包。”

“深呼吸。”克兹说，并虚情假意地拍拍珀利的肩膀，在他们前方，清雪车又开始动了，“深呼吸，小子。放松。尽管放松，想些美好的事情。”

10

距德里还有四十英里。我和欧文之间还有四十英里，克兹想，情况挺不错。我来抓你了，小子。得送你去上学。就你早已忘记的关于跨越克兹界线的问题给你上上课。

二十英里之后，他们仍然在那儿——这是根据弗雷迪和珀尔马特两个人的判断，不过弗雷迪现在似乎不那么自信了。但是珀尔马特说，他们正在跟那位母亲谈话——欧文和另外那个人正在跟那位母亲谈话。做母亲的不想让他走。

“让谁走？”克兹问。他对此并不在乎。那位母亲把他们耽搁在德里，缩短了克兹与他们之间的距离，所以不管她是谁或出于什么动机，愿上帝保佑她。

“我不知道。”珀尔马特说，自从克兹与清雪车驾驶员谈话之后，珀利的肚子一直比较平静，但他的声音听起来非常疲惫，“我看不清楚。那儿有一个人，但好像没有思想，所以看不进去。”

“弗雷迪？”

弗雷迪摇了摇头。“我联系不上欧文了。也基本听不到开清雪车的家伙。就像是……我也不知道……就像是无线电信号消失了。”

克兹探身到前面的椅背上，仔细端详着弗雷迪脸上的里普利。中间部分还是鲜亮的橘红色，但边缘处似乎在渐渐变成灰白。

那玩意儿要死了，克兹想，置它于死命的可能是弗雷迪的身体，也可能是外部环境。欧文说的没错。我会遭报应的。

可这不会改变什么事情。界线就是界线，而欧文已经越线了。

“开清雪车的家伙。”珀尔马特声音疲惫地说。

“那家伙怎么了，小子？”

不过珀尔马特没有必要回答了。前方的风雪中出现了一个闪烁的路牌，上面写着 32 **号出口——格兰维 / 格兰维站**。清雪车突然加速，同时收起雪铲。转眼间，悍马又行驶在一英尺多深滑溜溜的积雪上。清雪车驾驶员甚至没有开转向灯，只是以五十英里的速度冲过出口，像孔雀开屏般留下一大片雪雾。

“跟上去吗？”弗雷迪问，“我能追上他，头儿！”

克兹控制住一阵强烈的冲动——他很想叫弗雷迪追上去，他们要把那狗娘养的宽眼睛东北佬压成泥巴，让他知道越线的人会有什么下场。把欧文·安德希尔的药给他服上一帖。但是清雪车比悍马要大，要大得多，如果追逐演变成撞车游戏，后果难料。

“待在高速上吧，小子，”克兹说，并重新靠回座椅上，“盯紧目标。”不过，他眼睁睁地目送清雪车拐了一个弯，消失在寒风凛冽的早晨，还是感到遗憾万分。他甚至不可能指望那该死的东北佬被弗雷迪和阿奇·珀尔马特严重感染，因为那玩意儿存活不了多久。

他们往前驶去，再度将车速降至每小时二十英里，但克兹估计南边的路况会更好些。大雪差不多已经停了。

“恭喜你。”他对弗雷迪说。

“什么？”

克兹拍了拍他的肩膀。“你看来要好了，”他又转头对珀尔马特说，“你的情况我就不知道了，小伙子。”

11

在克兹此刻位置以北一百英里以及距亨利被抓岔路口不到两英里的地方，“帝国山谷”的新指挥官——一位冷峻貌美、年近五旬的女人——站在一棵松树旁，这里是一个代号为“清洁一区”的山谷。具体而言，“清洁一区”是一个死亡之谷。整个山谷里堆满横七竖八的尸体，总数在一百之上，尸体身上大多是橘红色的打猎行头。如果尸体有身份证的话，就挂在各自的脖子上。大部分的死者挂的都是驾驶执照，也有些挂着维萨信用卡、发现信用卡、蓝十字保险卡或打猎执照。一位前额有个大黑洞的女人挂的是百视达音像店贵宾卡。

凯特·嘉拉格站在最大一堆尸体旁，正在粗略地清点尸体数量，然后准备撰写第二份报告。她一只手里拿着掌上电脑，这种工具如果让那位著名的死人会计师阿道夫·埃奇曼见了，肯定会羡慕不已。掌上电脑早先无法使用，但现在，那些时髦的电子设备好像大多又可以正常工作了。

凯特头戴耳机，麦克风伸在她的防毒面罩之前。她时而询问一些情况，时而发出一道命令。克兹选择了一位热情而高效的接班人。把这一带的尸体和其他地方的加起来，嘉拉格估计他们已经干掉了至少百分之六十的逃犯。那些老百姓居然会反抗，这显然很出乎意料，不过到头来，大部分人还是难逃一死。就是这么简单。

“喂，凯蒂——凯特。”

乔瑟琳·麦卡沃伊从山谷南端的树林里走出来，她把头盔推到脑后，短发上裹着一条绿丝巾，冲锋枪挎在肩膀上。她的风雪外套胸前有不少血迹。

“吓着你了，对吧？”她问新任顶头上司。

“也许让我的血压升高了一些。”

“哦，‘第四区’清理完毕，也许这会让你的血压有所下降。”麦卡沃伊的眼睛熠熠放光。“我们干掉了四十多个。杰克逊会给你准确的数据。说到准确，我这会儿真的可以用一个准确——”

“打扰一下，女士们？”

她们转过头来。从山谷北端白雪皑皑的树丛里，出来了一群人，有六男二女。他们大多穿着橘红色的衣服，但他们的头目却是一个矮墩墩的男人，他的风雪外套里穿的是“蓝色行动组”按规定所穿的防护服。他的透明面罩也仍然戴在脸上，不过，他嘴巴下面的一小束里普利却显然与规定无关。这群突然出现的人都带着自动武器。

嘉拉格和麦卡沃伊大吃一惊，两人交换了一个诧然的眼神。接着，乔瑟琳·麦卡沃伊把手伸向冲锋枪，嘉拉格则朝靠在树边的勃朗宁扑去。但是为时已晚。枪声如雷鸣一般震耳欲聋。麦卡沃伊被打得飞了起来，飞到将近二十英尺之外。她的一只鞋子也掉了。

“这是为了拉里！”一个穿着橘红色衣服的女人叫道，“这是为了拉里，你们这些臭婆娘，这是为了拉里！”

12

凯特·嘉拉格曾经以班上排名第九的成绩毕业于西点军校，后来却与克兹这个疯子臭味相投。此时此刻，射击结束后，里普利长得像山羊胡子一般的矮个子将自己的队伍集合在凯特脸朝下的尸体旁。他还没收了她的枪支，这支枪比他自己的要好。

“我是民主的坚定信徒，”他说，“所以，你们大家尽可以自行选择，不过我要往北去了。我不知道我得花多长时间才能学会《哦，加拿大》[①]的歌词，但是我要去寻找答案。”

“我跟你一起去。”有个男人说，接着，大家很快就决定一同前往。在离开这个地方之前，他们的头目弯下腰去，从积雪中捡起掌上电脑。

“早都想要一个这玩意儿了，”埃米尔·道格·布洛德斯基说，“我是新科技迷。”

---

① 加拿大国歌。

他们沿着来时的方向离开死亡之谷，朝北方走去。周围传来零零星星的枪声，但“清洁行动”实际上已经宣布结束。

13

格雷先生又犯了一起谋杀，又偷了一部车辆，这次是一部DPW清雪车。琼西没有看到这个过程。格雷先生显然已经确定自己无法使琼西从办公室里出来（至少在他能够把自己全部的时间和精力用来对付这个问题之前无法做到），于是决定退而求其次，将琼西与外界隔离开来。琼西觉得自己终于明白福土纳托被蒙特里梭用砖墙隔在地窖里时的感受了[①]。

事情发生在格雷先生把州警巡逻车重新开上高速公路的南行车道后不久（只有这一条车道，至少现在是这样，而且路面很滑）。琼西此刻正在储藏室里，想看看他自认绝妙的好主意的效果如何。

格雷先生不是把电话线切断了吗？那好，他干脆创造一种新的交流工具，此前格雷先生想通过提高办公室温度的方式逼他出去时，他不是创造过恒温器来降温吗？他觉得自己现在需要的是一部传真机。这也未尝不可吧？所有的仪器都只是象征性的，只是一种想象，好帮助他始而集中继而发挥自己二十多年来所积存的力量。格雷先生感觉到了这种力量，因此在最初的惊讶之后采取了有效措施，阻止琼西使用它。关键是要在格雷先生设置的路障周围不断地寻找出路，就像格雷先生不断地寻找南行之路那样。

琼西闭上眼睛，想象出一部传真机，历史系办公室里的那种，只不过他把这一部放在新办公室的储藏室里。接着，犹如轻抚着神灯的阿拉丁一样（只不过他似乎可以许无数个愿望，只要他不得意忘形就行），他还想象出一摞纸，旁边还放着一支贝罗尔黑美人牌铅笔。然后他走进储藏室去看看自己的成效。

第一眼看上去挺不错……尽管那支铅笔稍稍有点怪异，虽然是崭新的，才初次削好，笔杆却满是咬过的牙印。不过本来就应该如

---

① 爱伦·坡小说《一杯白葡萄酒》中的情节。

此，对吧？惯于用黑美人铅笔的是比弗，早在上维肯街文法学校时就如此。其他人当时已经在用埃贝哈德·法贝尔公司更为标准的黄色笔了。

传真机看上去无可挑剔，它在地上，上方有几个空衣架和一件外套——是他第一次去打猎时他妈妈为他买的醒目的橘红色风雪外套，当时还要他手放在胸口上保证，*只要是在外面，就每时每刻都穿着*它。传真机正在令人振奋地“嗡嗡”响着。

但是，当他在传真机旁跪下来时，却大失所望，只见亮窗上显出：**放弃吧琼西，快出来**。

他拿起传真机上的电话，听到的是格雷先生留下的录音：“放弃吧，琼西，快出来。放弃吧，琼西，快出——”

突然传来一阵轰隆隆的声音，几乎与打雷一般，他不由得大叫一声，跳了起来。他的第一个念头就是，格雷先生开着一部巨大的特种战争装甲运输车，正在破门而入。

不过不是门，而是窗户，从某种意义上说这样更糟。格雷先生正在把工业用的灰色遮光板——看上去像是钢制品——挂在他的窗户上。现在他不仅出不去，而且也看不见了。

隔着玻璃，遮光板内侧的几个字清晰可见：**放弃吧，快出来**。琼西顿时想起《绿野仙踪》里写在天空中的几个大字：**投降吧，桃乐茜**，他很想放声大笑，却又笑不出来。这丝毫也不可笑，丝毫也不滑稽。这很可怕。

“不！”他大声喊道，“把它拿下来！取下来！你真该死！”

没有回答。琼西抬起双手，想砸碎玻璃，捶打外面的钢制遮光板，可转念一想，*你疯了吧？这不正中他的下怀吗？只要你一砸碎玻璃，遮光板就会消失，格雷先生就会进来。而你也就完蛋了，哥们儿。*

他感觉到了什么动静——是清雪车在隆隆地前行。他们现在到了哪儿？沃特维尔？奥古斯塔？也许是更南边的地方？进入了雪已经变成雨的地区？不，可能还没有，如果他们走出了下雪的地区，格雷先生就会把清雪车换成开得更快的车辆。但是他们会走出下雪地区的，而且不用太久。因为他们在往南行进。

去哪里呢?

我还不如死了的好，琼西垂头丧气地望着挂在外面的遮光板以及上面的嘲弄字眼，心里想着，我还不如马上就死了的好。

14

欧文一直都在看着不停地走动的时钟，心里十分清楚，每过一分半钟，克兹就会靠近一英里，所以，最后他握住罗伯塔的胳膊，告诉她他们为什么要带走杜迪茨，不管他病得多么严重。即使是在目前的情况下，亨利也不知道自己能否一脸严肃地说出这关乎世界命运之类的话。但为自己的国家扛了一辈子枪的安德希尔却能够这样，并且说了出来。

杜迪茨站在这里，一条胳膊挽住亨利，那双发亮的绿眼睛全神贯注地打量着他。至少这双眼睛没有变。以前与杜迪茨在一起时常有的那种感觉——事情都顺顺利利，或者很快会顺顺利利的感觉——也没有变。

罗伯塔望着欧文，他每说一句话，她的面孔似乎就苍老一岁，仿佛有人在进行某种恶意的慢速摄影。

“是的，”她说，“是的，我明白你们要找到琼西——要抓到他——可他到底想干什么呢？而如果他来过了这里，他为什么不在这里动手呢？”

“太太，我没法回答这些问题——”

“要谁，”杜迪茨突然说，“琼西——要谁。”

要谁？欧文警觉地用思想问亨利，这是什么意思?

没关系，亨利回答，欧文脑子里的声音顿时变得模糊不清，我们非走不可。

“太太。卡弗尔太太。”欧文又一次轻轻地握住她的胳膊。亨利很爱这个女人，尽管在过去的十几年里，他狠心地忽略了她；欧文还知道他为什么爱她。她身上自有一股迷人的魅力。“我们非走不可。”

“不。哦，求求你别这么说。”泪水又一次夺眶而出。欧文想说，别这样，太太，事情已经够糟了。请别这样。

“有人来了。一个很坏的人。我们得在他赶到之前离开。”

罗伯塔心烦意乱、布满愁容的面孔突然变得坚定起来。“那好吧，如果你们非走不可的话。但是我要跟你们一起去。”

“罗伯塔，不行。”亨利说。

“行的！行的，我可以照顾他……给他喂药……喂强的松……我会记着带上他的柠檬药签，还有——”

“妈妈，你——在家。”

“不行，杜杜，不行！”

“妈妈，你——在家。安全！安全！”杜迪茨变得激动起来。

“我们真的没时间了。”欧文说。

“罗伯塔，”亨利说，“求求你了。”

“让我去吧！”她喊道，“他是我的一切！”

“妈妈，”杜迪茨说，他的声音中没有丝毫幼稚，“妈妈，你——在——家。”

她目不转睛地望着他，神色顿时黯然。“好吧，”她说，“再等一分钟。我得去拿点东西。”

她走进杜迪茨的房间，从里面拿了一个纸袋出来，把它递给亨利。

“这是他的药，”她说，“他九点钟服强的松。别忘了，不然他就会气喘，还会胸口痛。如果他自己要羟考酮[①]的话，你就给他，他很可能会要的，因为在外面受冻会让他很难受。”

她望着亨利，她的眼神很忧伤，但是没有责备。他但愿她责备自己一顿。老天知道，他还从未干过让自己这么愧疚的事情。不只是因为杜迪茨患了白血病；还因为他病了这么久，而他们居然一无所知。

“还有柠檬药签，但只能涂在嘴唇上，因为他的牙龈现在经常出血，药签会染得他很痛。如果他流鼻血的话，这里还有棉花。哦，还有导管。看到他肩膀上的东西了吗？”

---

① 强效止痛药，高度成瘾。

亨利点点头。有根塑料导管从一团绷带里伸了出来。亨利看着导管，产生了一种出奇强烈的似曾见过的感觉。

“如果到了户外，注意要把它盖住……布里斯科医生常常笑话我，可我总是担心寒气会侵入体内……用一条围巾就行……哪怕是手帕也可以……”她又哽咽着，泣不成声。

“罗伯塔——”亨利开口道。他现在也忍不住看着时钟了。

“我会照顾他的，”欧文说，“我父亲在弥留之际就是我陪护的。我对强的松和羟考酮比较了解。”他还知道：多点类固醇，止痛不求人。后来就是大麻，美沙酮，最后是纯粹的吗啡，比海洛因要好得多。吗啡，死神最狡黠的发动机。

这时，他感觉到她探进他的脑子里，那是一种奇怪的酥痒感，犹如一双轻柔得几乎像不曾落下的赤脚缓缓掠过。痒酥酥的，但说不上不快。她想弄清他所说的关于他父亲的事情是真是假。欧文发现，这是她得自于非同寻常的儿子的小礼物，她长期以来都在使用，所以现在完全是不知不觉就用了起来……就像亨利的朋友比弗嚼牙签一样。力量比亨利的要弱，但的确存在，欧文有生以来第一次这么庆幸自己说的是真话。

“但不是白血病。”她说。

“是肺癌。卡弗尔太太，我们真的得——”

“我还得给他拿一样东西。”

“罗伯塔，我们不能——”亨利开口道。

“马上就好，马上就好。”她转身奔进厨房。

欧文第一次真的惊慌起来。“克兹和弗雷迪以及珀尔马特——亨利，我不知道他们到哪儿了！我联系不上他们了！”

亨利打开纸袋，低头往里看去。一看到那盒柠檬味甘油药签上面的东西，他不由得呆住了。他回答了欧文的话，但声音仿佛来自某个此前没有发现过的——该死，是没有料想过的——山谷的尽头。那个山谷的确存在，他现在已经知道。是一个被岁月掩隐的槽谷。他不会（也不能）说，他从未料想过这种地形的存在，但是看在上帝的分上，他的料想怎么会这么窄小呢？

“他们刚刚经过 29 号出口，”他说，“在我们后面二十英里。也许还要近。”

“你怎么了？”

亨利把手伸进棕色纸包，拿出一片小编织物，很像是蜘蛛网，它原本挂在杜迪茨在这儿的卧室的床头，艾尔斐去世之前则挂在枫树巷家里的床头。

“杜迪茨，你这东西是哪儿来的？”他问，不过他当然知道。这只捕梦网比挂在“墙洞”大房里的那一只要小，但除此之外两者一模一样。

“比弗。”杜迪茨说，他的目光一刻也没有离开过亨利，好像仍然不敢完全相信亨利就在眼前，“比弗——送的，上周的——圣诞——礼。”

尽管随着身体抗击拜拉斯的节节胜利，欧文的读心能力在快速下降，他还是轻而易举地听懂了杜迪茨的话。唐氏综合征患者在表达时间概念时，往往难以区分过去和现在，所以欧文猜想，对杜迪茨而言，过去永远是上周，将来永远是下周。在欧文看来，如果所有的人都这么想的话，世界上的悲伤与仇恨就会少许多。

亨利端详着这只小捕梦网，片刻之后才把它放回棕色的纸袋，正在这时，罗伯塔风风火火地出来了。杜迪茨一看到她拿来的东西，不由得满面笑容。“酷比！”他惊喜地叫道，“酷比——饭盒！”他接过饭盒，在她两边脸上各亲了一下。

“欧文，”亨利说，他的双眼熠熠发亮，“我有一个天大的好消息要告诉你。”

“快说呀！”

“那些混蛋刚刚撞上一辆弯折的半挂车，就在快到 28 号出口的地方。这得耽搁他们十到二十分钟。”

“谢天谢地。那我们就好好利用吧。”他朝角落里的衣架瞥了一眼。那儿挂着一件蓝色的粗呢大外套，上面印着鲜红的**红袜队冬季球赛**字样。“那是你的吗，杜迪茨？”

“我的！”杜迪茨笑着点点头说，“我的——外套。”欧文伸手去拿时，他又说，“你——看到——我们——救——乔西。”这句话欧文也听懂了，同时感到背上升起一股凉意。

他的确看到了……而杜迪茨也看到他了。只看到昨天晚上吗？也许杜迪茨还看到了他十九年前的那一天？杜迪茨的天赋还和某种时间旅行有关吗？

现在不是问这些问题的时候，欧文几乎有些庆幸。

“我本来说不给他准备午餐的，可我还是准备了。到头来我还是准备了。”

罗伯塔看着饭盒——看着杜迪茨拿着它，并把它从一只手换到另一只手，以便套上那件大外套（这件外套也是波士顿红袜队所赠礼物）。在外套鲜亮的蓝色以及饭盒更鲜亮的黄色衬托下，他的面孔出奇的苍白。“我知道他会走的。还知道我去不了。”她的目光停留在亨利的脸上，“求求你了，亨利，我真的不能去吗？”

“如果你去的话，你可能会死在他面前，”亨利口里说着，心里却痛恨这些残忍的话，也痛恨自己职业生涯的磨炼使他能够这样一针见血，“你愿意让他看到那种情形吗，罗伯塔？”

“不，当然不愿意。”接着，她像是转了念头，又说了一句让他一直痛到心底的话：“你真该死。”

她走到杜迪茨跟前，推开欧文，快速帮儿子拉上拉链。然后，她握住他的肩膀，让他弯下腰来，直视着他的眼睛。一个是身形弱小而内心刚强的小妇人；另一个是身材瘦高而面无血色的儿子，身上的风雪外套在晃荡着。罗伯塔已经不哭了。

“你要乖乖的，杜杜。”

“我——乖乖，妈妈。”

“要听亨利的话。”

“我——会的，妈妈。我——听话。”

“衣服要穿好。”

“我——会的。”杜迪茨还是很听话的样子，但已经有了一丝不耐烦，只想尽快出发。这一幕使亨利不禁想起过去：每当去买冰淇淋之前，去打迷你高尔夫之前（杜迪茨打得出奇的好，只有彼得能对他保持连胜），去看电影之前，总是要听亨利的话或者要听琼西的话或者要听朋友们的话；总是你要乖乖的，杜杜和我——乖乖，妈妈这一套。

她上下打量着他。

“我爱你，杜迪茨。你一直都是我的乖儿子，我非常爱你。来，亲妈妈一下。”

他亲了她一下；她伸手抚摸着他那长着胡茬的脸颊。亨利几乎不忍再看，却仍然看着，就像陷在蜘蛛网里的苍蝇一样不由自主。每一只捕梦网也都是一个陷阱。

杜迪茨敷衍了事地又亲了她一下，但那双发亮的绿眼睛却一会儿看看亨利，一会儿看看门。杜迪茨迫不及待地想出发。是因为他知道追踪亨利和他朋友的人越来越近了吗？还是因为这是一次探险，就像当年他们五个人所经历的所有探险一样？还是两者兼而有之？没错，可能是两者兼而有之。罗伯塔松开他，她的手最后一次离开自己的儿子。

“罗伯塔，”亨利说，“你为什么不告诉我们这一切呢？为什么不打电话呢？”

“你们为什么一直不来呢？”

亨利的心底里还有一个问题——为什么杜迪茨不打电话呢？但是这个问题本身就是撒谎。自从三月份琼西出车祸以来，杜迪茨打过无数次的电话。他想起了彼得——靠着四轮朝天的旅行车坐在雪地里，一边喝啤酒，一边在雪地上一遍又一遍地写下杜迪茨的名字。杜迪茨孤零零地待在梦幻岛上，生命即将走向尽头，他发出了无数的信号，却杳无回应。终于来了一个人时，却是要带走他，而同时带上的只是一盒药和他的黄色旧饭盒而已。捕梦网里没有半点仁慈。他们原本只是为了杜迪茨好，包括那第一天也是这样；他们原本真心爱他。可到头来仍然是这样的结局。

“要照顾好他，亨利。”她的目光又转向欧文，“你也一样。要照顾好我的儿子。”

亨利说：“我们会尽力的。”

15

迪尔伯恩街没有地方可以转头，每一处车道都堆满了从街上清除的积雪。在越来越亮的晨光中，沉睡的街区犹如阿拉斯加冰原深处的小镇。欧文挂上倒挡，在街上飞快地倒行起来。宽大的车尾笨拙地左摇右摆，高高的钢制保险杠撞上停在路边的一辆被雪覆盖的汽车，发出清脆的玻璃破碎声。接着，他们又一次冲进路口处已经冰冻的雪堆路障，随着一个急转，又回到堪萨斯街，车头对着高速公路。在这个过程中，杜迪茨一直带着非常满意的神情坐在后座，饭盒放在腿上。

亨利，杜迪茨为什么说琼西要谁？那是什么意思？

亨利想用感应来回答，但是欧文再也听不见了。欧文脸上的拜拉斯全都变成了白色，当他在面颊上随手挠几下时，指甲里就刮了一些下来。露出来的皮肤像是皴裂或发炎了一般，实际上却没有痛感。*就像感冒好了一样，亨利惊奇地想，真的不比感冒更严重。*

“他说的不是要谁，欧文。”

“要谁，”杜迪茨在后面附和道，他探身向前，望着那个写有**95号公路，南行**的绿色大路牌，“琼西*要谁*。”

欧文皱起眉头；死去的拜拉斯的粉末像头皮屑一样飘落下来。“什么——”

“*要水*，”亨利说，同时把手伸到后面拍了拍杜迪茨皮包骨的膝盖，“他说的是‘琼西*要水*’。只不过要水的不是琼西。而是另外那位，琼西称之为格雷先生的那位。”

16

罗伯塔走进杜迪茨的房间，开始清理他四处乱扔的衣物——他随手乱扔的习惯让她很恼火，但是她猜想自己再也不用操这份心了。收拾了不到五分钟，她突然感觉双腿一阵发软，只好坐在窗前的椅子上。看着那张床，那张他越来越多地辗转其上的病榻，她心里空落落的。暗淡的晨光照在枕头上，上面还有他留下的一圈头印，这情境简直残酷得无法言表。

亨利以为她之所以让杜迪茨走，是因为他们相信，从某种意义上说，整个世界的命运有赖于找到琼西，而且是尽快找到。但事实并非如此。她之所以让他走，是因为那是杜迪茨自己的意愿。不久于人世的人可以得到签名棒球帽；不久于人世的人也可以得到与老朋友外出旅行的机会。

可这太难受了。

失去他让人太难受了。

她把手里的几件汗衫蒙在脸上，好把那张床挡在视线之外，可他的气息却扑鼻而来：强生洗发水的气味，戴尔肥皂的气味，特别是（而且最糟糕的是）阿尼卡酊药膏的气味，那是他肌肉疼痛时，她帮他搽在背上和腿上的。

在绝望之中，她让自己的思想游移出去，想找到他以及像冥间的死者一样前来带走他的两个人，可是他的思想却消失了。

他断开了与我的联系，她想。多年以来，他们享受着（总体上是享受着）彼此间平常的心灵感应，与多数特殊孩子的母亲所体验的感应也许只在程度上略有不同（她和艾尔斐有时也参加互助会的集会，曾经多次听到过“灵犀”一说），但是现在，那种感应消失了。杜迪茨断开了自己与她的联系，这就是说，他知道即将发生可怕的事情。

他知道。

罗伯塔把汗衫仍然蒙在脸上，闻着他的气息，又一次泪如雨下。

17

克兹一直都很顺利（总体上很顺利），但是不久，他们看到公路信号火炬和警车的蓝色顶灯在昏暗的晨光中闪烁，在警车的那一边，有辆庞然大物般的半挂车侧翻在地，像一头死去的恐龙。前面站着一位警察，全身上下裹得严严实实，完全看不见他的面孔，只见他打着手势，示意他们驶向出口的坡道。

“去他妈的！”克兹恨恨地说。他不得不控制住自己想掏出手枪乱射一气的冲动。他知道这样会不可收拾——在那辆出事的半挂车旁边，还有其他警察在转来转去——可他还是感觉到了这种冲动，一种难以抑制的冲动。他们已经近在咫尺了！借助钉在十字架上的上帝之手，已经伸手可及了！却突然像这样停了下来！“去他妈的，去他妈的，去他妈的！”

“我该怎么办，头儿？”弗雷迪问，他虽然不动声色地坐在方向盘后，却也拿起了自己的武器——一把自动步枪——放在腿上，“如果强冲的话，我想我们可以从右边擦过去。六十秒之内消失得无影无踪。”

克兹又一次涌起一股冲动，很想说好吧，冲过去，弗雷迪，如果那些蓝制服挡路的话，就把他们打开花，但是他控制住了自己。弗雷迪也许能得手，也许不能。他的驾驶技术并不像他自己想象的那么高明，这一点克兹早就明白。正如许多飞行员一样，弗雷迪错误地相信，自己的空中驾驶技术可与地面驾驶技术互为印证。而且就算侥幸成功，他们也会被盯上。这样可不行，在那位胆小鬼兰德尔将军发出“蓝色出口”的指令后就不行了。他的“牢狱豁免卡”已经失效。他现在成了一位严格意义上的治安员。

处事要高明，他想，他们不正是因为这样才付给我高薪吗？

“听话吧，朝他所指的方向开，”克兹说，“实际上，开上坡道后，我还要你给他挥挥手，竖起大拇指。然后一直往南开，尽快找到机会返回高速公路。”他叹了一口气。“真倒霉。”他探身向前，与弗雷迪挨得很近，可以看到他右耳内那团已经发白的里普利。他像情人一般热切地轻声说：“如果你要我们的话，小伙子，我会给你的脖子后面来上一枪。”克兹摸了摸弗雷迪的后颈窝，“就是这儿。”

弗雷迪木然的面孔丝毫不变。“好的，头儿。”

接着，克兹抓住几乎陷入昏睡之中的珀尔马特的肩膀，给他一阵猛摇，直到珀尔马特的眼睛终于睁开。

“别摇我了，头儿。我要睡觉。”

克兹用手枪的枪口顶住前任助手的后脑勺。“不行，该起床了，小子。到了汇报时间了。”

珀尔马特呻吟着，可还是坐了起来。当他张开嘴巴说话时，有颗牙齿掉了出来，落在风雪外套的胸前。克兹觉得那是一颗完美无缺的牙齿。你瞧，妈妈，没有蛀洞。

珀尔马特说，欧文和他的新搭档还没有动身，还在德里。很好。太棒了。不过十五分钟之后，当弗雷迪把悍马跌跌撞撞地开进另一处为积雪覆盖的入口坡道并返回高速公路时，就没有那么好了。这里是 28 号出口，距离他们的目标只隔着一个立体交叉道，但失之毫厘，差之千里。

“他们又动身了。”珀尔马特说。他的声音听上去软绵绵的，毫无力气。

“真该死！”克兹满腔怒火，对欧文·安德希尔怀着满腔可恶而徒劳的怒火，欧文现在成了（起码在亚伯·克兹看来是这样）这次中途流产、令人遗憾的行动的全部象征。

珀尔马特发出一声长长的呻吟，声音里充满绝望。他的肚子又开始鼓了起来。他抱着肚子，脸上渗出汗珠。那张平常很不起眼的面孔因为痛苦几乎添了几分帅气。

接着他又放了一个可怕的长屁，长得似乎无休无止。那声音让克兹想起很久很久以前在夏令营制作的那些小玩意，那些用易拉罐和一截截蜡线制成的噪音器。他们称之为“牛吼器”。

悍马内顿时臭气熏天，那是在珀利的肠道里生长的红色毒瘤的气味，它先是以珀利体内的废物为食，继而啃噬健康的肌体。很恐怖。不过，但这件事也有好的一面。弗雷迪已经好转了，克兹则根本就没有感染那该死的里普利（也许是他有免疫力；反正他十五分钟之前就取下了面罩，满不在乎地把它扔到了后面）。而珀尔马特尽管显然是个病号，但不无价值，因为他的屁股里装有一台真正的好雷达。因此，克兹拍了拍珀尔马特的肩膀，对那臭气不以为意。他体内的东西迟早会出来的，到那时，珀尔马特的用途可能就到了尽头，但是不到最后一刻，克兹可不想去操那份心。

“挺住，”克兹轻声说，“告诉它回去睡觉好了。”

“你……他妈的……白痴！”珀尔马特喘着粗气说。

“没错，”克兹回答，“随你怎么说都行，小子。”说到底，他就是一个他妈的白痴。没想到欧文是一只胆小的郊狼，可当初是谁把他放进该死的鸡舍的呢?

他们此刻正在经过27号出口。克兹抬头朝坡道看去，想象自己几乎可以看到欧文所驾驶的悍马留下的车辙。在上面的某个地方，在立交桥的这边或是那边，有一座房子，那是欧文和他的新朋友不可思议地绕道而行的原因。为什么呢?

“他们停下来接杜迪茨。”珀尔马特说。他的肚子又开始消了下去，那阵剧烈的疼痛似乎过去了。至少现在是这样。

“杜迪茨?怎么会有这么奇怪的名字?”

“我也不知道。我是从他母亲那儿了解的。我看不到他。他与众不同，头儿。他更像外星人，而不是人类。”

克兹听到这话，有些不寒而栗。

“那位母亲把这个叫杜迪茨的家伙既当成孩子，又当成大人。”珀利说。自从离开戈斯林商店之后，这是克兹从他那儿得到的最自发的一次交流。老天，珀尔马特听起来似乎颇感兴趣。

“也许他是智障。”弗雷迪说。

珀尔马特瞥了弗雷迪一眼。“可能吧。不管他是什么样的人，反正他病了。”珀尔马特叹了口气，“我知道他的感受。”

克兹又拍了拍珀尔马特的肩膀。“振作起来，小伙子。他们追踪的那些人呢?那位格里·琼斯和所谓的格雷先生怎么样了?”他对此并不是很在乎，但琼斯——还有格雷，如果格雷真的并非欧文·安德希尔狂热的想象——的路线和行程很可能会影响安德希尔和德夫林的路线和行程，当然还有……杜迪茨?

珀尔马特摇摇头，然后闭上眼睛，把脑袋重新靠在座椅上。他那阵突如其来的力气和兴趣似乎过去了。“什么都看不到，”他说，“联系被断开了。”

“也许根本就没有什么格雷先生?”

“哦，有东西在那儿，”珀尔马特说，“就像一个黑洞。”接着，他又迷迷糊糊地说：“我听见很多声音。他们已经派来了援兵……”

仿佛是珀尔马特施魔法变出来的一般，95号州际公路的北行线上出现了克兹二十年来所见过的最大的车队。开道的是两台如大象一般体积庞大的清雪车，它们并排行驶，锋利的雪铲铲开两边的积雪，清出两条与人行道相接的车道。在它们的后面，是两台运沙车，同样是齐头并进。运沙车的后面，是两列军车和重型大炮。克兹看见平板拖车上有东西盖得严严实实，他知道那定是导弹。别的拖车上装有雷达天线反射器、测距仪以及天知道的其他一些东西。队列里还夹杂着大篷运兵车，车前灯射出的光柱照进越来越亮的天色中。兵力不是几百，而是几千，天知道这是为什么做准备——迎接第三次世界大战，与双头生物或《星河战队》里的智能虫族进行短兵相接的肉搏战，也可能是对付瘟疫、疯癫、死亡和世界末日。如果凯特·嘉拉格的“帝国山谷”仍在北边执行任务的话，克兹但愿他们尽快停下手头的行动，奔往加拿大。将双手举过头顶，高喊这里没有传染显然对他们毫无助益；这一招已经试过了。这一切简直是毫无意义。在内心深处，克兹知道欧文至少有一件事说对了：北边的任务已经结束了。赞美上帝，他们可以修好羊圈，但是羊已经丢了。

“他们准备把那儿永久关闭，”珀尔马特说，“杰弗逊林区变成了第五十一个州。变成了警察之州。”

“你还能联系上欧文吗？”

“是的，”珀尔马特心不在焉地说，“但持续不了多久。他也在好转。感应越来越弱了。”

“他在哪儿，小子？”

“他们刚刚经过25号出口。可能领先我们十五英里。不会更远了。”

“要不要我开快一点儿？”

由于那辆该死的半挂车，他们已经失去了截住欧文的机会。克兹无论如何也不希望由于车滑出路面而葬送另一次机会。

“不，”克兹说，“我想我们暂时就待在后面，让他们跑好了。”他叠起双臂，看着白茫茫的世界从窗外掠过。不过雪已经停了，而如果他们一路往南的话，路况无疑会渐渐好转。

这二十四个小时里发生太多的事情。他炸掉了一艘外星飞船，遭到他看好的接班人的背叛，经历了一场兵变和一场平民暴动，而尤为重要的是，被一名从来不曾听过愤怒的枪声的阳光士兵解除了指挥官的职务。克兹眯上眼睛。片刻之后，他打起盹来。

18

琼西心烦意乱地在办公桌后坐了好一会儿，时而看看那部无法使用的电话，时而望望挂在天花板上的捕梦网（它在几乎感觉不到的气流中飘荡），时而又打量着混蛋格雷用来挡住他视线的钢制遮光板。一直都能感受到那低沉的隆隆声，不仅耳朵听得见，坐在椅子上的屁股也被震得微微发颤。可能是一座噪音很大、需要维修的高炉，但其实不是。是清雪车，在铺满积雪的路上不停往南，往南，往南。格雷先生坐在方向盘后面，驾驶着清雪车，他可能戴着一顶从他最新的受害者那儿抢来帽子，用琼西的肌肉掌握着方向盘，用琼西的耳朵倾听车内民用波段里的最新动态。

喂，琼西，你打算坐在这儿顾影自怜到什么时候？

听到这话，缩在椅子里差不多快要睡着的琼西猛地坐起身来。是亨利的声音。不是通过感应传来的——现在已经没有声音了，格雷先生隔断了所有的声音，只有他自己的除外——而是来自他自己的思想。不过，他还是心里一震。

*我不是顾影自怜，我是被困住了！*他不喜欢这个念头中抑郁不乐、自我辩护的色彩；一旦说出口后，无疑就变成了抱怨。*既喊不出，又看不见，也出不去。我不知道你在哪儿，亨利，可我在一间该死的与世隔绝的小屋子里。*

他偷走你的脑子了吗？

“住嘴。”琼西摩挲着自己的太阳穴。

他抢走你的记忆了吗？

没有。当然没有。即使在这里，虽然在自己和那上亿只贴有标签的纸箱之间有一扇上了两道锁的门，他还是能记得自己上一年级时，曾经把鼻涕擦在邦妮·蒂尔的辫梢上（六年之后，在七年级的收获节舞会上，又邀请这位邦妮跳舞），记得拉马尔·克拉伦顿教他们玩牌（未入门和初级水平的人称之为“克里比奇纸牌”）时自己仔细地观察，记得自己看见里克·麦卡锡从树林里出来，还以为他是一头鹿。他能记得这一切。这其中也许有某种优势，但琼西怎么也想不明白是什么。也许是因为这种优势太大，太显而易见。

你居然会这样束手无策，你不是读过很多推理小说吗？他脑海里的亨利在奚落他，更不用说那些有关外星人来袭的科幻电影了，比如《地球停转日》《杀人番茄的进攻》等等。看过那么多的小说和电影，居然还捉摸不透这个家伙？居然还弄不清他从天而降的路线，不明白他在哪里安营扎寨？

琼西更用力地摩挲着自己的太阳穴。这不是超感知觉，而是他自己的思想，他为什么不能将它关闭呢？他被困住了，所以有思想又能怎么样？他是一部没有传动装置的发动机，一辆没有马的马车；他是多诺万的大脑[①]，存活在一罐灰蒙蒙的液体里，做着无用的梦。

他想干什么？从这里开始。

琼西抬头望着在温暖的气流里轻轻飘动的捕梦网。他感觉到了清雪车的隆隆声，墙上的照片被震得微微颤动。迪娜·吉茵·希罗辛格，她叫这个名字，据说这里有她的一张照片，她把裙子掀了起来，露出自己的豆瓣，有多少半大孩子曾经被这样的梦所捕获？

琼西站起身——几乎是一跃而起——开始在办公室里转起圈来，脚步只是稍稍有一点跛。暴风雪停了，他髋部的疼痛已经有所减轻。

要像大侦探波洛那样思考，他对自己说，把那些小小的灰细胞调动起来。别管眼下的记忆，想一想格雷先生。要有逻辑性。他想干什么？

琼西停下脚步。格雷的目的其实显而易见。他之所以去水塔——或者说水塔的旧址——是因为他需要水。而且不是一般的水；是饮用水。但是水塔不在了，被八五年那场风暴给毁了——哈哈，格雷先生，上当了吧——德里如今的供应水应该是源于北部和东部，也许是由于大雪天气无法前往，而且也不是集中在一处。所以，格雷先生在查询琼西可供查询的知识库之后，转向南边。准备去——

---

① 著名同名科幻电影中的情节。

他一下子恍然大悟。双腿变得软弱无力，他跌坐在铺着地毯的地板上，对髋部的剧痛浑然不知。

那条狗。莱德。他还带着那条狗吗？

“当然，”琼西低声说，“那狗娘养的当然带着那条狗，我在这儿都能闻到狗的气味。像麦卡锡一样臭屁连连。”

这个世界不欢迎拜拉斯，这个世界的居民以出自他们情感深泉的惊人力量抗击拜拉斯。真是不走运。但是现在，最后一位幸存的灰人却碰上一连串的好运；就像拉斯维加斯赌场里掷骰子的疯狂赌徒，一连掷出好几个“7”[①]：四次，六次，八次，哦，天啊，一口气掷出十二次。他找到了琼西，他的带菌者，然后劫掠琼西的身体。他找到了彼得，在亮光消失之后，彼得将他带到了他想去的地方。接着是来自明尼苏达州的小伙子安迪·贾纳斯。他拖着因里普利感染致死的两头鹿的尸体。那两头鹿对格雷先生毫无用处……但贾纳斯还拖着一具正在渐渐分解的外星人尸体。

子实体，琼西心不在焉地想，子实体，这是从哪儿来的呢？

没关系。因为格雷先生的下一个“7”是道奇，**我♥我的牧羊犬**的那位老先生的道奇。格雷先生干什么了？把灰人的尸体拿了一部分喂狗吗？还是将狗鼻子顶在尸体上，强迫那条狗把子实体吸进去？不，更可能是让它吃；*来吧，伙计，开饭了*。不管臭鼬是怎样形成的，它都是始于肠胃，而不是肺部。琼西突然想起麦卡锡在树林里迷路的情景。比弗曾经问*你都吃了些什么？土拨鼠的粪便吗？*而麦卡锡是怎么回答的？*草呀……还有别的一些东西……我也不清楚……我当时饿极了，你知道……*

当然。饿极了。迷路了，吓坏了，饿极了。没有发现草叶上星星点点的红色拜拉斯，没有看到塞进嘴里的青苔上的红斑，只是强咽了下去，因为在他循规蹈矩的*哎呀天啊！——哎呀上帝！*的律师生涯的早期，他曾经读到过，在森林里迷了路可以吃苔藓，苔藓对人体无害。是不是每一个吞下拜拉斯（可能只是飘浮在空中的小得几乎看不

---

① 在这种赌博游戏中，七代表赢。

见的一点点）的人，都会孵出那种让麦卡锡开膛破肚，并且要了比弗性命的凶猛小怪物呢？大概不会，正如不是所有未采取防护措施的性行为都会让女人怀孕一样。但麦卡锡却赶上了……还有莱德。

“他了解了有关乡间别墅的故事。”琼西说。

当然了。位于维尔的乡间别墅，在波士顿以西约六十英里处。他还知道那个俄罗斯女人的故事，所有的人都知道；琼西自己也对别人讲过。那个故事虽然可怕，却太具有传奇色彩，让人忍不住一传十十传百。维尔、新塞勒姆、库利维尔、贝尔彻敦、哈德威克、帕克兹维尔以及佩尔汉姆的人都知道。周围所有小镇的人全都知道。好了，再说说看，这些小镇又在什么的周围呢？

当然是奎宾了，小镇在奎宾的周围。奎宾水库。为波士顿及其周边地区提供水源。每天有多少人在饮用奎宾水库的水？两百万？还是三百万？琼西不能确定，但是与饮用德里水塔的水的人口相比，肯定要多得多。格雷先生一次次掷出了“7”，只需再来一次，就可以大获全胜。

两三百万人。格雷先生要把他们介绍给牧羊犬莱德以及它的新朋友。

通过这种新的传播方式，拜拉斯一定能够得手。

第二十章　追踪结束

1

往南，往南，往南。

过了奥古斯塔之后的第一个出口是加德纳，格雷先生经过这里时路面的积雪已经有所好转，高速公路上虽然有不少融雪，但重新变成了双车道。该换掉这部惹眼的清雪车了，一来不再有用它的必要，二来琼西的胳膊不习惯驾驶这样的大家伙，已经累得酸痛。格雷先生并不怎么关心琼西的身体（也许格雷先生是这样告诉自己的；但鉴于琼西的身体能够提供诸如“熏肉”和“谋杀”等令他意外的乐趣，很难让他不产生几分怜惜），而且毕竟还有两百英里的行程要对付。他觉得，作为一个正当壮年的男人，琼西的身体状况似乎欠佳。其原因部分在于他经历的那场车祸，但另一方面也与他的工作有关。琼西是一位“学者”。所以，他对生活的物质层面关注较少，这让格雷先生大惑不解。这些生物的构成是百分之六十的情感，百分之三十的感觉，百分之十的思想（格雷先生觉得，说百分之十也许还高估了他们）。在格雷先生看来，像琼西这样忽视自己的身体，不仅是任性，而且很愚蠢。不过话说回来，这不是他的问题。也不是琼西的问题。不再是琼西的问题了。琼西现在进入了自己似乎一直向往的状态：纯粹的思想状态。但从他的反应来看，在愿望实现之后，他对这种状态其实并不满意。

莱德躺在清雪车的地板上，痛苦地呻吟着，周围都是烟头、纸咖啡杯和揉成一团的零食包装袋。它的身体胀鼓鼓的，肚子有水桶那么粗。过不了多久，它就会放屁，然后肚子就会重新瘪下去。格雷先生已经与在这条狗体内生长的拜拉姆建立了联系，因此可以监控它的孕育进度。

对他而言，这条狗扮演的角色将相当于他的宿主所知的“俄罗斯女人”。一旦这条狗被安置完毕，他的任务也就完成了。

格雷先生的思想游离出来，去寻找后面的人。亨利和他的朋友欧文已经完全消失了，就像广播台停止广播一样，这可是件麻烦事。再往后是一行三人（他们刚刚经过纽波特出口，在格雷先生目前所在位置以北六十英里左右的地方），其中有个叫“珀利”的很容易联系。与这条狗一样，那位“珀利”也在孕育拜拉姆，所以格雷先生可以清楚地接收他的信息。在此之前，他还能接收那群人中一个叫“弗雷迪”的信息，但现在“弗雷迪”消失了。他身上的拜拉斯已经死了。“珀利”是这么说的。

不远处出现了一块绿色的路牌，上面写着**休息区**。那儿有个“汉堡王”，琼西的资料将其确定为“餐厅”和“快餐店”。里面会有熏肉，这么一想，他的肚子顿时咕咕叫了起来。是啊，从很多方面来看，放弃这具身体会是一件难事。身体有自己的乐趣，的确有自己的乐趣。不过，现在没时间吃熏肉了；该是换辆车的时候了。而且这一次要谨慎而行。

通往休息区的出口分为两条路，一条通往**小轿车停车处**，另一条通往**卡车和客车停车处**。格雷先生把橘红色的大清雪车开进卡车停车处（在用力转动大方向盘时，琼西的肌肉微微发颤），看到已经有四台清雪车——跟他开的一模一样——一字儿排开地停在那里，不由得心中暗喜。他把车小心地开进那一排车尽头的车位，然后关掉发动机。

他用思想寻找着琼西。琼西还在那儿，守在他那令人不可思议的安全区里。“你在干什么呢，搭档？”格雷先生喃喃道。

没有回答……但是他感觉到琼西在侧耳倾听。

“你在干什么？”

还是没有回答。可话说回来，琼西还能干什么呢？他被关在里面，什么也看不见。不过他最好还是别忘了琼西……琼西还提出了那颇具诱惑力的建议，要格雷先生放弃使命——播种的使命——好好享受人间的生活。每隔一会儿，格雷先生就会冒出一个念头，那是从琼西的庇护所的门缝下塞出来的信。根据琼西的文件，这种念头被称为“口号”。“口号”既简单明了又一语中的。刚才的那一条说：**熏肉仅仅才是开端**。格雷先生也相信此话不假。早在医院病房时（*什么医院病房？什么医院？谁是马西？谁要打针？*），他就知道这里的生活非常美妙。但是他的使命已经深深扎根，不可动摇：他要在这个世界上播下种子，然后死去。而如果顺便还能享受一点儿熏肉，哦，那何乐而不为呢？

“里奇是谁？是老虎吗？你们为什么杀了他？”

没有回答。但琼西在侧耳倾听。听得非常认真。格雷先生讨厌他待在那儿。如同（这个比喻来自于琼西的知识库）骨鲠在喉。骨头不大，不至于哽死你，但是会让你很“难受”。

“你可让我恼火透了，琼西，”他一边说，一边戴上手套，那双手套是道奇车主的。也就是莱德的主人。

这一次有了回答：*彼此彼此，搭档。所以，你干吗不去一个需要你的地方呢？赶快行动，马上上路吧。*

“那可不行。”格雷先生说。他把一只手朝狗伸去，莱德迫不及待地嗅着手套上旧主人的气息。格雷先生给它发送了一个“安静”的念头，然后从清雪车里下来，朝餐厅的一侧走去。餐厅的后面会是“员工停车处”。

*亨利和另外那个人已经撵到你屁股后面了，笨蛋。都闻到你的汽车尾气了。所以你尽管休息吧。想休息多久都行。尽管叫***三份***熏肉好了。*

“他们感觉不到我。”格雷先生说，并呼出一口气（他的口里、喉咙里以及肺里的冷空气非常怡人，令他神清气爽——就连汽油和柴油的味道也十分好闻），“我感觉不到他们说明他们也感觉不到我。”

琼西笑了——居然哈哈大笑。走到垃圾箱旁边的格雷先生不由得停下脚步。

规则变了，我的朋友。他们接到了杜迪茨，杜迪茨可以看到路线。

“我不明白你这话的意思。”

你当然明白，笨蛋。

“别再这样叫我！”格雷先生吼了起来。

如果你不再侮辱我的智商，我也许就不再叫了。

格雷先生又往前走去，没错，转过拐角后，只见有些车停在那里，多半又旧又破。

杜迪茨可以看到路线。

没错，他知道这话的意思；那个叫彼得的也有同样的能力，同样的异能，尽管在程度上可能比这位奇怪的杜迪茨略逊一筹。

格雷先生想到自己可能留下了一条被杜迪茨看到的路线，心里有些不快，不过他还了解一些不为琼西所知的事情。“珀利”认为，亨利、欧文和杜迪茨就在珀利自己以南十五英里的地方。果真如此的话，亨利和欧文就应该在后面四十五英里，即匹茨菲尔德与沃特维尔之间的什么地方。格雷先生觉得这算不上是“可以闻到别人汽车尾气”的距离。

不过，仍然不可在这里久留。

餐厅的后门开了。一个穿着制服——琼西的文件将其确定为“厨师工作服”——的年轻人走出来，他拎着两大袋垃圾，显然准备扔进垃圾箱。这位年轻人名叫约翰，但朋友们都叫他“老粗”。格雷先生想，杀掉他一定会很开心，但是“老粗”看上去要比琼西壮很多，更别提年轻得多，敏捷得多了。再说，杀人也有令人头疼的副作用，尤其是会让一辆偷来的车迅速变得毫无用处。

喂，老粗。

老粗停下脚步，警觉地望着他。

哪辆车是你的？

其实不是他的车，而是他妈妈的，这样更好。老粗那辆锈迹斑斑的破车因为电瓶坏了停在家里。他开了妈妈的车，一辆四轮驱动的斯巴鲁。琼西会说，格雷先生又掷出了一个7点。

老粗心甘情愿地交出了钥匙。他仍然显得很警觉（用琼西的话说，就是“眼睛发亮，尾巴倒竖”，尽管格雷先生看不到这位年轻厨子哪儿有尾巴），但他的意识消失了。“魂游天外。”琼西想。

你会忘了这件事，格雷先生说。

“好的。”老粗应道。

接着干活去吧。

“当然。”老粗说。他拎起两袋垃圾，再一次朝垃圾箱走去。等到他下班并发现妈妈的车不见了，一切可能已经结束了。

格雷先生打开车锁，坐进红色斯巴鲁。座位上还有半包炸薯片。格雷先生一边把车开回清雪车旁边，一边狼吞虎咽地吃着薯片，吃完后，还舔了舔琼西的手指。油腻腻的，真好吃。跟熏肉一样。他把那条狗从清雪车上抱了过来。五分钟之后，他重返高速公路。

往南，往南，往南。

2

这是一个喧嚣的夜晚，音乐震天，人声鼎沸；空气中弥漫着烤热狗、巧克力和烤花生的香味；半空中不时升起缤纷的烟花。从安装在斯特罗佛德公园的大喇叭里，传来了强劲的摇滚歌曲，这首歌将夜晚的一切融为一体，凸显出夏天的气氛，犹如夏天自身的签名：

漂亮的宝贝，跟我兜风去吧，

我们一起开车去阿拉巴马。

世界上最高的牛仔过来了，这是一个九英尺高的帕克斯·比尔[①]，在灯火通明的夜空下，他鹤立鸡群般地出现在人流中；嘴边糊着冰淇淋的孩子们都惊得目瞪口呆，笑呵呵的家长们把他们举了起来或者扛在肩上，好让他们看个清楚。帕克斯·比尔一手挥舞着帽子，另一只手握着一面小旗，上面写着：**德里节** 1981。

我们漫步小路上，熬它一晚上，

如果觉得无聊了，就干上一仗。

“怎么——那么——高？”杜迪茨问。他一只手里拿着一团蓝色

---

① 美国十九世纪著名牛仔。

的棉花糖，可早已被他忘了；他注视着那个踩着高跷的牛仔在烟火怒放的夜空下走过，不禁像三岁小孩一般将眼睛睁得溜圆。彼得和琼西站在杜迪茨的一边，亨利和比弗站在另一边。牛仔的身后跟着一队圣洁的处女（其中有些人肯定还是处女，即使是在基督教已经存在了这么久的 1981 年），她们穿着饰有亮片的牛仔裙和白色的牛仔靴，抛掷着赢得了西部的权杖。

“不知道他怎么会那么高，杜杜。”彼得大笑着说，他从杜迪茨手中的棉花糖上捞了一把，塞进杜迪茨呆愣愣的嘴巴里，“一准是魔法吧”。

杜迪茨口里嚼着棉花糖，目光却片刻也不离开那个踩高跷的牛仔，看到他的样子，他们全都哈哈大笑。杜杜的身高已经超过了他们其他人，甚至超过了亨利。可他仍然只是个孩子，并且让他们其他人很开心。他就是魔法；要到一年之后他才会找到乔西·林肯霍尔，但是他们知道——他就是他妈的魔法。当初跟里奇·格林纳多那帮人作对是让人心有余悸，可那仍然是他们有生以来最幸运的一天——他们一致这么认为。

宝贝别徘徊，跟我一起来，

我们一起开车兜风乐开怀。

“喂，特克斯！”比弗一边朝高高在上的牛仔挥舞着他那顶德里老虎队的棒球帽，一边大声喊道，“亲亲我下面的家伙，大个子！我是说，坐上去磨它几磨！”

除了杜迪茨之外，大家都恨不得笑破肚皮（那显然是一段永难忘怀的记忆，那天晚上，在烟花绽放的夜空下，在德里节的游行队伍中，比弗的风头甚至赛过了踩高跷的牛仔），而杜迪茨只是入神地注视着那一切，而欧文·安德希尔（欧文！亨利想，你是怎么来的，哥们儿？）则显得忧心忡忡。

欧文在推他，欧文再次叫他快醒醒：“亨利，快醒醒，快醒醒，老天！”

3

欧文声音中的恐惧终于把亨利从睡梦中惊醒。一时间，他仍然可以闻到花生和杜迪茨的棉花糖的香味。接着，世界渐渐映入眼帘：白色的天空，高速公路上积雪覆盖的车道，一块绿色的路牌上写着：**距奥古斯塔还有两个出口**。当然欧文在推他，以及身后传来的沙哑而喘不过气来的狗叫般的声音也是他醒过来的原因。杜迪茨在咳嗽。

“快醒醒，亨利，他在流血！请你他妈的快醒——”

“我醒了，我醒了。”

他解开安全带，转过身去，跪在座位上。大腿上疲劳过度的肌肉在大声抗议，但是亨利不管不顾。

比他预料的要好。听到欧文惊恐的声音，他还以为是大出血，但实际上，杜迪茨只是有一只鼻孔在微微流血，以及咳嗽时有些带血。欧文大概以为可怜的杜杜把肺都咳出来了，而其实可能只是喉咙里咳破了一点皮。这并不是说没有危险。杜迪茨的身体每况愈下，任何情况都可能有潜在危险；一个小小的感冒病菌都可能要了他的命。在他们见面的那一刻，亨利就知道，杜迪茨的生命在走向尽头，很快就要回老家了。

“杜杜！”他大声叫道。有些异样。*他自己——亨利——有些异样。是什么呢？*现在没有时间去想了。“杜迪茨，用你的鼻子呼吸！用鼻子，杜杜！就像这样！”

亨利示范着，张开鼻孔大口地吸气……而当他呼气时，白色线头般的东西从鼻孔里飘了出来。就像马利筋果荚里的绒毛，或结籽后的蒲公英的绒毛。*是拜拉斯，亨利想，我的鼻子里也长了，可现在已经死了。而我在一口一口地呼气的时候，居然把它呼出来了。*接着他明白了自己的异样：他已经不痒了，腿上、嘴里和胯下都不痒了。他嘴里仍然觉得麻木无味，但已经不痒了。

杜迪茨照着他的样子，开始用鼻子深呼吸，咳嗽也随之减缓。亨利拿起纸袋，找到一瓶不含酒精的止咳药，给杜迪茨倒了一瓶盖。“喝了这个会好些的。”亨利说。他的语气和思想都很自信，仅仅靠语气是骗不了杜迪茨的。

杜迪茨喝下那一瓶盖美敏伪麻溶液，皱了皱眉头，然后朝亨利微微一笑。咳嗽止住了，但一只鼻孔还在流血……亨利发现，杜迪茨的一边眼角也在流血。情况不妙。而且杜迪茨脸色惨白，比在德里的家中时更为明显。寒冷的天气……通宵未眠……生着病还情绪过度激动……都很不妙。他又要病了，而对于一位急性淋巴细胞性白血病患者而言，即使是鼻腔感染也可能会致命。

“他没事儿吧？”欧文问。

“杜杜吗？杜杜是铁打的。对吧，杜迪茨？”

“我——铁打。”杜迪茨跟着说，并弯了弯一只瘦得可怜的胳膊。望着他的面孔——又瘦又累，但还是强作笑脸——亨利恨不得大喊大叫。生活很不公平，这一点他觉得自己早就明白。可眼下远远不只是不公平。简直是毫无天理。

“我们来看看她给乖孩子准备了什么好喝的。”亨利拿起黄色的饭盒。

“酷比。”杜迪茨说。他在微笑，但声音听起来细若游丝，筋疲力尽。

“没错，我们要开工了。”亨利说，并拧开保温瓶。他把杜迪茨上午应该服的强的松给了他，尽管现在还不到八点；接着亨利又问他要不要再来一片羟考酮。杜迪茨想了想，然后竖起两根手指。亨利的心猛地一沉。

“很厉害，对吧？”亨利一边问，一边从椅背上递给杜迪茨两片羟考酮。他不需要杜迪茨回答——像杜迪茨这样的人是不会为了寻求刺激而多要几片药的。

杜迪茨摇了摇手，表示*过得去吧*。亨利记得很清楚，那样摇手是彼得的招牌动作，正如咬铅笔和嚼牙签是比弗的招牌动作一样。

罗伯塔在杜迪茨的保温瓶里装了他最爱喝的巧克力奶。亨利给他倒了一杯，由于悍马有些打滑，他自己端了一会儿，等车身平稳后才递给杜迪茨。杜迪茨把药吞了下去。

“你哪里痛，杜杜？”

“这里。”他指了指喉咙，“这里——也痛。”手指向胸口。他犹豫片刻，微微涨红了脸，又指着胯部说：“还有——这里。”

泌尿系统感染，亨利想，哦，天啊！

"吃了——会好？"

亨利点点头。"吃了药就会好些的。给药一点时间，很快会产生效果的！我们还在线路上吧，杜迪茨？"

杜迪茨使劲地点了点头，并指向挡风玻璃外面。亨利有些纳闷（不是第一次），不知道他看到了什么。他曾经问过彼得，彼得说就像一条线，往往很模糊，难以看清。*如果是黄色的最好*，彼得当时说，*黄色总是最容易看到。我也不清楚是怎么回事*。如果彼得看到的是一条黄线，那么，杜迪茨看到的也许是一道很粗的黄色条纹，甚至有可能是桃乐茜所走的黄色砖道了。

"如果线转移到了另一条路上，你就告诉我们，好吗？"

"我——告诉。"

"不会想睡觉吧，困吗？"

杜迪茨摇摇头。实际上，他现在似乎特别有精神，毫无睡意，疲惫的面孔上双眼放亮。亨利不由得想起在彻底烧坏之前有时会莫名其妙异常明亮的灯泡。

"如果你觉得困了，就告诉我，我们就停下来给你买杯咖啡。我们需要你醒着。"

"好的。"

亨利小心翼翼地移动酸痛的身体，正要转过身去，杜迪茨又说话了。

"雷先生——想吃——熏肉。"

"是吗，现在？"亨利若有所思地问。

"什么？"欧文问，"我没听清楚。"

"他说格雷先生想吃熏肉。"

"这很重要吗？"

"不知道。这破车上有收音机吗，欧文？我想听听新闻。"

收音机安在仪表板下面，似乎是新装不久，不是原装部件。欧文伸出手去正要打开收音机，一辆两轮驱动而且没有雪地防滑轮胎的庞蒂亚克轿车突然斜插在他们面前，欧文连忙一个急刹。庞蒂亚克东摇西摆，最后决定在路上多停留一段时间，但随后又往前冲去。它很快就一溜烟地开走了，亨利估计它的时速达到了六十英里。欧文皱着眉头目送它远去。

“你在开车，我只是坐车，”亨利说，“不过，那家伙没有防滑轮胎都能开那么快，我们就不行吗？也许我们该加快速度多赶点路。”

“悍马在泥地里比在雪地里要强，相信我好了。”

“不过——”

“再说，我们不出十分钟就能超过那家伙。我跟你赌一夸脱威士忌。他要么会冲出护栏翻下路堤，要么会冲上中央隔离带。如果运气好的话，也许不会底朝天。另外——这只是一个技术性的问题——我们可是从当局的眼皮底下逃出来的，如果被困在哪个县里走不了，我们就无法拯救世界了……*老天！*”

一辆福特探险者越野车从旁边疾驰而过，掀起一阵雪雾。那辆车虽然是四轮驱动，但就眼下的路况而言开得太快，可能有每小时七十英里。车顶的行李架上堆得像小山似的，上面罩着一层蓝色防水布，并用绳子随意地固定了一下。亨利可以看到里面的东西：是行李。他猜想过不了多久，许多行李就会掉在路上。

由于要照顾杜迪茨，亨利密切注视着路面的情况。他对眼前的景象并不是太意外。尽管高速公路的北行线上仍然车流不断，南行的车道上也很快车水马龙起来……不错，但在路边不时可以看到出事的车辆。

欧文打开收音机时，又有一辆梅赛德斯飞速驶过，溅起一片泥浆。他按下搜索键，响起了古典音乐，他又按了一下，传来凯利·金悠扬的萨克斯乐曲，按第三次……终于听到了说话声。

“……是他妈的很大一支大麻烟。”有人在说，亨利与欧文交换了一个眼神。

“他说——他妈的——大麻——烟。”杜迪茨在后座上说。

“没错。”亨利说。收音机里的说话人正对着话筒重重地吸着，亨利又说：“而且我得说，他抽的真是个大家伙。”

“联邦通讯委员会可能不赞同我这么说，”那位音乐节目主持人又重又长地呼出一口气，接着说，“不过，如果我听到的传闻有一半是真的，我所担心的就压根儿不是联邦通讯委员会了。星际疫病正在蔓延，各位兄弟姐妹，这是我们得到的消息。不管是叫它高发地带，还是死亡地带，或者黄昏地带，你最好取消北上的行程。”

又是一声又重又长的呼吸。

“火星人马文发动进攻了，各位兄弟姐妹，这是从萨默塞特和卡斯尔两县传来的消息。瘟疫，死亡射线，人们生不如死。我这里要插播‘世纪轮胎’的一段广告，但是去他妈的吧。”有什么东西被摔破了。听声音像是塑料制品。亨利凝神地听着。又来了，又是黑暗他的老朋友，这一次不是在他的脑海里，而是在该死的收音机里。“各位兄弟姐妹，如果你此刻正在奥古斯塔以北的地方，那么，你的朋友，WWVE 娱乐台‘寂寞的戴维’要给你一点忠告：往南走。而且刻不容缓。下面就来一段迁移曲。”

WWVE 娱乐台“寂寞的戴维”当然选择了“大门乐队”，吉姆·莫里森唱起了《结局》。欧文又调到调幅模式。

他终于找到一档新闻节目。新闻播音员听起来不像是大难临头的样子，这是一个进步，而且他说没有必要恐慌，这又是一个进步。接着，他播放了总统和缅因州州长的讲话片断，两人表达的基本上是同一个意思：大家别紧张，要保持冷静，事态已经得到控制。很能宽抚人心，犹如定心丸一般。总统将于东部时间上午十一时对美国人民发表一份全面报告。

“就是克兹跟我谈到过的演讲，”欧文说，“只不过是提前了一两天。”

“什么演讲——”

“嘘——”欧文指了指收音机。

安抚一番之后，播音员接着却重复起他们刚才从那位神志不太清醒的调频波主持人那儿听过的传言，把听众的心又提了起来，只不过他的言辞略微婉转一些：瘟疫，外星生物侵入，死亡射线。然后是天气预报：由于有暖锋（更不用说外星人杀手）过境，阵雪之后将有降雨和阵风。几声“嗤嗤”的电波声之后，又播起了他们刚才听过的新闻。

“看！”杜迪茨说，“刚才——那车，记得吗？”他指着脏乎乎的玻璃外面，这根手指与他的声音一样，在微微颤抖。他全身都在哆嗦，牙齿也在磕磕响。

欧文瞥了一眼庞蒂亚克——它果然冲上了南行线和北行线之间被积雪覆盖的中央隔离带，虽然汽车没有四轮朝天，却已经侧翻，几位乘客沮丧地围在旁边——然后回头看了看杜迪茨。他的脸色越发惨白了，全身哆嗦着，一只鼻孔里塞着渗透了鲜血的棉花。

“亨利，他还好吧？”

“不知道。”

“把舌头伸出来。”

“你不觉得应该专心——”

“我没事儿，你别跟我较劲。快把舌头伸出来。”

亨利把舌头伸了出来。欧文看了看，做了个苦脸。“看起来更糟了，但可能已经好转。那些玩意儿都变白了。”

“我腿上伤口里的也是。你脸上和眉毛上也一样。我们还算幸运，不是肺部、脑袋或肠胃感染。”他顿了顿。“珀尔马特就是肠胃感染。他体内长出了那种东西。”

“他们在我们后面多远，亨利？”

“我看有二十英里吧。也许还不到。所以如果你加快速度……就算是稍稍加快一点……”

欧文加快了速度，他知道，一旦克兹意识到自己现在只是大逃亡中的一员，而可能不再是老百姓或宪兵队的目标，他也会加快速度的。

“你仍然与珀利保持着联系，”欧文说，“尽管你身上的拜拉斯快要死了，你还是能感应。是不是……”他用大拇指朝靠在后座上的杜迪茨指了指。杜迪茨不像刚才那么抖得厉害了，至少眼下是这样。

“当然，”亨利说，“早在发生这一切之前，我就从杜迪茨那儿有所收获。琼西、彼得、比弗也是这样。我们自己都不知不觉。那只是我们生活的一部分。”当然，就是这样。正如所有那些关于塑料袋、大桥桥墩以及猎枪的念头一样。只是我生活的一部分。“现在它更强烈了。也许到头来终会消退，不过现在……”他耸了耸肩，说，“现在我能听到声音。”

“是珀利的。”

“不仅是他，”亨利回答，“还有其他一些拜拉斯正处于活动期的人。多数在我们后面。”

“琼西呢？你的朋友琼西呢？或者说格雷？”

亨利摇摇头。“但是珀利听到了一些东西。”

“珀利——他怎么会——”

“他现在的感应域比我的要宽，是因为拜拉姆——”

“因为什么？”

“他屁眼里的那东西，”亨利说，“也就是臭鼬。”

“哦。”欧文的胃里顿时一阵翻涌。

“他听到的好像不是人类。我觉得不是格雷先生，不过也可能是他。不管是什么东西，那玩意儿成了珀利的导航仪。”

他们一时无语，默默地往前驶去。路上的车辆有些拥挤了，有些司机不顾一切地横冲直撞（刚出奥古斯塔，他们就看到了福特探险者，那辆车翻进了沟里，行李散了一地，车里的人显然已经弃车而去），但亨利自认为还算幸运。他猜想，此前的暴风雪阻止了很多人出行。现在暴风雪停了，他们也许想尽快逃离。不过他和欧文抢在了这股大潮前面。就很多方面而言，暴风雪都助了他们一臂之力。

“我想让你知道一件事，”欧文终于说。

“你不用说出来。你就坐在我旁边——近在咫尺——而我仍然能够读到你的一部分思想。”

欧文所想的是，如果他觉得克兹在抓住他之后就结束追踪，那么他会停下悍马，自动出去。但事实上，欧文并不这么认为。欧文·安德希尔是克兹的首要目标，但克兹还明白，如果不是被人唆使的话，欧文不会干出这么大逆不道的背叛之举。没错，在给欧文的脑袋来上一枪之后，他会继续向前。与欧文在一起，亨利多少还有一线生机。没有了他，亨利就死定了。杜迪茨也一样。

“我们待在一起，”亨利说，“就像老话所说的，同生共死。”

后座的杜迪茨也接了一句："我们——开工了。"

"没错，杜杜，"亨利转过身，握了握杜迪茨冰凉的手，"我们就要开工了。"

4

十分钟之后，杜迪茨变得精神抖擞，指了进入奥古斯塔以南第一个高速公路休息区给他们看。事实上，他们已经快到路易斯顿了。"路线！路线！"他喊道，接着又咳起来。

"别激动，杜迪茨。"亨利说。

"他们可能是停下来喝了杯咖啡，吃了些点心，"欧文说，"也可能是要了一份熏肉三明治。"

可杜迪茨却引着他们绕到员工停车处。他们在这里停住，杜迪茨下了车。他一动不动地站了片刻，嘴里叽里咕噜地念叨着什么，在灰蒙蒙的天空下，他看上去单薄虚弱，似乎一阵风就可以把他吹走。

"亨利，"欧文说，"我不知道他在胡思乱想些什么，但如果克兹真的离我们很近了——"

可就在这时，杜迪茨点了点头，又回到车上，并指向出口的路牌。他显得比此前更加疲倦，却是一副心满意足的样子。

"天啊！这到底是怎么回事？"欧文不解地问。

"我觉得他是换了车，"亨利说，"是不是这样，杜迪茨？他换车了吗？"

杜迪茨使劲地点点头。"偷！偷！偷车！"

"他现在开得更快了，"亨利说，"你也得加速才行，欧文。别管克兹了——我们得追上格雷先生。"

欧文朝亨利看了一眼……然后又看了第二眼。"你怎么了？脸色怎么煞白？"

"我真是蠢到家了——我从一开始就该知道那王八蛋想捣什么鬼。我唯一的借口就是累着了，吓着了，不过现在说这些于事无补，如果……欧文，你一定得追上他。他要去马萨诸塞西部，你得在他到达之前追上他。"

他们现在是在融雪中行驶，路面虽然很脏，但危险却大大降低。欧文壮着胆子，把悍马开到每小时六十五英里。

“我尽力吧，”他说，“不过，除非是他的车撞了或坏了……”欧文摇摇头，“我觉得够呛，伙计。真的够呛。”

5

这是他小时候（当时他的名字还叫昆兹）经常做的一个梦，但进入懵懂躁动的青春期之后只做过一两次。在梦中，他在满月之下的田野里飞奔，不敢回头去看，因为那东西就在后面追着他。他没命地跑着，但当然还是跑不快，在梦中你总是不可能将自己发挥到极致。它很快就到了他的背后，他都能听见它干涩的呼吸，闻到它特有的干涩气味。

他来到一座平静如镜的大湖边，不过在他小时候生长的那座干燥而痛苦的堪萨斯小镇，根本就没有任何湖泊；尽管景色很美（月亮像明灯一样倒映在湖心），他却吓坏了，因为这座湖挡住了他的去路，而他又不会游泳。

他双膝一软跪在岸边——由此看来，这与小时候做过的那些梦完全相同——但是在平静的水中，他看到的不是那东西的倒影，不是竖着一颗粗麻布脑袋和一双粗手上戴着蓝手套的可怕稻草人；这一次他看到的是满脸烂斑的欧文·安德希尔。在月光的映照下，欧文脸上的拜拉斯就像大块的黑色胎记，软绵绵的不成形状。

小时候他总是在这个时刻醒来（而且小鸡鸡总是硬邦邦的，至于这么吓人的梦为什么会让一个孩子的小鸡鸡硬邦邦的，恐怕只有上帝才知道），但是这一次，那东西——欧文——居然在触摸他，倒映在水中的眼睛里满是责备。也许是责问。

因为你违抗了命令，小子！因为你越过了界线！

他抬手想挡开欧文，想推开那只手……却看到了自己在月光下的手。灰色的手。

不，他对自己说，这只是月光的缘故。

可是只有三根手指——难道这也是因为月光吗？

欧文的手放在他的身上触摸他，在把肮脏的疾病传给他……而且居然还敢叫他。

6

“头儿！快醒醒，头儿！”

克兹睁开眼睛，咕哝了一声坐起身来，同时一把推开弗雷迪的手。那只手放在他的膝盖上而不是肩膀上。弗雷迪从驾驶座上伸过手来摇着他的膝盖，这个动作令他难以忍受。

“我醒了，我醒了。”他把双手举到眼前仔细查看。不是孩子般的粉红色，远远不是，但也不是灰色，而且每只手上的五根手指都完好无损。

“现在几点了，弗雷迪？”

“不知道，头儿——我唯一能肯定的是，现在还是上午。”

当然了。钟表全都停摆了。就连他自己的怀表也停了。像所有习惯了现代生活的人一样，他忘了上发条。克兹的时间感一向敏锐，他觉得大概是九点，也就是说，他小睡了两个小时左右。时间不长，但是他不需要睡太久。他感觉好了些。他显然清醒多了，能听出弗雷迪语气中的不安。

“怎么了，小子？”

“珀利说，他现在跟那些人都失去了联系。他说欧文是最后一个，但现在也联系不上了。他说欧文肯定是战胜了里普利，头儿。”

从宽大的后视镜里，克兹瞥见珀利消瘦的脸上现出一抹捉弄人的坏笑。

“是怎么回事，阿齐？”

“没怎么，”珀利回答，听声音他似乎比克兹休息之前时要清醒得多，“我……头儿，我可以喝点水。我不饿，但是——”

“我想我们可以停下来喝水，”克兹应允道，“我是说，如果我们跟他们还保持联系的话。可如果跟他们——那位姓琼斯的家伙以及欧文和德夫林——全都失去了联系，嗯，你是了解我的，小子。即使死了，我也会拉个垫背的，到时候，恐怕得需要两位外科医生加一把手枪才能让我松手了。当我和弗雷迪在这些南行线上四处寻找他们的踪迹时，你就坐在这儿，熬它漫长而干渴的一整天吧……除非你能帮上忙。你帮忙的话，阿奇，我就让弗雷迪在下一个出口停车。我会亲自跑到便利店里，给你买最大瓶的冰镇矿泉水。你觉得怎么样？”

觉得不错，只要看看珀尔马特咂咂嘴巴，然后又伸出舌头润润嘴唇的样子，克兹就不难判断。（在珀尔马特的嘴唇和脸颊上，里普利仍然长势旺盛，多数呈草莓般的鲜红色，还有些是葡萄酒般的深红色。）但是那种狡黠的神色又出现了。他的眼睛周围爬满了里普利，可眼珠却在滴溜溜地转动。克兹顿时明白是怎么回事了。珀尔马特发疯了，上帝保佑他。也许只有疯子才能了解疯子。

“我跟他说的是大实话。我现在跟他们谁都联系不上了。”但是说这话的时候，阿奇把一根手指贴在鼻子上，朝后视镜里又狡黠地看了一眼。

“小伙子，如果能抓到他们的话，我想我们还很有可能会把你治好。”克兹用例行公事的语气干巴巴地说，“好了，你现在还能联系上谁？琼西吗？还是那位新来的？杜达茨？”克兹把“杜迪茨”说成了“杜达茨”。

“不是他。不是他们任何人。”但手指仍然贴着鼻子，仍然是那副狡黠的神情。

“你告诉我，我就给你水，”克兹说，“如果继续跟我耍心眼，士兵，我就一枪毙了你，再把你扔进雪地里。好了，你读读我的思想吧，看我是不是这么想的。”

珀利闷闷不乐地从后视镜里看了他一会儿，然后说，“琼西和格雷先生还在高速公路上。他们已经到了波特兰附近。琼西告诉格雷先生怎样沿着 295 号公路绕城而过。不过也说不上是告诉。格雷先生在琼西的脑袋里，我想，他想要什么就可以随意搜取什么。”

克兹听得越来越骇然，同时在心里盘算着。

“有一条狗，”珀利说，“他们带着一条狗，它叫莱德。我就是与它保持着联系。它……跟我一样。”他的目光在后视镜里与克兹的又一次相遇，但是不再有狡黠之色。取而代之的是一种痛苦的半清醒意识。“你真的觉得我还能……嗯……恢复成以前的我吗？”

克兹知道珀尔马特能看清他的思想，所以他的措辞很谨慎。“我觉得，你至少能够卸下那个负担。大概需要一位了解情况的医生在场吧？是的，我觉得有这种可能。吸一大口乙醚，等你醒过来的时候……就像一阵风‘噗’地吹过一般，没事儿了。”克兹说着，还亲了亲自己的手指尖，模仿吹风的动作，接着又转头问弗雷迪，“如果他们到了波特兰，那应该在我们前方多远？”

“也许有七十英里，头儿。”

“那就开快一点吧，赞美上帝。别把我们开进沟里，但是开快一点儿。”七十英里。如果欧文、德夫林以及“杜达茨”也知道阿奇·珀尔马特所了解的信息，那么他克兹仍然是跟在他们后面。

“我来把话说明白些，阿奇。格雷先生附在琼西的身上——”

“是的——”

“他们还带有一条狗，那条狗能读懂他们的思想？”

“那条狗能听见他们的思想，但是不能理解。它毕竟只是一条狗。头儿，我渴了。”

他像听他妈的收音机一样听那条狗，克兹惊奇地想。

“弗雷迪，下一个出口。到处都有喝的。”他很不愿意停车——不愿意与欧文之间的距离越来越大，哪怕只是一两英里——但是他需要珀尔马特。如果可能的话，还要让他高兴。

前面就是休息区，格雷先生正是在那里把清雪车换成了斯巴鲁，欧文和亨利也正是在那里稍作停留，因为路线从那里经过。停车场里满是汽车，但是他们三个人可以凑起足够的零钱，从门口那台自动售货机里买水。

赞美上帝。

7

不管所谓的“佛罗里达总统”有过怎样的成败（大多数都尚未载入史册），有一点将无可否认：他在十一月份的这个上午的演讲给宇宙恐慌画上了一个句号。

对于这次演讲何以能够奏效，人们观点不一（“不是因为领导有方，而是因为时机正好。”有评论家嗤之以鼻地说），但它毕竟奏效了。人们迫切盼望得到确凿的消息，所以，那些已经上路的人又从公路上下来，以观看总统的演讲。购物中心的电器店里挤得满满的，大家都一言不发，目不转睛地看着电视。95号州际公路沿线的加油站都不再营业。电视机被搬到了默然无声的收银机旁边。酒吧里更是人满为患。在很多地方，人们甚至为那些想看演讲的人敞开家门。他们本可以收听车载收音机里的广播（就像琼西和格雷先生那样），同时继续赶路，但只有少数人这样。大部分人都想看看这位领袖的面孔。总统的恶意攻击者纷纷发表言论，认为这次演讲只不过是扼制住了恐慌的势头——他们当中有人指出：“在这种特殊时刻，就连一头猪也能发表演讲并取得这种特殊的效果。”也有人持不同意见。“这是危急关头，”有人说，“可能有六千人正在路上。一旦总统有不当之言，到下午两点时就会变成六万，而当人潮涌进纽约时也许会变成六十万——那将是沙尘暴移民[①]以来最为庞大的移民潮。美国民众，特别是新英格兰地区的民众，希望得到这位在大选中险胜的总统的帮助……希望得到安抚和保证。而他也作出了回应，对自己的国民发表了也许是有史以来最为精彩的演讲。事情就是这么简单。”

不管简单与否，也不管是社交手腕还是领导才能，演讲与欧文和亨利所预期的相差无几……而克兹则能预知演讲的每一个字眼和每一次转折。演讲主要有两层简单的意思，两层意思都作为确定无疑的事实表达了出来，而且都旨在平息人们的恐慌情绪，这种情绪在今天上午打击了美国人惯有的自负心理。第一层意思是，那些外来者虽然不是挥舞着橄榄枝或携带着免费的见面礼而来，但也丝毫没有表现出将有攻击性或不友好行为的迹象。第二层意思是，尽管他们随身带来了某种病毒，但已经被控制在杰弗逊林区（总统一边说，一边还在色度键控绿色屏幕上指出这一地区，其动作之熟练，不亚于天气预报员指出一块低压云图）。而且即使在那里，根本不用现场的科学家和军事专

---

① 二十世纪三十年代美国发生过一次沙尘暴，致使无数人背井离乡。

家出手，那种病毒也正在消亡。

“在此关键时刻，虽然我们没有确切的证据可以表明，”总统这样告诉屏息静气的观众（那些发现自己正置身于东北走廊新英格兰一端的人尤为屏息静气，这也许不难理解），“但我们认为，我们的客人携带着病毒也算不了什么，就像从国外归来的游客不慎在行李或他们所购买的农产品里带有昆虫回国一样。这是海关官员该留意的事情，不过当然了，”——白老爹笑容满面——“我们的这些客人没有经过海关的检查。”

是的，有少数人因病毒致死。他们多半是军方的人。绝大多数感染这种病毒（“是一种真菌，与脚气很相似。”白老爹说）的人都能靠自身的免疫力而战胜它。该地区已经实施了隔离，而隔离区以外的人没有危险，重复一遍，没有危险。“如果你正在缅因州并且离开了家，”总统说，“那么我建议你回家。用富兰克林·德拉诺·罗斯福的话说，除了恐惧本身之外，我们没有什么好恐惧的。”

对灰人被杀、飞船被毁、猎人被囚、戈斯林商店被焚以及囚犯的逃亡只字未提。对嘉拉格的“帝国山谷”最后的成员像狗一样（在很多人看来，他们*就是*狗，甚至比狗还不如）遭到追杀也只字未提。对克兹只字未提，对带菌者琼西更是只字未提。总统发布的信息适可而止，只要能平缓恐慌，以免它失控就行。

大多数人听从了他的建议，开始转身回家。

对有些人来说，当然已经不可能回家了。

对有些人来说，家已经不复存在。

8

在阴沉沉的天空下，这支小车队往南行进。领头的是那部铁锈红的斯巴鲁，利奇菲尔德的玛丽·图珍再也看不到自己这辆车了。亨利、欧文和杜迪茨在后面五十五英里，大约是五十分钟的车程。克兹一伙刚刚离开八十一英里处的休息区（当他们重新加入车流时，珀利正贪婪地大口灌下第二瓶娜雅牌矿泉水），他们落后于琼西和格雷先生大约七十五英里，距离克兹的首要目标二十英里。

如果不是阴云笼罩的话，在东部时间十一点四十三分，一架低空飞行的飞机上的观察员可能就会同时看到这三辆车（一辆斯巴鲁，两辆悍马）；而此时此刻，总统的演讲正进入尾声，结束句为："上帝保佑你们，我的美国同胞，上帝保佑美国。"

琼西和格雷先生正在穿过基特里和朴茨茅斯之间的大桥，进入新罕布什尔州；亨利、欧文和杜迪茨正经过 9 号出口，这个出口通往法尔茅斯、坎伯兰和耶路撒冷领地；克兹、弗雷迪和珀尔马特（珀尔马特的肚子又鼓了起来；他靠在那儿一边哼哼唧唧，一边排放着毒气，这也许是对白老爹那番演讲的一种评注）快到 295 号公路的鲍登汉出口，在布伦兹威克以北不远之处。这三辆车可以轻而易举地尽收眼底，因为大多数人都找地方停了下来，以便收看总统发表那番色度键控辅助的安抚演讲了。

在琼西极有条理的记忆的帮助下，格雷先生穿过新罕布什尔和马萨诸塞两州之间的边界后，离开 95 号公路，转上 495 号公路……头一辆悍马在杜迪茨的指引下会紧紧跟随，因为杜迪茨所看到的琼西所经之处为一条醒目的黄线。在马尔伯勒镇，格雷先生将离开 495 号公路，转上 90 号州际公路，这是美国东西向主干道之一，在海湾州，它被称为马萨高速。根据琼西的记忆，8 号出口应该标有帕尔默、马萨诸塞州州立大学、阿默斯特和维尔。从维尔往前六英里就是奎宾。

他要找的是 12 号管道；琼西是这么说的，琼西不可能撒谎，就算他想撒谎也办不到。奎宾水库南边的温莎大坝上有一个马萨诸塞水利管理局。琼西会把他带到那儿，剩下的就是格雷先生的事了。

9

琼西在书桌后面再也坐不住了——再坐下去他就要放声大哭了。哭过之后，他肯定会自言自语，接着就会大叫大嚷。而一旦大叫大嚷，他就很可能冲出门去，投进格雷先生的怀抱，然后完全疯掉，等着被毁灭了。

我们现在究竟到哪儿了？他寻思道，还在莫尔伯勒吗？离开 495

号公路，转上 90 号公路了吗？应该是这样。

不过他无法确切地知道，因为他的窗户被封住了。琼西望着窗户……突然不由自主地笑了。他忍不住要笑。**放弃吧快出来**已经被改成他一直在想的那句话：**投降吧桃乐茜**。

是我改的，他想，我敢说，只要我愿意，我还能让这该死的遮光板消失。

那又怎么样呢？格雷先生会再装上一副，还可能干脆往玻璃上泼黑油漆。如果他不想让琼西看到外面，琼西只能干瞪眼。关键问题是格雷先生控制着他的身体。格雷先生的脑袋爆炸了，就在琼西的眼前变成了孢子——哲基尔博士[①]变成了拜拉斯先生——然后被琼西吸了进去。格雷先生现在是……

*他是个捣蛋鬼，*琼西想，*格雷先生是我脑海里的捣蛋鬼。*

这么想好像说不过去，实际上，他还有一种更合情理的与之相对的念头——*不，你完全弄反了，在外面的、逃出去的是你*——可他置之不理。那是伪直觉的胡扯，是感知上的幻觉，与口干舌燥的人在沙漠上看见并不存在的绿洲是一回事。他被关在这里。格雷先生却在外面，吃着熏肉，胡作非为。如果琼西听任自己无视这一点而胡思乱想，那他就成了十一月的四月愚人了。

得让他慢下来。就算我拦不住他，有没有什么办法，起码可以给他添点乱？

他站起身，沿着办公室的墙根转起圈来。一共是三十四步。这一圈可真够短的。不过，他猜想这里比一般的牢房大。那些待在沃宝尔、丹佛斯或肖申克等监狱的伙计们会认为这是顶级待遇。在房间中央，捕梦网在轻轻晃动。琼西一边数着步子，一边寻思他们距离马萨高速的 8 号出口还有多远。

*三十一，三十二，三十三，三十四。*他转完一圈，回到椅子后面。该走第二圈了。

他们很快就会到达维尔……当然，他们不会在那里停留。与那位

① 小说《化身博士》中的主人公。

俄罗斯女人不同的是，格雷先生清楚地知道自己的目的地。

三十二，三十三，三十四，三十五，三十六。又回到椅子后面，该走下一圈了。

三十岁的时候，他和卡拉已经有了三个孩子（老四是不到一年前才出生的），两人从来没有想到过不了多久，他们会拥有一所度暑别墅，哪怕是维尔北区奥斯本路上那种简易别墅。可是后来，琼西的系里发生了巨大的人事变动。有位好朋友成了系主任，结果琼西被聘为副教授，这比他自己最乐观的预计至少早了三年。薪水也涨了不少。

三十五，三十六，三十七，三十八，又回到椅子后面。很好。仅仅是在房间里踱步而已，但是让他平静了下来。

就在那一年，卡拉的祖母去世了，留下一大笔遗产，由卡拉和她妹妹两人继承，因为祖孙两代人之间的直系亲属已经不在人世。于是他们得到了那所别墅。之后的第一个夏天，他们就带着孩子去了温莎大坝。在那里，他们参加了一次定期组织的夏游。他们的导游是“美国当代管林人”的雇员，身穿绿色制服。他告诉他们，奎宾水库周围的地区被称为“不期而现的荒野”，而且已经成为马萨诸塞州主要的鹰类栖息地。（两个大孩子约翰和米莎以为会看到一两只鹰，结果却大失所望。）水库的所在地原本是三个农耕村社，各有自己的小集市，三十年代被水淹没而形成水库。当时，新湖泊周围的地区都是耕地。自那以后，经过六十年左右的时间，它又恢复成整个新英格兰地区在十七世纪开始工农业生产之前的状态。几条纵横交错、坑洼不平的土路爬向湖的东岸——据导游所说，这是北美最纯净的水库之一——但是仅此而已。过了东库区的12号管道之后，你如果还想往前走，就得穿上旅游鞋了。那位导游就是这么说的。他的名字叫洛灵顿。

那次同行的大约还有十来人，当时他们已经快回到出发地。琼西站在穿过温莎大坝的那条路边，朝北眺望着水库（在阳光下，奎宾水库碧蓝一片，波光粼粼；小乔伊正伏在琼西的背上熟睡）。洛灵顿的讲解已经接近尾声，正准备跟他们道别，就在这时，有个穿着鲁特格斯大学T恤衫的人像小学生似的举手问道：12号管道。那个俄罗斯女人不就是在那儿……

三十八，三十九，四十，四十一，又回到椅子后面。他漫不经心地数着数，他经常这么干。卡拉说这是强迫性紊乱的一种表现。琼西对此不大了解，可他知道数数能稳定情绪，于是又开始了下一圈。

洛灵顿一听到“俄罗斯女人”几个字，就闭口不言了。显然这不属于他讲解的话题；也不是水利管理局希望游客传扬的佳话。就其全程最初流经的八到十英里市政管道而言，波士顿的自来水是世界上最纯净、品质最佳的自来水，这才是他们希望传播的福音。

对此我真的不太清楚，先生，洛灵顿当时回答，而琼西则想，天啊，我看我们的导游刚刚撒了个小谎。

四十一，四十二，四十三，又回到椅子后面，准备走下一圈。现在稍稍走快了一些。双手交叉放在身后，就像船长在前甲板上巡视……或者叛乱成功后检阅自己的双桅船。他感觉更像是后者。

琼西当了大半辈子的历史教师，好奇是他的第二天性。就在那一周稍晚的一天，他去了图书馆，在当地报纸上查找相关的报道，还终于找到了。报道很简短，干巴巴的——那份报纸上还有关于草地集会的报道，要具体生动得多——不过当地的邮递员却了解不少，而且很乐意分享。贝克威斯老先生。琼西仍然记得他说的最后几句话，老先生说完就开动蓝白相间的邮车，沿着奥斯本路驶向下一个信箱；夏天的时候，湖的南岸地区总是有很多信件需要投递。琼西随后走回别墅——那份意外得来的礼物——路上还想着，难怪洛灵顿不愿提及那个俄罗斯女人。

从公共关系的角度出发，的确是不提为好。

10

她的名字叫伊琳娜或者伊莱娜·蒂玛诺娃——似乎谁也不知道到底是前者还是后者。1995 年初秋，她开着一辆福特护卫者出现在维尔，汽车的挡风玻璃上小心地贴着黄色的赫兹标签[①]。后来才知道那辆车是偷的，有人传说——没有事实根据，却传得有声有色——她在

① 租车公司名。

洛根机场得到了这辆车，是用自己的身体换了一套车钥匙。谁知道呢，有可能就是这么回事。

不管是怎么回事，她显然是迷路了，而且头脑也不太清醒。有人记得她一边脸上有瘀伤，还有人注意到她上衣的扣子扣错了。她的英语很差，但是可以大体表达自己的意图：去奎宾水库的路。她把路线说明用俄语记在一张纸片上。那天傍晚，当温莎大坝上的那条路关闭之后，有人在固纳夫大堤的野餐区发现了那辆护卫者，车上的人已经不知去向。第二天早上，那辆车还在那儿，水利局的两个人（谁知道呢，也许就包括洛灵顿）与两位森林管理员开始一起寻找她。

沿东街走了两英里之后，他们发现了她的鞋子。又过了两英里，东街变成了泥土路（它弯弯曲曲地伸进水库东堤的荒野，其实根本算不上是街道，而只是马萨诸塞州的“深辙路”），他们在这里找到了她的衬衣……哎呀。从衬衣所在地再走两英里，东街到了尽头，一条满是车辙的运木路——菲茨帕特里克路——朝着背向湖泊的方向延伸出去。搜寻人员正打算顺着这条路寻找时，有人看到水边的一个树杈上挂着一样粉红色的东西。原来是那位女士的胸罩。

这里的地面很潮湿——虽然算不上是沼泽——所以，他们可以跟着她的足迹和她穿行时折断的枝条往前走，心里不愿去想那些枝条会如何伤及她赤裸的皮肤。但是受伤的迹象却留在那里，不管他们愿意与否，都一律映入眼帘——枝条以及石头上满是血迹，这也是她留下的痕迹。

从东街尽头再走一英里，他们来到一座石屋前。这座石屋坐落在一块岩基上，隔着东库区与波默利山相望。石屋是 12 号管道的所在地，如果开车的话，只能从北边才能到达。至于伊琳娜或者伊莱娜为什么没有从北边出发，恐怕永远不得而知了。

起于奎宾水库的导水管朝正东方向延伸六十五英里到达波士顿，沿途吸纳沃恰塞特水库和萨德伯雷水库的水而增大输水量。（后面两个水库相对较小，水质也不那么纯净。）这里没有安装水泵，十三英尺高、十一英尺宽的导水管不需要水泵来帮助抽水。波士顿的供水完全依靠重力自流进水，这是三千五百多年前埃及人使用过的技术。在地面和导水管之间，架有十二根垂直的管道。它们既是出水口，也是水压调节处。如果导水管堵塞，它们还是检修的入口。12 号管道离水库最近，也被称为进水管。这里是检测水质纯度的地方，女性的贞操也常常在这里得到检测（石屋没有上锁，所以，泛舟湖上的情侣们常常光顾此地）。

门前有八级台阶，在最下面一级台阶上，他们发现了那女人叠得整整齐齐的牛仔裤。最上面一级台阶上，则是一条白色的纯棉内裤。石屋的门敞着。搜寻人员不禁面面相觑。他们很清楚在里面会看到什么：一个光着身子、已经死去的俄罗斯女人。

但事实并非如此。12 号管道口的圆铁盖被移动了，朝水库一侧露出一个新月形的黑洞。黑洞旁边是那女人用来撬开管道盖的撬棍——它原本与其他几件工具一起靠在石屋门后。撬棍的另一边放着俄罗斯女人的皮包，皮包上面是她的钱夹，钱夹打开了，现出她的身份证。钱夹的上面——或者说金字塔的塔顶——是她的护照。有一截纸片从护照里露了出来，纸片上弯弯扭扭地写了字，大概是俄语，或者西里尔语，随你怎么叫好了。搜寻人员觉得应该是自杀遗书，但经过翻译才发现，那其实只是俄罗斯女人的路线说明。她在末尾写着：*道路走到尽头后，就沿着堤岸走。*她的确是这么走的，一边走还一边脱衣服，对那些划伤她皮肤的枝条丝毫不以为意。

搜寻人员站在半开的管道口旁，抓着脑袋，听着“汩汩”的水声，这里的水会流向波士顿的大小水龙头、各种喷泉以及家家户户后院的水管。水声听起来很空旷，还有些阴湿，这也不难理解：12 号管道有一百二十五英尺深。大家不明白她为什么要采取这种方式，但是可以清楚地看到她所采取的*行动*，可以看到她坐在石地上晃动双脚；她看上去就像白石商标上的少女，只不过她一丝不挂。她也许回头看了最后一眼，想确定她的钱包和护照仍在原地。她希望有人知道是谁以这种方式走了，这里有一种骇人听闻、令人刻骨铭心的可悲色彩。看过一眼之后，她便滑进了半开的铁盖和管道壁之间的那弯新月里。也许还捏着鼻子，像一个猛子扎进公共游泳池的孩子一般。也许没有。无论如何，在不到一秒钟的时间里，她就消失了。你好黑暗我的老朋友。

11

在开着邮车继续赶路之前，贝克威斯老先生关于这个话题的最后几句话是这样的：就我所知，情人节前后，波士顿的人在早晨的咖啡里就喝到她了。接着他朝琼西一笑。我自己不喝这里的水。我只喝啤酒。

说到“啤酒”这个词时，马萨诸塞州的人与澳大利亚人的口音一样。

12

琼西已经绕着办公室转十二或十四圈了。他在书桌的椅子后面停了片刻，心不在焉地揉了揉髋部，然后又走了起来，仍然数着数，真是患有强迫性紊乱的琼西。

一……二……三……

俄罗斯女人的故事无疑很精彩，是典型的小镇惊魂类故事（发生过多起凶杀的闹鬼老屋，重大车祸的高发地，也都是很好的背景）。它无疑还激发了格雷先生的灵感，让他知道该如何利用那条倒霉的牧羊犬莱德。不过，就算他知道格雷先生要去哪里，又有什么用呢？毕竟……

他又回到了椅子后面，四十八，四十九，五十，哎呀，等一等，快稍等一下。他第一次绕着房间转圈时，只有三十四步，对吧？怎么这一次变成了五十步呢？他没有像小孩子那样走碎步呀，所以怎么会——

是你让距离变大了。你转的次数越多距离就变得越大。因为你心神不宁。这毕竟是你的房间。我敢说只要你愿意，你可以让它变得跟华尔道夫-阿斯托里亚酒店[①]的舞厅那么大……而格雷先生却对你无可奈何。

“这可能吗？”琼西自言自语。他站在椅子旁，一只手扶着椅背，

① 位于纽约曼哈顿，世界顶级酒店。

犹如摆姿势让人画像一般。他的问题不需要答案，眼见为实。房间的确变大了。

亨利来了。如果他带着杜迪茨的话，不管格雷先生换几次车，跟踪他都是易如反掌，因为杜迪茨可以看到路线。他带领他们在梦中找到了里奇·格林纳多，后来又在现实中找到了乔西·林肯霍尔，而现在，他也能轻而易举地为亨利带路，就像一只嗅觉灵敏的猎犬将猎人带到狐狸的巢穴。问题在于格雷先生领先了，该死的格雷先生起码领先了一小时。可能还不止。而一旦格雷先生把那条狗扔进12号管道，舞会就泡汤了。从理论上说，还来得及关闭波士顿的供水系统，但是，亨利能说服相关人士采取这种非同小可、影响巨大的措施吗？琼西很怀疑。再说，沿途那些几乎马上会饮用这水的居民又怎么办？维尔有六千五百人，阿瑟尔有一万一千，伍斯特有十五万多。那些人剩下的日子可能只有几个星期，而不是几个月了。还有些人可能只有几天。

有没有什么办法，可以让那狗娘养的慢下来呢？让亨利有机会赶上来？

琼西抬头朝捕梦网看去，霎时间，房间里发生了变化——依稀有一声叹息，很像是降神会上的鬼魂常常发出的哀叹。但是根本就没有鬼魂，琼西觉得自己手臂上起了鸡皮疙瘩。与此同时，泪水也涌了上来。他想起了托马斯·沃尔夫的一行诗句——哦，失去了，一石，一叶，一扇没有找到的门。托马斯·沃尔夫的主要意思是说，你再也不可能回家了。

“杜迪茨？”他轻轻叫道，他颈后的汗毛倒竖了起来，“杜杜，是你吗？”

没有回答……但是，当他朝桌上看去时，只见原本放着那部废电话的桌子上，又增加了一样新东西。不是一石或一叶，也不是一扇失落的门，而是克里比奇纸牌游戏的记分板和一副纸牌。

有人想玩牌。

13

现在一直都很痛很痛。妈妈知道，他告诉了妈妈。上帝知道，他告诉了上帝。他不告诉亨利，亨利也痛，亨利很累，很伤心。比弗和彼得上了天堂，他们坐在天堂和人间永恒的创造者阿门万能的圣父的右手边。这让他很伤心，他们是好朋友，一起玩牌，从不捉弄人。他们找到过乔西，还看到过一个很高的人，那是个牛仔，他们还玩过牌。

这也是一场牌局，不过彼得以前总是说杜迪茨，不管你是赢是输都没关系，主要看你怎么玩不过这一次有关系，真的有关系，琼西说有关系，琼西听不见，但是很快会好的，很快。如果他不痛就好了。连止痛片都不管用。他的喉咙很痛，全身在发抖，肚子也痛，好像要大便，但是他没有大便，他咳嗽的时候还出血。他很想睡觉，但是不能不管亨利和他的新朋友欧文，他们找到乔西的那一天欧文也在场。他们说如果我们能让他慢下来就好了，还说如果我们能追上就好了，所以他不能睡觉，要帮助他们，但是他必须闭上眼睛才能听到琼西，他们还以为他睡着了，欧文说我们要不要叫醒他，万一那狗娘养的在什么地方转弯了怎么办？亨利就说，我说过我知道他要去哪儿，不过为了保险起见，到90号州际公路时我们就叫醒他。现在就让他睡吧，天啊，他看起来累极了。接着又是那句话，只不过这一次是在心里想：如果能让那狗娘养的慢下来就好了。

闭上眼睛。两臂交叉，放在发痛的胸前。慢呼吸，妈妈说，咳嗽的时候就慢呼吸。琼西没有死，他没有跟比弗和彼得一起去天堂，但是格雷先生说琼西被关了起来，而琼西也信了。琼西在办公室里，没有电话，什么都不知道，也没办法跟他说话，因为格雷先生很坏，格雷先生还很害怕。怕琼西会发现被关起来的到底是谁。

他们什么时候说话最多？

玩牌的时候。

玩克里比奇纸牌。

他一阵发抖。他必须使劲想，结果就很痛，他能感觉到自己的力气在慢慢消失，最后的一点力气。但是这一次不只是一场牌局，这一次是赢是输很重要，所以他要使出力气，他做了一个记分板，还做了一副纸牌。琼西在哭，琼西在想哦，失去了，但是杜迪茨·卡弗尔没有失去，杜迪茨能看到路线，路线通向办公室，这一次他不会只是记分了。

琼西别哭，他说，这句话很清晰，话语在他脑海里的时候总是很清晰，只是他的笨嘴巴把它们说变样了。别哭，我没有失去。

闭上眼睛。两臂交叉。

在琼西的办公室里，在捕梦网的下面，杜迪茨要玩牌了。

14

“我感应到了那条狗，”亨利说，声音听起来很疲惫，“那条为珀尔马特导航的狗。我感应到它了。我们近了一些。老天，如果有什么办法让他们慢下来就好了！”

现在又下雨了，欧文希望能在雨变成雨夹雪之前能赶到冰冻线以南。风刮得很猛，悍马在路上不住地颠簸。已经到了中午，他们正在索科和毕德佛之间的什么地方。欧文扫了一眼后视镜，看到杜迪茨坐在后面，闭着眼睛，仰着脑袋，两条皮包骨的胳膊交叠在胸前。他的面色黄得可怕，但是有一丝鲜红的血从他嘴角流了出来。

“你的朋友能帮上忙吗？”欧文问。

“我想他正在尽力。”

“我还以为你说他在睡觉呢。”

亨利转头看了杜迪茨一眼，然后又望着欧文。“我弄错了。”他说。

15

琼西发了牌，然后从自己那一手中抽出两张作为保留牌，再拿起另一手牌，也从中抽出两张。

“别哭，琼西。别哭，我没有失去。”

琼西抬头望着捕梦网，他很肯定声音来自那里。“我没有哭，杜杜。只是有些他妈的过敏而已。好了，我以为你是想玩……”

“两点。”捕梦网里的声音说。

琼西从杜迪茨那手牌中挑出一张两点——开局算是不错——然后

从自己那手牌中打出一张七点。加起来是九点。杜迪茨手中有一张六点，问题是他会不会——

“六点。十五点了，”捕梦网里的声音说，“十五点记两分。亲我的大腿！”

琼西情不自禁地笑了起来。这是杜迪茨，没错，但是一时间，杜迪茨的声音听起来简直就像比弗。“那就记分吧。”只见记分板上有根木棒竖了起来，慢慢移动，然后插在第一街的第二个孔里，琼西不由得看呆了。

霎时间，他恍然大悟。

“你一直都会玩的，对吧，杜杜？你以前胡乱记分只是为了逗我们开心。”想到这里，他的泪水又一次涌了出来。在那些年里，他们一直以为是他们在陪杜迪茨玩，其实是杜迪茨在陪他们玩。那么，在特莱克兄弟公司后面的那一天，又是谁找到了谁？是谁救出了谁？

“二十一点。”他说。

“三十一点，记两分。”捕梦网里的声音说，那只看不见的手又一次移动木棒，插在往前的第二个孔里，“他挡住我了，琼西。”

“我知道。”琼西说着，打出一张三点。杜迪茨叫了十三点，于是琼西从杜迪茨的牌中挑出那张牌。

“但是你没有。你可以跟他说话。”

琼西自己出了一张两点，然后记了两分。杜迪茨打出最后一张牌，记了一分。琼西想：*连一位智障者都赢不了——没想到吧。*不过这位杜迪茨并不是智障者。他精疲力竭，奄奄一息，但不是智障者。

他们对各自手中的牌进行记分，虽然琼西是庄家，杜迪茨的得分却遥遥领先。琼西把牌收拢来，准备重新洗牌。

“他想要什么，琼西？除了水之外，他还想要什么？”

谋杀，琼西想，*他喜欢杀人。*但是别再杀人了。求求你上帝，别再那样了。

“熏肉，”他说，“他非常喜欢吃熏肉。”

他开始洗牌……接着，他愣住了，他的脑海突然被杜迪茨所占满。是真正的杜迪茨，年轻、强壮、准备战斗的杜迪茨。

16

在他们后面，后座上的杜迪茨痛苦地哼出声来。亨利转过头去，发现他的两只鼻孔里流出了拜拉斯一般红的鲜血。由于全神贯注，他的面孔可怕地扭曲着。紧闭的眼皮下，眼球在快速转动。

“他这是怎么了？”欧文问。

“不知道。”

杜迪茨又咳了起来：来自胸腔的撕心裂肺般的咳嗽。双唇间喷出一些血沫。

“叫醒他，亨利！看在上帝的分上，快叫醒他！”

亨利惊恐地看了欧文·安德希尔一眼。他们快到肯纳邦克波特了，离新罕布什尔州边界不到二十英里，离奎宾水库还有一百一十英里。琼西办公室的墙上有一张奎宾水库的照片；亨利看到过。不远的地方还有一所别墅，在维尔。

杜迪茨叫出声来，在咳嗽的间隙，他将同一个词重复了三遍。咳血还不算严重，至少此刻还好，血沫是从他的口腔和喉咙里出来的，但如果肺部撕裂——

“快叫醒他！他说他很难受！你难道听不见——”

“他说的不是难受。”

“那是什么？是什么？”

“他说的是熏肉。”

17

这个把它自己当成格雷先生——准确地说，是把他自己当成格雷先生——的实体，现在遇到了大难题，但至少它（他）自己知道。

用琼西的话说，是有备无患。琼西的记忆箱里类似的表达方式有上千种，也许是上万种。其中有一些格雷先生觉得完全不知所云，比如对牛弹琴，再比如有失就有得，但有备无患这句话很不错。

简单地说，他的难题就是他对琼西的感觉……当然，这种感觉简直是糟透了。他可以认为琼西已经被关了起来，我的问题解决了；我把他隔离起来了，就像他们的军队想把我们隔离了一样。现在有人在跟踪我——事实上是追踪我——不过，除非出现引擎故障或发生爆胎，那两伙人谁也别想抓住我。我遥遥领先。

这些都是事实——是不可否认的事实——但是它们都寡然无味。有味的是，他很想跑到关着他那位心不甘情不愿的宿主房间的门前，大声叫嚷："你瞧，我收拾你了吧？让你吃苦头了吧？"至于吃苦头或吃苦脚与此有何相关，格雷先生并不清楚，但这是琼西的军械库里颇具威力的情感子弹——能带给他一种孩子般的强烈快意。然后，他会把琼西的舌头（现在是我的舌头了，格雷先生洋洋自得地想）从琼西的嘴唇里伸出来，好好地呸他几声。

至于对那些跟踪者，他很想脱掉琼西的裤子，让他们看琼西的屁股。虽然这与有得必有失一样毫无意义，与吃苦头一样毫无意义，但他还是很想这么做。这叫做"露屁股"，而他很想露它一露。

格雷先生发现，自己染上了这个世界的拜拉斯。它起始于情感，继而蔓延至感觉意识（食物的味道，让那位州警在洗浴间里以头撞墙时带给他的毋庸置疑的疯狂快感——那空洞的"砰砰"声），进而发展成琼西所说的高级思维。在格雷先生看来，这简直是可笑，就和把粪便称为经过处理的食物或者把种族灭绝称为种族清洗没什么两样。但是思维对他还是颇有吸引力，因为他此前一直是作为无性繁殖的精神的一部分而存在，是作为一种具有高等智能的非意识而存在。

琼西在被格雷先生关起来之前，曾经建议他放弃自己的使命，好好享受做人的乐趣。现在，格雷先生发现自己产生了这种欲望，而他此前一直和谐的思想，那种非意识的思想，正在四分五裂，变成众多互不相让的声音，有的要 A，有的要 B，还有的要 Q 的平方除以 Z。他原以为这些乱哄哄的说话声很可怕，是疯子的胡言乱语，到头来却发现自己很喜欢这种争吵。

比如熏肉。比如"跟卡拉做爱"，琼西的思想将其确定为最享受的事情，关乎情感和感官上的双重投入。还有飙车，在芬威公园附近的奥利里酒吧打台球，喝啤酒，现场乐队震耳欲聋的演奏，以及聆听佩蒂·勒夫莱丝演唱"要怪就怪你那撒谎的骗人的冷酷的耍赖的不忠的偏袒的吝啬的虐待的花心”（格雷先生不知道这是什么意思）。还有夏天的清晨，大地在薄雾中缓缓升起的景象。当然还有谋杀。毫无疑问。

他的难题是，如果不尽快干完这件事，他可能就永远干不完了。他不再是拜拉姆，而是格雷先生。再过多久，他就会弃却格雷先生而变成琼西呢？

不会这样的，他想。他猛踩油门，虽然油门可踩的余地已经不多，但斯巴鲁还是稍稍加快了速度。后座上的狗在“汪汪”地叫……接着又痛苦地哀号起来。格雷先生让自己的思想游离出来，去抚触长在狗肚子里的拜拉姆。它长得很快。几乎是太快了。而且还不仅如此——与它的思想相遇时毫无快乐可言，毫无同类相遇时的温暖。拜拉姆的思想感觉冷冰冰的……还有腐臭味……

“异种。”他咕哝道。

不过他还是让它安静了下来。当这条狗进入供水系统之后，拜拉姆必须还在狗肚子里。它需要时间来适应。狗会淹死，但拜拉姆还会在里面存活一段时间，以狗的尸体为食，直到时间来临。但首先他必须到达那里。

要不了多久了。

他沿着 90 号州际公路向西驶去，途经一些小镇（琼西称之为巴掌大的地方，不过这么说时也不无喜爱之情），比如维斯布罗、格拉夫顿以及桃乐丝塘（已经很近了，大概还有四十英里），同时想把自己不肯安分的新意识转移到一个不会给他惹麻烦的地方。他试着去想琼西的孩子，但是牵涉到太多的感情，于是连忙退了回来。他又试着去想杜迪茨，可这部分仍然是一片空白；琼西偷走了那些记忆。最后，他选择了琼西历史教师的工作，还有他那有趣得可怕的专业。看来在 1860 年到 1865 年间，美国曾经一分为二，就像拜拉斯群体在生长周期临近结束时一样。其中有多种原因，最关键的与“奴隶制”相关，这又跟把粪便或者呕吐物称为经过处理的食物一样可笑。“奴隶制”毫无意义。“分离权”毫无意义。“保卫联邦”毫无意义。从根本上看，这些生物只是做了他们最擅长的事情：他们“失去了理性”，说到底也就是“发疯”，但是从社交角度上说，前者更容易接受一些。哦，“失去理性”的人群的规模真是不小。

格雷先生接着查看那一箱又一箱稀奇古怪的武器——葡萄弹、链弹、实心弹、炮弹、刺刀、地雷——就在这时，有个声音响了起来。

熏肉。

他对这声音置之不理，尽管琼西的胃在“咕咕”叫。他倒是想吃点熏肉，没错，肉多油厚，非常爽口，能给人一种原始的、生理上的满足感，可现在不是时候。在他处理完这条狗之后也许可以。然后，如果在其他人赶上来之前还有时间，只要他愿意，他把自己吃到撑死都行。但现在不是时候。经过 10 号出口时——现在只剩下两个出口了——他把注意力又转回到美国内战，转向那些穿着蓝衣服和灰衣服的人们，他们在硝烟中奔跑，口里大叫着，把刺刀捅进对方的身体，让成千上万的人大吃苦头，抡起枪托砸在敌人的头颅上，发出好听的“砰砰”声，还有——

熏肉。

他的胃又“咕咕”叫了起来。琼西的嘴里也冒出口水，他想起戴萨特，想起蓝色盘子上又黄又脆的肉条，用手抓起来，感觉质地很硬，是好吃的死肉的质地——

不能想这个了。

突然传来一声不耐烦的车喇叭声，格雷先生不禁吓了一跳，莱德也哼了起来。原来他上错了车道，琼西的思想称之为“超车道”，于是他开到一旁，让一辆比斯巴鲁跑得更快的大货车呼啸而过。大货车把大片泥浆溅在小车的挡风玻璃上，一时挡住了他的视线。格雷先生想着抓到你杀死你把你的脑袋砸开花你这乱开车的不要命的王八蛋，砰砰，让你吃苦头让你吃苦。

熏肉三明治。

这声音像枪声在他的脑袋里炸响。他抵抗着，却发现它具有一种他从未感受过的崭新力量。会是琼西吗？显然不是，琼西没有这么大的力量。但是突然间，他的注意力全都集中到了自己的胃上，这个胃很空，很痛，迫不及待。他应该可以稍停一会儿来安抚它。否则的话，他很可能会把车开出——

熏肉三明治！

加蛋黄酱！

格雷先生含糊不清地叫了一声，不知道自己已经情不自禁地流出了口水。

18

“我听到他了。”亨利突然说。他把两只拳头抵在太阳穴上，似乎想止住头痛。“天啊，真痛。他简直就像一头饿狼。”

“谁啊？”欧文问。他们刚刚越过边界进入马萨诸塞州。车前的银色雨丝随风斜飘而下。“那条狗吗？还是琼西？到底是谁？”

“是他，”亨利回答，“格雷先生。”他看着欧文，眼中猛然充满希望，“我觉得他就要停车了。我觉得他要停下来了。”

19

“头儿。”

克兹又一次迷迷糊糊快要睡着时，珀尔马特有些费力地转过身来叫他。他们刚刚通过新罕布什尔的收费站，弗雷迪·约翰逊谨慎地选择了自助缴费通道（他担心收费员会注意到悍马驾驶室里的恶臭，或者后面的破窗户，或者武器……或者三者同时被发现）。

克兹饶有兴趣——甚至可是说是兴致盎然——地注视着阿奇·珀尔马特那张汗津津的、憔悴的面孔。那位不苟言笑、工于心计、在驻地里总是夹着公文包、作战时手中不离记事板、头发笔直地左分并梳得一丝不乱的官僚呢？那个一辈子也学不会不说“长官”这个词的人呢？那个人不见了。在克兹看来，珀利的脸虽然瘦了，却似乎变生动了。他快要变成约德妈[①]了，克兹想到这里，几乎忍俊不禁。

“头儿，我还是很渴。”珀利恋恋不舍地朝克兹的百事可乐看了一眼，接着又放了一个臭屁。约德妈在地狱里吹喇叭，克兹这样想着，

---

① 斯坦布克小说《愤怒的葡萄》中的人物。

终于笑出声来。弗雷迪嘴里骂骂咧咧的，但是不再像之前那样又惊又恨；他现在似乎已经无可奈何，几乎是懒得见怪了。

“恐怕这是我的，小子，”克兹说，“我自己也口干舌燥了。”

珀尔马特正想说点什么，但是又一阵疼痛袭来，让他闭上了嘴。他又放了一个屁，这一次没有那么响，不是吹喇叭，而是一个缺少天赋的孩子在吹短笛。他的眼睛眯缝着，显出狡诈之色。“你给我喝的，我就告诉你一些你想知道的事情。”他顿了顿，“一些你必须知道的事情。”

克兹沉吟着。雨水打在车身上，从破窗户里飘了进来。老天，这该死的破窗户真是让人心烦，他的衣袖都湿透了，但是他不得不忍受着。说到底，这是谁造成的呢？

“是你。”珀利说，克兹不由得一震。读心术这玩意儿真是太恐怖了。你以为自己已经习惯了，却突然发现没有，你根本就没有习惯。“是你造成的。所以，快他妈的给我喝的。头儿。”

“嘴巴放干净点儿，蠢货。”弗雷迪说了一句。

“把你知道的告诉我，这剩下的就归你了。”克兹拿起那瓶百事可乐，在珀尔马特痛苦的目光前晃着。与此同时，他在心里不无幽默地嘲笑自己。他曾经指挥过大规模军队，用他们彻底改变了某些地方的地缘政治。而现在，他所指挥的只是两个人和一瓶饮料。他的地位真是一落千丈。他是因为自负才一落千丈，赞美上帝。他具有撒旦的自负，就算这是一个错误，也是一个难以放弃的错误。自负是你用来拴住裤子的裤带——即使你的裤子已经不复存在。

“你保证？”珀利伸出长着红色绒毛的舌头，舔了舔干裂的嘴唇。

“如果我撒谎的话，就让我不得好死，”克兹认真地说，“见鬼，小子，你他妈的读读我的思想好了！”

珀利琢磨了他一会儿，克兹几乎可以感觉到珀利肮脏的小爪子（每一个指甲下都已经长出了红色的绒毛）在触摸他的脑海。很可怕的感觉，但他忍受住了。

最后，珀尔马特似乎满意了，点了点头。

“我现在知道得更多了，”他开口道，接着把声音压低，用神秘而惊恐的语气说，“你知道，它正在吃我。在吃我的内脏。我能感觉得到。”

克兹拍了拍他的胳膊。他们此刻正路过**马萨诸塞欢迎您**标语牌。“我会照顾你的，小伙子；我保证过了，对吧？好了，把你知道的告诉我。”

“格雷先生正在停车。他饿了。”

克兹刚才把手放在珀尔马特的胳膊上，这时突然用力，他的指甲几乎像鹰爪一般。“在哪儿？”

“离他的目的地不远。在一家商店门前。”接着，阿奇·珀尔马特用让克兹毛骨悚然的声音像小孩子一般念叨着：“上等饵料，不容错过！上等饵料，不容错过！”然后又转为正常的声音：“琼西知道亨利、欧文和杜迪茨他们来了，所以让格雷先生停了下来。”

一想到欧文会抓住琼西、格雷先生，克兹就一阵惊恐：“阿奇，你好好地听我说。”

“我很渴，”珀尔马特叫道，“我很渴，你这狗娘养的。”

克兹把百事可乐瓶举到珀尔马特的面前，当珀利伸手来拿时，又一巴掌将他打开。

“亨利、欧文和杜达茨知道琼西和格雷先生停下来了吗？”

“是杜迪茨干的，你这老笨蛋！”珀尔马特吼道，但马上又抱着肚子疼得大叫，他的肚子又鼓起了来。“迪茨，迪茨，杜-迪茨！是的，他们知道！是杜迪茨帮忙让格雷先生产生饥饿感的！是他和琼西一起干的！”

“我可不喜欢这个。”弗雷迪说。

两相联手，克兹想。

“求求你了，头儿，”珀利说，“我太渴了。”

克兹把瓶子递给他，冷冷地看着他把饮料喝干。

“到495号公路了，头儿，”弗雷迪说，“我该怎么办？”

“上去，”珀尔马特说，“然后转90号公路往西。”他打了一个嗝。声音很响，但好在没有异味。“它还想要一瓶可乐。它喜欢糖，还有咖啡因。”

克兹寻思着。欧文知道他们的目标停了下来，至少眼下是这样。欧文和亨利已经落后了九十到一百分钟的车程，所以现在会开足马力，尽可能快地往前赶。由此来看，他们也得开足马力。

如果有警察想挡他们的道，那就是自寻死路，上帝保佑他们。无论如何，现在已经到了生死关头。

“弗雷迪。”

“是，头儿。”

“加大油门。让这破车跑起来，上帝保佑你。快让它跑起来。”

弗雷迪·约翰逊依命而行。

20

没有牲口棚，没有畜栏，没有小牧场，窗户上挂的牌子不是营业执照，而是一张奎宾水库的照片，底下有一行字：**上等饵料，不容错过！**但除此之外，这里几乎是戈斯林商店的翻版：同样的破披叠板，同样的褐黄色屋顶，几缕青烟从同样歪歪斜斜的烟囱里升上雨中的天空，门前的加油泵也同样锈迹斑斑。加油泵上还靠着一块牌子，上面写着：**加油枪已坏，暂停服务**。

在十一月份的这个午后，商店里冷冷清清，只有名叫迪克·麦卡斯凯尔的店主一个人。像大多数人一样，他一上午也都是坐在电视机前。从所有的新闻报道（多是些再三重复的内容，由于北部那片林区已经用警戒线封锁起来，也没有什么好图片，不外乎是陆军、海军、空军的武器装备），一直看到总统的演讲。迪克称总统为“悬乎先生”，因为其当选的方式很悬乎——那儿难道就没有一个人他妈的会数数吗？虽然自从吉佩尔[1]（噢，那才是一位真正的总统）之后，迪克再也没有行使过选举权，可他还是讨厌悬乎总统，认为他是一个油腔滑调、不值得信赖的大门牙王八蛋（不过他老婆倒是挺漂亮），而总统十一点钟的演讲也是一如既往的狗屁胡说。老悬乎的话迪克一个字也不信。在他看来，整个事件很可能只是一场精心设计的骗局，是

---

① 指里根总统。

一种恐吓战略，旨在使美国的纳税人更加心甘情愿地支持增加国防支出，进而增加税收。太空中什么人都没有，这已经有了科学证明。在美国，唯一的外星人（除了悬乎总统本人之外）就是从墨西哥那边游过边界来的吃豆人[1]了。可大家都给吓坏了，一个个都坐在家里看电视。过一段时间，会有人出来喝点啤酒或葡萄酒，但是现在，这地方只是一片死气沉沉。

半个小时之前，迪克就关掉了电视（老天，他简直是受够了）。所以一点一刻当门铃响起时，他正在看一本从商店后排的报刊架上——那儿有一个写着**未成年者不宜**的提示牌——拿来的杂志。这本杂志名为《戴眼镜的女郎》，这倒也名副其实，因为里面的女郎全都戴着眼镜。仅仅是戴着眼镜，身上一丝不挂。

他抬头看了客人一眼，正准备说一句“你好”或者“路上很滑吧”，却又生生吞了回去。他突然觉得一阵不安，紧接着就确信这人是要抢劫……如果仅仅是抢劫的话，他就算走运了。开商店十二年以来，他还从来不曾遭到过抢劫——如果有人为了一把钱而甘冒坐牢的危险，那么，这一带有不少地方可以让他抢到不仅是一把钱，而且是一大把钱。除非他是——

迪克吞了一口唾沫。*除非他是疯子*，他心里想着，而眼前这家伙说不准*就是*疯子，说不准就是那种刚刚结果了自己一家人的性命，然后决定四处转转，在把枪口对准自己之前再干掉几个人的疯子。

迪克并没有妄想狂的天性（他的前妻会告诉你，他天性很*沉闷*），但尽管如此，今天下午的第一位客人还是让他感受到一种突如其来的威胁。平时经常有人来到他的商店里瞎晃荡，口里议论着爱国者队或红袜队，或者胡编一些关于水库的奇闻，迪克不大喜欢那些人，但此时此刻，他但愿那些人在这里。甚至全都在这里才好。

那家伙起初只是站在进门的地方，没错，他是有什么不对劲。他穿着一件橘红色猎装，而马萨诸塞州的猎鹿季节还没有开始，不过这还算不了什么。迪克不喜欢的是那人脸上的伤痕——仿佛他好几天来

① 对墨西哥非法移民的歧视性称呼。

一直在漫无边际的丛林中穿行——以及他那神不守舍、憔悴不堪的神情。他的嘴唇嚅动着，好像在自言自语。还不仅如此。下午暗淡的天色从满是灰尘的前窗里斜射进来，照在那人的嘴唇和下巴上，发出怪异的亮光。

*那狗娘养的在流口水，*迪克想，*我敢打赌是在流口水。*

那家伙的脑袋像抽筋似的快速扭动，而他的身子却纹丝不动。迪克不由得想起寻找猎物时一动不动地蹲在树枝上的猫头鹰。迪克脑海中闪过一个念头：他很想从椅子上溜下来，躲进柜台底下，但是他还没来得及考虑此举的利弊（他的前妻还会告诉你，他不是一个思维很敏捷的人），那家伙的脑袋就又一次快速扭动，正好面对着他。

迪克思想中理性的那一部分在暗暗希望（还不是一个很清晰的念头）这一切都是他的想象，是看了发生在缅因州北部的那些稀奇古怪的新闻和神乎其神的传言——媒体对每一条都进行了例行公事的报道——之后所引起的胡思乱想。也许这家伙只是想买包烟或半打啤酒或一瓶咖啡白兰地外加一本色情杂志，好帮助他在维尔或者贝尔彻镇郊外的汽车旅馆里打发一个漫长的雪夜。

当他和那人的视线相遇时，这一希望破灭了。

从那人的眼神来看，他不是一个杀了自己全家然后出来四处游荡的疯子；如果他是那种疯子也许倒还好了。那家伙的眼睛非但不空洞，反而装满了内容。仿佛有上百万种思想和念头在不断掠过，犹如大型打印机里的纸带在高速转动。那些思想和念头几乎像是在他的眼眶里跳跃。

而且，那是迪克·麦卡斯凯尔有生以来所见过的最饥饿的一双眼睛。

“我们关门了，”迪克说，声音听起来很沙哑，完全不像他自己的声音，“我和我的合伙人——他在后面——我们今天不营业。因为北方发生的那些事情。我——我是说*我们*——忘了把牌子翻过来。我们——”

他也许会说上几个小时，甚至几天，但是穿猎装的人打断了他。“熏肉，”他说，“在哪儿？”

猛然间，迪克十分地清楚，如果他没有熏肉，这人一定会杀了他。也许终究还是会杀了他，可如果没有熏肉……是啊，那就毫无疑问了。他正好有熏肉。感谢上帝，感谢耶稣，感谢悬乎先生，感谢那些加油枪，他正好有熏肉。

“在后面的冰柜里，”他用自己那极为陌生的声音说。放在杂志上的那只手感觉冷冰冰的。他听到自己的脑海里有声音在低语，好像不是他自己的声音。红色的思想。黑色的思想。饥饿的思想。

一个不属于人的声音问，什么是冰柜？一个属于人的非常疲倦的声音回答，顺着过道往前走，帅哥，你就会看到了。

幻听，迪克想，哦，天啊，不。人们在发疯之前就是这样。

这人从迪克身旁经过，顺着中间的过道往里走。他走起路来一瘸一拐。

收银机旁有一部电话。迪克朝它看了看，马上又移开视线。它伸手可及，而且 911 还被他设置成快速拨叫，但感觉却是咫尺天涯。即使他能使出浑身的力量拿起电话——

我会知道的，那个不属于人的声音说。迪克吓得差点儿叫出声来。那声音就在他的头脑里，仿佛有人在里面安了一部收音机。

店门上装着一面凸面镜，一到夏天就很能派上用场。每年夏天，商店里常常挤满与家长一起去水库——这儿离奎宾水库只有十八英里——钓鱼、露营或野炊的孩子。那些小兔崽子总是想顺手牵羊地捞点东西，尤其是糖果和少女杂志。迪克现在望着那面镜子，既恐惧又目不转睛地看着那个穿橘红色猎装的人走到冰柜旁。他在那儿站了片刻，低头看着冰柜，然后拿起不是一袋而是所有的四袋熏肉。

那人拿着熏肉，顺着中间的过道一瘸一拐地走回来，一边还浏览着货架。他看上去很危险，很饥饿，而且疲倦到了极点——犹如跑进最后一英里的马拉松运动员。看着他时，迪克感觉到头晕目眩，就像从高处往下看时一样。他似乎不是在看一个人而是好几个人，而且这些人互相重叠，时远时近。迪克顿时想起他看过的一部电影，电影里有个具有一百种人格的疯婆娘。

那人停下脚步，拿起一瓶蛋黄酱。走到过道尽头时，他又停下来拿了一条面包。然后他转身来到柜台前。迪克几乎可以闻到他毛孔里散发出来的倦意。还有疯狂。

他把要买的东西放在柜台上，口里说："白面包做的熏肉三明治，加上蛋黄酱。味道美极了。"说完他笑了。这笑容里带着疲惫而令人心碎的诚意，迪克一时忘记了自己的恐惧。

他不假思索地伸出手去。"先生，你还好——"

迪克的手犹如碰到一堵墙似的停住了。那只手在柜台上方哆嗦了片刻，然后扬起来，"啪"地扇了自己一耳光。接着，那只手缓缓地移开，然后又停住，像气垫船一样悬在半空。无名指和小指慢慢地弯曲起来，贴住手掌。

别杀他！

你出来阻止我呀！

如果你逼我的话，你可能会吃不了兜着走的。

这些声音都在迪克的脑海里响着。

他那只气垫船般悬着的手漂到自己面前，食指和中指插进鼻孔中，把鼻孔塞得严严实实。有片刻时间，它们一动不动，可是接着，哦天啊它们往里挖了起来。虽然迪克·麦卡斯凯尔有很多不太好的习惯，但是并不包括啃指甲。他的手指一开始不想太深入——里面不畅通——可随后，有润滑作用的鲜血流了出来，它们就变得积极活跃了，像虫子似的蠕动着。肮脏的指甲犹如犬牙般地挖着。它们渐渐地深入，朝大脑的方向凿去……他可以感觉到软骨破裂……可以听到破裂的声音……

快停下，格雷先生，快停下！

刹那间，迪克的手指又属于他自己了。随着湿乎乎的"啪"的一声，他抽出了手指。鲜血滴在柜台上，滴在印有"干杯！"标志的橡胶零钱垫上，还滴在戴眼镜的一丝不挂的女郎身上——在那怪物进来之前，迪克正在研究那女郎的身体构造。

"我该付你多少钱，迪克？"

"不用了！"仍然是那公鸭般的沙哑嗓音，不过现在还带着鼻音，因为他的鼻孔里全是血，"哎呀伙计，你只管拿走得了！快滚开吧！"

“不行，我一定得付。这是买卖，也就是说，真正有价值的东西要用货币来交换。”

“三美元！”迪克叫道。惊骇慢慢渗入骨髓，他的心脏狂跳着，肌肉随着肾上腺素的分泌而轻轻颤抖。他相信这个怪物可能要走了，而正因如此，他比之前恐惧一万倍：眼看自己就要被饶一命了，心里却又清楚，这条命随时都可能因为这该死的疯子一时兴起而丢掉。

这疯子掏出一个破旧的钱包，打开来，在里面翻找了好半天。低头看钱包的时候，他的口水顺着嘴角不停地流出来。他终于拿出了三美元。他把钱放在柜台上，将钱包重新塞回口袋里。接着，他又在那条脏乎乎的牛仔裤（风尘仆仆，迪克想）里摸索着，掏出一把零钱，挑出三枚硬币放在印有“干杯！”的零钱垫上。两枚两角五分和一枚一角的硬币。

“我付的是百分之二十的小费，”迪克的顾客说，难掩语气中的自豪，“琼西只付百分之十五。这样好些。这样多些。”

“当然。”迪克低声回答。他的鼻子里充满了血。

“祝你愉快。”

“你……你走好。”

穿着橘红色外套的人低着头站在那里。迪克可以听见他在搜寻合适的回答。这使迪克差点儿放声大叫。最后这人说：“我想怎么走，就怎么走。”他顿了顿，又说：“我不希望你给任何人打电话，伙计。”

“我不会的。”

“你向上帝发誓？”

“好的，我向上帝发誓。”

“我就像上帝。”他的客人说。

“没错，好的。不管你——”

“如果你打电话给别人，我就会知道。我会回来让你吃苦头。”

“我不会的！”

“很好。”他打开门，门上的铃铛一响，他出去了。

有好一会儿，迪克站在原地，仿佛生了根一般。接着，他猛地从柜台后冲出来，一条大腿重重地撞在柜台角上。到傍晚的时候，大腿上一准会出现大片青紫，但是此刻他毫无感觉。他拧上门锁，插上门闩，然后站在那儿向门外张望。商店门口停着一辆小巧的红色斯巴鲁，车身上满是泥浆，看起来也是风尘仆仆。那人把买好的东西抱在一边臂弯里，打开车门，钻进去坐在驾驶座上。

快开走吧，迪克想，求求你，先生，看在上帝的分上，快开走吧。

但是他没有开走，而是拿起一样东西——是那条面包——并扯下一端的细绳。他一把倒出十来片面包。接着，他打开那瓶蛋黄酱，以手代刀，将蛋黄酱抹在面包上。每抹完一片，他都会把手指舔得干干净净。而每当这时，他都会眯起眼睛，仰起脑袋，陶醉之情不仅洋溢在脸上，还从嘴角流露出来。面包抹好后，他拿起一包肉，扯掉外层包装纸，再用牙齿撕开里面的塑料袋，把那一磅熏肉片倒了出来。他把肉片叠好，放在一片面包上，上面再加一片面包。他像饿狼一般大口吃起了三明治，那种极度享受的表情一刻也没有离开过他的面孔；这是一个人在享受绝世佳肴时的神情。每一大口吞下去时，他的喉结都在随之起伏。三大口之后，三明治就下了肚。只见车里的人又拿起两片面包，迪克·麦卡斯凯尔的脑海里不禁闪过一个念头，犹如霓虹灯一般清晰：这样更好一些！差不多像个活人！虽然冷冰冰的，但差不多像个活人！

迪克从门口退开，他的动作很慢，仿佛置身水下。灰暗的天色似乎渗进了商店，灯光也暗淡了。他觉得自己的腿不听使唤；在脏乎乎的地板竖起来迎接他之前，灰暗变成漆黑。

21

等迪克苏醒过来，已经是一段时间之后了——至于是多久之后，他也不清楚，因为啤酒冷藏柜上的百威电子钟只是显示出 88：88。他的三颗牙齿躺在地上，他估计是昏倒时磕掉的。他鼻子周围和下巴上的血已经凝固。他想站起身，双腿却没有一丝力气。于是他朝门口爬去，头发耷拉在脸上，心中暗暗祈祷。

他的祈祷应验了。那辆红色的小屁车已经离开。它原先所停之处有四个空空的熏肉包装袋、一瓶剩下四分之一的蛋黄酱和半条霍尔萨姆白面包。几只乌鸦——水库周围有不少很大的乌鸦——发现了面包，正把它从破包装袋里啄出来。在不远处靠近32号公路的地方，有一摊依稀可见熏肉和面包的呕吐物，也有两三只乌鸦在那儿忙碌。看来，那位先生的胃对美味午餐感到不舒服。

天啊，迪克想，我但愿你大吐特吐，把肠子都吐出来，把——

但就在这时，他自己的肠胃突然奇怪地痉挛了一下，他连忙用手捂住嘴巴。他脑海中出现一幅清晰得可怕的画面：那人的牙齿咬住露在两片面包之外的肥腻的生肉，那灰白的生肉上还有褐色的纹路，就像从一匹死马口里割下来的舌头。迪克用手蒙住的口里发出了作呕的声音。

有辆轿车开了过来——眼看迪克就要呕吐了，这位客人来得正是时候。仔细一看，根本不是什么轿车，也不是卡车。甚至不是运动型多用途车。那是一辆难看的悍马，涂着黑黑绿绿的迷彩。前面坐着两个人，迪克几乎可以肯定后面还有一个。

他伸出手去，把门上**正在营业**的牌子翻过来，牌子背面写着**暂停营业**，然后慢慢地往后挪。他已经站起身来，起码好不容易站起身来了，但他觉得自己随时都有可能重新倒下。*他们看到我在这儿了，一准他妈的看到了，*他想，*他们会进来向我打听那人的去向，因为他们在追他。他们想抓他，他们想抓住那个吃熏肉三明治的人。而我会说出来的。他们会逼我说出来的。然后我就——*

他的一只手抬到自己的眼前。食指和中指上一直到第二个关节都有凝固的血迹，现在它们伸了出来，弯成钩状。它们在发抖。在迪克看来，它们简直就像在招手。*喂，眼睛们，你们好吗？趁着还能看的时候，好好看看吧，因为我们马上要来收拾你们了。*

悍马后座上的人探身向前，似乎跟驾驶员说了句什么，随后悍马开始倒退，一只后轮从商店的上一位客人所留下的那摊呕吐物上碾过。它在路上调转车头，停顿片刻，然后朝维尔和奎宾水库的方向驶去。

他们刚刚在第一座山包背后消失，迪克·麦卡斯凯尔就哭了出来。他往柜台边走去时（虽然踉踉跄跄，却还没有趴下），视线落在地上的牙齿上。三颗牙齿。是他的。是他付出的小代价。没错，一点小小的代价。接着他停住脚步，目不转睛地望着仍然放在柜台上的那三张一美元的钞票。它们长了浅浅的一层橘红色的绒毛。

22

“不在！前走！”

欧文虽然很疲惫，但听懂杜迪茨的话容易了一些（一旦你的耳朵听习惯了，也就不是很难）：*不在这儿！再往前走！*

欧文倒转车头，上了32号公路，而杜迪茨则坐回——是躺回——后座，又一次咳了起来。

“你瞧，”亨利指着一旁说，“看到了吗？”

欧文看到了。一堆包装袋被大雨浇得贴在地上，旁边还有一个蛋黄酱瓶子。他加大马力朝北驶去。雨点落在挡风玻璃上，又大又猛，欧文知道很快就会转成雨夹雪，然后很可能又会变成雪。欧文差不多已经精疲力竭，而越来越弱的心灵感应也让他生出一种莫名的伤感，他发现，自己最大的遗憾就是在这么肮脏的一天死去。

“他现在在我们前面多远？”欧文问道，他不敢问出真正的问题，那个唯一关键的问题：*我们是不是已经晚了？*他猜想如果真到了那一步，亨利会告诉他的。

“他在那儿。”亨利心不在焉地回答。他已经转过身去，正用一块湿布帮杜迪茨擦脸。杜迪茨感激地望着他，勉强挤出一丝笑容。他惨白的脸上渗出汗珠，眼睛下面的黑圈更大了，使他变成了熊猫眼。

“如果他在*那儿*，我们又干吗非得来*这儿*呢？”欧文问。他已经把悍马开到了每小时七十英里，在这种滑溜溜的双车道柏油路上非常危险，但现在已经别无选择。

“我不想冒险，以免杜迪茨找不到路线，”亨利说，“如果看不到路线……”

杜迪茨痛苦地大叫了一声，他双臂环抱在胸前，身子弯成一团。亨利仍然跪在座椅上，抚摸着杜迪茨瘦长的脖颈。

“放松点儿，杜迪茨，”亨利说，“你没事儿的。”

但是他并非没事儿。欧文心里明白，亨利也明白。发烧，痉挛，尽管服了第二片强的松外加两片羟考酮，但现在每次咳嗽都会带血；杜迪茨·卡弗尔离没事儿十万八千里。值得欣慰的是，琼西-格雷组合同样离没事儿相去甚远。

是因为熏肉。他们原本只希望让格雷先生停留一阵；谁也没有想到他会贪吃到这种程度。这对琼西消化系统的影响也可想而知。在小商店门口的停车场格雷先生就吐过一次，在去维尔的途中又不得不两次停车，从车窗里探出身子，把那几磅生肉倒出来，简直是吐得昏天黑地。

接着是腹泻。他在 9 号公路上位于维尔东南郊的美孚加油站停了下来，甚至等不及奔进厕所。加油站外面有块**廉价汽油 干净厕所**的招牌，但是到格雷先生离开时，**干净厕所**一说显然成了过去时。他没有在美孚杀人，亨利觉得这是一个进步。

在转上通往奎宾水库的公路之前，格雷先生又不得不两次停车，冲进潮湿的树林，试图将琼西翻江倒海的肠胃排空。这时大雨已经变成了鹅毛大雪。琼西的身体已经大为虚弱，亨利以为他会晕倒。但是到目前为止还没有。

第二次从树林回来并坐进驾驶座时，格雷先生对琼西十分恼火，不停地抱怨他。这全是琼西的错，是琼西在陷害他。他刻意忽略了自己的饥饿，还有贪吃时的急不可耐——只是在舔手指上的肥油时才肯稍稍歇口气。在此之前，亨利曾多次在自己的病人中见识过这种对事实的选择性安排——强调这一些，而完全忽略那一些。从某些方面来看，格雷先生简直是巴利·纽曼再世。

他变得多么像人啊，他想，这么像人，简直是不可思议。

“你刚才说他在那儿，”欧文问，“你是指哪儿？”

“我也不知道。他又联系不上了，起码是很难了。杜迪茨，你能听到琼西吗？”

杜迪茨疲倦地望着亨利，摇了摇头。“雷先生——拿走——我们——牌。”他说——*格雷先生拿走了我们的牌*——可这无异于对一个成语的望文生义。杜迪茨没有确切的词汇来表达真正发生的事情，但是亨利可以从他的思想里读出来。格雷先生不可能进入琼西的办公室堡垒并把牌拿走，但他似乎把那些牌变成了空白。

“杜迪茨，你现在怎么样？”欧文望着后视镜问。

“我——很好。”杜迪茨说，但话音刚落他就开始瑟瑟发抖。他的腿上放着黄色的饭盒和棕色的纸包，纸包里装着他的药……不仅有药，还有那片奇怪的小编织物。他的身子裹在蓝色的大粗呢外套里，但尽管如此，他仍然在瑟瑟发抖。

他的情况很不妙，欧文想，而亨利又开始给老朋友擦脸。

在一段很滑的路面上，悍马突然一个侧滑，眼看就到了千钧一发的关头——以每小时七十英里的车速，翻车可能会要了他们所有人的性命，而就算他们大难不死，阻止格雷先生的最后一线希望也会泡汤——但紧接着，车身又稳定住了。

欧文的视线又一次不由自主地投向那个纸袋，他的思想也又一次回到那片编织物上。*是比弗送给我的。是上周给我的圣诞礼物。*

欧文想，现在用心灵感应来交流，将无异于把字条装进玻璃瓶，再把玻璃瓶扔进大海。但他还是试了试，朝他认为是杜迪茨的方向发送了一个念头：*孩子，那东西叫什么？*

出乎意料的是，突然之间，欧文看见了一个很大的房间，集客厅、餐厅、厨房于一体。上过漆的松木板发出柔和的光彩，地上铺着一块纳瓦霍地毯，一面墙上挂着挂毯——上面有一群小印第安猎人围着一个灰色的东西，那是超市里常见的上千种小报上的外星人的原型。还有一座壁炉，一尊石砌烟囱，一张橡木餐桌。但吸引欧文注意力的是挂在房子中梁下的那片编织物——欧文不可能不注意到它；它出现在杜迪茨发给他的画面的正中间，闪耀着它特有的光芒。那是杜迪茨药袋里的编织物的豪华版，由色彩艳丽的（而不是单调的白色）细绳织成，除此之外，两者完全一样。欧文不禁热泪盈眶。那是世界上最美的房间。他之所以这么认为，是因为杜迪茨这样认为。而杜迪茨之所以这样认为，是因为那是他朋友们所去的地方，而他爱他们。

“捕梦网。”奄奄一息的杜迪茨在后座上说，每一个字都十分清晰。

欧文点点头。捕梦网，没错。

那就是你，他给杜迪茨发去信息，他猜想亨利应该也能听见，但是他并不在意。这是给杜迪茨的信息，是给杜迪茨一个人的信息。你就是捕梦网，对吧？你就是他们的捕梦网。一直都是。

后视镜里的杜迪茨笑了。

23

他们经过一块指示牌，上面写着：**奎宾水库 8 英里　严禁钓鱼　严禁商业活动　野餐区开放　山路开放　进入此区者出事后果自负**。还有别的内容，但是在时速八十英里的车上，亨利没有时间细看。

"他有没有可能停车，自己走进去呢？"欧文问。

"连想都不要想，"亨利说，"他会一直开到不能再开为止。也许会陷在什么地方动不了。最多只能这么指望。很有可能会这样。而且他很虚弱。他不可能走得快。"

"那你呢，亨利？你能走得快吗？"

鉴于他现在全身发僵，双腿酸痛，这还真是个问题。"如果需要的话，"他说，"我会尽全力的。但是话说回来，还有杜迪茨。我看他恐怕没有力气走长路。"

根本就不可能走路，亨利这句话没有说出来。

"亨利，克兹、弗雷迪和珀尔马特他们几个，在我们后面多远？"

亨利思量着。他能十分清楚地感觉到珀尔马特……还能接触他体内那贪婪的食人怪物。那东西很像格雷先生，只不过那只鼬鼠栖身于一个由肉做成的世界。那个肉做的世界就是阿奇·珀尔马特，前美国陆军上尉。亨利不想去那个世界，那里太痛，太饿。

"十五英里，"他说，"也可能只有十二英里。但是没关系，欧文。他们追不上我们。现在唯一的问题是，我们能否抓住格雷先生。我们需要一点运气。或一点帮助。"

"亨利，如果我们抓住他了，我们还会是英雄吗？"

亨利疲惫地对他笑了笑。"我想我们得试一试。"

第二十一章　12 号管道

1

东街的路面变得泥泞不平，还覆盖着三英寸深的积雪。格雷先生沿街开了将近三英里之后，斯巴鲁冲进一处因水渠堵塞而冲成的缺口。在此之前，斯巴鲁英勇地淌过了固纳夫大堤以北的好几个泥潭，有一次底盘重重地磕在地上，撞掉了消音器和大半截排气管，但现在路中央的这个缺口终于超过了它的极限。斯巴鲁一头栽进缺口，排气管顿时贴地，没有了消音器的发动机轰轰作响。琼西的身体向前扑去，又被安全带勒住。他的横膈膜被勒得生疼，使他不由自主地吐在仪表板上：已经没有什么实质性的东西了，只是一些带着胆质的涎水。一时间，整个世界的色彩暗淡下来，发动机的轰鸣声也渐渐隐去。格雷先生极力挣扎着不让自己昏迷，他担心自己一旦失去知觉，哪怕是一眨眼的工夫，琼西就会出其不意地抢回控制权。

那只狗哀嚎着。它虽然闭着眼睛，两条后腿却不时地抽搐，耳朵也偶尔摆动几下。它的肚子胀鼓鼓的，肚皮上下起伏。它的时刻快到了。

渐渐地，世界的色彩和周围的现实又一点点地回来了。格雷先生做了好几次深呼吸，使这具虚弱而不开心的身体回归到一种类似于平静的状态。前面还有多远呢？他觉得应该不远了，但如果这辆小破车真的动不了了，他就只好走过去……可那条狗却不行。那条狗必须保持沉睡，不过它现在随时都有可能醒过来。

他一边轻抚那发育不全的大脑里的睡眠中枢，一边擦去自己嘴边的涎水。他的一部分思想能感觉到琼西，感觉到琼西还在那儿，看不到外面的世界，却在等待时机，好跳上前来摧毁他的使命；而不可思议的是，他的另一部分思想却还想吃东西，想吃那把他害惨了的熏肉。

*睡吧，小朋友。*他对那条狗说，也对狗肚子里的拜拉姆说。两者都听到了。莱德停止了哀嚎，它的爪子也不再抽搐。那起伏的肚皮也慢慢平缓……平缓……终于静止不动。这种静止不会太久，但眼下一切顺利。顺利得不能再顺利了。

投降吧，桃乐茜！

“闭嘴！”格雷先生说，“亲我的大腿！”他把斯巴鲁挂上倒挡，猛踩油门。发动机轰鸣着，惊起了树上的鸟儿，但是毫无作用。前轮牢牢地陷在那儿，后轮已经离地，正在空转。

“我 ×！”格雷先生骂道，并把琼西的拳头猛砸在方向盘上，“他娘的老天！× 他祖宗！”

他用思想去搜寻后面的追逐者，但是没有明确的收获，只有一种他们正在迫近之感。有两伙人，前面的那伙人里有杜迪茨。格雷先生害怕杜迪茨，觉得主要是因为杜迪茨，这件事情才会这么棘手，简直是棘手到荒谬且令人冒火。只要不让杜迪茨追上，他就会如愿以偿。如果能知道杜迪茨还有多远就好了，可他们——杜迪茨、琼西以及那个叫亨利的家伙——似乎把自己屏蔽了起来。他们三个人共同形成了一股格雷先生从未遇到过的力量，所以他害怕了。

“可我仍然领先不少。”他一边下车一边对琼西说。由于脚下一滑，他脱口骂出一声比弗式的粗话，然后“砰”的一声关上车门。又在下雪了，鹅毛般的雪花漫天飞舞，有些飘落在琼西的脸上。格雷先生步履艰难地绕到车后，脚下的靴子在泥地上一走一滑。他在陷住汽车的沟边站了一会儿，打量着从沟底露出来的银灰色波纹状排气管（在一定程度上，他感染了宿主的坏毛病，即百无一用却死不改悔的好奇心），然后才绕到副驾驶座一侧。“我会轻而易举地打败你那些王八蛋朋友。”

这样激将也没有回应，但是他能感觉到琼西，就像能感觉到其他人一样，琼西虽然一言不发，却仍然让他如骨鲠在喉。

别管他了。去他的吧。这条狗才是问题。拜拉姆马上就要出来了。怎么把它运过去呢?

又返回琼西的记忆库。起初没有任何有用的东西……可是接着，出现了“主日学校”的一个画面，琼西小时候在主日学校学习过有关“上帝”和“上帝的独生子”之类的玩意儿，那位独生子似乎就是一个拜拉姆，是一种拜拉斯文化的创造者，琼西的思想将那种文化既确定为“基督教”，又确定为“狗屁胡说”。那个画面非常清晰，它出自一本名叫《圣经》的书。在画面上，“上帝的独生子”背着一只羊——几乎是把它披在身上。羊的前腿搭在“独生子”的一边胸口，后腿在另一边胸口。

这是个办法。

格雷先生把那条熟睡的狗拖出来，搭在自己的脖子上。这条狗现在已经很重了——琼西的肌肉很虚弱，真是既愚蠢又可气——等他到达目的地时，它会更重……不过他一定会到达的。

他顶着越来越大的雪，把熟睡的牧羊犬像皮毛披肩一样搭在脖子上，顺着东街往前走去。

2

刚下的雪非常滑，一转入 32 号公路，弗雷迪就不得不把车速降到四十。克兹沮丧得恨不得大吼一通。更糟糕的是，珀尔马特也渐渐失去了作用，他已经陷入半昏迷状态。他真该死，刚刚可以感应到欧文和他的新朋友们所追踪的那个家伙——他们称之为格雷先生——却又出现了这种状况。

“他的时间太紧了，顾不上隐蔽，”珀尔马特梦呓般地说，似醒非醒，“他很害怕。对安德希尔我不清楚，头儿，可是琼西……亨利……杜迪茨，他怕他们。他也完全有理由害怕。他们杀了瑞奇。”

“谁是里奇，小子？”克兹对此并不关心，但是他需要让珀尔马特保持清醒。他感觉到他们很快就用不着珀尔马特了，但眼下还需要他。

“不……知道。”他话音刚落，就响起了鼾声。悍马突然一个侧滑，弗雷迪骂骂咧咧地猛打方向盘，就在汽车即将冲进沟中的一刹那又将它重新稳住。克兹对此浑然不知，他只是探身到前面的椅背上，用力拍打珀尔马特的脸。他们这时正从那家橱窗里挂着**上等饵料，不容错过**招牌的商店旁驶过。

“哎哟！”珀利艰难地睁开眼睛。眼白已经发黄。克兹对此也像对里奇一样毫不关心。“别这样，头儿……”

“他们现在在哪儿？”

“水。”珀利说，他的声音很微弱，像一位心情不好的病人发出来的。他外套下的肚子鼓得像个小山包，偶尔还抽搐几下。怀胎九月的约德妈，上帝保佑我们，克兹想。“水……”

他的眼睛又闭上了。克兹又抬手欲打。

“让他睡吧。”弗雷迪说。

克兹扬起眉毛看着他。

“他说的一定是那座水库。如果真是这样，我们就用不着他了。”他指了指挡风玻璃前方的车辙，这是今天下午在他们之前进入 32 号公路的几辆车留下的。黑色的车辙在白皑皑的雪地上十分显眼。“今天除了我们之外是不会有人去那儿的，头儿。只有我们。”

“赞美上帝。”克兹坐了回去，从座椅上拿起他的九毫米口径手枪，端详了片刻，又重新放回枪套。“回答我一个问题，弗雷迪。”

“是。”

“等这一切结束后，你觉得去墨西哥怎么样？”

“很好，只要不喝这里水就行。”

克兹哈哈大笑，并拍了拍弗雷迪的肩膀。弗雷迪身边的阿奇·珀尔马特已经完全陷入昏迷之中。在他的直肠里，在那一大堆废弃的食物和衰亡的细胞里，有什么东西第一次睁开了黑色的眼睛。

3

两根石柱标志着进入广阔的奎宾库区的入口。在他们的脚下，道路越来越窄，基本上变成了一条单车道，亨利觉得恍若回到了昨天。

这里不是马萨诸塞州，而是缅因州，尽管路牌上写着“奎宾公路”，实际上却与“深辙路”无异。他甚至不自觉地仰望着灰蒙蒙的天空，依稀觉得会看到那些在云层中穿行的亮光。可他看到的却是一只秃鹰，几乎是从他们的头顶掠过，然后停在一棵松树的底层枝条上，目送他们经过。

杜迪茨的脑袋一直靠在冰冷的玻璃上，这时他抬起头来，说：“雷先生——走路。”

亨利的心猛地一跳：“欧文，你听到了吗？”

“听到了。”欧文说，踏在油门上的脚也稍稍加力。路面的湿雪与冰一样滑，而他们已经离开国道，眼前只有两行车辙往北通向水库。

我们也会留下车辙的，亨利想，克兹只要到了这里，就用不着心灵感应了。

杜迪茨开始呻吟起来，他抱紧胸口，全身发抖：“亨利，我病。杜杜——病。”

亨利轻抚着杜迪茨光秃秃的眉头，为他皮肤的发烫而不安。下面会怎么样呢？也许是痉挛。一次剧烈的痉挛可能会迅速要了杜杜的性命，天知道，就杜迪茨虚弱至极的状况而言，那也许是一种解脱。那样最好。但这么想仍然让亨利很难受。亨利·德夫林早就有了自杀之念，可黑暗所吞没的并不是他，而是他一位又一位的朋友。

“坚持住，杜杜。很快就好了。”但是他知道，最艰难的时刻还在后面。

杜迪茨的眼睛又睁开了：“雷先生——陷了。”

“他说什么？”欧文问，“我没听清。”

“他说格雷先生给陷住了。”亨利说，一边继续轻抚着杜迪茨的眉头。他多么希望杜杜有头发可以抚摸，并想起了他有头发时的样子。杜迪茨那一头漂亮的金发。他的哭声曾经像钝刀一样切进他们的脑海，让他们痛彻心扉，但是他的笑声曾带给他们多少欢乐啊——只要听见杜迪茨·卡弗尔的笑声，一时间，你又会相信那古老的谎言：生命是美好的，男男女女、老老少少的生命都自有其目的。你会相信世界上不仅有黑暗，也有光明。

“他为什么不把那该死的狗直接扔进水库呢？”欧文问，他的声音因为疲倦而有些嘶哑，“他为什么觉得自己非得一直走到12号管道那儿去呢？难道就因为那俄罗斯女人是那样干的吗？”

“我想，他一准是认为水库还不够保险，”亨利说，“德里的水塔原本是不错的选择，但导水管就更好。那是一段六十五英里长的肠道，而12号管道则是它的咽喉。杜迪茨，我们能抓住他吗？”

杜迪茨用疲惫的眼神看了他一眼，然后摇了摇头。欧文沮丧地捶着自己的大腿。杜迪茨润了润嘴唇，用嘶哑的、近乎耳语的声音说出几个字。欧文听见了，但是不明白是什么意思。

“什么，他说什么？”

“‘只有琼西’。”

“这是什么意思？只有琼西怎么样呢？”

“我想他是说，只有琼西才能阻止他。”

悍马又滑了一下，亨利一把抓住座椅。一只冰凉的手盖在他的手上。杜迪茨眼睛一眨一眨地盯着他。他想开口说话，紧接着却又是一阵咳嗽，潮湿而上气不接下气的咳嗽。他口里流出来的血颜色明显地淡了一些，带有泡沫，几乎是粉红色。亨利觉得是肺里的血。杜迪茨尽管咳得全身颤抖，握住亨利的手却没有放松。

“用思想告诉我，”亨利说，“杜杜，能用思想告诉我吗？”

有片刻时间，除了杜迪茨冰凉的手放在他的手上，以及两人四目相对之外，亨利什么也感应不到。可是接着，杜迪茨、悍马的黄褐色车厢以及在车厢里偷偷摸摸地抽过的香烟的淡淡气味都消失了。亨利看到了一部付费电话——那种老式的付费电话，上面有好几个大小不同的投币口，有投两角五分的，有投一角的，还有投五分的。耳边响着吵吵嚷嚷的人声，还有“嗒嗒”的声音，那声音出奇的熟悉。过了一会儿，他才明白那是跳棋棋子落在棋盘上的声音。他看到的是戈斯林商店的付费电话，在里奇·格林纳多死后，他们就是用这部电话跟杜迪茨打了电话。其实是琼西打的，因为只有他才有自己的电话，可以将话费转移支付。其他人都围在一旁，大家的外套都仍然穿在身上，因为商店里冷飕飕的——虽然住在森林深处，周围到处都是树，戈斯林老头却不肯往炉子里多添一根柴火，真是他妈的吝啬鬼。电话上方有两块牌子，一块写着：**请在五分钟之内结束通话**。另一块——

突然响起“嗵”的一声。杜迪茨的身体跌撞在亨利的椅背上，而亨利则猛地扑向仪表板。两人的手分开了。欧文把车开出了路面，歪进了沟里。在他们前面，斯巴鲁的车辙正被新下的雪渐渐覆盖，在越下越大的雪中伸向远处。

“亨利！你没事儿吧？”

“没事儿。杜杜，你还好吗？”

杜迪茨点点头，但他脸上所撞之处正在迅速变青。这就是白血病的厉害。

欧文将悍马换到低档，将它慢慢地从沟里开出来。车身倾斜得很厉害——大概有三十度——但是欧文把它开动之后，就顺利地回到了路上。

“系好你的安全带。不过先把他的系好。”

“他想告诉我——”

“我才不管他想告诉你什么。这一次我们没事儿，下一次说不准就会来个 180 度。把他的安全带系好，然后是你自己的。”

亨利只好依言而行，一边还惦记着付费电话上方的另一块牌子。上面写的什么呢？好像跟琼西有关。只有琼西才能阻止格雷先生，这是杜迪茨传播的福音。

另一块牌子上写的是什么呢？

4

欧文不得不把车速降到二十。这样慢吞吞的让他几乎发疯，但是大雪现在下得很猛，能见度几乎又降到了零。

眼看斯巴鲁的车辙就要完全消失时，那辆车却出现在他们面前。它车头朝下栽在路中央被水冲成的一道缺口里，副驾驶座一侧的门开着，后轮悬空。

欧文踩下应急刹车，然后掏出自己的手枪，打开车门。“你待在这儿，亨利。”说完他下了车，猫着腰朝斯巴鲁跑去。

亨利解开安全带，朝杜迪茨转过身去。杜迪茨正无力地靠在后座上，艰难地喘息着，只是因为系着安全带才勉强保持坐姿。他的一边脸黄得发亮，而另一边脸的皮下则正在大量充血。他的鼻子又流血了，鲜血浸透了塞在鼻孔里的棉花，正在不断地往下滴。

“杜杜，对不起，”亨利说，“这真是糟透了！”

杜迪茨点点头，并抬起两条胳膊。他只能举几秒钟的时间，但是对亨利而言，他的意思似乎显而易见。亨利打开自己一侧的车门，刚下车，欧文就跑了回来，他的手枪已经插回皮带里。漫天都是密密麻麻的鹅毛般的大雪，使人呼吸都很困难。

“我想我告诉过你待着别动，”欧文说。

“我只是想到后面去陪他。”

“为什么？”

亨利尽量使自己保持平静，但他的声音微微发颤。“因为他快要死了，”他说，“他快要死了，不过我觉得他在死之前还要告诉我一件事。”

5

欧文望着后视镜，看到亨利搂住杜迪茨，看到两人都系好了安全带，于是欧文也把自己的安全带系好。

“抱好他，”他说，“后面会颠簸得很厉害。”

他倒退了一百英尺，挂上低挡，朝着被弃的斯巴鲁和右边水沟之间的空隙往前开去——这边路上的缺口似乎要窄一些。

的确是颠簸得够呛。欧文的安全带自动锁住了，他看到杜迪茨的身体在亨利的怀里摇摇晃晃。杜迪茨的光头一下一下撞在亨利的胸口上。但是他们终于驶过缺口，又沿着东街往前开去。在白茫茫一片的小路上，欧文只能勉强看到雪地上几个已经模糊的脚印。格雷先生在步行，而他们还在开车。如果能在那王八蛋进入树林之前赶上去——

但是他们没有。

6

杜迪茨使出最后的所有力气抬起头来。亨利惊恐地发现，杜迪茨的眼睛里也满是鲜血。

嗒。嗒。嗒。有人完成了难得的三级跳，老人们“嘿嘿”地笑了起来。付费电话又渐渐返回他的视野。还有上方的牌子。

“不，杜迪茨，”亨利轻轻地说，“不要这样。省点力气吧。”

可是为了什么呢？如果力气不花在现在，还要花在什么时候呢？

左边的牌子上写着**请在五分钟之内结束通话**。香烟味，柴火味，还有陈年的泡菜味。他的朋友正搂着他。

右边的牌子上是**快给琼西打电话**。

“杜迪茨……”他的声音在黑暗中游移。黑暗，他的老朋友。“杜迪茨，我不知道该怎么打。”

杜迪茨的声音最后一次传进他的耳中，异常疲倦但是很平静：*赶快，亨利——我只能坚持一会儿了——你得跟他说话。*

亨利从话机上拿起听筒。心里还滑稽地想到（可是这整件事难道不滑稽吗？）自己没有零钱……连一角钱都没有。他把听筒放到耳边。

罗伯塔·卡弗尔的声音传了过来，一副例行公事、不带感情的语气：“你好，这里是马萨诸塞总医院，请问要接哪里？”

7

东街到尽头后，有条小路通往水库的东边，格雷先生拖着琼西的身体跌跌撞撞地往前走，几次脚下打滑和摔倒，又抓着树枝爬了起来。琼西的膝盖摔伤了，裤子也撕破了，上面血迹斑斑。他的肺里火烧火燎，心脏像打鼓一样狂跳不停。可格雷先生现在唯一担心的是琼西的髋关节，在车祸中骨折过的髋关节。它现在热得发烫，而且肿得像一个球，疼得很厉害，从大腿到膝盖，从脊柱到背心，到处都疼。那条沉甸甸的狗又让他雪上加霜。狗还在熟睡，但它肚子里的东西已经完全醒来，只是遵照格雷先生的意愿才保持安静。有一次，他正要从地上爬起来时，髋关节却彻底僵住，格雷先生只好用琼西戴着手套的拳头不断捶打它，才让它放松下来。还有多远呢？还要在这可恶透顶、令人窒息、茫茫不见边际的大雪里走多远呢？而且琼西在干什么？有什么行动吗？格雷先生不敢对拜拉姆躁动的饥饿感听之任之——它还没进化出头脑——所以也不敢多花时间回到那个紧锁的房间的门前，侧耳细听。

前方的大雪中出现了一个模糊的影子。格雷先生停下脚步，气喘吁吁地朝那边看了一会儿，然后又抓着无力的狗爪子，拖着琼西的右脚，继续挣扎着往前走去。

路边一棵树的树干上钉着一块牌子：**严禁从石屋内垂钓**。再往前五十英尺的地方，小路的尽头出现了一溜依次而上的石阶。一共有六级……不，是八级。石阶之上有一座石屋，而下面的石基则伸向水库底下的灰白苍茫之中——尽管琼西的心脏在猛烈而费力地跳动，他的耳朵仍然可以听见水流拍击石壁的声音。

他来到了目的地。

格雷先生拽紧肩上的那条狗，使出琼西最后的一点气力，开始踉踉跄跄地爬上覆盖着积雪的台阶。

8

穿过标志着水库入口的石柱时，克兹说："停车，弗雷迪。停到路边。"

弗雷迪什么也没问，就把车停了下来。

"你带自动步枪了吧，小伙子？"

弗雷迪把枪举了起来，是他忠诚可靠的老伙计 M-16。克兹点点头。

"手枪呢？"

"点 44 马格南手枪，头儿。"

而克兹则带着他的九毫米口径手枪，他喜欢用这支枪近距离作战。他希望这次是近距离作战，他希望看到欧文·安德希尔脑浆的颜色。

"弗雷迪？"

"到，头儿，"

"我只是想让你知道，这是我的最后一次任务，而你是我最好的伙伴。"他伸出手去，握了握弗雷迪的肩膀。弗雷迪身边的珀尔马特正在打鼾，那张约德妈式的面孔仰起来对着车顶。在到达石柱之前的五分钟左右的时间里，他一连放了好几个奇臭无比的长屁。然后，珀利胀鼓鼓的肚子又瘪了下去。克兹觉得大概是最后一次了。

弗雷迪听到他的话后，双眼闪出感激的神采。克兹暗暗得意。看来他还没有完全失去影响力。

“好了，小子，”克兹说，“全速前进，摧毁目标。明白了吗？”

“明白，长官。”

克兹觉得现在称呼长官也未尝不可。他们完全可以把这次行动的规定抛在脑后了。他们现在是昆特里尔的游击队员，最后两个驰骋在马萨诸塞西部疆场上的游击队员。

弗雷迪明显地做出一个厌恶的苦脸，用大拇指朝珀尔马特指了一下。“要我把他叫醒吗，长官？他可能昏过去了，不过——”

“别费事儿了。”克兹说。他仍然抓着弗雷迪的肩膀，一边指着前方的大雪，进入水库的路消失在一片雪幕中。这该死的雪一路都跟着他们，真他妈的是一位穿着白袍而不是黑衣的死神。斯巴鲁的车辙已经完全消失了，但欧文所偷的那辆悍马的印迹仍然依稀可辨。如果他们加快速度往前赶，赞美上帝，跟上这些车辙就易如反掌了。“我想我们已经不需要他了，我个人觉得这是少了一个大包袱。走吧，弗雷迪，快走。”

悍马尾一颠，然后又稳住了。克兹拔出自己的手枪放在腿边。*我来收拾你了，欧文。我来收拾你了，小子。你最好准备一下要对上帝说的话，因为不到一个小时你就用得上了。*

9

这间他用思想和意识装饰焕然一新的办公室正在摇摇欲坠。

琼西瘸着腿，在房间里不安地走来走去，东张西望。他紧抿着嘴唇，抿得发白，额头上还渗出了汗珠，虽然房间里冷得够呛。

这是《琼西办公室的倒塌》，而不是《厄舍古屋的倒塌》[①]。炉子

---

① 爱伦·坡恐怖小说篇名。

在他脚下轰隆作响，地板也随之震动起来。白色的粉末——大概是霜——从排气口吹了进来，在墙上留下一个三角形的粉印。墙上沾着粉末的地方马上发生了变化，木墙板开始腐烂和变形。墙上的画一张一张地掉下来，像自寻短见似的落在地上。那张他一直梦寐以求的安乐椅犹如被一把看不见的斧头劈开一般断成两半。墙上的红木墙板逐块翘起，像死皮一样脱落开来。办公桌里的抽屉纷纷抖落出来，哐当哐当地掉在地上。格雷先生为了把他和外界隔离起来而安装的遮光板也剧烈摇晃着，发出一长串叮叮咣咣的声音，让琼西忍无可忍。

如果大声呼喊格雷先生，问他这一切是怎么回事，显然是徒劳无益……再说，琼西也了解了他需要的所有信息。他让格雷先生慢了下来，但格雷先生不仅接受了挑战，而且再次占了上风。了不起的格雷先生，他要么已经实现了目标，要么即将实现。随着墙板一块块脱落，他看到了里面脏乎乎的石膏板：这是 1978 年他们四个小伙伴所看到的特莱克兄弟公司办公室的那面墙，当时他们四个人站在一起，额头贴在玻璃上，而他们的新朋友则听话地站在后面，等着他们干完当时要干的事情，等着他们送他回家。这时，又一块木板裂开，并伴随着一阵撕纸般的声音从墙上脱落，露出了里面的公告板，公告板上用图钉钉着一张宝利来照片。不是选美皇后，也不是迪娜·吉茵·希罗辛格，而只是一个不知道是谁的女人，她把裙子掀了起来，露出里面的内裤，真够蠢的。质量上乘的地毯突然像皮肤一样皱缩起来，现出特莱克兄弟公司肮脏的地砖，还有那些白色的蝌蚪——那是来此偷欢的情侣们留下的避孕套，他们就在照片上那女人无动于衷的目光下亲热，那女人其实谁也不是，只是一件没有过去的物品。

他拖着发痛的髋部艰难地走着，自那次车祸以来，他的髋部还从来没有这样疼痛难忍，他明白这一切，哦，真的明白，这一点你丝毫不用怀疑。他的髋部仿佛扎满了钢针和碎玻璃，肩膀和脖子也疲惫不堪，酸痛之极。格雷先生为了自己的最后一搏，要完全拖垮琼西的身体，而琼西却无可奈何。

捕梦网倒是安然无恙。它在大幅度地晃来晃去，但仍然安然无恙。琼西目不转睛地望着它。他以为自己做好了死去的准备，可他不想这样死去，不想死在这乱七八糟的办公室里。在外面，他们曾经干过一件好事，一件几乎算是高尚的事情。死在这里，死在那钉在公告板上的女人布满灰尘、无动于衷的目光下……似乎很不公平。不管世界上其他的人会怎么样，他——曾经生活在缅因州的德里，如今生活在马萨诸塞州的布鲁克莱恩，眼下置身于杰弗逊林区的格里·琼斯——不该遭此厄运。

“求求你了，我不该遭此厄运！”他对着那在空中摇晃的蜘蛛网般的东西喊道，就在这时，他身后那张即将四分五裂的书桌上，电话响了。

琼西猛地转过身，髋部火辣辣的剧痛让他不由自主地叫出声来。他此前用来联系亨利的电话是他办公室的那部蓝色的特里姆林。但破桌面上的现在这部却是黑色，而且很粗笨，没有按键而只有拨号盘，上面还贴着一张纸条：**愿力量与你同在**。这是他小时候房间里的电话，是父母送给他的生日礼物。949-7784，许多年前给杜迪茨打电话时，话费就是转移到了这个号码上。

他不顾髋部的疼痛猛扑上前，暗暗祈祷在他接电话之前，电话线千万不要毁坏或断开。

“喂？喂！”他随着东倒西歪、抖个不停的地板前后摇晃。整个办公室都在晃动，犹如波涛汹涌的大海上的一条小船。

琼西万万没有想到，听筒里传来的竟然是罗伯塔的声音。“好了，医生，您的电话已经接通。”

接着是一声很重的“咔嗒”声，震得琼西脑袋发痛，然后又悄无声息。琼西叹了一口气，正准备放下电话时，又传来“咔嗒”一声。

“琼西吗？”是亨利。声音很模糊，但毫无疑问是亨利。

“你在哪儿？”琼西喊道，“天啊，亨利，这地方要垮了！我也要散架了！”

“我在戈斯林商店，”亨利说，“不过又不在那儿。不管你在哪儿，你都不在那儿。我们在医院里，就是你受伤后被送去的医院……”电话里“喀嚓”响了一下，接着是一阵“嗡嗡”声，然后又是亨利的声音，听起来更近，更有力。在这四分五裂的空间里，他的声音无异于一条生命线。“……但也不在那儿！”

“什么？”

“我们在捕梦网里，琼西！*我们在捕梦网里，一直都是这样！*从1978年开始就是这样！杜迪茨就是捕梦网，可他快要死了！他在坚持着，但我不知道他能坚持多久……”又是“咔嗒”一响，接下来是“嗡嗡”声。

“*亨利！亨利！*”

“……出来！”又变模糊了。亨利似乎焦虑万分。“*你一定得出来，琼西！*出来见我！沿着捕梦网跑来见我！现在还来得及！我们可以抓住那狗娘养的！你听到了吗？我们可以——”

又一声“咔嗒”之后，电话里一片寂静。他小时候的这部电话机突然裂开，掉出一团乱七八糟的电线。电线全是橘红色的；它们都感染了拜拉斯。

琼西扔下电话，抬头望着不断晃动的捕梦网，那生命短暂的蜘蛛网。他想起他们小时候很喜欢的一句话，是一位喜剧演员的口头禅：*不管你在哪儿，你就在那儿。*这句话跟得过且过，过了作数一样被大家所认同，而随着年岁增长，当他们开始自认变得成熟时，前一句话可能更有分量。*不管你在哪儿，你就在那儿。*不过从琼西刚才所打的电话来看，这并不是事实。不管他们认为自己在哪儿，他们都不在那儿。

他们在捕梦网里。

他发现，在破桌子上方半空中晃动的捕梦网里，有四根辐条从中心伸出。无数相互编织的细绳被这些辐条联在一起，而把辐条联在一起的则是中心——那是它们能汇合在一起的核心。

沿着捕梦网跑来见我！现在还来得及！

琼西转身朝门口奔去。

10

格雷先生也在门口——在通向石屋的门口。门被锁住了。想到那个俄罗斯女人的事情，他对此并不是很意外。用琼西的话说，就是亡羊补牢。如果有发光体开路的话，事情就简单了。现在虽然没有，他也不是太懊恼。他发现，具有感情的一个有趣的副作用就是，它会使你考虑在先，计划在先，这样，一旦事情不如所愿，你也不至于气急败坏，大发雷霆。这也许是这些生物存活得这么长久的原因之一。

琼西曾建议他放弃使命，享受这一切——琼西所用的词是入乡随俗，格雷先生觉得这个词既神秘又新奇——这个建议一直在他的脑海中挥之不去，但格雷先生对它不予理睬。他一定要完成在这里的使命，满足这种欲望。至于然后，谁知道呢？也许会来几个熏肉三明治。还有琼西的思想所称之为“鸡尾酒”的东西。那是一种清凉爽口、沁人心脾的饮料，能给人微醺的感觉。

一阵大风从水面上吹来，将潮湿的雪花吹到他脸上，使他一时睁不开双眼。这就像是湿毛巾扇在他的脸上，把他带回到眼前的现实，在这里他还有任务在身。

他侧身走向铺着花岗岩的长方形门廊的左侧，脚下一滑，猛地跪在地上，对琼西髋部的剧痛置之不顾。他好不容易才来到这里——在黑暗里旅行了无数光年，在光明中跋涉了无数英里——可不是为了让自己摔下台阶，折断脖子，或者栽进水库，在那刺骨的水里活活冻死。

门廊建在一堆碎石料之上。他斜倚在门廊的左侧，拂开积雪，用手摸索着寻找松动的石块。紧锁的大门两边各有一扇窗户，虽然不大，但也不是太小。

漫天的大雪对声音形成了一定的阻隔和消弭作用，但他还是能听到有辆车渐行渐近的声音。还有另外一辆，但是已经停了，可能停在东街的尽头。他们来了，但为时已晚。这条小路有一英里长，灌木丛生，而且很滑。等他们赶到时，这条狗就已经进入了管道，在溺死的同时，还把拜拉姆送入了导水管中。

他找到一块松动的石头，把它扒了出来；他的动作非常谨慎，以免把肩膀上那条心脏还在跳动的狗摔下来。他跪着从门廊边慢慢往里挪动，然后试着站起身。开始时根本不行，琼西的髋部又肿得硬邦邦的。最后，虽然疼痛难忍，似乎一直疼到了牙齿和太阳穴，他还是摇摇晃晃地站了起来。

他靠着紧锁的大门站了一会儿，将琼西受伤的右腿抬离地面，就像一匹蹄下嵌着石子的马一样。待疼痛稍微减缓之后，他拿起石块，朝大门左边窗户上的玻璃砸去。他把琼西的手划出了好几道伤口，有一处还很深。窗户上半截剩下的一些破玻璃悬在下半截的上方，看上去犹如一座简陋的断头台，但是他对这些都无暇顾及。他也没有感觉到琼西终于逃出了自己的避难所。

格雷先生从窗户里慢慢钻了进去，然后站在冰冷的水泥地上，四处打量起来。

他正置身于一间约三十英尺长的长方形屋子里。最里边有一扇窗户，在晴朗的日子里，透过窗户无疑可以看到水库的壮观景色，但现在只有白茫茫一片，仿佛蒙上了一张白床单。窗户的一边有个大铁桶般的东西，上面有很多红点——不是拜拉斯，而是一种琼西称之为“铁锈”的氧化物。格雷先生虽然不是很确定，但是猜想，如果出现紧急情况，人们可以坐在桶里进入管道。

在水泥地的正中央，就是那个直径四英尺的铁盖，正盖在管道口上。只见铁盖的一边有个方形的槽口，于是他又朝一旁看去。墙边靠着几件工具，在散着一摊从窗户里掉下来的碎玻璃之处，有一根撬棍。很可能就是俄罗斯女人准备自杀时用过的那一根。

就我所知，格雷先生想，情人节前后，波士顿的人在早晨的咖啡里就会喝到这最后一只拜拉姆了。

他拿起撬棍，瘸着腿，艰难地走到房子的中间，口里呼出的气息在面前凝成冰凉的白雾。他将撬棍扁平的一端插入铁盖的槽口中。

大小正好合适。

11

亨利把电话放回支架上，深吸一口气，屏住气息……然后拔腿朝那扇挂着**办公室**和**闲人免进**牌子的门跑去。

“喂！”收银机旁的雷妮·戈斯林老太太高声叫道，“快回来，孩子！你不能进去！”

亨利没有停下，甚至没有放慢脚步，但是他跑进门时，才意识到，是呀，他就是个孩子，此时起码比他后来的身高要矮一英尺，而且尽管也戴着眼镜，镜片却远远没有后来那么厚。他是个孩子，但是在那头松软的头发（等他三十多岁的时候，这头发会变得稀疏一些）下，却是一颗大人的脑袋。我现在已经合二为一了，他这样想着，而当他冲进戈斯林老头的办公室时，他在抑制不住地哈哈大笑——在过去的日子里，当捕梦网的细绳全都靠近中心，而杜迪茨在帮他们记分的时候，他们总是这样哈哈大笑。我的肚子都快笑破了，他们总是说；我的肚子都快笑破了，太他妈的可乐了。

他冲进办公室，但这不是戈斯林老头的办公室，一个名叫欧文·安德希尔的人不是在这里给一个不叫亚伯拉罕·克兹的人放过一盒小灰人用名人的声音求饶的磁带。这是一条走廊，是医院的走廊，可亨利丝毫也不觉得意外。这是马萨诸塞总医院。他赶到了。

这地方阴暗潮湿，比任何医院的走廊都要寒冷，墙壁上都是团团点点的拜拉斯。有个声音在什么地方呻吟，我不要你，我不打针，我要琼西。琼西知道杜迪茨，琼西死了，死在救护车里了，只有琼西才行。快走开，亲我的大腿，我要琼西。

但是他不会走开。他是狡猾的死神先生，所以他不会走开。他在这里有事要干。

他沿着走廊往前走去，谁也看不见他。走廊里真冷，他都可以看到自己呼出的气息，他现在是个孩子，穿着一件很快就穿不下的橘红色外套。他但愿自己带着猎枪，彼得的爸爸借给他的那支猎枪。可那支枪不在了，被留在过去，埋葬在岁月里，同时被埋葬的还有琼西那部贴有《星球大战》贴画的电话（他们当时多么羡慕琼西有那部电话啊），比弗那件到处都是拉链的夹克，以及彼得那件胸前印有 NASA 标志的毛衫。埋葬在岁月里。有些梦想会枯萎、凋落，这是人生的又一个残酷的事实。残酷的事实真是太多了。

他从两个正在谈笑的护士身旁走过——其中一位是乔西·林肯霍尔，她已经长大成人；另外那位是他们那天从特莱克兄弟公司办公室窗户里看到的照片上的女人。她们看不到他，因为他不是为她们而来；他此刻正在捕梦网里，沿着自己那股细绳往回跑，往中心跑。我是蛋头博士！他想，时间放慢了脚步，现实已扭曲变形；蛋头博士一步一步往前行。

亨利循着格雷先生的声音，顺着走廊往前找去。

12

克兹从破窗户里听得清清楚楚：那是自动步枪所发出的“哒哒哒”的声音。这使他心头涌起一股久违的不安和急躁之情：一方面他很生气，因为他还没有到场就有人开火；另一方面他也担心，唯恐不等他赶到一切就已结束，只留下一些伤员在那儿喊着救命，救命，救命。

“再开快点儿，弗雷迪！”在克兹的正前面，珀尔马特正鼾声如雷，陷入了更深的昏迷之中。

“地面太滑了，头儿。”

“只管快点儿吧。我觉得我们快要——”

他突然看到洁白的雪幕中有一个很大的红点，犹如刮破脸时从剃须膏里渗出来的血。转眼间，栽进沟里的斯巴鲁赫然出现在他们眼前，斯巴鲁头朝下、尾朝上地歪在那里。接下来的时间里，克兹收回了对弗雷迪的驾驶能力的不满。当悍马又要侧滑时，他的助手只是把方向盘向右一转，并猛踩油门。这辆大家伙突然就势从路面的缺口跃过，然后剧烈颠簸着重新着地。克兹的身体被掀了起来，重重地撞上车顶，使他顿时眼冒金星。珀尔马特的胳膊像僵尸的一般晃荡着，脑袋先是猛向后仰，接着又猛扑向前。悍马与斯巴鲁擦身而过，并撞掉了后者副驾驶座一侧的门把手。然后，悍马跟着那两行相对清晰的轮胎印往前冲去。

就要追上你了，欧文，克兹想，马上就能看到你可爱的脖子，还有你那该死的蓝眼睛。

唯一让他担心的是那阵枪声。那是怎么回事呢？不管是怎么回事，后来都再也没有枪声了。

这时，前方的雪地上又出现了一块污渍，这一次是橄榄绿。是另外那辆悍马。他们不在了，很可能不在了，不过——

“子弹上膛，准备行动。”克兹对弗雷迪说，他的声音只是稍稍有点异样，“该是某人付出代价的时候了。”

13

欧文到达东街尽头——或者说转上那条朝东北方向蜿蜒而去的菲茨帕特里克路，随你怎么理解——的时候，可以听到克兹离他不远，因此猜想克兹大概也能听见他的声音；悍马虽然不像哈雷摩托车那样噪音很大，但也绝不是悄无声息。

琼西的脚印已经完全消失，但欧文可以看到从这里通往水库大堤的那条小路。

他关掉引擎。“亨利，看来我们得走——”

欧文没有说完就愣住了。他刚才一直在全神贯注地开车，没有留意后座的情况，甚至没有看过后视镜，所以对眼前看到的一幕始料不及。不仅始料不及，而且大惊失色。

亨利和杜迪茨抱成一团，欧文一开始还认为这是永远的拥抱，只见他们胡子拉碴的面颊贴在一起，眼睛紧闭，各自的脸上和衣服上都有不少血迹。欧文看不出他们还有呼吸的迹象，以为两个人已经一同死去——杜迪茨死于白血病，而亨利则可能是由于在过去三十个小时左右的时间里过于劳累和持续紧张而导致心脏病发作——但就在这时，他发现他们的眼皮在微微颤动。两人的眼皮都在颤动。

抱成一团。血迹斑斑。但是没有死。在睡觉。

是在做梦。

欧文正准备再叫亨利，又打消了这个念头。在杰弗逊林区的时候，亨利就不肯在那些囚犯被释放之前独自逃生，尽管他们当时侥幸逃脱，但靠的是纯粹的运气……或者说是天意，简直比电视剧还要惊险。然而，克兹却一直对他们紧追不舍，像鼻涕一样怎么也甩不掉。如果欧文和亨利当时趁着暴风雪溜之大吉，克兹就不可能像这样紧跟在他们身后了。

*好吧，反正已经发生了，*欧文一边想，一边打开车门钻出来。在

北边的什么地方，从远处白茫茫的大雪中，传来几声老鹰的哀鸣，表达对这天气的不满。而身后南边的方向，那可恶的疯子克兹所乘坐的汽车的轰鸣声越来越近。由于这该死的雪，他无法判断克兹还有多远。雪下得这么猛，这么大，如同隔音板一样。他可能在两英里之后；也可能远远不到两英里。弗雷迪会跟他在一起，该死的弗雷迪，真是个无可挑剔的士兵，简直是杜夫·朗格转世。

欧文在雪地上一走一滑，骂骂咧咧地绕到车尾，拉开悍马的后门，以为会有自动武器，或者是火箭炮之类。但是没有火箭炮，也没有手榴弹，不过倒有四把 MP5 自动步枪和一箱香蕉型的长型弹夹，每个弹夹能装一百二十发子弹。

在控制区的时候，他们采取的是亨利的方式，欧文猜想他们多少挽救了一些性命，但这一次他不会再按亨利的方式——如果说他为雷普里奥家那该死的餐盘付出的代价还不够，那他就只好先欠着了。再说也不会太久了，如果克兹也有自己的方式的话。

亨利也许睡着了，也许是失去了知觉，要不就是与他奄奄一息的儿时朋友在进行某种古怪的思想交融。那就随他去吧。如果醒着并与他一道，亨利可能会对他们必须采取的行动迟疑不决，特别是如果他坚信他另外那位朋友仍然活着，仍然藏身在未被外星人控制的那一部分思想里的话。欧文不会迟疑……而由于心灵感应的消失，就算琼西还在那儿，他也不会听到琼西求饶的声音。格洛克手枪虽然不错，却难保万无一失。

MP5 会把格里·琼斯的身体打穿。

欧文拿起一把 MP5，并将三个弹夹塞进外衣口袋里。克兹已经近了——近了，近了，近了。他扭头朝东街看去，几乎以为会看到第二辆悍马像绿黄色的幽灵一般突然出现，可是却什么也没有。赞美上帝，克兹一准会这么说。

悍马的窗户已经被雪模糊住了，但当他从车尾快步走回来时，还是能隐约看到后座上的两个人影。两人仍然抱在一起。“再见了，伙计们，”他说，“好好睡吧。”如果运气好的话，他们会一直睡下去，直到克兹和弗雷迪赶上来，在继续追踪自己的主要目标之前，先结果这两人的性命。

欧文突然停住，脚在雪地上一滑，连忙伸手扶住悍马长长的引擎盖，以免自己摔倒。杜迪茨显然没有希望了，但他也许能救亨利·德夫林一命。只是也许而已。

不行！当他朝后座的车门走去时，他的一部分思想在抗议，不行，没时间了！

但欧文决定赌它一次，赌还有时间——拿整个世界来下注。也许是为雷普里奥家的餐盘多作一份偿还；也许是因为自己昨天的所作所为（那些一丝不挂地站在他们坠毁的飞船旁边、乞降般地举着双手的小灰人）；也许只是为了亨利，亨利不仅对他说他们会成为英雄，还为实现这一承诺付出了超凡的努力。

不要同情魔鬼，他一边想，一边用力拉开后座的车门，不，先生，千万不要同情那该死的王八蛋。

靠近车门的是杜迪茨。欧文抓住他那件蓝色粗呢大外套的衣领，把他拉开。杜迪茨倒在座位上，帽子掉了，露出发亮的光头。亨利的胳膊仍然抱着杜迪茨的肩膀，这时便也跟着一歪，压在杜迪茨身上。他没有睁开眼睛，但轻轻地哼了一声。欧文探身向前，在亨利的耳边小声而用力地说：

"别坐起来。看在上帝的分上，亨利，千万不要坐起来。"

欧文从车里退出来，关上车门，然后退开三步，用枪托顶住自己的髋部，一阵扫射。只见悍马的窗户一片模糊，然后欧文垮了进去，一串子弹壳叮叮作响地掉在欧文的脚边。他又几步上前，从破窗户里朝后座看去。亨利和杜迪茨仍然躺在那里，身上满是钢化玻璃的碎片和杜迪茨的血，欧文觉得他们看上去像是早已咽气。他但愿克兹因为太匆忙而不去细看。不管怎么说，他已经尽力而为了。

就在这时，他听到金属物体剧烈颠簸时的重响，不禁笑了。那是克兹的车，上帝保佑——他们到了斯巴鲁熄火的那处缺口。他强烈盼望克兹和弗雷迪的车会撞上那辆该死的斯巴鲁，但遗憾的是，声音好像并没有那么大。不过，这个声音暴露了他们的位置。在一英里之后，至少是一英里之后。比他想象的要好。

“还有不少时间。”他自言自语道。对克兹也许是这样，但是对另一边的情况而言呢？格雷先生现在到哪儿了？

欧文拎着 MP5 的皮带，踏上通往 12 号管道的那条小路。

14

格雷先生发现了另外一种他不喜欢的人类情感：惊慌。他好不容易才来到这里——在太空中旅行了无数光年，在雪地上跋涉了若干英里——却碰到了两只拦路虎：首先是琼西软弱无力的肌肉，其次是管道口上那个比他预想的要重得多的铁盖。他把撬棍拼命地往下按，直到琼西背部的肌肉疼痛难忍……最后，从锈铁盖的边缘终于露出了一线黑暗。随着铁盖在水泥地上摩擦的声音，它总算挪动了一点点——也就一两英寸而已。这时，琼西背上的肌肉突然僵住，格雷先生趔趄着退到一旁，从紧咬的牙关里叫出声来（多亏了琼西的免疫力，他才保有一口完整的牙齿），同时将双手压在琼西的尾椎上，似乎唯恐它要爆炸一般。

莱德也在不断地呜呜叫着。格雷先生转头看着它，知道事情已经到了紧要关头。莱德虽然仍在沉睡，它的腹部却胀得像个大气球，一条腿也僵直地翘着，下腹的肚皮紧绷绷的，似乎就要裂开一般，皮肤上的血管也在快速跳动。它的尾巴下面流出了鲜红的血。

格雷先生恨恨地望着插在铁盖槽口里的撬棍。在琼西的想象中，那个俄罗斯女人是个苗条而美丽的女人，长着一头黑色的头发和一双忧伤的黑眼睛。而实际上，格雷先生觉得她肯定膀阔腰圆，满身横肉。否则她怎么能——

突然传来一阵枪声，几乎是近在咫尺。格雷先生倒抽一口冷气，又往四下看去。多亏了琼西，他现在也感染了人类的怀疑情绪，第一次意识到自己可能越不过这些拦路虎——是啊，即使到了这里，眼看目标已经近在眼前，他甚至可以听见它的声音，听见奔腾的水在开始六十英里的地下旅程时所发出的声音。而横亘在拜拉姆和这整个世界之间的，只是一个重约一百二十磅的圆铁盖。

格雷先生心急火燎地低声骂出一串比弗式的粗话，同时大步跨上前去，而琼西越来越弱的身体则在不中用的右边髋骨的支撑下摇摇晃晃。有人来了，是那个叫欧文的家伙。格雷先生不敢相信他能让欧文拿枪口对准自己。如果有时间，如果能出其不意，也许还行。可他现在不具备这些条件。而即将到来的这个人所受的训练就是杀人；那是他的职业。

格雷先生突然跳了起来。随着清晰可闻的“啪”的一声，琼西不堪重负的髋关节从肿胀的关节窝里脱落出来。格雷先生带着琼西全身的力量落在撬棍上。铁盖的边缘又被翘了起来，这一次，铁盖在水泥地上挪动了差不多一英尺。俄罗斯女人跳下去的那个新月形黑洞又出现了。也不完全是新月形，其实不过是书法家所写出的C的形状……但对这条狗来说已经够了。

琼西的腿再也承受不了琼西身体的重量（说真的，琼西现在在哪儿呢？这位讨厌的宿主仍然悄无声息），不过这没关系。可以爬过去。

于是，格雷先生在冰冷的水泥地上爬到熟睡的牧羊犬旁边，拽住莱德的项圈，开始把它往12号管道口拖去。

15

记忆之厅——那所堆满纸箱的大仓库——也在摇摇欲坠。地面不停地颤抖，仿佛处于无休止的轻微地震之中。头顶的日光灯忽明忽暗，给这里染上一层似真亦幻的色彩。在有些地方，堆成小山似的纸箱倒了下来，挡住了部分过道。

琼西奋力地跑着，从一条过道奔向另一条过道，完全凭着直觉在这座迷宫里穿行。他一遍遍地告诉自己别管那该死的髋部，反正他现在只是思想而已。但是，这简直就像一个被截肢的人想说服自己那条被截掉的胳膊或腿停止抽搐一样。

他经过那些标有**奥匈战争**、**部门政治学**、**儿童小说**以及**楼上壁橱里的东西**的纸箱，又从那堆东倒西歪的标有**卡拉**的纸箱上跃过，结果那条伤腿先着地，他不禁痛得叫了起来。他扶着旁边的纸箱（上面标着**葛底斯堡**），不让自己摔倒，却终于看到了仓库的尽头。谢天谢地；他感觉像是跑了上千英里。

门上写着**重症监护区，请保持安静**和**谢绝探视**。这就对了，他们当初就是把他送到了这里；他就是在这里醒来，并听见狡猾的死神先生假装要找马西。

琼西一把将门推开，眼前出现了另一个他一眼认出的世界：这是重症监护区里蓝白两色的走廊，手术四天之后，他就是在这里试着迈出了痛苦的第一步。他沿着铺有地砖的走廊踉跄着前进了十来英尺，看到墙上长有星星点点的拜拉斯，耳边还传来了背景音乐，尽管声音很低，却显然与医院的气氛不符；那好像是“滚石乐队”演唱的《同情魔鬼》。

他刚刚听出是这首歌，髋部就突然锥心般地剧痛起来。琼西不由得惊叫出声，双手按住髋部，一下子倒在重症监护区红黑相间的地砖上。他当初被车撞上的时候就是这样：一阵撕心裂肺般的剧痛。他翻来滚去，眼睛望着上面那耀眼的灯管，以及正在播放音乐（“安娜塔西娅在徒劳地尖叫”）的圆形扩音器——那是来自另一个世界的音乐，当疼痛这么剧烈时，一切都是在另一个世界；疼痛使事物变得暗淡，甚至使爱变得可笑，这是他在三月份明白的道理，现在又必须重温了。他翻来滚去，双手按住肿胀的髋部，眼睛几乎要凸出来，一副龇牙咧嘴的模样。他当然知道是怎么回事：是格雷先生干的！那狗娘养的格雷先生弄断了他的髋骨。

就在这时，从那遥远的另一个世界里，传来一个他所熟悉的声音，一个孩子的声音。

琼西！

那声音在回荡，变形……但并不是那么遥远。不是这条走廊，而是旁边的哪一条。是谁的声音呢？他孩子的吗？难道是约翰？不像——

琼西，你得快点儿！他来杀你了！欧文来杀你了！

他不知道欧文是谁，但他想起了是谁发出的声音：是亨利·德夫林。但不是现在的亨利，也不是与彼得一起去戈斯林商店之前的亨利，那是他最后一次见到亨利；而是和他一起长大的亨利，就是那个亨利曾经警告里奇·格林纳多，如果他不住手，他们就把事情说出去，而且里奇和他的朋友绝对不可能追上彼得，因为彼得有一双他妈的飞毛腿。

我不行！他一边回答，一边还在翻来滚去。他感觉到有什么东西不一样了，而且在继续变化，可他说不清是怎么回事。我不行，他又弄断了我的髋骨，那狗娘养的又——

突然间，他明白自己有什么不一样了：他的疼痛在倒退。就像观看倒带时的录像一样——牛奶从杯子里倒流进牛奶盒；本应绽放的花朵借助延时摄影的奇妙技术而重新闭合起来。

他低头一看，发现自己正穿着一件醒目的橘红色外套，顿时明白了其中的缘由。这是他第一次去“墙洞”打猎时，他妈妈在西尔斯百货商场给他买的，就是在那一次，亨利打中了一头鹿，而且他们大家一起杀死了里奇·格林纳多那帮人——以做梦的方式杀死了他们，也许不是有意为之，但结果一样。

他又变成了一个孩子，一个十四岁的孩子，所以才不会疼痛。当然不会有了，他的髋骨要在二十三年之后才会折断。接着，他对这一切恍然大悟：根本就没有什么格雷先生，从来都没有；格雷先生只是在捕梦网里，而不会在任何别的地方。格雷先生与他髋部的疼痛一样并不存在。我有免疫力，他这样想着，一边挣扎着站起来，我身上没有出现过一丁点儿拜拉斯。我头脑里的其实并不是记忆，不是，而是真正意义上的鬼魂作祟。他就是我。天啊，格雷先生就是我。

琼西站了起来，拔腿就跑，在一次拐弯时险些摔倒。不过他没有摔下去，作为一个十四岁的孩子，他的身体灵活敏捷，而且没有疼痛，没有疼痛。

接下来的这条走廊他来过。这里停着一张担架床，上面有一只便盆。一头鹿优雅地迈着小脚从床边走过，正是那天他在坎布里奇出车祸之前所看到的那头鹿。它柔软的脖子上戴着一个项圈，项圈上挂的是他的魔力 8 球，正像一个很大的护身符一般轻轻摆动。琼西从鹿的身边大步跑过，而那头鹿只是用温和而惊讶的眼神望着他。

琼西！

近了，已经很近了。

琼西，快点儿！

琼西加快脚步，一路狂奔，年轻的肺自由自在地呼吸着，没有拜拉斯，因为他有免疫力，也没有格雷先生，至少没有附在他的身上，格雷先生在医院里，而且一直都在这儿，格雷先生是那条你仍然能感觉到、并且可以发誓说还在那儿的并不存在的胳膊或腿，格雷先生是作祟的鬼魂，是需要生命维持系统的鬼魂，而维持生命的人就是他。

他又拐了一个弯，看到有三扇敞开的门。再往前去是第四扇门，也是唯一关着的门，亨利就站在门边。亨利跟琼西一样，也是十四岁；亨利还跟琼西一样，也穿着橘红色外套。他的眼镜像往常那样滑到了鼻尖，他正急切地向琼西招手。

快点儿，快点儿，琼西！杜迪茨坚持不了多久了！如果他在我们杀死格雷先生之前死去——

琼西与亨利一起站到门口。他很想张开双臂拥抱亨利，但没有时间了。

这全是我的错，他对亨利说，他的声音有些尖，不像这些年那样。

不对，亨利说。他用从前那种焦躁的眼神看着琼西，那种眼神曾经让琼西、彼得和比弗肃然起敬——亨利似乎总是远远地走在他们前面，似乎随时都准备冲进未来，把他们甩在身后，而他们似乎总在拖他的后腿。

但是——

你也可以说是杜迪茨杀了里奇·格林纳多，而我们是他的同谋。他就是他，琼西，他还让我们变成了现在的我们……但他不是有意的。他唯一能有意为之的是系自己的鞋带，你难道不明白吗？

琼西心里想：帮——什么？帮——鞋鞋？

亨利……杜迪茨是不是——

他还在为了我们而坚持，琼西，我告诉过你了。他要把我们连在一起。

在捕梦网里。

没错。所以说，眼看这世界就要完蛋了，我们是站在这走廊上争论不休呢，还是——

我们去杀了那狗娘养的，琼西一边说，一边伸手去握门把手。门上有一块牌子，上面写着**这里没有传染，**IL N'Y A PAS D'INFECTION ICI。突然间，他明白了这句话模棱两可的痛苦寓意。就像艾歇尔[①]所创造的视觉幻象。从一个角度看是真的，从另一个角度看却是弥天大谎。

捕梦网，琼西想着，并拧动门把手。

门内的房间是一个拜拉斯疯长的世界，一个噩梦中的丛林，只见血红色的植物四处延伸攀缘，彼此纠结缠绕。空气中弥漫着硫磺味，还有刺鼻的酒精味，犹如零度以下的一月份早晨喷进冰冻汽化器中的起动液的气味。好在他们不用担心臭鼬，这里没有那玩意儿；那是在捕梦网的另一股绳上，在另一个时间和空间里。拜拉姆现在成了莱德的问题；那是一只前途渺茫的牧羊犬。

电视开着，尽管屏幕上爬满了拜拉斯，还是有个模糊的黑白影像勉强显示出来。有个男人正在水泥地上拖一条死狗。那里满是灰尘和枯叶，很像琼西仍然喜欢在自己的录像机上观看的五十年代恐怖电影中的墓地。但那不是墓地；那里回响着空旷的流水声。

水泥地的中间有一个生锈的圆形铁盖，上面有 MWRA 几个字母，意为马萨诸塞水利管理局。尽管电视屏幕上有不少红色的绒毛，这几个字母还是清晰可见。当然会这样。对格雷先生——早在“墙洞”的时候，他的身体就已经死去——而言，这几个字母代表着一切。

也可以说，它们代表着整个世界。

管道盖被移开了一部分，露出一个漆黑的新月形。琼西认出那个拖着狗的人是他自己，而且那条狗还没有死。它在地上留下了一条带有泡沫的血迹，两只后腿还在抽搐，犹如划桨一般。

别看电视了，亨利几乎吼了起来，琼西连忙把注意力转移到病床

---

① 指荷兰艺术家毛里蒂斯·艾歇尔（1898—1972）。

上的形体上，只见那灰色的东西把沾有拜拉斯的床单拉到了胸口，它的胸脯上没有毛孔，没有汗毛，也没有乳头，只有一片灰不溜秋的肉。虽然因为床单的遮挡而看不见，琼西还知道它没有肚脐，因为这东西不是胎生的。这是一个孩子所想象出来的外星人，直接出自与拜拉姆初次接触者的潜意识。不管是外星人，还是异种，从来都没有作为真正的生物而存在。具有实在形体的灰人无一例外是缘自人类的想象，是缘自捕梦网。明白这些后，琼西感到一丝轻松。他不是唯一上当受骗的人。这一点起码无可置疑。

令他欣喜的还不仅如此，还有那双可怕的黑眼睛里的神情。那是恐惧。

16

“我准备好了。”弗雷迪平静地说，同时把车停在他们一路追踪到此的这辆悍马后面。

“好极了，”克兹说，“你去那儿看看，我来掩护你。”

“是。”弗雷迪望了珀尔马特一眼，只见他的肚子又鼓了起来，接着他又朝欧文的悍马看去。对于他们之前听到的那阵枪声，原因已经显而易见：这辆悍马遭到了扫射。现在唯一有待解答的问题就是，开枪的是谁，挨枪的又是谁。有一串脚印从车边伸向远处，虽然正在迅速被大雪覆盖，但目前还不难辨认。是一个人的脚印。穿着皮靴。可能就是欧文。

“快去呀，弗雷迪！”

弗雷迪下了车，走进大雪中。克兹随后也跟了出来，弗雷迪听到他拉动枪栓。就用那支手枪来对付。不过也许没关系；他用起来很顺手，这一点毫无疑问。

弗雷迪突然感到一股寒意透过他的脊骨，似乎克兹正拿着手枪对准他。对准他的背心。但是这很荒谬，对吧？对准欧文，没错，但欧文不一样。欧文越过了界线。

弗雷迪猫着腰，将卡宾枪端在胸前，朝那辆悍马跑去。他不喜欢克兹跟在他身后，这无可否认。是的，他一点儿也不喜欢。

17

当两个孩子朝满是拜拉斯的床上逼近时，格雷先生开始不停地按着呼叫按钮，但是毫无反应。我看呼叫按钮一准是被拜拉斯堵住了，琼西想，真倒霉，格雷先生——你可真是倒霉。他瞥了电视一眼，看到电视里的自己已经将狗拖到了管道边缘。也许他们终究还是太迟了；不过也不一定。现在还说不准。轮子还在转动。

你好，格雷先生，我真是太想见到你了，亨利说。与此同时，他把那个沾着拜拉斯的枕头从格雷先生没有耳朵的小脑袋下抽出来。格雷先生想挪到床的另一边，但是琼西抓住了他那孩子般的细胳膊，不让他动弹。握在他手里的皮肤既不热，也不冷。感觉根本就不像是皮肤，而是像——

什么都不像，他想，像个梦。

你是格雷先生吧？亨利问道，我们就是以这种方式欢迎你来到地球的，说着，他用枕头捂住了格雷先生的脸。

格雷先生在琼西的手下挣扎扭动起来。什么地方的一部监视器开始“嘀嘀”乱叫，仿佛这个生物真有一颗心脏，而现在这颗心脏快要停止跳动了。

琼西低头看着这渐渐死去的怪物，但愿这一切尽快结束。

18

格雷先生将狗拖到撬开了一部分的管道口边。透过窄小的半圆形黑洞，不断传来空洞的流水声，一股阴湿的冷气也扑面而来。

如果干了以后就完了，那么还是尽快干——这是标有**莎士比亚**的纸箱里的一句话。狗的后腿在剧烈抽动，格雷先生可以听到肌肉撕裂的声音，那是拜拉姆在两头开弓，又戳又咬地要钻出来。狗的尾巴下面已经响起了“吱吱”声，犹如一只愤怒的猴子在尖叫。他得在那东西出来之前把它塞进管道里，虽然不一定非得出生在水中，但在水中它存活的几率要高得多。

格雷先生用力想把狗头塞进铁盖和水泥地之间的洞口，但怎么也塞不进去。狗脖子扭了回来，那张无意识地咧着的狗嘴往上翘着。虽然还沉睡未醒（也可能是昏迷了），它却低沉而沙哑地叫起来。

它不肯进那个洞口。

“操他祖宗！”格雷先生大吼道。他对琼西髋部的剧痛已经浑然不觉，当然也不知道琼西的面孔累得发白，那双浅褐色的眼睛也因为徒劳和沮丧而溢满泪水。但是他却感觉到——十分清楚地感觉到——要出什么事了。用琼西的话说，就是有人在背地里捣鬼。还会有谁呢？除了他那位不肯合作的宿主琼西之外，还会有谁呢？

“去你妈的！”他对着这该死而又可恨的顽固的稍稍太大了点儿的狗吼道，“你给我下去，听到没有？听到——”

后面的话卡在了他的喉咙里。突然之间，他再也吼不出来，尽管他特别想大吼大叫；他多么喜欢大吼大叫，多么喜欢拿拳头砸东西（哪怕是一只奄奄一息的怀了孕的狗）！突然之间，他再也不能呼吸，更不用说吼叫了。琼西这是把他怎么了？

他没指望有人回答，可是却听到了回答——那是一个陌生人的声音，冷冰冰的，充满怒气：我们就是以这种方式欢迎你来到地球的。

19

病床上那个灰色的东西胡乱挥舞着三根指头的手，一度还把枕头推到一边。那张面孔虽然整体上毫无表情，那双大睁着的黑眼睛却充满了恐惧和愤怒。它艰难地喘息着。鉴于它实际上并不存在——就连在琼西的头脑里也不存在，至少它不是一个实在的形体——没想到它居然不顾一切地为自己的生命而抗争。亨利不会同情它，但是他能够理解。它的愿望也正是琼西的愿望，是杜迪茨的愿望……甚至是亨利自己的愿望，因为尽管他有着各种黑暗的念头，他的心脏不是一直在跳动吗？他的肝脏不是一直在过滤他的血液吗？ 他的身体不是一直在进行这些看不见的战争，抗击着从普通感冒到癌症乃至拜拉斯等大大小小的病灾吗？眼前的这个身体要么很愚蠢，要么就是绝顶聪明，但无论如何，它不会漫无边际地胡思乱想；它只知道坚守阵地，抗争到最后一刻。如果说格雷先生曾经有什么不同寻常之处，那么他现在已经没有了。他的愿望是活下去。

*不过我看你没机会了，亨利说，*他的声音很平静，甚至带有几分*安慰，我看你没机会了，我的朋友。*他再一次将枕头压在格雷先生的脸上。

20

格雷先生的喉咙张开了。他呼吸着石屋里的寒冷空气，一口……两口……接着，喉咙又被堵住了。他们要闷死他，憋死他，杀死他。

不！亲我的大腿！亲我他妈的大腿！你们不能这么干！

他把狗拽了回来，让它侧着身子；这就像一个已经误了飞机的人还在拼命地把最后一件大行李往旅行箱里塞。

*这样就可以进去了，*他想。

是的，它一定得进去。就算他不得不用琼西的双手压扁这条狗的大肚子，把拜拉姆给挤出来。无论如何，这该死的东西一定得进去。

脸肿了，眼睛凸了出来，呼吸停顿了，琼西额头上的一根粗血管鼓了起来，格雷先生把莱德往洞口深处塞，然后用琼西的拳头捶打着狗的胸部。

快进去，该死的，快进去。

快进去！

21

弗雷迪·约翰逊用卡宾枪指向被弃置的悍马内，而克兹则狡猾地躲在他身后（就此而言，这又是袭击灰人飞船那一幕的重演），静观事态的发展。

“有两个人，头儿。看样子，欧文在走之前想到把垃圾清理了一下。”

“死了吗？”

“我看早就死了。应该是德夫林和另外那个他们中途接上的人。”

克兹来到弗雷迪身边，隔着破窗户向里瞟了一眼，然后点了点头。他也觉得他们早就死了，两只白鼠搂成一团躺在后座，身上满是血迹和玻璃碴。他抬起手枪，准备确保万无一失——给每人的脑袋再补一枪也不会疼痛——但是又放了下来。欧文也许还没有听到他们的车声。雪下得这么大，空气这么湿，无异于一张隔音毯，所以他很可能没有听见。可是他会听到枪声。克兹转身朝小路走去。

“你带路吧，小子，注意脚下——这路好像很滑。我们也许仍然可以出其不意。我想我们应该记住这一点，对吧？”

弗雷迪点点头。

克兹笑了。这一笑使得他的面孔很狰狞。“如果我们运气好的话，小子，欧文·安德希尔还没有反应过来，就已经下了地狱。”

22

长方形黑色塑料电视遥控器上满是拜拉斯，它正放在格雷先生的床头柜上。琼西一把抓起它，用比弗式的语气骂了一声“去你妈的”，便对着床头柜的边缘猛砸下去，犹如磕一枚煮熟的鸡蛋一般。遥控器顿时四分五裂，里面的电池也掉了出来，琼西手里只剩下一截锯齿状的塑料壳。亨利正把枕头捂在那灰色东西拼命扭动的脸上；琼西的手向枕头底下伸去，又犹豫了片刻，想起自己第一次——也是唯一的一次——见到格雷先生的情景：随着“咔嗒”一声，卫生间的门把手在他手里松脱，依稀有一片黑暗（那是这家伙的影子）罩在他身上。当时那一幕非常真实，与玫瑰一般真实，与雨点一般真实。琼西转过身去，看到他……它……或者在变成格雷先生之前的什么人或怪……站在大房里。很像上百部电影或“未解之谜”纪录片中的情节，只不过很老套。老套且无聊。当时就做好了来到这重症监护区病床上的准备。马希，它当时说，把这个词直接从琼西的脑海里拔了出来。就像拔木塞一样。于是打开了一个自己可以进去的洞。然后，它就像新年时使用的彩筒一样“砰”地爆炸了，喷出的不是彩纸屑而是拜拉斯，而……

……而剩下的都是我的想象。就是这样，对吧？只不过是星际精神分裂症的又一个病例。基本上就是这样。

琼西！亨利喊道，如果你想干的话，就快点儿动手！

来了，格雷先生，琼西想，做好准备吧。因为恶有恶——

23

格雷先生刚把莱德的半个身子塞进洞口，却突然听到琼西雷霆般的声音。

来了，格雷先生，做好准备吧。因为恶有恶报。

一阵撕裂般的疼痛袭向琼西的喉咙。格雷先生抬起琼西的手，想大声喊叫，却叫不出来，只是含含糊糊地咕哝了几声。他感觉到的不是琼西喉咙上胡子拉碴、未受损伤的皮肤，而是自己粗糙的肉。他最为强烈的感觉是愕然和难以置信：这是他从琼西的情感库里学会的最后一项内容。不可能发生这样的事儿。他们总是乘坐老一代的飞船而来，那是他们亲手所造；他们总是举手投降；他们总是能赢。不可能发生这样的事儿。

但好像真的发生了。

这只拜拉姆的意识不是渐渐消失，而是突然分解。临死之前，这个一度以格雷先生的身份出现的实体又恢复到了它原本的形态。就在他变成它（但是不等它变成无）的时刻，格雷先生恶狠狠地把那条狗最后推了一把。它掉了下去……但是掉得不多，没有进一步坠落。

拜拉姆最后闪现的琼西式念头是：我本该除掉他的。我本该——

24

琼西拿着那截锯齿状的电视遥控器，朝格雷先生皮肉松弛的光脖子切了下去。它的喉咙像嘴巴一样张开了，一团橘红色的东西喷了出来，将空气染得血红，接着化成一片灰尘和绒毛落在床单上。

在琼西和亨利的手下，格雷先生的身体像触电似的抽动了一下，然后像梦中经常出现的那样渐渐缩小，最后变成了一样似曾相识的东西。琼西一时想不起它到底像什么，但紧接着就明白了。格雷先生的残骸看上去就像他们在特莱克兄弟公司那间废弃的办公室地上所看到过的一只避孕套。

他已经——

琼西原本要说的后半句话是“——死了！”，但是一阵剧痛骤然而至。这一次不是他的髋部，而是脑袋。还有喉咙。他的喉咙突然像套了一条火环一般。而整个房间也变得透明起来，的的确确是透明了。他正透过墙壁，望着那座石屋，只见那条卡在洞口的狗正产下一个令人恶心的红色东西，看上去像是鼬鼠与血红色大爬虫杂交而成的怪种。他非常清楚那是什么：一只拜拉姆。

那东西身上沾着血、粪便以及一部分未脱落的胎盘，睁着一双愚蠢的黑眼睛（那是他的眼睛，琼西想，是格雷先生的眼睛），就在他的眼前出生，它的身体正一寸寸地往外挤，想挣脱母体，想投进黑暗，朝响着流水声的地方坠落。

琼西转头去看亨利。

亨利也回头来看琼西。

刹那间，两双年轻而惊惶的眼睛相遇了……接着，他们也在渐渐消失。

杜迪茨，亨利说，他的声音从遥远的地方传来，杜迪茨要走了。琼西……

再见。亨利也许是想说再见。没等他说出口，他们两个人都不见了。

25

一时间，琼西晕头转向，不知自己身在何处，也不知现在是何年何月。他觉得这一定就是死亡了，他肯定是在杀死格雷先生的同时也杀死了自己——就像人们常说的，自取灭亡。

是疼痛让他清醒了过来。不是喉咙，喉咙的疼痛已经消失，他又可以呼吸了——他能听到自己大口吸气和呼气的声音。不，现在的疼痛是他的老朋友。是他的髋部。疼痛从他肿胀、受伤的关节处突然发力，将他抛回这个世界，让他像木杆上的绳球一样弯成一团。他的膝盖抵着水泥地，双手抓的是毛皮，耳边还听到一种怪异的“吱吱”声。至少这一部分是真实的，他想，这一部分在捕梦网之外。

那可怕的“吱吱”声。

琼西看到那鼬鼠般的东西正悬在黑暗中，只是因为尾巴还没有完全脱离那条狗，才与上面的世界保持着联系。琼西扑上前去，就在它终于挣脱的一刹那，用手夹住了那东西滑溜溜的、发颤的躯干。

他退到一旁，受伤的髋骨阵阵作痛；像马戏团的演员耍弄大蟒蛇一般，他将那不停地挣扎、怪叫的东西举过头顶。它扭来扭去，牙齿在半空中胡乱地咬着，折转身来想攻击琼西的手腕，却一口咬住他的风雪外套的右边袖子，将它撕开一个大洞，一团轻飘飘的白色羽绒掉了出来。

琼西倚着剧痛难忍的髋骨站在那儿，转脸看到有个人站在格雷先生钻进来的那扇破窗户后面。那人满脸的惊愕之色，身上穿着一件迷彩风雪大衣，手里拿着一支步枪。

琼西用尽力气把这只不停地扭动的鼬鼠扔出去，但是他的力气有限。那东西飞到了大约十英尺之外，随着"嗵"的一声闷响，落在散着枯叶的地上，但马上又重新朝管道口滑去。那条狗将洞口堵住了一部分，但是还不够。还有不小的空间。

"快朝它开枪！"琼西对那个拿枪的人喊道，"看在上帝的分上，快开枪，别让它钻进水里！"

但是窗户后面的人没有反应。这个世界的最后一线希望只是站在那儿，呆若木鸡。

26

欧文简直无法相信自己看到的东西。一个红色的怪物，有点儿像鼬鼠，但是没有腿。听说这类东西是一回事，但亲眼看到却是另一回事。它正朝地面中间的那个洞爬去。有条狗卡在洞里，硬邦邦的后腿竖了起来，像投降一般。

那个人——应该就是带菌者琼西——在对他大喊，要他朝那东西开枪，但欧文的胳膊却无法动弹，就像灌了铅一样。那东西就要逃走了；在经历了这一切之后，他一心想阻止的事情就要在他的眼皮底下发生了。简直像是在地狱里。

他眼看着那东西向前滑去，同时还发出猴子般的怪叫，那声音似乎一直钻进他的脑海中央。他眼看着琼西艰难而不顾一切地扑过去，想抓住它，或至少把它赶开。但琼西肯定做不到。那条狗挡在那儿。

欧文再一次命令欧文的胳膊举枪瞄准，但欧文还是没有反应。MP5 步枪仿佛是在另一个宇宙。他要眼睁睁地看着那东西逃脱了。他像根柱子般地立在这儿，眼睁睁地看着它逃脱。上帝帮帮他吧。

上帝帮帮大家吧。

27

亨利在悍马的后座上坐起身，一时有些头昏眼花。他的头发里有东西，他用手拍了拍，感觉还没有从有关医院的梦里完全醒来（不过那根本就不是梦，他想），但是一股刺痛让他恍若回到了现实。是玻璃。他的头发里都是碎玻璃。座椅上还有更多，是钢化玻璃的碎片。杜迪茨身上也一样。

"杜杜？"

当然是白叫了。杜迪茨死了。肯定死了。为了让琼西和亨利在那间病房里会合，他耗尽了最后的体力。

但是杜迪茨却呻吟了一声，他的眼睛睁开了。看到那双眼睛，亨利终于彻底回到现实，回到大雪中的这条路的尽头。杜迪茨的眼睛里溢满了血，犹如女巫的眼睛。

"酷比——酷比呀！"杜迪茨说，他的双手抬了起来，无力地指了指，就像拿着枪一样，"我们——开工了！"

仿佛回答杜迪茨一般，前方的树林里传来两声枪响。稍停之后，又响起了第三声。

"杜杜？"亨利轻轻地说，"杜迪茨？"

杜迪茨看到他了。尽管眼睛里盈满鲜血，杜迪茨还是看到了他。亨利不仅仅是感觉到了这一点；有片刻时间，他甚至透过杜迪茨的眼睛看到了他自己。就像望着一面魔镜一样。他看到了当年的那个亨利：那个带着一副角质架眼镜看世界的孩子，那副眼镜太大，总是滑到鼻尖。他感受到了杜迪茨对他的爱，那是一种纯粹而质朴的情感，没有掺杂任何怀疑、自私乃至感恩。亨利把杜迪茨搂进怀里，感觉到老朋友的身体轻飘飘的，亨利不禁潸然泪下。

“你真幸运，哥们儿。”他说，心里但愿比弗就在身旁。比弗具有亨利所不具备的本事；比弗能给杜迪茨唱催眠曲。“你一直都很幸运，我就是这么想的。”

“恩尼。”杜迪茨说，并伸出一只手抚摸着亨利的脸颊。他微笑着，十分清晰地说出了最后一句话：“我爱你，恩尼。”

28

前方传来了两声枪响——是卡宾枪的声音。而且离这儿不远。克兹停下脚步。弗雷迪站在他前面大约二十英尺的地方，旁边有一块牌子，克兹勉强可以看清上面的字：**严禁从石屋内垂钓**。

又响起了第三声枪响，然后是一片寂静。

“头儿？”弗雷迪说，“前面有座房子。”

“能看到人吗？”

弗雷迪摇了摇头。

克兹走上前去，把手放在弗雷迪的肩上，弗雷迪紧张得微微一震；即使在目前的情形下，克兹也觉得弗雷迪的反应有几分好笑。不过弗雷迪倒是有理由紧张。如果亚伯·克兹能够活到十五或二十分钟之后，会打算一个人出发，奔向某个美好的新世界。不会有人拖他的后腿；这场最后的游击战不会留下目击证人。弗雷迪尽管会有所怀疑，但是还不能确定。没有了感应真是太倒霉了。弗雷迪真是太倒霉了。

“听起来，欧文像是找到了新的枪杀对象。”克兹对着弗雷迪的耳朵轻轻地说，那只耳朵里还有几缕里普利，但是已经发白、死了。

“我们现在去抓他吗？”

“哦，不，”克兹回答，“大可不必。我想我们该闪到路边了，小子，现在是时候了——遗憾的是，几乎每个人的生命中都会有这样的时刻。藏进树林里。看看留在那儿的是谁，回来的又是谁。如果有谁回来的话。我们等上十分钟，好吗？我想十分钟应该绰绰有余了。”

29

占据着欧文·安德希尔整个脑海的两句话虽然不知所云，却十分清晰：酷比——酷比呀！我们——开工了！

卡宾枪举了起来。不是他举起来的，但当那股举枪的力量离去之后，欧文的动作就变得流畅自如了。他将步枪的转换开关调至单发射击，然后瞄准，连扣了两次扳机。第一发没有击中，子弹射到鼬鼠前面的水泥地上弹了起来，削起了一片片水泥。那东西身子一缩，转过头来看到了他，便露出一口钢针般的牙齿。

“这就对了，美人，”欧文说，“对着镜头笑一笑。”

第二颗子弹打穿了鼬鼠难看的面孔。只见它向后飞去，撞上石屋的墙壁，然后落在水泥地上。虽然那颗尚未长成形的脑袋已经被打掉，但它的本能还在。它开始又慢慢地向前爬去。欧文再一次瞄准，在对准准星的时候，他想起了雷普里奥夫妇，迪克和艾琳。一对好人。好邻居。如果你需要一杯糖或一品脱牛奶（或者一个靠在上面哭泣的肩膀），在隔壁你总是能得到满足。他们说是中风！雷普里奥先生当时大声告诉欧文，可欧文却以为他说的是白鹤。小孩子总是出错。

好吧，这是为了雷普里奥夫妇。也为了那个犯了错却无法挽回的孩子。

欧文开了第三枪。子弹击中了拜拉姆的躯干，使它断成两截。那血肉模糊的残体抽动着……抽动着……终于没有了动静。

结果那个怪物后，欧文的卡宾枪划出一个小小的弧度。这一次，他的准星对着格里·琼斯的眉心。

琼西转过头来，眼睛一眨不眨地望着他。欧文很累——感觉就像累得要死——可眼前这家伙看上去比他有过之而无不及。琼西举起空空的双手。

“你没有理由相信我的话，”他说，“但格雷先生真的死了。亨利用枕头捂住他的脸时，我切断了他的喉咙——就像《教父》里那样。”

“是吗？”欧文说，他的声音没有任何变化，“那么，你们到底是在哪儿执行这项死刑的呢？”

“在思想中的马萨诸塞总医院，”琼西说，然后哈哈一笑，欧文有生以来第一次听到这样的苦笑，“在那里，有鹿在走廊上闲逛，而唯一的电视节目就是一部名为《同情魔鬼》的老电影。”

听到这里，欧文微微一震。

“如果你非得朝我开枪的话，那就开吧，大兵。我拯救了世界——当然我得承认，这也有赖于你在最后一刻的小小帮助。你尽管以传统的方式回报我好了。还有，那王八蛋又弄断了我的髋骨。算是那并不存在的小人儿留给我的分手礼物。实在是……”琼西咬了咬牙，说，“太痛了。”

欧文一动不动地端着枪，过了片刻才放下来，说：“你只好接着忍受了。”

琼西站立不住，胳膊肘着地仰了下去，他呻吟着，尽力把身体的重量转移到没有受伤的一侧。“杜迪茨死了。他一个人能顶我们两个——甚至更多——可是他死了。”他捂住眼睛，过了一会儿，才把手放下来，“天啊，这真是栽。如果是比弗，一定会这么说的，真是太‘栽’了。你知道，反义词就是‘爽’，在比弗口里，意思就是过得特别开心，这个词可以与性有关也可能无关。”

欧文不知道这人在胡说些什么；很可能是神志不清了。“杜迪茨也许死了，但是亨利没有。有人在后面追我们，琼西。是坏人。你能听到他们吗？知道他们到哪儿了吗？”

琼西躺在冰冷的、满是枯叶的地上，摇了摇头。“恐怕我的感觉又恢复成普通的五感了。超感知觉全都消失了。希腊人也许带来了礼物，但是又把它要了回去。”他笑了起来，“天啊，我开这样的玩笑，可能会丢饭碗的。你确定不想打死我吗？”

欧文对这些话就像刚才对“栽”与“爽”的语义区别一样不以为意。克兹来了，这才是他现在要对付的问题。他没听到克兹靠近的声音，但也许只是他没有听见而已。雪下得太大了，只能听见特别响的声音。比如枪声。

“我得回到路上去，”他说，“你留在这儿。”

“只能这样了，”琼西说，接着闭上了眼睛，“伙计，我真希望能回到我温暖的办公室里去。我从来没想到我会这么说，但这是实话。”

欧文转身下了台阶，脚下很滑，不过他并没有摔倒。他朝小路两边的树林扫了几眼，但是没有细看。如果克兹和弗雷迪埋伏在从这儿到悍马之间的什么地方，他估计自己难以及时地发现他们并采取行动。他也许会看到脚印，但到那时，他们已近在咫尺，而那些脚印可能就是他所看到的最后的东西了。他只能希望他们还没有赶上来，仅此而已。只好相信自己的狗屎运了，干吗不呢？他经历过无数次九死一生，而他的狗屎运总是帮他闯过难关。说不准这一次也——

第一颗子弹击中了他的腹部，他的身子被震得往后一退，后背的衣服也被打掉了一片。他挪了挪脚，尽力让自己站稳，同时尽力握紧MP5步枪。没有疼痛，感觉就像被一位卑鄙的对手用带着大拳击手套的拳头狠狠地擂了一下。第二颗子弹从脑袋边削过，他顿时感到火辣辣的刺痛，犹如半瓶酒精一股脑儿泼在开放的伤口上。第三颗子弹射进他胸口的右侧，这才是致命的一击；他不仅身子倒了下去，卡宾枪也掉在地上。

琼西刚才是怎么说的？好像是拯救了世界却被人以传统的方式来回报。这其实也不算太糟糕；耶稣被折腾了六个小时，他们还在他的头上挂了一块嘲弄的牌子，该给他酒喝的时候，他们居然给他兑了白水的醋。

他躺在那儿，半个身子在覆盖着积雪的路上，半个身子在路边，迷迷糊糊听到有什么东西在尖叫，但不是他自己。听起来像是一只不高兴的大知更鸟。

是一只秃鹰，欧文想。

他艰难地吸了一口气，虽然吸进去的血要比空气多，他还是用胳膊肘把上半身支撑了起来。他看到一片桦树和松树丛中闪出两个人影，猫着腰，一副准备出击的姿势。其中一个又矮又壮，另一个则身材瘦高，头发花白，满脸得意之色。是约翰逊和克兹。牛头犬和灵缇。他的运气终于还是用完了。运气最终总是会用完的。

克兹在他身边跪下来，两眼熠熠放光。他一只手里拿着一张折成三角形的报纸。由于一路都揣在克兹的后面口袋里，报纸已经有些折皱和卷翘，但依然可以看出是一顶三角帽。傻瓜的帽子。“运气不佳呀，小子。”克兹说。

欧文点点头。没错，运气非常不佳。“我看，你挤出时间给我准备了一点小东西。”

“是呀。你终究还是抓到目标了？”克兹抬起下巴，朝石屋的方向示意。

“干掉他了。”欧文吃力地说。他满嘴是血。他把血吐了出来，试着吸了一口气，却听见大部分空气又从另外一个窟窿里漏了出去。

“那么，”克兹和气地说，“这算是皆大欢喜了，对吧？”他把三角帽轻轻地戴在欧文的头上。鲜血立刻渗进帽子，并向上蔓延，染红了那篇关于外星人的报道。

从水库那边的什么地方又传来一声鸟鸣，也许是从哪一座小岛上传来的，那些小岛其实是水库淹没的陆地上凸出来的山丘。

“是一只秃鹰，”克兹说着，拍了拍欧文的肩膀，“你算是走运的了，小子。上帝派来了一只战鸟，为你——”

克兹的脑袋突然炸开了花，鲜血、脑浆以及碎骨四处迸溅。欧文看到了克兹那双长着白睫毛的蓝眼睛里最后的神情：不解且难以置信。克兹跪在地上片刻，然后向前栽倒，那张被打烂的脸俯在地上。弗雷迪·约翰逊站在他身后，手里仍然端着枪，枪口还在冒烟。

弗雷迪，欧文想张口说话，但是没有发出声音。弗雷迪肯定是看懂了他的口型，所以点了点头。

“我本来不想这样，可这王八蛋打算像我对他这样对我。我跟了他这么多年，不用心灵感应也能知道。”

再给我一下吧，欧文想说。弗雷迪又点了点头。也许那该死的心灵感应在弗雷迪身上真的还有一点残余。

欧文的意识模糊起来。疲惫而模糊。晚安，可爱的女士们，晚安，大卫，晚安，希特。晚安，可爱的王子。他重新躺倒在雪地上，就像躺倒在一张垫着最柔软羽绒的床上。他听见什么地方又响起了一声鸟叫，隐约而遥远。他们侵入了它的领地，惊扰了它深秋大雪中的宁静，不过他们很快就会离去。水库将重新为秃鹰所拥有。

我们是英雄，欧文想，我们真的是英雄。去你妈的帽子，克兹，我们是英——

他没有听见那最后一声枪响。

30

刚才又有不少枪声，现在已经安静了。亨利坐在悍马的后座上，身旁是他死去的朋友，他在考虑下一步该怎么办。他们把彼此全都干掉的可能性似乎不大。好人——更正，*那个*好人——把坏人消灭了的可能性似乎更小。

得出这个结论之后，他的第一个冲动就是飞快地下车，躲进树林里。可一看到这大雪，他就打消了这个念头。如果克兹或跟着他的什么人在半小时之内回来了，亨利的脚印就会清晰可见。他们就会跟踪而至，到头来还是会开枪打死他，就像打死一条疯狗一样。或者像打死鼬鼠一样。

那就找一支枪，先下手为强。

这主意不错。他虽然不是怀亚特·厄普[①]，但枪法也一向很准。射人和射鹿大不相同，就算不是精神病医生也能知道这一点，不过他相信，如果真打起来的话，他能毫不犹豫地干掉那些家伙。

他正要伸手开车门的时候，突然听到有人惊讶地骂了一句，接着是“嗵”的一声，然后是一声枪响。几乎是*近在咫尺*。亨利估计是有人脚下一滑摔倒在雪地上，屁股着地的同时，武器也走火了。没准那狗娘养的刚好射中了自己？这是一种奢望吗？未免——

但是不会。别高兴得早了。他听到摔倒的人咕咕哝哝地爬起身，接着走了过来。只有一种选择了，亨利也不再迟疑。他重新躺在座位上，让杜迪茨的胳膊（尽其所能地）搂住自己，开始装死。他觉得这种小伎俩不大可能行得通。那些坏蛋进水库时放过了他——这毫无疑问，因为他还活着——但是他们进去的时候，一准是火烧眉毛般匆

① 美国西部传奇警长。

忙。这一次大概就不会上当了，几个弹孔、一些玻璃碴、还有可怜的杜迪茨最后大出血所留下的血迹恐怕难以第二次糊弄住他们。

亨利听到雪地上响着轻缓的、“嘎吱嘎吱”的脚步声。从声音判断，只有一个人。也许是那位臭名昭著的克兹。最后的幸存者。黑暗在步步逼近。死神在下午降临。黑暗不再是他的老朋友了——现在他只是在装死——但黑暗仍然在步步逼近。

亨利闭上眼睛……等待着……

脚步声没有放慢，从悍马旁走了过去。

31

就眼下而言，弗雷迪的战略目标既具有极度的现实性，又具有极度的短期性：他希望能让那辆该死的悍马调转车头，希望车不要抛锚。如果做到了这一点，他就希望在经过东街的那个缺口（也就是欧文所追的那辆斯巴鲁出事之处）时不要翻进沟里。如果他能回到进入水库的公路，他的视野也许会稍稍开阔一些。打开头儿的悍马门并坐到方向盘后时，他很快就想到了马萨高速。沿着 90 号州际公路可以到达辽阔的美国西部。有无数地方可以藏身。

他刚刚关上车门，一股强烈的臭屁味和刺鼻的酒精味就扑面而来。珀利！该死的珀利！在刚才的紧张之中，他把这个小王八蛋完全忘到了脑后。

弗雷迪转过身，举起卡宾枪……但珀利仍然不省人事。没必要再浪费一颗子弹了。他可以干脆把珀尔马特推出去，扔到雪地里。如果走运的话，珀利根本不会醒来就直接冻死了。不仅是他，还有他体内的小——

不过珀利并不是在睡觉。也不是不省人事。甚至不是昏迷，不是。珀利死了。而且……似乎还缩小了。几乎变干瘪了。他的脸颊向内凹陷，满是褶皱。他的眼窝成了两个小深坑，仿佛那层下垂的薄眼皮之后的眼珠已经掉进一只空桶。他奇怪地斜靠在副驾驶座一侧的车门上，一条腿抬了起来，几乎是交叉着叠放在另一条腿上。看起来像是在放一个惊天动地的绝世之屁时突然死去。他的裤子的颜色变深了，原本柔和的色彩变成了褐色，他身下的座椅也湿透了。朝弗雷迪这边渗过来的湿迹是红色。

“这是怎——”

后座上突然响起一阵震耳欲聋的怪叫，仿佛有人把功能强劲的音响一下子调到了最大音量。弗雷迪的右边眼角瞥到有什么东西一闪。一个令人难以置信的怪物出现在后视镜里。它一口咬掉弗雷迪的耳朵，然后扑到他的脸上，扎进他的嘴里，扣着他的牙床缠住了他的下巴。转眼间，阿奇·珀尔马特的臭鼬就把弗雷迪的半边脸撕了下来，犹如一位饿汉扯下一只鸡腿一般。

弗雷迪大叫着，举枪对着副驾驶座一侧的车门乱射。他抬起一条胳膊，想推开这东西；他的手指接触到那滑溜溜的新生皮肤，一时抓握不住。鼬鼠退到后面，仰起脑袋，像鹦鹉吞下一块生肉似的把自己刚刚撕下来的东西吞进肚里。弗雷迪胡乱摸索着驾驶座旁的门把手，可刚刚摸到之后，还没等他拉开车门，那东西就再次扑来，这一次它死死咬住了弗雷迪的脖子和肩膀之间发达的肌肉。他的颈静脉被咬破了，一股鲜血喷涌而出，溅到了悍马的车顶上，然后又像红色的雨一般滴下来。

弗雷迪的双脚一阵乱蹬，犹如跳踢踏舞似的几次踢在悍马的刹车上。后座上的怪物又缩了回去，似乎想了想，然后像蛇一样从弗雷迪的肩膀上滑过来，落在他的大腿上。

鼬鼠咬掉他的命根子时，弗雷迪大叫了一声……接着便没有了声息。

32

在另一辆悍马的后座上，亨利扭过身来，看着停在后面的那辆车上的人在方向盘后前扑后仰。亨利很庆幸雪下得这么大，同样很庆幸那辆车里有血喷了出来，溅到了挡风玻璃上，多少挡住了一些视线。

他可以十分清楚地看到那一幕。

最后，方向盘后的那个人停止了挣扎，向一旁倒去。一个庞大的影子竖了起来，似乎在得意地炫耀。亨利知道那是什么东西；在“墙洞”的时候，他在琼西的床上见过一只。他现在还可以看到，那辆一路追踪着他们的悍马上有扇窗户破了。他觉得那东西不会有太多的智力，但是，注意到有新鲜空气会需要多少智力呢？

它们不喜欢寒冷。寒冷会置它们于死地。

是的，的确是这样。但亨利不打算听之任之，不仅仅是因为水库离这儿很近，他都能听到水拍岩石的声音。有什么东西欠下了巨额的债务，现在只剩下他来算账了。就像琼西常常说的，恶有恶报。报应的时刻已经到了。

他探身看了看前面的座位。上面没有武器。他进一步探过身去，按开储物盒，里面只有一堆发票和加油收据，还有一本翻旧了的平装书，书名为《如何成为你自己的知心朋友》。

亨利拉开车门，下了车，脚刚刚踏在雪地里，就滑了出去。“嗵”的一声，他一屁股坐在地上，后背也擦在悍马高高的挡泥板上。× 他祖宗。他站起身，又滑了一下，连忙抓住打开的车门，才没有再次摔倒。他小心翼翼地绕到自己所乘坐的这辆悍马的车尾，同时密切注视着停在后面的那一辆。他仍然可以看到那东西在里面，正在司机身上又抓又啃，享用美餐。

“待在那儿别动，美人，”亨利说着，笑了起来，这笑声听起来很疯狂，但是他抑制不住，“再下一窝蛋吧。毕竟我是蛋头博士。是你友好的邻居蛋头博士。要不来本书怎么样？我这儿有一本《如何成为你自己的知心朋友》。”

他放声大笑，笑得几乎说不出话来。在湿滑的雪地上一步一滑，就像刚刚放学的孩子奔向附近可以滑雪的小山。尽可能地扶着车身，除非是到车门以南之后再也没有东西可扶。眼睛留意着那东西的一举一动……突然间，他看不到它了。哎呀！它钻哪儿去了？在琼西所喜欢的那些无聊的电影中，每到这时，就会响起恐怖音乐，亨利想，这一部是《杀人臭鼬的进攻》。想到这里，他又笑了起来。

他现在已经绕到了车尾。上面有个按钮，只要一按，后窗就会打开……当然，除非它被锁了。不过应该不会。欧文不是这样来过后面吗？ 亨利想不起来了，怎么也想不起来了。他显然不是自己的知心朋友。

他仍然在笑着，眼里涌出了新的泪水，伸手一按按钮，后窗“啪”的一声弹开了。亨利把它拉开，探头看去。有枪，谢天谢地。是欧文最后一次巡逻时带的那种军用卡宾枪。亨利拿起一支，检查起来。保险栓，没问题。火力调节开关，没问题。弹夹上标着**美国陆军 5.56 口径 120 发**，没问题。

“这么简单，连拜拉姆都会用。”亨利说着，又大笑起来。他弯着腰，捧着肚子，在雪地上一走一滑，尽力不让自己摔倒。他的双腿很痛，后背也很痛，不过最痛的还是心里……可他仍然在笑着。他是蛋头博士，他是蛋头博士，他是哈哈大笑的土狼。

他绕到克兹那辆悍马的驾驶座旁，举起枪（他虔诚地希望保险栓置于关闭位置），脑海里响起了恐怖的音乐，但依然在哈哈大笑。油箱口就在眼前；千真万确。但是外星来的恐怖分子、大怪物加美拉[①]躲到哪儿了？

鼬鼠仿佛听到了他的思想一般——亨利发现完全有这种可能——突然一头撞在后窗上。万幸的是，那扇窗户并没有被撞破。它的头上沾有血污、毛发以及碎肉。那双可怕的乌贼似的眼睛直直地盯着亨利。它知道自己有路可逃，或者说有洞可逃吗？也许吧。不过也许它还知道，从洞口出逃只会死得更快。

它朝亨利咧着牙齿。

亨利·德夫林曾经因为在《纽约时报》上发表了一篇名为《仇恨的终结》的读者来信而赢得美国精神病学会的爱心奖，可现在他也朝那个怪物咧了咧自己的牙。感觉真好。接着，亨利又朝它伸出中指。为了比弗。也为了彼得。同样感觉很好。

当他举起卡宾枪的时候，鼬鼠——也许很蠢，但还不是完全没有脑子——突然闪不见了。太妙了；亨利压根儿都没有想过要从窗外向它开枪。他还宁愿它藏车内的地板上。*越靠近汽油越好，宝贝儿*，他想。他将卡宾枪的火力调节开关调到自动射击，然后对着油箱狠狠地

---

① 日本动漫角色。

一阵猛射。

枪声震耳欲聋。油箱口处出现了一个不规则的大洞，但是一时没有任何动静。看来好莱坞电影里的都是假一套，亨利正这样想着，突然听见一种嘶哑的低声，接着声音就大了起来，嘶嘶作响。他退后了两步，不料脚下又是一滑。这一次摔倒很可能救了他的眼睛，甚至救了他的性命。仅仅一秒钟之后，克兹那辆车的尾部就轰然爆炸，巨大的黄色火舌从下面直蹿起来。后轮从雪地上飞了出去。一大片碎玻璃从亨利的脑袋上面掠过，溅到了雪蒙蒙的半空。接着，一股热浪朝他袭来，他迅速连滚带爬地退到一旁，同时抓住皮带拖着卡宾枪，一边还放声大笑。随着第二声爆炸，空中一时碎片横飞。

亨利像爬梯子一样，将手旁一棵树的底层树枝当作梯级，让自己慢慢站起身来。他站在那儿，气喘吁吁地大笑不止，双腿很痛，后背很痛，脖子有一种被扭伤了的奇怪感觉。克兹那辆悍马的后半部已经被大火吞噬。与此同时，他可以听到那东西在里面"吱吱"狂叫。

他离车远远地，又绕到燃烧的悍马的副驾驶座一侧，将卡宾枪对准那扇破窗户。他站了片刻，皱起眉头，接着才恍然明白这样做为什么会这么蠢。车里的所有窗户已经全破了；除了挡风玻璃之外，所有的玻璃都不复存在。他又大笑起来。他真是个蠢瓜！一个十足的蠢瓜！

透过驾驶室里的熊熊火焰，他仍然可以看到那只鼬鼠在像醉汉一般前窜后跳。如果那该死的东西真的窜了出来，他的弹夹里还有多少发子弹呢？五十？二十？还是只有五发？不管还剩多少，反正不够也得够。他不会冒险再回欧文的悍马里去取弹夹。

但是，那东西再也出不来了。

亨利站在那里守了五分钟，接着又守了五分钟。雪在不停地下着，悍马在继续燃烧，一股股黑色的浓烟升上白色的天空。亨利站在那儿，想起了德里节游行，加里·庞德斯[①]正唱着《新奥尔良》时，

① 加里·庞德斯（1939— ），美国蓝调及摇滚乐歌手。

一个踩着高跷的人过来了，那位传奇牛仔过来了，杜迪茨当时是多么兴奋啊，简直是又蹦又跳。他想起了彼得，一边站在德里中学的大门外等着他们，一边捧着双手假装在抽烟。彼得的梦想是驾驶NASA制造的第一艘载人飞船去火星探险。他想起了比弗和他的方兹夹克，比弗和它的牙签，还有比弗给杜迪茨唱歌，宝贝的船儿是银色的梦。比弗在琼西的婚礼上拥抱着琼西，说琼西一定得快乐，一定得为了他们所有人而快乐。

琼西。

亨利确信那只鼬鼠已经死了——已经化为灰烬——之后，就踏上那条小路，去看看琼西是否还活着。他对此没有抱很大希望……但是他也发现自己没有放弃希望。

33

只是因为疼痛，琼西才与这个世界保持着一丝联系，所以一开始，他还以为这个形容憔悴、蓬头垢面地跪在自己身边的人肯定是个梦，或者是他的最后一抹想象。因为这个人看起来像是亨利。

“琼西？喂，琼西，听见我的话了吗？”亨利在琼西的眼前打了个响指，“快醒醒琼西。”

“亨利，是你吗？这是真的吗？”

“是我，”亨利说。他朝那只仍然半堵在12号管道口的狗看了一眼，又回过头来看着琼西。他将琼西前额上被汗水浸透的头发拂开，动作十分轻柔。

“伙计，你怎么……”琼西刚说了半句，眼前的世界就恍惚起来。他闭上眼睛，极力让自己清醒，然后又睁开眼睛。“你怎么这么久才从商店回来？没忘了买面包吧？”

“没有，可我把热狗弄丢了。”

“真他妈倒霉，”琼西模模糊糊地长吸了一口气，“下次我自己去。”

“亲我的大腿，哥们儿。”亨利说，于是，琼西微笑着渐渐进入黑暗。

尾声　劳动节

这宇宙，她是个婊子。

——诺曼·麦考连

又是一个在管道附近度过的夏天，亨利想。

不过这样想的时候，并不觉得伤感；夏天一直还不错，秋天也会很好。今年不会去打猎了，而他军方的新朋友无疑会偶尔来访（他军方的新朋友最想确定的是，他的皮肤上没有出现任何红色的生长物），但秋天还是会很好。凉爽的空气，明媚的白天，漫长的夜晚。

有时，在后半夜的时候，他的老朋友仍然会来拜访，不过如果真来了，他就干脆坐在书房里，膝头放上一本书，等待它重新离去。它最终总是会离去。太阳最终总是会升起。在一个晚上失去的睡眠有时会在第二个晚上来到，而且来的时候就像情人一般。这是他在去年十一月之后明白的一个道理。

他正在琼西和卡拉家别墅的门廊上喝着啤酒，这所别墅位于维尔的帕柏池塘边，从他所坐之处往西北方向约四英里就是奎宾水库的南端。当然还有东街。

他拿着那罐银子弹牌啤酒的手只有三根指头。另外两根被切除了，因为被严重冻伤，可能是从“墙洞”出来后在“深辙路”上滑雪赶路的途中，也可能是在用简易雪橇把琼西拖回剩下的那辆悍马的时候。去年秋天，他似乎总是在雪地里拖别人，不过结果大不相同。

在那一小块沙滩旁边，卡拉·琼斯正忙着做烧烤。小家伙诺尔夹着纸尿裤，在摇摇晃晃地绕着她左边的野餐桌玩耍。他手里拿着一只烤焦的热狗兴奋地挥舞着。琼西家的另外三个孩子年龄在三到十一岁之间，他们正在水里嬉戏打闹。亨利猜想《圣经》中关于生养众多的诫命也许不无道理，但是在他看来，琼西和卡拉居然这么不遗余力，似乎很不可思议。

身后的纱门响了，琼西拎着一只镇有冰啤酒的小桶走了出来。他的腿瘸得不是太厉害；这一次，医生只是说去掉原来的材料吧，于是把它全都换成了钢筋和特氟隆。医生告诉琼西，反正到头来还是会这样，不过如果你小心一点，原来那套本来还可以对付五年。他是二月份做的手术，也就是在亨利和琼西结束他们与军方特工和心理战专家一起度过的为期六周的“假期”之后不久。

军方的人曾经主动提出要以山姆大叔的名义为琼西实施髋骨更换手术——算是为他们的调查画一个句号——但琼西谢绝了，他说，他不想剥夺他的整形医师的这项差事，也不想让他的保险公司省却这笔费用。

当时，他们两人的最大愿望就是离开怀俄明。住宿条件很好（当然，这是说如果你能习惯地下生活的话），伙食是四星级（琼西的体重增加了十磅，而亨利则差不多是二十磅），还总是能看些首轮放映的电影。但是，那儿的气氛与电影《奇爱博士》有点儿相似。那六个星期对亨利比对琼西来说要难熬得多。琼西遭了不少罪，但主要是髋骨脱臼所致；他有关与格雷先生共用一个身体的记忆在很短的时间里就像梦一般淡去。

而亨利的记忆反而不断强化。其中，有关牲口棚的一切尤为可怕。调查组的人虽然与克兹截然不同，很有同情心，但亨利总是会一遍又一遍地想起比尔和玛莎，还有戴伦·切尔斯——那位来自牛顿市的瘾君子先生。他们常常会在他的梦中来访。

还有欧文·安德希尔。

“补给来了。”琼西说着，放下那桶啤酒。接着，他在亨利旁边那张有些下陷的藤摇椅上坐下来，一边呻吟着做了个苦脸。

“再来一罐就行，”亨利说，“我一小时之后要开车回波特兰，我可不想酒后驾车。”

“晚上留下来吧。”琼西说话时，眼睛看着诺尔。小家伙正跌坐在野餐桌底下的草地上，一心一意地想把剩下的热狗塞进自己的肚脐。

“跟你的孩子们一起闹到半夜甚至更晚吗？”亨利说，“或者由我挑选一部马里奥·贝瓦导演的恐怖片？”

“我早就不看恐怖片了，”琼西说，“我们今晚举办凯文·科斯特纳[①]电影节，首场是《保镖》。”

① 美国演员。

“我还以为你说不看恐怖片了。”

“你反应倒是挺快，”他耸了耸肩，笑了，“随你怎么想吧。”

亨利举起啤酒：“敬不在的朋友们。”

琼西也举起自己的啤酒：“敬不在的朋友们。”

两人碰了碰啤酒罐，喝了一口。

“罗伯塔怎么样？”琼西问。

亨利微微一笑：“挺不错。在葬礼上时我还担心……”

琼西点点头。在杜杜的葬礼上，他们站在她的两边，幸亏是这样，因为罗伯塔自己根本站立不住。

“……但现在她变坚强了，还说要开一家工艺品商店。我觉得这想法不错。当然她也会想念杜迪茨。艾尔斐死后，杜杜就是她的生命了。”

“他也是我们的生命。”琼西说。

“是呀，我也这么想。”

“一想到我们离开了他，让他那么多年一个人，我就很难受。我是说，他得了白血病，而我们甚至他妈的根本就不知道。”

“我们当然知道。”亨利说。

琼西转头望着他，扬起眉毛。

“喂，亨利！”卡拉叫道，“你的汉堡想烤得什么样？”

“烤焦一点儿！”他大声回答。

“遵命，阁下。你能不能表现表现，把宝宝抱过去？那只热狗马上就要变成脏狗了。把热狗从他身上拿开，把诺尔抱给他爸爸。”

亨利走下台阶，从桌子底下捞起诺尔，抱着他向门廊走来。

“恩尼！”诺尔高兴地叫着。他已经一岁半了。

亨利愣住了，感觉背后升起一股凉意，仿佛有个鬼魂跟他打了一声招呼。

“吃，恩尼！吃！”诺尔用脏乎乎的热狗戳着亨利的鼻子，表明自己的意思。

“谢了，我等自己的汉堡吧。”他说，然后重新迈开步子。

“不吃我的？”

“恩尼吃自己的，宝贝儿。不过也许这脏东西该给我了。等它们烤好了，你可以再拿一个。”亨利把脏乎乎的热狗从诺尔的小手中抽出来，把小家伙放在琼西的腿上，然后自己又坐了下来。等琼西把他儿子肚脐上的芥末和番茄酱擦干净，孩子差不多要进入梦乡了。

“你刚才说‘我们当然知道’是什么意思？”琼西问。

“哦，得了，琼西。我们也许离开了他，或者说试图离开他，可你认为杜迪茨离开过我们吗？在发生了那一切之后，你还这么认为吗？”

琼西缓缓地摇了摇头。

“有一部分渐渐长大——分离——但是也有一部分无法改变，比如里奇·格林纳多那件事。它一直影响着我们，正如雷普里奥夫妇家的餐盘影响着欧文·安德希尔一样。”

琼西不必询问这是什么意思；在怀俄明的时候，他们多的是时间，所以从彼此那儿听说了一切。

“曾经有一首诗，讲述一个人想战胜上帝，”亨利说，“诗名叫《天国之犬》。杜迪茨不是上帝——上帝保佑——可他是我们的猎犬。我们竭尽全力地跑快跑远，但是——”

“我们永远也逃不出捕梦网，对吧？”琼西说，“我们谁也逃不出去。然后它们来了。拜拉姆。乘坐另外某个族类所建造的飞船而来的愚蠢的孢子。它们就是这样的吧？只是这样吗？”

“我看我们永远也不得而知。去年秋天，只有一个问题得到了解答。若干个世纪以来，我们仰望星空，问自己是不是宇宙中唯一的生命。好了，现在我们知道不是了。可喜可贺，对吧？加里森……你还记得加里森吗？”

琼西点点头。他当然记得特里·加里森。海军的心理学家，怀俄明调查组的负责人，他总是开玩笑说，山姆大叔一向都让他远离大海，而现在这个地方最近的水源就是拉斯吉尔博恩那个牛打滚的水坑。加里森与亨利很投缘——如果说没能成为朋友的话，也只是因为情况不允许。琼西和亨利在怀俄明的待遇很好，但他们并不是客人。不过，亨利·德夫林与特里·加里森在职业上算是同行，这就使事情大不一样。

“加里森起初假定有两个问题得到了解答：其一，我们不是宇宙中唯一的生命；其二，我们不是宇宙中唯一的智能生物。我极力使他相信第二项假设是建立在伪逻辑之上，是建于流沙之上的房子。我觉得我没有完全让他信服，但也许至少播下了怀疑的种子。不管拜拉姆是什么东西，那些飞船都并非由它们所建造，而建造飞船的族类可能已经消失。或者也变成了拜拉姆。”

“格雷先生并不愚蠢。”

“一旦他进入你的大脑就的确如此，这一点我没有异议。格雷先生就是你，琼西。他偷走了你的情感，你的记忆，还有你对熏肉的喜爱——”

“我再也不吃熏肉了。”

“我并不奇怪。他还偷走了你基本的人格。这也包括你潜意识中的各种怪念头。比如你对马里奥·贝瓦的恐怖片和塞尔齐奥·莱翁[①]的西部片的痴迷，再比如恐惧和暴力所引起的快感……伙计，格雷先生太喜欢那一套了。再说这也很自然。暴力和恐惧是原始的生存工具。作为他的族类在一个不友好环境中的最后一个幸存者，他不会放过任何一种他可以抓到手的工具。”

“狗屁胡说。”琼西脸上露出明显的不以为然。

“不是狗屁胡说。在‘墙洞’的时候，你看到了你希望看到的东西，那是从《X- 档案》到《第三类亲密接触》中的外星人。你把拜拉斯吸了进去……我毫不怀疑你们起码有这样的身体接触……但是你对它完全免疫。因为至少有百分之五十的人群似乎具有这种免疫力，这一点我们已经知道。你所感染的是一种意图……一种盲目的使命。妈的，没法用语言来表述，因为根本就没办法用语言描述这个种族。但是我觉得你之所以感染了这种意图，是因为你相信它的存在。”

“你的意思是说，”琼西的视线越过熟睡的儿子的头顶，看着亨利，“我因为精神性假妊娠而险些毁了整个人类？”

---

① 意大利西部长鼻祖。

“哦，不，”亨利说，“如果仅仅是这样，倒也没什么关系。充其量只能算是一种……神游症。但在，有关格雷先生的念头在你的脑海中挥之不去，就像陷在蜘蛛网中的苍蝇一样。”

“是陷在捕梦网里。”

“没错。”

他们一时无言。过不了一会儿，卡拉就会喊他们，然后他们就会在碧蓝的天空下享用热狗和汉堡，还有土豆沙拉和西瓜。

“你认为这完全是巧合吗？”琼西问，“他们刚好坠落在杰弗逊林区，而我刚好就在那儿？而且不只是我，你、彼得和比弗都在那儿。还有杜迪茨，他就在南边一两百英里的地方，别忘了这一点。因为把我们联系在一起的正是杜迪茨。”

“杜迪茨一直都是一把双刃剑，”亨利说，“乔西·林肯霍尔在一面——杜迪茨找到了她，挽救了她。里奇·格林纳多在另一面——杜迪茨杀了他。不过杜迪茨需要我们的帮助才杀了他。这一点我可以肯定。只有我们才有深层的潜意识。我们提供了仇恨和恐惧——唯恐里奇会像他所威胁的那样真的抓住我们。我们的内心一直都比杜杜藏有更多阴暗的东西。他关于干坏事的概念就是在玩牌记分的时候倒扣分而已，而这么做主要不是为了别的，而是为了好玩。不过……你还记不记得有一次，彼得把杜迪茨的帽子拉下来遮住了他的眼睛，结果杜迪茨撞到了墙上？”

琼西依稀还记得。好像是在购物中心外面。当时他们还年轻，总喜欢去购物中心闲逛。得过且过，过了作数。

“之后很长时间，每次玩杜迪茨牌的时候，彼得总是输。杜迪兹总是给他倒扣分，而我们谁也没有把它当回事儿。我们大概以为只是凑巧，但现在就我了解的情况来看，我忍不住要怀疑了。”

“你认为，就连杜迪茨也知道恶有恶报？”

“他是从我们这儿学的，琼西。”

“杜迪茨给了格雷先生一个立足之处。一个立思想之处。”

“没错，但是别忘了，他还给了你一个藏身之处——一个你可以躲避格雷先生的地方。”

是呀，琼西想，他永远也不会忘记。

“我们这边的一切都是起于杜迪茨，”亨利接着说，“自从认识他之后，我们就变得奇怪了，琼西。你知道这是真的。有关里奇·格林纳多的只是两件大事，比较突出而已。如果回顾一下你的生活，我敢肯定你会发现其他的一些事情。”

“迪弗尼亚克。”琼西喃喃自语。

“那是谁？”

“就在我出车祸之前抓到的一个作弊的孩子。尽管考试的那天我不在场，我还是抓到他作弊了。”

“看到了？但是到最后，还是杜迪茨打败了那狗娘养的小灰人。我再告诉你一件事吧：我觉得在东街尽头的时候，是杜迪茨救了我的命。我觉得当克兹的同伙往悍马后座看我们时——我是说第一次——他的脑子里很可能有个小杜迪茨在说：‘别担心，头儿，干你自己的事去吧，他们已经死了。’”

但是琼西还在想着刚才的问题。“难道我们该相信拜拉姆与我们——仅仅是我们，而不是世界上的任何其他人——之间的联系只是机缘巧合吗？因为加里森就是这么认为的。他没有说得这么直白，但他的观点很明显。”

“这有什么？有许多科学家，比如像史蒂芬·杰·古尔德[①]那样的聪明人，都认为，我们人类之所以能够存在，正是多亏了这各种各样看起来几乎不可能发生的巧合链条。”

“你也这么想吗？”

亨利举起了双手。如果不援引上帝的话，他不知道该如何回答这个问题——在过去的这几个月里，上帝又悄然进入了他的生活，仿佛是从后门进来的，在无数个夜深人静的不眠之夜。可是，难道一定要请来古老的解围之神才能让这一切有意义吗？

“琼西，我所相信的是，杜迪茨就是我们。*那孩子是你……是我……是我们大家*。人种，物种，属类；游戏，竞技，比赛。说到底，

---

① 美国古生物学家与作家。

我们就是杜迪茨，而我们所有最崇高的向往也不过是留意黄色的饭盒，并学会以正确的方式系鞋带——帮什么，帮鞋鞋。从整体的意义上说，我们最邪恶的行为也不过是在帮玩牌的人记分时，有意倒扣分数却一味装傻而已。”

琼西目不转睛地望着他：“听起来倒是令人鼓舞，或者令人恐惧。我也说不清。”

“不过这无关紧要。”

琼西想了想，然后问道：“如果我们是杜迪茨，那谁为我们唱歌呢？当我们难过害怕的时候，谁为我们唱催眠曲，谁安抚我们入睡呢？”

“哦，上帝仍然会的。”亨利话音刚落，就恨不得踢自己一下。尽管他刻意避免提到上帝，却还是脱口而出了。

“是上帝不让那最后一只鼬鼠进入 12 号管道的吗？因为一旦那东西进入水中，亨利——”

从技术上说，珀尔马特孕育的那只鼬鼠才是真正的最后一只，不过这是一个敏感的细节，不必再去纠缠了。

“肯定会引起麻烦，这一点不容争辩；在接下来的几年里，波士顿人会无暇顾及是否要拆除芬威公园。但是能消灭我们吗？我看不会。对它们而言，我们是新鲜事物。格雷先生也知道；你被催眠时的那些录音带——”

“别提这个。”琼西听过其中的两盘，并认为这样做是他在怀俄明期间所犯的最大的错误。听自己以格雷先生的身份——在深度催眠中变成格雷先生——说话，无异于听一个恶毒的鬼魂讲话。有时候，他都觉着自己可能是世界上唯一一个能真正体会被强暴的感受的人。有些事情最好尽快遗忘。

“对不起。”

琼西摆了摆手，示意没关系——算不了什么——但他的脸色变得苍白了几分。

“我只是想说，我们或多或少只是生活在捕梦网里的一个物种。我讨厌这种说法，这是虚假的超验主义，听起来不知所云，但我们对此也没有合适的词语。也许最终我们会创造出新词，但目前就只能用捕梦网这个词来对付了。”

亨利在椅子上转过身来。琼西也转过身来，同时把诺尔在腿上移动了一下。小屋的门上挂着一只捕梦网。这是亨利送给他们的新居的礼物，而琼西也马上把它挂了起来，就像笃信天主教的农民在吸血鬼出没的时节，在自己的屋棚门上钉上十字架一样。

“也许它们只是被你所吸引，”亨利说，“是被我们所吸引。就像花儿跟着太阳，或者铁屑在磁铁的吸引下排列起来一样。我们无法确定，因为拜拉姆跟我们太不一样了。”

“它们会回来吗？”

“当然，”亨利回答，“要么是它们，要么是别的东西。”

他抬头望着这夏末的蓝天。从奎宾水库那边的什么地方，远远地传来了秃鹰的叫声。“我觉得你可以把它拿到岸上去，但不是今天。”

“伙计们，”卡拉叫道，“开饭了！”

亨利从琼西腿上抱起诺尔。有一刻，他们两手相碰，眼神交汇，心灵相通——那一刻，他们看到了路线。亨利笑了。琼西也看着他笑了。然后，他们肩并肩地走下台阶，跨过草地。琼西一走一拐，亨利抱着熟睡的孩子，那一刻，唯一的黑暗就是他们拖在身后的草地上的影子。